北京大学"双一流"建设成果
方李邦琴北京大学人文学科文库出版基金资助

| 北京大学 | 北大中国文学 |
| 人文学科文库 | 研究丛书 |

# 中唐古诗的尚奇之风

The Vogue of Pursuit for Grotesque in
Mid-Tang Ancient-style Poetry

葛晓音 著

## 图书在版编目(CIP)数据

中唐古诗的尚奇之风 / 葛晓音著. — 北京:北京大学出版社,2023.6
(北京大学人文学科文库.北大中国文学研究丛书)
ISBN 978-7-301-34004-2

Ⅰ.①中… Ⅱ.①葛… Ⅲ.①唐诗－诗歌研究 Ⅳ.①I207.227.42

中国国家版本馆CIP数据核字(2023)第089794号

| | |
|---|---|
| 书　　　名 | 中唐古诗的尚奇之风<br>ZHONGTANG GUSHI DE SHANGQIZHIFENG |
| 著作责任者 | 葛晓音　著 |
| 责 任 编 辑 | 郑子欣 |
| 标 准 书 号 | ISBN 978-7-301-34004-2 |
| 出 版 发 行 | 北京大学出版社 |
| 地　　　址 | 北京市海淀区成府路205号　100871 |
| 网　　　址 | http://www.pup.cn　　新浪微博:@北京大学出版社 |
| 电 子 信 箱 | pkuwsz@126.com |
| 电　　　话 | 邮购部 010-62752015　发行部 010-62750672<br>编辑部 010-62752022 |
| 印 刷 者 | 北京中科印刷有限公司 |
| 经 销 者 | 新华书店 |
| | 720毫米×1020毫米　16开本　21.5印张　313千字<br>2023年6月第1版　2023年6月第1次印刷 |
| 定　　　价 | 128.00元 |

未经许可,不得以任何方式复制或抄袭本书之部分或全部内容。
**版权所有,侵权必究**
举报电话: 010-62752024　电子信箱: fd@pup.pku.edu.cn
图书如有印装质量问题,请与出版部联系,电话: 010-62756370

# 总 序

袁行霈

  人文学科是北京大学的传统优势学科。早在京师大学堂建立之初，就设立了经学科、文学科，预科学生必须在五种外语中选修一种。京师大学堂于1912年改为现名，1917年，蔡元培先生出任北京大学校长，他"循思想自由原则，取兼容并包主义"，促进了思想解放和学术繁荣。1921年北大成立了四个全校性的研究所，下设自然科学、社会科学、国学和外国文学四门，人文学科仍然居于重要地位，广受社会的关注。这个传统一直沿袭下来，中华人民共和国成立后，1952年北京大学与清华大学、燕京大学三校的文、理科合并为现在的北京大学，大师云集，人文荟萃，成果斐然。改革开放后，北京大学的历史翻开了新的一页。

  近十几年来，人文学科在学科建设、人才培养、师资队伍建设、教学科研等各方面改善了条件，取得了显著成绩。北大的人文学科门类齐全，在国内整体上居于优势地位，在世界上也占有引人瞩目的地位，相继出版了《中华文明史》《世界文明史》《世界现代化历程》《中国儒学史》《中国美学通史》《欧洲文学史》等高水平的著作，并主持了许多重大的考古项目，这些成果发挥着引领学术前进的作用。目前北大还承担着《儒藏》《中华文明探源》《北京大学藏西汉竹书》的整理与研究工作,以及《新编新注十三经》等重要项目。

与此同时,我们也清醒地看到:北大人文学科整体的绝对优势正在减弱,有的学科只具备相对优势了;有的成果规模优势明显,高度优势还有待提升。北大出了许多成果,但还要出思想,要产生影响人类命运和前途的思想理论。我们距离理想的目标还有相当长的距离,需要人文学科的老师和同学们加倍努力。

我曾经说过:与自然科学或社会科学相比,人文学科的成果,难以直接转化为生产力,给社会带来财富,人们或以为无用。其实,人文学科力求揭示人生的意义和价值,塑造理想的人格,指点人生趋向完美的境地。它能丰富人的精神,美化人的心灵,提升人的品德,协调人和自然的关系以及人和人的关系,促使人把自己掌握的知识和技术用到造福于人类的正道上来,这是人文无用之大用!试想,如果我们的心灵中没有诗意,我们的记忆中没有历史,我们的思考中没有哲理,我们的生活将成为什么样子?国家的强盛与否,将来不仅要看经济实力、国防实力,也要看国民的精神世界是否丰富,活得充实不充实,愉快不愉快,自在不自在,美不美。

一个民族,如果从根本上丧失了对人文学科的热情,丧失了对人文精神的追求和坚守,这个民族就丧失了进步的精神源泉。文化是一个民族的标志,是一个民族的根,在经济全球化的大趋势中,拥有几千年文化传统的中华民族,必须自觉维护自己的根,并以开放的态度吸取世界上其他民族的优秀文化,以跟上世界的潮流。站在这样的高度看待人文学科,我们深感责任之重大与紧迫。

北大人文学科的老师们蕴藏着巨大的潜力和创造性。我相信,只要使老师们的潜力充分发挥出来,北大人文学科便能克服种种障碍,在国内外开辟出一片新天地。

人文学科的研究主要是著书立说,以个体撰写著作为一大特点。除了需要协同研究的集体大项目外,我们还希望为教师独立探索,撰写、出版专著搭建平台，形成既具个体思想，又汇聚集体智慧的系列研究成果。为此，北京大学人文学部决定编辑出版"北京大学人文学科文库"，旨在汇集新时代北大人文学科的优秀成果，弘扬北大人文学科的学术传统，展示北大人文学科的整体实力和研究特色，为推动北大世界一流大学建设、促进人文学术发展做出贡献。

我们需要努力营造宽松的学术环境、浓厚的研究气氛。既要提倡教师根据国家的需要选择研究课题，集中人力物力进行研究，也鼓励教师按照自己的兴趣自由地选择课题。鼓励自由选题是"北京大学人文学科文库"的一个特点。

我们不可满足于泛泛的议论，也不可追求热闹，而应沉潜下来，认真钻研，将切实的成果贡献给社会。学术质量是"北京大学人文学科文库"的一大追求。文库的撰稿者会力求通过自己潜心研究、多年积累而成的优秀成果，来展示自己的学术水平。

我们要保持优良的学风，进一步突出北大的个性与特色。北大人要有大志气、大眼光、大手笔、大格局、大气象，做一些符合北大地位的事，做一些开风气之先的事。北大不能随波逐流，不能甘于平庸，不能跟在别人后面小打小闹。北大的学者要有与北大相称的气质、气节、气派、气势、气宇、气度、气韵和气象。北大的学者要致力于弘扬民族精神和时代精神，以提升国民的人文素质为己任。而承担这样的使命，首先要有谦逊的态度，向人民群众学习，向兄弟院校学习。切不可妄自尊大，目空一切。这也是"北京大学人文学科文库"力求展现的北大的人文素质。

这个文库目前有以下17套丛书：
"北大中国文学研究丛书"　　　　　　（陈平原 主编）
"北大中国语言学研究丛书"　　　　　（王洪君 郭锐 主编）
"北大比较文学与世界文学研究丛书"　（张辉 主编）
"北大中国史研究丛书"　　　　　　　（荣新江 张帆 主编）

"北大世界史研究丛书"　　　　　（高毅 主编）
"北大考古学研究丛书"　　　　　（沈睿文 主编）
"北大马克思主义哲学研究丛书"　（丰子义 主编）
"北大中国哲学研究丛书"　　　　（王博 主编）
"北大外国哲学研究丛书"　　　　（韩水法 主编）
"北大东方文学研究丛书"　　　　（王邦维 主编）
"北大欧美文学研究丛书"　　　　（申丹 主编）
"北大外国语言学研究丛书"　　　（宁琦 高一虹 主编）
"北大艺术学研究丛书"　　　　　（彭锋 主编）
"北大对外汉语研究丛书"　　　　（赵杨 主编）
"北大古典学研究丛书"　　　　　（李四龙 彭小瑜 廖可斌 主编）
"北大人文学古今融通研究丛书"　（陈晓明 彭锋 主编）
"北大人文跨学科研究丛书"　　　（申丹 李四龙 王奇生 廖可斌 主编）[1]

　　这17套丛书仅收入学术新作，涵盖了北大人文学科的多个领域，它们的推出有利于读者整体了解当下北大人文学者的科研动态、学术实力和研究特色。这一文库将持续编辑出版，我们相信通过老中青学者的不断努力，其影响会越来越大，并将对北大人文学科的建设和北大创建世界一流大学起到积极作用，进而引起国际学术界的瞩目。

---

[1] 本文库中获得国家社科基金后期资助或入选国家哲学社会科学成果文库的专著，因出版设计另有要求，我们会在丛书其他专著后勒口列出的该书书名上加星号注标，在文库中存目。

# "北大中国文学研究丛书"序

陈平原

不同学科的国际化，步调很不一致。自然科学全世界评价标准接近，学者们都在追求诺贝尔物理学奖、化学奖；社会科学次一等，但学术趣味、理论模型以及研究方法等，也都比较容易接轨。最麻烦的是人文学，各有自己的一套，所有的论述都跟自家的历史文化传统，甚至"一方水土"有密切的联系，很难截然割舍。人文学里面的文学专业，因对各自所使用的"语言"有很深的依赖性，应该是最难"接轨"的了。文学研究者的"不接轨""有隔阂"，不一定就是我们的问题。非要向美国大学看齐，用人家的语言及评价标准来规范自家行为，即便经过一番励精图治，收获若干掌声，也得扪心自问：我们是否过于委曲求全，乃至丧失了自家立场与根基？

这么说，显得理直气壮；可问题还有另外一面——若过分强调"一方水土"的制约，是否会形成某种自我保护机制，减少突围的欲望与动力？想当然地以为本国学者研究本国文学最为"本色当行"，那是不妥的。我们的任务，不是关起门来称老大，而是努力在全球化大潮中站稳自家脚跟，追求国际视野与本土情怀的合一。这么做学问，方才有可能实现鲁迅当年"要出而参与世界的事业"（《而已集·当陶元庆君的绘画展览时》）的期许。

既然打出"北大"的旗帜，出学术精品，那应该是起码的要求。放眼世界，"本国文学研究"做得好的话，是可以出原理、出思想、出精神的。比如你我不做外国文学研究，但照样读巴赫金、德里达、萨义德、哈贝马斯的书。而目前我们最好的人文学著作，在国际上也只是作为"中国研究"成果来征引，极少被当作理论、方法或研究模式。

　　随着中国政治、经济、社会、文化的迅速崛起，总有一天，我们不仅能为国际学界提供"案例"，还能提供"原理"。能不能做到是一回事，敢不敢想、或者说心里是否存有这么个大目标，决定了"北大中国文学研究丛书"的视野、标杆与境界。

2017 年 7 月 22 日于京西圆明园花园

# 目 录

总 序 ·············································································· 1
"北大中国文学研究丛书"序 ······································· 5

**绪论 中唐古诗尚奇之风形成的背景** ······················· 1
 第一节 中唐古诗尚奇之风与复古思潮同步发展的过程 ······ 2
 第二节 奇险诗创作高潮形成的地域原因和思想基础 ········ 14
 第三节 "补元化"的哲学思考和创作理念 ······················· 24

**第一章 《箧中集》诗人和顾况的另类古调** ············ 37
 第一节 《箧中集》的苦涩语调及其对传统声调的逆反 ······ 38
 第二节 顾况"逐新趣异"的苦调奇思 ······························ 44
 第三节 古调变异的创作背景和心理原因 ························· 53

**第二章 中唐前期古诗中超现实想象的变化** ············ 60
 第一节 神仙世界的落实及其与凡俗生活情景的互融 ········ 63
 第二节 想象方式的变异与体式的关系 ····························· 71
 第三节 中唐前期文人神仙想象的社会心理基础 ··············· 75

**第三章 "诗囚"的视野变异及其艺术渊源** ············· 84
 第一节 历代诗论对孟郊诗境和艺术视野的不同理解 ········ 84
 第二节 "踢天踏地"与"胚胎造化"的辩证关系 ················· 88

第三节　"邃于天根月窟"之思的艺术渊源 ……………………… 97

## 第四章　孟郊五古的比兴及其联想思路的奇变 ……………… 106
　　第一节　孟郊的风雅观和传统比兴的思理更新 ……………… 106
　　第二节　生活逻辑的推演和场景的比附 ……………………… 114
　　第三节　印象的表现和感觉的强化 …………………………… 120

## 第五章　韩、孟探索古诗句调的意义和得失 ………………… 128
　　第一节　平顺句调中的节奏追求 ……………………………… 129
　　第二节　艰涩声调和词句结构的关系 ………………………… 134
　　第三节　难易两极探索的得失和意义 ………………………… 142

## 第六章　从尚古到求奇：韩愈险怪诗风形成的内在逻辑 …… 150
　　第一节　上追秦汉诗歌体式的奇格 …………………………… 151
　　第二节　善用古事翻新出奇的思路 …………………………… 154
　　第三节　困境中的感激怨怼所激发的奇思 …………………… 162
　　第四节　与复古同道斗奇争险的豪气 ………………………… 167

## 第七章　韩愈古诗中的"性情面目"与人物百态 …………… 174
　　第一节　中唐以前诗歌中的人物描写 ………………………… 175
　　第二节　韩愈的"疾恶甚严"及其对僧俗人物的描写 ……… 178
　　第三节　韩愈的"爱才若渴"及其对寒士同道的刻画 ……… 183
　　第四节　韩诗"全见面目"的原因和创新意义 ……………… 189

## 第八章　从诗文之辨看韩愈长篇古诗的节奏处理 …………… 196
　　第一节　从历代诗论看"以文为诗"界定的模糊性 ………… 196
　　第二节　五古长篇节奏的推进方式以及叙述功能的拓展 …… 202
　　第三节　七古篇体节奏的处理方式与古文"文法"的区别 … 210

## 第九章　李贺诗歌"求取情状"的两种思路  218
### 第一节　以实写虚的场景提炼和表现效果  219
### 第二节　难以名言的"情状"和钩深穿幽的"求取"  227
### 第三节　两种思路的结合和"非全无畦径可寻"  233

## 第十章　李贺部分七古中的"断片"现象及其内在脉理  240
### 第一节　典故融合中隐蔽的意脉  242
### 第二节　意象跳跃中的思路转折  250
### 第三节　绮碎细节中暗示的情思  255
### 第四节　七古跳跃跨度的探底  260

## 第十一章　李贺"短调"的体式特征和创作背景  264
### 第一节　"短调"的体式特征和李贺的辨体意识  266
### 第二节　从中唐五言歌诗的兴盛看李贺"短调"的创作背景  274

## 第十二章　贾岛奇思"入僻"的理路及其古、律之分  281
### 第一节　从历代诗评看贾岛的"奇"与"僻"  282
### 第二节　贾岛五古对孟郊思路的效仿和拓展  287
### 第三节　贾岛五律思路的"入僻"及其与五古的联系  295

## 小结　关于奇险诗艺术表现的若干思考  303
### 第一节　奇险诗的诗意来源和内在的悲剧美  303
### 第二节　天人对应的思路和"笔补造化"的创意  306
### 第三节　深层感觉的综合和印象的再造  311
### 第四节　古体特征的强化和创作传统的逆反  315

## 主要参考书目  323
## 后　记  329

# 绪论　中唐古诗尚奇之风形成的背景

初盛唐时期，随着诗歌的逐渐律化，五七言诗的体式都经历了从古近混淆到格律体调界分逐渐清晰的发展过程。从天宝、大历年间开始，出现了一些以写古诗著称，甚至专写古诗的诗人，这说明诗坛上的古近分体意识愈益明确。尽管到贞元年前，近体诗一直是诗体主流，古诗数量从总体来看不占优势，但是已经可以视为中唐古诗的先导。贞元至元和年间，古体诗大兴，是尚奇诗风的全盛时期，其中一批风格奇险的诗人，彼此交往密切，以韩愈、孟郊、李贺为其核心，文学史上称之为奇险诗派。

自宋元至今，关于中唐奇险诗风的评论，可谓汗牛充栋，众说纷纭，赞誉之中也不乏争议。二十世纪八十年代以来，虽然韩、孟研究一度成为热点，但对韩、孟、李三家诗的解读还存在不少疑问。目前关于韩孟诗派的艺术特色，在风格、意象、修辞等方面的研究已颇多积累。而对于奇险诗风形成的内因和外因，尚缺乏深度的关注，尤其是直接促使中唐诗人刻意求奇的外部原因是什么，这批诗人所坚持的复古之道究竟与其创作理念有何内在联系，还是一直没有找到明确的答案。因此本书绪论部分首先希望解决这个关键问题。如果将天宝、大历到元和年间的奇险诗风视为唐诗史上一种重要的创作现象，那么不难发现，这一时期奇险诗风从滥觞到高潮的发展具有以复古思潮为背景的延续性，古道君子和颓弊风俗的对立始终伴随着这种诗风发展的全过程，并且在贞元、元和年间的政治气候下，又得到进一步强化，催生了贤人"补元化"的哲学思考和创作理念。这正是尚古与求奇之间的内在联系，也是导致这批诗人的艺术想象看似千奇百怪却又有其相同思维逻辑的基本原因。

本书之所以不从诗派着眼，还因为注意到天宝以后诗风尚奇的诗人都擅长古体，其奇思都体现在古诗中，而且从天宝到元和，创作倾向、艺术表现的特点有其前后相承的连贯性。也就是说，奇险诗风主要与古体密切相关，这就说明中唐古诗体式必有其适合于诗人发挥奇思的原因，这应该是研究中唐奇险诗风的一个重要角度。倘能由此切入，或许有可能从这种创作现象兴衰的内在原因来研究尚奇诗风产生的必然性，并更切实地理解诗人们的创作理念及其探寻诗歌特质所达到的深度。

## 第一节　中唐古诗尚奇之风与复古思潮同步发展的过程

所谓"奇"，是对"正"和"常"而言。前人评论诗风之"奇"，含义很广，褒贬不一。如《文心雕龙》称《离骚》"奇文郁起"[1]，称《列御寇》"气伟而采奇"[2]，是赞美。但说"枚贾追风以入丽，马扬沿波而得奇"[3]，则有贬义。从全书来看，刘勰因"固知爱奇之心，古今一也"[4]，所以主张"奇正虽反，必兼解以俱通"[5]。全书多处对"奇"保持着警惕片面求奇的态度，如《体性》认为文章风格有"八体"，"七曰新奇"，而"新奇者，摈古竞今，危侧趣诡者也"[6]。这里所谓"奇"主要是针对近代追求新变而偏离雅正的文风。又如《明诗》说"俪采百字之偶，争价一句之奇，情必极貌以写物，辞必穷力而追新，此近世之所竞也"[7]。《知音》

---

[1] 刘勰著，范文澜注《文心雕龙注·辨骚》，第45页，人民文学出版社1958年。
[2] 《文心雕龙注·诸子》，第309页。
[3] 《文心雕龙注·辨骚》，第47页。
[4] 《文心雕龙注·练字》，第625页。
[5] 《文心雕龙注·定势》，第530页。
[6] 《文心雕龙注》505页。
[7] 《文心雕龙注》第67页。

说"爱奇者闻诡而惊听"[1],《序志》说"辞人爱奇,言贵浮诡"[2],都将"奇"和浮诡联系起来。这就决定了他主张"执正以驭奇",反对"逐奇而失正"的基本观点[3]。

倘若按刘勰的标准来看天宝至元和年间诗人的求奇,他们诗歌中出现的不少反常的奇特表现,虽然违背传统的创作和欣赏习惯,看似有"逐奇而失正"的弊病,但这些作者绝大多数是提倡儒家古道的士人,而且都有继承风雅的自觉精神,诗歌内容的雅正毋庸置疑,因而其实是"执正以驭奇"的一种新现象。之所以称之为新现象,乃是因为在这一时期之前,文学史上曾先后出现过以"奇"著称的屈原和李白等伟大诗人,他们都以遨游于非现实世界的丰富想象力启发了中唐士人,在融会神话传说、大胆运用比兴夸张等艺术手法方面,与中唐奇险诗人有相似之处。但与中唐的尚奇之风不同的是,他们作为抒情主人公的形象与他们所创造的奇伟诗境是自然融为一体的,看不出刻意表现的痕迹。而中唐奇险诗人往往要通过艰苦的构思来制造新奇的艺术效果,这种刻意追求惊人表现的诗境与诗人形象是分离的,因而与"奇"密切联系的是险怪和苦思。但是这些诗人也因其刻意求奇而探寻到诗歌艺术的深处,发掘出前人尚未注意的诗歌表现潜能,大大开拓了诗歌的新境界。因此,这批诗人的"执正"和"求奇"的思路和表现便与屈原、李白大不相同。而造成这种差异的一个基本原因,乃是屈原的奇思以巫文化为背景,李白的奇思以道家和道教为背景,而中唐尚奇诗风的形成主要是以兴复儒家古道的流行思潮为背景的。

天宝到元和年间的奇诗创作从滥觞到高潮,始终与复古思潮的发展过程同步,这是因为奇诗均用古体,而古体诗的提倡与继承风雅的理念有关。但正如复兴古道者不一定尚奇,创作古诗者当然也不一定都追求奇险诗风,事实上主要以乐府古诗和新题乐府反映时事、讽喻政治的张籍、王建、元稹、白居易等都是以风格平易流畅著称的,这也是古诗创作中与奇险诗风并行的一股重要潮流。不过需要关注的另一个事实是,这一时期风

---

[1] 《文心雕龙注》第714页。
[2] 《文心雕龙注》第726页。
[3] 《文心雕龙注·定势》,第531页。

格奇险的诗人全都是力主复兴古道的一批贫贱士人，其思想性格的不合流俗也都极为相似，这就导致其求奇诗风与复古理念的内涵变化密切相关。如果说张、王、元、白等是着重发挥诗歌美刺讽喻的社会功能以恢复周汉风雅之道，那么奇险诗风的追求者则是要求诗歌发挥道德教化的功能以复兴上古淳朴之治，二者都是中唐复古思潮的重要组成部分，只是侧重方向不同。由于认定道德君子在救时劝俗中的关键作用，后者更倾向于抒发君子不得其位的怨愤不平，奇险的艺术表现只是为了强化这种愤激怨怼之情而已。因而，将尚奇诗风置于中唐古诗和复古思潮同步发展的背景中来考察，更容易看清这种诗风兴起的内在原因。

如果将中唐尚奇诗风的兴衰视为一个相对完整的过程，大致可分几个阶段。第一个阶段是滥觞期。元结针对"拘限声病，喜尚形似，且以流易为词"的"近世作者"，从沈千运、孟云卿、王季友、于逖、张彪、赵微明、元季川七位"正直之士，大雅君子"的作品中选出二十四首古诗，结成《箧中集》，提出继承风雅的目标，这与他本人的思想和创作是完全一致的。元结是在天宝后期流行的复古思潮中崛起的一位思想者，对天宝末到安史乱后的时局进行过全面的思考。前人研究往往标举他提出的诗歌要"极帝王理乱之道，系古人规讽之流"[1]的观点，肯定他在中唐古文运动和新乐府创作方面的先驱作用。但他和《箧中集》诗人对于中唐尚奇诗人的影响，尚未被充分认识。笔者以为主要有三个方面。

首先，他将世乱国亡归因于"风化颓弊"[2]，明确提出要追复上古之世，必须发挥教化的作用："上古之君用真而耻圣，故大道清粹，滋于至德，至德蕴沦而人自纯；其次用圣而耻明，故乘道施教，修教设化，教化和顺，而人从信；其次用明而耻杀，故沿化兴法，因教置令，法令简要而人顺教，此颓弊以昌之道也。"[3]其《时化》《世化》《化虎论》等多篇文章都强调"时之化也，情性为风俗所化"[4]，认为只有实行教化，才

---

[1] 元结《二风诗论》，董诰等编《全唐文》第1716页，上海古籍出版社1990年影印。
[2] 元结《元谟》："臣曾记有说风化颓靡，或以之兴，或以之亡。"（《全唐文》第1722页）
[3] 见《元谟》。
[4] 元结《时化》，《全唐文》第1722页。

能"化谄媚为公直,化奸邪为忠信,化进竞为退让,化刑法为典礼,化仁义为道德,使天下之人心皆涵纯朴"[1]。这些针对世俗颓弊的教化主张中,提倡公直、忠信、退让、仁义、耻杀等理念,后来均成为孟郊、韩愈、卢仝、贾岛等诗歌中所提倡之古道的核心观念。可见,"致理兴化"[2]的目标以矫正时弊、复兴上古之道为根本。

其次,元结认为能够担当"致理兴化"重任的士人应该是道德君子,并且得到社会公正的待遇。他在《元鲁县墓表》中赞美其从兄元德秀的道德:"生六十余年而卒,未尝识妇人而视锦绣","未尝求足而言利苟辞而便色","未尝主十亩之地,十尺之舍,十岁之童","未尝阜布帛而衣,具五味而食",这样的道德可以"诫荒淫侈靡之徒",可以"诫贪猥佞媚之徒",可以"诫占田千夫、室宇千柱、家童百指之徒",可以"诫绮纨粱肉之徒"。因此"吾以元大夫德行遗来世清独君子,方直之士"[3]。同时他认为公卿大夫应该"以至公之道推引君子"[4],君子若不遇至公之道,理所当然会发出怨刺不平之声。《箧中集》所选诗人"皆以正直而无禄位,皆以忠信而久贫贱,皆以仁让而至丧亡"[5],认为正直忠信的贫贱君子以诗文抒发其不遇于世的怨恨悲伤,就是继承风雅。《文编序》说:"(漫叟)所为之文多退让者,多激发者,多嗟恨者,多伤闵者,其意必欲劝之忠孝,诱以仁惠,急于公直,守其节分,如此非救时劝俗之所须者欤?"[6]说明君子所发出的嗟恨伤闵都是救时劝俗之必需。这一思想突破了汉代以来诗教说多以颂美为大雅正声、否定怨刺之音的传统观念[7],将正直君子的不遇之叹与风雅和教化联系起来,后来在韩愈和孟郊的诗文中得到了充分的发挥。

再次,元结不仅用古文写作政论和文论,还大量创作古诗和乐府,不

---

[1] 元结《化虎论》,《全唐文》第1716页。
[2] 元结《时议三篇·下篇》,《全唐文》第1712页。
[3] 元结《元鲁县墓表》,《全唐文》第1724页。
[4] 元结《与韦尚书书》,《全唐文》第1712页。
[5] 元结、殷璠等选《唐人选唐诗(十种)》第27页,上海古籍出版社1978年新1版。
[6] 《全唐文》第1713页。
[7] 参看拙文《论汉魏六朝诗教说的演变及其在诗歌发展中的作用》,《汉唐文学的嬗变》第16—36页,北京大学出版社1990年。以及《从诗骚辨体看"风雅"和"风骚"的示范意义》,《先秦汉魏六朝诗歌体式研究》第142—165页,北京大学出版社2012年。

作近体，以文体的选择体现其复古的理念。这一做法也为中唐韩愈、孟郊等继承。《箧中集》诗人的古诗取法汉诗，全用散句，不用对偶，绝去雕饰，感叹人生命运的坎坷，抒发年寿不永的焦虑，以"与时皆异"的苦涩语调表达其抵制流俗的心声，这种"以散句的串联和平白质朴的语言造成拗涩之调，好以极端的说法表现穷困惨苦心境的特点，后来成为孟郊、卢仝等人诗歌艺术的重要特征"[1]。孟郊、张籍等都曾对《箧中集》诗人孟云卿、沈千运表示过追慕之意。

元结卒于大历七年，《箧中集》诗人也大都在天宝、大历年间离世。此时，大约生于开元中而主要活动于大历至贞元前期的顾况，由于其创作倾向与《箧中集》诗人一脉相承，并下启贞元、元和时期的奇险诗风，在盛中唐之交古诗发展中的作用值得重视。他多年沉于下僚，性格狂放，为众人所排，后又长贬饶州司户，同样对世道深怀愤激不平之情。他仿《诗经》精神和体式，以《上古之什补亡训传十三章》直刺当代农困、重商、兵暴、藩乱、阉儿、贪奢等现实弊端，而且以上古为对照，劝诫"居公室"的"君子""当思布德行化"[2]，并认为诗歌为"理乱之所经，王化之所兴，信无逃于声教，岂徒文采之丽耶？"[3]这些观念与元结的教化思想以及《系乐府》《补乐歌》的精神完全一致。他本有"封侯相"的大志[4]，然而"出门多岐路，命驾无由缘"[5]。在挫折中，他赞美能坚持"直道"的君子具有"真玉烧不热，宝剑拗不折"[6]的操守品格，同时也因"直道其如命"[7]而自伤。所以也写作了不少古诗感叹世路艰难，交道漓薄，"一生肝胆向人尽，相识不如不相识"[8]，"贫居谪所谁推毂，仕向侯门耻曳裾"[9]。顾

---

[1] 参见拙著《诗国高潮与盛唐文化》，北京大学出版社1998年，第414—415页。
[2] 顾况《上古之什补亡训传十三章》之《十月之郊》小序，王启兴、张虹注《顾况诗注》第7页，上海古籍出版社1994年。
[3] 《悲歌六首》序，《顾况诗注》第99页。
[4] 《从军行》，《顾况诗注》第34页。
[5] 《寄上兵部韩侍郎奉呈李户部卢刑部杜三侍郎》，《顾况诗注》第50页。
[6] 《赠别崔十三长官》，《顾况诗注》第69页。
[7] 《酬唐起居前后见寄二首》其二，《顾况诗注》第159页。
[8] 《行路难三首》其一，《顾况诗注》第96页。
[9] 《闲居怀旧》，《顾况诗注》第182页。

况对世路不平的感慨，对君子之交的珍惜，对直道的坚守，后来都成为孟郊、卢仝、贾岛诗里的重要内容。

但顾况与元结不同的是，他崇信神仙道术，最后成为道士。面对生命的飞逝和世俗的势利，他只能借助悟"道"得以解脱："滔滔川之逝，日没月光辉。所贵法乾健，于道悟入微。任彼声势徒，得志方夸毗。"[1] 他像《箧中集》诗人一样，在利用汉魏乐府古诗的题材和形式的同时，又发展了其中原有的长生求仙的内容。这类诗与大历以来的求仙诗汇合在一起，开启了借咏仙人道士而发挥超现实想象的先声。

大历至贞元年间，由于帝王崇尚道教的重心由咨询理国之道向寻求长生久视之道转移，道教和道观在民间普及，士大夫们对道经内容愈益熟悉，更多人崇信道教的灵迹，文人与道士交往比过去更加密切频繁，甚至有不少诗人弃官入道，其中不乏提倡儒家古道的名家，如顾况、戴叔伦等，古文运动先驱人物李华也表示过炼丹求仙的愿望。这是因为这一阶段大多数崇儒的文人同时也信仰佛教和道教。顾况就对"子不语怪力乱神"的古训提出过怀疑。茅山道传人吴筠的《形神可固论》《神仙可学论》得到权德舆的赞赏，谓其"尤为达识之士所称"，"每制一篇，人皆传写"[2]。道教的养生之说能缓解浮生苦短的焦虑，引起人们对神仙世界的向往。即使不能尽信，由于道经对神仙世界的描述愈益具体可感，道教在现实社会中制造的灵迹愈益逼真惑人，也促使文人们对神仙的想象愈益世俗化。于是，这一时期的不少古诗中出现了与《楚辞》和李白诗歌完全不同的仙境，仙家的生活环境、神情心理均与凡俗之人趋同。神仙想象方式由虚变实的这种变异主要反映在当时的一些中长篇五七言古诗和乐府诗中，其作者虽然并不都是古道的坚守者，但其中顾况、韦应物的创作却是最有特色的，韦应物也是提倡风雅、倾力创作古诗的大家。古诗便于叙述故事的特长固然是使神仙想象容易落到实处的体式原因，但古诗体式的选择还是与诗人继承风雅的理念相关。

这一时期神仙想象的思路变化给诗人们提供了观照天道人事的崭新视

---

[1]《拟古三首》其二，《顾况诗注》第29页。
[2] 权德舆《吴尊师传》，《全唐文》卷五〇八，第2287页。

角,从仙家眼里俯瞰人间世,不但有助于认识时空永恒和生命短暂的矛盾,也增添了文人们蔑弃肮脏尘俗的信心,因而这类奇特的想象虽然出自道教,却为提倡复兴古道的诗人们乐于接受。顾况正是将这种奇思与《箧中集》诗人的苦涩语调结合起来,拓展了古诗尚奇的思路,从多方面积累了艺术表现的经验。

中唐尚奇诗风发展的第二个阶段在贞元年间,可视为奇险诗歌达到高潮之前的预备期。在此期间,一些怀有振兴风雅之志的贫困才士因寻求古道而相互吸引,在仕途的挫折和同道的鼓励下坚定了师古的心志,逐渐形成了一个精神追求大体一致的群体。其诗文创作也在这种同气相求的呼应中逐渐扩大了影响。由于这些人来自不同的地域和文化背景,其创作倾向虽然都是从不同的角度复古,但求奇求险的诗风尚未成为主流。

大历中到贞元初,提倡复古的先驱人物元结、李华、独孤及等先后谢世。一些生于天宝末、大历初的具有复古理念的文人正忙于求学科举、登上仕途。向独孤及学习古文的梁肃在建中元年登文词清丽科,为李瀚文集写序,认为"文之作,上所以发扬道德,正性命之纪;次所以财成典礼,厚人伦之义;又其次所以昭显义类,立天下之中","故文本于道,失道则博之以气,气不足则饰之以辞。盖道能兼气,气能兼辞,辞不当则文斯败矣"[1],较早提出了在古文写作中"文本于道"的理论。他于贞元五年入京为监察御史,七年在右补阙任,成为当时提倡古道的重要人物,在文坛影响很大。如《唐会要》所说:"贞元七年,兵部侍郎陆贽权知贡举。时崔元翰、梁肃文艺冠时。贽输心于肃,与元翰推荐艺实之士。"[2]《唐摭言》也说陆贽知贡举,贞元八年"时梁补阙肃、王郎中杰佐之。肃荐八人俱捷"[3],后来号称"龙虎榜"。因而梁肃当时吸引了一些有志学古的文人,如吕温向梁肃学文章;孟郊曾于贞元八年下第后谒见梁肃;李观于同年上书梁肃,推荐孟郊;李翱于贞元九年贡举进士,也谒见过梁肃。其中李观

---

[1] 梁肃《补阙李君前集序》,《全唐文》卷五一八,第2329页。
[2] 王溥《唐会要》卷七六"缘举杂录",第1384页,中华书局1960年。
[3] 王定保《唐摭言》卷八"通榜",第112页,三秦出版社2011年。

早在贞元二年就曾向独孤氾上书,自称"观洁身复古,立行师古"[1]。六年,又在落第后作书批评当时诗风:"今之人学文一变讹俗,始于宋员外,而下及严秘书、皇甫拾遗。世人不以为经,呀呷盛称,可叹乎!""以观视数公,则皆师延之余音,况能爱世人之蝇蚊乎?"[2] 师延是上古传说中商纣的乐师。《韩非子·十过第十》说,师涓为师旷奏乐,被师旷制止,说:"此亡国之声,不可遂也。""此师延之所作,与纣为靡靡之乐也。"[3] 李观将宋之问到严维、皇甫冉等大历诗人都视为靡靡之音,未免严苛,但他确实先于韩愈提出了革新浮靡文风的主张。韩愈在贞元八年与李观同榜中进士后,与之订交,可惜李观于贞元十年病卒,梁肃也于九年去世。这是贞元前期继天宝、大历间古文创作之后提倡复古的一个小高潮。

张籍、王建于贞元元年同至河北鹊山漳水一带,同窗求学,相互追随长达十年。在此期间创作了大量古题乐府和新题乐府。其中有不少反映筑城役夫、边塞征人、牧童野老、贬谪官吏的生活现状,尤其是当时贫民不堪输税重负的悲苦以及藩镇兵祸不息的乱象,均直接针对时弊,体现了发扬风雅传统的诗教精神。正如白居易《读张籍古乐府》所说:"张君何为者,业文三十春。尤工乐府诗,举代少其伦。为诗意如何,六义互铺陈。风雅比兴外,未尝著空文。""上可裨教化,舒之济万民。下可理情性,卷之善一身。"[4] 认为张籍的古乐府都有裨补教化、敦厚薄俗的作用。事实上,张籍作乐府,确有恢复古道正声的自觉意识,他在《废瑟词》中说:"千年曲谱不分明,乐府无人传正声。""几时天下复古乐,此瑟重奏云门曲。"[5]《云门》为周大司乐教公卿子弟的乐舞之一,固是纯粹的古乐正声。但联系张籍的乐府内容来看,可见其心目中的正声已不限于盛唐诗人所提倡的大雅颂声,而是更偏重于讽喻现实的。这些乐府比白居易作于元和初的新乐府早十几年,其中反映的诗教观念和创作倾向显然接续了元结的《系乐府》,但更贴近现实,作品数量更多,涉及面也更广。这一期

---

[1] 李观《与睦州独孤使君论朱利见书》,《全唐文》卷五三三,第 2395 页。
[2] 李观《与右司赵员外书》,《全唐文》卷五三三,第 2395 页。
[3] 韩非《韩非子》第 23 页,上海古籍出版社 1989 年。
[4] 白居易著,朱金城笺校《白居易集笺校》卷一,第 5 页,上海古籍出版社 1988 年。
[5] 张籍撰,徐礼节、余恕诚校注《张籍集系年校注》卷七,第 847 页,中华书局 2011 年。

间，韦应物于贞元七年去世，顾况于贞元十年归茅山。因而张王乐府成为贞元前期复古思潮所带动的一个古诗创作的小高潮。

贞元八年是这一阶段的转折点。韩愈在这一年中进士以后，仕途屡受挫折，但提倡古道的思想愈益明确，并以古文教授弟子。原来分散在各处的复古文人先后相互结识，会聚到一起，韩愈因古文创作影响逐渐增大，至贞元末遂成为这一群体的核心人物。

孟郊自贞元初起，屡试不第。于八年认识李观和韩愈[1]。张籍大约也在这一年与孟郊相识于长安。贞元十二年，孟郊中举后，专程至和州访张籍。同年，韩愈在汴州佐宣武节度使董晋幕，李翱游汴州，与韩愈订交。十三年孟郊推荐张籍至汴州见韩愈，张籍被韩愈安排在城西馆读书，和李翱一起，向韩愈学习古文。这一年孟郊也来到汴州投靠陆长源，四人得以会合。次年李翱登进士第。张籍中汴州府试第，即入京赴进士试，十五年得第。汴州乱后，韩愈投靠徐州张建封。十六年辞去徐州推官，往洛阳。十八年初，韩愈调授四门博士，次年转监察御史，因上疏论天旱人饥，被贬为阳山令。贬谪期间经历了永贞改革，至元和元年宪宗登基，才被赦量移江陵。从贞元八年起到贞元二十一年，韩愈可系年的古文，已达九十余篇[2]。十八年韩愈作《师说》，首倡"古文"之名。后来柳宗元在永州作《答韦中立论师道书》支持《师说》，称赞当时"独韩愈奋不顾流俗，犯笑侮，收召后学，作《师说》，因抗颜而为师"[3]。韩愈不但收召后学教以古文，而且极力举荐贫贱士人。如在汴州府试时，首荐张籍。任四门博士时向辅佐权德舆知贡举的陆修推荐侯喜等十人。其中四人当年登科，其余六人后几年陆续登科。韩愈在《与祠部陆员外书》里特别提到当年陆贽知贡举时，由梁肃、王础佐之，"梁举八人无有失者"[4]。可见此时韩愈虽然沉沦下僚，但已经如贞元八年的梁肃一样，在文坛上成为举荐贤才的重要

---

[1] 毕宝魁《韩孟诗派研究》认为孟郊参加贞元八年的进士试，与韩愈、李观同场，因而得与二人结识（第144—145页，辽宁大学出版社2000年）。

[2] 此据韩愈著，阎琦校注《韩昌黎文集注释》下册《韩文年谱》（三秦出版社2004年），贞元八年前仅三篇。

[3] 柳宗元《答韦中立论师道书》，《柳宗元集》第871页，中华书局1979年。

[4] 《韩昌黎文集注释》上册，第298页。王础，《唐摭言》作"王杰"，《唐会要》及《旧唐书·陆贽传》作"崔元翰"。

人物。而其文名和影响力，也已远高于贞元前期的李观。如晚唐陆希声所说："贞元中，天子以文化天下，天下翕然兴于文。文之尤高者李元宾观、韩退之愈。始元宾举进士，其文称居退之之右。及元宾死，退之之文日益高。今之言文章元宾反出退之之下。"[1] 此时，韩愈身边已经有了一批志同道合的挚友和门生。

但到贞元末年，以韩愈为核心的复古文人群体虽已大体形成，追求奇险的倾向却只是在孟郊和韩愈的古诗里出现，还未形成一种风尚。这是因为当时韩愈与友人李翱、张籍、李翊、冯宿、侯喜等交往多是讨论古文。从贞元初以来，韩愈自己的可系年之诗主要是学习秦汉古诗的各种体式，效法古风的表现传统。与孟郊结识以后，才开始出现在声调、构思方面求奇的诗篇。而大量最有代表性的奇诗直到他被贬阳山以后才出现。因而这一时期孟郊的奇思虽能从韩愈得到呼应，尚未造成元和年间的声势。从韩愈和张籍、孟郊三人的交往也可以看出，促使他们彼此吸引和相互影响的是能在衰俗中坚守古道的共同心志，以及在诗歌内容和表现上都努力学习古诗传统的一致认识。

张籍与孟郊相识以后便结为知交。《赠孟郊》称"君生衰俗间，立身如《礼经》。淳意发高文，独有金石声"，"苦节居贫贱，所知赖友生"[2]。这首诗不但与孟郊以同道知音相许，就连诗中使用比兴的意象、句法都与孟郊相似。后来在与孟郊的长期交往中，更有一些五言古诗受到孟郊的影响。如其古风中的《赠姚怤》，与孟郊的《答姚怤见寄》《赠姚怤别》可能作于同时，便是典型的孟郊体五古。《伤于鹄》《怀友》也是显例。他和孟郊一样，都将《箧中集》诗人引为复古救俗的前辈。孟郊在《哀孟云卿嵩阳荒居》中说："戚戚抱幽独，宴宴沉荒居。不闻新欢笑，但睹旧诗书。艺檗意弥苦，耕山食无余。定交昔何在？至戚今或疏！薄俗易销歇，淳风难久舒。"[3] 张籍则在寻访《沈千运旧居》中称赞沈千运"高议切星

---

[1] 陆希声《唐太子校书李观文集序》，《全唐文》卷八一三，第3790页。
[2] 《张籍集系年校注》卷七，第895页。
[3] 孟郊著，华忱之、喻学才校注《孟郊诗集校注》第476页，人民文学出版社1995年。

辰,余声激喑聋",并感叹"时岂无知音,莫能敦此风"[1]。两人不约而同地指出了沈、孟以其淳厚古风抵制浇薄世俗的难能可贵,这正与元结的观念一脉相承。由此不难见出从元结和《箧中集》诗人到孟郊、张籍,其复古观念以"救时劝俗"为核心的一致性。

张籍更是韩愈一生的密友。他称赞韩愈"其道诚巍昂","德义动鬼神"。并回忆当初"籍在江湖间,独以道自将","略无相知人,黯如雾中行。北游偶逢公,盛语相称明"[2],可见他与韩愈是因为都以古道自任,才能一见如故。贞元十四年在汴州期间,他还给韩愈写过两封书信,认为"自杨子云作《法言》,至今近千载,莫有言圣人之道者,言之者惟执事焉耳",并提议韩愈著书以存古道:"执事聪明,文章与孟轲、杨雄相若,盍为一书以兴存圣人之道,使时之人、后之人知其去绝异学之所为乎?"[3]尽管排诋释老、兴复古道究竟是选择"宣之于口"还是"书之于简"[4],韩愈有不同看法,但他对于张籍"意欲推而纳诸圣贤之域"[5]的本意是充分理解的。此时韩愈名位不高,尚未为众人所知,张籍却能在结识韩愈不久之后就看出他可成为继孟子、扬雄之后的圣贤,可谓独具慧眼。而韩愈初见张籍时,便感叹"孔丘殁已远,仁义路久荒","少知诚难得,纯粹古已亡。譬彼植园木,有根易为长"[6],称赞张籍生有古根,非常难得。后又指出"张籍学古淡,轩鹤避鸡群",认为张籍古淡的风格,与"东野动惊俗"一样,其鹤立鸡群的孤高,也是对于世俗俗艳的一种蔑视,都足以"张吾军"[7],显然也是将张籍视为以古调抵制流俗的军阵中的重要一员。韩愈还希望张籍能"与我高颉颃",一起追随李、杜,"捕逐出八荒"[8]。所以向来以清新简淡著称的张籍虽与奇险诗风无涉,却因为终生坚持其古

---

[1] 《张籍集系年校注》卷七,第871页。
[2] 《祭退之》,《张籍集系年校注》卷七,第913页。
[3] 《与韩愈书》,《张籍集系年校注》卷十,第994页。
[4] 《答张籍书》,《韩昌黎文集注释》上册,第199页。
[5] 《重答张籍书》,《韩昌黎文集注释》上册,第201页。
[6] 韩愈《此日足可惜一首赠张籍》,韩愈著,钱仲联编释《韩昌黎诗系年集释》上册,第84页,上海古籍出版社1984年。
[7] 《醉赠张秘书》,《韩昌黎诗系年集释》上册,第391页。
[8] 《调张籍》,《韩昌黎诗系年集释》下册,第989页。

道，才会与韩、孟保持最密切的关系。

韩愈和孟郊的交谊也同样是建立在志同道合的基础上，而并非仅仅因为诗风好奇的共同倾向。贞元八年韩愈初识孟郊，就称他"古貌又古心。尝读古人书，谓言古犹今。作诗三百首，窅默咸池音"[1]，把孟郊的诗和尧时咸池之乐相比。后来在《答孟郊》中又说他"古心虽自鞭，世路终难拗"[2]，能深切理解其与世俗抗争的煎熬和古心的寂寞。作于贞元十六年的《与孟东野书》更进一步说："足下才高气清，行古道，处今世。……混混与世相浊，独其心追古人而从之。足下之道其使吾悲也！"[3] 正因为能充分理解孟郊所行之古道，所以韩愈《荐士》诗在评论"国朝盛文章"时，将"有穷者孟郊"视为继陈子昂和李、杜之后的雄才[4]，并认为"孟郊东野始以其诗鸣。其高出魏晋，不懈而及于古，其他浸淫乎汉氏矣"[5]，可见韩愈认为孟郊之高，在于其超越魏晋、接近上古和汉诗之处。同样，孟郊与韩愈能成为终身的忘年之交，也是因为君子道同，贫富不移。韩愈被贬阳山时，他在悲怨之中鼓励韩愈保持孤直之节和明洁之心，不要被俗流毁谤磨灭意志："正直被放者，鬼魅无所侵。贤人多安排，俗士多虚歆。孤怀吐明月，众毁烁黄金。愿君保玄曜，壮志无自沉！"[6] 而当韩愈升任比部郎中后，他又以志士之节提醒韩愈："何以定交契？赠君高山石。何以保贞坚？赠君青松色。""众人上肥华，志士多饥羸。愿君保此节，天意当察微。"[7] 只有真正深知彼此所守之道，才能保持这种荣悴不渝的友情。

孟郊和张籍是韩愈最亲密的同道和知交，但两人诗风奇险与平淡各异其趣。从三人的结交过程也可以看出，当时这一群体的会聚不是因为诗风的取向，而是由于复古理念的一致。无论是韩愈所称的张籍"古淡"，还

---

[1] 《孟生诗》，《韩昌黎诗系年集释》上册，第 12 页。
[2] 《韩昌黎诗系年集释》上册，第 56 页。
[3] 《韩昌黎文集注释》上册，第 206 页。
[4] 《韩昌黎诗系年集释》上册，第 528 页。
[5] 《送孟东野序》，《韩昌黎文集注释》上册，第 352 页。
[6] 《连州吟》三章其二，《孟郊诗集校注》第 257 页。
[7] 《赠韩郎中愈二首》其一，《孟郊诗集校注》第 298 页。

是孟郊"雄鸷",都同属于其复古兴化的阵营。此后随着韩、孟在诗坛上影响的日益扩大,其奇险诗风吸引了更多具有尚奇倾向的诗人,也同样是以复古理念的一致为背景的。

## 第二节　奇险诗创作高潮形成的地域原因和思想基础

中唐奇险诗风发展的第三个阶段,也就是高潮时期,约从贞元末到元和九年。不仅韩愈和孟郊在此期间创作了大量奇诗,而且以奇险诗风著称的卢仝、李贺、贾岛等诗人也都在元和前期与韩、孟相识,并在长安、洛阳诗坛上获得声名,形成一股尚古求奇的强大声势。这一时期奇险诗创作迅速达到高潮,首先与一批创作倾向相同的尚奇诗人陆续会聚到长安、洛阳,尤其是在洛阳有相对稳定的一段交游生活有关。

贞元末韩愈在被贬阳山以后,写作了不少奇险的长篇古诗,开始形成其独特的雄怪诗风。永贞元年八月,宪宗即位后,韩愈量移江陵。元和元年六月自江陵回京任国子博士,这期间有多篇五七言古诗描写和回忆其贬谪经过和沿途见闻。诗人为怨愤之情所激发,将湘中到岭南的山水妖魔化,以影射自己的政治处境,可说是因贬谪而进入了奇诗创作最初的高峰期。回到长安后与张籍、张彻、孟郊等会合京师,作《会合联句》,回顾昔日离别今日会合的悲喜之情。四人共三十四韵,用二肿韵一韵到底,对蛮荒"鬼窟"的恐怖险恶极尽形容之能事,雄奇激越,新峭宏肆,充分展现了这群复古同道一起用奇诗向社会宣示自己"剑心知未死,诗思有孤耸"的桀骜意气[1]。

《会合联句》仿佛标志着奇险诗风成为群体追求的开始。此后几年,奇诗的爱好者接踵而来,在长安和洛阳与韩、孟会合。元和元年,韩愈与孟郊同游终南山[2],写出了穷极百怪的代表作《南山诗》,又与孟郊和张籍等一起,写作了《纳凉联句》《同宿联句》《雨中寄孟刑部几道联句》

---

[1]　《会合联句》(孟郊句),《韩昌黎诗系年集释》上册,第410页。
[2]　此用傅璇琮主编《唐五代文学编年史·中唐卷》之说,第635页,辽海出版社1998年。

《秋雨联句》《城南联句》《征蜀联句》等长篇联句，最长的《城南联句》达一百五十韵。这批联句的作者均以韩、孟为主，二人僻搜巧炼，排空生造，惊人之句层出不穷，如韩、孟自己所说："窥奇摘海异，恣韵激天鲸。肠胃绕万象，精神驱五兵。""大句斡玄造，高言轧霄峥。"[1]其风格之纵横怪变，更甚于各自的作品。尤其是孟郊，平时多数诗篇的语言以平易为主，而在联句里，则和韩愈一样难词险韵手到擒来，笔力与韩愈相敌。这些联句不但促使他们竞相追逐，争奇斗险，对于扩大奇险诗风的社会影响产生了重要作用，同时也标志着韩愈、孟郊的奇诗创作进入了新的高峰期。

元和元年末或次年，孟郊为郑余庆奏授水陆运从事试协律郎，定居洛阳，韩愈以国子博士求分司东都，四年又为都官员外郎分司东都，五年冬为河南令，次年虽一度入京任职方员外郎，但七年又贬国子博士分司东都，直到八年改比部郎中、史馆修撰才又入长安。因而自元和二年以来六七年间，多数时间与孟郊同在洛阳。其他诗人也因不同原因陆续来到洛阳，韩愈和这些诗人相互呼应，一起创作了多篇震惊诗坛的怪诗，形成一个交游密切、引人注目的创作群，遂使以韩愈为首的群体性的奇险诗风达到了高潮。如皇甫湜于元和元年中进士，元和三年登贤良方正、能言极谏科，因言论激切被贬陆浑县尉。因陆浑位于洛阳西南，距离较近，因而得以与韩愈过从，是年冬天作《陆浑山火》，韩愈遂作《陆浑山火和皇甫湜用其韵》，成为他继《南山诗》之后的另一篇以奇险著称的名作。刘叉也于元和二年结识孟郊，又于三年谒见韩愈，并作《冰柱》《雪车》等诗，《新唐书·韩愈传》谓"出卢仝、孟郊右"，显然也是指其险怪更超过卢、孟。李贺于三年自昌谷至洛阳，以诗谒见韩愈，韩愈为其举进士而作《讳辩》。李贺遂在洛阳参加河南府试。韩愈于元和四年和樊宗师、卢仝一起从洛阳到少室拜访李渤。卢仝将卜居洛阳，五年春回扬州搬家，载书归洛阳，八月作著名的《月蚀诗》，尤为怪奇，韩愈也作诗仿效。此后卢仝又与马异结交，与孟郊、韩愈同在洛阳，直到七年或稍后病卒[2]。贾岛也在元和五年冬到

---

[1] 《城南联句》（韩愈句），《韩昌黎诗系年集释》上册，第482页。
[2] 关于卢仝之死，另有一说为罹甘露之祸，卒于大和九年，虽有驳斥此说者，但仍有持此见者。本书从傅璇琮主编《唐五代文学编年史·中唐卷》（辽海出版社1998年）第710页所考。

长安投谒张籍,次年春由长安到洛阳谒见韩愈、孟郊,随孟郊学古诗。又随韩愈入长安,冬归范阳。七年又返长安,与张籍为邻。元和九年孟郊被郑余庆辟为参谋,试大理评事,八月在赴任途中暴病而亡。此后元和十一年李贺又自潞州返昌谷病故。卢仝、孟郊、李贺的去世标志着这一奇险诗歌创作的高潮期基本结束。韩愈晚年随着官职越升越高,不再热衷于奇诗的创作。贾岛则与姚合、张籍、无可等交往,主要写作五律,诗风转向清僻。到长庆四年韩愈去世,中唐尚奇诗风便退出诗坛。尽管在晚唐尚有一些余波,但作为一个阶段性的创作现象已成为历史。

中唐奇险诗风在元和初以后的九年间达到高潮,固然是因为韩、孟这一期间多数时间生活在洛阳,因地域之便吸引了一批尚奇诗人,形成了奇诗创作的交游圈;但最根本的还是其复古理念的一致。他们之中除了韩愈晚年成为达者以外,其他多为终生沉沦于"贫官""卑官"的贫贱士人,有的甚至失去了进仕的资格。相同的潦倒境遇使他们对社会的势利和不公具有更为强烈的感受。因而恢复清明公道的纯古社会,成为他们共同的幻想。其不平之气看似只是为个人的落魄遭际所发,但实际上所有的牢骚都指向颓弊的浮俗,所以他们的诗集中充斥着"古心""古乐""古吟""古文""古风""古交"这类的语词。以此作为批判现实的标准,使他们更感到自己所受的种种轻侮和冷遇都是浇薄世俗对有道君子的压迫。而他们所理想的古道的核心价值也不外乎元结早就提出的公直、忠信、退让、仁义、耻杀等理念,只是在诗中处处以"古"与"俗"相对比的方式做了更明确的表述,与元结主要在古文中论述有所不同而已。

生活在藩镇叛乱此起彼伏的中唐,复兴古道首先需要一个德化的太平治世,因此这一群体的士人对于"帝王理乱之道"都有深切的关注。例如孟郊希望天子能以盛德致太平盛世:"天念岂薄厚,宸衷多忧焦。忧焦致太平,以兹时比尧。"[1]而太平盛世当以仁义为先,效法尧舜,休兵止杀:"尧舜宰乾坤,器农不器兵。"[2]"以兵为仁义,仁义生刀头。刀头仁义腥,

---

[1]《晚雪吟》,《孟郊诗集校注》第134页。
[2]《吊国殇》,《孟郊诗集校注》第461页。

君子不可求。"[1]只有以德教化，才能达致"君臣逸雍熙，德化盈纷敷"[2]的理想治世。而要以仁义为先，君子就负有忠君报国的责任："壮士心是剑，为君射斗牛。朝思除国雠，暮思除国雠"[3]，"犹闻汉北儿，怙乱谋纵横"，"岂无感激士，以致天下平"[4]。韩愈与孟郊一样，"生平企仁义，所学皆孔周"[5]，并与孟郊互勉："苟能行忠信，可以居夷蛮。嗟余与夫子，此义每所敦。"[6]在汴州兵乱之后，面对"天下兵又动，太平竟何时？讦谟者谁子？无乃失所宜。前年关中旱，闾井多死饥。去岁东郡水，生民为流尸"[7]的现实，他慷慨陈词："报国心皎洁，念时涕汍澜。""排云叫阊阖，披腹呈琅玕。"[8]虽然"无由至彤墀"，却"刳肝以为纸，沥血以书辞，上言陈尧舜，下言引龙夔"[9]，还劝导张建封："当今忠臣不可得，公马莫走须杀贼。"[10]希望这个时代能够"德风变浇巧，仁气销戈矛"[11]。当他走上仕途以后，也确实以其两次直言被贬的经历践行了君子的忠信之道，而且敢于孤身直入叛乱的王廷凑军中，以忠节大义面谕镇州乱军，可称古诤臣的榜样。而卢仝认为"天生圣明君，必资忠贤臣。舜禹竭股肱，共佐尧为君"，但现在"可怜万乘君，聪明受沉惑"[12]。所以他虽为布衣，却要为"天公行道"除害，自称"地上蚍蜉臣全，告诉天皇，臣心有铁一寸，可刳妖蟆痴肠"，"敢死横干天，代天谋其长"[13]，表现了为君清除"大恶"的忠勇胆气。李贺同样表达过"吾将嗓礼乐，声调摩清新。欲使十千岁，

---

[1]《寒溪九首》其六，《孟郊诗集校注》第234页。
[2]《旅次湘沅有怀灵均》，《孟郊诗集校注》第253页。
[3]《百忧》，《孟郊诗集校注》第76页。
[4]《感怀》，《孟郊诗集校注》第118页。
[5]《赴江陵途中》，《韩昌黎诗系年集释》上册，第289页。
[6]《江汉一首答孟郊》，《韩昌黎诗系年集释》下册，第919页。
[7]《归彭城》，《韩昌黎诗系年集释》上册，第119—120页。
[8]《龊龊》，《韩昌黎诗系年集释》上册，第101页。
[9]《归彭城》，《韩昌黎诗系年集释》上册，第120页。
[10]《汴泗交流赠张仆射》，《韩昌黎诗系年集释》上册，第103页。
[11]《远游联句》（韩愈句），《韩昌黎诗系年集释》上册，第45页。
[12]卢仝《感古四首》其一，彭定求等编《全唐诗》卷三八八，第4384页，中华书局1960年。
[13]《月蚀诗》，《韩昌黎诗系年集释》下册，第762—765页附。

帝道如飞神"[1]的愿望，即"作为雅颂以歌咏休明之德"[2]，使帝道为万年所仰。他借伶伦正音律之事感叹古律湮没，而"无德不能得此管，此管沉埋虞舜祠"[3]，也同样是说明要有虞舜之德，才能重聆古乐，复兴古道。

与元结一样，奇险诗人群体标举直道，视贪竞、巧谄、邪曲为污浊之源。如孟郊鄙视这"人心忌孤直，木性随改易"的"近世"[4]，崇尚"弦贞松直"的"古风"[5]。由于"好人常直道，不顺世间逆。恶人巧谄多，非义苟且得"，"君子大道人，朝夕恒的的"[6]，因而只能"守淡遗众俗"，"方全君子拙"[7]。拙直的君子无法与众俗共处，正是因为这贪婪竞争的名利场，使淡泊退让的君子无处容身："奈何贪竞者，日与患害亲。"[8] "始知喧竞场，莫处君子身。"[9] "秦俗动言利，鲁儒欲何丐？"[10]但即使如此，他仍然坚信"君子山岳定，小人丝毫争。多争多无寿，天道戒其盈"[11]，表示"直气苟有存，死亦何所妨"[12]，"有骨不为土，应作直木根"[13]。韩愈初入仕途，便已深感"君门不可入，势利互相推"[14]，"人情忌殊异，世路多权诈"[15]。不久又因"直道败邪径，拙谋伤巧诼"[16]而被贬岭南，因而他对谗夫"巧谮"切齿痛恨，恨"不能刺谗夫，使我心腐剑锋折"[17]。又将小人比作遍地蚊蝇："蝇蚊满八区，可尽与相格？"[18]将争名夺利的世人比作喧

---

[1] 《出城别张又新酬李汉》，李贺著，王琦等注《李贺诗歌集注》第324页，上海古籍出版社1977年。
[2] 王琦注"吾将"二句，见《李贺诗歌集注》第325页注（12）。
[3] 《苦篁调啸引》，《李贺诗歌集注》第255页。
[4] 《衰松》，《孟郊诗集校注》第79页。
[5] 《遣兴》，《孟郊诗集校注》第80页。
[6] 《择友》，《孟郊诗集校注》第122页。
[7] 《西斋养病夜怀多感》，《孟郊诗集校注》第157页。
[8] 《隐士》，《孟郊诗集校注》第83页。
[9] 《长安羁旅行》，《孟郊诗集校注》第4页。
[10] 《秋雨联句》（孟郊句），《韩昌黎诗系年集释》上册，第473页。
[11] 《秋怀十五首》其八，《孟郊诗集校注》第160页。
[12] 《答卢仝》，《孟郊诗集校注》第338页。
[13] 《吊比干墓》，《孟郊诗集校注》第462页。
[14] 《将归赠孟东野房蜀客》，《韩昌黎诗系年集释》上册，第139页。
[15] 《县斋有怀》，《韩昌黎诗系年集释》上册，第229页。
[16] 《纳凉联句》（韩愈句），《韩昌黎诗系年集释》上册，第419页。
[17] 《利剑》，《韩昌黎诗系年集释》上册，第182页。
[18] 《杂诗四首》其一，《韩昌黎诗系年集释》上册，第242页。

闹的蝉鸣："争名求鹄徒，腾口甚蝉喝。"[1]他虽然鼓励寒士们积极仕进，但还是认为"仁者耻贪冒，受禄量所宜"[2]。卢仝更是对不仁不义、趋炎附势、黄钟毁弃、瓦釜雷鸣的世风做了全面的批判："今人异古人，结托惟亲宾。毁圻维鹊巢，不行鸤鸠仁。鄙吝不识分，有心占阳春。鸾鹤日已疏，燕雀日已亲。小物无大志，安测栖松筠。恩眷多弃故，物情尚逐新。瓦砾暂拂拭，光掩连城珍。"[3]而且对于能否改变现状十分悲观："假如屈原醒，其奈一国醉。一国醉号呶，一人行清高。便欲激颓波，此事真徒劳"[4]。因而不由得哀叹："人钩曲，我钩直，哀哉我钩又无食。文王已没不复生，直钩之道何时行。"[5]李贺因避父名讳而不得举进士，深感"学为尧舜文，时人责衰偶"[6]的自己和陈商等寒士无路可走。这种不公遭际，使他深感天地间到处都是吃人的鬼蜮："天迷迷，地密密，熊虺食人魂。雪霜断人骨。嗾犬狺狺相索索，舐掌偏宜佩兰客。"[7]贾岛把"喧喧徇声利，扰扰同辙迹"[8]的俗世比作"暗室"[9]，认为世俗之人恶直喜曲："曲言恶者谁，悦耳如弹丝。直言好者谁，刺耳如长锥。"[10]感叹古言在今时缺乏知音，常为俗言搅浑："真集道方至，貌殊妒还多。山泉入城池，自然生浑波。今时出古言，在众翻为讹。有琴含正韵，知音者如何？"[11]因而他非常推崇陈商坚持在荆棘丛中探寻古道："古道长荆棘，新歧路交横。君于荒榛中，寻得古辙行。"[12]总之，在这些具有代表性的奇险诗人心目中，颓俗和古风之间的对立主要体现为曲直、邪正、巧拙、浊清、贪廉、争让之间的对立，这种复古理念的内涵与元结完全是一脉相承的。

---

[1] 《雨中寄孟刑部几道联句》（韩愈句），《韩昌黎诗系年集释》上册，第466页。
[2] 《寄崔二十六立之》，《韩昌黎诗系年集释》下册，第862页。
[3] 卢仝《感古四首》其三，《全唐诗》卷三八八，第4385页。
[4] 卢仝《感古四首》其二，《全唐诗》卷三八八，第4385页。
[5] 卢仝《直钩吟》，《全唐诗》卷三八八，第4383页。
[6] 《赠陈商》，《李贺诗歌集注》第191页。
[7] 《公无出门》，《李贺诗歌集注》第280页。
[8] 贾岛《感秋》，贾岛著，齐文榜校注《贾岛集校注》第15页，人民文学出版社2001年。
[9] 贾岛《寓兴》："莫居暗室中，开目闭目同。"（《贾岛集校注》第26页）
[10] 《送沈秀才下第东归》，《贾岛集校注》第39页。
[11] 《寓兴》，《贾岛集校注》第73页。
[12] 《送陈商》，《贾岛集校注》第65页。

在标举忠信、仁义、正直、廉退的同时，这批诗人更进一步申述了君子交友之道。由于身处贫贱的君子进则需要贤人的赏识和荐引，退则需要同道知音的鼓励和慰藉，他们特别推崇真正的友道。而世俗的重利轻义、好妒多谤，也成为直接伤害古道君子的歪风邪气。孟郊常常慨叹"结交非贤良，谁免生爱憎"[1]，"结交若失人，中道生谤言"[2]，"古人结交而重义，今人结交而重利"[3]。韩愈在仕途中几起几落，对"朋交日凋谢，存者逐利移"[4]感触尤深。贾岛也反复强调交友要"上不欺星辰，下不欺鬼神。知心两如此，然后何所陈"，"掘井须到流，结交须到头"[5]，"君子忌苟合，择交如求师"[6]。卢仝则写了《门箴》申明自己的交友观："贪残奸酗，杀佞讦愎，身之八杀。背惠、恃己、狎不肖、妒贤能，命之四孽。有是有此予敢辞，无是无此予之师，一日不见予心思。思其人，惧其人，其交其难，敢告于门。"[7]他还在《与马异结交诗》中直言："平生结交若少人，忆君眼前如见君。青云欲开白日没，天眼不见此奇骨。"[8]平生结交之所以少，是因为君子不能苟合，而世上像马异这样的奇骨又往往被埋没。由此反过来也可以见出他们肯于交往的都是自己的同道，这就自然促使像他们这样的奇骨走到了一起。

当然与元结相比，这些诗人对于儒家古道的理解更为纯粹，君子道德经过他们的纯化，淘汰了所有的杂质。韩愈力排杨朱、墨子以及佛教和道教，是众所周知的。因为他认为佛和道都违背了人伦常理，同样是世风不古的根源。成仙之说固然是欺诳无知的世人："神仙虽然有传说，知者尽知其妄矣。圣君贤相安可欺，干死穷山竟何俟。"[9]佛教更是扰乱中华秩序："佛法入中国，尔来六百年。齐民逃赋役，高士著幽禅。官吏不之

---

[1] 《寒江吟》，《孟郊诗集校注》第 72 页。
[2] 《审交》，《孟郊诗集校注》第 74 页。
[3] 《伤时》，《孟郊诗集校注》第 87 页。
[4] 《寄崔二十六立之》，《韩昌黎诗系年集释》下册，第 861 页。
[5] 《不欺》，《贾岛集校注》第 24 页。
[6] 《送沈秀才下第东归》，《贾岛集校注》第 39 页。
[7] 《全唐诗》卷三八八，第 4386 页。
[8] 卢仝《与马异结交诗》，《全唐诗》卷三八八，第 4384 页。
[9] 《谁氏子》，《韩昌黎诗系年集释》上册，第 790 页。

制,纷纷听其然。耕桑日失隶,朝署时遗贤。"[1]孟郊、卢仝虽然和僧人道士都有来往,难免应酬赠答,但孟郊也曾讽刺"岂知黄庭客?仙骨生不成"[2],《求仙曲》尤为尖锐:"仙教生为门,仙宗静为根。持心若妄求,服食安足论?"[3]指出道家原以清静为本,然而企图靠服食丹药以求长生,实在是痴心妄想。卢仝则直截了当地规劝沈山人"莫合九转大还丹,莫读三十六部大洞经"[4],"太上道君莲花台,九门隔阔安在哉?呜呼沈君大药成,兼须巧会鬼物情。无求长生丧厥生"[5]。而且当山人"示我挿血不死方"时,毫不客气地拒绝:"肉眼不识天上书,小儒安敢窥奥秘。"[6]对于另一位"敲骨得佛髓"的名僧含曦上人,卢仝的态度和韩愈一样,嫌其谈论"聒人耳",劝他"假如慵裹头,但勤读书史"。但这位名僧还热衷于"封灶养黄金,许割方寸匕",卢仝的回复却是:"药成必分余,余必投泥里。"[7]其口气之决绝令人捧腹。李贺诗中虽然颇多仙鬼神巫的想象,但是他并不相信长生求仙之事:"神君何在,太一安有?""何为服黄金,吞白玉?谁是任公子,云中骑白驴?刘彻茂陵多滞骨,嬴政梓棺费鲍鱼。"[8]相比之下,天宝、大历提倡古道的诗人虽然奉儒,却对仙道佛教都有兴趣,元结的《望仙府》《橘井》等篇仍然向往着"诣仙府兮从羽人,饵五灵兮保清真"[9]。顾况更是最后被授上清道箓,成为道士。因而韩、孟一派诗人虽然大体上继承了元结以来复古思潮的核心理念,但更进一步理清了古道的内涵,排斥世俗、捍卫古道的决心和态度也更为坚决。

综上可见,这派诗人所反复阐述的古道,都是指向当时风俗的败坏,而且一致认为要从根本上复兴古道,只有继承圣人,修教设化。如韩愈《本政》说:"闻于师曰:'古之君天下者,化之不示其所以化之之道;及

---

[1] 《送灵师》,《韩昌黎诗系年集释》上册,第202页。
[2] 《伤哉行》,《孟郊诗集校注》第19页。
[3] 《孟郊诗集校注》第55页。
[4] 卢仝《忆金鹅山沈山人二首》其一,《全唐诗》卷三八八,第4381页。
[5] 卢仝《忆金鹅山沈山人二首》其二,《全唐诗》卷三八八,第4382页。
[6] 卢仝《赠金鹅山人沈师鲁》,《全唐诗》卷三八八,第4382页。
[7] 卢仝《寄赠含曦上人》,《全唐诗》卷三八九,第4388—4389页。
[8] 《苦昼短》,《李贺诗歌集注》第221—222页。
[9] 元结《望仙府》,《全唐诗》卷二四〇,第2700页。

其弊也，易之不示其所以易之之道。政以是得，民以是淳。'"[1]认为只有恢复西周的盛德，才能使凤凰和鸣，时俗安康："昔周有盛德，此鸟鸣高冈"，"闻者亦何事？但知时俗康"[2]。孟郊也盼望着"谁能嗣教化，以此洗浮薄"[3]。卢仝借放鱼一事，称赞"刺史自上来，德风如草铺。衣冠兴废礼，百姓减暴租。豪猾不豪猾，鳏孤不鳏孤"，只是遗憾"刺史官职小，教化未能敷"[4]。他的理想是"吾若有羽翼，则上叩天关。为圣君请贤臣，布惠化于人间"[5]。因而他们理解的教化，不仅仅是《诗大序》所说"美教化，移风俗"，以及汉儒诗教说所主张的美刺讽喻说，而且是以上古的道德理想为标准，从根本上恢复淳朴的社会风俗。

　　为实现终极的复古理想，他们又比元结更明确地强调了得道君子在设教修化中的重要责任，并据此阐明了贤人君子应当得其位的理由。关于士与教化的关系，董仲舒早就说过："故养士之大者，莫大乎太学；太学者，贤士之所关也，教化之本原也。"[6]养士，当然是要为朝廷所用，朝廷倘若不能识贤用士，教化就无法施行。因而贤人君子能否为朝廷进用，能否在位行道，便关系到教化的根本。孟郊在《吊元鲁山十首》其六里更透彻地说明了这个道理："言从鲁山宦，尽化尧时心。豺虎耻狂噬，齿牙闭霜金。竞来辟田土，相与耕嵚岑。常宵无关锁，竟岁饶歌吟。善教复天术，美词非俗箴。精微自然事，视听不可寻。因书鲁山绩，庶合箫韶音。"[7]元鲁山作为古道君子的楷模，他的仕宦可使百姓之心都化为尧舜之民心；可使豺狼虎豹都以吃人为耻，不再作恶；可使人人竞相开辟田地，耕耘山岭；可使百姓夜不闭户，终年歌吟。这就自然以善教恢复天道，以颂美之词替代诫俗之箴。所以鲁山的政绩，被之管弦就是合乎舜乐的雅音。孟郊通过赞美元德秀，具体地说明了他所理想的教化的内涵及其与古道君子从

---

[1]　《韩昌黎文集注释》上册，第74页。
[2]　《岐山下二首》其一，《韩昌黎诗系年集释》上册，第19页。
[3]　《吊元鲁山十首》其七，《孟郊诗集校注》第464页。
[4]　卢仝《观放鱼歌》，《全唐诗》卷三八七，第4368页。
[5]　卢仝《蜻蜓歌》，《全唐诗》卷三八九，第4389页。
[6]　《汉书》卷五六《董仲舒传》，第2512页，中华书局1962年。
[7]　《吊元鲁山十首》其六，《孟郊诗集校注》第464页。

政的关系，乃至如何实现大雅颂声的问题。正因如此，这些德才兼备的贫贱之士可以理直气壮地将自己的干求仕进视为君子行道，如韩愈所说："自古圣人贤士皆非有求于闻用也。闵其时之不平，人之不义，得其道，不敢独善其身，而必以兼济天下也。"[1] 也就是说，贤人君子并不为自己求闻达，而是因为能得兴化之古道，就必须兼济天下，不能只顾独善其身。根据这一逻辑，他们的仕进就不仅仅是关乎个人功名富贵的问题，而是关系到天下能否化成的本源。

由于这些诗人自觉赋予古道君子以修教兴化的责任，而贤人又常因不合流俗而穷困潦倒，无法实现其复古行道之志，于是他们自然将个人的怀才不遇视为世俗对君子的迫害。如孟郊所说"顾余昧时调"，"俗窄难尔容"[2]。但即使俗流汹涌，也决不随波逐流，而是心甘情愿终生承担古道的重任："黄河倒上天，众水有却来。人心不及水，一直去不回。一直亦有巧，不肯至蓬莱，一直不知疲，唯闻至省台。忍古不失古，失古志易摧。""诗老失古心，至今寒皑皑。古骨无浊肉，古衣如藓苔。劝君勉忍古，忍古销尘埃。"[3] 诗人认为不古的人心犹如倒退的众水，能一直淹到台省。而担荷古道的君子则要从里到外始终不失古心[4]，保住古骨不生浊肉。因为一旦失去古心，志气就容易被摧毁。只要至死坚守古道，终可消除世俗的尘埃。总之，这些诗人不但将古道君子和颓靡世俗的尖锐对立强调到前所未有的程度，而且对时俗的挤压和谗害也具有前所未有的敏感，这就使他们在命运的哀叹和对流俗的反抗中激发出种种奇想。这种坚持"忍古不失古"的自觉意识就是尚奇之风在中唐古诗中产生的思想基础。

---

[1]《争臣论》，《韩昌黎文集注释》上册，第170页。
[2]《劝善吟醉会中赠郭行余》，《孟郊诗集校注》第69页。
[3]《秋怀十五首》其十四，《孟郊诗集校注》第162页。
[4] "忍古"，华忱之、喻学才注解为"担荷古道"。此用其解。"忍"在此有承担、耐受之意。

## 第三节 "补元化"的哲学思考和创作理念

孟郊称元德秀是"补元化"[1]的贤人，李贺在《高轩过》里称赞韩愈和皇甫湜"笔补造化天无功"[2]，卢仝也曾写到女娲补天不用心，以致上苍招马异来"补元气"[3]，从字面上看，意思大致类似，都是认为造化元气不足，须人工来弥补。论者一般都举李贺此句为例，说明奇险诗派构思鬼斧神工的特点。这固然不错，但若联系其语境来看，还可以发现"补元化"的说法包含着这些诗人对古道的更深刻的哲理思考，以及由此而派生的独特的创作理念。而从这两方面的内涵又可见出中唐奇险诗人的复古思想与天宝、大历年间的复古诗人之间最重要的差别，正是中唐诗人在诗歌中自觉追求奇特表现的根本原因所在。

"补元化"之说是孟郊在《吊元鲁山十首》[4]中提出来的。对于元德秀高尚道德的示范意义，元结虽然已经特别指出，但他主要是"以元大夫德行遗来世清独君子，方直之士"，视之为后世士大夫修身立德的榜样。孟郊则将元德秀树为贤人君子的典范，系统地阐发了君子与天道的关系，将君子修身立德和能否行道的问题提高到哲学层面来思考。其一说："搏鸷有余饱，鲁山长饥空。豪人饫鲜肥，鲁山饭蒿蓬。食名皆霸官，食力乃尧农。君子耻新态，鲁山与古终。天璞本平一，人巧生异同。鲁山不自剖，全璞竟没躬。"诗人首先将鲁山的穷困与那些凭借虚名和权势的官僚富豪加以对比，前者如尧舜之农力耕求食，却只有蓬蒿填腹，终年饥饿；后者如鹰鸷搏击，猎杀凡鸟，不但常有余饱，更是饫甘餍肥。然而鲁山作为君子，耻于趋时务新，终生独守古道。璞玉天生自然均一，经人工雕琢才会造成异同。鲁山不求自剖巧琢，所以能保持本真直至没世。这就从天人关系的角度指出新态与古道的对立，君子保持天璞，反对人巧，贫贱不移，

---

[1] 《吊元鲁山十首》其三，《孟郊诗集校注》第464页。
[2] 《李贺诗歌集注》第291页。
[3] 卢仝《与马异结交诗》，《全唐诗》卷三八八，第4384页。
[4] 《孟郊诗集校注》第463—465页。

才能独与古终。其二承接其一"鲁山不自剖",说明"自剖"对社会的危害:"自剖多是非,流滥将何归。奔竞立诡节,凌侮争怪辉。五常坐销铄[1],万类随衰微。以兹见鲁山,道蹇无所依。"大朴自剖便产生是非[2],风气亦泛滥流荡无所归依。人们为追求名利而奔走竞争,不顾操守,互相欺凌。伦理纲常因此被毁,万物随之衰微,由此可知鲁山为何困窘无依。据《新唐书·元德秀传》,元德秀曾作《蹇士赋》以自况。孟郊诗强调其"道蹇",不仅仅是指其个人时乖命蹇,更是要说明君子道蹇是因为天下歪风邪气泛滥成灾。其三进一步申述道蹇的根本原因:"君子不自蹇,鲁山蹇有因。苟含天地秀,皆是天地身。天地蹇既甚,鲁山道莫伸。天地气不足,鲁山食更贫。始知补元化,竟须得贤人。"诗人认为君子不会因为自己而困顿,鲁山的道蹇另有其因。《礼记·礼运》说:"故人者,其天地之德,阴阳之交,鬼神之会,五行之秀气也。"[3]倘若人人皆含天地之秀,自然都属于天地之身。天地既然困窘至极,鲁山之道也就无处可伸。天地之气不足,鲁山之食更加匮乏。而天地之蹇是因为世俗风气流滥无所归依,既然只有贤人能保持"不自剖"的"天璞"和"大朴",始终饱含天地之秀气,那么要想补足元化,就必须求得贤人。这三首诗通过步步申论,自成逻辑地提出了"补元化"的理念,以及只有贤人才能补天的结论。这就将君子道蹇归因于天地之蹇,将贫贱士人的困顿关联到元化大道的哲理层面,也将贤人君子在天人关系中的地位提升到前所未有的高度。

以下七首诗分别从几方面发挥其三的意思。其四说:"贤人多自霾,道理与俗乖。细功不敢言,远韵方始谐。万物饱为饱,万人怀为怀。一声苟失所,众憾来相排。所以元鲁山,饥衰难与偕。"这一首从贤人立身之道说明其为何饥衰:贤人往往深自埋藏,所守之道与世俗乖违,他不计细功小利,只求远韵雅音。他以万民之饥饱为饥饱,以万民之思虑为思虑。所以动辄即遭世人排斥,只能困于饥衰,难与俗流相偕。可见秉受元化之

---

[1] "五常坐销铄",据华忱之、喻学才校,此句沈校钞本、明钞本、《全唐诗》作"五帝坐销铄",应以"常"为是。

[2] 孟郊《和宣州钱判官使院厅前石楠树》说:"大朴既一剖,众材争万殊。"(《孟郊诗集校注》第408页)可知这里以"天璞"比喻"大朴","鲁山不自剖"指不损大朴,保持原始的混沌元气,不加雕凿。

[3] 陈澔注《礼记集说》卷四"礼运第九",第126页,上海古籍出版社1987年。

气的贤人君子具有民胞物与的博大胸怀,这却正是他不能为俗众接受的原因。其五紧承上首之意:"远阶无近级,造次不可升。贤人洁肠胃,寒日空澄凝。血誓竟讹谬,膏明易煎蒸。以之驱鲁山,疏迹去莫乘。"君子虽有远怀,但无近便的梯级可以升阶。贤人因饥饿而肠胃空空,洁净得犹如寒日映照澄水。贤人的血誓竟无法实现,贤人的光亮如灯膏自煎。所以要想追赶鲁山,其稀疏的足迹实难找寻。这一首指出贤人既有远抱,自当大用,但只能像鲁山这样空有报国为民的誓言,徒自煎熬。"贤人"两句字面上是形容其饥肠空寒之状,但又令人联想到贤人肠胃清洁,天空才能光明澄净。其实是再次以人与天相应,强调了贤人为天地之身、可"补元化"的意思。

鲁山未能登上远阶,但做过县令,因此其六"言从鲁山宦"就专讲他在鲁县实施教化的政绩,具体说明了贤人君子"善教复天术,美词非俗箴"的重要作用。善教能恢复天道,能使歌颂王化之美词流播俗世,这就是贤人"补元化"的具体表现。所以对鲁山功绩的书写与箫韶这样的舜乐是相符的。其七由"箫韶音"自然带出元鲁山集乐工歌《于芳于》被玄宗赞为"贤人之歌"的故事:"箫韶太平乐,鲁山不虚作。千古若有知,百年幸如昨。谁能嗣教化,以此洗浮薄。君臣贵深遇,天地有灵橐[1]。力运既艰难,德符方合莫。名位苟虚旷,声明自销铄。礼法虽相救,贞浓易糟粕。哀哀元鲁山,毕竟谁能度!"教化的根本目的是实现王化之治,让民间响起歌颂太平的尧舜之乐。这一首说到元鲁山作乐,本于他曾经作乐的事实。《旧唐书·元德秀传》载鲁山曾著《季子听乐论》和《蹇士赋》,李华《三贤论》谓元德秀"以为王者作乐颂德,殷荐上帝,以配祖考,天人之极致也。而词章不称,是无乐也,于是作《破阵乐词》。是乐也,协商周之《颂》。推是而论,则见元之道矣"[2]。其《元鲁山墓碣铭并序》又提及元德秀"所著文章,根元极则《道演》,寄情性则《于芳于》,思善人则《礼

---

[1] 语本《老子道经》第五章:"天地之间,其犹橐籥。"(朱谦之《老子校释》第24页,中华书局1963年)橐:鼓风冶金之具,犹今之风箱。籥:中空如管笛。橐籥为冶炼所用吹风炽火之器。
[2] 《全唐文》卷三一七,第1421页。

咏》，多能而深则《广吴公子观乐》"[1]。按此说法，元鲁山作《破阵乐》，是王者颂德之乐，这种乐可配商周颂声，用于奉献上帝，便达到了天人和谐的极致。联系其所作《礼咏》以及《季子听乐论》等文，可见元鲁山的乐教观主要是发挥吴季札的观念，视大雅为"文王之德"，颂为"盛德之所同"，小雅为"周德之衰"[2]，则"元之道"主要还是盛唐制礼作乐的教化观念。孟郊在这一根本观念上仍然继承了元德秀之道，只是他的关注重心在如何继承教化以清洗浇薄浮俗的问题上。他认为关键在君臣能深度遇合，也就是贤人君子能被君王信任重用，这才能给天地装上鼓风箱，使其具有运转的动力。现在国家运转艰难，须以德治，使鬼神感通[3]，天人和谐。贤人如果不得名位，则声教文明自然销毁。即使用礼法相救，终究易使贞正之道掺进糟粕。这与元结所说"大道清粹，滋于至德，至德蕴沦而人自纯"意思一样，教化要以"布德行化"为上，用礼用法均在其次。这一首说清了贤人君子要"补元化"必须得其位，君臣深相遇合，才能使天地获得正常运转的动力。

关于天人关系的讨论，是先秦以来哲学思想中的一个大问题。天道尊严，敬天地畏鬼神，是在上古就形成的一种重要文化观念。如果说先秦诸子中还有不同的声音，如荀子所说"明于天人之分"，还是指"天行有常，不为尧存，不为桀亡。应之以治则吉，应之以乱则凶"，也就是说"治乱非天"，"天有常道"[4]，不受人事影响，那么自汉武帝独尊儒术以来，明天人之际、通古今之义，就成为此后儒者所追求的学养[5]。尽管像王充这样的思想家仍然坚持认为天道自然无为："黄、老之家，论说天道，得其

---

[1]《全唐文》卷三二〇，第1436页。
[2] 事见《左传》襄公二十九年。关于吴季子观乐的评论，参见拙文《试论春秋后期"诗亡"说》，《中华文史论丛》总第78辑，上海古籍出版社2004年。
[3] "德符方合莫"之"合莫"指古代祭祀时，祭者与被祭祀者精神感通和合。这也正是天人和谐的体现。
[4]《荀子·天论》，王先谦《荀子集解》卷十一，第527、533、534页，台北艺文印书馆1977年。
[5]《史记》卷一二一《儒林列传》载公孙弘为学官，向武帝请求，今后"以文学礼义为官"，"明天人分际，通古今之义，文章尔雅，训辞深厚，恩施甚美"，"自此以来，则公卿大夫士吏斌斌多文学之士矣"（第3119—3120页，中华书局1959年）。

实矣。"[1] 但是很多儒者都接受了"天人同心"[2]"天人合德""天人同道"[3]的思想。董仲舒曾对武帝全面阐述过天人相与和礼乐教化的关系："《春秋》之中，视前世已行之事，以观天人相与之际，甚可畏也。国家将有失道之败，而天乃先出灾害以谴告之，不知自省，又出怪异以警惧之，尚不知变，而伤败乃至。以此见天心之仁爱人君而欲止其乱也。""道者，所繇适于治之路也，仁义礼乐皆其具也。故圣王已没，而子孙长久安宁数百岁，此皆礼乐教化之功也。"意为天心见人道之败，能出灾害怪异加以警告，可知天人同心。而所谓道，即适合于治理国家之路，就是仁义礼乐。即使圣王没世，只要遵循其道，实行礼乐教化，仍可长治久安。而礼乐与教化的关系则是："教化之情不得，雅颂之乐不成，故王者功成作乐，乐其德也。乐者，所以变民风，化民俗也；其变民也易，其化人也著。"[4] 颂德之乐可以移风易俗，所以教化又须以制礼作乐相配合。孟郊对于元鲁山的讴歌均本于这些思想。他曾在给常州卢使君论养生的书信里说："道德仁义，天地之常也。""道德仁义之言，天地至公之道。君子著书期不朽，亦天地至公之道。"[5]"天之与人，一其道也"，"君子之道岂易哉，敢不法天而行身乎？所以君子养其身，养其公也"[6]。道德仁义是天地至公之常道，也是君子所守之道，所以天人同道。君子立身行事以天为法，养生也是为养公，这是君子可以"补元化"的基本理据。只是他借汉儒所说"天人同道"的意思，进一步将人道和天道等同视之，认为天地道塞就是君子之道不伸的根本原因，这就充分证明了贤人"补元化"的必要性，因此孟郊的天人观就是社会观。然而从天道的高度来审视君子道塞对天地元气的危害，提升君子"善教复天术"的重要意义，就比天宝、大历诗人致力于提倡兴教修化更有力地证明了贤人君子在天人关系中的至高地位。

---

[1]《论衡》卷十四《谴告篇》，程荣纂辑《汉魏丛书》第822页，吉林大学出版社1992年影印万历新安程氏刊本。
[2]《汉书》卷七二《王贡两龚鲍传》鲍宣云："天人同心，人心说则天意解矣。"（第3092页）
[3]《论衡·谴告篇》王充驳斥时人之论："天人同道，大人与天合德。圣贤以善反恶，皇天以恶随非，岂道同之效、合德之验哉？"（《汉魏丛书》第822页）
[4]《汉书》卷五六《董仲舒传》，第2498—2499页。
[5]《上常州卢使君书》，《孟郊诗集校注》第513页。
[6]《又上养生书》，《孟郊诗集校注》第515—516页。

所以《吊元鲁山十首》后三首在歌颂"当今富教化，元后得贤相"的同时，强烈要求朝廷"光洗""幽埋"，旌表元鲁山，再次强调元鲁山之"廉让"、孝义"事出古表"，可"母万物"的感化力。而旌表鲁山的目的，最后还是归结于能让像孟郊这类"目断丹阙"的"二三贞苦士"得到朝廷的"嘉招"。

韩愈、卢仝、李贺等人也都以不同的表达方式阐发了近似的"天人同道"观念。韩愈在《原人》中曾将天道、地道和人道加以比拟："天道乱，而日月星辰不得其行；地道乱，而草木山川不得其平；人道乱，而夷狄禽兽不得其情。"[1]《后廿九日复上书》称周公为辅相，使"天下之贤才皆已举用，奸邪谗佞欺负之徒皆已除去。四海皆已无虞。九夷八蛮之在荒服之外者，皆已宾贡。天灾时变、昆虫草木之妖，皆已销息。天下之所谓礼乐刑政教化之具，皆已修理。风俗皆已敦厚，动植之物、风霜雨露之所霑被者，皆已得宜。休征嘉瑞、麟凤龟龙之属，皆已备至"[2]，所描述的就是周公的"辅理承化之功"使天道、地道均与人道相合的理想治世。柳宗元《天说》引韩愈《天论》说"人之坏元气阴阳也亦滋甚"，"吾意有能残斯人使日薄岁削，祸元气阴阳者滋少，是则有功于天地者也"，提出能够除掉那些破坏天地阴阳元气的人，就有功于天地了，其实就是指要让周公这样的贤人来除去那些祸害天地之道的奸邪谗佞之徒，这正是贤人"补元化"的一种方式。所以柳宗元说韩愈这番议论"诚有激而为是耶？"[3]韩愈《通解》又称"五常之教，与天地皆生"，许由、龙逄、伯夷"是三人俱以一身立教，而为师于百千万年间，其身亡而其教存，扶持天地，功亦厚矣！"[4]五常之教与天地共生，贤人能以身立教，其教长存即可扶持天地。"君子法天运，四时可前知"[5]，君子既然以天运为法则，其教化自可"复天术"，这也是"补元化"的一种方式。这就更透彻地解释了孟郊所说"始知补元化，竟须得贤人"的意思。卢仝索性将天公比作人："皇

---

[1]《韩昌黎文集注释》上册，第35页。
[2]《韩昌黎文集注释》上册，第242页。
[3]《柳宗元集》第442页。
[4]《韩昌黎文集注释》下册，第486页。
[5]《君子法天运》，《韩昌黎诗系年集释》上册，第238页。

天要识物，日月乃化生。走天汲汲劳四体，与天作眼行光明。此眼不自保，天公行道何由行"，"吾恐天似人，好色即丧明"。而"黄帝有二目，帝舜重瞳明，二帝悬四目，四海生光辉"[1]，可见他所说的天道还是人道。《观放鱼歌》称赞常州刺史贤良仁义，说"天地好生物，刺史性与天地俱"[2]，又说明贤人不仅含有天地之秀，更具天地之性。李贺虽然很少在诗里直述修教兴化之理，但也常常从"贞苦士"的境遇出发，质疑天公："男儿屈穷心不穷，枯荣不等嗔天公。"[3]《高轩过》称赞韩愈和皇甫湜"二十八宿罗心胸，元精耿耿贯当中，殿前作赋声摩空，笔补造化天无功"[4]，虽是谀美之词，但这里化用《后汉书·郎𫖮传》"元精所生，王之佐臣"[5]之意，同样是本于贤人"皆是天地身"的观念，只有能将星辰罗于胸中，包含天地精气的君子，才能"笔补造化"。

综上所论，"补元化"之说是韩、孟、卢、李等诗人对汉儒"天人同道"观的发挥，此说将天宝、大历诗人的"修教兴化"说提升到天人关系的哲理层面，以人道比拟天道，强调了贤人君子修复天道的重要作用。虽然这只是将儒家任人用贤思想的重要性夸张到极致，思想创新的意义不大，但是由于将天道看成被祸害、需修补的对象，实际上颠覆了天的神秘性和神圣性，对于这批诗人的诗歌创作理念的变化却有重大的影响。

"补元化"的理念，首先认定元化之气不足，天地缺乏运行的动力，根源在于风俗衰薄，这就促使诗人们将社会中的各种污浊不平都与天道之乱联系起来，如孟郊所说："人心既不类，天道亦反常。"[6]从而在抒发怨愤之气时，将社会人事与天地变化相对应，联想到天地鬼神的秩序错乱，产生种种奇特的构思。所以他因落第感受不到春天，便埋怨"时令自逆行，造化岂不仁"[7]。君子遭遇毁谤，便感叹："人间少平地，森耸山岳

---

[1] 卢仝《日蚀诗》，《全唐诗》第 4364—4365 页。
[2] 卢仝《观放鱼歌》，《全唐诗》第 4367 页。
[3] 《野歌》，《李贺诗歌集注》第 312 页。
[4] 《李贺诗歌集注》第 291 页。
[5] 李贤等注此句："元谓天，精谓天之精气。"（《后汉书》卷三〇下，第 1070 页，中华书局 1965 年）
[6] 《汴州乱后忆韩愈李翱》，《孟郊诗集校注》第 315 页。
[7] 《贫女词寄从叔先辈简》，《孟郊诗集校注》第 25 页。

多。"[1] "太行耸巍峨,是天产不平;黄河奔浊浪,是天生不清!"[2] 韩愈被贬阳山,他愤而问天:"何言天道正,独使地形斜?"[3] 甚至家门口一条寒溪冻死了鱼鸟,也使他联想到"因冻死得食,杀风仍不休"[4],"常闻君子武,不食天杀残"[5]。而当天空放晴时,他想到的则是"天谗徒昭昭,箕舌虚断断。尧圣不听汝,孔微亦有臣。谏书竟成章,古义终难陈"[6]。天谗星为卷舌六星之一,此六星"主口语以知谗佞"[7],箕星主口舌[8],二星皆喻搬弄是非的谗佞小人。可见天色清明令他想到尧圣,见星象又想到天帝身边的谗人。三峡在他笔下,更成了人间地狱,急湍旋涡就像露着牙齿的妖怪,等着吞噬逐客:"沙棱箭箭急,波齿龂龂开。呀彼无底吮,待此不测灾。"[9] 两岸峭壁能戳碎日月,犹如怪异的古剑:"上仄碎日月,下掣狂漪涟。"[10] "怪光闪众异,饿剑惟待人。老肠未曾饱,古齿崭岩嗔。"[11] 峡中深潭藏龙潜怪,喷着毒波腥涎:"峡螭老解语,百丈潭底闻。毒波为计较,饮血养子孙。"[12] 峰头石棱剸割日月,峡底潜石如齿相锁:"峡棱剸日月,日月多摧辉。""潜石齿相锁,沉魂招莫归。"[13] 这些描写都形象地以三峡之险恶恐怖诠释了"地道乱,而草木山川不得其平"的道理,而地道之乱正是因为"谗人峡虬心"[14],"枭鸱作人语","能于白日间,诣

---

[1] 《君子勿郁郁士有毁谤者作诗以赠之二首》其一,《孟郊诗集校注》第 111 页。
[2] 《自叹》,《孟郊诗集校注》第 114 页。
[3] 《招文士饮》,《孟郊诗集校注》第 175 页。
[4] 《寒溪九首》其六,《孟郊诗集校注》第 234 页。
[5] 《寒溪九首》其八,《孟郊诗集校注》第 234 页。
[6] 《寒溪九首》其五,《孟郊诗集校注》第 233 页。
[7] 《隋书》卷十九《天文上》:"卷舌六星在北,主口语,以知谗佞也。曲者吉,直而动,天下有口舌之害。中一星曰天谗,主巫医。"(第 539 页,中华书局 1973 年)则"天谗星"为卷舌六星之一。
[8] 《史记·天官书》:"箕为敖客,曰口舌。"《索隐》宋均曰:"敖,调弄也,箕以簸扬,调弄象也。"(《史记》卷二七,第 1298 页)
[9] 《峡哀十首》其一,《孟郊诗集校注》第 488 页。
[10] 《峡哀十首》其三,《孟郊诗集校注》第 489 页。
[11] 《峡哀十首》其四,《孟郊诗集校注》第 489 页。
[12] 《峡哀十首》其五,《孟郊诗集校注》第 489 页。
[13] 《峡哀十首》其七,《孟郊诗集校注》第 489 页。
[14] 《峡哀十首》其六,《孟郊诗集校注》第 489 页。

欲晴风和"[1],归根到底是人道之乱。

以天道和人事对应也成为韩愈、卢仝、李贺奇特想象的基本思路。他们各自以不同的喻象演绎着天道和地道反常的乱象,以讽刺影射人间的道德败坏和风俗浇薄,展现出"贞苦士"无路可走的困境,也生动地表达了贤人"补元化"的理想。如李贺《艾如张》将天地看成一张无形的大网:"齐人织网如素空。张在野田平碧中。网丝漠漠无形影,误尔触之伤首红。艾叶绿花谁剪刻?中藏祸机不可测。"[2]人在社会中就像野田中的黄雀,随时可能触发祸机。其含义正如《吕将军歌》所说:"圆苍低迷盖张地,九州人事皆如此。"[3]《公无出门》中,天地之间到处是毒龙猛兽恶犬,专害修德洁行之士:"天迷迷,地密密,熊虺食人魂,雪霜断人骨。嗾犬狺狺相索索,舐掌偏宜佩兰客。"而贤人"鲍焦一世披草眠,颜回廿九鬓毛斑",并"非血衰",也"不违天",只是因为"毒虬相视振金环,狻猊猰貐吐馋涎","天畏遭啣啮,所以致之然"[4]。连天都畏惧被这些毒兽撕咬,不敢主持公平,所以才造成这样的乱象。卢仝的《月蚀诗》因见月食而产生由自己驾着火轱去铲除月中妖蟆的奇想,使人间"再得见天眼,感荷天地力"[5],并指责东方苍龙、南方火鸟、西方攫虎、北方寒龟以及天上诸星都不肯救天,只会害人,更突显出只有贤人才能"补元化"的大德大勇。《与马异结交诗》甚至想象神农、女娲都补不了天:"神农画八卦,击破天心胸","天公发怒化龙蛇,此龙此蛇得死病。神农合药救死命,天怪神农党龙蛇"。而女娲虽然"恐天怒,捣炼五色石,引日月之针,五星之缕把天补",却"补了三日不肯归婚家。走向日中放老鸦,月里栽桂养蛤蟆",不但没补好天,反而给日月制造麻烦。可见导致"尔来天地不神圣,日月之光无正定"[6]的原因正在各类无德无能的公卿大臣,以致空中呼唤马异这个骨鲠奇士出来补不死之元气。这两首怪诗最典型地体现了贤

---

[1] 《峡哀十首》其十,《孟郊诗集校注》第490页。
[2] 《李贺诗歌集注》第248页。
[3] 《李贺诗歌集注》第308页。
[4] 《李贺诗歌集注》第280页。
[5] 卢仝《月蚀诗》,《全唐诗》卷三八七,第4364—4365页。
[6] 卢仝《与马异结交诗》,《全唐诗》卷三八八,第4383—4384页。

人"补元化"的理念对其创作思路的影响。韩愈则不但将"隆寒夺春序"的反常天气归咎于"颛顼固不廉,太昊弛维纲"[1],以及羲和、炎帝的失职;将炭谷湫祠堂所祭祀的龙写成"鱼鳖蒙拥护,群嬉傲天顽""群怪俨伺候,恩威在其颜"[2]的幸臣权奸;还借《汉武帝内传》中挟恩弄权、流毒生民的无赖东方朔故事揶揄纵容姑息权幸小人的王母;在《陆浑山火》中通过火神的一场盛宴,活现了上帝对势焰熏天的权臣无可奈何,不敢为水神申冤、反怕结仇火神的胆怯无能。在游览终南山时,他会由终南山的雄奇险峻联想到天道人事的正常秩序,将登高所见山脉姿态写成人间百象,得出"大哉立天地,经纪肖营腠"[3]的感慨。甚至在安慰孟郊失子之痛时,还借"推天假命"指责"日月相噬啮,星辰踏而颠"[4],日月互相咬噬,星辰都跌扑在一起,天道乱成这样,才造成贤人的命蹇,寓意与孟郊《吊元鲁山》完全一致。这些典型的奇诗无不体现了诗人们以天道影射人事的共同思路,也是其诗歌中最富有现实批判精神的部分。

"贞苦士"们因大多数沦落下层,虽有"补元化"的理想,却在现实中根本无法实现,即使后来成为达者的韩愈,也屡次因为企图补天之阙而被贬黜。因此实际上他们只能借文章来明道,完成"笔补造化"的梦想,如韩愈所说:"君子居其位,则思死其官;未得位,则思修其辞以明其道。"[5]孟郊也说:"何当补风教,为荐三百篇。"[6]三百篇可补风俗教化,当然也就是"补元化",他们自信作为贤人君子,也能写出像诗三百那样的经典之作,如孟郊《吊卢殷》所说:"圣人哭贤人,骨化气为星。文章飞上天,列宿增晶荧。前古文可数,今人文亦灵。"[7]卢殷病卒于登封县尉任上,生前与孟郊一样是"言语多古肠"的君子,孟郊将他和颜回及元鲁山相提并论,认为像他这样的贤人死后骨气必能化为星辰,文章将为列

---

[1] 《苦寒》,《韩昌黎诗系年集释》上册,第154页。
[2] 《炭谷湫祠堂》,《韩昌黎诗系年集释》上册,第177页。
[3] 《南山诗》,《韩昌黎诗系年集释》上册,第435页。
[4] 《孟东野失子》,《韩昌黎诗系年集释》上册,第675页。
[5] 《争臣论》,《韩昌黎文集注释》上册,第171页。
[6] 《送魏端公入朝》,《孟郊诗集校注》第390页。
[7] 《吊卢殷十首》其十,《孟郊诗集校注》第503—504页。

宿增光，这也是古今文人"补元化"的一种形式。于是，作为贤人政治理想的"补元化"，必然只能转化为"贞苦士"们的文学理想。由于在"补元化"的哲学理念中，诗人们没有将事天敬天畏天视为自己的责任，也没有将元化视为自然运行的大道，而是将天看作有漏洞、有缺陷、需要贤人修补才能运转的"洪炉"[1]。这就促使诗人们以各种巧妙的构思去表现天公的慵弱偏私，甚至无德无能，最大限度发挥了以诗笔摆弄造化的胆量，并自觉地到更深广的空间去探索更多自然所不能呈现的新奇事物，产生探天心、穿月窟的险怪效果，因而"补元化"的哲学理念本身就蕴含着"笔补造化天无功"的创作理念。孟郊对于这一点说得很清楚："天地入胸臆，吁嗟生风雷。文章得其微，物象由我裁。宋玉逞大句，李白飞狂才。苟非圣贤心，孰与造化该。勉矣郑夫子，骊珠今始胎。"[2]诗人可将天地纳入自己的胸臆，吁嗟之间笔底就可产生风雷。文章最能探得天地之道的深奥和精微，万物万象均由我心中熔裁。宋玉的大句，李白的狂才，均可斡旋造化，直冲霄汉[3]。如果不具有与天地同道的圣贤之心，谁能使诗人的制作具备造化的元气[4]？因而孟郊勉励郑鲂，要以骊龙颔下取明珠的探险精神去创作文章。这首诗说透了以"补元化"的圣贤之心胚胎天地、熔裁万象的创作过程，以及这种大制作可以使造化该备的原因。

秉持这样的创作理念，韩、孟等诗人虽然身处穷贱困境，时时感受着世俗的凌侮，精神却动辄飞到四海八荒，俯瞰古往今来的变迁，将"补元化"的高远理想化为"笔补造化"的奇特想象。孟郊可使"狂笔自通天"，"万物随指顾，二光为回旋"[5]，甚至颠倒白昼和黑夜："愿回玄夜月，出视白日踪。"[6]并与韩愈一起追求"险语破鬼胆，高词媲皇坟"[7]的惊人诗

---

[1] 《庄子·大宗师》："今一以天地为大炉，以造化为大冶。"（郭庆藩辑《庄子集释》卷三，第262页，中华书局1961年）毕燿《赠独孤常州》诗："洪炉无久停，日月速若飞。"（《全唐诗》卷二四六，第2761页）

[2] 《赠郑夫子鲂》，《孟郊诗集校注》第294页。

[3] 此句可联系韩愈孟郊《城南联句》中"大言斡玄造，高言轧霄峥"来解读。

[4] 此句用《后汉书》卷五九《张衡传论》："制作侔造化。"（第1940页）

[5] 《送草书献上人归庐山》，《孟郊诗集校注》第369页。

[6] 《远愁曲》，《孟郊诗集校注》第24页。

[7] 《醉赠张秘书》，《韩昌黎诗系年集释》上册，第391页。

语,在海天之间窥奇摘异,以高词大句斡运造化:"窥奇摘海异,恣韵激天鲸","大句斡玄造,高言轧霄峥"[1]。韩愈不但声称"我愿生两翅,捕逐出八荒。精神忽交通,百怪入我肠。刺手拔鲸牙,举瓢酌天浆。腾身跨汗漫,不著织女襄"[2],而且称赞贾岛"蛟龙弄角牙,造次欲手揽。众鬼囚大幽,下觑袭玄窞"[3]的大胆想象。李贺则能看见"南风吹山作平地,帝遣天吴移海水"[4]的沧桑巨变,写出秦王"酒酣喝月使倒行"[5]的超凡魄力,还能飞到天上俯瞰九州大地和浩渺东海:"遥望齐州九点烟,一泓海水杯中泻。"[6]清人黄之隽《韩孟李三家诗选序》形容三家诗风之奇的共同特色:"夫其鲸呿鳌掷,搯胃擢肾,汗澜卓踔,俾寸颖尺幅之间,幻于鬼神仙灵而不可思议,变于蛟龙风雨而不可捉搦,邃于天根月窟而不可登诣。"[7]概括极为精当形象。而如此奇险的诗风正来自其"胚胎造化"[8]的宏阔视野以及出幽入玄的险峭思路。

总而言之,由于贞元、元和年间出现的中兴气象,失意的"贞苦士"们产生了复兴上古教化的幻想。他们呼吁由贤人君子担当"补元化"的重任,要求全面施行道德仁义之道,清除阻碍古道的种种社会政治乱象。复古思潮中出现的这种新迹象,促使古道君子们强调君子之道和天地之道的一致性,将自己和颓靡世俗的对立夸大到极致。进而在无法实施古道的现实环境中,发展了以文章传道的思想,使"补元化"的哲学理念通过"笔补造化天无功"的创作理念得以实现。可见中唐古诗尚奇之风的形成主要根源于复古理念内涵的发展。

在搞清这群"贞苦士"所坚持的儒家古道与其创作理念的内在联系这

---

[1]《城南联句》(韩愈、孟郊句),《韩昌黎诗系年集释》上册,第482页。
[2]《调张籍》,《韩昌黎诗系年集释》下册,第989页。
[3]《送无本师归范阳》,《韩昌黎诗系年集释》下册,第820页。
[4]《浩歌》,《李贺诗歌集注》第72页。
[5]《秦王饮酒》,《李贺诗歌集注》第76页。
[6]《梦天》,《李贺诗歌集注》第57页。
[7] 黄之隽《韩孟李三家诗选序》,见《唐堂集》卷五,《清代诗文集汇编》第221册,第72页,上海古籍出版社2011年影印。
[8] 潘德舆评孟郊《赠郑夫子鲂》:"论诗至此,胚胎造化矣!"(《养一斋诗话》卷一,郭绍虞编选,富寿荪校点《清诗话续编》第2015—2016页,上海古籍出版社1983年)

一问题以后，再来看中唐古诗的尚奇之风，就会注意到隐藏在风格、意象、辞藻等表现元素背后更深层的艺术要素，其中最重要的就是奇思产生的理路。各家独特的思路决定了其联想方式、艺术视野、意脉跳跃乃至篇制声调的鲜明差异，因而如果从研究这派诗人的思路着眼，应该是可以深入其表现艺术原理的一条路径。为此本书没有全面陈述奇险诗风的艺术特色，而是以十四篇论文为主干组织成章，先将新发现的问题都挖掘出来，力图拓出某些新的视角，选择一些前人未曾充分关注的问题，或者宋代以来相关评论中的争议焦点，结合古诗的表现特质和潜能，展开重点分析。由于韩、孟、卢、李之诗艰涩难读，不易确解，本书中违众之见在所难免，但笔者所求也只是努力贴合诗人本意。相信这一课题尚有更多的研究空间，采用如此开放性的结构，应更有利于后人继续探索。

# 第一章  《箧中集》诗人和顾况的另类古调

大历、贞元时期虽然以近体诗为主流，但部分数量不多的古体诗从天宝后期开始出现的奇变，却是中唐尚奇诗风的渊源。这种奇变由多种表现因素综合而成，除了想象方式的变异以外[1]，某些古诗由于语调的变异，形成一种另类古调，也是值得注意的因素。这里所说另类，专指以《箧中集》诗人和顾况为代表的某些古诗中语调直白与生涩夹缠、语言朴拙与艰深相间的现象，与汉魏到中唐前期大多数古诗以平易流畅为上的传统声调相悖。而穿插其中的难字生词，又多为前代诗歌中罕用的语词甚至是生造。由于这一创作现象罕见前人论及[2]，本章将以大历前诗歌的主流声调作为参照，探讨这类古调的表现原理及其形成原因。

---

[1] 参见笔者《神仙想象的变异——中唐前期古诗的一种奇思》，《北京大学学报》2018年第2期。
[2] 关于《箧中集》古诗和顾况部分古诗的语调特征，罕见历代诗话及当代论者论及。笔者二十五年前曾在《论天宝至大历间诗歌艺术的渐变》一文中指出这一现象，但该文所论天宝后期诗歌之"创奇求变"，较为笼统，未分诗体，也未对这一现象展开充分的学理研究。2007年邓芳在笔者指导下完成博士论文《从〈箧中集〉诗人到孟郊》，对《箧中集》诗人和顾况的艺术表现有较细致的阐发。本文主要从古诗声调变异的表现原理和意义探讨这一问题。

## 第一节　《箧中集》的苦涩语调及其对传统声调的逆反

天宝末某些古诗语调的变异首先出现在以《箧中集》诗人为主的五古中，发展到顾况诗里，声调的变化更加复杂多样。笔者二十五年前曾注意到这一现象，指出："天宝至大历的诗坛上另一个微妙的变化，便是由复古而带来的在艺术上转向苦涩奇险的倾向。"特别是《箧中集》内所收诗人，共同的特点是句意断续，语言质拙，思致惨苦，声调滞涩。这种"以散句的串联和平白质朴的语言造成拗涩之调，好以极端的说法表现穷困惨苦心境的特点，后来成为孟郊、卢仝等人诗歌艺术的重要特征"[1]。现在看来，这一结论基本不错。但当时论述这一现象，是与杜甫、岑参等人的"好奇"混在一起的，没有区分不同诗歌体式在求奇创变方面的不同表现原理，尤其没有深究《箧中集》诗人和顾况的这批古调背反传统古诗声调的原因和意义。因而有必要重拾这个话题做进一步的探索。

大历前五古的声调形成以流利畅达为上的审美传统，与五言体式的构成原理有关，也是历代诗人自觉追求的结果。汉魏五言诗形成之初，面临着单行散句如何形成连贯节奏的问题，早期主要是采用排比对偶叠字或重复用字等手法，以求语脉流畅。这就是汉乐府五言及苏李诗多见排比重叠的原因。但由于五言的特质原本适宜叙述，在连贯的叙述句脉中寻求鲜明的节奏感，是五言体走向成熟的更重要的途径。以古诗十九首为代表的汉末五言文人诗在叙述脉络中展开往复抒情的方式，前后句子"相生相续成章"[2]，全篇"章法浑成，句意联属"[3]，加上用语浅白家常，具有毫不雕饰的天然美，遂使汉五言古诗形成"随语成韵"[4]、天然流畅的声调特色，这也是后世判断五古语言风格的最高标准。

汉魏以后五古经过太康体、元嘉体等阶段的演变，对偶句成分愈益

---

[1] 参见拙著《诗国高潮与盛唐文化》第414—415页。
[2] 庞垲《诗义固说》，《清诗话续编》第731页。
[3] 胡应麟《诗薮》内编卷二，第32页，上海古籍出版社1979年。
[4] 《诗薮》内编卷二，第25页。

增多，至谢灵运诗里甚至达到"体语俱俳"[1]的程度，用语也愈趋典重生涩。齐梁五古突破元嘉体的板滞凝重，追求流畅自由的声情，重新处理散句和对偶句的关系。这种破骈为散的努力，使不少齐梁五言诗回到了五古讲求语调流畅和用词浅易的审美传统[2]。这与沈约和萧氏兄弟的倡导有关。沈约的"三易说"强调"易读诵"，即流利上口，没有佶屈聱牙之感；"易识字"，即浅易家常的语言文字；"易见事"[3]，即常见的典故，不致因僻涩难懂而阻滞文意，三条其实都包含了对诗歌的语调要求。尽管沈约为了"易读诵"而提出声律说，但是诗歌语调应当顺畅，也是当时人对所有诗歌的共识，例如萧子显主张诗歌应"吐石含金，滋润婉切。杂以风谣，轻唇利吻"[4]，即节奏响亮分明，韵律清润委婉，穿插民谣式的语调，读来轻快流利。钟嵘说自己不懂四声，但"余谓文制，本须讽读，不可蹇碍。但令清浊通流，口吻调利，斯为足矣"[5]，也是强调诗歌的语调本来就要讲究讽诵效果，不能阻滞，应当声音清浊协调，读来顺口流畅。

齐梁诗奠定了初盛唐诗清新流畅的语言风格。直到天宝末期，殷璠在《河岳英灵集论》中论音律，还是说："夫能文者匪谓四声尽要流美，八病咸须避之，纵不拈二，未为深缺。……故词有刚柔，调有高下，但令词与调合，首末相称，中间不败，便是知音。"[6]李珍华先生对殷璠这段话做了深入的研究，认为殷璠之意是"所谓音律者不必固囿于平仄律。要真正欣赏古人或唐人的古体诗，我们必须注意到除已成主流的平仄律以外的抑扬关系，也即是轻重清浊所组成的音律"[7]。这一解释是符合殷璠本意的。联系盛唐古诗来看，殷璠这话也显然反映了诗人们对于古体音律的共识，即并非一定要做到合四声、避八病，才能取得声调流美的效果。只要文辞与音调相合，全诗都保持这种协调感，同样可以做到韵调流畅优美。

---

[1] 《诗薮》内编卷二，胡应麟引"何仲默云"，第29页。
[2] 参见拙文《南朝五言诗体调的"古""近"之变》，原载《中国社会科学》2010年第3期。
[3] 颜之推撰，王利器集解《颜氏家训集解》卷四《文章第九》，第253页，上海古籍出版社1980年。
[4] 《南齐书·文学传论》，第908页，中华书局1972年。
[5] 钟嵘著，曹旭笺注《诗品笺注》第208页，人民文学出版社2009年。
[6] 李珍华、傅璇琮《河岳英灵集研究》第119页，中华书局1992年。
[7] 《河岳英灵集研究》第88页。

追求平易流畅、词调相协虽是汉魏到盛唐五言古体诗的主流，但其间也曾经出现过语调滞涩的情况。最早是在少数汉乐府中，主要因五言诗还处于摸索节奏规律的萌生阶段。如《折杨柳行》《箜篌谣》就存在散句之间无呼应，语脉不连贯的问题。之后是刘宋时期的某些五言古诗，在普遍追求典重生涩的时代风格中，更进一步发展到"或全借古语，用申今情"[1]，在深奥的典故中钻牛角尖，甚至生撰语词，将诗歌弄到晦涩不通、难以卒读的地步[2]。直到萧齐时期，诗风虽转向平易，但部分五言诗仍夹杂着生涩的句子。沈约提出"三易"说，应有针对这种创作倾向的用意。这两个时段相对短暂，在汉魏至盛唐诗歌史中不占主流，却也提供了观察中唐前期古调变异的另一种视角。

七言诗的语调与五言又有所不同。七言在早期作为一种应用文体，以单行散句连缀，每句独立成行，也经历过一个语调塞涩的阶段。但是随着七言转向抒情化，并成为一种独立的诗体以后，在汉魏六朝以乐府为主，至初盛唐更发展为富于乐感的歌行，其结构体式就决定了对语调悠扬流转的要求比五古更高。总之，以大历前五七言古诗作为对照，便不难看出天宝后期至贞元时期某些古诗语调的变异，对于汉魏盛唐古诗的传统诵读节奏是一种逆反。

《箧中集》诗人和顾况的古诗虽有相似的语调特征，但其艺术表现和形成原因不尽相同。《箧中集》诗的基本特点是以直白朴质的语言夹缠少数古语雅词，因而有些诗语言虽然近于口语，读来却觉得拗口滞涩。

首先，《箧中集》古诗取法汉诗，全为散句，不用对偶；又采用枯淡直白的家常语，尽去雕饰。例如沈千运的"筋力又不如""兄弟可为伴"[3]，"不道旧姓名，相逢知是谁"[4]，"一生但区区，五十无寸禄"[5]；于逖的"老病无乐事，岁秋悲更长"，"有才且未达，况我非贤良"[6]；孟

---

[1] 《南齐书·文学传论》，第 908 页。
[2] 见拙著《八代诗史》（修订本）第 157 页，中华书局 2007 年。
[3] 沈千运《感怀弟妹》，《唐人选唐诗（十种）》第 28 页。
[4] 沈千运《赠史修文》，《唐人选唐诗（十种）》第 28 页。
[5] 沈千运《濮中言怀》，《唐人选唐诗（十种）》第 28 页。
[6] 于逖《野外行》，《唐人选唐诗（十种）》第 29 页。

云卿的"人生早艰苦，寿命恐不长"[1]；元季川的"出门万里心，谁不伤别离"[2]；等等，都很浅白。同时，有些诗还以顶针、重复用字、排比等句法加强了这些浅白语言的重叠之感。比如沈千运的"今日春风暖，东风百花折"，"岂知园林主，却是林园客"[3]；王季友的"出山秋云曙，山木已再春。食我山中药，不忆山中人。山中谁余密，白发惟相亲"[4]；于邈的"衰门少兄弟，兄弟惟两人"[5]；孟云卿的"但恐不出门，出门无远道。远道行既难，家贫衣裳单"[6]，"莫吟辛苦曲，此曲谁忍闻。可闻不可见，去去无形迹"[7]；张彪的"去日忘寄书，来日乖前期"[8]；赵微明的"去时日一百，来时一月程"[9]；等等。从理论上说，浅白家常的文字再加上重叠复沓的修辞手法，很容易形成流畅的语调。然而这批古诗的顺畅仅限于这些片段，不能贯穿全诗。而且有些句子重复用字过多，几乎成为绕口令，如王季友未收入《箧中集》的几首诗："采山不采隐，在山不在深。"[10]"出山不见家，还山见家在。山门是门前，此去长樵采。"[11]"上山下山入山谷，溪中落日留我宿。松石依依当主人，主人不在意亦足。"[12]句中反复用"山"字，却反因绕口而致拗涩。

其次，在这类古诗中，与直白字句相间的还有少数晋宋古诗式的雅词，有的来自汉赋，有的还是诗人自己的生造词。晋宋时期的生造雅词与其全诗风格统一，而《箧中集》里的这类词与俗白的当代语言风格夹杂在一起，尤其显得难易不协。例如沈千运的"畴昔皆少年，别来鬓如丝。不

---

[1] 孟云卿《伤怀赠故人》，《唐人选唐诗（十种）》第31页。
[2] 元季川《古远行》，《唐人选唐诗（十种）》第34页。
[3] 沈千运《感怀弟妹》，《唐人选唐诗（十种）》第28页。
[4] 王季友《寄韦子春》，《唐人选唐诗（十种）》第29页。
[5] 于邈《忆兄弟》，《唐人选唐诗（十种）》第30页。
[6] 孟云卿《今别离》，《唐人选唐诗（十种）》第30页。
[7] 孟云卿《悲哉行》，《唐人选唐诗（十种）》第31页。
[8] 张彪《古别离》，《唐人选唐诗（十种）》第32页。
[9] 赵微明《回军跛者》，《唐人选唐诗（十种）》第33页。
[10] 王季友《杂诗》，《全唐诗》卷二五九，第2889页。"不采隐"，一作"仍采隐"。
[11] 王季友《还山留别长安知己》，《全唐诗》卷二五九，第2889页。
[12] 王季友《宿东溪李十五山亭》，《全唐诗》卷二五九，第2890页。

道旧姓名，相逢知是谁。曩游尽騫翥，与君仍布衣"[1]，"曩游"一词仅同时代的杜诗中有一例。因"曩"字较雅，在魏晋宋诗中主要见于四言诗和王羲之玄言诗、谢灵运赠人诗，初唐时多见于应制诗。"騫翥"一词为沈千运从张衡《西京赋》"凤騫翥于甍标"取来，因而"曩游尽騫翥"这一句在前后句的浅易风格中尤显突兀。"栖栖去人世，迍邅日穷迫"[2]，前句浅易，后句是晋宋雅调，"迍邅"一词亦不见于前人诗。张彪的"君子有褊性，矧乃寻常徒"[3]，"矧乃"一词在先唐主要见于四言诗，以及少数典雅的五言诗[4]。元季川的"飒飒凉飙来，临窥悭所图"[5]，"临窥"为元季川独造之词，"所图"用在五言句的后两字，之前只有沈佺期的"将南睿所图"[6]一例，但沈诗全诗用语典重。元诗在"临窥"的生词后面再加上风格典雅的"悭所图"，便与全诗不协调。"灌田东山下，取药在尔休"[7]，"尔休"一词也是生造，且不明其意[8]。

再次，这批古诗的上下句之间往往杂有令人难解的跳跃，因而句意不连贯，这也是形成语调滞涩的原因之一。汉魏古诗散句意脉接续的特点是"相生相续成章"，即上句之意自然生出下句，下句之意自然连接上句。跳跃主要见于比兴的使用。因而无论叙述还是抒情，句意之间不会产生断续之感。而《箧中集》古诗即使是全用直白的文辞，也会出现句意的窒碍，这往往与诗人用意过深有关。上下句之间的顿断有时似为增加联想，有时却不明其意。如沈千运的"筋力又不如，却羡涧中石"，"近世多夭伤，喜见鬓发白"，"兄弟可为伴，空为亡者惜"[9]，这几个诗行均因上下句之间缺乏呼应而造成一个顿断：从筋力不如转为羡慕涧中石，固然还可以让人联想到汉古诗中的"磊磊涧中石"，猜测其意是感叹人无金石固。从近世

---

[1] 沈千运《赠史修文》，《唐人选唐诗（十种）》第28页。
[2] 沈千运《濮中言怀》，《唐人选唐诗（十种）》第28页。
[3] 张彪《杂诗》，《唐人选唐诗（十种）》第32页。
[4] "矧乃"在唐前五言中仅见于谢灵运和吴均的两例。
[5] 元季川《泉上雨后作》，《唐人选唐诗（十种）》第33页。
[6] 沈佺期《夜泊越州逢北使》，《全唐诗》卷九五，第1024页。
[7] 元季川《登云中》，《唐人选唐诗（十种）》第34页。
[8] 检索"尔休"一词，除元季川此诗外，不见于汉魏六朝诗及全唐诗。
[9] 沈千运《感怀弟妹》，《唐人选唐诗（十种）》第28页。

之人多夭伤跳转为喜见鬓发变白,也可以理解是庆幸自己相比夭折已算长寿。但兄弟为伴与空惜亡者之间的意脉却难以理解。同样,此诗后几句说:"骨肉能几人,年大自疏隔。性情谁免此,与我不相易。"本来年纪渐长,骨肉疏远,是人之常情,但末句却不知何意。于逖的"幸以朽钝姿,野外老风霜"[1],观全诗之意应指自己本非贤才,幸而能以朽钝资质终老于穷郊。但下句场景过于具体,也令人从字面上不能直接理解"幸"从何来。孟云卿的"尔形未衰老,尔息犹童稚。骨肉安可离,皇天若容易"[2],末句与前三句的关系也不能一读便知。张彪的《古别离》是多人写过的题目,此诗每句都浅易可解,但连起来就不易懂。前四句"别离无远近,事欢情亦悲。不闻车轮声,后会将何时",其意大约指别离无论远近都令人悲伤,即使为高兴的事离别也难免如此。而"不闻车轮声",则不明其意是指车已走远,还是再没有车来。由于各散句字面不相呼应,读者要理解全诗,必须思索其间的意脉曲折,所以即使语言直白,仍然构不成顺畅的语调。

以上三个特征,似乎都曾在盛唐以前的诗歌史中出现过。上文已经提及,散句之间因缺乏呼应而造成句脉不连贯,是汉代早期五言诗曾经出现的现象。浅易诗句中夹杂难词生字,是宋齐之交诗歌语言从生涩典重转向平易清浅的过渡迹象。但是《箧中集》诗人生活在五古已经高度发展的时代,其句脉不畅、难易夹杂的原因应该不同于这两个特殊的历史阶段。何况联系他们全部的作品来看,其中也有一些通篇较为顺畅的作品。那么《箧中集》某些古诗语调滞涩的问题,或许与诗人内心的苦涩有关。其中更深层次的原因,下文将联系其人生遭遇做进一步探索。

《箧中集》在五古中全部采用汉魏式的散句,在天宝后期至大历的诗坛上是有革新意义的。初唐五言诗继承梁陈诗,基本上处于古近不分的状态,虽然经过陈子昂和宋之问区分古、律体调的努力,但直到盛唐,仍有大部分诗人的古诗仍然带有律句或律调。杜甫的五七言古诗在多种题材中活用汉魏乐府古诗和古谣谚的创作原理,从当代生活语言中提炼新的散句

---

[1] 于逖《野外行》,《唐人选唐诗(十种)》第 29 页。
[2] 孟云卿《古乐府挽歌》,《唐人选唐诗(十种)》第 30 页。

节奏，恢复并发展了汉魏诗以散句为主的传统[1]。《箧中集》诗人与杜甫是同时代人，其中有一些是杜甫的朋友。其五古全部采用散句，努力在用语和句式等方面清除律调，说明作者十分清楚"五古须通篇无偶句，汉魏则然"[2]的基本特征。他们与杜甫一起自觉恢复汉魏古诗的创作传统，特别突出了汉诗语言质朴无华的一面。同时突破散句连接不宜跳跃的传统，以拗涩的苦调表现苦涩的心情，尝试通过语调的变异传达不平的心声，也是对古诗的创变。尽管成就不能与杜甫相比，但给后代诗人提供了学习汉魏的另一种路径。

## 第二节　顾况"逐新趣异"的苦调奇思

顾况生于盛唐而活到中唐元和朝，不少古诗的苦调与《箧中集》一脉相承，也与他内心的抑郁不平有关，但好尚奇诡而在文辞上追新趋异的倾向较为明显。《文心雕龙·声律》篇说："夫吃文为患，生于好诡，逐新趣异，故喉唇纠纷。"[3]"吃文"指文章语调有窒碍，如人之病口吃。刘勰认为此病是由爱好奇诡，文辞追求新异所致。虽然没有明言其批评指向，但联系刘宋时期相当一部分诗人喜欢生造新词导致其诗难读难解的现象来看，此说确实指出了用词新异奇诡与语调蹇涩不畅的关系。顾况的某些古诗之所以拗口滞涩，原因即在此，但不同于刘宋诗的通篇之"吃"，而是和《箧中集》诗人类似，总体语调特征是直白与生涩相间。

不过顾况这类苦涩语调形成的原因更为复杂。其不同于《箧中集》的特点之一是不少古诗并非纯用散句，而是散偶间杂。追求语意浅白的章法句式更为多样，同时生词难字的来源也更广，除了自己生造以外，大多来自其博览群籍的积累。

---

[1] 参见拙文《从五七古短篇看杜诗"宪章汉魏"的创变》，《北京大学学报》2017年第1期。及《从五古的叙述节奏看杜甫"诗中有文"的创变》，载香港《岭南学报》2016年第2期。
[2] 吴乔《答万季埜问》，王夫之等撰，丁福保辑《清诗话》第31页，上海古籍出版社1963年。
[3] 刘勰著，詹锳义证《文心雕龙义证》第1224页，上海古籍出版社1989年。

如《游子吟》[1]是一首长篇五言乐府，全诗以"胡为不归欤"作为主旋律三次重复，开头六句是典型的汉魏语调："故枥思疲马，故巢思迷禽。浮云蔽我乡，踯躅游子吟。游子悲久滞，浮云郁东岑。""故""思"重复相对，加上"浮云""游子"连环反复，本来可以奠定全诗流畅的基调。但是后面就全为难易夹杂，如"朝与名山期，夕宿楚水阴。楚水殊演漾，名山窅岖嵚"，"名山""楚水"两次相对，中间以"楚水"顶针，形成一个流水般的回环，但"演漾"和"岖嵚"以双声词对偶，都是谢灵运喜用的难字。同样，"下有碧草洲，上有青橘林"与"胡为不归欤，泪下沾衣襟"的平易句式之间夹着六个对偶句，其中"引烛窥洞穴，凌波睥天琛。蒲荷影参差，凫鹤雏淋涔"四句，"天琛""凫雏""淋涔"均出自《文选》木华的《海赋》。其余如"沉寥群动异，眇默诸境森""牵缠旷登寻"这类晋宋诗中的生涩词语，与"三年不还家""腰下是何物"这样的浅易句子的混搭，也随处可见。

又如《酬信州刘侍郎兄》[2]是顾况贞元五年贬饶州时途经信州拜望刺史刘太真所作。开头很通俗："刘兄本知命，屈伸不介怀。南州管灵山，可惜旷土栖。"近于白话，"旷土"一词出于《礼记·王制》[3]，虽古还不算艰奥。结尾四句"愿为南州民，输税事锄犁。胡为走不止，风雨惊遭回"，前三句也很平易，末句"遭回"一词出于《楚辞》，源头较古，但不少诗人用过，也不算生僻。首尾八句在浅易句式中夹杂古语的做法与《箧中集》诗人相同。但中间六句里"鸟陵嶂合沓，月配波徘徊。薄宦修礼数，长景谢谭谐"四句，以两组生涩的对偶句描写自己与刘太真谈笑欢洽，流连到日落月出之时的情景，用词很陌生，如"长景"其实就是"长日"，与"谭谐"二词均未见于前人诗中。"鸟陵嶂合沓"与"月配波徘徊"，貌似律对，下句中间连用三个声母相近的单音节词，十分绕口。意象之密集与首尾散缓的句式也不协调。

顾况有的五古无论以偶句还是散句为主，都可以写得很浅白，但中间

---

[1] 《顾况诗注》第23—24页。
[2] 《顾况诗注》第59页。
[3] 《礼记集说》卷三"王制"："无旷土，无游民，食节事时。"（第74页）

仍不免插入难字。如《寄上兵部韩侍郎奉呈李户部卢刑部杜三侍郎》[1]全篇以对偶为主，却似散句，开头"道路五千里，门阑三十年。当时携手人，今日无半全"，中间"坐客三千人，皆称主人贤。国士分如此，家臣亦依然。身在薜萝中，头刺文案边。故吏已重叠，门生从联翩。得罪为何名，无阶问皇天"，大多是与散句句调一致的对偶句。但中间仍杂有生僻字，如"公登略彴桥，况榜龙舼（同艇）船"，"略彴桥"不过是独木桥，"龙舼船"即小舟，均未见前人用过。顾况之后，才有晚唐人使用。加上前句"公登"两字韵母相近，后句"况榜"二字叠韵，却都不是词而是主谓结构，再接"龙舼"二字叠韵，修饰"船"字，读来更觉拗口。《酬房杭州》[2]散偶交替，大多平顺，却也杂有"宵豁欲凌临""藉道涉南岑"这样艰涩的句子。像这样用声母和韵母相近的字词构句以求声调拗口的做法，后来也可见于韩、孟的诗歌。

通观顾况全部五古，除了以上难易夹杂的语调以外，也有全篇都很平易顺畅，并无难字雅词的，如《弃妇词》[3]《长安窦明府后亭》[4]《谢王郎中见赠琴鹤》[5]《和翰林吴舍人兄弟西斋》[6]《赠别崔十三长官》[7]等，除了文字浅易以外，有的全篇散句，有的还参用了古乐府和民谣的口吻。某些诗夹杂生僻难字的原因，或与其逞才炫博的喜好以及"逐新趣异"的尝试有关。这一特点从他那些风格艰深古奥的五言诗中不难看出。

如《从江西至彭蠡入浙西淮南界道中寄齐相公》[8]是顾况贞元十年离开饶州返回苏州途中，写给接待过他的洪州刺史齐映的五古应酬诗。前半首称赞齐映的德政："比屋除畏溺，林塘曳烟虹。生人罢虔刘，井税均且充。"密集采用《孟子》、《礼记》、《左传》、左思《魏都赋》、《后汉书》

---

[1]　《顾况诗注》第49—50页。
[2]　《顾况诗注》第64页。
[3]　《顾况诗注》第20页。《才调集》收顾况《弃妇词》，文辞较《文苑英华》《全唐诗》所录华艳。
[4]　《顾况诗注》第52页。
[5]　《顾况诗注》第53页。
[6]　《顾况诗注》第55—56页。
[7]　《顾况诗注》第69页。
[8]　《顾况诗注》第43—44页。

等多种典籍中的用语。以"畏溺"形容人民横死,以"虔刘"指称杀戮,除后者被徐彦伯用过一次外,从先唐到唐代,这两个词仅顾况用过。后半首则大段堆砌佛家语,几乎成为佛典的义疏。虽然此诗首尾句式较平易,后半首更穿插"朝行楚水阴,夕宿吴洲东。吴洲覆白云,楚水飘丹枫"这样顶针回环的对句,但全篇主调之艰涩不能卒读。其长篇五古《归阳萧寺有丁行者能修无生忍担水施僧况归命稽首作诗》[1]与此诗相似,其中五分之三的篇幅都在谈佛,如果不是后半首自叹身世并诅咒安史之乱,几乎就是一首佛言诗。又如《酬漳州张九使君》[2]中写漳州刺史与自己唱和的情景:"促膝堕簪珥,辟幌戛琳球。短题自兹简,华篇讵能酬。"开帘称"辟幌","戛"字以宝玉碰撞之声做动词,形容帘帷上的美玉叮咚作响。与《游子吟》中的"王府锵球琳"意思相同。"球琳"语出《尚书·禹贡》,"琳球"只是为押韵颠倒用词。后半首写漳州的蛮荒:"猿唫郡斋中,龙静檀栾流。薛鹿莫徭洞,网鱼卢亭洲。"则是以生僻字入诗,如"唫"即"吟","薛鹿"即杀鹿,"莫徭""卢亭"均为南方部族名。这些僻字难词与漳州处于"越徼"的环境正相协调。《华山西冈游赠隐玄叟》[3]则显示了顾况生造词语的特点:"群峰郁初霁,泼黛若鬟沐。天风鼓唅呀,摇撼千灌木。""唅呀"即"岮岈",意为山谷深广,出自梁元帝《玄览赋》:"岮岈豁开,背原面野。"[4]而"泼黛"形容山色青翠,如用黛色颜料泼出,"鬟沐"再加一层比喻,好似新洗过的鬟髻,则是顾况自创。这个句式与此诗末句"可契去留躅",都是用五个单音词组成,在五言中很罕见。其《大茅岭东新居忆亡子从真》[5]则多用道经典故哀悼其子亡故。其中"赪景宣叠丽,绀波响飘淋"也是顾况独有的组词构句方式,"赪景""叠丽""绀波""飘淋"四个词都是顾况用单音节词重新组合,中间以两个单音节动词相连,也是五个单音词连成的句子。这类"逐新趣异"的句词往往突显在全篇涩调之中,更增加了"喉唇纠纷"之感。

---

[1] 《顾况诗注》第74—75页。
[2] 《顾况诗注》第65页。
[3] 《顾况诗注》第72—73页。
[4] 李昉等编《文苑英华》卷一二六,第578页,中华书局1966年。
[5] 《顾况诗注》第83页。

从顾况以上五古或全篇浅近畅达，或全篇艰深滞涩的两种语调风格可以看出，他那些浅白与艰涩相间的古调，正是在这两种相反方向的尝试中形成的。由此推断，顾况的古调是对五言古诗发展的多种可能性进行自觉探索的结果。他几乎吸收了汉魏晋宋齐梁五古的各种做法，而且将多种风格混在一起，创制了生造词语的独特方式。而五古向俗白和艰奥两极发展的倾向，均非初盛唐诗所有，却在中唐被韩、孟等诗人发展到极致。

　　顾况五古的另一个特点是在难易夹杂之中还出现不少奇想，往往会加重语调的窒碍。有的奇在常用语的极端通俗化，与《箧中集》诗人有类似之处，如《游子吟》中"非狂火烧心"句，把忧心如焚的状态白话化了。《箧中集》诗中的一些超乎人之常情的想象，也是将话说到极端而造成的，例如张彪的《杂诗》："久与故交别，他荣我穷居。到门懒入门，何况千里余。"[1] 说已经富贵发达的故人到了自己门口都懒得进门，更何况还远隔千里。赵微明《回军跛者》说残废的老兵"所愿死乡里，到日不愿生"[2]，形容其只求死于家乡，即使到转世之日也不愿再生。孟云卿《古乐府挽歌》"房帷即灵帐，庭宇为哀次"[3]，为了强调"人生尽如寄"，干脆把房帷说成灵堂，庭宇说成哭丧之处[4]。王季友《滑中赠崔高士瑾》称赞对方比自己年轻，竟想到"日月不能老，化肠为筋否"[5]，说对方的肠子化成了筋骨。像这样以通俗的比喻和极端的说法表现新奇的想象，对后来孟郊有明显的影响。

　　但与《箧中集》诗人相比，顾况的奇思更为复杂多样。有的能将常见想象翻新出奇，语言却较平易。如想象明月如镜，前人常见。《奉酬刘侍郎》前四句"几回新秋影，璧满蟾又缺。镜破似倾台，轮斜同覆辙"[6]，

---

[1] 张彪《杂诗》，《唐人选唐诗（十种）》第32页。
[2] 赵微明《回军跛者》，《唐人选唐诗（十种）》第33页。
[3] 孟云卿《古乐府挽歌》，《唐人选唐诗（十种）》第30页。
[4] 《礼记·曾子问》："行葬不哀次。"陈澔注："次者，大门外之右，平生待宾客之处，柩至此，则孝子悲哀，柩车暂停。"（《礼记集说》第102页）"哀次"指出殡下葬之时，柩车经过大门外右方死者生前待客之处，孝子哀哭，柩车暂停的地方。
[5] 王季友《滑中赠崔高士瑾》，《全唐诗》卷二五九，第2889页。《云笈七签》卷七八"三品颐神保命神丹方叙"："肠渐化而为筋，髓渐化而为骨。"（中华书局2003年，第1759页）
[6] 《顾况诗注》第60页。

写初秋的缺月好像因为镜台倾倒而摔破的镜子,而斜月的轨迹如同翻了车的车辙。后来李贺的《梦天》"玉轮轧露湿团光"[1]想到月亮有轮轨,应是受到顾况启发,但意境清奇。顾况以破镜、倾台、覆辙这类破败的事物比喻明月,开了韩愈以丑陋意象咏《昼月》的先声。有的奇思则与顾况造词构句复杂难解有关。如《酬信州刘侍郎兄》中"鸟陵嶂合沓,月配波徘徊"两句对偶,写日暮时鸟儿飞过重嶂叠峦,月影随着流波徘徊。"合沓"本应指山峰重叠,谢灵运《登庐山绝顶望诸峤诗》中"峦陇有合沓"可证。但考虑到下句中"徘徊"兼指月与波的动态,两句语法结构相对应,上句"合沓"置于"嶂"之后,似又应兼顾鸟儿,所以有注者释此句为"鸟飞过山峰,形影与峰峦重叠不分"[2]。这是句中词语配置模棱两可所造成的奇特效果。下句中"配"字用得陌生新异,水中月影随着波浪摇漾,倒好像是月亮主动配合着波浪一起徘徊。这样的奇想与全句密集的单音节词结合在一起,势必造成声调的窒碍。《独游青龙寺》[3]前半首全为佛语,后半首写从青龙寺眺望皇居和龙首堰的外景,即转出"蚁步避危阶,蝇飞响深殿"两句,从字面上看,应是写青龙寺内台高殿深,阒寂无人。但"蚁步"一词生造,不知是否实指高阶旁有蚁群爬行;"蝇飞"句看似以蝇飞声之回响反衬深殿之空旷,但与"蚁步"相对,再与前半首中"摆落区中缘,无边广弘愿"相参看,又难免令人猜测其中是否暗含着尘缘中的众生犹如蚁聚蝇飞的意思。

总之,《箧中集》诗人的奇想只是极端而不复杂。顾况的奇思与他"逐新趣异"的构词造句方式联系在一起,难以确解却可能有多重含意。但只要是求奇,难免会在句中形成句意的费解和语调的坎顿。五古声调和奇思的结合后来都被元和诗人吸收,成为尚奇诗风的渊源。

顾况不同于《箧中集》诗人的第三个特点是七言歌诗较多,且善于在浅俗中求奇出新。《箧中集》诗人仅王季友等有少数七言。顾况七言歌诗的奇创方式多样,声调的变异是其中之一。七言诗从汉代起源,以通俗平

---

[1] 《李贺诗歌集注》第57页。
[2] 见《顾况诗注》第60页注⑦。
[3] 《顾况诗注》第41页。

易为语言本色。因每句比五言多两个字，读来声长字纵，进入乐府以后，逐渐从句句韵转向隔句韵，发展为四句、六句乃至八句一个诗节的结构。加上大量使用复沓、叠字、递进、顶针等使声调流畅连贯的修辞手法，遂使七言诗形成抑扬委婉、从容流畅的韵律，这种体调特征已经成为传统七言古诗的本色当行。至杜甫，才创出结构韵律随内容变化的多种体调，在某些风格奇险的"歌"诗里，杜甫以拗口的僻字难词强化其豪壮的气势，开了突破初盛唐七古传统的先声。

顾况多数歌诗也以奇特见长，却发展了七言俗白的一面，比五言更加口语化，而且善于化雅为俗，以俗求奇。俗白本来容易使语调流畅，但因求奇的思路不同，有时也会因句意脉络不明显或者转接突兀而导致声调滞涩。有的与五古类似，奇在使比喻或常用语极端俗语化，如《宜城放琴客歌》[1]中"七十非人不暖热"句将《礼记·王制》中"八十非人不暖"[2]的古话加一"热"字，便成了吴地至今通用的俗语"不暖热"。又以"不知谁家更张设，丝履墙偏钗股折"比喻柳浑让琴客改嫁，两情断绝，从鞋帮歪和发钗断这类琐事取喻，虽因俗而出新，乍读却不易识解其意。结尾"服药不如独自眠，从他更嫁一少年"，调笑柳浑行事的怪异和通达，将《神仙传·彭祖》篇里"服药千裹，不如独卧"两句改成白话，则是化仙为俗的奇想。《庐山瀑布歌送李顾》[3]末二句"老人也欲上山去，上个深山无姓名"，也将归山隐居的雅事写得极其俗白。这类以俗求奇的方式因其过于陌生，反而会使读者需要思索而造成语调停滞。顾况有些七言的声调坎顿，则与其联想曲折导致句意跳跃太大有关。如《杜秀才画立走水牛歌》[4]是他纯用俗语的名作："昆仑儿，骑白象。时时锁着狮子项，奚奴跨马不搭鞍，立走水牛惊汉官。江村小儿好夸骋，脚踏牛头上牛领。浅草平田撵过时，大虫着钝几落井。杜生知我恋沧洲，画作一障张床头。八十老婆拍手笑，妒他织女嫁牵牛。"全诗均为散句，开头写昆仑儿骑象牵狮子、

---

[1]《顾况诗注》第127页。
[2]《礼记集说》卷三，第79页。
[3]《顾况诗注》第144页。
[4]《顾况诗注》第123—124页。

奚奴跨马不用鞍子,句意均与本题无关,只是借他们炫耀本领来兴起村童"立走水牛"的神乎其技。"江村小儿"四句写村童脚踏牛头在草地上跑过的画面,牛蹄擦草的声音,以及老虎差点被钝牛拱落井里,都是凭借想象以夸张画牛的生动传神。结尾杜生不赠水牛图,而转画沧洲图,似乎离题。将作者观画的想象通过"八十老婆拍手笑"的反应表现出来,更是俗得匪夷所思,但其中的联想有几层转折:观看沧州图之所以会引出牵牛织女,应指画中之水势通银河,如杜甫《戏题王宰画山水图歌》中"赤岸水与银河通"[1]之意,牵牛又恰与"立走水牛"形成呼应,如此曲折的用意,却深藏在老婆拍手笑的俗话之中。全诗意脉跳跃幅度极大,各节意思似不相干,只是出之以浅俗口语,令人不觉其突兀,但解读颇费思量,这就自然不同于古诗句意连属的传统节奏感。

顾况七古声调的变异还在于善用象声词的音响效果制造奇特语调。如《乌啼曲二首》其一[2]:"玉房掣锁声翻叶,银箭添泉绕霜堞。毕逋拨剌月衔城,八九雏飞其母惊。此是天上老鸦鸣,人间老鸦无此声。摇风杂佩耿华烛,夜听羽人弹此曲,东方曈曈赤日旭。"除末句外,其余句句从声音上落笔。开启门锁之声如同风翻树叶,钟漏水声竟致缭绕城墙,都是夸张。"毕逋"原出汉代童谣"城上乌,尾毕逋"[3],二字声母相同,又与象声词"拨剌"连成一片,将"八九其雏"振翅惊动其母的声响也放大了。风摇杂佩声与老鸦飞鸣声混成羽人所弹之曲,妙在全诗所写之声不知是"乌啼曲"的意境呢,还是道士奏曲导致城上栖乌惊飞的艺术效果?长篇七古《李供奉弹箜篌歌》[4]则是将弹奏手法和声响效果相结合,以大量三言、五言与七言穿插,声情句调与象声词紧密配合,逼真地表现出箜篌曲节奏的轻重迟速。如"珊瑚席,一声一声鸣锡锡。罗绮屏,一弦一弦如撼铃。急弹好,迟亦好;宜远听,宜近听。左手低,右手举,易调移音天赐与。大弦似秋雁,联联度陇关;小弦似春燕,喃喃向人语。手头急,

---

[1] 杜甫著,杨伦笺注《杜诗镜铨》第327页,上海古籍出版社1962年。
[2] 《顾况诗注》第87页。
[3] 《后汉书·五行一》,第3281页。
[4] 《顾况诗注》第130—131页。

腕头软,来来去去如风卷。声清泠泠鸣索索,垂珠碎玉空中落""大弦长,小弦短,小弦紧快大弦缓。初调铿锵似鸳鸯水上弄新声,入深似太清仙鹤游秘馆"等等,"锡锡""泠泠""索索"都是象声词,加上"如撼铃""如风卷""喃喃向人语""垂珠碎玉""铿锵"的比喻,以及急弹慢拨、高举低放等弹奏姿势的描绘,还不失时机地插入乐曲意境给人的联想,如"秋雁度陇关"、鸳鸯弄水声、太清仙鹤游等等,令读者如亲闻其曲,身临其境。其中以俗语写"弹着曲髓曲肝脑"的境界:"往往从空落户来,瞥瞥随风落春草。草头只觉风吹入,风来草即随风立。草亦不知风到来,风亦不知声缓急。"用七言重叠递进的句式将风吹春草、草随风立的新鲜比喻化成俗耳听乐的体验,形容弹者能深入乐曲三昧,乐声舒卷自如,缓急变化不着痕迹,也能于俗中见奇。

除了弹曲以外,形容击鼓之声也是顾况擅长。如《丘少府小鼓歌》[1]只有四句:"地盘山鸡犹可像,坎坎砰砰随手长。夜半高楼沉醉时,万里踏桥乱山响。"鼓声之急骤如山鸡盘旋不止[2],"坎坎砰砰"以象声词状鼓声,用浅俗之语写鼓声越来越响,夜半人静时如踏桥震得乱山四处回响,不求美感而唯求声响效果,也是一奇。《公子行》[3]结尾"朝游冬冬鼓声发,暮游冬冬鼓声绝。入门不肯自升堂,美人扶踏金阶月",以"冬冬"的象声词模拟鼓声,且在"朝游"和"暮游"的对偶句中重复相对,点出公子每日从早到晚在不绝的鼓声中消磨生命,角度新奇,对李贺《官街鼓》有直接的启发。诗里形容公子游猎和饮宴的放荡生活:"双镫悬金缕鹡飞,长衫刺雪生犀束。"连用声母和韵母近似的陌生语词,读来齿舌纠结。"红肌拂拂酒光狞,当街背拉金吾行",写公子的横行无忌,以"狞"形容喝醉酒满脸泛出狰狞红光[4],尤其奇诡传神,令人联想到李贺的"花楼玉凤声娇狞"(《秦王饮酒》)。全诗以多个画面鲜明、印象强烈的特写片段组合,重现曹植《名都篇》的主题,为李贺乐府的艺术表现开出了新路。

---

[1]《顾况诗注》第126页。
[2] 赵昌平校编《顾况诗集》认为"地盘山鸡"或为羯鼓曲"耶婆色鸡"及"地婆拔罗伽"的异译。如作此解,则此句是形容鼓声急骤如羯鼓。
[3]《顾况诗注》第90页。
[4] 原注:"一作凝。"虽不如"狞"字奇诡,但也新颖。

顾况的七古在浅俗中也会夹杂生涩的语调。除上述《公子行》以外，又如《梁司马画马歌》[1]中"画精神，画筋骨，一团旋风鳖灭没"，"灭没"出自《列子》"若灭若没"[2]，与"鳖"三个单音节字相连，前二字同韵母，后二字同声母，特别拗口。有的诗还采用早期七言的用韵和句式，如《同裴观察东湖望山歌》[3]头两句："浴鲜积翠栖灵异，石洞花宫横半空。"七言的第四和第七字押韵，是早期七言单句成行时特有的现象。加上全诗八句中以句句韵夹隔句韵，三次转韵，语调便觉滞涩。另外《范山人画山水歌》[4]也仅八句，前四句是三三七七句式，后四句换成"忽如空中有物，物中有声。复如远道望乡客，梦绕山川身不行"。四四七七和三三七七句式的组合也是早期七言尚未形成时常见的一种杂言体，因节奏不易协调，四七组合后世极为罕见。诗人在这两组杂言之间还加了一个"忽如"的转折词，使之更散文化，"空中有物"两句又语意不明，遂使这首八句短歌形成流畅与坎顿交替的语调。

　　总之，和《箧中集》诗人一样，顾况古诗语词的难易夹杂、散句意脉的跳跃，都是背反古诗传统节奏感的原因所在。此外，他以同声和同韵字连续组合以导致喉唇纠纷的尝试，尤其是象声词的大量使用，也是对七言传统韵调的大胆创变，这些变化所追求的各种奇特的声调和表现效果，确实有助于表达出传统的抒情写意所不能充分显示的内心感觉，对后人进一步深究古诗声调的奥秘有重要启示。

## 第三节　古调变异的创作背景和心理原因

　　《箧中集》诗人和顾况某些古诗声调变异的形成原因虽然有同有异，但语调特征大致相似。从上文的分析中可以看出，他们对质朴直白的语言风格的追求，夹杂生僻字和生造词的喜好，以及在古诗中运用声调变化传

---

[1]　《顾况诗注》第125页。
[2]　杨伯峻《列子集释》卷八"说符篇"："天下之马者，若灭若没。"（第255页，中华书局1979年）
[3]　《顾况诗注》第107页。
[4]　《顾况诗注》第122页。

达言外之意的努力都是一致的。那么这种共同的创作倾向有什么更深层的背景呢?

首先,《箧中集》诗人与顾况对汉魏诗的借鉴不仅在于朴素的语言和散句的节奏,而在其全部的主题内容。他们都生长于天宝、大历年间,有共同的人生遭际,是被主流社会排挤到边缘的一群落魄士人。天宝盛世的繁荣似乎与他们无关,安史之乱的灾难也没有在他们诗里留下多少痕迹。其咏叹的主旋律是感叹人生命运的坎坷,抒发年寿不永的焦虑。这正是汉末文人诗的重要主题,因而他们自然能与汉诗发生共鸣,而且调子更为凄苦。

《箧中集》诗人正如元结所说,"皆以正直而无禄位,皆以忠信而久贫贱,皆以仁让而至丧亡"。他们对"名位不显,年寿不将,独无知音,不见称显"[1]的怨叹,看似重弹汉诗的老调,但在盛唐时代大多数士人志气高远的时代氛围中,显得格外悲抑不平。他们几乎个个都处于怀才不遇、穷困潦倒的逆境:"衰退当弃捐,贫贱招毁谤,栖栖去人世,违蹟日穷迫。"[2]"有才且未达,况我非贤良。"[3]"儒生未遇时,衣食不自如。"[4]居于贫贱并非因为无才无德,而是世道不公:"衣马久羸弊,谁信文与才。善道居贫贱,洁服蒙尘埃。"[5]虽然有时相信自己的不达是命运不济:"岂曰无其才,命理应有时。"[6]但故旧无情,不肯援引使他们更加寒心:"食我山中药,不忆山中人。"[7]"岂无同门友,贵贱易中肠。"[8]"有情尽弃捐"的现实使他们对鼠雀的势利都格外敏感:"雀鼠昼夜无,知我厨廪贫。"[9]而"一生但区区,五十无寸禄"[10]的蹉跎不能不引起生命短暂的悲

---

[1] 元结《箧中集》序,《唐人选唐诗(十种)》第27页。
[2] 沈千运《濮中言怀》,《唐人选唐诗(十种)》第28页。
[3] 于逖《野外行》,《唐人选唐诗(十种)》第29页。
[4] 张彪《杂诗》,《唐人选唐诗(十种)》第32页。
[5] 张彪《北游还酬孟云卿》,《唐人选唐诗(十种)》第32页。
[6] 沈千运《赠史修文》,《唐人选唐诗(十种)》第28页。
[7] 王季友《寄韦子春》,《唐人选唐诗(十种)》第29页。
[8] 孟云卿《伤怀赠故人》,《唐人选唐诗(十种)》第31页。
[9] 王季友《寄韦子春》,《唐人选唐诗(十种)》第29页。
[10] 沈千运《濮中言怀》,《唐人选唐诗(十种)》第28页。

哀:"人生早艰苦,寿命恐不长。"[1]"薤露歌若斯,人生尽如寄。"[2]绝望和孤独甚至使他们想到何必执着于生死和是非:"人皆美年寿,死者何曾老。"[3]"何者为形骸,谁是智与仁。"[4]极端的愤激必然导致极端的牢骚,心情的苦涩也必然形诸语调的苦涩。

顾况虽曾有禄位,视野比《箧中集》诗人开阔,但为人狂放,好戏侮王公贵人,"不能慕顺,为众所排"[5],多年沉于下僚,后又长贬饶州司户,加上晚年丧子,他对世道的愤激不平与《箧中集》诗人是一致的:"尽力答明主,犹自招罪愆。"[6]"废弃忝残生,后来亦先夭。"[7]"人生倏忽间,安用才士为?"[8]《行路难三首》和《悲歌六首》悲叹生命无常、世路崎岖和人情冷暖:"一生肝胆向人尽,相识不如不相识。"[9]"边城路,今人犁田昔人墓。岸上沙,昔日江水今人家。今人昔人共长叹,四气相催节回换。"[10]"我欲升天天隔霄,我欲渡水水无桥。我欲上山山路险,我欲汲井井泉遥。"[11]年光无情催逼,人生无路可走。今人与昔人共通的感受使他同样在汉魏诗歌中找到知音,并以自己的方式表现了汉魏诗的基本主题。

《箧中集》和顾况诗的不遇之感和不平怨叹主要体现在人情伦常的题材中,这正是汉魏古诗取材的基本特点。前人曾指出汉魏诗"大率逐臣弃妻,朋友阔绝,游子他乡,死生新故之感"[12],以及长生求仙之想。《箧中集》诗全部是人生苦短之感、兄弟朋友之情、夫妇离别之悲、贫贱不遇

---

[1] 孟云卿《伤怀赠故人》,《唐人选唐诗(十种)》第31页。
[2] 孟云卿《古乐府挽歌》,《唐人选唐诗(十种)》第30页。
[3] 孟云卿《古别离》,《唐人选唐诗(十种)》第31页。
[4] 沈千运《山中作》,《唐人选唐诗(十种)》第28页。
[5] 皇甫湜《唐故著作佐郎顾况集序》,《全唐文》卷六八六,第3113页。
[6] 《归阳萧寺有丁行者能修无生忍担水施僧况归命稽首作诗》,《顾况诗注》第75页。
[7] 《在滁苦雨归桃花崦伤亲友略尽》,《顾况诗注》第67页。
[8] 《哭从兄苌》,《顾况诗注》第70—71页。
[9] 《行路难三首》其一,《顾况诗注》第96页。
[10] 《悲歌六首》其一,《顾况诗注》第101页。
[11] 《悲歌六首》其二,《顾况诗注》第102页。
[12] 沈德潜《说诗晬语》五一,《原诗 一瓢诗话 说诗晬语》第199页,人民文学出版社1979年。

之苦，少量思考"神仙可学无"[1]的诗歌也出于对年寿不永的焦虑。顾况古诗也以这类题材为多，只是表现样式各不相同。从取题来看，《箧中集》里多有《古别离》《今别离》《古乐府挽歌》《悲哉行》《杂诗》《挽歌诗》《神仙》《古远行》这类汉魏式的题目。顾况古诗中也不乏《弃妇词》《游子吟》《拟古》《从军行》《塞上曲》《古别离》《长安道》《悲歌》等汉魏式的乐府古诗，至于游仙学道，更是顾况诗中的重要题材。由此可见，《箧中集》诗人和顾况取法于汉魏，首先是由于汉魏诗歌的内涵能与他们的生命感悟发生自然的共鸣。

其次，天宝后期到大历年间兴起的复古思潮裹挟了相当多的一批儒生，《箧中集》诗人和顾况也在其中，因而他们都具有自觉的复古意识。以汉魏式的古诗表达其抵制时俗的心志，正是儒家所倡导的风雅精神的一种体现。

盛唐士人成长在朝廷大兴礼乐雅颂、提倡文儒型人才的政治风气中。天宝时期，儒家的复古思潮已经滥觞。李白明确标举"将复古道"，创作了大量古风诗，其乐府中的汉魏古题达到百分之八十[2]。杜甫向来以"文儒士"自居，早有"引古惜兴亡"[3]的自觉意识，并在《同元使君舂陵行》的诗序中赞美元结"效汉朝良吏之目"，及其"知民疾苦"的"比兴体制"[4]。萧颖士、贾至等则在"皇唐绍周继汉、颂声大作""济济儒术、焕乎文章"[5]的精神鼓舞下，提倡"宪章六艺"的典谟训诰之文。尽管这股复古思潮中潜藏着多种不同的倾向和分歧[6]，但大致形成了崇儒复古的浓厚氛围。

元结大力提倡恢复风雅之道，在这股风潮中的呼声最高。他在《与刘侍御宴会诗序》中说："文章道丧盖久矣！时之作者，烦杂过多，歌儿舞

---

[1] 张彪《神仙》，《唐人选唐诗（十种）》第32页。
[2] 参见拙文《李白乐府的复与变》，《诗国高潮与盛唐文化》第162—177页。
[3] 杜甫《壮游》，《杜诗镜铨》第699页。
[4] 杜甫《同元使君舂陵行》，《杜诗镜铨》第602—603页。
[5] 贾至《工部侍郎李公集序》，《全唐文》卷三六八，第1653页。
[6] 参见拙文《盛唐"文儒"的形成和复古思潮的滥觞》，《诗国高潮与盛唐文化》第274—295页。

女，且相喜爱。系之风雅，谁道是耶？"[1]并在《箧中集》序中说明自己编集的原因："对曰：风雅不兴，几及千岁。……近世作者，更相沿袭，拘限声病，喜尚形似，且以流易为词，不知丧于雅正。……吴兴沈千运，独挺于流俗之中，强攘于已溺之后，穷老不惑，五十余年。凡所为文，皆与时异。故朋友后生，稍见师效，能侣类者，有五六人。"[2]值得注意的是，元结所说的"风雅"，杜甫虽然强调了其"知民疾苦"的一面，但元结在《箧中集》序里突出的是"名位不显，年寿不将，独无知音，不见称显"的六七位作者，虽然集中二十四首诗里也选了一首《回军跛者》，涉及民生疾苦，但绝大多数是体现这些作者的"正直""忠信""仁让"，而这正是儒家提倡的道德。也就是说元结认为反映这些有德者贫贱无禄位的怨叹，本身就是对诗道沦丧的挽救。元结自己的《系乐府十二首》中的《贱士吟》《古遗叹》《下客谣》批判"谄竞实多路，苟邪皆共求"[3]的世风，蔑视那些"岂知保忠信，长使令德全"[4]的下等宾客，为"有国遗贤臣，万事为冤悲"[5]的古今贤士深感不平，更明确地阐发了《箧中集》的内涵。可见元结理解的"风雅"精神，既包括民间的疾苦，也包括贫士贤臣怀才不遇的怨叹。到元和时，前者为白居易所发展，后者为韩愈所发展。二者并存，才是中唐文人心目中完整的风雅精神。

　　元结的"风雅"除了精神内涵以外，还包含对诗歌语言风格的要求。他自己的诗风虽然直追上古，不涉俗白，与《箧中集》诗并不相同，但追求古朴质拙的倾向是一致的，正如许学夷所说，其《系乐府》中"《贱士吟》《贫妇词》《下客谣》等，质实无华，最为淳古"[6]，在"五言古极意洗削"[7]、往往"朴拙处过甚"[8]这一点上与《箧中集》也很相似。《郡

---

[1] 元结《刘侍御月夜宴会序》，《全唐诗》卷二四一，第 2711 页。
[2] 《箧中集》序，《唐人选唐诗（十种）》第 27 页。
[3] 元结《贱士吟》，《全唐诗》卷二四〇，第 2697 页。
[4] 元结《下客谣》，《全唐诗》卷二四〇，第 2698 页。
[5] 元结《古遗叹》，《全唐诗》卷二四〇，第 2698 页。
[6] 《诗源辨体》卷十七，周维德集校《全明诗话》第 3282 页，齐鲁书社 2005 年。
[7] 同上。
[8] 翁方纲《石洲诗话》卷一，《清诗话续编》第 1370 页。

斋读书志》还注意到元结文辞也有"聱牙""不谐"的特点:"自谓与世聱牙,岂独其行事而然,其文辞亦如之。然其辞义幽约,譬古钟磬,不谐于里耳,而可寻玩。"[1]元结行事有意与世相悖,从他的传记和《恶圆》等许多文章都不难看出。而《箧中集》诗声调之不谐,也应与诗人"与世聱牙"的性情有关。如孟云卿"天宝间不第,气颇难平,志亦高尚,怀嘉遁之节"[2],杜甫称其"一饭未曾留俗客,数篇今见古人诗"[3]。王季友"性磊浪不羁,爱奇务险,远出常性之外"[4],均可见其不肯随俗的性格。由此可知,《箧中集》诗语调朴拙生涩,正是元结所说"凡所为文,皆与时异"的表现之一,具有矫正时俗"拘限声病""以流易为词"的明确目的,体现了刻意不与世人同调的创作意识。

元结在序文中特别说明沈千运的诗"独挺于流俗","强攘于已溺"的作用,且有朋友后生渐渐效仿,可见《箧中集》诗人在当时已小有影响。元结自己本与孟云卿"以词学相友,几二十年"[5],韦应物称赞孟云卿"高文激颓波"[6],也充分肯定他激扬古调对荡涤诗坛颓波的作用。杜甫与孟云卿、张彪、王季友都是好友。王季友"暗诵书万卷,论必引经"[7],更是典型的儒者。元结将这些"能侣类者"的古调编为《箧中集》,正是因为他们出于复古的自觉,已形成一个具有反流俗精神的小群体。

顾况与元结一样提倡风雅:"日月丽乎天,草木丽乎地,风雅亦丽于人,是故不可废。"[8]又在《悲歌六首》的序文中说:音乐为"理乱之所经,王化之所兴,信无逃于声教,岂徒文采之丽耶?"[9]这六首诗的内容都与汉魏诗的基本主题一致。可见顾况取法汉魏,也是本着儒家教化的精

---

[1] 晁公武撰,孙猛校证《郡斋读书志校证》卷十七"元子十卷",第855页,上海古籍出版社2011年。
[2] 傅璇琮主编《唐才子传校笺》第1册,第432页,中华书局1987年。
[3] 杜甫《解闷十二首》其五,《杜诗镜铨》第817页。
[4] 傅璇琮主编《唐才子传校笺》第2册,第135页,中华书局1989年。
[5] 元结《送孟校书往南海》序,《全唐诗》卷二四一,第2710页。
[6] 韦应物《广陵遇孟九云卿》,韦应物著,陶敏、王友胜校注《韦应物集校注》第355页,上海古籍出版社1998年。
[7] 《唐才子传校笺》第2册,第128页。
[8] 顾况《文论》,《全唐文》卷五二九,第2380页。
[9] 《顾况诗注》第99页。

神，主张诗歌关乎治乱和风化。同时他还和元结模仿《诗经》一样，作《上古之什补亡训传十三章》，效仿《诗经》用小序标出主题的做法，借《诗经》的形式讽刺现实，对白居易的《新乐府》产生了直接的影响。同时代的皎然就称他"吴门顾子予早闻，风貌真古谁似君。……性背时人高且逸，平生好古无俦匹"[1]。正是这种好古，以及与世俗相悖的天性，使他的古调自然能与《箧中集》诗人合拍。除了复古以外，儒学对他的影响还在于博学。从顾况诗歌的用典可以看出，他的典故很多来自《诗经》《楚辞》《易经》《尚书》《周礼》《礼记》《孟子》《山海经》《左传》等先秦典籍以及汉代的《史记》《淮南子》《论衡》等等文献，可说是既熟读儒家经典，又遍览诸子百家及佛经和道经。这就使他诗歌的意象和典故远比当时其他诗人繁富，这样的知识背景使他在恢复古道的同时更具备了艺术创新的雄厚才力。

　　《箧中集》诗人和顾况的古调在天宝末至贞元年间的诗坛上只能算是另类，他们以苦涩的语调倾诉困顿坎坷的不平之气，突显出反流俗的行事和性情，不但与诗坛拘限声病的主流相悖，而且与当时大多数古诗的声调也不合拍。这种另类古调的出现，不仅从精神上恢复了风雅古道，还在艺术上体现了探索古诗声调的自觉努力，其意义要到韩孟诗派出现时才能被充分认识。当古诗经历了长期的发展，至盛唐达到新的高峰之后，今后走向如何，是后代诗人不得不面对的问题。在中唐复古创变的大势中，声调变异也是艺术表现变化的元素之一。尽管前期少数诗人的尝试难免矫枉过正，但如果能使古诗的声调更密切地与诗人的表情达意相配合，或许也不失为一种发展的新思路。事实上，元和诗人正是吸取了天宝末至贞元古诗中多种变异的表现元素，才造就一代诗风的奇变。

---

[1] 皎然《送顾处士歌》，《全唐诗》卷八二一，第9264—9265页。

# 第二章　中唐前期古诗中超现实想象的变化

　　中唐诗歌出现两大诗派是唐代文学史上的一个重要现象。历代诗论一般都认为大历、贞元诗以近体为主,"务以声病谐婉相尚"。元和年间,以韩愈、孟郊为代表的奇险派"奋起而追古调"[1],加上元稹、白居易以千字律诗相唱和[2],才导致诗风大变,因此视元和为中唐诗变的转关[3]。关于奇险派诗风形成的原因,二十世纪八十年代以来学术界一般都从中唐的社会背景和诗派代表作家的个性特点去解释,虽然已经取得可观的成果,但有关研究还有很大的空间。笔者认为,中唐尚奇诗风是多种表现因素综合而成的创作现象,如能深入探究这些因素的萌生及其渐变的肌理,可以更为透彻地解释中唐尚奇诗风形成的内在逻辑。想象方式的变异就是其中的要素之一[4]。清人黄之隽对韩愈、孟郊、李贺三人之奇的共同特点做过精

---

[1]　《四库全书总目提要·集部·总集类一·唐御览诗一卷》:"盖中唐以后,世务以声病谐婉相尚,其奋起而追古调者,不过韩愈等数人。"(纪昀总纂《四库全书总目提要》第5090页,河北人民出版社2000年)

[2]　白居易《余思未尽加为六韵重寄微之》:"诗到元和体变新(众称元、白为千字律诗,或号元和格)。"(《白居易集》第2册,第503页,中华书局1979年)

[3]　历代诗论多持此论。较有影响者如《唐诗品汇》总序:"大历、贞元中,则有韦苏州之雅澹,刘随州之闲旷,钱、郎之清赡,皇甫之冲秀,秦公绪之山林,李从一之台阁,此中唐之再盛也。下暨元和之际,则有柳愚溪之超然复古,韩昌黎之博大其词,张王乐府,得其故实,元白序事,务在分明,与夫李贺、卢仝之鬼怪,孟郊、贾岛之饥寒,此晚唐之变也。"《师友诗传录》也引用此论以区分大历、贞元与元和,其余不一一罗列。

[4]　当代关于中唐奇险诗派的研究,均着重在韩愈、孟郊、李贺等诗人的审美风格评析,从艺术想象的特点分析奇险诗派构思原理的文章,仅见于陈贻焮先生《从元白和韩孟两大诗派略论中晚唐诗歌的发展》(见《唐诗论丛》,湖南人民出版社1980年)等极少数论文。

要的概括:"夫其鲸呿鳌掷,掐胃擢肾,汗澜卓踔,俾寸颖尺幅之间,幻于鬼神仙灵而不可思议,变于蛟龙风雨而不可捉搦,邃于天根月窟而不可登诣。尚得以世俗传习声病之学与之较分刌而剂法度哉!"[1]这段话所论"幻于""变于""邃于"的三个方面都属于超现实想象的方式。如果从其渊源开始追溯,可以从这一特定角度发现这种"奇思"并非在元和年间突然出现,而是已长期伏脉于天宝到大历、贞元年间的古诗之中[2]。因此本章将这一时段称为"中唐前期",以古诗作为重点考察对象。

在中国古典诗歌中,超现实奇想一般都离不开对鬼神仙灵的想象。从《楚辞》到李白的游仙诗,已经形成一种固有的表现传统。游仙在卑狭的世俗之外开辟了可供精神自由驰骋的广阔天地,诗人在人生长途中上下求索的思想历程也借助上古神话的幻境得以展示,这种寄托方式随着《楚辞》中的神话人物一起流传下来,确立了后世神仙想象的基本思路。《楚辞》中虽然出现了"灵""羽人"等类同仙人的名称,但没有构成一个具体清晰的神仙世界。随着秦汉神仙方术的流行,世俗中的帝王却首先建造了现实中的仙境。如果说秦始皇心目中的仙界还远在东瀛的海外神山,那么汉武帝则把神仙请到了华山和泰山。这些人造的仙境成为汉乐府所描写的神仙世界的原型[3]。魏晋以来,诗人们将《楚辞》的意蕴、庄子的哲学融入游仙诗,表现了超脱现世的幻想,以及对隐逸生活的向往。与此同时,道教在神仙方术的基础上兴起,经过魏晋南北朝的发展,到唐代成为国教。在干预政治的同时,还为诗人们提供了关于神仙世界的更丰富的想象。发展到陈子昂和李白的诗里,对大道的探寻,对哲学的追问,包含宇宙的本体、天道的循环、历史的盛衰、人生的机遇等等,所谓"天人之际、古今之变"的一切问题,都希望在道教的信仰中解决。由于相信神仙可以在无穷无极之中与日月天地同在,他们将仙道与元化之道相合,对道教的宗旨有深一层的探索[4]。李白在这种思考的层面上,吸取前代《楚辞》、汉乐府、

---

[1] 黄之隽《韩孟李三家诗选序》,见《唐堂集》卷五,《清代诗文集汇编》第 221 册,第 72 页。
[2] 目前尚未见追溯中唐想象方式变异之源起的相关论著。
[3] 见拙著《八代诗史》(修订本)第一章。
[4] 参见拙文《从"方外十友"看道教对初唐山水诗的影响》《论李白乐府的复与变》,收入《诗国高潮与盛唐文化》。

曹植、阮籍、郭璞等游仙诗所提供给他的全部精神元素，将自己融合成一个"幕天席地""友月交风"、放浪于"元化"之中的理想形象。渴望在驾驭万物变化的规律中获得最高度的精神自由，展示了生命在宇宙之中所可能获得的无限。因此他对神仙想象的方式总结了《楚辞》以来的传统，也成为观察盛唐到中唐诗歌中神仙想象方式悄然变异的重要参照。

魏晋以来的游仙诗里呈现的神仙世界，不外乎对于仙境和仙人形象的虚拟描绘。诗人们除了想象自己追随仙者一起凌云翱翔、逍遥八极以外，极少描绘具体的神仙世界的图景。到了李白诗里，仙境更与青天明月、名山大川融合在一起，诗人自己就是浮游于天人之间的"诗仙"。盛唐除了李白以外，其他诗人也不乏与道士交往唱酬或寻访道观的作品，一般都是渲染山林隐逸的清净无为，罕见超现实的想象。但从天宝以后，有少量古诗的想象方式已经初现变异的端倪，主要体现为仙境和仙者逐渐由虚变实：神仙世界从虚无缥缈逐渐变得具体可感；传说中的仙者在现实生活中也可以遭遇，甚至人仙难辨。换言之，以现实生活的逻辑去想象神仙世界，成为这种想象方式最基本的特点。

最早的变化出现在王翰的《赋得明星玉女坛送廉察尉华阴》中，此诗写樵夫在华山明星玉女坛亲见仙女的情景："三十六梯入河汉，樵人往往见蛾眉。蛾眉婵娟又宜笑，一见樵人下灵庙。仙车欲驾五云飞，香扇斜开九华照。含情迟伫惜韶年，愿侍君边复中旋。江妃玉佩留为念，嬴女银箫空自怜。仙俗殊途两情遽，感君无尽辞君去。遥见明星是妾家，风飘雪散不知处。……"[1] 仙女含情脉脉、犹豫迟回的情态，以及在庙前匆匆一见即无奈告辞的过程描写，使明星玉女的传说化成一个人神相恋的故事。与此类似的还有常建的《仙谷遇毛女意知是秦宫人》一诗，前半首记述诗人沿着溪水进入仙谷所见景色，然后在盘石横路之处遇见了传说千年前从秦宫中逃出来的毛女："水边一神女，千岁为玉童。羽毛经汉代，珠翠逃秦宫。目觌神已寓，鹤飞言未终。祈君青云秘，愿谒黄仙翁。尝以耕玉田，龙鸣西顶中。金梯与天接，几日来相逢。"[2] 这位毛女站在水边，身上所

---

[1] 《全唐诗》卷一五六，第 1603 页。
[2] 《全唐诗》卷一四四，第 1455 页。

披羽毛、头上所戴珠翠还都是秦汉遗物，可惜与诗人交谈未终即驾鹤飞去。叙述的真切，加上诗题的确凿说明，仿佛诗人真的有过这番经历。常建有几首寻访天师或仙迹的诗，大多将盛唐山水诗人澄怀观道的审美观照方式融入其中。这首诗里的毛女也可能出自在"回潭清云影"的静照中产生的幻想。但其表现已经与大历某些古诗的奇想类似。

杜甫的五七言古诗也有一些超现实的想象，不过与李白不同。李白的超现实想象有其时空环境的一致性，诗人始终生活在仙境或梦境之中，飘游于云端之上，少有现实和非现实之间的穿越。而杜甫则立足于世俗世界，他的想象必须在现实和非现实的语境中不断穿越，其方式也是多样化的。例如《桃竹杖引赠章留后》由费长房所骑青竹杖入水化龙的传说，生出自己在江上旅行会遇到鬼神蛟龙来夺取竹杖的奇想。《凤凰台》将许多关于凤凰的典故幻化成寓言，按照大自然中禽类生存的规律，将上古虚无的传说落实到眼前登上凤凰山顶去找到凤雏的可能性。《前苦寒行》中"三足之乌骨恐断，羲和送将何所归？"[1]想象太阳里的三足乌都冻断了腿，羲和不知将它送到哪里去，则是以现实生活中挨冻的经验去体会神话中的三足乌。《忆昔行》[2]回忆他当年到王屋山寻访华盖君之事，一路乘舟渡河，进入山中，发现一座茅屋，室内无人，唯余香炉残灰，都是纪实，但转眼之间就进入了"玄圃沧州莽空阔，金节羽衣飘婀娜。落日初霞闪余映，倏忽东西无不可"的仙境，恍惚之间似乎见到了华盖君，又很快被"松风涧水声"和"青兕黄熊啼"惊醒，回到现实。这种穿越于真幻之间的理路，在从《楚辞》到李白的传统之外，开启了另一种超现实奇想的新境界。对大历、贞元某些古诗的同类表现产生了直接影响。

## 第一节　神仙世界的落实及其与凡俗生活情景的互融

大历、贞元诗歌以近体为主流，但几乎大多数诗人都有数量不等的古

---

[1]《杜诗镜铨》第893页。"骨恐断"一作"足恐断"。
[2]《杜诗镜铨》第917页。

体诗。其中有提倡复古的诗人如顾况,已经在诗里表现出元和尚奇诗风的多种特征。其他诗人虽风格各不相同,但也在古诗里或多或少营造过一些"幻于鬼神仙灵""变于蛟龙风雨"的境界。其想象思路的变异大致有以下几种:

一是像杜甫一样,为夸张日常生活中的某一事实,将神话传说幻化成眼前可见的实景,从而产生奇特的效果。如顾况的《龙宫操》写大历七年、八年的一场大水:"龙宫月明光参差,精卫衔石东飞时,鲛人织绡采藕丝。翻江倒海倾吴蜀,汉女江妃杳相续,龙王宫中水不足。"[1]想象龙王把海水都倾泻到吴蜀大地上,以至于宫中储水量不足,龙宫暴露在月光之下,正有利于精卫口衔木石东飞填海。海里的鲛人只能采集河里的藕丝织绡,而生活在江中的汉女江妃则在大水中陆续消失。这就将龙王发水、精卫填海、鲛人织丝、汉江神女这些人所熟知的神话传说集中在一起,组成了龙宫、精卫和鲛人同时出现在明月之夜的奇丽画面,突出海水不足和江水泛滥的对比,以奇特的构思夸张了水灾的严重。《梁广画花歌》没有正面描写梁广画花之妙,而是构想出西王母要去人间寻求好花的一幕情景:"王母欲过刘彻家,飞琼夜入云軿车。紫书分付与青鸟,却向人间求好花。上元夫人最小女,头面端正能言语。手把梁生画花看,凝睇掩笑心相许。心相许,为白阿娘从嫁与。"[2]诗里的神仙均见于《汉武帝内传》,但这里写王母为去刘彻家串门而令使者到梁生处求花,小女儿上元夫人长得端正又能说会道,看着画花含笑不言,却已暗中以心相许,要求阿娘许嫁,从头到尾都是在描写一件寻常百姓的家常事,人物的神情、心理都与凡俗之人无异。诗人采用小说笔法巧妙地夸赞梁生画花能感鬼神的艺术效果,使神仙故事充满人间生活情趣,也是前所未有的奇思。韦应物的《古剑行》化用雷焕之子雷华持宝剑经延平津,剑跃入水化为双龙的典故,以残龙之象写锈蚀古剑:"沉沉青脊鳞甲满,蛟龙无足蛇尾断。忽欲动,中有灵。豪士得之敌国宝,仇家举意半夜鸣。小儿女子不可近,龙蛇变化此中隐。夏

---

[1] 《顾况诗注》第 93 页。
[2] 《顾况诗注》第 94 页。

云奔走雷阗阗，恐成霹雳飞上天。"[1]虽然将一把残剑写成一条断尾无足的病龙，但仍然灵气内含，不可靠近，随时会化作霹雳雷电飞上天。这就使前人咏剑的常用比喻直接化成一个现实生活中的新奇故事。"小儿女子不可近"的劝诫，更落实了这个故事的真实可感性。这与卢纶的《难绾刀子歌》的思路相同，卢诗写此刀之有神："淬之几堕前池水，焉知不是蛟龙子。"[2]也是用雷华之剑入水为龙的典故，却包含在前池淬刀的一个细节中，似乎刀化为龙的奇事在生活中不时可以遇见。卢纶的《慈恩寺石磬歌》写"灵山石磬"的奇古："长眉老僧同佛力，咒使鲛人往求得。珠穴沉成绿浪痕，天衣拂尽苍苔色。星汉徘徊山有风，禅翁静扣月明中。群仙下云龙出水，鸾鹤交飞半空里。山精木魅不可听，落叶秋砧一时起。"[3]月下扣磬、鸾鹤交飞、山中鬼魅不可听的描写，虽然化用了《东观汉纪》中"王阜击磬而鸾舞"、李颀《听董大弹胡笳兼寄语弄房给事》中"深松窃听来妖精"等语意，但与群仙下集、蛟龙出水的场景组合在一起，加上此磬由长眉老僧运用佛力咒使鲛人从海西求得的来历，便使磬音的神奇效果更加坐实。这类想象方式的原理与杜甫的《桃竹杖引》及《客从》中鲛人珠在箧中化为血的故事相同，大多用于咏物的古诗歌行中。

二是直接将道士修炼的环境或传说中的仙迹写成仙境，使道士神仙化。如顾况的《金珰玉珮歌》："赠君金珰太霄之玉珮，金锁禹步之流珠，五岳真君之秘箓，九天丈人之宝书。东井沐浴辰巳毕，先进洞房上奔日。借问君欲何处来，黄姑织女机边出。"[4]此诗看似写主人热情待客的过程：先赠君金珰玉珮等宝物，后沐浴进房，再询问来自何处，机边女子出来相见。其实句句都是写道家修炼之术：《玉珮金珰经》和《太霄隐书》都是道家经书；"禹步"是道士作法时所行步伐，"流珠"即水银，道家经书有《三元流珠经》；"五岳真君"是执掌五岳的神仙，"秘箓"指《五岳真形图》；"九天丈人"泛指道教神仙。首四句套用鲍照《拟行路难》其一"奉

---

[1] 《韦应物集校注》第554页。
[2] 卢纶著，刘初棠校注《卢纶诗集校注》第235页，上海古籍出版社1989年。
[3] 《卢纶诗集校注》第221页。
[4] 《顾况诗注》第117页。

君金厄之美酒"的句式，巧用这些道家经书的名称，以各种珍宝构成太霄仙宫的华丽图景。选择天神会于东井（井宿）之日斋戒沐浴；吞日气、月精和星光，称为奔日、奔月、奔辰，也都是道家修炼之法。最后两句说黄姑星（一说即牵牛星）和织女星都出来迎接询问，则"君"自然已经得道升天。所以此诗实际是在导"君"进入仙境的过程中表现了修道者先读道经、后学修炼、最后入道的步骤。

李益的《入华山访隐者经仙人石坛》以长篇五古的形式记叙自己在西岳下任职，利用休沐之日入华山寻访隐者，"尝闻玉清洞，金简受玄箓。凤驾升天行，云游恣霞宿"，先借传闻虚写受道箓者升天的情景。然后在经仙人石坛时果然见到羽人："隔世闻丹经，悬泉注明玉。前惊羽人会，白日天居肃。问我将致词，笑之自相目。竦身云遂起，仰见双白鹄。堕其一纸书，文字类鸟足。视之了不识，三返又三复。归来问方士，举世莫解读。"[1]羽人们对诗人问话微笑不言、自相传递眼神的情景，以及诗人反复辨认羽人所留纸书却不识文字的怅然，都写得很生动细致，使他这番访问玉清洞遇仙的经历更加逼真。他的《罢秩后入华山采茯苓逢道者》[2]与此诗相同，都是写华山逢仙："山中若有闻，言此不死庭。遂逢五老人，一谓西岳灵。或闻樵人语，飞去入昴星。授我出云路，苍然凌石屏。视之有文字，乃古黄庭经。"这一奇遇令诗人在采茯苓时感慨："况闻秦宫女，华发已变青。有如上帝心，与我千万龄。始疑有仙骨，炼魂可永宁。"从诗题看，诗人所遇其实是道者，但被他写成了西岳的神灵。《登天坛夜见海日》记王屋山道士引导自己登天坛山观海曰："朝游碧峰三十六，夜上天坛月边宿。仙人携我搴玉英，坛上夜半东方明。仙钟撞撞近海日，海中离离三山出，霞梯赤城遥可分。霓旌绛节倚彤云，八鸾五凤纷在御，王母欲上朝元君。群仙指此为我说，几见尘飞沧海竭。竦身别我期丹宫，空山处处遗清风。九州下视杳未旦，一半浮生皆梦中。"[3]不但遥见海上仙山，能与群仙交谈，而且下视九州，屡见沧桑变化，已完全进入了仙境。

---

[1] 李益著，范之麟注《李益诗注》第23页，上海古籍出版社1984年。
[2] 《李益诗注》第30—31页。
[3] 《李益诗注》第47页。

这类想象方式还可见于刘长卿的《自紫阳观至华阳洞宿侯尊师草堂简同游李延陵》："七曜悬洞宫，五云抱仙殿。银函竟谁发？金液徒堪荐。千载空桃花，秦人深不见。东溪喜相遇，贞白如会面。青鸟来去闲，红霞朝夕变。一从换仙骨，万里乘飞电。"[1] 茅山华阳洞是唐代著名的道观，从诗题可知诗人是寄宿于道士草堂，但在诗人笔下都成了仙境。《望龙山怀道士许法棱》中的许道士也宛如神仙："中有一人披霓裳，诵经山顶餐琼浆。空林闲坐独焚香，真官列侍俨成行。朝入青霄礼玉堂，夜归白云眠石床。"[2] 许道士有真官列侍，身披霓裳，也宛如神仙。韦应物的《清都观答幼遐》写当时罢职居清都观的李儋："逍遥仙家子，日夕朝玉皇。兴高青露没，渴饮琼华浆。解组一来款，披衣拂天香。粲然顾我笑，绿简发新章。泠泠如玉音，馥馥若兰芳。浩意坐盈此，月华殊未央。却念喧哗日，何由得清凉。"[3] 李儋虽然只是住在道观里，衣食谈吐已经如仙人下凡。卢纶的《太白西峰偶宿车祝二尊师石室晨登前巘凭眺书怀即事》有一段写自己偶宿两位道士的石室："如何羁滞中，得步青冥里。青冥有桂丛，冰雪两仙翁。毛节未归海，丹梯闲倚空。逍遥拟上清，洞府不知名。醮罢雨雷至，客辞山忽明。"[4] 虽然"毛节"句明言两位尊师尚未持羽节成仙，但赞美他们生活在青冥之中，有如"肌肤若冰雪"[5] 的神人，洞府也可比上清，则已与仙人无异。类似的还有元结的《宿无为观》、韩翃的《经月岩山》《赠别华阴道士》等等。

　　值得注意的是，在将道士神仙化的同时，有些诗作又通过细节的刻画使神仙洞天中的"仙家"具有人间生活的特征。如于鹄《过凌霄洞天谒张先生祠》记述自己寻访一位山里的高人："志人（一作至人）爱幽深，一住五十年。悬牒到其上，乘牛耕药田。衣食不下求，乃是云中仙。山僧独知处，相引冲碧烟。……累歇日已没，始到茅堂边。见客不问谁，礼质无

---

[1] 刘长卿著，杨世明校注《刘长卿集编年校注》第136页，人民文学出版社1999年。
[2] 《刘长卿集编年校注》第440页。此诗作者《全唐诗》卷七七〇又作李延陵，应为刘长卿作。详佟培基《全唐诗重出误收考》第119页（陕西人民教育出版社1996年）辨析。
[3] 《韦应物集校注》第314页。
[4] 《卢纶诗集校注》第318页。
[5] 《庄子·逍遥游》谓邈姑射山的神人"肌肤若冰雪"，"不食五谷，吸风饮露"。

周旋。醉卧枕欹树,寒坐展青毡。折松扫藜床,秋果颜色鲜。炼蜜敲石炭,洗澡乘瀑泉。白犬舐客衣,惊走闻腥膻。"[1] 这位"云中仙"住在茅舍,驾牛躬耕药田,见客毫无礼貌,坐卧洗漱任其自然。白犬舐客被腥膻味吓跑的小插曲,更为这位似仙非仙的至人增添了凡间的生活趣味。《山中访道者》也是写诗人历尽辛苦后,"忽然风景异,乃到神仙宅。天晴茅屋头,残云蒸气白。隔窗栉发声,久立闻吹笛。抱琴出门来,不顾人间客。山院不洒扫,四时自虚寂。落叶埋长松,出地才数尺。曾读上清经,知注长生籍。愿示不死方,何山有琼液"[2]。这个神仙同样不爱理睬人间访客,居处简陋朴野。但茅屋外的蒸气,隔窗传出的栉发声[3],却是凡人的生活细节。《早上凌霄第六峰入紫溪礼白鹤观祠》则重在刻画"神仙居"富丽的环境:"渐近神仙居,桂花湿溟溟。阴苔无人踪,时得白鹤翎。忽然见朱楼,象牌题玉京。沉沉五云影,香风散紫紫。清斋上玉堂,窗户悬水精。青童捣金屑,杵臼声丁丁。膻腥遥问谁?稽首称姓名。若容在溪口,愿乞残云英。"[4] 朱楼牌匾、玉堂清斋既是实写白鹤观的建筑,又是诗人想象中天帝所居的玉京。青苔上白鹤掉落的翎毛,窗户上悬挂的水精帘,使庄严的仙居宛如富贵人家的庭院。求道者在远远听到道童捣金屑的声音,回答了对外客的询问后,连仙人的面都没见到,全诗便戛然而止。这些情节又增加了此诗的小说趣味。李端《杂歌呈郑锡司空文明》则是写梦见仙人:"昨宵梦到亡何乡,忽见一人山之阳。高冠长剑立石堂,鬓眉飒爽瞳子方。胡麻作饭琼作浆,素书一帙在柏床。唉我还丹拍我背,令我延年在人代。乃书数字与我持,小儿归去须读之。"[5] 此诗中的仙者虽然装束神态犹如古人,但做饭煮浆、床上置书、吃药拍背、嘱其读字,这些日常细事一气道来,作者好像遇见一位善待晚辈的长者。

可见这类诗中的神仙想象与李白之前的游仙传统大不相同:仙人确实存在于人世间,可以远求,也可以近观。他们的起居饮食,与道士大致相

---

[1] 《全唐诗》卷三一〇,第 3508 页。
[2] 《全唐诗》卷三一〇,第 3508—3509 页。
[3] 《云笈七签》卷四七"秘要诀法"有"栉发呪"。道士梳发前要叩齿,念"栉发呪"。
[4] 《全唐诗》卷三一〇,第 3508 页。
[5] 《全唐诗》卷二八四,第 3239 页。

似,因此形貌可睹,动静可闻,并不虚无缥缈。实际上,诗人们是按照道士的生活环境来想象神仙的。诗中的仙境,也多半不在天上,而在山里,其实都是当时遍布天下名山洞府中的道观。这类诗在中唐前期古诗里较多,近体诗中也不少见。

三是取材于道教经典,以纪实的手法将仙道真人的故事还原成生动的生活场景。较早的如李康成《玉华仙子歌》,将一位名叫玉华的紫阳仙子当美女来赋咏,逐层铺写其转盼多姿、光彩照人的容貌,仙娥桂树、王母桃花等居处的景物,上元夫人和许飞琼不在身边的寂寞,"沧洲傲吏"企望在紫府瑶池与之相遇的遐想,等等,虽是将《真诰》中的仙人典故组合在一起,但以人间宫苑的建筑格局为范本,构建出一个金阙璇阶、绮阁罗幕的富丽环境,使曾城昆仑这些虚无的仙境都变得宛然可见[1]。韦应物《王母歌》:"众仙翼神母,羽盖随云起。上游玄极杳冥中,下看东海一杯水。海畔种桃经几时,千年开花千年子。玉颜眇眇何处寻,世上茫茫人自死。"[2]桃花千年一熟,虽取材于《汉武帝内传》,但从太空俯视东海像一杯水那么渺小,则是韦应物的创意。顾况《曲龙山歌》末句"下看人界等虫沙,夜宿层城阿母家"[3],以及李益《登天坛夜见海日》中"九州下视杳未旦"的视界与此相同,对李贺《浩歌》《梦天》的想象方式显然有直接的启发。韦应物《马明生遇神女歌》将《云笈七签》中的马明生传写成一首叙事体的七言长歌。前半篇写太真夫人派美女在马明生卧息之时调戏,马不为所动的情景。后半篇"安期先生来起居,请示金铛玉佩天皇书。神女呵责不合见,仙子谢过手足战。大瓜玄枣冷如冰,海上摘来朝霞凝。赐仙复坐对食讫,领之使去随烟升。乃言马生合不死,少姑教敕令付尔。安期再拜将生出,一授素书天地毕"[4]等句,虽取自太真夫人以马明生托付安期生之事,但将其他书籍中所记安期生食巨枣,"合则见人,不合则

---

[1] 《全唐诗》卷二〇三,第2129页。李白也有一首《上元夫人》:"嵯峨三角髻,余发散垂腰。裘披青毛锦,身著赤霜袍。手提嬴女儿,闲与凤吹箫。"(李白著,王琦注《李太白全集》第1029页,中华书局1977年)但只是形容上元夫人的妆扮,没有更具体的情景描绘。

[2] 《韦应物集校注》第563页。

[3] 《顾况诗注》第266页。

[4] 《韦应物集校注》第564页。

隐"[1]等传说组合在同一场景中,细致地描绘仙子在神女呵责时手脚颤抖、神女赐仙子对坐吃枣、把马明生托付给安期生的经过,人物的动作神情真切生动,都出自作者自己的想象。《汉武帝杂歌三首》其一取材于《汉武帝内传》,前半首描写王母意欲与汉武帝相会却又踌躇徘徊的情景:"王母摘桃海上还,感之西过聊问讯。欲来不来夜未央,殿前青鸟先回翔。绿鬓紫云裾曳雾,双节飘摇下仙步。白日分明到世间,碧空何处来时路。玉盘捧桃将献君,踟蹰未去留彩云。"将王母犹豫不决的意态写得像人间与情人约会的女子。后半首写几经沧桑后王母对汉武帝的思念:"花开子熟安可期,邂逅能当汉武时。颜如芳华洁如玉,心念我皇多嗜欲。"[2]细腻的心理活动也与人间害相思病的女子无异。他的《学仙二首》写刘伟道成仙的经过、《萼绿华歌》赞美女仙萼绿华,都是取材于《真诰》的神仙故事。由于道经故事本身就带有传奇性以及叙事性,再经诗人发挥,就更加真切具体了。

除了取材于道经以外,还有些诗歌是根据历史记载或典故发挥的奇想。如韦应物《汉武帝杂歌三首》其二写汉武帝置承露盘,如何以"仙人方"合成上药,汉武帝在"柏梁沉饮自伤神"的情景[3]。其三将《汉书·武帝纪》中"自寻阳浮江,亲射蛟江中,获之"的一段记载,发挥成万人观看武帝射蛟的生动场面[4]。类似韦应物以上诗作的还有顾况的《悲歌》其六,根据《史记·封禅书》中所记黄帝在鼎湖升天的故事,想象黄帝得仙以后的情景:"周流三十六洞天,洞中日月星辰联。骑龙驾景游八极,轩辕弓箭无人识,东海青童寄消息。"[5]这个故事虽然是熟典,但前人从未想过黄帝升天后将会如何。诗人却想到黄帝会游遍道经所说三十六"洞天福地"和九州八极。而他的弓箭,因为被不能随他上天的小臣们拔掉龙髯而坠落地面,日久天长就没人认识了,只有东海的青童天君偶尔会给人间

---

[1] 《史记·封禅书》载方士李少君言(《史记》卷二八,第1385页)。
[2] 《韦应物集校注》第583页。
[3] 《韦应物集校注》第585页。
[4] 《韦应物集校注》第587页。
[5] 《顾况诗注》第104页。

带来他的消息。这些诗都是"探寻前事"[1]，根据生活经验来还原具体的历史场景，甚至敷衍出更多的后续故事。这种取材构思方式与新的神仙想象方式结合在一起，为李贺、李商隐等中晚唐诗人开启了法门。

将以上三类思路合而观之，不难见出，仙境的现实化、神仙的凡人化、道士的神仙化，加上将道经故事和历史典故还原为现实情景，都使原来虚无缥缈的神仙世界落到实处，与凡俗生活场景相互交融，成为大历、贞元时期部分古诗中神仙想象变异的主要趋向。

## 第二节　想象方式的变异与体式的关系

中唐前期诗人众多，风格各异，但在部分古诗中神仙想象方式却呈现出一致的趋向。其原因何在呢？笔者认为可以分别从内因和外因两方面去思考。内在的原因应与天宝以来诗歌体式的变化有关。主要体现为古诗与近体诗表现功能的差异愈益明显，同样的内容，在不同的诗体中会有不同的表现方式。这种差异在诗人的神仙想象中尤为突出。

从上文所举例诗来看，采用的体式都是中长篇五、七言古诗或乐府。这些诗歌的共同特点是具有鲜明的叙述性和故事性。五言诗如李益、刘长卿、韦应物、卢纶、于鹄等人的作品全部是从头到尾详细记述自己进山寻访道人的经过，仙者的容貌神情乃至生活细节均追求刻画细致，可说是充分发挥了五言古诗以叙述节奏贯穿全诗的特长。五古叙述节奏的加强，在大历以前主要见于杜甫的诗歌。杜甫深入发掘五古以散句叙述的潜力，加大连贯叙述的密度和句段节奏的紧凑感，探索了在诗歌中展开叙述的多种表现方式，使五言古诗本来便于叙述的特长在中长篇里得到充分的发挥[2]。而这些特征在中唐前期访道求仙的诗歌里出现，则说明当时不少诗人都把握了五古的这种特征。

---

[1] 杜牧《李长吉歌诗叙》："贺能探寻前事。"（《李贺诗歌集注》第4页）
[2] 见拙文《从五古的叙述节奏看杜甫"诗中有文"的创变》，香港《岭南学报》2016年第2期，第221—242页。

七言古诗在盛唐主要以抒情为主。只有杜甫在部分"行"诗中发现其布局严谨、筋脉紧贯的体式特征，又在一部分无歌行题的七古中发现其散句单行的线性节奏，脉络紧凑和连贯更接近五古。二者节奏相近，均适宜于连贯叙述，因而写出了部分叙述性较强的七言古诗[1]。上文所举李益《登天坛夜见海日》、刘长卿《望龙山怀道士许法棱》、李端《杂歌呈郑锡司空文明》等诗，均为无歌行题的七言古诗，与杜甫一样都是以叙述句调描写场景。杜甫的部分题画、咏物和酬人的"歌"诗往往以奇幻浪漫的想象助推抒情高潮，这一特征也见于上文所举顾况的《金珰玉珮歌》《龙宫操》、韦应物的《古剑行》、卢纶的《慈恩寺石磬歌》《难绾刀子歌》等诗歌里。但杜甫并无以"歌"诗叙述故事的诗例。而韦应物的《马明生遇神女歌》、顾况《梁广画花歌》更将本来以抒情为主的七言"歌"变成了叙事体。《王母歌》《汉武帝杂歌三首》虽然以抒情语调为主，其中人物心理的细致描写却也是传统歌诗中不多见的。这些又是对杜甫七古的进一步发展。

　　叙述性和故事性都要求场景描绘的写实和细节的具体，因此必然将虚无的想象坐实为眼前直观的景象，凡俗常见的生活经历便成为有助于想象的有益经验。这是五七言古诗采用叙述节奏容易使神仙想象落到实处的体式原因。如果对照相同题材的五七言近体和绝句，这一原理可以得到进一步证实。中唐前期访道求仙的诗歌不在少数，特别是送别道士一类应酬诗，远较盛唐多见。但在采用近体写作时，很少有上述古诗的那种奇想。以下仍举上文几位作者相同题材的近体诗为例，以便比较。这类近体诗的写法不外乎两种方式。一是沿袭盛唐近体追求意境营造的传统，着重描写道士生活环境的清静，如韦应物的七绝《答东林道士》："紫阁西边第几峰，茅斋夜雪虎行踪。遥看黛色知何处，欲出山门寻暮钟。"[2]诗中的东林道士可望而不可及，只能通过遥看紫阁峰的黛色，循着黄昏的钟声和雪夜的虎迹去想象，意境的空灵正与他的《寄全椒山中道士》相同。于鹄《宿王尊师隐居》："夜爱云林好，寒天月里行。青牛眠树影，白犬吠猿声。一磬山

---

[1] 参见拙文《杜甫长篇七言"歌""行"诗的抒情节奏与辨体》，《文学遗产》2017年第1期。
[2] 《韦应物集校注》第309页。

院静，千灯溪路明。从来此峰客，几个得长生？"[1]着意描绘了月夜山院周边的云林之美和峰溪之静。《赠王道者》[2]与此类似，只是更侧重道者门前行迹稀少的寂寞。顾况《望简寂观》："青嶂青溪直复斜，白鸡白犬到人家。仙人住在最高处，向晚春泉流白花。"[3]虽用《抱朴子》所说入山采芝草需抱白鸡、牵白犬的典故，但这首诗着重描写了庐山简寂观周边山青水绿的美景。《寻桃花岭潘三仙姑台》："桃花岭上觉天低，人上青山马隔溪。行到三姑学仙处，还如刘阮二郎迷。"[4]也是写此处仙迹山高水深、令人目迷的景色。《夜中望仙观》："日暮衔花飞鸟还，月明溪上见青山。遥知玉女窗前树，不是仙人不得攀。"[5]则是以略带游戏的口吻写出青山明月之下女道观被清溪花树环抱的环境。卢纶《蓝溪期萧道士采药不至》："春风生百药，几处术苗香。人远花空落，溪深日复长。病多知药性，老近忆仙方。清节何由见？三山桂自芳。"[6]以蓝溪花落水深的美景烘托出采药道士不至的惆怅，正是盛唐诗中常见的清空意境。

二是以神仙意象或典故作为夸饰，赞美道士修炼的道行和生活环境，多见于送别寄赠类诗作。例如顾况五律《送李道士》："人境年虚掷，仙源日未斜。羡君乘竹杖，辞我隐桃花。鸟去宁知路，云飞似忆家。莫愁客鬓改，自有紫河车。"[7]以人境年光之短暂与仙境日月之长久加以对比，羡慕李道士可以到桃花源去隐居，用费长房"乘竹杖"的典故只是说明李道士要去学仙。李益《同萧炼师宿太一庙》："微月空山曙，春祠谒少君。落花坛上拂，流水洞中闻。酒引芝童奠，香余桂女焚。鹤飞将羽节，遥向赤城分。"[8]诗里以"少君"美称萧炼师，将男女道童誉为"芝童""桂女"，最后两句预祝萧道士修炼成仙。但一望而知是写萧道士在太乙庙春祭的场

---

[1] 《全唐诗》卷三一〇，第3501页。
[2] 《全唐诗》卷三一〇，第3505页。
[3] 《顾况诗注》第225页。
[4] 《顾况诗注》第234页。
[5] 《顾况诗注》第234页。
[6] 《卢纶诗集校注》第292页。
[7] 《顾况诗注》第158页。
[8] 《李益诗注》第65页。

面。《寻纪道士偶会诸叟》："山阴寻道士，映竹羽衣新。侍坐双童子，陪游五老人。水花松下静，坛草雪中春。见说桃源洞，如今犹避秦。"[1] 也是用"羽衣"称美道士服，而西岳之灵"五老人"只不过是题中的"诸叟"，全诗都是赞美纪道士住处之幽静犹如桃源。《长社窦明府宅夜送王屋道士常究子》："旦随三鸟去，羽节凌霞光。暮与双凫宿，云车下紫阳。天坛临月近，洞水出山长。海峤年年别，丘陵徒自伤。"[2] 诗人送王屋道士常究子归天坛山，将他美化成手持羽节追随三青鸟的仙人。又以仙人王乔比喻窦明府，也乘着双凫随常道士的云车下了紫阳洞。卢纶《送道士郄彝素归内道场》："病老正相仍，忽逢张道陵。羽衣风浙浙，仙貌玉棱棱。叱我问中寿，教人祈上升。楼居五云里，几与武皇登？"[3] 这个身披羽衣、仙貌威严的张天师其实只是诗人眼里的郄道士形象。《送王尊师》："梦别一仙人，霞衣满鹤身。旌幢天路晚，桃杏海山春。种玉非求稔，烧金不为贫。自怜头白早，难与葛洪亲。"[4] 同样是以霞衣骑鹤、天路仙幢、仙人种桃杏以及种玉、烧金等神仙意象美化王道士。李端的七律《赠道者》，则用王子乔乘鹤、淮南子枕中鸿宝苑秘书、八公与淮南王鸡犬随之升天等典故送道士入山[5]。这类与道士交往的近体诗似乎也是将道士写成神仙，但与一般的送别寄赠类近体诗一样，只是笼统地用常见的神仙典故形容对方身份，虚饰多而实写少，并无奇特的构思和场景描绘。

其他大历、贞元诗人与道士交游的作品也不在少数，且大多用近体，尤其在送别诗中用神仙意象夸饰道士已经成为一种常见的程式。此外也有一些重在描写道观环境的作品，如钱起《东陵药堂寄张道士》《寻华山云台观道士》《夕游覆釜山道士观因登玄元庙》、司空曙《送张炼师还峨嵋山》、秦系《题茅山李尊师山居》[6]、于鹄《赠王道者》等等，皇甫冉尤喜游宿道观，也多写道士，称自己的闲居生活就是"远山期道士，高柳觅先

---

[1] 《李益诗注》第 64 页。
[2] 《李益诗注》第 16 页。
[3] 《卢纶诗集校注》第 98 页。
[4] 《卢纶诗集校注》第 543 页。
[5] 《全唐诗》卷二八六，第 3272 页。
[6] 此诗一作严维，尚难确认作者。

生"[1],但主要以五律、七绝美化道观环境,如《题蒋道士房》:"轩窗缥缈起仙霞,诵诀存思白日斜。闻道昆仑有仙籍,何时青鸟送丹砂。"[2]这类写道士或道观的近体诗所用的意象大抵不出羽衣乘鹤、霞光仙幢、青鸟云车、炼丹烧金之类,综合起来观察,自可明白这只是当时诗人与道士应酬的一种熟套。所以虽然同是使道士神仙化,但是近体诗为其体式所限,仍然遵守着传统的表现方式。相比之下,古体诗中的同类题材,虽然也有类似的理路可寻,但是一经落实到具体的细节,转化为不同的情境或过程描写,便容易变化出奇。可见某些古诗中神仙想象的变异,与体式的表现原理密切相关。

## 第三节 中唐前期文人神仙想象的社会心理基础

除了体式表现的因素以外,中唐某些古诗中神仙想象变异的更深原因还在盛唐道教的普及在文人们心理上引起的变化。李唐以道教为国教,但从上层统治者到士大夫,对道教的信仰状况在天宝以后呈现出明显的差异。当代的道教研究著作对于初盛唐的描述较为详细。而对于中晚唐,除了帝王崇道的一些举措以外,民间信奉道教的情况便不得其详。笔者通过综合唐代各种诗文笔记资料所透露的零散消息,发现李唐道教在盛唐以后转化的主要趋势是从政治化转为世俗化。初盛唐帝王与道教的政治联系密切,以解释天命获得帝王尊奉的茅山道派传人一直在宫廷里享有特殊礼遇。中晚唐时期道教修炼长生的功能取代了前期干预政治的作用,这一变化正是文人神仙想象变异的社会心理基础。具体表现在以下几方面:

首先是皇帝崇尚道教的重心由咨询理国之道向寻求长生久视之道转移。初盛唐帝王所崇信的茅山道派自南朝以来一直有干预政治的传统。刘宋时,由茅山道士陆修静创立的南天师道开始兴盛。梁陶弘景继陆修静之后,运用"天命""神示"的谶纬学,为梁武帝篡夺南齐政权提供依据,

---

[1]《闲居作》,《全唐诗》卷二五〇,第 2828 页。
[2]《全唐诗》卷二五〇,第 2821 页。

成为"山中宰相"。其传人王远知在隋唐禅代之际，向李渊密告符命。后又告秦王将为太平天子。由于他们都能适应政权易主的需要，在时世变革中发挥"藏往知来，察幽鉴远"[1]的作用，茅山道派才成为李唐皇权最尊崇的道派。此后其传人潘师正、司马承祯虽不再以符命、谶记取信于帝王，但仍以阴阳术数和理国之道应对人君，具有强烈的用世参政意识。所以这五代茅山道传人被称为"皆以阴功救物，为王者师"[2]。陈子昂与司马承祯等结为"方外十友"，李白与茅山派传人吴筠结交，都是抱着经世的大志，希望在政治上有所作为[3]。

然而从盛唐后期开始，历代君王对道教的兴趣很快转向斋醮祈福、祈求长生。转变的关键当然首先是由于唐玄宗天宝年间大事崇道，他本人到晚年也开始服药炼丹。安史之乱后，唐肃宗特别重视斋醮祈禳活动，代宗大历年间屡次在东岳"修金箓斋醮"[4]，修建道观，写经造像。钱起《朝元阁赋》说："汉武求仙，望蓬莱于海上；吾君有道，致方士于人间。"[5]大致能概括玄宗到代宗崇道的特点。德宗、宪宗起初不信巫祝怪诞之事，但后来也都转为崇尚道术。尤其"唐宪宗好神仙不死之术"[6]，并服方士柳泌金丹药[7]，最后因服药过度而去世。穆宗即位后不久也因饵药弃世。唐敬宗更是到处访异人、求仙药，供奉道士，大修道场。武宗宠信道士赵归真，修望仙观，"颇服食修摄，亲受法箓"[8]，最后因药躁而重病早死。宣宗即位后虽曾整顿道教，但晚年照样访道求丹，死于服药。唐僖宗尤信道术灵验之事，希望依靠斋醮、祈祷发挥老君的保护神作用，平定国内大乱。此时茅山道士吴法通、太清宫住持吴崇玄等虽然都受到优宠，但依靠法事已经无法挽回唐王朝崩溃的命运。

---

[1] 唐中宗《赠王远知金紫光禄大夫诏》，《全唐文》卷十六，第81页。
[2] 权德舆《中岳宗元先生吴尊师集序》，《全唐文》卷四八九，第2214页。
[3] 参见拙文《从"方外十友"看道教对初唐山水诗的影响》，《学术月刊》1992年第4期。
[4] 陈垣编纂，陈智超、曾庆瑛校补《道家金石略》第156、159页，文物出版社1988年。
[5] 《全唐文》卷三七九，第1703页。
[6] 《太平广记》卷四七"唐宪宗皇帝"，第290页，中华书局1961年。
[7] 《旧唐书》卷十五《宪宗本纪》，第471页，中华书局1975年。
[8] 《旧唐书》卷十八《武宗本纪》，第610页。

其次，由于开元以来道经和道观在地方州郡的普及，促使更多的士大夫崇信道教的灵迹。从先天年开始，太清观主史崇玄编修《一切道经音义》，唐玄宗又在开元年间命人修成中国历史上第一部道藏——《开元道藏》，并于天宝七载诏"令崇玄馆即缮写分送诸道采访使，令管内诸道转写。其官本便留采访，至郡，亲劝持诵"[1]。这就使道经颁布到州郡，在民间社会广为人知。初盛唐时，文献中所见道观除了两京以外，主要在华山、嵩山、茅山、猴氏山、王屋山。司马承祯在玄宗时上《请五岳别立斋祠所疏》，认为原来的"五岳神祠，山林之神，非正真之神也"，要求按道教系统"别立斋祠"，使"五岳皆有洞府，有上清真人降任其职"，"冠冕章服，佐从神仙，皆有名数"[2]。以此为开端，五岳及各地名山才按道教的仙真"名数"设立宫观，形成"天洞区畛，高卑乃异，真灵班级，上下不同。又日月星斗，各有诸帝"[3]的秩序。安史乱中各地道观虽遭到不同程度的破坏，但肃、代以来又得到修葺保护[4]，很多道观都按道经加上了神仙洞天的编号。肃宗还"以王屿为相，尚鬼神之事，分遣女巫遍祷山川"[5]。而且道士编制得以补充，数量大大增加[6]。中晚唐时四川、福建、江苏、江西等属州都有道观的碑铭、仙坛记、祠庙碑、庙碣等传世。不少州府为逢迎皇帝，经常报称老君"垂迹"，如通化郡、楚州、果州、长安县、阆州、徐州等地，晋州、台州、亳州刺史也都纷纷上奏老君现身，且

---

[1] 陈国符《道藏源流考》第 121 页，中华书局 1963 年。《混元圣纪》卷九，《道藏》第 17 册，第 867 页，上海书店出版社 1988 年影印。

[2] 《全唐文》卷九二四，第 4267 页。

[3] 司马承祯《天地宫府图序》，《全唐文》卷九二四，第 4271 页。

[4] 《旧唐书》卷十一《代宗本纪》："(大历十二年)己亥，天下仙洞灵迹禁樵捕。"《册府元龟》(明刻初印本)"帝王部"卷五四"尚黄老第二"："贞元五年三月诏曰：……自今州府寺观，不得俗客居住，屋宇破坏，各随事修葺。"

[5] 李肇《国史补》，《唐五代笔记小说大观》第 165 页，上海古籍出版社 2000 年。

[6] 如《册府元龟》(明刻初印本)"帝王部"卷五二"崇释氏第二"载："广德二年四月壬申，以玄宗讳日，度僧道凡数百人；乙酉，以肃宗讳日，度僧道凡数百人。""(大历)四年正月，帝以章敬皇后忌辰，度僧尼道士凡四百人。""帝王部"卷五四"尚黄老第二"："(大历)八年正月乙未，敕天下寺观僧尼、道士不满七人者，宜度满七人，三十以上者更度一七人。二七以下者更度三人。""九年四月丙戌，肃宗忌日，度尼僧道士凡二百余人。""十三年乙巳，新作乾元观，置道士四十九人"等。

不断出现祥瑞[1]。原来只向帝王透露天命的真君，变得越来越大众化，各地普通官吏乃至百姓都可以见到，这也说明老君信仰在州郡更加普及。

道观和道士遍布天下，老君灵迹到处可见，使部分士大夫对道经中诸仙的事迹更加熟悉，也越来越相信神仙的灵验。如颜真卿大历三年所写《抚州临川县井山华姑仙坛碑铭》记述华姑种种"灵异昭彰"，并说："麻姑得道于名山，南真升仙于龟原，华姑鹤驾于兹岭，琼仙妙行，接踵而去。非夫天地肸蚃，从古以然，则何以仙气氤氲，若斯盛者？真卿幸因述职，亲睹厥猷，若默而不言，则来者奚述？"[2]他又有《晋紫虚元君领上真司命南岳夫人魏夫人仙坛碑铭》[3]，记述《真诰》所记载的女仙南岳夫人魏华存。并说华姑发现的石井山古迹，正是魏夫人设坛场之处。此外其《抚州南城县麻姑山仙坛记》[4]，也记述了道经中的著名神仙麻姑的事迹。这些记和碑铭对诸仙的描述都非常详细真切[5]，不难见出颜真卿信仰的虔诚。中晚唐时撰写灵验记的作者也有增多，据杜光庭《道教灵验记》说："成纪李齐之《道门集验记》十卷，始平苏怀楚《元门灵验记》十卷，俱行于世。今访诸耆旧，采之见闻，作《道教灵验记》，凡二十卷。"[6]可见在杜光庭之前已有这类灵验记传世，民间有关的传闻也不少。此外，专门记述神仙事迹的著作有道士杜光庭的《录异记》《神仙感遇录》《仙传拾遗》《墉城集仙录》、沈汾的《续仙传》等等。唐代笔记中的《龙城录》《玄怪录》《续玄怪录》《博异志》《纂异记》《刘宾客嘉话录》《独异志》《宣室志》《杜阳杂编》《剧谈录》等等均作于中晚唐，大多数都有

---

[1] 如杜光庭《历代崇道记》所载"至德二载三月十八日，混元现于通化郡云龙岩"；"代宗初，于楚州安宜县获八宝"；"德宗贞元十年混元潜使金母累降于果州金泉山"，女真谢自然白日升天，三日后归来告刺史李坚，老君住在天上玉堂。敬宗宝历二年，长安县主簿见老君白衣告之，御驾所经之路有井当填。其年柳公权又见混元立于白莲花上。文宗开成二年，阆州刺史于嘉陵江上小山前见崖壁石纹自成老君真像。唐懿宗咸通年间，徐州逆寇作乱，百姓见到老君从太清宫乘空向南，黑雾弥漫使群贼迷路等等（杜光庭撰，罗争鸣辑校《杜光庭记传十种辑校》第367—371页，中华书局2013年）。

[2] 《全唐文》卷三四〇，第1523页。

[3] 《全唐文》卷三四〇，第1526—1528页。

[4] 《全唐文》卷三三八，第1514页。

[5] 此外如徐太亨《丈人祠庙碑》(《全唐文》卷三五一）为道家第五宝仙九室之天青城山而作。张绍《武夷山冲佑宫碑》(《全唐文》卷八七二）为道经中第六开化真元之洞天而作。徐铉《重修筠州祈仙观记》(《全唐文》卷八八三）为东晋黄真君上升之地而作。不胜列举。

[6] 《杜光庭记传十种辑校》第154—155页。

神怪灵异的记载，其中亦不乏神仙道术灵验的故事。甚至连文人诗赋也有以神仙通灵之类语词押韵者，如钱起《盖地图赋》以"圣德感通灵仙降献"[1]为韵，康僚《汉武帝重见李夫人赋》以"神仙异术变幻通灵"为韵[2]，王棨《吞刀吐火赋》以"方士有如此之术焉"[3]为韵，等等。

除了灵异的传闻以外，茅山道传人吴筠在玄宗时还曾从理论上阐发神仙的可信性。他在《神仙可学论》和《形神可固论》两篇文章中指出当世之士不能"窥妙门"的原因在离仙道有"七远"。权德舆《吴尊师传》说吴筠在安史之乱中"东游会稽，常于天台、剡中往来，与诗人李白、孔巢父诗篇酬和，逍遥泉石。人多从之"，"文集二十卷。其《元纲》三篇《神仙可学论》尤为达识之士所称。凡为文词理疏通，文采焕发。每制一篇，人皆传写"[4]。可见吴筠此说对当时文人的影响之大。大历以来不少文人因相信神仙而对"子不语怪力乱神"的古训提出了怀疑，如顾况在评论戴君孚《广异记》一书时列举古往今来种种异象及"志怪之事"，认为"大钧播气，不滞一方"，"子不语"的"古文'示'字如今文'不'字"，应理解为"圣人所以示怪力乱神，礼乐刑政，著明圣道以纠之"[5]。李筌《黄帝阴符经疏序》自称"少室山达观子李筌，好神仙之道，常历名山，博采方术。至嵩山虎口岩，石壁中得《阴符》"，是魏真君二年寇谦之所藏。后又在骊山见一位一千八百岁的老母能道黄帝阴符上文字，并"出丹书符冠，杖端刺筌口，令跪而吞之"，"乃坐树下说阴符元义"，以证明"筌所注阴符并依骊山母所说"[6]。五代沈玢则将所有关于神仙的见闻都铭记在心，编录其事以补史书之阙："玢生而慕道，常愧积习，自幼及长，游历宦途，周游寰宇，凡接高尚所说，或览传记，兼复闻见，皆铭于心而书于牍。"[7]徐铉也说："夫神仙之事，史臣不论。……然而载籍之间，微旨可

---

[1] 《全唐文》卷三七九，第1704页。
[2] 《全唐文》卷七五七，第3483页。
[3] 《全唐文》卷七七〇，第3555页。
[4] 《全唐文》卷五〇八，第2287页。
[5] 顾况《戴氏广异记序》，《全唐文》卷五二八，第2377页。
[6] 《全唐文》卷三六一，第1622页。
[7] 沈玢《续仙传序》，《全唐文》卷八二九，第3872页。

得。《书》云'三后在天',《诗》云'万寿无疆',斯皆轻举长生之明效也。及周汉而降,则事迹彰灼,耳目不诬。天人交感,民信之矣。"[1] 总之,中唐虽然也有梁肃《神仙传论》、李德裕《祥瑞论》这类以理性批评神怪之说的文章,但神仙可学、形神可固的信念已经深入更多的官僚士人心中。

再次,随着神仙之说的影响愈益扩大,中晚唐文人与道士的交往也远比初盛唐频密。如颜真卿记他在乾元二年"以昇州刺史充浙西节度"时与茅山道派传人李含光的交往:"遂专使致书于茅山,以抒诚恳。先生特令韦炼师景昭复书于真卿,恩眷绸缪。……真卿与先生门人中林子、殷淑、遗名、韦渠牟尝接采真之游,绪闻含一之德。"[2] 其《浪迹先生元真子张志和碑铭》还提到道士张志和在会稽隐居,刘太真等十五位文士"因赋柏梁之什",以诗美之[3],陈少游为之创"大夫桥",陆羽、裴修等都曾诣问。杜光庭《毛仙翁传》提到一大批中唐名人与毛仙翁的交往:"今睹朝彦赠仙翁文集,果符长沙之事[4]。裴晋公度、牛公僧孺、令狐公楚、李公程、李公宗闵、李公绅、杨公嗣复、杨公於陵、王公起、元公稹、当代之贤相也。白公居易、崔公郾、郑公尉澣、李公益、张公仲方、沈公传师、崔公元略、刘公禹锡、柳公公绰、韩公愈、李公翱,当代之名士也。望震寰区,名动海岛。或师以奉之,或兄以事之,皆以师为上清品人也。或美其登仙出世,或纪其孺质婴姿,或异其藏往知来,或叙其液金水玉,霞绮交烂,组绣相宣,盖玄史之盛事也。"[5] 这张名单几乎囊括了中唐所有的名人,恐怕有夸大甚至造假的嫌疑,但至少可以看出当时的道士在达官名流中有广泛的人脉,名单中也确有不少文人对神仙之道怀有浓厚兴趣,这在初盛

---

[1] 徐铉《重修筠州祈仙观记》,《全唐文》卷八八三,第 4091 页。
[2] 《有唐茅山元靖先生广陵李君碑铭》,《全唐文》卷三四〇,第 1524 页。
[3] 《全唐文》卷三四〇,第 1524—1525 页。
[4] 指大中年间毛仙翁搭救张为,使之摆脱木偶鬼之事。一般认为这些朝彦赠毛仙翁的诗都是杜光庭编造,中华书局《杜光庭记传十种辑校》附录《毛仙翁传》校记则辨析此说,指出《宋志》著录了牛僧孺、韩愈等人《送毛仙翁诗集》一卷。杜光庭此文是读此诗集的感想,而非编者之序(《杜光庭记传十种辑校》第 938—939 页)。陈尚君则认为诗集"所收如韩愈、刘禹锡均多自称弟子,但与二人生平颇不合"(《唐人编选诗歌总集叙录》,《唐诗求是》第 682 页,上海古籍出版社 2018 年)。
[5] 《杜光庭记传十种辑校》第 937 页。

唐文献中是见不到的现象。这就不难理解中唐文人寄赠、寻访、送别道士的诗歌大增的原因了。

由于对神仙之道的向往，中唐甚至出现了士人弃官入道的现象。较典型的例子如顾况："入佐著作，不能慕顺，为众所排，为江南郡丞。累岁脱縻，无复北意，起屋于茅山，意飘然将续古三仙，以寿九十卒。"[1]《尚书故实》《唐摭言》《唐才子传》都记载了他得道化解的传闻。顾况自己的《崦里桃花》也说到"老人方授上清箓"[2]，并写过《朝上清歌》《步虚词》等，应受过道箓。此外还有"贞元七年四月吉州刺史阎寀上言请为道士，从之，赐名'遗荣'"[3]。戎昱《送吉州阎使君入道二首》其二说："庐陵太守近隳官，霞帔初朝五帝坛。"[4]正是赞美此事。《唐摭言》卷八"入道"节还说："戴叔伦，贞元中罢容管都督，上表请度为道士；萧俛自左仆射表请度为道士；蒋曙，中和初自起居郎以弟兄因乱相离，遂屏迹丘园，因应天令节表请入道。从之。"[5]其实当时入道的官员远不止此数人，如肃宗时进士刘商也因爱好道术而于贞元时弃官入扬州，隐居宜兴山里。杜光庭将他列入《仙传拾遗》之中。其《寄李俌》《归山留别子侄二首》均从得道者的角度写告别尘世的心得。皇甫冉《送郑员外入茅山居》是写郑员外弃官携全家入道："但见全家去，宁知几日还。""冠冕情遗世，神仙事满山。"[6]戎昱《送王明府入道》是送一位县令入道[7]。张南史《送李侍御入茅山采药》说这位侍御"苦县家风在，茅山道箓传，聊听骢马使，却就紫阳仙"[8]。有的官员辞职以后就住在道观里，如韦应物《清都观答幼遐》中所写的李儋。至于早年当过道士的韦渠牟，曾在山中学过道的崔

---

[1] 皇甫湜《唐故著作佐郎顾况集序》，《全唐文》卷六八六，第3113页。
[2] 《顾况诗注》第254页。
[3] 《唐会要》卷五十"尊崇道教·杂记"，第881页。
[4] 《全唐诗》卷二七〇，第3012页。
[5] 《唐摭言》卷八，第128页。
[6] 《全唐诗》卷二五〇，第2819页。
[7] 《全唐诗》卷二七〇，第3014页。
[8] 《全唐诗》卷二九六，第3357页。

备[1],则是先学道而后入仕。权德舆《酬李二十二兄主簿马迹山见寄》[2]也写到"方外士殷焕然"与其从舅原均在马迹山"探异好古"、读书修真的事迹。这些先后有学道、入道经历的官员对于其他文士的影响之大可想而知。所以当时表示过学道愿望的官员士人也很多。例如李端曾希望"学仙去来辞故人"[3]。《酬前驾部员外郎苗发》还曾写到自己"煮玉矜新法,留符识旧仙"[4]的生活,并对卢纶表示"终期入灵洞,相与炼黄金"[5]。连李华都有"愿饵药扶寿,以究无生之学"[6]的想法。其《仙游寺》说:"早窥神仙箓,愿结芝术友。安得羡门方,青囊系吾肘。"[7]可以代表当时许多文人的心愿。

自中唐前期兴起的文人好道之风造成了诗文中神仙想象方式的趋同。在众多唐人笔记中,洞府仙境犹如人间巨富之家,亭台楼阁花园一应俱全,进入山里,甚至来到郊外,随时可能遇见。神仙又往往幻化为俗人或道士,混迹于人间。他们不但能预知吉凶祸福,也像凡人一样知恩图报,能医治疾病、奖善惩恶。韩翃《赠别华阴道士》描绘当时道士在人间和仙境自由往来变化的情境,与笔记小说中的仙人行迹完全相同:"紫府先生旧同学,腰垂彤管贮灵药。耻论方士小还丹,好饮仙人太玄酪。芙蓉山顶玉池西,一室平临万仞溪。昼洒瑶台五云湿,夜行金烛七星齐。回身暂下青冥里,方外相寻有知己。卖鲊市中何许人,钓鱼坐上谁家子。青青百草云台春,烟驾霓衣白角巾。露叶独归仙掌去,回风片时谢时人。"[8]仙人道行如此之高,也随时可能会以卖鱼人和钓鱼翁的身份出现在市集。这首诗可以说典型地概括了当时文人心目中的神仙形象。沈玢《续仙传序》对于神仙世界有更为具体的描述:"大哉神仙之事,灵异罕测。……及其成也,千变

---

[1] 崔备《使院忆山中道侣兼怀李约》,《全唐诗》卷三一八,第 3586 页。
[2] 《全唐诗》卷三二二,第 3621 页。
[3] 李端《杂歌呈郑锡司空文明》,《全唐诗》卷二八四,第 3239 页。
[4] 《全唐诗》卷二八六,第 3276 页。
[5] 李端《长安书事寄卢纶》,《全唐诗》卷二八六,第 3278 页。
[6] 李华《云母泉诗序》,《全唐诗》卷一五三,第 1588 页。
[7] 《全唐诗》卷一五三,第 1589 页。
[8] 《全唐诗》卷二四三,第 2735 页。

万化,混迹人间。或藏山林,或游城市。其飞升者,多往海上诸山。积功已高,便为仙官。卑者犹为仙民。何者?十洲间动有仙家数十万,耕植芝田,课计顷亩,如种稻焉。是有仙官分理仙民及人间仙凡也。"[1] 这就完全按人间社会的秩序建构起一个同样具有官民等级的以耕植为生的神仙世界,将所有的神仙想象都纳入了现实生活的逻辑。至此,陈子昂、李白诗中对于元化之道、天命循环的深刻思考已经被彻底消解。剩下的只有无限延长生命的渴望,对神仙自在生活的企羡,甚至窥探神仙私密(包括男女感情)的好奇。于是,原来虚无缥缈的仙境在众多笔记诗文不同角度的描述中,也变得轮廓越来越清晰,虽然是一个永生的世界,却又像是人间世的翻版。

综上所论,由于短暂生命和永恒天道的对比,促成了人类对神仙世界的向往;道经故事本身的叙事性和传奇性,使某些耳熟能详的神仙形象深入人心,成为文人知识结构的一部分;道教和道观的普及又使仙境落实到现实生活中,加强了神仙混迹于人间的可信性,以及神仙可学的认知度,甚至导致部分文人视入道为生命的最终归宿,中唐诗歌中神仙想象的世俗化也就成为必然的趋势。这个直观的神仙世界虽然缺乏理性思辨的深度,中唐奇险派诗人却正是借此重构了天国和海外仙山的别样图景,才为唐代诗歌史开拓出另一片浪漫想象的新天地。

---

[1] 《全唐文》卷八二九,第 3872 页。

# 第三章 "诗囚"的视野变异及其艺术渊源

孟郊之诗被苏轼喻为"寒虫号",其人又被元好问称为"诗囚",历代论者虽不全赞成此说,但大多认为孟郊"赋性褊狭""气度窘促",因而风格"寒俭""苦涩",不足与豪放雄奇的韩愈并称。然而韩愈却在多首诗里称赞孟郊诗才雄杰,笔力矫健。后世也有一些论者指出东野诗不但"气厚力健",而且有"胚胎造化"的境界。评价如此悬殊,几乎成为孟郊诗歌接受史中的一桩公案。从逻辑上说,由于"诗囚"的自我局限,导致"寒俭""逼窄"容易理解,与雄健风格则似乎并不相干,前代论者多不解韩愈"低头拜东野"的原因也在此。这就关系到究竟如何认识孟郊的诗境与其艺术视野的问题,这一问题还涉及如何认识元和奇险派诗人处理天人关系的艺术构思方式。本章拟联系上述分歧意见,根据孟诗视野变异的事实,尝试从这一角度对东野苦吟的艺术追求和表现原理做深入一步的探讨。

## 第一节 历代诗论对孟郊诗境和艺术视野的不同理解

自唐至清,关于孟郊诗的评价,一直争议不断。其焦点就在如何看待韩愈对孟郊的高度推崇,由于韩愈诗风的雄豪与孟郊的酸寒形成鲜明对比,很多论者无法理解两人的关系。其实在孟郊生前,韩愈对他的赞美虽偏重于高古脱俗和"雄骜",但同时也肯定他因苦吟而形成的独特风格,二者并不矛盾。《孟生诗》说:"孟生江海士,古貌又古心。尝读古人书,谓言古犹今。作诗三百首,窅默咸池音。……清宵静相对,发白聆苦吟。"[1] 既从复古的角度称孟诗为尧时的古乐《咸池》之音,也很欣赏他的苦吟。《荐士》诗说:"有穷者孟郊,受才实雄骜。冥观洞古今,象外逐幽好。横空盘硬语,妥帖力排奡。敷柔肆纡余,奋猛卷海潦。荣华肖天秀,捷疾逾响报。……俗流知者谁?指注竞嘲慠。"[2] "骜"为骏马名,引申为才能出众。"排奡",矫健貌。加上"奋猛""捷疾"等赞语,均称其诗才雄杰,笔力矫健。同时认为他能冥观古今,钩深探幽。在横空硬语之外,又能舒缓自如。《醉留东野》说:"韩子稍奸黠,自惭青蒿倚长松。低头拜东野,愿得终始如驲蛩。东野不回头,有如寸筳撞巨钟。吾愿身为云,东野变为龙,四方上下逐东野,虽有离别无由逢。"[3] 此诗将自己和孟郊的关系比作青蒿和长松,蹶和驲蛩,云和龙。驲蛩全称为蛩蛩驲虚,据说与北方名蹶的一种兽常相互依靠[4]。"寸筳撞巨钟"则是以短竹枝敲巨钟为比。这几组比喻中,韩愈都处于追随从属的地位,甚至不惜以自己的谦卑反衬出孟郊的卓异,可见孟诗是他心目中的洪钟巨响。韩、孟的好友张籍也称孟郊"纯诚发新文,独有金石声"[5],意思与韩愈相似。孟郊去世后,韩愈在《贞曜先生墓志铭》里的评价是:"及其为诗,刿目钬心,刃迎缕解。钩章棘句,掐擢胃肾。神施鬼设,间见层出。唯其大玩于词而与世抹杀,人皆劫劫,我独有余。"[6] 本意在形容孟郊苦吟的特点及其不为世人理解的神奇效果,也并无贬义。

宋元时期,孟郊的苦吟成为一些论者诟病的话题。影响最大者莫过于

---

[1] 方世举著,郝润华、丁俊丽整理《韩昌黎诗集编年笺注》第 17 页,中华书局 2012 年。
[2] 《韩昌黎诗集编年笺注》第 62 页。
[3] 《韩昌黎诗集编年笺注》第 404 页。
[4] 吕不韦著,高诱注《吕氏春秋》卷十五《慎大览第三》"不广":"北方有兽,名曰蹶,鼠前而兔后,趋则踬,走则颠,常为蛩蛩距虚取甘草以与之。蹶有患害也,蛩蛩距虚必负而走。此以其所能托其所不能。"(第 124 页,上海古籍出版社 1989 年) 一说,蛩蛩与距虚为二兽。
[5] 张籍《赠别孟郊》,《全唐诗》卷三八三,第 4295 页。
[6] 《韩昌黎文集注释》下册,第 141 页。

苏轼。他的《读孟郊诗》[1]其一说:"寒灯照昏花,佳处时一遭。孤芳擢荒秽,苦语余诗骚。"先承认孟郊诗时有佳处,且如孤芳挺拔,能继承《诗》《骚》。接着却说:"初如食小鱼,所得不偿劳。又似煮彭蚏,竟日持空螯。要当斗僧清,未足当韩豪。人生如朝露,日夜火消膏。何苦将两耳,听此寒虫号。"认为孟诗之清可敌僧诗,但不足与韩愈之豪相比,仅如寒虫号叫而已。其二又形容孟郊"诗从肺腑出,出辄愁肺腑。有如黄河鱼,出膏以自煮",这虽是比喻孟诗煎肠捣胃的苦思方式,但也将孟郊的创作限定在自我消耗之中了。此后,李纲说孟郊:"穷愁不出门,戚戚较古今。肠饥复号寒,冻折西床琴。寒苦吟亦苦,天光为沉阴。"[2]继承了苏轼的说法,把孟郊说成是视野局限在家门之内苦吟的寒虫。叶梦得说:"孟郊赋性褊狭,其诗曰:'出门即有碍,谁谓天地宽。'此褊狭之词也。"[3]严羽说:"孟郊之诗,憔悴枯槁,其气局促不伸。"[4]又将苦吟的构思方式归因于天性褊狭、气量局促。元辛文房《唐才子传》卷五引孟郊"春风得意马蹄疾"诗说:"当时议者亦见其气度窘促。"[5]恐怕也是反映宋元时期的一种看法。正如元好问说:"东野穷愁死不休,高天厚地一诗囚。"[6]"诗囚"说遂成为这派论点最形象的概括。

但也有论者提出完全不同的见解。国材本《孟东野诗集》扉页刊有宋人舒岳祥的一首长诗[7],对孟郊诗做出了不同时人的评价:"其音何琅琅,笙磬箫瑟琴。欲招世人听,大音忽已沉。……初尝讶苦硬,久味极雄森。昌黎维宗伯,谁能齿诸任。尊之继李杜,先生亦披襟。寸筳撞洪钟,下拜肯低簪。《城门》《斗鸡》作,珠琳列差参。剑戟相攖拂,垒壁互登侵。

---

[1] 苏轼著,王文诰辑注《苏轼诗集》卷十六,第796—797页,中华书局1982年。
[2] 李纲《读孟郊诗》,《李纲全集》卷九,第98页,岳麓书社2004年。
[3] 尤袤《全唐诗话》卷二"白居易"条引叶梦得语,何文焕辑《历代诗话》第121页,中华书局1981年。
[4] 严羽著,张健校笺《沧浪诗话校笺·诗评》,第655页,上海古籍出版社2012年。
[5] 《唐才子传校笺》第2册,第514页。
[6] 元好问《论诗三十首》,元好问著,施国祁注《元遗山诗集笺注》卷十一,第529页,人民文学出版社1958年。
[7] 诗题为《国成德宰武康,锓孟东野诗,立其祠。余家旧藏东野像,书来借临,其尚友与俗异矣。予因读昌黎赠先生诗,追和其韵,并临其像奉送之武康》,诗后署"景定壬戌九月望日阆风舒岳祥书"(《孟郊诗集校注》第633页)。

划镜龙门呀，兀撑大华嶔。粗细无可拣，如入夸父林。巨壑百川会，大云四野阴。今人何所见，啾唧沸蜩禽。"他以"雄森"评价孟诗，与韩愈的"雄骜"之评最为接近，诗中形容孟郊诗境如战垒剑戟般森严，如龙门太华般险峻，如夸父邓林般兼容，如百川聚壑般宏壮，如云压四野般辽阔，可说是对韩愈评孟的充分发挥。他认为苏轼对孟郊的批评只是因为"坡翁素雅谑，偶作嘲僧吟。……斯言戏之耳，定价如良金"。还有论者如曾季貍，评孟的调子虽然没有这么高，但也认为"五十以后，因暇日试取细读，见其精深高妙，诚未易窥。方信韩退之、李习之尊敬其诗，良有以也"[1]。但总的说来，持此类见解者较为少见。

明清时期，论者对孟诗的评价大体沿袭了宋元时期的两派意见。认为孟郊诗境和胸襟均失于狭窄者，仍属多数。如贺裳说孟郊"但踢天蹐地，《雅》亦有之"，"若愈尝作《送穷文》《二鸟赋》，其逼窄狭隘之胸，正与东野相似"[2]。但他又举孟郊《赠郑鲂》《送豆卢策归别墅》《自述》等，认为"此公胸中眼底，大是不可方物，乌得举其饥寒失声之语而訾之！"[3]还是看到了孟郊胸怀和视野有其不凡的一面，比较客观。薛雪则称"诗囚"二字，"新极趣极"[4]，十分赞同。翁方纲表示："不知韩何以独称之（孟郊）？且至谓'横空盘硬语，妥帖力排奡'，亦太不相类。此真不可解也。苏诗云：'那能将两耳，听此寒虫号。'乃定评不可易。"[5]方东树也说："东野思深而才小，篇幅枯隘，气促节短，苦多而甘少耳。"[6]洪亮吉将诗囚和诗豪的不同境界加以比较："'出门即有碍，谁谓天地宽'，非世路之窄，心地之窄也。即十字而踢天蹐地之形，已毕露纸上矣。杜牧之诗'蓬蒿三亩居，宽于一天下'，非天下之宽，胸次之宽也。即十字，而幕天席地之概，已毕露纸上矣。一号为'诗囚'，一目为'诗豪'，有以哉！"[7]

---

[1] 《艇斋诗话》，丁福保辑《历代诗话续编》第324页，中华书局1983年。
[2] 此语指孟郊"才获一第，便尔志满意得，如此尤为小器"(《载酒园诗话》卷一，《清诗话续编》第255、256页)。
[3] 《载酒园诗话》卷一，《清诗话续编》第256页。
[4] 《一瓢诗话》，《清诗话》第705页。
[5] 《石洲诗话》卷二，《清诗话续编》第1389页。
[6] 方东树《昭昧詹言》卷一，第42页，人民文学出版社1961年。
[7] 洪亮吉《北江诗话》卷四，第70页，人民文学出版社1983年。

大体说来，胸襟狭隘、才小气短，导致其视野受限、"边幅窘缩"[1]，便是这派意见所理解的"诗囚"内涵。

也有少数论者不以上述意见为然，如延君寿《老生常谈》说："东野五古，学者当览其全集方妙。……拗折生棘，气厚力健。"[2] 潘德舆的呼声最高，论见也最有眼光："人谓寒瘦，郊并不寒也。如'天地入胸臆，呼嗟生风雷。文章得其微，物象由我裁'。论诗至此，胚胎造化矣！寒乎哉？""每读东野诗，至'南山塞天地，日月石上生。山中人自正，路险心亦平''短松鹤不巢，高石云始栖。君今潇湘去，意与云鹤齐'……诸句，顿觉心境空阔，万缘退听，岂可以寒俭目之？"并指出《秋怀》诸作"真有寒意，然不可以概全集也"[3]。潘氏提出孟郊论诗"胚胎造化"的说法，触及其艺术构思的原理，从这个角度去理解孟诗境界的宏阔，比一般论者仅就孟郊苦吟论其逼窄更符合孟诗的全貌。

总之，唐以后历代诗论对孟郊诗境的评价基本上围绕着韩愈和苏轼、元好问两种观点展开。由于多数论者不能理解韩愈佩服孟郊的原因，苏、元的"寒虫""诗囚"之说又更贴近孟诗给人的一般印象，所以"郊寒岛瘦"的基本评价一直主导着历代诗学，并直接影响当代学者研究文学史的眼光。如果能将孟郊放在大历到贞元诗歌发展的脉络中，深究孟郊视野变异的原理及其渊源，或许会有助于理解韩愈的评价，并对奇险派表现艺术变革的意义有更深入的体会。

## 第二节 "踽天踏地"与"胚胎造化"的辩证关系

在历代诗论中，对于孟郊"踽天踏地"还是"胚胎造化"的两种评价是截然对立的。前者是"诗囚"局缩于天地之间的形象说法，后者是天地造化孕育于诗人胸中的比喻。一窄一宽，相去天壤。但是这种差别并非仅

---

[1] 宋长白《柳亭诗话》卷二十六，张寅彭辑《清诗话三编》第678页，上海古籍出版社2014年。
[2] 《老生常谈》，《清诗话续编》第1842页。
[3] 《养一斋诗话》卷一，《清诗话续编》第2015—2016页。

仅出自批评家的偏见,而是孟诗中客观存在的矛盾所致。

孟郊确实在不少诗歌中有意强调天地的狭窄感和自己不为世容的局促感。《出门行》说:"少年出门将诉谁?川无梁兮路无岐。"[1] 出门之后,无桥可以渡河,又无歧路可以选择,那么外面能够行走的空间有多逼仄,就可想而知。《长安旅情》说:"尽说青云路,有足皆可至。我马亦四蹄,出门似无地。"[2] 也是同样的意思。别人有青云路可走,自己却找不到马蹄下脚的地方。外面的世界看起来很大,但是没有一处可以容纳自己:"玉京十二楼,峨峨倚青翠,下有千朱门,何门荐孤士?"[3] "家家朱门开,得见不可入。"[4] 造成孤士无地可以立足的原因,是人间的不平,世道的险恶:"九门不可入,一犬吠千门。"[5] 朱门有恶犬把守,自然能见不能入。"古镇刀攒万片霜,寒江浪起千堆雪。"[6] 市镇上万片霜刀,是世人的口舌,寒江上千堆白雪,是世途的风浪。在诗人看来,"人间少平地,森耸山岳多。折辀不在道,覆舟不在河"[7],所以"吾欲进孤舟,三峡水不平。吾欲载车马,太行路峥嵘"[8],无论水路还是陆路,处处都有行路的障碍。这就不能不从心底发出痛苦的呐喊:"太行耸巍峨,是天产不平。黄河奔浊浪,是天生不清!"[9] 可见诗人心目中的天地,实际是污浊险恶的人间世。

诗人深知自己不容于世的原因是坚持直道,不肯随俗:"好人长直道,不顺世间逆。"[10] "万俗皆走圆,一身犹学方。"[11] 他借友人的口气劝诫自己:"劝我少吟诗,俗窄难尔容。""顾余昧时调,居止多疏慵。"[12] 天地

---

[1] 《孟郊诗集校注》第 34 页。
[2] 《孟郊诗集校注》第 151 页。
[3] 《长安旅情》,《孟郊诗集校注》第 151 页。
[4] 《长安道》,《孟郊诗集校注》第 5 页。
[5] 《楚怨》,《孟郊诗集校注》第 40 页。
[6] 《有所思》,《孟郊诗集校注》第 54 页。
[7] 《君子勿郁郁士有谤毁者作诗以赠之二首》其一,《孟郊诗集校注》第 111 页。
[8] 《感兴》,《孟郊诗集校注》第 93 页。
[9] 《自叹》,《孟郊诗集校注》第 114 页。
[10] 《择友》,《孟郊诗集校注》第 122 页。
[11] 《上达奚舍人》,《孟郊诗集校注》第 289 页。
[12] 《劝善吟醉会中赠郭行余》,《孟郊诗集校注》第 69 页。

挤迫的感觉就是因世俗不容直士的逼窄感带来的。《赠崔纯亮》说："食荠肠亦苦，强歌声无欢。出门即有碍，谁谓天地宽？有碍非遐方，长安大道旁。小人智虑险，平地生太行。"[1] 所有的障碍不在远方，就在长安大道，险恶小人可使平地生出太行，天地自然就变窄了。这虽然是取意于杜甫的"每愁悔吝作，如觉天地窄"[2]，但是孟郊将这种感觉坐实为一个有形的狭小空间，则成为他诗歌中最有特色的意象。

这种狭窄感使他觉得自己不仅局缩在四处有碍的空间中，而且整个人生也在被日月四时相催逼："生随昏晓中，皆被日月驱。"[3] "四时既相迫，万虑自然丛。"[4] 所以连他自己都认为一生被虚囚在文字之中："短景仄飞过，午光不上头。少壮日与辉，衰老日与愁。日愁疑在日，岁箭迸如雠。万事有何味？一生虚自囚。不知文字利，到此空遨游。"[5] 岁月如箭飞迸，像是和自己有仇，连冬天的日头也在为自己的衰老发愁。一生空自被囚禁在文字之中，不由得深感万事无味。元好问的"诗囚"说正是从孟郊的自况中提炼出来的。他对自己的苦吟也有形象的描述："夜学晓不休，苦吟神鬼愁。如何不自闲，心与身为雠。"[6] 苏轼说他如黄河鱼出膏自煮，正是这种心与身为仇的状态。

以文字自囚的意识使孟郊有时将自己的格局写得很小。如："良栖一枝木，灵巢片叶荷。仰笑鲲鹏辈，委身拂天波。"[7] 说自己只要如鹪鹩有一枝良木可栖，如灵龟有一片荷叶可巢，便已满足。仰看那些鲲鹏之辈，何必要委身于苍天大海之间。又如："斗水泻大海，不如泻枯池。""枯鳞易为水，贫士易为施。"[8] 这虽是劝人济富不如济贫，但自喻为枯池之麟，只要斗水便可救活，未免过于可怜。他把自己塑造成一个为诗而活、

---

[1]《赠崔纯亮》，《孟郊诗集校注》第267—268页。
[2] 杜甫《送李校书二十六韵》，《杜诗镜铨》第189页。
[3]《送从叔校书简南归》，《孟郊诗集校注》第361页。
[4]《秋怀十五首》其十，《孟郊诗集校注》第161页。
[5]《冬日》，《孟郊诗集校注》第130页。
[6]《夜感自遣》，《孟郊诗集校注》第142页。
[7]《立德新居十首》其三，《孟郊诗集校注》第238页。
[8]《赠主人》，《孟郊诗集校注》第290页。

又为诗所苦的人:"诗人苦为诗,不如脱空飞。一生空鷃气,非谏复非讥。脱枯挂寒枝,弃如一唾微。一步一步乞,半片半片衣。倚诗为活计,从古多无肥。诗饥老不怨,劳师泪霏霏。"[1] "鷃"为雉鸣声,诗人将自己作诗形容为一生都像野鸡鸣叫,可以随时被唾弃,所以也想摆脱以诗为生的困境。"一步"两句形容其为"活计"而苦吟的形景,如同乞丐,极为传神。但最后还是宁可为诗忍受饥寒,至老不怨。从这类诗来看,前人谓"其气局促不伸"不是没有道理。

但是孟郊又有很多诗奇想天开,豪迈险怪,与上述局促的诗境似非同出一手,尤其是一些论诗之作。如《赠郑夫子鲂》:"天地入胸臆,吁嗟生风雷。文章得其微,物象由我裁。宋玉逞大句,李白飞狂才。苟非圣贤心,孰与造化该。勉矣郑夫子,骊珠今始胎。"[2] 此诗以宋玉、李白为楷模,提出了诗歌创作的理想境界。他认为天地进入诗人胸臆后,吁嗟之间可生风雷。文章能得其中的精微,万象都可由我心裁。只有圣贤之心,才能具备熔冶造化的气魄,才能探得诗歌的骊珠。他以这样的境界勉励郑夫子,当然也是对自己的要求。潘德舆以"胚胎造化"称赞此诗,也就是认为孟郊具有在胸中孕育自然万物的气魄,甚有见地。要深入理解"造化该"的意思,还应联系他赠贾岛的诗来看:"天高亦可飞,海广亦可源。文章杳无底,劚掘谁能根。梦灵仿佛到,对我方与论。拾月鲸口边,何人免为吞?燕僧摆造化,万有随手奔。"[3] 这一段称赞贾岛诗歌之奇险大胆,与韩愈说贾岛"无本于为文,身大不及胆""蛟龙弄角牙,造次欲手揽"[4] 意思相似。但同时也体现了孟郊自己对于"摆造化"的观念:文章之奥妙深广无底,胜过天之高,海之广,无人能探到根源。他称赞贾岛敢到鲸鱼口边去拾海月,能够大胆摆弄造化,使万象随时奔走于他的笔下。所以"造化该",不仅是纳天地于胸中,而且还可以自由驱使万象,对造化深挖探底。这正是苦吟诗人敢于探索、奇思叠出的理论根据。

---

[1] 《送淡公十二首》其十二,《孟郊诗集校注》第387页。
[2] 《孟郊诗集校注》第294页。
[3] 《戏赠无本二首》其二,《孟郊诗集校注》第301页。
[4] 《送无本师归范阳》,《韩昌黎诗集编年笺注》第418页。

在《送草书献上人归庐山》诗中，孟郊借形容献上人的草书之妙，具体描写了这种"摆造化"的境界："狂僧不为酒，狂笔自通天。将书云霞片，直至清明巅。手中飞黑电，象外泻玄泉。万物随指顾，三光为回旋。骤书云霮䨢，洗砚山晴鲜。忽怒画蛇虺，喷然生风烟。江人愿停笔，惊浪恐倾船。"[1]狂僧手中之笔可以通天，即指其"可与造化争奇"[2]。可书写天气清明时山巅的片片云霞；也可手舞黑电，如玄泉倾泻于物象之外；骤急时可使繁云密布；洗砚时可使青山鲜碧；笔势忽如蛇怒，则风烟四喷，由于万物随其指顾，连日月星辰也为之回旋，以至于江人骇怕风浪翻船而求其停笔。此诗与其说是以种种比喻形容狂草的淋漓气势和挥洒自如，还不如说是赞美献上人能使天地入其胸臆，才会使云霞风烟雷电尽奔笔下，任其摆弄，这正是"胚胎造化"才会产生的神妙效果。

如果说上述"摆造化"的境界还能看出是以狂草的书写为依托，那么像《答卢仝》这样的诗，就几乎看不出其诗境究竟是虚是实了："日劈高查牙，清棱含冰浆。前古后古冰，与山气势强。闪怪千石形，异状安可量？有时春镜破，百道声飞扬。潜仙不足言，朗客无隐肠。为君倾海宇，日夕多文章。天下岂无缘，此山雪昂藏。"[3]从开头"诗孟踏雪僵"看，此诗是写大雪天寒，冰高如山，嵯岈错出，层积累叠，形成千石之异状，日照下如春镜破裂，化为百道飞泉。但究竟是诗人以冰心之朗洁喻自己和卢仝的品格，还是以雪山昂藏的气概喻苦寒之士的傲岸，抑或是以冰山雪融、泉涌海倾来形容冻僵在雪中的"诗孟"一旦诗思迸发的气势，很难确解，但从"为君倾海宇"来看，海宇可倾，则造化可弄。日劈冰山之力、千石闪怪之状、百泉迸涌之势，都像是诗人心裁物象、指顾"万有"的各种状态。这类诗可称"气厚力健"，是因为包蕴着造化的元气。

由"胚胎造化"而产生的诗，已经不是天地自然的客观呈现或者夸张表现，而是孟郊将天地揽入胸臆之后，万物与心神发生化合的结果。所有的自然现象都是社会现象，天道人事在孟郊心目中是完全合一的。比如

---

[1]《孟郊诗集校注》第369页。
[2]《孟郊诗集校注》第369页，注释（1）释"狂僧"四句。
[3]《孟郊诗集校注》第338页。

"浊水无白日,清流鉴苍旻"[1],浊水清流既是流水的清浊之分,也是"浮俗"与"君子"之分;"白日苍旻"是自然界的青天白日,也是君子心目中的清明社会。最能体现这一特点的是《峡哀十首》[2]。这组诗描写三峡山水的险怪,又投射出人间百态的险恶。题为"峡哀",实为人哀。在诗人笔下,峡中暗无天日,日月破碎:"堕魄抱空月,出没难自裁。""三峡一线天,三峡万绳泉。上仄碎日月,下掣狂漪涟。破魄一两点,凝幽数百年。""峡棱剚日月,日月多摧辉。"两岸尖峰割碎日月,月魄出没难以自裁。峡壁巉岩险峻,崖石齿牙似剑:"石剑相劈斫,石波怒蛟虬。""石齿嚼百泉,石风号千琴。""潜石齿相镶,沉魂招莫归。"峡水与崖石相激,怒波如露齿吮人:"蔺粉一闪间,春涛百丈雷。峡水声不平,碧洰牵清泂。沙棱箭箭急,波齿龂龂开。呀彼无底吮,待此不测灾。谷号相喷激,石怒争旋回。""上天下天水,出地入地舟。""峡声非人声,剑水相劈翻。""犀飞空波涛,裂石千嶔岑。""峡水剑戟狞,峡舟霹雳翔。"峡中潭底更有蛟螭怪魅,以饥涎毒波伺人:"峡乱鸣清磬,产石为鲜鳞。喷为腥雨涎,吹作黑井身。怪光闪众异,饿剑唯待人。老肠未曾饱,古齿崭岩嚬。嚼齿三峡泉,三峡声龂龂。""峡螭老解语,百丈潭底闻。毒波为计校,饮血养子孙。"如此可怖的峡中,不知有多少冤魂葬身水底:"峡哀哭幽魂,噭噭风吹来。""沉哀日已深,衔诉将何求!""峡晖不停午,峡险多饥涎。树根镶枯棺,直骨衺衺悬。树枝哭霜栖,哀韵杳杳鲜。逐客零落肠,到此汤火煎。"诗中虽明言所哀是为流放的"窜官"和衔冤的"古罪""今缧",并且直指"谗人峡虬心,渴罪呀然浔",但是全诗将三峡写成一个由险峰怪石、急湍怒波、深潭蛟螭等组成的不见天日的大囚笼,乐在其中的只有那些"枭鸱作人语,蛟虬吸山波。能于白日间,谄欲晴风和"的魑魅魍魉,人在其中只能任其折磨吞噬,就像被投入地狱的冤魂。因此,三峡既是大自然形成的天险,也是人心险恶、世道黑暗的人间缩影。

《峡哀》中的三峡是诗人驱使万象在胸臆中重组的险恶世界,是以人

---

[1] 《送孟寂赴举》,《孟郊诗集校注》第 377 页。
[2] 《孟郊诗集校注》第 488—490 页。

事解释天道或者说是以天道比喻人事的产物。在这个囚笼般的峡谷中，人的活动空间是极为狭窄的，可说是处处险象环生，寸步难行。但是诗中的三峡不但包容了郦道元《水经注·江水》中的描写，而且融会了杜甫长诗《大历三年春白帝城放船出瞿塘峡久居夔府将适江陵漂泊有诗凡四十韵》中的景观，千奇百怪，声势夺人，写尽三峡的雄奇壮观，艺术视野又极其宽广。由此可以窥见孟郊"踢天踏地"与"胚胎造化"之间的辩证关系：由于他心中的造化其实是天道人事的合一，他可以把个人在世间感到的无形压迫感实体化，使原本空阔的天地变成处处有碍的狭窄空间。但是他的心并不受局限，正如他自己所说："心放出天地，形拘在风尘。"[1] 其形虽被拘限在尘世，其心却可以放出天地之外。所以天地可纳入胸臆，造化可由其在心中摆弄，形与心的关系正和孟郊"踢天踏地"与"胚胎造化"的矛盾一样，二者是对立的统一。

事实上，无论是"踢天踏地"，还是"胚胎造化"，都是孟郊调动艺术想象，使天地造化为其所用的结果。他自己曾说："天地唯一气，用之自偏颇。忧人成苦吟，达士为高歌。"[2] 忧人苦吟，天地就变得狭窄，达士高歌，天地就变得宽广。所以全在诗人如何"用之"，这说明孟郊的秋虫寒号和"盘空硬语"也是分别偏用天地之气的结果。而且由于他感受人事的着眼点在于天道，人间的不平都表现在大自然造成的"森耸山岳多"[3]，"三峡水不平""太行路峥嵘"[4]，"黄河奔浊浪"[5]，这就使他的视野很容易从个人的局促空间转向天道运行的广阔天地，虽然在文字中"一生虚自囚"[6]，却也可以"唯开文字窗，时写日月容"[7]，形成宽窄两种视野的更替，在"寒虫号"的同时又能发出"生风雷"的"吁嗟"。

---

[1]《奉报翰林张舍人见遗之诗》，《孟郊诗集校注》第340页。
[2]《送别崔寅亮下第》，《孟郊诗集校注》第343页。
[3]《君子勿郁郁士有谤毁者作诗以赠之二首》其一，《孟郊诗集校注》第111页。
[4]《感兴》，《孟郊诗集校注》第93页。
[5]《自叹》，《孟郊诗集校注》第114页。
[6]《冬日》，《孟郊诗集校注》第130页。
[7]《寻言上人》，《孟郊诗集校注》第429页。

在文章创作的构思中,"笼天地于形内,挫万物于笔端"[1],是陆机早就讲过的道理,要将物象摄于笔端,所有的作者都要经过一个在胸中陶钧万物的过程。孟郊所说"天地入胸臆,吁嗟生风雷。文章得其微,物象由我裁"[2],似乎也是这个意思。但是他所说的"苟非圣贤心,孰与造化该"[3],含义却不同。联系他的《吊元鲁山十首》可以看出,孟郊心目中的"造化"并非仅指天地间客观存在的万事万物,而是天与人的合一:"君子不自蹇,鲁山蹇有因。苟含天地秀,皆是天地身。天地蹇既甚,鲁山道莫伸。天地气不足,鲁山食更贫。始知补元化,竟须得贤人。"[4]此诗分析元鲁山困顿的原因,认为君子本是天地灵秀之气所凝成,都是天地之身。天地困窘已甚,鲁山之道也就不能伸张。天地的元气不足,鲁山的食粮就更贫乏。所以要想补足造化元气,就必须得到贤人。这也就是"苟非圣贤心,孰与造化该"的深意,如果没有圣贤之心,又有谁能使造化充足完备?可见孟郊所说的"天地"之气与贤人之心是合而为一的,由贤人的困顿就能见出天地的偪塞,造化的匮乏。那么孟郊的天地逼仄感,也正是君子之道不得伸张的体现。从这个意义上来理解他的"出门即有碍,谁谓天地宽",就不能简单地视为"赋性褊狭""气度窘促",而是对"天地塞既甚"的切身感受。所以孟郊对天地的感觉是窄是宽,取决于君子之道的屈伸。这就是他"踽天踏地"和"胚胎造化"之间更深层的辩证关系。

正因如此,孟郊才会提出须得贤人以"补元化"的惊人设想,"补元化"的气魄之大,理念之新,可谓前所未有。与李白的"探元化"也完全不同。李白继承老庄的传统,"观变穷太易,探元化群生"[5],是希望从元化中探求宇宙万物变迁和天地化育群生的规律和奥秘。他认为人只能顺应自然,与浩气混同:"谁挥鞭策驱四运,万物兴歇皆自然","吾将囊括大块,浩然与溟涬同科"[6],天地绝不是可以人为限制和改变的空间。而按

---

[1] 陆机《文赋》,陆机著,刘运好校注整理《陆士衡文集校注》第13页,江苏凤凰出版社2007年。
[2] 《赠郑夫子鲂》,《孟郊诗集校注》第294页。
[3] 《赠郑夫子鲂》,《孟郊诗集校注》第294页。
[4] 《吊元鲁山十首》其三,《孟郊诗集校注》第464页。
[5] 《古风五十九首》其十三,《李太白全集》第104页。
[6] 《日出入行》,《李太白全集》第211页。

照孟郊的逻辑，元化亏损须贤人来补，天地也要凭教化来澄清。《吊元鲁山十首》其五说"贤人洁肠胃，寒日空澄凝"[1]，并非简单地形容贤人肠胃中的寒凝之状，贤人既然是天地之身，那么贤人肠胃之清洁，就相当于天地的澄澈洁净。其六说"善教复天术，美词非俗箴"[2]，则是具体地说明贤人以教化清洗薄俗、恢复天道的方法，与其七"谁能嗣教化，以此洗浮薄。君臣贵深遇，天地有灵橐"[3]意同。如果君臣遇合，天地之烘炉便有鼓风的动力，就能顺畅运行。所以孟郊所说的天地造化，与圣贤之道完全合为一体，是属于儒家思想体系的。

从文章与造化的关系来说，李白认为"阳春召我以烟景，大块假我以文章"[4]，"宇宙之奇诡"[5]是文章取之不竭的源泉。而孟郊则是"摆造化""补元化"，也就是李贺所说的"笔补造化天无功"[6]。诗人之笔可补造化，可指顾万象，回旋三光，与天地之功争奇。李白虽然也有"手弄白日，顶摩青穹"的奇想，但只是将自己放大到极限，使之与大化融为一体，塑造出一个"至人"的形象。而孟郊却因为空间的逼仄感而缩短了与天地之间的距离，产生了"穿天心、出月胁"[7]的奇想。在他的艺术想象中，天地是有限的，无论是天还是海，都可以探其根源："天高亦可飞，海广亦可源。"[8]所以他可以探到天的边界："欲上千级阁，问天三四言。"[9]登上千级高阁，即可与天对话。"天若百尺高，应去掩明月。"[10]天高只有百尺，是烛蛾可以飞到的距离，既离明月不远，就不必在灯前扑火。正像"愿为天下幬，一使夜景清"[11]，要做一顶罩住全天下的蚊帐，那么天

---

[1]　《孟郊诗集校注》第464页。
[2]　《孟郊诗集校注》第464页。
[3]　《孟郊诗集校注》第464页。
[4]　《春夜宴从弟桃花园序》，《李太白全集》第1292页。
[5]　《秋于敬亭送从侄耑游庐山序》，《李太白全集》第1267页。
[6]　《高轩过》，《李贺诗歌集注》第291页。
[7]　程珌《跋东野集》："岂非东野平生穿天心、出月胁，固宰物者之所不恕耶？"（《孟郊诗集校注》第605页）
[8]　《戏赠无本二首》其二，《孟郊诗集校注》第301页。
[9]　《上昭成阁不得》，《孟郊诗集校注》第453页。
[10]　《烛蛾》，《孟郊诗集校注》第417页。
[11]　《蚊》，《孟郊诗集校注》第416页。

下都是可以被遮的。"南山塞天地，日月石上生"[1]，更是因天地变窄而产生的奇想。从字面看，只是夸大终南山的高大，但南山可以塞满天地，又可见天地的容量有限，以至于日月也被挤得只能从南山的石头上生出。这就构成一幅印象派的画面，成为孟郊最新奇的名句。但是在有限的天地中，文章的"剧掘"却是"杳无底""谁能根"的[2]，所以万物可以随他的喜怒哀乐任意驱遣。当他感到"此哀无处容"时，其痛哭可以"声翻太白云，泪洗蓝田峰"，甚至"愿回玄夜月，出视白日踪"[3]，使日月昼夜倒转。因此当传统意义的"大块"不足以供给文章无底的需求时，孟郊可以向内心做更深层的搜求，取材于经过诗人胚胎孕育后变形的天地。

总之，孟诗中存在"胚胎造化"和"踦天踏地"两种宽窄不同的视野，二者看似矛盾，但是都根源于孟郊将元化之道与圣贤之心合一的哲理认识，因而在诗人以天道比拟人事的创作思路中得到统一，又可以相互转化。而其"补元化"的不凡气魄，又促使孟郊在天地变窄的视野中，产生"探天根、穿月胁"的奇思，为中唐尚奇诗派开启"笔补造化天无功"的创作理念，营造出雄森奇险的全新境界。

## 第三节 "邃于天根月窟"之思的艺术渊源

"穿天心、出月胁"的奇思并非孟郊一人所独有，而是韩愈、孟郊、李贺三人的共同特点："夫其鲸呿鳌掷，掐胃擢肾，汗澜卓踔，俾寸颖尺幅之间，幻于鬼神仙灵而不可思议，变于蛟龙风雨而不可捉搦，邃于天根月窟而不可登诣。"[4] 由于诗人们神仙想象的变异，鬼神仙灵、蛟龙风雨的变化，早就伏脉于天宝到大历、贞元年间的部分古诗之中[5]。而"邃于天根月窟"的视野，则与笔补元化的创作理念有关。早在孟郊之前，少数

---

[1]《游终南山》，《孟郊诗集校注》第179页。
[2]《戏赠无本二首》其二，《孟郊诗集校注》第301页。
[3]《远愁曲》，《孟郊诗集校注》第24页。
[4] 黄之隽《韩孟李三家诗选序》，见《唐堂集》卷五，《清代诗文集汇编》第221册，第72页。
[5] 参见本书第二章《中唐前期古诗中超现实想象的变化》。

天宝、大历诗人中已出现这类奇思的渊源，如追溯其作品中艺术视野逐渐变异的过程，当有助于进一步了解孟郊的奇思对前人的继承和发展。

如孟云卿是元结所选《箧中集》里的诗人。他的《放歌行》最早描写了心目中世界的狭小："吾观天地图，世界亦可小。落落大海中，飘浮数洲岛。贤愚与蚁虱，一种同草草。地脉日夜流，天衣有时扫。东山谒居士，了我生死道。目见难噬脐，心通可亲脑。轩皇竟磨灭，周孔亦衰老。永谢当时人，吾将宝非宝。"[1]诗人因透彻了悟生死之道，才将天地看成渺小的世界：人间不过是大海中飘浮的几个洲岛，人类无分贤愚都不过如蚂蚁虮虱。天地之窄，可以看见地脉日夜流淌，天衣也触手可扫。由于愤慨人世之恶浊，有感于人生之短暂，他把世界看得微不足道，三皇五帝、周孔贤圣最终都难免衰亡磨灭，那么又何必在意永久的存在价值呢？这都是孟云卿不能为俗所容的愤极之语，但也通过缩小天地图而将自己对尘俗的蔑视极度放大，改变了看世界的视野。可见世界变小的奇想与生命短促渺小的看法相关。

孟云卿与《箧中集》诗人一样，往往站在纵观古今的角度来讨论生死和时间，《行路难》以神仙世界的永恒反衬人间的"天长地久成埃尘"："金堂玉阙朝群仙，拍手东海成桑田，海中之水慎勿枯，乌鸢啄蚌伤明珠。"[2]仙人一拍手，沧海即成桑田，而海水若枯，乌鸢啄蚌也只在转瞬之间。《邺城怀古》将历史转换的快速之感浓缩在一个场景之中："伊昔天地屯，曹公独中据。群臣将北面，白日忽西暮。三台竟寂寞，万事良难固。"[3]群臣刚要北面事曹，一切就随着白日西下而结束。某些天宝诗人对时间加速的敏感，有时会强化为造化对人的压迫感。毕燿《赠独孤常州》诗说："洪炉无久停，日月速若飞，忽然冲人身，饮酒不须疑。"[4]《庄子·大宗师》说："今一以天地为大炉，以造化为大冶。"[5]所以日月如飞的运行正如天地大炉一刻不停的冶炼。日月飞速忽然会冲撞人身的想象很奇特，但

---

[1]《全唐诗》卷一五七，第1607页。
[2]《全唐诗》卷一五七，第1609页。
[3]《全唐诗》卷一五七，第1608页。
[4]《全唐诗》卷二五五，第2865页。
[5]《庄子集释》卷三，第262页。

读了独孤及给毕燿的诗就可明白其思路:"心与白日斗,十无一满百。寓形薪火内,甘作天地客。"[1]人心每天都在和白日斗争,希望光阴变得慢一些,但是终究十人中无一人能满百岁。人的形体既然寄寓在洪炉的薪火之中冶炼,那么只能甘心做天地的过客。与毕燿诗对照来看,就可以理解,既然人处于烘炉之中,那么日月如飞便是薪火冶炼,当然会冲击人身。而日月运行能冲人身,反过来又可见这烘炉空间的狭窄,由此自然会促使他们去探寻天地的边界。独孤及《观海》诗说:"北登渤澥岛,回首秦东门。谁尸造物功,凿此天池源。顽洞吞百谷,周流无四垠。廓然混茫际,望见天地根。白日自中吐,扶桑如可扪。超遥蓬莱峰,想象金台存。"[2]此诗后半首批评"徐福竟何成,羡门徒空言",并非从神仙眼里观世界,而是把混茫的大海看成造物主凿成的"天池源",虽然可吞百谷,周流无垠,但又可从这里望见天地之根,白日从中吐出,扶桑也可扪及。"吐"和"扪"的动词使用,使天和海都实体化了。这就和"寓形薪火内"的比喻一样,把广阔的天地缩小成可以触摸的有限空间。可见,天宝、大历时期已经有少数诗人因生命的焦灼感而催生了"探天根"的奇想。

此外,大历至贞元间神仙想象的变异促使某些诗人产生从仙界下瞰人间的视角,也会感到尘世的渺小。如前文所举孟云卿的《行路难》,还有韦应物的《王母歌》:"上游玄极杳冥中,下看东海一杯水。"[3]顾况《曲龙山歌》:"下看人界等虫沙,夜宿层城阿母家。"[4]这类想象也是将神仙长生与人间凡俗的对照极端化的结果。皇甫湜曾说顾况"偏于逸歌长句,骏发踔厉,往往若穿天心、出月胁,意外惊人语,非寻常所能及,最为快也"[5]。这是用"穿天心、出月胁"来形容诗人奇思的最早出处。观顾况全集,主要是以人间的经验设想神仙在天上的生活,想象成道入仙之后,被群星接纳,"摩天截汉何潇洒"[6]的自由,或者下探龙宫中的珍怪,"有

---

[1] 独孤及《客舍月下对酒醉后寄毕四燿》,《全唐诗》卷二四六,第2761页。
[2] 《全唐诗》卷二四六,第2765页。
[3] 《韦应物集校注》第563页。
[4] 《顾况诗注》第266页。
[5] 皇甫湜《唐故著作佐郎顾况集序》,《全唐文》卷六八六,第3113页。
[6] 《曲龙山歌》,《顾况诗注》第266页。

风天晴翻海眼"[1]的奇景。顾况崇信道教，这些惊人语多来自神仙道教故事的启发。

大体说来，在孟郊之前，天地在诗人眼中变小的描写已经出现，这种感觉主要是出于光阴迫人的焦虑。生命的紧迫感促使诗人强化了时空永恒与短促人生的对比，使他们看到世界的极限，渴望摆脱造化对人的控制。孟郊的"踢天踏地"之感虽然来自不容于世俗的愤激，但也与生命的焦虑有关。他常常叹息："日愁疑在日，岁箭迸如雠。"[2]光阴似箭，似乎与人有仇，这也正是毕燿所说的日月冲人身，是造化与人的冲突。"老人朝夕异，生死每日中"[3]，在衰老中每天都在经受着生与死的斗争，当然会产生"四时既相迫"的催逼感。这是孟郊能对孟云卿、毕燿等人的生命紧迫感产生共鸣的重要原因。更何况孟云卿也是一个不肯随俗的复古诗人，元结所说《箧中集》诗人"以正直而无禄位，以忠信而久贫贱"[4]是这批诗人的共同特点，孟云卿更是"当时古调无出其右，一时之英也"[5]，与孟郊可谓是异代同调。所以孟郊曾凭吊过孟云卿的故居，他在《哀孟云卿嵩阳荒居》[6]中说："戚戚抱幽独，宴宴沉荒居。不闻新欢笑，但睹旧诗书。艺檗意弥苦，耕山食无余。定交昔何在？至戚今或疏！薄俗易销歇，淳风难久舒。"哀叹孟云卿终生孤独，沉寂于山中。耕种为生，难以自足，其心之苦有如所植之黄檗，其友之稀连至戚都已疏远。他深深懂得孟云卿这样的君子是毁于淳风不舒的薄俗，这些悼词与其说是哀孟云卿，倒不如说是自哀。所以结尾说"残芳亦可饵，遗秀谁忍除"，正是借荒居景色表达了自己欲餐其残存之兰蕙，承前人之遗志的心愿。这就使他很容易受到孟云卿诗的感染和启发。

但孟云卿说"世界亦可小"，是因为"观天地图"，独孤及能"望见天地根"，是因为观海，韦应物、顾况下瞰人间之渺小，更是站在天外的立

---

[1]《曲龙山歌》,《顾况诗注》第266页。
[2]《冬日》,《孟郊诗集校注》第130页。
[3]《秋怀十五首》其十,《孟郊诗集校注》第161页。
[4] 元结《箧中集》序,《唐人选唐诗（十种）》第27页。
[5]《唐才子传校笺》第1册, 第436页。
[6]《孟郊诗集校注》第476页。

场，都没有置身于这个变小的天地之中，这种视野或者在"天地"之外旁观，或者将上天和人间分开，虽然与李白融入太清的视野有所不同，但想象的来源主要还是老庄或道教的天人观念。孟郊则将自己拘囚在人为缩小的天地之中，亲身承受着"跼天蹐地"的狭窄感，这种处理天人关系的艺术构思方式，完全反转了李白以前的传统。陈子昂、李白等心目中的天人关系是将社会、历史、时运置于元化中思考，个人从属于大化的运转，这是魏晋以来传统的玄学思维。李白认为旷士的胸怀应与朗朗太清相合："所贵旷士怀，朗然合太清。"[1]他的想象是"愿乘泠风去，直出浮云间。举手可近月，前行若无山"[2]，虽然也可以出入天心月胁，但他本人是融入了造化的无尽之中的，所以能在天与人的和谐共处中获得无限广阔的视野。而在孟郊的艺术想象中，天人合一实际体现为天道与人事的对应。现实世界的不公，造成天地对君子的挤压，以及君子对天地的抗争，所以天和人形成对冲的关系。而由圣贤来"补元化"的理想，虽然不可能实现，却可以使人对造化的探索达到"邃于天根月窟"的深度。从这个意义上来说，貌似狭隘的孟郊又在屈原和李白的浪漫世界之外打开了一个前所未有的新视野。

在中唐元和诗变中，孟郊是开风气之先的。他生于天宝十载，主要的创作活动是在大历到贞元年间及元和前期。与其同时代的前辈诗人，仅元结、顾况、韦应物等少数人写作古诗，与其同辈的诗人，也只有张籍、王建从贞元初开始写作古诗和乐府，其余以近体为主，诗风也愈趋陈熟。孟郊的出现，有如奇峰突起，但不能为众人所理解，只有韩愈能充分认识其价值。而比他年辈稍晚的韩愈和卢仝、李贺虽然艺术风格各异，但恪守古道、不肯随俗的思想性格完全相同，其处理天人关系的思路和观察世界的视野也都与孟郊相近。如韩愈之诗以"豪"著称，但他与孟郊一样，曾困守在古史中，类似一条蠹虫："古史散左右，诗书置后前。岂殊蠹书虫？生死文字间。"然而他的心也会飞上"昆仑颠"，"下视禹九州，一尘集毫

---

[1] 《设辟邪伎鼓吹雉子斑曲辞》，《李太白全集》第239页。
[2] 《登太白峰》，《李太白全集》第974页。

端"[1]，将九州看得像笔端的一粒灰尘那样渺小。在《调张籍》诗中，他表示要追步李杜："我愿生两翅，捕逐出八荒。精诚忽交通，百怪入我肠。刺手拔鲸牙，举瓢酌天浆。腾身跨汗漫，不著织女襄。"[2] 这正是上探天根星河的奇境。洞庭湖在他眼里，是"自古澄不清，环混无归向。炎风日搜搅，幽怪多冗长。轩然大波起，宇宙隘而妨"[3]，混沌不清的湖水，每天被热风搅得幽怪出没，轩然大波冲天而起，连宇宙都嫌狭隘，成为巨浪肆虐的妨碍。他用五十多个"或"字来形容登高所见终南山远近群峰的姿态，所用比喻既有星离、云逗、波涛、曝鳖、寝兽、藏龙、抟鹫等自然景物和动物，也有船游、锄耨、宿留、绘画等人类活动，更有贱幼朝帝王、朋友随前后、亲密如婚媾、背戾如仇雠、俨然如峨冠、善翻如舞袖等世间百态。这就使《南山诗》与孟郊《峡哀》的思路类似，以人事和天象合一，构成终南山的整体图景："大哉立天地，经纪肖营腠。"[4] 方世举注此二句引《淮南子·精神训》说："经天营地，各有经纪。天有四时五行九解，人亦有四至五脏九窍。"[5] 可见韩愈也认为天与人是对应的。天地所经营的南山，不仅是一个自然界的奇观，而且是包容了人世万事的造物。至于他的《月蚀诗效玉川子作》，将日月视为天之双目，将月食视为天目被蛤蟆精所食，将卢仝写成手持寸刃上天扫除蛤蟆的豪杰；更是典型地体现了"穿月胁""补元化"的惊人奇想。

卢仝"高古介僻"，"语尚奇谲"，"终日苦哦"[6]，与孟郊友善，性格相似。他也为自己四十无成而深感愤激："天地日月如等闲，卢仝四十无往还。唯有一片心脾骨，巉岩崒硉兀郁律。刀剑为峰崿，平地放著高如昆仑山。天不容，地不受，日月不敢偷照耀。"[7] 他把自己的心脾骨比作高耸险峻的昆仑山，为天地所不容，日月所不照。所以仰面不见天日："为

---

[1] 《杂诗》，《韩昌黎诗集编年笺注》第 246 页。
[2] 《调张籍》，《韩昌黎诗集编年笺注》第 518 页。
[3] 《岳阳楼别窦司直》，《韩昌黎诗集编年笺注》第 155 页。
[4] 《南山诗》，《韩昌黎诗集编年笺注》第 201—203 页。
[5] 《韩昌黎诗集编年笺注》第 213—214 页。
[6] 《唐才子传校笺》第 2 册，第 272、268 页。
[7] 《与马异结交诗》，《全唐诗》卷三八八，第 4383 页。

报玉川子,知君未是贤。低头虽有地,仰面辄无天。"[1]并激烈地指斥:"功名生地狱,礼教死天囚。"[2]俨然又是一位"诗囚"。他不信神仙道教之说,所以与孟郊一样,其天人合一的理念出自儒家。他认为在"尔来天地不神圣,日月之光无正定"的情况下,自己和马异这样的"奇骨"是"元不死"的"元气"所生[3],这正是孟郊所说"贤人补元化"的理据。《月蚀诗》[4]借月食的自然现象说天道:"念此日月者,太阴太阳精。皇天要识物,日月乃化生。走天汲汲劳四体,与天作眼行光明。此眼不自保,天公行道何由行。"但也是说人事:"人养虎,被虎啮。天媚蟆,被蟆瞎。""想天不异人,爱眼固应一。"他向"帝天皇"表示:"臣心有铁一寸,可刳妖蟆痴肠。""愿天神圣心,无信他人忠。"也就是希望除掉障蔽朝廷之眼的祸害。正如《感古》诗所说:"可怜万乘君,聪明受沉惑。忠良伏草莽,无因施羽翼。日月异又蚀,天地晦如墨。"[5]可见为君除害也就是补天的具体方式。只是卢仝会将神话和家常俗语融合在奇想之中,例如:"神农画八卦,凿破天心胸。女娲本是伏羲妇,恐天怒,捣炼五色石,引日月之针,五星之缕把天补。补了三日不肯归婿家,走向日中放老鸦。月里栽桂养虾蟆,天公发怒化龙蛇。"[6]把凿破天心的伏羲[7]和补天的女娲写成一对不和睦的夫妇,又是破坏元气的肇事者和不称职的补天者,以致惹得天公发怒,把他们化为鳞身蛇躯,另在空中呼唤马异出来补天。这就以荒诞的奇想证明了唯有贤人可以"补元化"的道理。这些诗想象奇诡,语言俗白,发展了顾况"穿天心、出月胁"的思路。

李贺与孟郊一样困于贫贱,且体弱多病,对生命短暂的敏感和焦虑更甚于常人:"飞光飞光,劝尔一杯酒。吾不识青天高,黄地厚,唯见月

---

[1]《自咏三首》其一,《全唐诗》卷三八七,第4369页。
[2]《常州孟谏议座上闻韩员外职方贬国子博士有感五首》其五,《全唐诗》卷三八八,第4381页。
[3]《与马异结交诗》,《全唐诗》卷三八八,第4383—4384页。
[4]《全唐诗》卷三八七,第4364—4367页。
[5]《感古四首》其一,《全唐诗》卷三八八,第4384页。
[6]《与马异结交诗》,《全唐诗》卷三八八,第4383—4384页。
[7]"神农画八卦"句将神话中伏羲之事与神农混淆,相传伏羲始作八卦。

寒日暖，来煎人寿。"[1]"煎"字极其形象地写出了生命在日月更替中销熔的煎心之痛。"漏催水咽玉蟾蜍，卫娘发薄不胜梳。看见秋眉换新绿，二十男儿那刺促！"[2]刻漏中的清水一滴滴地催促着美人青丝变稀，眼见黛眉转瞬变成秋眉，即使是青春男儿也会感到惊心。然而，"人生有穷拙，日暮聊饮酒。只今道已塞，何必须白首？"在"学为尧舜文，时人责衰偶"[3]的境遇中，他只感到"天迷迷，地密密，熊虺食人魂，雪霜断人骨。嗾犬狺狺相索索，舐掌偏宜佩兰客"，天地间霜雪迷蒙，充斥着噬人的熊虺和恶犬的狂吠，专门攻击德行修洁之士。像颜回、鲍焦这样的古贤人因贫早死，都是因为"天畏遭啣啮，所以致之然"[4]，连天都怕毒龙猛兽噬咬，一般"佩兰客"更无出路了。所以，"韩鸟处缯缴，湘鱫在笼罩。狭行无廓路，壮士徒轻躁"[5]，道路阻塞，到处罗网，出门即会遇险，也就是孟郊所说"出门即有碍，谁谓天地宽"之意。诗人无法逃离现实，只能在想象中从天上俯视人间，蔑弃这个渺小的尘世："黄尘清水三山下，更变千年如走马。遥望齐州九点烟，一泓海水杯中泻。"[6]他的《梦天》《天上谣》等"探天心、穿月胁"的惊人奇想，正是在无路可走的现实反激之下，综合了孟云卿、独孤及等人的奇思和顾况、韦应物的神仙想象而产生的，因而其艺术视野同样能在宽狭之间转换变化。

综上所论，历代诗论对于孟郊"雄鸷"与"寒俭"的两种评价，与其诗同时存在宽窄两种不同的视野有关。两种风格看似对立，但实际上统一在孟郊将天地之道与圣贤之道合一的儒学观念之中。期望以贤人"补元化"的社会理想体现在创作中，便转化为"胚胎造化"的不凡气魄。生命的紧迫感和现实的压迫感使他和韩愈、卢仝、李贺等尚奇诗人都在不同程度上感受到天地的逼仄，其"形拘风尘"和"心放天地"的矛盾反过来促使他们打开文字之窗，在天宝、大历诗人的前辈同道的艺术表现中追寻其观望

---

[1] 《苦昼短》，《李贺诗歌集注》第221页。
[2] 《浩歌》，《李贺诗歌集注》第72页。
[3] 《赠陈商》，《李贺诗歌集注》第191页。
[4] 《公无出门》，《李贺诗歌集注》第280页。
[5] 《春归昌谷》，《李贺诗歌集注》第226页。
[6] 《梦天》，《李贺诗歌集注》第57页。

天地的思路，艺术视野从传统的"天地至广大"[1]变为"世界亦可小"，从而产生"探天根、穿月胁"的惊人奇想，形成了"笔补造化天无功"的创作理念，更新了处理天人关系的传统构思方式，为中唐诗歌开拓出一片深邃奇险的新天地。

---

[1] 《设辟邪伎鼓吹雉子斑曲辞》，《李太白全集》第239页。

# 第四章　孟郊五古的比兴及其联想思路的奇变

比兴是汉魏以来乐府古诗的艺术表现要素，也是衡量诗歌是否合乎风雅传统的一个重要标准。大历以来，倾力创作古诗乐府的代表作家只有元结、韦应物、顾况、孟郊等少数人，而其中运用比兴密度最高的则是孟郊，这成为孟郊诗"复古"的一个显著特征。但是古今研究者注意力多集中于孟郊的造语工新、好尚奇险、风格酸寒等方面，论及其比兴特点的很少[1]。其实孟郊的很多奇思和新创多与其比兴及联想思路的变异有关。倘能从这一角度着眼，或许对于孟郊的"复古"在精神实质和艺术表现方面的革新意义看得更清楚。

## 第一节　孟郊的风雅观和传统比兴的思理更新

由于《诗经》《楚辞》开创了在诗歌中大量运用比兴的传统，《毛诗序》又将"赋、比、兴"列入"六义"，比兴在先秦到初盛唐的诗歌中不仅是两种艺术表现手法，更与风雅传统的继承密切相关。刘勰《文心雕龙·比兴》篇指出："比则畜愤以斥言，兴则环譬以托讽。"[2] 其依据即为

---

[1] 历代诗论中提及孟郊比兴特点者仅许学夷、乔亿及四库馆臣少数人。二十世纪以来论孟郊之论文中，仅见邓芳博士论文《从〈箧中集〉诗人到孟郊》"论孟郊诗歌中的复古倾向"有一小段专论其学习汉魏比兴。

[2] 《文心雕龙注》第601页。

郑玄注《周礼·春官·太师》中所说："比，见今之失，不敢斥言，取比类以言之，兴，见今之美，嫌于媚谀，取善事以喻劝之。"[1]说明比兴与美刺相结合的观念从汉代一直延续到南朝。在唐代复古革新的诗歌理论中，比兴的重要性得到进一步突显。初唐王勃曾批评"比兴衰于前代"[2]，骆宾王也说"诗人五际，比兴存乎国风。故体物成章，必寓情于小雅"[3]。陈子昂的《与东方左史虬修竹篇书》则明确地将汉魏风骨和兴寄之作归入风雅传统："汉魏风骨，晋宋莫传。……仆尝暇时观齐梁间诗，彩丽竞繁，而兴寄都绝，每以永叹。思古人，常恐逶迤颓靡，风雅不作，以耿耿也。"[4]到盛唐开天年间，提倡风雅比兴的诗歌观念更为普遍。如唐玄宗《答张九龄谢赐尺诗批》说："因之比兴，以喻乃心。"[5]殷璠在《河岳英灵集》序里以"兴象"作为评论盛唐诸家的一个重要标准[6]。盛唐诗人无不以"风雅激颓波"[7]"比兴起孤绝"[8]自励或赞美他人，王维、高适、孟浩然、储光羲等除了结合咏物运用比兴言志以外，还将比兴融入山水送别诗等其他题材。李白以《古风五十九首》为代表的大量比兴体咏怀诗、感遇诗和拟古诗，实践了他在多首诗里提倡风雅的主张[9]。杜甫提出"别裁伪体亲风雅"[10]，并赞美元结《舂陵行》《贼退示官吏》为"比兴体制"，已将比兴的含意指向"忧黎庶"的"危苦词"[11]。大历年间，一些作者又从理论上将比兴与古风联系起来。如唐代宗《授刘晏吏部尚书平章事制》

---

[1]《周礼注疏》卷二十三，阮元校刻《十三经注疏》第158页，中华书局1980年影印阮元校刻本。
[2] 王勃《上拜南郊颂表》，《全唐文》卷一七九，第802页。
[3] 骆宾王《上吏部侍郎帝京篇启》，《全唐文》卷一九八，第886页。
[4]《全唐诗》卷八三，第895—896页。南北朝儒家和初唐四杰对汉魏诗歌多持批评态度，至陈子昂才将汉魏风骨纳入风雅传统，详见拙文《论南北朝隋唐文人对建安前后文风演变的不同评价——从李白〈古风〉其一谈起》，收入《汉唐文学的嬗变》。
[5]《全唐文》卷三七，第174页。
[6] 殷璠所说的"兴"，既指山水触发的兴致，也包含兴寄的含义。
[7] 孟浩然《陪卢明府泛舟回作》，孟浩然著，佟培基笺注《孟浩然诗集笺注》第23页，上海古籍出版社2000年。
[8] 储光羲《酬李处士山中见赠》，《全唐诗》卷一三八，第1397页。
[9] 如"将欲继风雅"（《入彭蠡经松门观石镜》）、"道因风雅存"（《别韦少府》）等等（《李太白全集》第1041、743页）。
[10]《戏为六绝句》其六，《杜诗镜铨》第399页。
[11]《同元使君舂陵行》及序，《杜诗镜铨》第603页。

称刘晏"词蔚古风，义存于比兴"[1]，独孤及赞皇甫冉"其诗大略以古之比兴，就今之声律，涵咏《风》《骚》，宪章颜谢"[2]。当然，唐人诗文中所说"比兴"，在某些语境中只是指诗歌，将"比兴"当作诗歌的代名词，提倡比兴的内涵也并不完全一致。从陈子昂到独孤及所说的比兴内涵，并不局限于美刺。但大历以后，一些诗人对比兴内涵的规范逐渐趋向美刺讽喻，如杜确批评梁中叶后，"讽谏比兴，由是废缺"[3]。李益曾作《诗有六义赋（以"风雅比兴，自家成国"为韵）》，认为"诗之为称，言以全兴，诗之为志，赋以明类。亦有感于鬼神，岂止明夫礼义。王泽竭而诗不作，周道微而兴以刺"[4]。柳冕《谢杜相公论房杜二相书》更强调比兴关乎治乱兴亡："古之作者，因治乱而感哀乐，因哀乐而为咏歌，因咏歌而成比兴。"[5]到中唐时，这种理念更加明确。如柳宗元说："文有二道，辞令褒贬，本乎著述者也；导扬讽谕，本乎比兴者也。"[6]白居易称赞张籍"为诗意如何，六义互铺陈。风雅比兴外，未尝著空文"[7]。联系张籍多用古乐府诗反映时事的创作实践来看，白居易所说的"风雅比兴"更侧重于对时事的美刺，所以他甚至批评"李之作才矣奇矣，人不逮矣，索其风雅比兴，十无一焉"[8]，连善用比兴的李白都未达到他的标准。

由以上回顾可以看出：在古风或乐府中"义存于比兴"的观念，到元和时期已逐渐成为诗歌革新理念中的共识。孟郊出生于天宝十载，主要创作活动在贞元到元和中，他大量创作古诗和古乐府，并使用比兴，正是在这种趋势中形成的自觉意识。他在《送魏端公入朝》中说："何当补风教，

---

[1]《全唐文》卷四六，第217页。
[2] 独孤及《唐故左补阙安定皇甫公集序》，《全唐文》卷三八八，第1744页。
[3] 杜确《岑嘉州集序》："自古文体变易多矣，梁简文帝及庾肩吾之属，始为轻浮绮靡之词，名曰宫体。自后沿袭，务于妖艳，谓之摛锦布绣焉。其有敦尚风格，颇存规正者，不复为当时所重，讽谏比兴，由是废缺。"（《全唐文》卷四五九，第2077页）
[4]《全唐文》卷四八一，第2178页。
[5]《全唐文》卷五二七，第2371页。
[6] 柳宗元《大理评事杨君文集后序》，《全唐文》卷五七七，第2583页。
[7]《读张籍古乐府》，《白居易集笺校》卷一，第5页。
[8]《与元九书》，《白居易集笺校》卷四五，第2791页。

为荐三百篇。"[1]说明他也认为诗的基本功能是"观风俗,知得失"[2],有益于教化。他还和李白一样提倡"古风"和"大雅""正声"[3]:"正声逢知音,愿出大朴中。知音不韵俗,独立占古风。"[4]孟郊认为正声应当是不合世俗的大朴之音,主要体现在古风之中。所以他感叹"大雅难具陈,正声易漂沦"[5],赞扬韦应物"尘埃徐庾词,金玉曹刘名。章句作雅正,江山益鲜明"[6]。韦应物以古诗著称,孟郊认为其诗推崇建安曹刘,可见建安古诗及其代表的风骨,正是孟郊心目中的雅正之音[7]。总之,继承《诗经》到李白、韦应物的风雅传统,恢复诗歌的古风,是孟郊大力创作古诗和乐府的基本动因。

但是孟郊和李白所说"大雅正声"的内涵尚有区别。李白生当盛世,虽然在天宝年间所作的大量比兴体咏怀诗以怨刺为主,而他所说的大雅正声却在理论上更偏重于赞扬盛唐太平之治的颂声[8],这本是以润饰王化为最高理想的儒家诗学观的反映。然而一旦王泽衰竭,诗便应以怨刺为主,这是到韩愈和白居易的诗文理论中才明确的观念[9]。孟郊作为元和诗坛的前辈人物,他的理想固然是以"补风教"为根本,也希望李白所说的大雅颂声能再现于世,但他的创作极少颂声,更多的是愁怨之声和刺世之作。除了部分同情民生疾苦和反映时局动乱的内容以外,针对的主要是人心险恶、道德沦丧、风俗浇薄的世道,这种内容最适宜采用"兴而刺"的比兴体,也是他大量运用比兴的重要原因。

---

[1]《孟郊诗集校注》第390页。
[2]《汉书》卷三十《艺文志第十》:"故古有采诗之官,王者所以观风俗、知得失,自考正也。"(第1708页)
[3] 李白《古风五十九首》其一:"大雅久不作,吾衰竟谁陈","正声何微茫,哀怨起骚人"(《李太白全集》第87页)。
[4]《送卢虔端公守复州》,《孟郊诗集校注》第348页。
[5]《答姚怸见寄》,《孟郊诗集校注》第332页。
[6]《赠苏州韦郎中使君》,《孟郊诗集校注》第263页。
[7] 前人多以《读张碧集》为孟郊诗论代表作,但据陈尚君《张碧生活时代考》,张碧至早为唐懿宗咸通以后人,此诗当为宋敏求编孟郊集时误收他人之作(《文学遗产》1992年第3期)。
[8] 李白《古风五十九首》其三十五:"大雅思文王,颂声久崩沦。"(《李太白全集》第133页)天宝时期,与李白持同样观念的作者大有人在。参看拙文《论南北朝隋唐文人对建安前后文风演变的不同评价——从李白〈古风〉其一谈起》,收入《汉唐文学的嬗变》。
[9] 参看拙文《论唐代的古文革新与儒道演变的关系》,收入《汉唐文学的嬗变》。

尽管从陈子昂到李、杜再到孟郊，比兴的内涵有所发展变化，但其精神实质是一脉相承的。所以韩愈《荐士》诗论述建安以来诗歌发展时，认为自从"国朝盛文章，子昂始高蹈。勃兴得李杜，万类困陵暴"之后，在"后来相继生"的诗人中以"有穷者孟郊"最为杰出[1]。前人往往对韩愈如此称道孟郊很不理解，但仅仅从孟郊大力恢复比兴和古风这一点来看，韩愈的评价也不为过誉。可见孟郊的风雅比兴观实际上在继承陈子昂、李白的同时，又发展了大历以后逐渐出现的"周道微而兴以刺"的倾向，对于韩、白等元和诗人纠正开天时期片面强调颂声的理念起了先导作用。

在孟郊之前，元结、韦应物、顾况也有数量不等的古诗和乐府继承了汉魏的比兴传统。但是孟郊使用比兴的数量之多，远远超出前人。研究者早已指出现存孟郊诗五百余首，绝大部分是五言古诗[2]。据笔者统计，其502首各体诗歌中（不计联句），基本不用比兴的有176首，则其运用比兴的诗歌占比65%。按宋本的分类，其中运用比兴占比例最高的是"感兴"（83%）、"咏怀"（84.6%）、"纪赠"（85%）、"酬答"（83.4%）、"咏物"（78.6%）这五类。这些都是魏晋诗歌最常见的题材，尤其"感兴"和"咏怀"，共104首，与阮籍、陈子昂、李白用以言志述怀的"咏怀""感遇""古风"是同类的五古比兴体，最能体现诗人复古革新的风雅观。"纪赠""酬答"和"咏物"共59首，包括向官员的干谒以及与友人的酬答，其中固不免有称颂在上者的比喻，但也有不少咏怀以及借物喻志的成分。其余运用比兴占比例较高的是"乐府"（68.7%）、"居处"（65.5%）、"怀寄"（61.1%）、"送别"（60.7%）四类，"乐府"67首以古乐府为主，少数是自立的新题，多言志述怀之作。"居处""怀寄""送别"共113首，也多在独处或怀人、送人的情景中用比兴自抒怀抱。此外，运用比兴相对占比较低的是"游适"（55%）、"行役"（44%）、"杂题"（30.3%）、"哀伤"（52.7%）四类，这些题材运用比兴的频率虽不如前九类高，但已远高于大历到元和时期其他诗人的同类诗作。由于这几类题材本身并无大

---

[1] 《韩昌黎诗集编年笺注》第62页。
[2] 见《孟郊诗集校注》前言，第6页。许学夷说："东野诗，诸体仅十之一，五言古居十之九，故知其专工在此。"（《诗源辨体》卷二五，《全明诗话》第3327页）

量运用比兴的创作传统,所以反过来也可以看出孟郊诗中比兴的表现方式已经涵盖了各类题材。

由孟郊的风雅观及其运用比兴的题材比例,可以看出孟郊不但具有继承汉魏至李白风雅传统的明确意识,而且为复兴这一传统而极大地发挥了乐府古诗尤其是五古比兴体的创作潜力。他的《感怀八首》[1]探究天道人事的变化,联系连年动乱和饥荒的现实,以阴气凝结、芳草衰败的景象比喻时局的黑暗,从内容到表现都明显是效仿阮籍《咏怀》和陶渊明《拟古》之作,可见他认真地揣摩过魏晋以来五古咏怀组诗以比兴为主的创作传统[2]。这种自觉意识也体现在他对传统比兴意象的承传上。孟郊所使用的比兴大部分是常见意象,多数来自传统的五古咏怀类诗。例如以直木喻品格正直,以静水喻不屑奔竞,以兰桂、松竹、良玉喻君子,以蒿草、鸱鸮、魑魅喻小人,以风波险恶、道途不平喻人生道路艰难,以清波、浊水喻世道人心之清明污浊,以金兰、胶漆喻交情,以春荣、秋叶喻盛衰,以硕鼠、黄雀刺贪官,等等,加上他好用汉代谣谚的排比句式将各种美丑对立的比兴意象组合在一起,强化是非、曲直、正邪、黑白、清浊等道德伦理价值的鲜明对比,这就使他的五古在内容和形式上更接近汉魏古诗。如《审交》:"种树须择地,恶土变木根。结交若失人,中道生谤言。君子芳桂性,春荣冬更繁。小人槿花心,朝在夕不存。莫蹋冬冰坚,中有潜浪翻。惟当金石交,可以贤达论。"[3]先以择地为喻,说明结交择人的重要;再以芳桂树和木槿花相对照,比喻君子之不易其操和小人的心志不坚,说明应交君子而不交小人的原因;再以小心冬天坚冰之下暗浪涌动,比喻结交还要警惕暗藏的险恶人心。分三层说透结交必须审慎的道理,全篇类似谚语。此外如《劝学》:"击石乃有火,不击元无烟。人学始知道,不学非

---

[1] 《感怀八首》并非全为孟郊之作。据佟培基《全唐诗重出误收考》,《感怀八首》其六又作孟云卿《伤时二首》之二,《中兴间气集》、《唐文粹》一八、《唐诗纪事》二五作孟云卿,应为孟云卿作。其二中"群物归大化,六龙颓西荒"又作孟云卿句,但应为孟郊作。又承陈尚君告知其六全首在高仲武《中兴间气集》卷下"孟云卿"条作《伤时》,可确证此首为孟云卿作。

[2] 将五古咏怀诗集合成组,采用比兴的手法,集中反映诗人对天道、历史、社会、人生的感想,是曹植、阮籍开创的传统,为左思、陶渊明所继承,陈子昂和李白等盛唐文人均采用这种诗类实践其标举建安风骨的主张。参见拙文《简论陈子昂〈感遇〉和李白〈古风〉对阮籍〈咏怀〉诗的继承和发展》,收入《汉唐文学的嬗变》。

[3] 《孟郊诗集校注》第74页。

自然。万事须己运，他得非我贤。青春须早为，岂能长少年。"[1]也是劝世的格言。这种内容和体式在汉魏以后仅见于李白的乐府和杜甫的少数短篇五古，而在孟郊诗里，不但常见，而且类似的意象还多次重复使用，这就使汉魏以来五古咏怀诗中的传统比兴方式在他诗里得到了集中的展现。

但是孟郊大量使用传统比兴的常见意象，却并非简单的承袭，而是常常通过意象的重组，更新联想的思理，在常见比兴中出奇创变。在孟郊的比兴中，比喻的指向大多是比较清晰的，罕见阮籍那种"厥旨渊放，归趣难求"[2]的现象，变化主要在比象和喻指之间的思理联系。在相当一部分比象和寓意固定的传统比兴中，他处理比象和寓意的方式不但多种多样，而且思路往往跳出前人窠臼。有的是反用常见寓意，或强化正反寓意的对比。例如《隐士》后半首："宝玉忌出璞，出璞先为尘。松柏忌出山，出山先为薪。"[3]玉求出璞，松求出山，是常用寓意，此诗却以此为忌，寄寓了君子当避祸自保、以全其真性的道理。《湘弦怨》中"昧者理芳草，蒿兰同一锄。狂飙怒秋林，曲直同一枯""我愿分众泉，清浊各异渠。我愿分众巢，枭鸾相远居"[4]两节，以芳兰鸾凤喻君子，恶禽蒿草喻小人，泉水清浊喻人心正邪，都是《楚辞》以来最常见的比喻，此诗设为不明事理者将兰蒿一同锄掉，秋天的狂风将曲枝直木一起摧败，使所有这些比兴形象组成两种愚昧粗暴的现象，便将矛头指向不分贤愚、不按公道行事的在上位者。而诗人想要令众泉分出清浊，各异其渠，再将众鸟分巢而居，使枭鸾远隔，借以比喻分清是非正邪的愿望，则是前人诗中从未见过的联想。又如《伤哉行》[5]："春色舍芳蕙，秋风绕枯茎。"春芳、秋草是用以对比荣枯的两种常见比喻。此诗却构想出春色舍弃芳蕙而去，秋风绕着枯草不走的两个镜头，借喻亡友不受上天眷顾的命运，感叹造化之不公，也是对传统比兴思理的发挥。

有的是对传统比象改变褒贬的态度，如《衰松》："近世交道衰，青

---

[1]《孟郊诗集校注》第90页。
[2] 钟嵘著，吕德申校释《钟嵘〈诗品〉校释》第76页，北京大学出版社1986年。
[3]《孟郊诗集校注》第83页。
[4]《孟郊诗集校注》第21页。
[5]《孟郊诗集校注》第19页。

松落颜色。人心忌孤直，木性随改易。既摧栖日干，未展擎天力。终是君子材，还思君子识。"[1] 青松向来是孤直品格的象征，此诗却从松也会因外界压力太大而变质的角度着想，写青松之色会随交道之衰而凋落，其孤直之木性也会因人心忌惮而改变，最终无法施展其擎天的力量。这一思路或许受到《离骚》中"兰芷变而不芳"的启发，但借青松品性的改易来比喻世道人心摧残君子的可悲后果，不但设想新奇，而且比传统寓意更有深度。《罪松》也是一种反向思维的比喻："虽为青松姿，霜风何所宜。二月天下树，绿于青松枝。勿谓贤者喻，勿谓愚者规。伊吕代封爵，夷齐终身饥。彼曲既在斯，我正实在兹。泾流合渭流，清浊各自持。天令设四时，荣衰有常期。荣合随时荣，衰合随时衰。天令既不从，甚不敬天时。松乃不臣木，青青独何为？"[2] 此诗从怪罪青松着眼，谓青松虽绿，但到二月时，天下之树都绿于青松。青松不合天时，不会随时荣衰，所以不必为贤者之美喻，也不必为愚者之箴规。但从伊吕富贵、夷齐长饥的对比可以看出，诗人内心曲直清浊的取向并未改变，所以全诗对青松实际是明贬实褒。

也有的是不用比象的常见特点，而是从同一比象中发掘出其他性质，或者将几种常见比象组合在一起，寄托新的寓意，如《寄崔纯亮》："百川有余水，大海无满波。器量各相悬，贤愚不同科。"[3] 百川归海是自《诗经》、汉乐府以来就常见的比喻，一般都取水流朝宗于海或光阴似水不归的寓意[4]。但此诗从百川水多得有余、大海却永远也装不满的事实，联想到人的器量大小，对比了愚者骄满和贤者谦抑的差异，便能出新。又如《送温初下第》："日落浊水中，夜光谁能分。"[5] 落日、浊水都是常见比象，但从未见前人将二者组合在一起。夜光为宝玉名，在此诗中语带双关，既比喻温初为无人所识之宝玉，又形容日落在污水之中，无人能辨识暗夜

---

[1] 《孟郊诗集校注》第 78—79 页。
[2] 《孟郊诗集校注》第 92 页。
[3] 《孟郊诗集校注》第 314 页。
[4] 《诗经·小雅·沔水》："沔彼流水，朝宗于海。"（沔，水流满之意）汉乐府《长歌行》："百川东到海，何时复西归。"
[5] 《孟郊诗集校注》第 347 页。

水中所泛之光，这就将无人识贤的科场写成一片混沌。《乐府戏赠陆大夫十二丈三首》[1]，用道旁柳和绿萍喻自己的轻躁无根，以莲荷在春水中不肯开放喻陆长源的深沉稳重，借南朝乐府中最常见的"莲子"暗寓对陆大夫的倾慕。这就使清商乐府中向来比喻男女爱情的莲子、莲荷也成为五言咏怀诗中比喻君子交道的比兴意象。

总之，孟郊对汉魏以来乐府和古诗中各种传统的比兴意象兼收并蓄，以数量空前的五古比兴体涵盖了各类题材。同时又根据不同的思路对传统的比兴意象加以重组，或强化比象之间的对比，或转换褒贬的态度，或从旧意象中发现新寓意，既最大程度地践行了他恢复风雅古道的主张，又取得了创奇出新的效果。

## 第二节　生活逻辑的推演和场景的比附

孟郊乐府古诗中的比兴之所以新奇，除了以不同思路重组传统意象以外，还与他善于根据日常生活的经验，择取新鲜的比兴意象，或者翻新传统的旧意象有关。这类比兴的联想思路的奇变在于往往借助一个场景的想象，或将典故复原成生活场景，而其中的逻辑环节则暗含于场景之中并不明示，或直接跳过，因而出人意料又耐人琢磨。

例如其著名的《古离别》后四句："春芳役双眼，春色柔四支。杨柳织别愁，千条万条丝。"[2] 陈贻焮先生对这首诗的阐发最为透彻："应接不暇的春花简直在让双眼服劳役，春色如酒把四肢都醉软了。这钻不出的别愁之网原来是千万根柳丝织成的。"[3] 由此解释可看出这是诗人在描写被春色和别愁困扰的情景。前二句以埋怨的口气赞美春光，是杜诗的巧思。后二句则是在柳→留→丝→思→别愁→网→织的联想环节中，跳过了"留"与"柳"的谐音、"丝"与"思"的谐音，暗中利用丝可织成网的生活逻

---

[1] 《孟郊诗集校注》第 67 页。
[2] 《孟郊诗集校注》第 8 页。
[3] 《唐诗论丛》第 388 页。

辑，使柳丝直接编织别愁，比喻愁意笼罩的离别氛围。又如《古乐府杂怨三首》其三："贫女镜不明，寒花日少容。暗蛩有虚织，短线无长缝。浪水不可照，狂夫不可从。浪水多散影，狂夫多异踪。持此一生薄，空成万恨浓。"[1] 从字面来看，诗以贫女照镜起兴，以寒花比喻其容颜日衰，是旧意象翻新。蛩名"促织"，所以引出"虚织"之说，暗写贫女缝衣的实景；线短而不能长缝，暗喻感情的引线不长，实际上道出了后半首怨恨浪夫的原因。但这两层意思中的生活逻辑要读者自己联想。以浪中影子散乱比喻狂夫萍迹浪踪的浮荡本质，也是精妙的新鲜比象。三个比兴都在贫女听促织鸣叫而缝制秋衣的场景中完成。《古怨》："试妾与君泪，两处滴池水。看取芙蓉花，今年为谁死！"[2] 则基于咸水会腌死芙蓉花的逻辑，跳过了泪为咸水、泪水滴满池中两个联想的环节，一开头就直接比较"妾"与"君"相思之泪的多少，尤为新奇。

　　汉魏古诗中比兴和典故常结合在一起，因典故的使用原理和比兴相同，所以有不少比喻是将典故化成场景，如阮籍《咏怀》"二女游江滨"描写的场景，即由郑交甫逢江妃的传说化出，寄托结交不终的感慨。孟郊的比兴有时也直接取自典故，其奇思在于往往根据典故提供的一点信息去具体地想象其前因后果，推演出新的场景。如《楚怨》："秋入楚江水，独照汨罗魂。手把绿荷泣，意愁珠泪翻。九门不可入，一犬吠千门。"[3] 诗人根据屈原自沉汨罗的结局，进一步推想他的灵魂必然会在水底手持绿荷哭泣。《离骚》说"制芰荷以为衣兮"，因此手持绿荷喻其秉性高洁，符合屈原生前的形象。最后两句由《离骚》中屈原在天门前被阍者拒绝的情景推演而出，也是自伤孟郊本人的遭遇[4]，这一寓意通过如此凄美的场景表现出来，构思既奇又合乎逻辑。《闲怨》："妾恨比斑竹，下盘烦怨根。有笋未出土，中已含泪痕。"[5] 斑竹由舜之二妃泪洒而成的故事是熟典。

---

[1] 《孟郊诗集校注》第 10 页。
[2] 《孟郊诗集校注》第 20 页。
[3] 《孟郊诗集校注》第 40 页。
[4] 韩愈《孟生诗》："岂识天子居，九重郁沉沉。一门百夫守，无籍不可寻。"(《韩昌黎诗集编年笺注》卷一，第 17 页）
[5] 《孟郊诗集校注》第 48 页。

诗人从竹子由笋长成的逻辑着想，认为斑竹若由恨生，则其竹竿上的泪痕必定早就含在未出土的笋根里了，这就合乎情理地写出她根深蒂固的烦怨之情，但思理之奇又未经人道。《古兴》："楚血未干衣，荆虹尚埋辉。痛玉不痛身，抱璞求所归。"[1] 卞和为献玉而先后被刖去两足，在楚山下三日三夜，泣尽而继之以血，这个故事人所熟知。此诗看似直咏本事，但重点放在卞和为此不惜流血的细节，想象他浑身衣血未干，却不为身痛，而只为玉痛的情景，这就使典故寓意翻进一层，将怀才不遇的悲痛写得更加深切。除了从熟典里翻出新的场景以外，一些不常用的典故也能被孟郊信手拈来，化为鲜活的场景作为比喻。如《投所知》感谢知己者不遗余力地向公卿推荐自己："朝向公卿说，暮向公卿说。谁谓黄钟管，化为君子舌。一说清巘竹，二说变巘谷；三说四说时，寒花拆寒木。"[2] 据《汉书·律历志》："黄帝使伶纶，自大夏之西，昆仑之阴，取竹之解谷生，其窍厚均者，断两节间而吹之，以为黄钟之宫。"[3] 古代以笛管定音律，此说本指黄钟之律的来历。孟郊则将"所知"再三游说的效果化成一幅奇妙的场景：巘谷之中不但竹音清亮，而且变冬为春，致使寒树开花，便巧妙地表达了"君子舌"胜似"黄钟宫"的赞美之意。

孟郊诗有一些新鲜的比兴意象，也都是从日常的生活体验中得到启示，再以明确的寓意去比附具体的场景。如《寒江吟》："冬至日光白，始知阴气凝。寒江波浪冻，千里无平冰。飞鸟绝高羽，行人皆晏兴。荻洲素浩渺，埼岸澌碐磳。烟舟忽自阻，风帆不相乘。"[4] 诗人从江冻之后舟船被阻，冰面仍呈波浪形的奇景得到启发，由此联想到"涉江莫涉凌，得意须得朋"的道理，盼望着"何当春风吹，利涉吾道宏"的解冻之时。"波浪冻"便成为一种罕见的比象。又如《结交》："铸镜须青铜，青铜易磨拭。结交远小人，小人难姑息。铸镜图鉴微，结交图相依。凡铜不可照，小人多是非。"[5] 镜在前人诗中多用于团圆之意。此诗却从磨镜的细节着想，强调

---

[1]《孟郊诗集校注》第 101 页。
[2]《孟郊诗集校注》第 116 页。
[3]《汉书》卷二十一上《律历志第一上》，第 959 页。
[4]《孟郊诗集校注》第 72 页。
[5]《孟郊诗集校注》第 120 页。

镜子为照幽鉴微，其材质必须用耐磨的青铜，比喻交友须长久相依，经得起磨炼。《秋怀十五首》其八"青发如秋园，一剪不复生"[1]则是因秋园之草剪去之后不会再生的衰暮之景生发感慨，夸张少壮时期的短暂，仿佛青发一旦剪去便直接到了老年。

　　这类从自身生活体验中提炼出来的比兴的联想思路有时非常复杂。如《出东门》采用魏晋诗中常见的出门远游的情景模式，描写落日荒原路途的难行，最后突转为四句奇想："一生自组织，千首大雅言。道路如抽蚕，宛转羁肠繁。"[2]句中寓意相互套叠，实际是说道路如羁旅之愁肠宛转，羁肠又如蚕丝般被抽成诗思，他的千首大雅之诗，都是在这样的道路上用羁肠里抽出的诗思编织而成。这就令人顿悟开头刻画诗人"饿马骨亦耸，独驱出东门"的形象，既是概括自己常年在外奔波的命运，又是对一生创作道路的写照，整首诗原来是一个完整的比兴。《饥雪吟》[3]由雪夜听到"饥乌夜相啄，疮声互悲鸣"的响动起兴，想到"冰肠一直刀，天杀无曲情"，将鸟儿肠子冻得结冰的夸张说法比喻成天杀人的直刀，已够新奇。下文却由天杀不分贤愚想到"大雪压梧桐，折柴堕峥嵘。安知鸾凤巢，不与枭鸢倾"，再进而想象"幸灾儿"拾柴只为自己经营，而君子拾柴则是为了"将补鸾凤巢，免与枭鸢并"。为鸾凤补巢的思路或许受到杜甫《凤凰台》的启发，但此诗因思路步步延伸而形成一个寓言式的比兴，则是出于孟郊饥寒生活的实际体验。《偷诗》讽刺当时士子剽窃他人诗文的现象："饿犬龇枯骨，自吃馋饥涎。今文与古文，各各称可怜。亦如婴儿食，饧桃口旋旋。唯有一点味，岂见逃景延。"[4]饿狗啃骨头，婴儿舔糖果，生活中常见，但诗人形容狗吃馋涎、婴儿咂嘴的馋相极为生动真切，借此讽刺偷诗者津津有味地拾人牙慧的情状也格外辛辣奇警。这类比兴皆取自日常生活而寓意深曲，须仔细体味方能解悟。

　　孟郊诗歌中最有特色的比兴思路是以天道喻人事，如以太行高耸比喻

---

[1]《孟郊诗集校注》第 160 页。
[2]《孟郊诗集校注》第 127 页。
[3]《孟郊诗集校注》第 131 页。
[4]《孟郊诗集校注》第 132 页。

人间不平，以黄河浊浪比喻世道不清，以出门有碍比喻人生行路之难，以天地狭窄比喻君子受世俗排挤，等等，关于这一点，本书前章已另有论述[1]，不再辞费。此处想要指出的是，在这类思路中，有的比兴意象虽然在日常生活中极为常见，但由于孟郊反复细致的观察，以及对物象本身的形貌、意态、性质多方面的发掘，遂使同一种比兴意象在不同的动态、情景中可以包含丰富多变的寓意，这也是孟郊的重要创新。最为典型的是《峡哀》《石淙》《寒溪》这三组诗，全都以水流为主要的比兴意象，总体思路都是以自然现象喻人事。但三峡之水、石淙之水和寒溪之水所居地势不同，形态不同，诗人取喻的角度也各不相同。如在《峡哀》里，三峡天险被诗人视为人心险恶、世道不公的人间缩影[2]，峡水就是戕害生灵的"剑戟"和"毒水"。《石淙十首》所咏则是"朔方"秋季深山里的急流。其四写秋水在石涧潭洞、山阶空谷中曲折奔流的姿态："朔水刀剑利，秋石琼瑶鲜。鱼龙气不腥，潭洞状更妍。磴雪入呀谷，掬星洒遥天。声忙不及韵，势疾多断涟。输去虽有恨，躁气一何颠。蜿蜒相缠掣，荦确亦回旋。黑草濯铁发，白苔浮冰钱。具生此云遥，非德不可甄。何况被犀士，制之空以权。始知静刚猛，文教从来先。"[3]诗人因水流的急迫迅疾而责其躁气过盛，由此联想到世人都以为石淙远离人间，其实与人一样各有品性，只是非有德之人不能甄别而已。何况对那些披坚执锐的武士，以权力统制只是徒劳。由此可知要想以宁静制刚猛，从来应当以文教为先。这就从水势的疾猛联想到武人的性刚气躁，暗中寄寓了从施行文教的根本上消弭当时藩镇之患的深意。其六则写飞流的明净清澈："百尺明剑流，千曲寒星飞。为君洗故物，有色如新衣。不饮泥土污，但饮霜雪饥。石棱玉纤纤，草色琼霏霏。谷硒有余力，溪春亦多机。从来一智萌，能使众利归。因之山水中，喧然论是非。"[4]百尺飞流将石棱冲洗得明净如玉，千曲水瀑以霏霏雾雨滋润着碧草。诗人从水质的清洁联想到它不肯为泥土所污，

---

[1] 参见本书第三章《"诗囚"的视野变异及其艺术渊源》。
[2] 参见本书第三章。
[3] 《孟郊诗集校注》第186页。
[4] 《孟郊诗集校注》第186页。

可为君子涤故更新,从水流的力量联想到它可以为人类推磨舂谷,从而得出一智之萌可使众人得利的感想。由此可见,山水的是非,其实都是诗人因其不同的形态性质所赋予的人事思考。

《寒溪九首》所咏是孟郊卜居洛阳时庄前的小溪,思路与《峡哀》近似而写法有所不同。其一赞寒溪之水的清澄,连冰冻时都"露底莹更新",比喻其"豁如君子怀"[1]。其三和其四却极力渲染寒溪"波澜冻为刀,剌割凫与鹭。宿羽皆剪弃,血声沉沙泥"[2]的血腥,水下"朔冻哀彻底,獠馋咏潜醒。冰齿相磨啮,风音酸铎铃"[3]的可怖。其五则在"冻飚杂碎号,蔪音坑谷辛"的狂风过去后,转为"瑞晴刷日月,高碧开星辰"的清明景色。诗人在观望星空时,借天谗星的"徒昭昭"和箕星的"虚龂龂",感慨"尧圣不听汝,孔微亦有臣。谏书竟成章,古意终难陈"[4]。注者认为这一系列的描写是"斥责田猎者贪得无厌"[5],但联系其六"因冻死得食,杀风仍不休。以兵为仁义,仁义生刀头"来看,诗人显然是以"天杀"比拟人杀,以鱼鸟死于冰冻的惨状比喻百姓在战争中惨遭杀戮的处境,所以他反复强调"刀头仁义腥,君子不可求"[6],将春暖冰消比作"忽如剑疮尽,初起百战身"[7]。整组诗的思路是将冰冻的寒溪比作残害生灵的战场,借以寄托平息杀风、让万物重生的仁义之道。可见三组诗虽然均以水流的形态作为比象,但诗人善于从水性、水势的变化中发现与人性世态对应的不同特点,阐发儒家弘扬文教、提倡仁爱的基本理念,使喻体的形态翻新出奇,单一的比象也随之含义多变。

综上所论,孟郊诗中的比兴除了取自传统意象和典故以外,多数是日常生活中常见的事物。但无论来源如何,他都善于从这些意象中发现未经人道的特点,并且转化为合乎逻辑的生活场景,从中抽绎出深层的思考,

---

[1]《孟郊诗集校注》第 232—233 页。
[2]《寒溪九首》其三,《孟郊诗集校注》第 233 页。
[3]《寒溪九首》其四,《孟郊诗集校注》第 233 页。
[4]《寒溪九首》其五,《孟郊诗集校注》第 233 页。
[5] 见《孟郊诗集校注》第 237 页注(27)。
[6]《寒溪九首》其六,《孟郊诗集校注》第 234 页。
[7]《寒溪九首》其九,《孟郊诗集校注》第 234 页。

或者与儒家古道相比附。由于场景的描绘便于拓展比象本身的多种形态，甚至在比中套比，这类比兴往往包含多重复杂的寓意，从而促使他的联想思路更加深曲，想象更为新奇，前人称"郊诗托兴深微"[1]，能"翻新变故"[2]，也与这种使用比兴的独特方式有关。

## 第三节　印象的表现和感觉的强化

孟郊最奇特的联想思路还在于：他的不少比兴往往会以非写实的画面表现一种突出的印象，使寓意自然包含其中。这类已经带有现代意味的艺术表现，还可见于他在比拟物态声色时因运思过深而导致的感觉放大。由于对内心和身体感觉的敏锐体察和深层发掘，这类比兴的修辞构句有时也会越出古诗的语法常规，产生新奇的语感，从而使感觉的表现更加极端或夸张。

在现代诗歌和绘画中，印象的表现和感觉的强调是现代派艺术区别于古典艺术的共同特点，而且发展出多种流派。诗歌中的印象表现主要依托可视的图像，但往往突破画面的写实规则，以强调内心的某种认知或感觉。这种表现的端倪虽曾偶尔出现在魏晋诗歌的某些比兴之中[3]，但到杜甫诗里，才显示出诗人自觉探索的迹象。杜甫有少数近体诗所注重的不是精确地勾勒事物的形貌特征，而是他对事物最突出的印象[4]。孟郊对印象的表现则多在古体诗里，由于采用体式不同，表现方式也有很大差别。杜诗主要通过律句的炼字，强化画面的色彩线条，或是利用句子结构使语词的组合产生错觉。而古体诗要求句意连贯浑成的表现原理，使孟郊着重在

---

[1]　《四库全书总目提要·集部·别集类三·孟东野集十卷》，第3884页。
[2]　朱庭珍《筱园诗话》卷一："郊、岛以幽峭胜，虽品格不一，皆能自成局面，亦皆力求其变者也。即张王、皮陆之属，非无意翻新变故者，特成就狭小耳。"（《清诗话续编》第2329页）
[3]　如阮籍的《咏怀》"徘徊蓬池上"用各类比兴综合成一片萧瑟的荒野，以突出他对整个时代氛围的认识。陶渊明《拟古九首》其八用高度抽象的手法，以首阳薇、易水、伯牙和庄子的坟组合成虚拟的远游途中的景物，概括其在人生长途中以古人节义为精神食粮的意志。这是由于比象组合的图像效果寓意特别鲜明而产生的印象，并非诗人有意的追求。
[4]　参见拙著《杜诗艺术与辨体》第309页，北京大学出版社2018年。

突出人物或场景的描绘,或人物与背景的对比组合,以比喻某种综合概括的印象。例如《灞上轻薄行》[1]由汉乐府古题《轻薄篇》衍生,也融合了《长安道》的主题。这类古题一般表现的都是京都轻薄少年轻裘肥马的游荡生活。此诗从古题的传统内容中提炼出人人为名利奔忙的主题:"相逢灞浐间,亲戚不相顾",夸张地勾勒出在长安暮色中匆匆行走的一幅人物群像。而与此背景相对照的是一位"方拙"的人物:"常恐失所避,化为车辙尘。此中生白发,疾走亦未歇",这又是诗人自己为求仕奔走不息的形象写照,与背景相组合,便形成诗人被裹挟在人群中一边疾走一边长出白发的奇特印象。这个近乎魔幻的画面浓缩了诗人多年科场失意的经历,又深刻典型地表达了主人公被迫随波逐流追求名利的无奈和自嘲,也概括了当时多少士人被卷入名利场的可悲人生。《大梁送柳淳先入关》寓意与此近似:"青山碾为尘,白日无闲人。自古推高车,争利西入秦。"[2]青山竟然被白日之下争利的高车碾成了尘土,诗人将自古以来人们入秦只为争利的历史浓缩在车尘蔽日的图景中,夸张地讽刺了京华名利场的本质。此外《长安道》在"长安十二衢""家家朱门开""高阁何人家,笙簧正喧吸"[3]的背景上突出了一个"风中泣"的"贱子",也是以非写实的画面概括自己在长安到处被拒的形象。《楚怨》里在水下"手把绿荷泣"的屈原之魂,固然是据生活逻辑推演的奇想,但又是一幅印象派的画面,凸显了屈原生死不变的人格美。魏晋古诗原有以场景对比突显抒情主人公的表现传统,孟郊只要在此基础上对背景和人物的某类特征或动态再加提炼和强化,就很容易形成印象式的表现。

孟郊诗中也有些比兴不一定都有寄寓儒家古道的深刻含义,只是以印象的表现夸大某些感情或者联想而产生的意外效果,如《晓鹤》:"如开孤月口,似说明星心。"[4]形容拂晓时鹤唳之声恍如"天上律",从孤月口中发出,又像在替明星诉说心情。这一比喻既是形容鹤唳之清怨能感动星月,

---

[1]《孟郊诗集校注》第 2 页。
[2]《孟郊诗集校注》第 345 页。
[3]《孟郊诗集校注》第 5 页。
[4]《孟郊诗集校注》第 405 页。

又道出了人在面对晓星残月时听此天音的唏嘘叹息，而在字面上则展现出孤月明星正在张口诉说的幻象。《连州吟》其三："连州果有信，一纸万里心。开缄白云断，明月堕衣襟。"[1]诗人在朝思暮想中盼来了韩愈从阳山贬所寄来的书信，就像是万里之外寄来的一颗心。全诗将信中内容都化成"南风嘶舜琯，苦竹动猿音。万里愁一色，潇湘雨淫淫"的凄苦景色，所以白云明月也寄托了游子之意和思友之情。但这两种常见喻象在诗里却变成开缄即见白云、明月坠落衣襟的一个奇异场景，便以突兀的印象表达了诗人和韩愈之间的心灵感应。

　　以上诗例中印象表现的效果，不一定都是诗人自觉的追求，至少孟郊还不可能具有近代西方印象派艺术的明确意识。而是诗人为突出或强化某种理念及感觉，刻意将人物、场景的某类特点加以夸张甚至幻化，概括提炼成非写实的图像，才会使读者因其视觉效果的鲜明或奇幻而产生强烈的印象。以印象式的图像作为喻象，与喻义之间的关系不如传统比喻那么明确单纯。传统比喻的目的是以喻象的形态性质使不易把握的喻义得到彰显。而印象类比喻的喻义往往比较明确，反而是喻象本身因图像组合的新奇和非写实性，变得耐人寻味甚至颇费猜测。虽然拓展了比喻的联想空间，但也容易失于晦涩。

　　对于心理感觉的捕捉和强调是现代艺术表现的重要目的，类似的迹象在孟郊的某些比兴中也有所显露。传统比喻的原理是以切当的形象比附事理物情，喻指对象可以是人、物、事、意、理，但罕见对心理感觉和潜意识的比拟。孟郊是一个极为敏感的诗人，为了强化某些深层次的感觉，他有时借助于不同感觉的转换。如《寒地百姓吟》："冷箭何处来，棘针风骚劳。霜吹破四壁，苦痛不可逃。"[2]以冷箭和棘刺比喻风霜，将寒冷之感转换为针砭肌肤之痛，便更强烈地写出了寒风刺骨的切身感受。《石淙十首》其九："日月冻有棱，雪霜空无影。"[3]日光和月光在严寒中成为刺骨的尖棱，则是将痛感转化为尖利的视觉印象。《秋怀十五首》其六"老骨

---

[1]《孟郊诗集校注》第257页。

[2]《孟郊诗集校注》第125页。

[3]《孟郊诗集校注》第187页。

惧秋月，秋月刀剑棱"[1]的思路与此相同。《秋怀十五首》其五"病骨可剸物，酸呻亦成文"[2]将骨瘦如削的喻意夸大，使病人瘦削的视觉印象转换成病骨可以割物的锋利之感。其十二："棘枝风哭酸，桐叶霜颜高。老虫干铁鸣，惊兽孤玉咆。"[3]棘林间的风发出酸苦的哭声，干枯的桐叶显示出高秋的霜颜，以哭声拟风声，以霜颜拟枯树，固然还有移情的因素在内。但以"干铁鸣"比唧唧虫声，以"孤玉咆"比惊兽咆哮，则在听觉和视觉乃至触觉的转换中，令人从心理上强烈地感受到秋声的干硬冰冷。

以有形之物比喻无形之感，使抽象的感觉、情绪或理念实体化，也是强化感觉的一种方式。如《送淡公十二首》其九："离肠绕师足，旧忆随路延。不知几千尺，至死方绵绵。"[4]比喻离情和旧忆随着淡公的足迹和归路绵延无尽，至死不已。"离肠"本是常见意象，但是"绕师足"坐实了肠子缠绕淡公之脚的情景；"旧忆"原是无形的，能随路延展，又使无形变为有形：两种喻象都是将抽象的情思化成实体的形态。《楚竹吟酬卢虔端公见和湘弦怨》"欲知怨有形，愿向明月分"[5]，说笛声要与明月分怨，直将无形之怨当成可分的有形之物。这和《连州吟》其一"怨声能剪弦"[6]，将怨声比作能剪断琴弦的利刃一样，都使听觉有了质感和硬度。而《吊卢殷十首》其三"哭弦多煎声"[7]，则说哭弦之声多似被煎，声音又成了可煎之物，人的煎心之痛便借弦声的嘶哑之感得以放大。又如《秋怀十五首》其一："去壮暂如剪，来衰纷似织。"[8]壮年消逝，衰年来临，都是无形的时光变化，诗人却视其为可剪、可织之物，去者如被剪之利索，愈显得少壮短暂，而来者如编织之纷乱，又包含衰年的无穷思绪。《秋怀十五首》其十二："商气洗声瘦，晚阴驱景劳"[9]，秋声在寒气中日渐萧

[1]《孟郊诗集校注》第160页。
[2]《孟郊诗集校注》第159页。
[3]《孟郊诗集校注》第161页。
[4]《孟郊诗集校注》第387页。
[5]《孟郊诗集校注》第23页。
[6]《孟郊诗集校注》第257页。
[7]《孟郊诗集校注》第502页。
[8]《孟郊诗集校注》第159页。
[9]《孟郊诗集校注》第161页。

第四章 孟郊五古的比兴及其联想思路的奇变

索,却说秋气可以把声音洗瘦;白昼日渐变短,则说傍晚的暮色每天劳碌地驱赶着日光。于是气和声都成了可用于浣洗之实物,昼夜交替的快速也通过暮色和日光相互驱赶的关系突显出来。同诗"抽壮无一线,剪怀盈千刀"两句,要在壮心和愁怀中抽线和下剪,则诗人的愁思如乱线般难以整理不难想见。这与《寄张籍》中"黯然秋思来,走入志士膺"[1]的寄托相同,只是后者让无形的秋思长了脚,走进壮士怀里,就好像听见了秋天的脚步声。魏晋诗中最常见的暮秋感怀主题经过这类感觉转换的处理,不但奇想联翩,而且将诗人对光阴飞逝的锐利感觉夸张到极致。

孟郊诗中还有些比喻看似借助于不合逻辑的词语搭配关系,其实也是为了强调感觉的敏锐,只是往往改变说法或省略比拟的环节,便觉新奇。如《卧病》:"春色烧肌肤,时餐苦咽喉。"[2]原意是体温升高,烧得满脸发红,此诗却将结果倒转成原因,比成春色烧灼肌肤,使发烧的感觉更强烈。《秋怀十五首》其一:"老泣无涕洟,秋露为滴沥。"[3]诗人本因秋露而感泣,却说老来无泪,秋露是替自己滴泪,这就将冷露好比老泪的比喻换了个新鲜说法,突出了老泪的冰冷之感。其二"冷露滴梦破"句,巧用词语的搭配,使有形之露与无形之梦互相作用,"梦比纸薄,冷露一滴即破"[4]的喻义便深藏其中,又强化了冷得难以安睡的不安定感。《石淙十首》其九:"物色多瘦削,吟笑还孤永。"[5]物色是对自然风物的综合概括,瘦削是形容人体外形的具体观感,二者不合常规的搭配,也是以不合常理的比拟关系突出秋寒中山色萧索之感。《答李员外小榼味》:"试啜月入骨,再衔愁尽醒。"[6]夸张酒色之清可映明月,酒味之美可入骨髓,但将两层意思合并,索性说成将明月啜吸入骨,分外新异。《戏赠无本》其二:"朔雪凝别句,朔风飘征魂。"[7]朔雪可"凝",诗句里的离情也可凝结,这是

---

[1] 《孟郊诗集校注》第 304 页。
[2] 《孟郊诗集校注》第 82 页。
[3] 《孟郊诗集校注》第 159 页。
[4] 陈贻焮先生评释,见《唐诗论丛》第 389 页。
[5] 《孟郊诗集校注》第 187 页。
[6] 《孟郊诗集校注》第 413 页。
[7] 《孟郊诗集校注》第 301 页。

二者可以比拟的基点，这里省去在风雪中离别的背景，将作为实体物质的朔雪和虚体概念的诗句"凝"在一起，词语搭配突兀，但含蕴丰富。征魂犹如飘蓬，枯蓬随风飘转，这里以"飘"字强调朔风吹送征魂的主动性，省去中间的比拟环节，又压缩了目送其孤影远去的惆怅。古诗对偶用律诗构句对法，也颇耐寻味。

孟郊的比兴还有一些其他的新奇思路，比如有时深入幻觉：《秋怀十五首》其五"竹风相戛语，幽闺暗中闻。鬼神满衰听，恍惚难自分"[1]等句，写暗夜中听到风中竹林的摩戛声，令人产生仿佛满耳都是鬼神幽语的恍惚之感；《寒溪九首》其七"尖雪入鱼心，鱼心明愀愀。恍如罔两说，似诉切割由"[2]，因冰雪如刀剑般的尖利之感而想象此刀插入鱼心时，鱼心将会何等恐惧，甚至还能听到魍魉在申诉被切割的缘由。由以上种种艺术表现的奇变可以看出，诗人由于感觉的敏锐和深细，其联想思路已经探入更深的层次，包括心理感觉和潜意识的层面，加之善于以不同的方式强化和放大这类前人只能意会而难以言传的感觉，从而在比兴中萌生了不少现代诗歌中的表现因素。尽管孟郊对此未必完全自觉，但古诗中这类开创性思路可以直接影响同是以散句为主的现代诗，其中的原理是值得深究的。

总之，孟郊古诗创作和运用比兴的数量之多，在中唐诗坛成为一个突出的现象，这是他自觉继承李杜以来的风雅比兴传统，综合吸取前人表现艺术的结果。首先，李白在盛唐诗人中，创作汉魏古题乐府、古风、感兴、感遇、拟古、效古、寓言类的比兴体咏怀诗数量最多，成为孟郊的表率。所以他像李白一样努力提倡"正声"和"古风"。杜甫各体古诗均"宪章汉魏"，尤其是在中长篇五古中恢复汉魏古意，为中唐古诗开辟了一条康庄大道。他善于巧用比喻和炼字制造奇特的效果，根据现实生活的经验和逻辑，展开超现实现象和深层次心理感觉的探索，在幻觉的描写中融入政治理想或者对时事的预感[3]。从孟郊的联想思路中不难看到杜甫影响的

---

[1]《孟郊诗集校注》第160页。
[2]《孟郊诗集校注》第234页。
[3] 参见拙著《杜诗艺术与辨体》第八章相关论述。

痕迹。

其次，与杜甫同时的元结倾力创作乐府和古诗，以比兴讽喻时事，《漫歌八首》《演兴四首》等均以天道比喻人事。他所大力称扬的《箧中集》诗人同样只写古诗和乐府，这批诗人以苦词涩调倾诉困顿坎坷的极度不平，其愤世嫉俗的性情与孟郊尤其相似。从孟郊的《吊元鲁山十首》以及《哀孟云卿嵩阳荒居》诸诗中，可以看出他与这批诗人在精神上最为亲近。

第三，韦应物强调兴寄，倡导古体诗，《杂体》《拟古诗》等组诗均采用比兴体抒怀言志，赞美君子品格或讽喻时事，其五古成就也最高。孟郊《赠苏州韦郎中使君》诗在赞美其诗风"雅正"的同时，也直接表达了"顾惟菲薄质，亦愿将此并"[1]的愿望，可见他对韦应物的心仪。

此外，活动在大历、贞元前期的皎然湖州诗会，对早年的孟郊也有直接影响，这一点早已有学者提及[2]。赵昌平更指出：以皎然、顾况为代表的"吴中诗派奇险恢怪处，已开韩、孟先声"[3]。孟郊的有些比象也可在顾况诗里找到源头，如以"太行""道险"[4]比喻世路狭窄，以"真玉烧不热，宝剑拗不折"[5]比喻君子"直道"等。顾况又善于根据世俗生活经验创造新的比兴意象，如以"担雪塞井空用力，炊砂作饭岂堪食"[6]比喻交道之薄，以"藕丝挂在虚空中"[7]的图像演绎"命悬一线"的常见比喻，将思绪缠绕的说法化成"新系青丝百尺绳，心在君家辘轳上"[8]的生活情景。这些思路对孟郊应有更直接的启发。

是否具有比兴寄托，向来是古诗恢复风雅古道的一项重要标准。从李杜之后到孟郊之前，诗歌中已经积淀了一批含意固定的常见比兴意象。但

---

[1] 《孟郊诗集校注》第263页。
[2] 如华忱之、喻学才说：孟郊"曾参加湖州释皎然组织的诗会"（《孟郊诗集校注》前言第1页）。宇文所安说："七世纪八十年代中期，孟郊受到皎然文学集团的影响。"（斯蒂芬·欧文《韩愈和孟郊的诗歌》第22页，田欣欣译，天津教育出版社2004年。）
[3] 赵昌平《吴中诗派与中唐诗歌》，《赵昌平自选集》第154页，广西师大出版社1997年。
[4] 顾况《游子吟》，王启兴、张虹注《顾况诗注》第23页，上海古籍出版社1994年。
[5] 《赠别崔十三长官》，《顾况诗注》第69页。
[6] 《行路难三首》其一，《顾况诗注》第96页。
[7] 《行路难三首》其三，《顾况诗注》第96页。
[8] 《悲歌六首》其三，《顾况诗注》第103页。

少数诗人提倡风雅比兴的影响毕竟有限，比兴思路也主要遵循前人传统，有些奇变只是初露端倪，且诗例很少。孟郊对于比兴主要用于伦理道德价值判断的功能具有更为明确的认识，加上他一生坚守儒家古道的理念，自不免使其多数诗歌的寓意趋同。但这种倾向也促使他不但大规模地创作乐府古诗，将比兴咏怀体运用到五古的各类题材，而且以高度敏锐的感觉发挥了前人诗中创变的原理，进一步开拓出多样化的比兴思路，使比兴的取象从传统的常见意象深入日常生活和内心感觉。这种创变的意义在于大大丰富了比兴的表现艺术，拓展了比兴的表现功能。五言古诗和乐府经陈子昂和李白先后提倡恢复汉魏兴寄的变革之后，到中唐再一次在学习汉魏古调的同时发生比兴艺术的大变，孟郊的功绩是不可低估的。

# 第五章　韩、孟探索古诗句调的意义和得失

中唐诗歌的大变主要体现在古诗，以韩、孟为代表的奇险派诗人开辟了古诗奇变的多条新路，声调变化即其中之一。虽然这派诗人各自的艺术个性非常鲜明，求变的方式也各不相同，难以一概而论。但是韩愈、孟郊、卢仝三人对古诗声调的探索却有共同的特点，而且显然相互影响。学界以往对韩孟诗派的研究多侧重在风格和审美方面，极少有论及声调者[1]。然而声调实为古诗构成之要素，前人对韩孟诗派的褒贬毁誉都与其语言声调的变化有关。因此，客观地分析韩、孟等诗人探索古诗声调的得失，有助于更深入地理解这派诗人求变的创作意图以及中唐古诗的发展路向。

古诗声调的变化早在《箧中集》诗人和顾况的部分诗作中已经出现，本书第一章指出：这些古调句意断续，语言质拙，思致惨苦，声调滞涩，在天宝末至贞元年间的诗坛上只能算是另类，他们以苦涩的语调倾诉困顿坎坷的不平之气，突显出反流俗的行事和性情，不但与诗坛拘限声病的主流相悖，而且与当时大多数古诗的声调也不合拍。其目的不仅在于从精神上恢复风雅古道，还在艺术上体现了探索古诗声调的自觉努力，这种探索的意义要到韩孟诗派出现时才能被充分认识。韩、孟、卢等人的相当一部分古诗正是对这批另类古调的进一步发展。只是韩、孟的才力更大，作品

---

[1] 据笔者搜索，仅见蒋寅《韩愈七古声调之分析》（载《周口师范高等专科学校学报》2002年第1期）通过对韩愈七古逐句检点统计，发现韩愈诗中除了10种常用句型外，还有不少声律奇特的句型，可说明韩愈七古句型尚异的倾向。

更多，其探索的思路也更复杂。由于相比声律变化而言，他们在语词和构句方面的变化对古诗节奏感的影响更为直接，因而本章主要从其句调趋向于平顺和艰涩的两极来观察这几位诗人处理声情关系的方式及其得失。

## 第一节　平顺句调中的节奏追求

韩、孟、卢三人的古诗篇幅长短兼有，五、七、杂言则各有所长。总体说来，特色最显著的是韩、孟诗中的五古大篇，其次是七言长篇。无论何种体式，其共同特点是兼有平易直白和艰深晦涩两种语调，并向两极发展，努力探索古诗驾驭语言声调的最大自由度，使语词自由地游走于难易雅俗之间。

《箧中集》诗的主要特点是以平白质朴的语言造成拗涩之调，间或穿插难词。顾况的古诗则存在顺畅和滞涩两种不同的声调，也有部分流易与拗涩相间。韩、孟、卢的古诗则在这三种类型的基础上继续发展。在平顺流畅这类声调中，最突出的特点是强化汉魏体古诗内在的节奏感，深入探寻句调与内容表现的关系。例如孟郊大多数五言乐府很少有拗口的语调，部分古诗也特别强调句脉的连贯流畅。这与他喜用古谣谚体式和排比、顶针、对照句式有关。古谣谚体如："求友须在良，得良终相善。求友若非良，非良中道变，欲知求友心，先把黄金炼。"[1]排比如："夭桃花清晨，游女红粉新。夭桃花薄暮，游女红粉故。"[2]顶针如："怀人莫至悲，至悲空自衰。寄人莫剪衣，剪衣未必归。"[3]对照如："常恐新声至，坐使故声残，弃置今日悲，即是昨日欢。将新变故易，持故为新难。"[4]此外，还活用汉魏诗多句重复同字之法，如："结妾独守志，结君早归意。始知结衣裳，不如结心肠。坐结行亦结，结尽百年月。"[5]每句都有一个甚至两

---

[1]《求友》，《孟郊诗集校注》第115页。
[2]《古乐府杂怨三首》其二，《孟郊诗集校注》第9页。
[3]《古乐府杂怨三首》其一，《孟郊诗集校注》第9页。
[4]《古薄命妾》，《孟郊诗集校注》第7页。
[5]《结爱》，《孟郊诗集校注》第30页。

个"结"字。有的甚至用大白话,如:"心曲千万端,悲来却难说。"[1] "不用看镜中,自知生白发。"[2] 这些句式还常常以多种组合并用于一首诗中。如《感兴》:"昔为连理枝,今为断弦声。连理时所重,断弦今所轻。吾欲进孤舟,三峡水不平。吾欲载车马,太行路峥嵘。"[3] 包含了排比、对照、递进等多种句式。他的七言古诗也多见此类做法,如《伤时》:"古人结交而重义,今人结交而重利。劝人一种种桃李,种亦直须遍天地。一生不爱嘱人事,嘱即直须为生死。我亦不羡季伦富,我亦不笑原宪贫。有财有势即相识,无财无势同路人。"[4] 对照、排比、隔字顶针,连贯而下,使全诗如同白话般流畅易懂。这类诗例还有《病客吟》《夷门雪赠主人》《闻砧》《自叹》《结交》《教坊歌儿》《酒德》等等。

孟郊这类极其平易畅达的古诗,可追溯到早期五言依靠排比、对照、顶针句式形成节奏感的时代。孟郊在效仿汉魏古调的同时,不但避免了《箧中集》古诗散句意脉不连贯的弊病,而且有意使所有这些句式形成铿锵的节奏感,强化了诗中关键词的对照,以突出他所要表达的是非、美丑、正邪、曲直之间的极端对比。例如《择友》:"兽中有人性,形异遭人隔。人中有兽心,几人能真识?古人形似兽,皆有大圣德。今人表似人,兽心安可测?虽笑未必和,虽哭未必戚。面结口头交,肚里生荆棘。"[5] 这一大段用排比句重叠反复地对照兽与人的外表和心性,使今人的虚伪和古人的圣德形成鲜明对比。末六句"不谄亦不欺,不奢复不溺。面无吝色容,心无诈忧惕",前两句连用四个"不"字,再加后两句连用两个"无"字,突出君子所不当为,与前四句小人"虽笑""虽哭"的重复再次形成对照,充分宣泄了诗人对世人伪善面目的痛恨。又如《秋怀十五首》其十五愤怒指斥"杀人不见血"的"詈言":"詈痛幽鬼哭,詈侵黄金贫。""古詈舌不死,至今书云云。今人咏古书,善恶宜自分。秦火不爇舌,秦火空

---

[1] 《古怨别》,《孟郊诗集校注》第 65 页。

[2] 《古别曲》,《孟郊诗集校注》第 66 页。

[3] 《孟郊诗集校注》第 93 页。

[4] 《孟郊诗集校注》第 87 页。

[5] 《孟郊诗集校注》第 122 页。

爇文。所以罾更生，至今横绲缊。"[1]诗中极言世人毁谤之可畏，连用两个"罾"字形容谤言可销骨烁金的力量，又以"古""今"反复对比，以及两个"秦火"的排比，追溯毁谤生生不绝之根源。鲜明的节奏感使诗人要批判的"罾言"分外突出，诗人的激愤之情也自然溢出于言外。因此孟郊大量运用排比对照句式，将平易流畅的句调发展到铿锵易诵的极致，正与他对世道黑暗和社会不公的极度愤激相得益彰。这是他以强烈鲜明的声调节奏与诗歌内容密切配合的成功尝试。

　　韩愈的部分古诗语调也很平易畅达，其中不乏像孟郊那样通篇追求鲜明节奏感的中长篇，如《海水》："海水非不广，邓林岂无枝。风波一荡薄，鱼鸟不可依。海水饶大波，邓林多惊风。岂无鱼与鸟，巨细各不同。海有吞舟鲸，邓有垂天鹏。苟非鳞羽大，荡薄不可能。我鳞不盈寸，我羽不盈尺。一木有余阴，一泉有余泽。我将辞海水，濯鳞清泠池。我将辞邓林，刷羽蒙茏枝。海水非爱广，邓林非爱枝。风波亦常事，鳞羽自不宜。我鳞日已大，我羽日已修。风波无所苦，还作鲸鹏游。"[2]各种排比、递进、对照句式从头到尾反复交替，使海水、邓林、鳞羽、风波等关键词多次重叠对比，以有力的节奏表达了诗人坚持砥砺进修、最终成为鲸鹏的决心和自信。又如《招杨之罘一首》[3]前半首比兴："柏生两石间，万岁终不大。野马不识人，难以驾车盖。柏移就平地，马羁入厩中。马思自由悲，柏有伤根容。伤根柏不死，千丈日以至。马悲罢还乐，振迅矜鞍辔。"柏与马的对照或两句或单句，四次对照，反复强调柏树需要成长空间，骏马需要调教训练，借以说服杨之罘来馆读书。后半首也联系柏、马的比喻，有规律地隔句重复"之罘南山来""我令之罘归""之罘别我去""我自之罘归""作诗招之罘"等相近句式，形成多层重叠，声情并茂地表达出企望杨生读书成才的拳拳之心。

　　由排比对照句式形成的节奏感最适宜于以比兴为主的五古，孟郊诗无论乐府五古均多比兴，因此多数诗歌节奏感十分鲜明。而韩愈虽然也善

---

[1]《孟郊诗集校注》第162页。
[2]《韩昌黎诗集编年笺注》第59页。
[3]《韩昌黎诗集编年笺注》第381页。

用比兴，但不像孟郊那样大量使用谣谚格言句式，所以他的平易直白更多地体现在运用家常话式的通俗语言，在散句连缀中寻求节奏感。这本是汉魏五古发展的主导方向，只是在两晋以后散句逐渐被偶句取代，才偏离了原先的轨道。杜甫为了在中长篇古诗中恢复汉魏古意，努力从当代口语中提炼新的散句语言节奏。这一原理也为韩愈所继承发挥，他的不少古诗纯用单行散句，如对面说话般娓娓道来。五古如《寄皇甫湜》："敲门惊昼睡，问报睦州吏。手把一封书，上有皇甫字。拆书放床头，涕与泪垂四。"[1]平平叙述接到皇甫湜书信的经过和伤感，几乎纯是白话。又如给子侄辈的几首诗："始我来京师，止携一束书。辛勤三十年，以有此屋庐。此屋岂为华？于我自有余。"[2]"人之能为人，由腹有诗书。诗书勤乃有，不勤腹空虚。"[3]"汝来江南近，里闾故依然。昔日同戏儿，看汝立路边。人生但如此，其实亦可怜。"[4]等等，都像和晚辈聊家常。这类散句之间几乎没有节奏的跳跃，脉络连贯更接近口语，尤其适宜于亲切的语调。

相比五古，韩愈的七古更加通俗平易，有的吸取了顾况善用俗语寄讽的特点，如《华山女》首六句："街东街西讲佛经，撞钟吹螺闹宫庭。广张罪福资诱胁，听众狎恰排浮萍。黄衣道士亦讲说，座下寥落如明星。"[5]讽刺长安讲佛的热闹，反衬道士开讲的冷落，引出后面以女道士色相吸引听众的场面，尤其"豪家少年岂知道，来绕百匝脚不停"，与开头如打油诗般的语调相呼应，中间还杂用"狎恰"这样的当时俗语，将佛道二教的传道都写成了荒诞的闹剧。《古意》前四句："太华峰头玉井莲，开花十丈藕如船。冷比雪霜甘比蜜，一片入口沉疴痊。"[6]诗人巧集《述异记》《拾遗记》中以玉井水洗玉桃、郁水有七千尺长的碧藕等传说，将形如莲花的太华峰比作可以治病的仙药，调侃神仙方士的奇想，也因语言的俗白

---

[1] 《韩昌黎诗集编年笺注》第447页。
[2] 《示儿》，《韩昌黎诗集编年笺注》第499页。
[3] 《符城南读书》，《韩昌黎诗集编年笺注》第506—507页。
[4] 《示爽》，《韩昌黎诗集编年笺注》第514页。
[5] 《韩昌黎诗集编年笺注》第10页。
[6] 《韩昌黎诗集编年笺注》第567页。

而增加了幽默嘲弄的意味。此外，韩愈某些七古句式过于散文化，已有不少学者批评，但若细究这些句式使用的语境，仍可见出其追求散文句调自有其强化主旨的用心。如《谁氏子》批评一个"非痴非狂"的士子"去入王屋称道士"的行为，结尾有几句评论："神仙虽然有传说，知者尽知其妄矣。圣君贤相安可欺，干死穷山竟何俟？呜呼余心诚岂弟，愿往教诲究终始。罚一劝百政之经，不从而诛未晚耳。"[1]这节诗一半为早期七言式的散文句，但活脱是长辈板起面孔教训晚辈的口气，正适合全诗力斥士人迷信神仙的主旨。又如长篇七古《寄卢仝》前六句："玉川先生洛城里，破屋数间而已矣。一奴长须不裹头，一婢赤脚老无齿。辛勤奉养十余人，上有慈亲下妻子。"[2]第二句强调卢仝在洛阳城里只有几间破屋，"而已矣"的散文式感叹语气给人深刻印象，与下文形容老奴老婢的俗白语言也非常协调。这类散文句虽然偏离了传统七古的节奏，但用得恰到好处，反而能够表达出平常语调难以言传的感觉。可见其古诗中平顺句调的节奏变化均与表现内容的需要密切相关。

　　卢仝与孟郊的遭际和心态相似，其古诗最为怪异，但其中也有不少声调平顺畅达，与韩、孟一样好用排比对照句，在重叠反复中突出其节奏感。如《萧宅二三子赠答诗二十首》设为客与竹、石、井、马兰、蛱蝶等物的答问，构想颇奇，语言则平易浅显。如《石答竹》："我非蛱蝶儿，我非桃李枝。不要儿女扑，不要春风吹。苔藓印我面，雨露皴我皮。此故不嫌我，突兀蒙相知。此客即西归，我心徒依依。"[3]连用"我非""不要""我面""我皮""此故""此客"排比而下，声调累累如贯珠，突显出片石长久埋没的低贱以及对孤竹相知之恩的感激。卢仝的不少古诗虽然并非全篇以排比对照为主，但常以多个包含排比、顶针句的诗行来调节全篇节奏，五言如《井请客》、《客谢井》、《冬行三首》其三、《自君之出矣》、《夏夜闻蚯蚓吟》、《扬州送伯龄过江》，七言如《有所思》、《楼上女儿曲》、《秋梦行》、《叹昨日三首》其一等等，不胜列举。还有的五古长篇

---

[1] 《韩昌黎诗集编年笺注》第395页。
[2] 《韩昌黎诗集编年笺注》第397页。
[3] 《全唐诗》第4374页。

几乎全用口语，如《寄男抱孙》学小儿郎说话的口气，长篇大论地嘱咐幼子不要淘气，其中"两手莫破拳，一吻莫饮酒。莫学捕鸠鸽，莫学打鸡狗"，"莫恼添丁郎，泪子作面垢。莫引添丁郎，赫赤日里走。添丁郎小小，别吾来久久。脯脯不得吃，兄兄莫撅搜。他日吾归来，家人若弹纠。一百放一下，打汝九十九"[1]，"久久""脯脯""兄兄"这类叠字都是小儿郎刚学说话时用的语汇，读之令人忍俊不禁。七古长篇《走笔谢孟谏议寄新茶》中用五七言写连喝七碗茶的不同感受，最后一句"七碗吃不得也"[2]，犹如戏曲的道白，将撑得喝不下去的告饶语气都写出来了。当然他最有特色的大篇是《月蚀诗》《与马异结交诗》等，可说是奇想和怪调相结合的极致，但之所以怪，也与其中俗语和难词的交替使用有关[3]。可见卢仝与韩、孟一样，也是以自己的方式在平顺句调中追求与句意相配合的声情和节奏感，虽然三人的探索角度互有同异，但都是从更深的层面发掘了古诗声调表现的潜力。

## 第二节　艰涩声调和词句结构的关系

诗歌如果一味追求直白通俗，就会流于浅易。这正是大历以来诗歌渐趋庸弱的原因之一。浅近平易只是韩、孟等诗人风格的一个方面，这一诗派的"奇险"更多地体现在翻新斗异上，这就必然诉诸拗口生涩的语调。正如方东树评韩愈《赤藤杖歌》所说："怪变奇险，只造语奇一法。"[4]《箧中集》和顾况诗声调拗涩的原因都和他们杂用生僻难词有关，因此分析韩、孟、卢的造语方式和词句结构，也是解释其艰涩声调的主要途径。

从韩、孟、卢三人的全集来看，无论是平易还是奇险，都只适用于其中部分作品的评价。只因他们将"奇险"这一面发展到极致，才使这两字成为这派诗风的笼统概括。而其趋难求险的造语方式主要有以下两种：

---

[1]　《全唐诗》第 4369 页。
[2]　《全唐诗》第 4379 页。
[3]　参见本书第三章《"诗囚"的视野变异及其艺术渊源》。
[4]　《昭昧詹言》卷十二，第 273 页。

其一，大量使用秦汉文献中的联绵词和近义复合词，并根据其构词的原理创造新词，也包括一些反义复合词。联绵词由双音节连缀成义，但不能分割成两个单音节词。包含双声词、叠韵词以及非双声叠韵词三类。构成联绵词的两个单音字往往用同一偏旁，如"踟蹰""仿佛""踯躅""辘轳""鸳鸯"等等，《文心雕龙·练字》称之为"联边"。韩愈的五古大篇中，有许多联绵词出自先秦两汉的诗赋古文，以汉赋最多，也不乏其自创的新词，其中"联边"的词如《荐士》中的"瞭眊""珪瑁""海潦""悔懊"，《苦寒》中的"炰烰""窥觇""维纲"，《送惠师》中的"照烛""峨岷""湖沦"，《岳阳楼别窦司直》中的"搜搅""笋簴""缟练""跌踢""隈障""纤纩"，《赴江陵途中》中的"颔頭""嘲啁""琅璆"，《南山诗》中的"癯瘦""清沤""猰狘""谴谪""矇瞽""篆籀""钉饾""熺焰""饎馏"，等等。联绵词中因为包含双声词和叠韵词，固然可以加强汉语的音乐性，但是其中难词较多，不易辨识其音义。像这类多用于大赋的僻字用到诗里，只能增加诵读的难度。

同时，韩愈对这类双音节词的使用远远不止于联绵词，由于他的五古常常多达几十韵，又都是一韵到底，终篇不转韵，需要大量词汇满足押韵的需要。因此还要在充分使用前人已有的近义复合词基础上再创新词置于韵脚。仍以上举数篇为例，近义复合词如"风操""凋耗""剽盗""雄鸷""嘲慠""覆焘""恋嫪""啄菢"（以上《荐士》），"勾尖""衔钳""微纤"（以上《苦寒》），"踪尘""韶钧""笼驯"（以上《送惠师》），"荡潏""逸谤""欺诳""瓮盎""弩缓""宜当""惩创"（以上《岳阳楼》），"蚕莽""比俦""羁縶""锄櫌"（以上《赴江陵途中》），"飘簸""埋覆""琢镂""状候""腾糅""恕宥""呵诟""裒狘""盆罋""蒐狩""酬儆"（以上《南山诗》），等等。其中有些词只是将原有的复合词前后两个字颠倒组合，如"苦覆"颠倒为"覆苦"，"割砭"颠倒为"砭割"，"琇莹"颠倒为"莹琇"，等等。

除此以外，还有若干反义复合词如"苦甜""恩嫌""明幽"等等，但数量不及近义复合词多。以上所举只是韩诗中的一小部分，大量使用联绵词和近义复合词的诗篇还有五古《送文畅师北游》《送无本师归范阳》

《山南郑相公樊员外酬答为诗》、七古《赠崔立之评事》《送区弘南归》，以及绝大部分联句。其他诗作虽不求艰深，但除了全篇浅易的部分诗作以外，或多或少都会夹杂这类联绵词和近义复合词。

与联绵词和近义复合词类似的还有多个同类单音字的罗列。最典型的是七古《陆浑山火》，如写山火烧得"神焦鬼烂"的一段："虎熊麋猪逮猴猿，水龙鼋龟鱼与鼋。鸦鸱雕鹰雉鹄鹍，燖炰煨燂孰飞奔。"[1] 四句均由七个单音字构成，罗列各种飞禽走兽及水中鱼鳖被火烧烤的情状，与汉代早期七言字书大体相似。又如写火光火色和火势的一段："芙蓉披猖塞鲜繁，千钟万鼓咽耳喧。攒杂啾嘍沸篪埙，形幢绛旃紫纛襎。炎官热属朱冠裈，髹其肉皮通胅臋。颓胸垤腹车掀辕，缇颜靽股豸两鞯。霞车虹靷日毂辁辒，丹蕤缥盖绯繂帤。红帷赤幕罗脤膰，岙池波风肉陵屯。"[2] 也是每句罗列两三个意义相近的复合词。既然类似字书排列，加上难字连篇，声调之滞涩也就势在必然了。

孟郊也有连续使用联绵词和近义复合词的诗例，如《浮石亭》"落星夜皎洁，近榜朝透迤。翠潋递明灭，清溁泻欹危"[3]，四句连用双声叠韵词。他极少像韩愈那样连篇累牍堆砌奇僻字词，但有时会在平易句式中夹杂难解的联绵词或近义复合词，如《病客吟》通篇浅易，却有一句"何人免嘘噘"[4]使用自创的"联边"词。《秋怀十五首》其三中"忔栗如剑飞"之"忔栗"[5]，也是难以确解的叠韵词。《寒溪九首》其四中"哮嘹呷唬冤"[6]连用四个口字"联边"组合并列。而当孟郊与韩愈联句时，他却会集中使用韩愈爱用的联绵词和近义复合词，如《秋雨联句》[7]中"坱圠游峡喧，飕飗卧江汰"，"坱圠"为双声联绵词，"飕飗"为叠韵联绵词。"蛮穴何迫迮，蝉枝扫鸣哕"，"地镜时昏晓，池星竟漂沛"，"昏晓"为反

---

[1] 《韩昌黎诗集编年笺注》第 354 页。
[2] 《韩昌黎诗集编年笺注》第 355 页。
[3] 《孟郊诗集校注》第 204 页。
[4] 《孟郊诗集校注》第 117 页。
[5] 《孟郊诗集校注》第 159 页。
[6] 《孟郊诗集校注》第 233 页。
[7] 《韩昌黎诗集编年笺注》第 265 页。

义复合词,"迫迮""鸣哕""漂沛"均为孟郊自创的近义复合词,又均为"联边"词。又如《会合联句》[1]中的"愈病失腮肿""飘尔胃巢氄",《征蜀联句》[2]中的"竹兵彼皴脆,铁刃我锵鑘""渴斗信歷欯,唊奸何噢咿""汉栈罢嚣阗,獠江息澎汃"等等,均与韩愈笔力相当,显然对韩愈这类造语方式了然于心。

韩、孟这类构词方式同样见于卢仝的一些怪诗中。如《月蚀诗》中想象"九御导九日"驾辀掣电进入蛤蟆之喉,以火烧烂其口的过程:"汝若蚀开龇齸轮,御辔执索相爬钩。推荡轰訇入汝喉,红鳞焰鸟烧口快,翎鬣倒侧声㚄㘅。"[3]用"轰訇""㚄㘅"等象声词,渲染火辀进喉的隆隆声、鸟翎龙鬣刺啦啦地倒侧的声响效果,虽多难词,但形容逼真,声情并茂。又如《观放鱼歌》中描写网罟捕鱼之尽:"鳗鳝鲇鳢鲻。"写水鸟的旁观:"鹨䴘鸽鸥凫。"[4]都是罗列鱼名和鸟名成句。只是卢仝好用散文句和俗语,这类语词较少,但仍不免其语调的生涩。

总之,大量使用联绵词、近义复合词和同类字罗列的构句方式,显然以韩愈古诗尤其五古为最多见,同时也在不同程度上影响了孟郊和卢仝。由于创作难度极大,当时能在这方面与韩愈角力的诗人只有孟郊,而孟郊又另有自己独创的造语方式,除了联句以外,很少于此用力。于是这种词句结构遂成为韩愈古诗声调艰涩的主要原因。

其二,韩、孟为表达深微难言的感觉,往往创新句法或词语搭配的方式。除了使用生僻难字外,还有常见字的不常见搭配、词语之间的组合不循常理等等,均可导致用意晦涩,难以解读。这种造语方式较多见于孟郊的五古。

孟郊的五古虽然较少像韩愈那样连续堆砌繁难语词,但仍有不少论者称其"蹇涩"或"寒涩"。如刘攽《中山诗话》谓"其间语句尤多寒

---

[1] 《韩昌黎诗集编年笺注》第 251 页。
[2] 《韩昌黎诗集编年笺注》第 274 页。
[3] 《全唐诗》第 4365 页。
[4] 《全唐诗》第 4368 页。

涩"[1]。蔡宽夫说"郊、岛非附于寒涩,无所置才"[2]。许学夷说"郊五言古,以全集观,诚蹇涩费力"[3]。这"涩"字不仅是指孟郊心情的苦涩,也包含语调的苦涩,这就与其琢句炼词的刻苦费力有关。陆时雍说:"孟郊诗之穷也,思不成伦,语不成响。有一二语总稿衷之沥血矣。"[4]虽然评价过苛,不能概括孟诗全集,但是那些不响的语调,确是因为他诗句中常有一两个语词过于呕心沥血。而且炼字方式多出于生造,也不乏僻字难字,胡震亨曾举数例:"孟诗用字之奇者,如《品松》:'抓拿指爪脯',脯,均也。《寒溪》:'柧榆吃无力',柧,棱木,即觚。榆即笺。言畏寒,觚笺蹇吃无力。《峡哀》:'踔狢猿相过',踔,足踢也。犬食曰狢,借以状猿之行。《冬日》:'冻马四蹄吃,陟卓难自收',陟卓,崎岖独立之貌。又好用叠字,如'暯暯家道路',暯暯,即眸眸。'抱山冷殑殑',殑殑,即兢兢。至'嵩少玉峻峻,伊雒碧华华''强强揽所凭'诸类,又自以意叠之,几成杜撰,总好奇过耳。孟佳处讵在此!"[5]这些字的使用固然奇僻,但实有更多的考虑,例如"脯"虽表示均直的意思,但"脯"属肉部,用此字更能显示松树的根爪像人的指爪一样用力抓住石缝的状态,如用"均"就表达不出这种感觉。又如"柧"与"觚"通,为六面或八面之棱形,学书或记事之木简,"榆"为古文"牋"字,此句与本诗末句"谏书竟成章,古义终难陈"呼应,写自己意欲上书谏猎,却又口吃难言之状。"柧榆"虽可写成"觚笺",但"榆"为古字,与"古义"更协调。柧棱又另有一义,指殿堂上最高处[6],则用"柧"字更容易联想到"柧榆吃无力"不仅仅是因为畏寒,更在于无法达于天听,这就与此诗后半首所说"天谗昭昭,箕舌断断"有了内在联系。可见孟郊用字之意在包含更深微的感觉,仅斥为"好奇过耳",有失公允。

---

[1] 《中山诗话》,《历代诗话》第288页。
[2] 阮阅《诗话总龟》后集"苦吟门"引"蔡宽夫诗话",第126页,人民文学出版社1987年。
[3] 《诗源辨体》卷二十五,《全明诗话》第3327页。
[4] 《诗镜总论》,《历代诗话续编》第1421页。
[5] 《唐音癸签》卷二十八"诂笺八",第241页,上海古籍出版社1981年。
[6] 柧棱,宫阙上转角处的瓦脊。《后汉书》卷四十《班固传》上:"设璧门之凤阙,上柧棱而栖金雀。"李贤等注引《说文》:"柧棱,殿堂上最高之处也。"(第1345页)

孟郊诗中的生造词不一定用奇字，倒是多用常见字，但多为不常见的搭配，试图表达或夸张一种难以名状的感觉，比如"岂见逃景延"[1]，本指光景飞逝，不会延迟，但用"逃"字，便夸大了时光如逃跑般的快速。"孀娥理故丝，孤哭抽余噫"[2]，"噫"为叹息声，"余噫"当指哭罢仍在叹息，则抽字应指其抽泣。"噫"一作"思"，则抽又与上句"故丝"相应。"抽"作为动词，"余"作为有形之物的修饰词，用来修饰无形的"噫"或"思"，形容孀妇不时的抽泣，加上全诗中"如剑飞"的月光，虫声的苦吟，星光下的危巢，便合成秋夜惊扰凄苦的氛围。又如"弱栈跨旋碧，危梯倚凝青"[3]，有注者谓"旋碧"指栈道盘旋，笔者认为应指山谷中盘旋的水流，栈道在上，"跨"字才有着落。"凝青"指蓝天，以色彩指代碧水和青天，再加动词修饰组成一个复合词，以形容山中水流急转回荡以及天空湛蓝澄明之感，却因过于抽象而难明其意。"澄幽出所怪，闪异坐微絪"[4]，上句写枋口之水清澄深幽，可洞鉴水底怪异。下句"絪"字一般与"缊"连用为双声联绵字，形容云烟弥漫状，单用则通"茵"。然而此处意在表现水面因微霭而似有灵异闪现，所以"微絪"实是生造。"山钟韵嘘吸"[5]想要表达山寺钟声仿佛与自己的呼吸相合拍的韵律，也是前人从未言及的新奇感觉。"却流至旧手，傍掣犹欲奔"[6]，联系上句"手手把惊魄，脚脚踏坠魂"来看，这两句应是写上攀时倒滑至原来手拉的地方，拽住两旁仍欲下坠。用"却流""奔"均非常见用法，只是为了夸张下滑的惊险之感，构句极费琢磨。这些不常见的造语都企图表达某种难以直接言喻的感觉，凝缩了过多的言外之意，因此虽是常见字，却因不常见的组合而晦涩难解。

胡震亨举"暵暵家道路""抱山冷殁殁"等，说孟郊"好用叠字""又自以意叠之，几成杜撰"，其原因与生造词一样，都是为了强化某种感觉，

---

[1]《偷诗》，《孟郊诗集校注》第133页。
[2]《秋怀十五首》其三，《孟郊诗集校注》第159页。
[3]《石淙十首》其五，《孟郊诗集校注》第186页。
[4]《游枋口二首》其二，《孟郊诗集校注》第212页。
[5]《擢第后东归书怀献坐主吕侍郎》，《孟郊诗集校注》第285页。
[6]《上昭成阁不得》，《孟郊诗集校注》第453页。

后者出自《懊恼》："抱山冷殗殗，终日悲颜颜。……求仙未得闲，众诮嗔虩虩。"[1]"殗"为寒冷疲困貌，用两个"殗"合成叠字，更能表现冷得疲惫不堪的情状，而胡震亨所说"兢兢"，则只能表现小心谨慎的样子。"虩"则为虎怒，两个"虩"字的字形便使众人虎视眈眈地讥诮孟郊的情貌毕现。除了这几例以外，又如《读经》："老方却归来，收拾可丁丁。……驿驿不开手，铿铿闻异铃。"[2]"丁丁"常用于形容伐木声，这里却形容收拾佛经，联系上下句，当是夸张忙着"拂拭""开函"时乒乓的响声。"驿驿"令人想象卷不释手，不断翻书的情状。"铿铿"则是形容读经之声的铿锵声韵犹如铃铎。联系全诗中"细感肸蚃听""天声各泠泠"等句来看，可知诗人用这些"自以意叠"的叠字，将看经、读经的经过写出这么大响动，就是为了强调末句的"声尽形元冥"。

除此以外，孟诗中还有用字不难，却因意思一时难解而导致声调晦涩的句子，这与其构句的语法关系不明有关。如"炼性静栖白，洗情深寄玄"[3]，上句中"静"是锻炼性情，使心情平静的结果，"栖白"则是对"静"的补充说明，意为静到"虚室生白"的程度。下句对偶，语法亦同，指澡雪精神之深达到可以玄之又玄的程度。每句三个词之间的组合都是叠加关系，后两个词说明第一个动宾结构，"深寄玄"尚可从语意理解，"静"与"栖白"之间没有语法联系，用来形容一种抽象的入冥状态，就较费解。又如"鸟危巢星辉"[4]似谓鸟之危巢筑于星辉之上，"星辉"诸本作"焚辉"，或以为写鸟巢被焚，更不通。但细玩上句"虫苦贪夜色"，可悟此句意在以星辉为背景突显鸟巢之高。"夜色"与"星辉"前面虽然都是一个动词，但前句为动宾结构，后句不是，因而造成难解。

此外，还有些句子的造语和构句都很罕见，而用词却不难的诗例。如"冰条耸危虑，霜华莹遐盼"[5]，大意为冰条令人虑其危险，霜华使远

---

[1] 《孟郊诗集校注》第171页。"殗殗"，华忱之校注本作"殣殣"，蜀刻本作"碪碪"，《全唐诗》作"殗殗"。华注作"殗殗"是。

[2] 《孟郊诗集校注》第456页。

[3] 《小隐吟》，《孟郊诗集校注》第15页。

[4] 《秋怀十五首》其三，《孟郊诗集校注》第159页。

[5] 《石淙十首》其十，《孟郊诗集校注》第187页。

近视野一片晶莹。"耸"和"莹"字既像是分别形容"冰条"和"霜华",又像是使动用法,这样的语法结构前所未见。而有的如"为尔作非夫,忍耻轰暍雷"[1],即使联系前两句强起作新诗之意,也不明白为何吟雪即非大丈夫,而且要"忍耻"去轰暑天之雷。其余如"泛广岂无浼,恣行亦有随"[2]、"具生此云遥,非德不可甄"[3]等等,已经无法确解了。

孟郊这种难解的造语方式,在卢仝诗里几乎见不到。韩愈也不算多,如《答孟郊》形容孟之穷饿:"名声暂膻腥,肠肚镇煎爑。"[4]借"舜有膻行"[5]的典故,以描写气味的"膻腥"形容其名声,以描写烧烤食物的"煎爑"形容肠胃经受的煎熬,夸张其作诗之苦,是运用通感的特殊构句。又如《题炭谷湫祠堂》中"祠堂像俨真,擢玉纤烟鬟""尨区雏众碎,付与宿已颁"[6]之类,也是因造词和句法罕见而费解的例子。

除以上两种主要方式以外,韩、孟、卢三人都有打破五言的二三节奏和七言的四三节奏的句子,如韩愈《送区弘南归》中"落以斧引以纆徽""嗟我道不能自肥"[7]为三四节奏,《答柳柳州食蛤蟆》中"失平生好乐"[8]为一四节奏。孟郊《晓鹤》"婆罗门叫音"[9]、《谢李辀再到》"我不忍出厅"[10]均为三二节奏。《吊卢殷十首》其四"磨一片嵌岩,书千古光辉"[11]为一四节奏。卢仝《月蚀诗》"玉川子词讫""玉川子笑答"[12]、《寄男抱孙》"殷十七又报"[13]为三二节奏等等。这些都与句式的散文化有关,也是导致声调滞涩的原因,但数量不多,影响不大。

---

[1] 《雪》,《孟郊诗集校注》第 170 页。
[2] 《秋怀十五首》其十一,《孟郊诗集校注》第 161 页。
[3] 《石淙十首》其四,《孟郊诗集校注》第 186 页。
[4] 《韩昌黎诗集编年笺注》第 25 页。
[5] 《庄子集释》卷八"徐无鬼":"舜有膻行,百姓悦之。"(第 864 页)
[6] 《韩昌黎诗集编年笺注》第 84 页。
[7] 《韩昌黎诗集编年笺注》第 235 页。
[8] 《韩昌黎诗集编年笺注》第 596 页。
[9] 《孟郊诗集校注》第 405 页。
[10] 《孟郊诗集校注》第 458 页。
[11] 《孟郊诗集校注》第 503 页。
[12] 《全唐诗》第 4366—4367 页。
[13] 《全唐诗》第 4369 页。

总之，韩、孟、卢三人部分古诗的艰涩声调与其造语构句的不同方式密切有关。韩愈博闻强记、才大力雄，能在大量运用古代经传诗赋深僻语汇的基础上根据联绵词和近义复合词的原理再造新词，创出用词极度丰富的奇观。孟郊生性敏感，思路巉刻，善于运用常见语词和奇字的不常见搭配方式，乃至不合常理的造句结构，表达深微独特的新奇感受。卢仝则更多地将俗白和艰涩混搭，加上各种不同句式的杂用，形成自己的怪异声调。三人在相互影响的同时，都极度放大了各自的艺术个性。正如《箧中集》诗人和顾况一样，三人难词涩调最多的古诗，大多作于其困顿失意之时。这也正是他们能充分认识《箧中集》诗人和顾况探索古诗声调的意义，并将其奇涩句调发展到极致的基本原因。

## 第三节　难易两极探索的得失和意义

韩孟诗派的古诗语言向难易两极发展的趋势，带来了声调的变异。对于中唐诗歌的这一特异现象，历代诗评都从韩、孟创奇求变和逞才炫博的主观创作意图加以解释，这当然不错，但笔者以为如果从天宝、大历以来古、近体诗的发展大势来观察，应可更深一层理解其诗歌史意义。

古诗的概念相对近体而言。在永明体出现之后，齐梁前的诗才被视为古诗。但从齐梁到初唐，随着五、七言诗的普遍近体化，古、近体调日趋混淆。直到陈子昂以《感遇》组诗效仿阮籍《咏怀》之后，部分初唐诗人才有区分古、近体的意识。盛唐诗人虽然提倡"建安体"，而且从声律上可以区分古今，但是仍有不少半古半律的五言和七言存在。杜甫在五七古短篇，尤其是中长篇五古中努力恢复"汉魏古意"的努力，在天宝、大历诗坛上的重大意义也由此可见。由于这一时期诗歌主流仍是近体，五律、七律和绝句的形式声律已被熟练掌握。但也有部分诗人如元结、顾况、韦应物等人偏重于古体，于是天宝、大历时期开始出现古、近体的体调差异逐渐明显的趋势。

一方面，在大历、贞元近体诗愈益陈熟的总体趋势下，有少数诗人对近体的体式声调进行了细入的探索。在声调和语词的配合方面，杜甫早就做过一些尝试，七律如《登高》《登白帝城最高楼》等，有意通过声调突出某些词语的意象，使全篇的节律体现出文字本身所不能完全表达的心理感受[1]。五绝如《绝句六首》也是利用声调和意象之间的相互配合，表现对于气氛、气息、意态、趣味等等难以明言的微妙感觉乃至于潜意识[2]。刘长卿的五律则突破了五言诗字词组合的传统习惯乃至常见语法顺序，在炼字炼句的过程中深入发掘五律体式的表现潜力，例如使常见意象和语词的组合方式陌生化，以增加句意的新鲜感；利用五言句中二三节奏的停顿，拉大前后两个意义词组的跨度，使其中的顿断留出联想和暗示的空间，以促成思维的飞跃；等等。某些明清诗家称之为"语出独造"，有人甚至认为他在构句方面的刻意创新超过了杜甫。这些"独造"在大历诗人中也有程度不同的反映，只是不如刘长卿突出罢了[3]。

另一方面，大历、贞元时期对于古诗体式的探索也在少数诗人的作品里显露端倪。从元结、《箧中集》诗人的古体诗不难看出他们全面复古效古的努力。尤其元结直追上古，他的《二风诗》十篇是《诗经》四言体。《补乐歌十首》上溯至伏羲氏、神农氏以来十代古乐歌，所用体式也是先秦杂言短歌。《引极三首》《演兴四首》效楚辞体，《系乐府十二首》效汉乐府体，均为最古的诗体。当然他写得最多的还是五古，这些诗和他所编的《箧中集》五古，都以单行散句为主，其原理与同时代的杜甫一样，力求运用汉魏古诗从当代语言中提炼散句节奏的创作原理，风格平易浅白。顾况也作过《诗经》体的《上古之什补亡训传十三章》、四言的琴歌、拟相和歌辞和横吹曲辞的乐府体和拟古诗。除了平易与艰深夹杂的五古以外，他还写作了许多七言和杂言古诗，其变化也比《箧中集》和元结更加多样[4]。既然早期古诗的各种形式都成为他们效仿的样板，那么这些诗人

---

[1] 参见拙文《论杜甫七律"变格"的原理和意义——从明诗论的七言律取向之争说起》，《北京大学学报》2011年第6期。
[2] 参见拙文《杜甫五绝别论》，香港浸会大学《人文中国学报》2016年第1期。
[3] 参见拙文《"意象雷同"和"语出独造"——从"钱、刘"看大历五律守正和渐变的路向》，台湾《清华学报》2015年第1期。
[4] 参见本书第一章《〈箧中集〉诗人和顾况的另类古调》。

对于古诗体式特征的探索显然是有自觉意识的。古诗声调的逆向变化正与此相关。杜甫曾在《荆南兵马使太常卿赵公大食刀歌》等少数七言歌诗里,为夸张奇幻的想象,采用僻涩的用字和拗口的声调。《箧中集》诗人和顾况形成直白与艰涩相兼容的句调,是在效法汉魏的同时对古诗传统声调的背反,均可视为在古诗中刻意运用声调配合词情的一种先行探索。只是古体诗的数量和影响相比近体诗而言,仍均处于劣势。

由以上回顾可以见出,韩、孟继杜甫、元结、顾况等诗人之后,倾全力于古诗的创作,从各方面对古诗的表现功能进行深入探索,在大历以后的诗坛上具有振兴古体的重大意义。声与情以及声与文之间关系的处理,也是进一步认识古诗体式特征的一个重要角度。

刘勰在《文心雕龙·声律》篇中早就论述过声与文的关系:"夫音律所始,本于人声者也。声含宫商,肇自血气,先王因之,以制乐歌。故知器写人声,声非学器者也。故言语者,文章神明枢机,吐纳律吕,唇吻而已。"[1]也就是说,文章的音律出自人声,人的声韵肇始于人的血气,先王根据这个道理来制造乐歌,乐器也是表达人声的。语言作为文章的关键、神明的枢机,就体现在唇吻吐纳之间,这里所说的是出自人声的自然音节。由于声与口、耳的逻辑关系是"声萌我心""声转于吻""辞靡于耳",萌自人心的声,发于口中,由人耳接收,所以要"吹律胸臆,调钟唇吻"[2]可见声调包含着唇吻是否调利和聆听时是否和谐两方面的感觉。文章的语言声调能表现人的心情,必须顺口顺耳。近体诗的声调是根据汉语声韵的特点人为设定的,声与情的关系被约束在定型的声律规则中,发挥余地较小,只有高明的诗人善于利用其平仄调谐的规律最大程度地表现心情的变化。而古体诗的声调是顺乎人声的自然音节,没有规则可循,处理声情关系的余地比较大。《箧中集》诗人和顾况用难词涩调表现苦涩心情,首先发现了古诗处理声情与声文关系的空间,从这一点来说,韩、孟向难易两极的发展,其意义正在摸索了古诗的语言声调可以自由变化的最大限度。

---

[1]《文心雕龙注·声律》,第 552 页。范注疑"文章"二字下脱"关键"二字。
[2]《文心雕龙注·声律》,第 553—554 页。

韩、孟、卢三人的古诗有多种体式。孟郊几乎只写五古。卢仝有五言、七言和杂言。韩愈则像元结、顾况一样，效仿过最古的一些体式，如《元和圣德诗》为四言颂体。《忽忽》采用先秦歌谣的杂言句开头。《古风》用《诗经》式的五言散文句和四言相杂。《嗟哉董生行》以四、五、六、七、九、十三言各种句式混搭，上追到秦汉谣谚的时期。《琴操》效蔡邕作"十操"。《河之水二首寄子侄老成》在三三三七和三三五九的杂言中夹"四兮四"句式，《东方半明》用三、四、七言，都是西汉才有的杂言体。《射训狐》则是句句韵、单句成行的七言体，有些句子甚至第四第七字押韵，相邻字词还多同声同韵，声调生涩之极。这正是汉代早期七言尚未形成抒情诗阶段的形态。可以说，杜甫、元结、顾况在效古体中未曾尝试的体式，几乎都被韩愈效仿过了。在骈散句式和押韵方式的处理上，他的大部分五、七古以单行散句为主体，但也有像晋宋五古那样押仄韵的全对句，有些五古还会夹律句。为前人乐道的用宽韵和窄韵，也同样是出于探寻古诗押韵极限的意图。由此可见，韩愈对先秦以来各类古诗的体式和声调做过探底式的尝试，甚至不怕颠覆传统、触碰禁忌以寻求更大空间。他在五古和七古中向难易两极的发展，既是大胆的探索，也是经过精心思考的选择。从先秦到唐代的古诗发展史来看，韩、孟正是觑定大历以来古诗体调尚有继续发掘的巨大潜力，才会倾其全力开出一片新的天地。

　　后世对韩、孟等诗人的探索向来褒贬不一，但究竟得失如何，还需要公正的评析。笔者认为从趋向平易的这一面来看，其长处首先在于把握住汉魏诗歌创作的基本原理，强化乃至夸大了汉魏体古诗的句式节奏，鲜明地再现出汉魏古调的特征。这种追摹汉魏的做法，与陈子昂的全拟阮籍有所不同，陈子昂的《感遇》组诗不仅从结构层次、句法句调以及使用比兴典故等方面效仿《咏怀》，甚至连阮籍好用的"夸毗子""繁华子""缤纷子"之类的称谓，也都以"骄豪子""夸毗子""夭桃子"等等类似语词加以模仿，以致明清诗家批评他"失自家体段"。杜甫虽然"宪章汉魏"，却没有简单地从形式特征上效仿，他几乎不作古乐府，短篇五古也很少。而是主要运用汉魏诗的创作原理，从当代生活语言中提炼出新的五古节奏，同时又深入发掘五古以单行散句叙述的潜力，探索了在诗歌中展开叙述的多种表现方式，使五言古诗本来便于叙述的特长在中长篇里得到最大程度的发挥。韩、孟结合陈子昂和杜甫之所长，一方面从句式、章法、比兴等方面夸大汉魏诗歌的形式特征，一方面继承了杜甫在中长篇里运用汉魏古诗创作原理的传统，在"当时语"中提炼出更加生活化的诗歌语言，从而形成了自具特色的古诗风貌和声调。

其次，韩、孟、卢对古诗语调的探索更加多样化，表情也更加丰富，能针对不同的言说对象、不同的内容和情感，变换不同的语气和声调。如针对社会的丑恶不公，以铿锵有力的节奏表达出强烈的激愤；对有培养前途的寒士，以谆谆善诱的语气劝导其努力学习；对奔走官府的僧人，以毫不客气的口吻冷嘲热讽；对痴迷于求仙修道的士人，以严厉训诫的语调指责其自寻绝路；对家中子侄和亲近好友，其随意亲切的口气便如话家常；嘱咐小儿郎不要淘气，更效其牙牙学语阶段的语词，连哄带吓唬。总之，从声调语气上就能看出其话语对象的不同年龄和身份，其中以韩愈的语调变化最多。这就进一步拉伸了古诗语言表达的自由度，使声萌于心更加直接，声转于吻也更加自如。

从趋向于艰涩这一面来看，其长处首先在于集中大量艰深僻涩的语词，罄其全力状写物态人情的创作方式，开出了以实境取胜的新境界。无论是讥刺朝廷中各类黑暗腐朽的政治现象，还是叙述贬谪途中的经历见闻和艰难备尝的生活状态，抑或倾诉遭受世俗排斥的困顿失意和悲愤不平，都能形容得入骨怵心、淋漓尽致。由于联绵词和近义复合词的纷状罗列，可适应长篇中一韵到底的押韵需要，在渲染场面时造成声色并茂的效果，能从形与声两面直接对读者的视觉和听觉造成强烈的冲击，读者甚至在理解语词意义之前，从直觉上就能感受到或阴森怪异、或雄奇险绝、或凄厉酸苦的氛围。而且这类词语都是以浓墨重彩对实景实境的多层渲染，与盛唐诗人造境注重虚实相生不同。不避繁缛的词汇堆砌，使意象重重叠加，最适宜于需要尽全力铺写的情境，《南山诗》《陆浑山火》即走向极端的典型例子。所以晁说之《客语》说："韩文公诗号'状体'，谓铺叙而无含蓄也。"[1]"状体"二字形象地道出了韩愈善用丰富复杂的语词正面形容各类景物情状的特点，这就形成韩愈诗以实写见长的另一种壮阔境界。所以沈德潜说："昌黎从李杜崛起之后，能不相沿习，别开境界，虽纵横变化不迫李杜，而规模堂庑，弥见阔大，洵推豪杰之士。"[2]而韩愈诗中连篇累牍地铺排险韵奇字，所谓"窥奇摘海异，恣韵激天鲸。肠胃绕万象，精神驱五兵"[3]，又造成了惊天动地的声势，正如高棅所引"唐司空图云：韩诗驱驾气势，共掀雷决电"[4]，所以其构造的实境不以空灵含蓄之美见长，而以文笔气力之盛取胜。

其次是朝《箧中集》诗人和顾况以难词涩调抒发苦涩心情的方向进一步拓展，深入探索多种造句结构和语词组合关系，尝试了以声调烘托内心感受的表现方式。尤其是孟郊，在《秋怀》《石淙》《寒溪》等组诗中，以暗哑凝涩的句调传达悲抑酸苦的心情，最有新创。虽然前人都随苏轼讥之为"寒虫号"[5]，但这只是批评孟郊器局狭小的偏见，并未理解孟郊的创作用意。孟郊在《秋怀》中以"幽幽草根虫"[6]自喻，整组诗里幽咽凝噎的声调也确实有如寒虫的哀鸣，这正是孟郊力图用苦语涩调表现内心的抑塞和衰弱的"酸呻"所造成的声情效果。仅从《秋怀》所描写的各种秋声就可以看出，孟郊对声音的敏感超乎常人。如以"秋露为滴沥"形容"老泣"，以"声响如哀弹"形容枯桐，以"商虫哭衰运"形容虫声微弱，其余如"虫老声粗疏""老虫干铁鸣""棘枝哭风酸""商气洗声瘦"等等，无不因诗人的"听涩"而变调。既然风声、虫鸣都因诗人内心的酸苦而变得干涩嘶哑，那么诗人自己的哀吟当然就更加苦涩了。这些句子的词语组合方式都很独特，能与他在比兴联想思路方面的创新相互配合[7]，突出"酸呻"的声情效果，以传达诗人内心深微难言的感觉。尽管他的这种

---

[1] 方世举《南山诗》注85引，《韩昌黎诗集编年笺注》第211页。该段引文出自《晁氏客语》，宋百川学海本。方注引文误为《语录》。
[2] 《唐诗别裁》卷七"韩愈"评语，第148页，中国致公出版社2011年。
[3] 《城南联句》，《韩昌黎诗集编年笺注》第282页。
[4] 高棅《唐诗品汇》"五言古诗"卷二十，第228页，上海古籍出版社1982年。
[5] 《读孟郊诗二首》其一，《苏轼诗集》卷十六，第796—797页。
[6] 《秋怀十五首》其四，《孟郊诗集校注》第159页。
[7] 参见本书第四章《孟郊五古的比兴及其联想思路的奇变》。

艺术敏感在当时很少有人理解,但在现代诗已经充分发展的今天,其先行的意义应得到更深入的认识。

　　古体诗虽然在探索声、情和声、文关系方面有较大的空间,但若用力过猛,也会导致音节失序的问题。韩、孟诗招致后人争议的焦点主要集中在极度艰涩的这一面,因为历来的古诗声调都是以平易顺畅为标准的。《文心雕龙·练字》篇曾对东汉以后语词由难转易的原因做过一番分析:"至孝武之世,则相如撰篇,及宣成二帝,征集小学,张敞以正读传业,杨雄以奇字纂训,并贯练雅颂,总阅音义,鸿笔之徒,莫不洞晓。且多赋京苑,假借形声;是以前汉小学,率多玮字,非独制异,乃共晓难也。暨乎后汉,小学转疏,复文隐训,臧否大半。及魏代缀藻,则字有常检,追观汉作,翻成阻奥。故陈思称扬马之作,趣幽旨深,读者非师传不能析其辞,非博学不能综其理。岂直才悬,抑亦字隐。自晋来用字,率从简易,时并习易,人谁取难?今一字诡异,则群句震惊,三人弗识,则将成字妖矣。后世所同晓者,虽难斯易;时所共废,虽易斯难。趣舍之间,不可不察。"[1]这段话透彻地说明了字的难易取决于世人是否都能认识的道理。并且指出西汉瑰异之奇字虽多,但因小学发达,扬马之京苑大赋,博学鸿笔无不通晓。东汉魏晋以来,小学渐趋疏浅,世人共习简易,用字稍见诡异,便不能为时所容。这也正是韩、孟追求艰涩不为人理解的原因所在。尤其韩愈的造语方式显然继承了秦汉经传尤其是大赋的传统,正如他自己所说:"上规姚姒""周诰殷盘",下拟"子云相如,同工异曲"[2]。其取向恰是"时所共废"者,对于不及他博学的读者,自然"翻成阻奥"。再看刘勰的结论:"是以缀字属篇,必须练择:一避诡异,二省联边,三权重出,四调单复。诡异者,字体瑰怪者也。……联边者,半字同文者也。状貌山川,古今咸用,施于常文,则龃龉为瑕,如不获免,可至三接,三接之外,其字林乎?"[3]这段话仿佛预见了韩愈缀字属篇的特点:接连不断地排列"诡异""联边"之词,不仅将诗歌变成"字林",而且因声调

---

[1]《文心雕龙注》第623—624页。
[2]《进学解》,《韩昌黎文集注释》上册,第67页。
[3]《文心雕龙注》第624—625页。

的"龃龉"和句式的单一，弱化了部分诗歌内在的节奏韵律，甚至混淆了诗与赋的体式差异。可见，韩、孟过于求难之失，就在于用字背离了"世所同晓"这条原则。当然，诗人的目的或者正是要以此惊世骇俗，与时龃龉，这就另当别论了。

孟郊对于语词搭配方式的探索和创新，显示了以古诗表现心理感觉的深层潜力，但是也产生了一些词句难以解读的问题。其原因就在孟郊试图将大历律诗中出现的"语出独造"的方式移用到古诗，在某种程度上混淆了读者对古诗和律诗构句的不同期待。有些词语的陌生化组合，适合于律诗而不适合古诗，因为律诗的五个字可以颠倒词序，不按常规语法逻辑组合，读者反而能从中读出更深层的言外之意，如刘长卿的"后时长剑涩""春色独何心""流水从他事"之类。古诗一般要求通篇句段的连贯意脉，不适合单个字词尤其是单句之内词语违反常规的组合。在全篇按照古诗语脉贯穿的作品中，突然出现几句不合语法习惯，甚至词语搭配意义不明的句子，不但不能表达其深层含意，反而令读者不明所以。如"具生此云遥"，注者认为是"具云此生遥"，颠倒词序意在造成一种奇涩的艺术效果[1]，结果是无法解读。可见企图使古诗构句如律诗般凝练含蓄，未必都能如愿。

综上所论，韩愈、孟郊、卢仝对古诗句调的探索方式虽然互有同异，但都出现了向平顺和艰涩两极发展的倾向。在此过程中，古诗的艺术表现随之产生不少新的元素，例如汉魏体古诗的节奏特征得以强化；因大量使用联绵词和近义复合词而形成的"状体"，便于阔大实境的创造；语言的生活化和语气的多样化，更适宜以不同语调抒发不同情感；通过词语组合的陌生化可表现更深微的感觉；等等。同时也带来了部分诗歌的内在韵律被"字林"弱化、声调佶屈聱牙，甚至句意难以解读等问题。尽管失去了传统诗歌的韵致与中和之美，招致后代诗评的不少争议，但他们各自探寻到古诗驾驭语言声调的最大自由度，凭才力游走于难易雅俗之间，拓展了古诗处理声情关系的空间。这也是韩孟诗派能打破大历以来近体诗占据主流的陈熟局面，以雄强豪壮之声势崛起于中唐诗坛的重要原因之一。

---

[1] 《孟郊诗集校注》第189页。

# 第六章　从尚古到求奇：韩愈险怪诗风形成的内在逻辑

以韩、孟为代表的奇险诗派形成的原因及其尚古求奇的时代背景，韩愈、孟郊、李贺等诗人的主要风格特色，在二十世纪八九十年代曾经有过集中的探讨。前些年，更有学者从啖、赵春秋学派在中唐的形成，追溯到韩愈与天宝后期复古先驱的思想联系，论及元和学风中的创新意识对当时"学尚新奇"和"诗尚险怪"之风的影响[1]。这些研究使元和诗变的外因研究大大深入了一层。

中唐以古道为号召提倡六经的文人很多，却不一定都追求诗风的奇变。如与韩、孟关系密切的张籍、李翱等，诗风都很平易，可见尚古与尚奇之间并无必然联系。而韩、孟、卢等则因共同的复古主张和求奇的创作倾向而形成一派。提倡古道是政治学术性的理性思维，求奇则属于诗歌艺术的感性思维。那么他们从尚古到求奇的内在逻辑是什么？从孟郊艺术视野和比兴思路的变化来看，韩愈虽然"低头拜东野"[2]，而且大胆"摆造化"的创作理念也与孟郊相互影响，但是两人追求奇险的方式多有不同。由此可知这派诗人虽然都有"恶同喜异"[3]的好尚，但其"奇思"的差异

---

[1] 参见查屏球《唐学与唐诗》，商务印书馆2000年。
[2] 《醉留东野》，《韩昌黎诗集编年笺注》第404页。
[3] 许学夷《诗源辨体》卷二四，《全明诗话》第3323页。

与各自的学养、禀赋、思维方式乃至艺术敏感度有更直接的逻辑联系。如果能挖掘到这一层次，或许对韩、孟奇险诗风形成的内因以及各人的独特思路会有更清晰的理解。

韩愈诗风之奇有其阶段性，学界认为他的险怪诗风主要体现在前期仕途困顿之时。后期仕途平顺，近体诗增多，诗风也随心情逐渐转为平和，这是大致符合事实的。若据其编年诗梳理，可以看出韩愈在以下三类环境中创作的奇诗相对集中：一是早年学古诗时，因直追上古的各种体式而导致奇变；二是在穷困坎坷的境遇中，主要见于贞元十六年去徐居洛，到贬为阳山令期间，以及量移江陵到元和元年任国子博士期间，这两个时期前后连接，是韩愈牢骚最多的重要时期，尤其关于贬谪生活的描写，包括日后回忆这段生涯的诗篇，多为长篇古诗，风格都很奇涩；三是与皇甫湜、贾岛、卢仝、张籍、孟郊等复古同道酬唱寄赠之诗，多为争奇斗险之作。以下将联系这三类创作，探寻韩愈的尚古与其诗歌的求奇之间究竟有何内在的逻辑联系。

## 第一节　上追秦汉诗歌体式的奇格

诗体的仿古，是从陈子昂、李白、杜甫到元结、顾况等诗人为配合复古主张而采用的一种常见方式。韩愈平生所作也有不少效仿《诗经》《楚辞》、汉代歌谣的诗体，尤其是早年诗作，最能看出他从学习古道出发模拟古诗体式的用心。仿古未必产生奇变，韩愈仿古之奇在于他有意追寻秦汉时期的罕见体式和句式所造成的奇格。

韩愈从少时到贞元十六年的诗作不多，其中体式变化却不少。从先秦歌谣到《诗经》体，一直到汉初的乐府谣谚、杂言、七言、五言，可以说对先秦以来各类古诗的体式和声调做过探底式的尝试。由于这些体式连杜甫、元结、顾况在效古体中都未曾触及，韩愈即使只是模仿几种句式，也会自然产生某些奇变。仿先秦体如《忽忽》："忽忽乎余未知生之为乐也，愿脱去而无因！"[1]采用先秦歌谣的杂言句开头，后面却变成李、杜式的十一字和十字组成的长句："安得长翮大翼如云生我身，乘风振奋出六合，绝浮尘！"又如《古风》，开头平易，然后换用《诗经》式的五言散文句："无日既蹙矣，乃尚可以生。"[2]再引出全篇《诗经》体四言。《马厌谷》用三种节奏的骚体句分别与三、四、五言相穿插，也是先秦短歌体的翻新。这些诗均以上古句式和唐代的当时语混搭，因而形成亦古亦今的奇格。

效仿汉初体的如《嗟哉董生行》开头采用无规律的杂言句式："淮水出桐柏山，东驰遥遥千里不能休。淝水出其侧，不能千里，百里入淮流。寿州属县有安丰，唐贞元时，县人董生召南隐居行义于其中。刺史不能荐，天子不闻名声。"[3]这些句式从四言、五言、六言、七言直到十三言都有，然后才接五、七、四、三言相杂的后半篇，几乎完全破坏了汉以来逐渐形成的杂言节律，回到了汉乐府杂言节奏感尚未形成的初期。《河之水二首寄子侄老成》也是汉初三言兴起时可见的一种杂言体："河之水，去悠悠。我不如，水东流。我有孤侄在海陬。三年不见兮，使我生忧。日复日，夜复夜。三年不见汝，使我鬓发未老而先化。"[4]在以三言为主的句式中夹杂"四兮四"的骚体句，是三言句刚独立时特有的一种过渡形式，再加五、七、九言，就是韩愈的独创了。

贞元十六年后，韩愈虽然不再像早年那样集中效仿先秦体和汉初体，但仍时有采用。如《送陆歙州》为先秦体短歌；《元和圣德诗》以四言颂体记述元和朝的大事件；《郓州溪堂诗》为"依于国风"[5]的长篇四言；《琴操十首》效蔡邕"十操"，均四言体（《别鹤操》除外）；《感春四首》其一效张衡《四愁诗》开头句式；等等。此外如《东方半明》："东方半明大星没，独有太白配残月。嗟尔残月勿相疑，同光共影须臾期。残月晖晖，

---

[1]《韩昌黎诗集编年笺注》第 28 页。
[2]《韩昌黎诗集编年笺注》第 26 页。
[3]《韩昌黎诗集编年笺注》第 44—45 页。
[4]《韩昌黎诗集编年笺注》第 51—52 页。
[5] 张表臣《珊瑚钩诗话》卷一，《历代诗话》第 450 页。

太白睒睒。鸡三号，更五点。"[1] 以三、四、七句式组合，是西汉诗中七言节奏尚未形成时常见的一种形态。此诗适当调换句序，前四句七言说明东方半明时唯太白与残月相伴，后两句四言再次渲染星月相映之明亮，末两句三言则以五更鸡唱时刻强调星月同光只是"须臾期"，用意含蓄，所以引出解诗者认为此诗暗喻某一短暂的政治现象的猜想。《射训狐》则多采用早期七言尚未诗化时的句式，如"聚鬼征妖自朋扇，摆掉栱桷颓墍涂"，"咨余往射岂得已，候女两眼张睢盱"等，不但单句成行，而且上下句意接续的生硬感也近似西汉七言。《送区弘南归》中也有多个类似的散句，又颇多难读的近义双音词，甚至采用"或采于薄渔于矶""嗟我道不能自肥"[2] 这类早期七言中的上三下四乃至一三三节奏，加上多取《尚书》《尔雅》的典故，也是韩愈古调今用的一种奇格。

除了以上先秦体和汉初体以外，韩愈早年也尝试了全散句的汉魏五古比兴体，如《出门》《北极一首赠李观》《驽骥》等，长篇叙事体五古如《谢自然诗》《此日足可惜一首赠张籍》，五七言杂古如《苦寒歌》《利剑》《赠张徐州莫辞酒》，以及多篇以散句为主的七古。这些后来都成为他常用的体式，其中一部分更发展为艰深奇险的长篇巨制。

由韩愈采用的古诗体式可以看出，他在五古和七古以外，还尝试用当代语言激活长期被废弃不用的多种古诗体式和句式，借以刺时讽世、言志述怀。而且各首体式、句式、篇法极少雷同，这说明韩愈早年遍学各体古诗是为积累复古的学养。他曾称赞孟郊："尝读古人书，谓言古犹今。作诗三百首，窅默咸池音。"[3] 如果所作古诗均符合尧乐，那自然就体现了古道。但他自觉此时修养还不够："我鳞不盈寸，我羽不盈尺"，要等"我鳞日已大，我羽日已修"之后，才能"还作鲸鹏游"[4]。这些仿古诗正如他作古文时"上规姚姒""周诰殷盘"以及《春秋》《左氏》《易》《诗》《庄》《骚》[5] 一样，都是他为自己鳞羽丰满所做的练习和准备。

---

[1] 《韩昌黎诗集编年笺注》第 122 页。
[2] 《韩昌黎诗集编年笺注》第 235 页。
[3] 《孟生诗》，《韩昌黎诗集编年笺注》第 17 页。
[4] 《海水》，《韩昌黎诗集编年笺注》第 59 页。
[5] 韩愈《进学解》，《韩昌黎文集注释》上册，第 67 页。

由于当时诗坛以近体为主流，习古诗者本来就少，连孟郊也只是专攻五言乐府古诗，韩愈遍学各种古体实际上开出了一种独特的复古途径，这与他很早就自异于众的自觉意识有关。《出门》诗说："岂敢尚幽独？与世实参差。古人虽已死，书上有遗辞。开卷读且想，千载若相期。"[1]明确宣称自己特立独行是因为所学的道来自古人之书，此道可与古人千载相期，而不能随俗俯仰。这种"与世参差"的个性和见识也是韩愈坚持古道，并效仿秦汉罕见古诗体式的原因。

## 第二节　善用古事翻新出奇的思路

韩愈因遍学先秦汉初诗体所导致的诗格之奇，与其尚古的逻辑关系是直接而自然的。这种内在的联系还体现为韩愈善于化用古事翻新出奇的思路。作为一个大力倡导道统和文统的古文家，韩愈终生"穷究于经传史记百家之说，沉潜乎训义，反复乎句读，砻磨乎事业，而奋发乎文章"[2]，其诗以学问才力取胜，创新求奇也必然离不开长期砥砺、积累学识。因而无论在什么创作环境下，古书总是其汲取灵感、生发想象的主要源泉，也是从尚古到求奇的必然途径。

前人以"幻于鬼神仙灵""变于蛟龙风雨"[3]来形容韩愈、孟郊、李贺诗的共同特色，主要指超现实的浪漫想象。这确实是韩愈诗中显见的一类奇思。从屈原到李、杜，所有诗人的浪漫奇想几乎都要依托神话传说或神仙道教。韩愈攘排佛教和道教，较少取材于唐人常用的神仙道教故事，但不排斥上古的神话传说，因而他的灵感主要来自儒家古书的记载，更关注其中与现实生活相关的内容，甚至从传说中衍生出更加人间化的具体细节。这一思路最早可溯源到杜甫，杜诗往往按照现实生活的逻辑来展开超

---

[1]　《韩昌黎诗集编年笺注》第3页。
[2]　《上兵部李侍郎书》，《韩昌黎文集注释》上册，第216页。
[3]　黄之隽《韩孟李三家诗选序》："夫其鲸呿鳌掷，掐胃擢肾，汗澜卓踔，俾寸颖尺幅之间，幻于鬼神仙灵而不可思议，变于蛟龙风雨而不可捉搦，邈于天根月窟而不登诣。尚得以世俗传习声病之学与之较分刌而剂法度哉！"《唐堂集》卷五，《清代诗文集汇编》第221册，第72页。）

现实想象，有些古诗将虚幻的想象写得像现实生活一样真实，而在现实生活中，又往往借神话、夸张等，将真事写得离奇怪异。这一特点在大历、贞元时期的某些古诗中又有长足的发展，顾况、韦应物等诗人将仙境人间化、神仙凡人化，还将道经故事和历史典故还原为现实情景，都使原来虚无缥缈的神仙世界落到实处，与凡俗生活场景相互交融[1]。

韩愈吸收了杜诗超现实想象的原理，又辟出了自己特殊的思路。他往往从眼前的景象出发，按现实社会的规律想象古书中所记载的神祇在自然界的种种作为，又处处对应人间百象，使非现实的奇想具有讽喻现实政治的深微用意。如《苦寒》中"隆寒夺春序，颛顼固不廉。太昊弛维纲，畏避但守谦""日月虽云尊，不能活乌蟾。羲和送日出，恇怯频窥觇。炎帝持祝融，呵嘘不相炎"[2]一节，因春寒而想到季节颠倒失序，主管冬季的颛顼帝固然难称端方，主管春季的太昊帝也纪纲松弛。日月养不活金乌和蟾蜍，管夏天的炎帝和火神祝融都没了热乎气息。不但把这些神祇写得个个尸位失职，而且神态也很生动：春天迟迟不来说成是太昊胆小怕事，只会谦让；太阳老不露脸写成了羲和小心窥视的样子；火神与炎帝也好像是冻得只会嘘呵的凡夫。这种想象将天道与人事对应，很容易令人联想到朝廷的失序，这就使他的浪漫奇想与其主张君臣纲纪的古道直接产生了关联。又如蛟龙是唐人浪漫奇想中最常见的神物，韩愈的《题炭谷湫祠堂》[3]，化用《左传》中魏献子与蔡墨关于"虫莫智于龙"的对话，将长安城南的炭谷湫写成龙在山顶上巢居的一池水，并将河神巨灵以手擘开华山的古代传说移到此处，形容湫水如"巨灵高其捧，保此一掬悭"，形象地写出了湫水所居地势之险峻。而湫中之龙也依仗神势，可使"群怪俨伺候，恩威在其颜"。巨灵神和湫龙的人格化显然是讽刺那些依仗朝廷之势纵容小人作怪的幸臣。

韩愈奇想中的讽喻之意，不仅指向当朝政治，也直刺他力排的佛老。

---

[1] 参见本书第二章《中唐前期古诗中超现实想象的变化》。
[2] 《韩昌黎诗集编年笺注》第78—79页。
[3] 《韩昌黎诗集编年笺注》第84页。

于是神仙故事在他手里往往就成为挖苦道教的题材。如《记梦》[1]开头运用《参同契》中关于星象学的知识，夸张夜梦神官对自己"罗缕道妙"时口澜乱翻的情景。接着写上山听道的一幕情景十分幽默："神官见我开颜笑，前对一人壮非少。石坛坡陀可坐卧，我手承颐肘拄座。隆楼杰阁磊嵬高，天风飘飘吹我过。壮非少者哦七言，六字常语一字难。我以指撮白玉丹，行且咀噍行诘盘。口前截断第二句，绰虐顾我颜不欢。乃知仙人未贤圣，护短凭愚邀我敬。"神官见到信徒时"开颜笑"的得意神态，壮年仙人吟哦七言被截断时"顾我颜不欢"的表情，就像世俗中的江湖术士。而"我"用手指撮起白玉丹，一边当零食嚼一边诘问仙人的动作，又活画出诗人对仙人"护短凭愚"的轻视。此诗以悠谬之言暗喻何事，尚待深考，但结尾"我能屈曲自世间，安能从汝巢神山"两句也兼顾了讽刺神仙道教虚妄惑众的寓意。又如华山从汉武帝以来就被视为仙山，唐代道教徒多在此修行。《古意》则从华山顶上有千叶莲花的传说另生奇想，根据现实生活中莲能长藕的逻辑，综合《拾遗记》所说郁水生碧藕长千常，《洞冥记》所说龙肝瓜上有霜雪，尝如蜜滓，《神异经》所说西北荒石边有脯，食一片复生一片的各种异说，虚拟出"太华峰头玉井莲，开花十丈藕如船"的景象，并将它想象成"冷比雪霜甘比蜜，一片入口沉痾痊"的仙药，以见"方士之迂诞，至于此极也"[2]，寓冷嘲于荒诞之奇想，也是韩诗独有的思路。

开元以来，由于神仙道教的普及，不少士大夫对道经中诸仙的事迹十分熟悉，《汉武帝内传》《真诰》等书中的西王母故事成为中唐诗常见的题材。韩愈《读东方朔杂事》[3]则采用叙事笔法，将《汉武帝内传》中东方朔的故事演绎为一幕戏剧化的场景[4]，在"严严王母宫"里，"方朔乃竖子，骄不加禁诃。偷入雷电室，鞭鞍掉狂车。王母闻以笑，卫官助呀呀。

---

[1]《韩昌黎诗集编年笺注》第329页。
[2]《韩昌黎诗集编年笺注》第567页。
[3]《韩昌黎诗集编年笺注》第568—569页。
[4] 据方世举引樊汝霖《年谱注》，《汉武帝内传》中有一段西王母对汉武帝的话："昔为太山上仙官令，到方丈，擅弄雷电，激波扬风，风雨失时，阴阳错忤。致令蛟鲸陆行，海水暴竭，黄鸟宿渊，于是九潦丈人乃言于太上，遂谪人间。其后朔一旦乘云龙飞去，不知所在。"方按：此段文字在"今《汉武帝内传》中竟无此语。想《东方朔杂事》别有其书"（《韩昌黎诗集编年笺注》第569页）。

不知万万人，生身埋泥沙。波顿五山踣，流漂八维蹉。曰吾儿可憎，奈此狡狯何？方朔闻不喜，褫身络蛟蛇。瞻相北斗柄，两手自相授。群仙急乃言，百犯庸不科。向观睥睨处，事在不可赦。欲不布露言，外口实喧哗。王母不得已，颜噸口赍嗟。领头可其奏，送以紫玉珂。方朔不惩创，挟恩更矜夸。诋欺刘天子，正昼溺殿衙。一旦不辞诀，摄身凌苍霞"。诗中把这个东方朔写成一个顽劣的竖子：偷入雷电室内推车，手拿北斗星柄乱搓，白天在宫殿便溺，与人间骄横不法的狂徒毫无差别。而写西王母对东方朔的娇纵：先是"闻以笑"，然后无奈其"狡狯"，最后在群仙压力下"不得已"才皱起眉头叹息着送其下凡，也正如人间不分是非娇惯顽孙的老祖母。细节描写的生活化和戏剧性更甚于大历、贞元古诗中将神仙凡人化的想象。方世举认为此诗讽刺宪宗朝的张宿，不为无据。但从诗中将恶徒的横行无忌归咎于王母之纵容的倾向性来看，此诗的意义在于指向封建政治中的一种普遍现象。

以上诗例中的超现实想象均从古书中吸取，可见韩愈虽然不信怪力乱神之言，却善于联系现实社会政治的各种现象，以前所未有的奇特表现从相应的古事古语中翻出新意。他在《杂诗》[1]中曾经明确地描述过自己的思绪从古书飞到玄冥中的过程："古史散左右，诗书置后前。岂殊蠹书虫？生死文字间。古道自愚蠢，古言已包缠。当今固殊古，谁与为欣欢？独携无言子，共升昆仑颠。长风飘襟裾，遂起飞高圆。下视禹九州，一尘集毫端。遨嬉未云几，下已亿万年。"虽然自嘲困守古道之愚蠢，犹如蠹虫生死于古书之中。但他的思想却不受古言包缠，能够飞上昆仑之巅，乘风凌虚，俯视九州，阅尽上下亿万年。九州如"一尘集毫端"的广阔视野，正如韦应物所说"上游玄极杳冥中，下看东海一杯水"[2]以及顾况所说"下看人界等虫沙"[3]，只不过韦、顾是从神仙道教传说中获得的想象，而韩愈则是通过阅读古史而获得的超越时空的奇思，所以最终还是要"翩然下

---

[1]《韩昌黎诗集编年笺注》第246页。
[2]《王母歌》，《韦应物集校注》第563页。
[3]《曲龙山歌》，《顾况诗注》第266页。

大荒,被发骑麒麟"[1],其观照的落脚点仍在人间古道的复兴[2]。这就明白地说出了其复古与尚奇之间的内在逻辑。

除了超现实的浪漫想象以外,韩愈的奇思更多地是以出人意料的联想表达日常生活中的感悟,无论读书、观景、交游还是观画听乐,甚至辩论,他都能由眼前事触发,接二连三地联想到经传古史中相关的故事。有时直接从古书中寻找相应的诗材和比兴意象[3],或集合古事和典故化为想象。这种思路是韩愈区别于其他奇险诗人的主要特色,在他早年的诗中已经出现。

如《马厌谷》将刘向《新序》中燕相得罪被罢,与门下士大夫的一段对话,化成一首先秦式的骚体短歌。刺在上位者以余谷养马、以锦绣覆地,而以糟糠养士。《利剑》则杂采曹植、宋玉、曹丕、庄子等人咏剑的语词,《越绝书·宝剑篇》《赵国策》《吴越春秋》等关于宝剑的典故,写出韩愈自己"决云中断开青天"[4]的锋锐。《驽骥》综合《齐国策》中伯乐、《韩子》中王良、《史记·秦本纪》中造父、《盐铁论》中骐骥负盐车的记载,以叙事的笔法描写骐骥和驽骀在才能、价值等方面的巨大差别,为"人皆劣骐骥,共以驽骀优"[5]的不合理现实鸣不平。这些诗中都没有超现实的想象,但已经显示出善于利用学识渊博使常见主题出新的独特思路。

随着韩愈学问根底的加深以及追求奇险的意识愈益明确,他从古书中获得的启发愈益丰富,构思的难度也逐渐增加。如《读皇甫湜公安园池诗书其后一首》[6],是评论其友人皇甫湜的诗,朱子认为此诗多不可晓,方世举也说内有阙文,不可强解。但观全篇脉理,仍可看出韩愈意在批评皇甫湜诗专在文字小处下功夫。开头用《庄子·则阳》"道尧舜于戴晋人之前,譬犹一吷"之语,形容区区下者,不足挂齿。再以"《春秋》书王法"

---

[1] 《杂诗》,《韩昌黎诗集编年笺注》第246页。
[2] "骑麒麟"虽是用《神仙传》中王远乘黄麟的典故。但麒麟是儒家所说"圣王之嘉瑞"。周道兴,麒麟出。韩愈《获麟解》:"麟之出,必有圣人在乎位,麟为圣人出也。"因此"骑麒麟"句当语带双关。
[3] 查屏球先生《唐学与唐诗》第三章第四节曾举韩愈《石鼓歌》《石鼎联句》说明"以韩愈为代表的一批元和诗人多以古事古物为诗歌题材"的特点。
[4] 《韩昌黎诗集编年笺注》第21页。
[5] 《韩昌黎诗集编年笺注》第48页。
[6] 《韩昌黎诗集编年笺注》第174页。钱仲联《韩昌黎诗系年集释》认为题中"其后一首"应为"二首"。

与"《尔雅》注虫鱼"相比,表明功夫要用在明经典大义,而非仅仅是通训诂博物。然后说皇甫湜困于穷年,枉费智思于拾取粪壤污秽之物,不如一概忘却。接着诗人又以池水中虫鱼日夜闹腾的情状为比,自言"我初往观之,其后益不观",则水中虫鱼正是呼应"《尔雅》注虫鱼"之意。此诗当是劝皇甫湜珍惜穷年,留心大道,不可在雕虫小技上荒废时间。其构思之奇在于从《尔雅》的《释虫》《释鱼》等篇中挤成一片的虫鱼之名,联想到池中"虫鱼沸相嚼"的动态。以具象的景观比喻抽象的学问,非韩愈不能。《三星行》由四句四言与十二句五言组成,四言和五言相配也是早期五言诗形成时的一种过渡性体式。此诗取意于《诗经》的《小雅·巷伯》"哆兮哆兮,成是南箕",《大东》"睆彼牵牛,不以服箱""维南有箕,载翕其舌""维北有斗,不可以挹酒浆",及汉古诗"南箕北有斗,牵牛不负轭"等句意,化用《史记·天官书》中"箕为敖客,曰口舌"的解释,在"三星各在天,什伍东西陈"的比较中,着重描写最活跃的箕星:"箕独有神灵,无时停簸扬。无善名已闻,无恶声已欢。名声相乘除,得少失有余。"[1] 于是本来"不可以簸扬"[2] 的箕星就变成了一个搬弄口舌的小人。更显得斗和牛不见服箱,不挹酒浆,各自徒有虚名。苏轼曾感叹自己和韩愈一样,命在斗牛之间,生来遭人口舌毁谤[3],正点出此诗的寄寓所在。可见韩愈善于将古书中同类内容的比喻融会贯通,与生活中观察到的各种现象进行贴切的类比。

韩诗从古事汲取的灵感并非只是化用古人句意,最难的是由其中之原理生发自己的奇想。如《陆浑山火》[4] 是一首"极于诡怪"[5] 的奇诗,首先奇在题材之新,正如沈作喆所说,自昔文章"独未有言火者"。其次奇在句式篇法和思路杂取经传大赋,而颇有理据。前段连用四句七言罗列水陆空中鱼类禽类和兽类的名称:"虎熊麋猪逮猴猿,水龙鼍龟鱼与鼋。鸦

---

[1] 《韩昌黎诗集编年笺注》第332页。
[2] 《诗经·小雅·大东》:"维南有箕,不可以簸扬。"(王先谦《诗三家义集疏》卷十八,第734页,中华书局1987年)
[3] 见樊汝霖《年谱注》,《韩昌黎诗集编年笺注》第333页。
[4] 《韩昌黎诗集编年笺注》第354页。
[5] 沈作喆《寓简》卷四,《知不足斋丛书》本。

鸱雕鹰雉鹄鹞,炰炰煨燖孰飞奔。"描写山火烧得万物"神焦鬼烂"的情状,是对汉代字书式七言的妙用。接着渲染祝融御火的场面,写火势灿若繁花盛开,声势沸如篪埙齐鸣,"读之便如行火所焮,郁攸冲喷,其色绛天,阿方欲灰"[1]。其中炎官的装束和车驾的妆饰更是极尽堆砌之能事:"攒杂啾嗻沸篪埙,彤幢绛斿紫蠜旛。炎官热属朱冠裈,髹其肉皮通胝臀。颡胸垤腹车掀辕,缇颜靺股豹两鞬。霞车虹靷日毂辐,丹蕤縓盖绯繙帑。"刘石龄分析这段诗句最有见地:"公诗根抵全在经传,如《易·说卦》:离为火,其于人也,为大腹,故于炎官热属,以颡胸垤腹拟诸其形容,非臆说也。又'彤幢''紫蠜''日毂''霞车''虹靷''豹''鞬''电光''赩日'等字,亦从'为日,为电''为甲胄,为戈兵'句化出。造语极奇,必有依据,以理考索,无不可解者。"[2]指出这些奇想都有理有据,不能仅仅"以怪异目之"。其中之理就是来自生活的理据:诗人由离卦之卦象想到离为火,既是炎官热属,自然浑身火红,"颡胸垤腹",正符合《周易正义》说"其于人也为大腹"[3]的形象。雷火从属于日、电,车驾仪仗必然是由霞光、虹彩、日轮等组成。接着想象祝融举行酒会,把巨壑当作颇黎盆,五岳当作豆登,四海当作酒樽,形象地写出火神把这场山火当成了一顿盛宴。而水帝颛顼和水神玄冥则对火神无可奈何,被烧得只能避其锋芒,缩身潜喘。最有生活气息的细节是,被他们派去打探消息的黑螭也被烧得血流满面,只能梦通上帝诉冤,还在天门前被阍者呵叱,"帝赐九河湔涕痕,又诏巫阳反其魂。徐命之前问何冤"等句,写上帝给他洗泪痕、招魂、慢慢问他冤情,又像个慈祥沉稳的长者。虽然满篇难字僻词,但堆砌铺陈无不符合《易传》《周礼·月令》等古书关于水火记载的常理,山火的神话化和神话的凡俗化交相为用,奇中有趣。

---

[1]《寓简》卷四。
[2]《韩昌黎诗集编年笺注》第360—361页。
[3] 据孔疏《周易·说卦》"离为火"一节:"此一节广明离象。离为火,取南方之行也。为日,取其日是火精也。为电,取其有明似火之类也。为中女,如上释离为中女也。为甲胄,取其刚在外也。为戈兵,取其刚在于外,以刚自捍也。其于人也为大腹,取其怀阴气也。为乾卦,取其日所烜也。"(《十三经注疏》第95页)

《病中赠张十八》[1]记自己引导张籍的一场论辩，全用比喻展开。开头说张籍文章龙文金声，力可抗鼎，只是久不论辩。于是韩愈"扶几导之言，曲节初蚴蚪。半途喜开凿，派别失大江"，张籍言谈刚形成节奏，半途思路也已打开，却又偏离了主流。"吾欲盈其气，不令见麾幢。牛羊满田野，解旆束空杠"，为使张籍辩论气势充沛，韩愈不让他见到敌阵旌旗，只见牛羊遍野的平和景象，借以比喻不让张籍感到论战气氛，任其发挥。到此插入一段夜雪对炉、相与斟酒的闲笔。在暂作停顿之后，转向论辩高潮："夜阑纵捭阖，哆口疏眉厖。势侔高阳翁，坐约齐横降。连日挟所有，形躯顿胮肛。"这时张籍已经做到高谈纵横，连日来倾其所有，几乎可比郦食其说退齐横之军的气势。然而韩愈在张籍将归时却徐徐指出其病在杂："将归乃徐谓，子言得无哤。"于是"回军与角逐，斫树收穷庬"，最后张籍以战败认输结束，并向韩愈请教："幸愿终赐之，斩拔枿与椿。从此识归处，东流水淙淙。"此诗将论辩比作两军交战，方世举认为诗意本于《管辂别传》，颇有见。《三国志·管辂别传》写诸葛原与管辂共论，就是以陷阵攻城为喻。但此诗并非与张籍角胜，而是因张籍不善谈辩，先引导其打开思路，然后在谈锋已健时再认识到自己思路驳杂终不能归于大道。如果说《管辂别传》仅仅是以战争之象渲染出论辩的激烈声势，那么韩愈循循善诱的态度，论辩的曲折过程，比喻的新鲜贴切，都着眼于论辩的思路变化、对方逻辑思维的缺陷，以及引导者的高明技巧。如此难言的抽象思辨连杜甫都未曾触及，恰恰是韩愈之奇想达到的新高度。

　　总而言之，无论是上追秦汉诗歌体式，还是从古事古语翻新出奇，都是韩愈以经传古史为根底的学养在诗歌创作中的体现，与其提倡古道之间存在自然而直接的逻辑关系。而诗人对古体古语原理的活学活用，洞彻社会政治和人情百态的锐利眼光，尤其是求新求难的思维深度，则是其尚古必然导致奇变的基本原因。

---

[1] 《韩昌黎诗集编年笺注》第672页。

## 第三节　困境中的感激怨怼所激发的奇思

韩愈风格奇险的诗歌有一部分集中创作于去徐居洛到任国子博士期间，本来他在科场困顿中，为"求知于天下"就"时有感激怨怼奇怪之辞"[1]，加上被贬阳山和量移江陵的经历，又增加了大量瘴疠之地的怪异见闻，与怨愤之心相激发，自然会产生各种奇思。这类诗歌的奇思大体表现为以下几方面：

首先，诗歌中充斥着大量险怪可怖的意象，尤其贬谪南方途中所见和岭南的生活环境，几乎都被他描写成怪兽蛇蛊出没的鬼魅世界。如《刘生》[2]写刘师命来到"惟猿猴"的"阳山穷邑"与自己相见的情景："青鲸高磨波山浮，怪魅炫曜对蛟虬。山獱欢噪猩猩游，毒气烁体黄膏流。"诗人在"炎州"每天面对的是水里的青鲸蛟虬、山上的山獱猩猩，还要忍受着令人遍体生疮的瘴毒。又如《县斋有怀》[3]写阳山县的环境："湖波翻日车，岭石坼天罅。毒雾恒熏昼，炎风每烧夏。雷威固已加，飓势仍相借。气象杳难测，声音吁可怕。夷言听未惯，越俗循犹乍。指摘两憎嫌，睢盱互猜讶。"湖上的滔天巨浪打翻了日车，岭上石峰能把天都戳个窟窿。白天总是毒雾弥漫，夏天热风烧个不停。雷电加上飓风的威势，声音极其可怕。不习惯当地的风俗和语言，导致双方相互憎恶猜嫌。这样的地理人文环境使他在量移江陵途中仍然心有余悸。经过岳阳楼时，他眼里的洞庭湖仍然是混沌诡怪的："自古澄不清，环混无归向。炎风日搜搅，幽怪多冗长。轩然大波起，宇宙隘而妨。巍峨拔嵩华，腾踔较健壮。声音一何宏，轰辖车万辆。犹疑帝轩辕，张乐就空旷。蛟螭露笋簴，缟练吹组帐。鬼神非人世，节奏颇跌踼。"[4]同样是终日炎风、波峰如山、涛声轰鸣、蛟螭幽怪出没的鬼神世界。这样的印象一直凝固在他的回忆之中，此后无论是

---

[1] 《上宰相书》，《韩昌黎文集注释》上册，第234页。
[2] 《韩昌黎诗集编年笺注》第111页。
[3] 《韩昌黎诗集编年笺注》第115页。
[4] 《岳阳楼别窦司直》，《韩昌黎诗集编年笺注》第154页。

自伤过往，还是送别友人，只要提及湘中岭南，诗中意象必然转为险怪。如写于元和初的《答张彻》[1]回忆自己被贬阳山的经历："叠雪走商岭，飞波航洞庭。下险疑堕井，守官类拘囹。荒餐茹獠蛊，幽梦感湘灵。"仍然觉得当时的境遇就像堕入深井、拘于囹圄一般黑暗，过的是以獠蛮的毒蛊为食的非人生活。

韩愈的这类奇思，将南方天气湿热、水急风大、瘴气较重的特点加以极度夸张，并集中各类野兽毒物，加上蛟螭幽怪的渲染，重构了他心目中典型的蛮荒之地。在韩愈之前，六朝到唐代被贬南方的诗人也有不少，虽然都因流落远荒而诗中不乏悲苦之辞，但从未将湘南到岭南一带写得如此恐怖。如宋之问和沈佺期被贬岭南期间，所写的大量山水诗中，呈现的都是南方四季常绿、山清水秀、花开不断的美景。韩愈笔下的岭南，实际是将怨怼悲愤的心境投射到自然环境中形成的鬼魅世界，相比前人，确实开出了一种前所未有的新奇境界。

其次，韩愈这类诗歌中有的喜用浓重强烈的色彩写景咏物，或者以富于刺激性，甚至是反常的感觉表现日常生活中的感受，也同样是出于被逆境触发的奇思。如《游青龙寺赠崔大补阙》[2]前半篇将青龙寺的秋色写成一片火红："友生招我佛寺行，正值万枝红叶满。光华闪壁见神鬼，赫赫炎官张火伞。然云烧树火实骈，金乌下啄赪虬卵。魂翻眼倒忘处所，赤气冲融无间断。有如流传上古时，九轮照烛乾坤旱。"满寺红叶如炎官撑起火伞，柿子就像红色的龙蛋，引得太阳里的金乌下来啄食。人进了寺里也被一片赤气照得头昏眼花，倒像是上古九日并出之时的光景。在这样一个仿佛着了火的寺院里，却有"二三道士集其间，灵液累进颇黎碗。忽惊颜色变韶稚，却信灵仙非怪诞"，实为怪事。青龙寺在唐景云年间由观音寺改名，为唐代密宗大师惠果长期驻锡之地。惠果历任代宗、德宗、顺宗

---

[1] 《韩昌黎诗集编年笺注》第219页。
[2] 《韩昌黎诗集编年笺注》第228页。

三朝国师,韩愈游寺应在宪宗即位以后[1]。寺里火红的秋色被写得如此怪异,或正与道士据于其间有关[2]。再看后半篇回忆自己在千里霜枫陪伴下,从贬所归来的情景:"猿呼鼯啸鹧鸪啼,恻耳酸肠难濯浣。"对照眼前赫烈的红色,诗人却想到"须知节后即风寒","当忧复被冰雪埋",节气无常、荣枯盛衰的忧虑是时势反复的隐喻,这应是诗人以红得过头的重彩渲染秋景的深层原因。

《李花赠张十一署》[3]作于量移江陵时,也是运用各种出奇的比喻将李花写得极其繁盛:"风揉雨练雪羞比,波涛翻空杳无涘。君知此处花何似?白花倒烛天夜明,群鸡惊鸣官吏起。金乌海底初飞来,朱辉散射青霞开。迷魂乱眼看不得,照耀万树繁如堆。"李花之白,不但胜过雪花、波涛,更有倒转昼夜的神奇效果,可使天色夜明,群鸡惊啼,官吏纷纷起身。万树繁花堆积,迎着朝阳、霞光四射,令人心迷目眩。这些奇丽的妙想都是出于"自从流落忧感集"的触动,联系同时所作的《寒食日出游》可知,此诗所赠张署,是与他一起贬官岭南、"生还得一处"的友人。李

---

[1] 崔大补阙指崔群,贞元十九年中进士,累迁右补阙,韩愈元和元年六月方自江陵召入,则此诗当作于元和年间。据笔者搜索隋唐文献中所有关于青龙寺的诗文,除了韩愈此诗以外,都是极力称赞寺中环境的清净,没有一篇提及道士。此诗中的道士或是游客身份。据唐书《宪宗本纪》,唐宪宗即位之初,不甚信神仙之事,但元和五年之后,便在近臣和方士蛊惑下迷信神仙服食,最终因"服饵过当"而弃世。此诗写佛寺中竟有道士"累进"灵液,也可见当时方士之活跃,韩愈当有所刺。

[2] 关于道士进灵液这四句,有不同解释。《五百家注昌黎文集》卷四(文渊阁《四库全书》本)以及《朱文公校韩昌黎先生文集》卷四(《四部丛刊》影印元刊本)均认为"此谓食柿也"。《详注昌黎先生文集》(宋刻本)则注:"灵液,玉膏也,以喻酒。郭璞《游仙诗》'钟山出灵液'。玻黎,玉名也。"据笔者搜索隋唐全部文献,灵液的用法仅四种:一为仙液,喻美酒;二指唾液;三为水的美称;四指雨露。第一、二两种用法都见于与仙道有关的诗文,描写道士修炼或神仙服食之事。三、四则见于朝臣称颂祥瑞之疏文,以及咏泉水、井水、河水的诗赋。没有以"灵液"美称柿子的用法。因而"灵液累进颇黎碗"一句应与"道士"身份相关,用"仙液"之意,指道士服用的强身驻颜的丹药。如《云笈七签》卷六五载《太清金液神丹君歌》,称神丹为"玄水金液","反汝白发童子咽,太和自然不知老"(《云笈七签》第1437页,中华书局2003年)。又卷七八载唐开耀二年苏游所作《三品颐神保命神丹方》称服丹"可以坚实骨髓,羸体变而成刚","可以悦泽肌肤,衰容反而少"。本卷所列"方药"中有多种"可以和形长服留颜还白方","可以和形长服驻年还白方","可以和形长服反颜还白方","令人爱念好容色延年方",等等,几乎都能"使人颜如十五六童子","白发更黑,颜如十五女子"(《云笈七签》第1758—1789页)。韩诗中的道士很可能是将这类药液装在玻璃碗里饮用,所以后二句说"忽惊颜色变韶稚,却信灵仙非怪诞",实是借满寺红叶映得脸色变红,以诱信游客相信方药有返老还童的功效。故"灵液"句不应简单理解为道士食柿。此处道士灵液可使人返回韶颜稚齿,固有讽刺道教骗人之意,但也是借此引出"桃源迷路竟茫茫,枣下悲歌徒纂纂"两句,兴起下半篇感慨自己盛年已在贬所消磨的悲歌。

[3] 《韩昌黎诗集编年笺注》第183页。

花最盛之时，却是张署病重，而且"又署南荒吏"的时候[1]，联想到"只今四十已如此，后日更老谁论哉"，这难得一见的繁花，正像是盛年转瞬即逝的写照。诗人将此处李花渲染得越是神奇，"纷纷落尽泥与尘"的悲哀就越是强烈。"不忍虚掷委黄埃"[2]的岂止是李花，更是自己和张署在贬谪中被虚掷的有限生命。

此外，韩愈为夸张困境中的喜怒哀乐，也常有出人意料的奇想。如《苦寒》诗[3]作于任四门博士期间："肌肤生鳞甲，衣被如刀镰。气寒鼻莫嗅，血冻指不拈。浊醪沸入喉，口角如衔钳。"从寒气切肤之痛，衣被廉薄之冷，口鼻、手指、咽喉等器官的麻木之感夸张苦寒之意。尤其是想象"啾啾窗间雀"将要冻僵，竟会产生"不如弹射死，却得亲炰燖"的怪异愿望，将《箧中集》诗人把话说到极端的思路发展到极致。而其感觉的敏锐，正与孟郊相似，都是出于此时"恩光何由沾"的怨怼。又如《送文畅师北游》[4]中"昨来得京官，照壁喜见蝎"两句向来被视为韩愈以丑为美的典型例句，如果联系此诗对自己"三年窜荒岭，守县坐深樾"的回忆，就能理解他见蝎而喜的反常审美感受了。《喜侯喜至赠张籍张彻》[5]回忆"昔我在南时"对诸友的思念："如以膏濯衣，每渍垢逾染。"将《邶风·柏舟》"心之忧矣，如匪浣衣"的比喻加以夸大，把难忘的友情比喻成用油膏洗衣，越洗越黏，这种垢腻之感与贬谪中忍辱含垢的心情也不无关系。

其实韩愈并非没有正常的审美感受。《答张彻》就曾实事求是地提及阳山的山水之美："赖其饱山水，得以娱瞻听。紫树雕斐亹，碧流滴珑玲。映波铺远锦，插地列长屏。愁狖酸骨死，怪花醉魂馨。"[6]但是在恶劣的心境中，就变成了"荒花穷漫乱，幽兽工腾闪。碍目不忍窥，忽忽坐

---

[1]《韩昌黎诗集编年笺注》第185页。
[2]《韩昌黎诗集编年笺注》第183页。
[3]《韩昌黎诗集编年笺注》第78页。
[4]《韩昌黎诗集编年笺注》第238页。
[5]《韩昌黎诗集编年笺注》第248页。
[6]《韩昌黎诗集编年笺注》第220页。

昏垫"[1]。作为古道的提倡者和践行者,韩愈所有这些由困境中的感激怨怼激发的奇思,都与其尚古存在必然的逻辑联系。在《八月十五夜赠张功曹》[2]诗里,他把贬谪生活和量移经过分两段并列:"洞庭连天九嶷高,蛟龙出没猩鼯号。十生九死到官所,幽居默默如藏逃。下床畏蛇食畏药,海气湿蛰熏腥臊",尽管遇到"涤瑕荡垢清朝班"的赦免机会,但因为"州家申名使家抑,坎轲只得移荆蛮。判司卑官不堪说,未免捶楚尘埃间",所以在他看来,量移后仍然是"天路幽险难追攀"。可见人世间的污浊和自然界的险恶在他眼里是相似的,南荒的可怖实际是韩愈的政治困境在岭南自然环境中的妖魔化。《永贞行》[3]说得更明白,他认为在"小人乘时偷国柄"的永贞年间,朝廷上"狐鸣枭噪争署置,睗睒跳踉相妩媚",得势的就是一群白日受贿、买卖官爵的城狐山鬼。因此,逆境中的怪异想象不过是他将社会人事与自然环境相比拟的一种夸张罢了。

更重要的是,韩愈还借助这些奇险的想象抒发了直道君子受压被贬的不平之气。《赴江陵途中》[4]回顾"孤臣昔放逐,血泣追愆尤"的经过,在记叙个人遭际的同时反映了德宗末年到顺宗、宪宗三朝皇帝更迭的历史。认为自己当时因"上陈人疾苦"而得罪,全出于"为忠宁自谋"的正气,原本"谓言即施设,乃反迁炎州","朝为青云士,暮作白首囚"的巨大反差,使岭南的陌生环境在他眼里更加无法忍受:"雷霆助光怪""生狞多忿狠""有蛇类两首,有蛊群飞游""疠疫忽潜遘,十家无一瘳"。量移后又仍然"栖栖法曹掾",自然会发出"生平企仁义,所学皆孔周"之君子"何处事卑陬"的不平之叹。韩愈所提倡的道,是要求所有学周孔、慕仁义的才德之士都能参与政治,而且一生励行达则行道、穷则传道的处世原则。然而他即使一时能达,满腔忠义,也不能行其古道,难怪他会"冤氛销斗牛",使所有的怨愤都化为遍地妖怪鬼蜮的想象了。古道君子这种气冲牛斗的冤氛,正是韩愈容易在困境中激发奇思的重要原因。

---

[1] 《喜侯喜至赠张籍张彻》,《韩昌黎诗集编年笺注》第248页。
[2] 《韩昌黎诗集编年笺注》第137页。
[3] 《韩昌黎诗集编年笺注》第168页。
[4] 《韩昌黎诗集编年笺注》第159—161页。

## 第四节　与复古同道斗奇争险的豪气

韩愈还有一部分奇诗产生于和他的复古同道交往酬唱、切磋诗文的创作环境中。这些诗虽然不乏困境中的相互慰勉，但也有不少是作于韩愈仕途相对平顺的时期。即使在奇诗逐渐减少的后期，只要是和孟郊、皇甫湜、贾岛、卢仝、张籍等友人赠答交往，他就会鼓起争奇斗胜的劲头，在论诗说赋的氛围中营造出一个与古道君子共享的精神世界和文字天地。

孟郊是韩愈最推崇的同道和知己，二人订交约在贞元八年前后。韩愈早年效法秦汉古诗体式虽已形成不少独创的奇格，但文字较平易，只是在与孟郊相关的诗篇中才显示出险怪生涩的倾向，可见他们相识不久便已相互影响。如作于贞元十一年的《荐士》[1]向郑余庆推荐孟郊，或许是为了与孟郊的"横空盘硬语"相称，诗中开始使用大量近义双音词，像"凋耗""剽盗""瞭眄""嘲慠""登造""覆焘""恋嫪""啄菢"等等，形成艰涩的声调。贞元十九年所作《苦寒》诗用词原理与《荐士》近似，其中以感觉的转换和极端化的思路夸张苦寒的方式，也对孟郊作于元和元年的《寒地百姓吟》有直接启发，如韩愈想象窗间雀"不如弹射死，却得亲炰烊"，孟郊便想象"寒者愿为蛾，烧死彼华膏"[2]。孟郊大约作于元和四年的《秋怀十五首》是思路最新奇的一组诗，尤其感觉的敏锐已深入潜意识的层次。韩愈作于元和七年的《秋怀十一首》虽与孟郊诗的情调和风格大不相同，但其中一些奇想的思路却是一致的。孟郊善于将抽象的感觉实体化，如"去壮暂如剪，来衰纷似织"[3]，"抽壮无一线，剪怀盈千刀"[4]之类；韩愈的"归愚识夷涂，汲古得修绠"[5]，也是以回归平坦大道、用长绳到古井中汲水的形象化比喻说明自己应当守拙稽古的抽象

---

[1]　《韩昌黎诗集编年笺注》第 62 页。
[2]　《孟郊诗集校注》第 125 页，此诗作于元和元年。
[3]　《秋怀十五首》其一，《孟郊诗集校注》第 159 页。
[4]　《秋怀十五首》其十二，《孟郊诗集校注》第 161 页。
[5]　《韩昌黎诗集编年笺注》第 431 页。

思维。可见两人都能敏锐地觉察到对方思路奇在何处，并且在作品中相互呼应。

韩、孟的奇思还有不少相似之处，如处理天人关系的视野变异[1]、在语言和声调上的两极化探索[2]等等。虽然表现的方式差异很大，但是在原理上相通。韩、孟之间这种深度的相互理解也激发了他们来往作品中所有的奇想。如孟郊连失三子，韩愈"惧其伤"，想出告天不灵，由地祇派灵龟上天责问的一个故事："上呼无时闻，滴地泪到泉。地祇为之悲，瑟缩久不安。乃呼大灵龟，骑云款天门。问天主下人，薄厚胡不均？"[3]然后借天回答灵龟的一段话，以物各有命、祸福难料的道理往告孟郊。其中"日月相噬啮，星辰踣而颠"两句将上天管辖的范围写成日月相互噬咬，星辰为之颠仆的一片乱象，奇趣横生又不乏讽意。以如此奇特的构思安慰友人失子之痛，非深知孟郊者不能。

韩、孟之间的相知最突出地体现在他们的联句上。观韩愈诗集中所有的联句，虽然有时张彻、张籍等其他人也会参与，但绝大部分是以韩愈和孟郊两人为主。联句本身就有较量才情学识的意味，正如《纳凉联句》中所说："贾勇发霜砺，争前曜冰桨。"两人对句就像刀来槊往，奋勇争前，追求的就是出语能够"工异逞新貌"[4]，《城南联句》中有一段文字描写城南郊墟故宅，想象当初公卿名贤在此游集"嘉咏"的盛况："窥奇摘海异，恣韵激天鲸。肠胃绕万象，精神驱五兵。蜀雄李杜拔，岳力雷车轰。大句斡玄造，高言轧霄峥。"[5]如用来形容韩、孟联句的创作状态，也很合宜。可见这种较量需要调动全副精神和平时所有的知识储备，而且必然促使双方窥奇摘异之心更加炽烈，争着写出足以扭转乾坤、直冲霄汉的高言大句。即以文风而论，孟郊诗本来以朴拙平易为主，较少像韩愈那样连续堆砌艰深语词，但是在《秋雨联句》《城南联句》《征蜀联句》中，他却能像韩愈一样大量使用生造的难词，与韩愈笔力相当。可见韩、孟的

---

[1] 详见本书第三章《"诗囚"的视野变异及其艺术渊源》。
[2] 详见本书第五章《韩、孟探索古诗声调的意义和得失》。
[3] 《孟东野失子》，《韩昌黎诗集编年笺注》第342—343页。
[4] 《韩昌黎诗集编年笺注》第260页。
[5] 《韩昌黎诗集编年笺注》第282页。

联句不仅是争奇斗险,也是棋逢对手,诗遇知音,正如《遣兴联句》所说:"慷慨丈夫志,可以耀锋芒。(郊)""苟无夫子听,谁使知音扬?(愈)"[1]在这样酣畅淋漓的较量中,既充分炫耀了各自的才华锋芒,又相互激发出更加旺盛的创作热情,使他们奇险艰深的诗风发展到极致。

从韩愈和孟郊的联句可以看出,窥奇摘异既可以逞才炫博,也是古道君子寻求知音的重要方式。这种追求也体现在韩愈和朋友们探讨前人之作和相互评骘的诗文中。例如韩愈《答张彻》[2]回忆过去十年与张彻相识交游,共同钻研经史的读书心得:"初味犹啖蔗,遂通斯建瓴。搜奇日有富,嗜善心无宁。"从品味经典到贯通大义,搜奇求善,日有所获。《喜侯喜至赠张籍张彻》[3]后半首写他与三子讨论新诗:"欹眠听新诗,屋角月艳艳。杂作承闲骋,交惊舌互舔。缤纷指瑕疵,拒捍阻城堙。"生动地写出朋友们读诗时彼此欣赏惊人之句,但也互相挑刺甚至论战的情景。《题张十八所居》[4]写他与张籍的交往:"端来问奇字,为我讲声形。"也可看出朋友常在一起研习奇字和形声对于韩愈好用难字的影响。这种搜奇指瑕的氛围,自然会促使韩愈同道们的创作取向趋同。如《石鼎联句序》[5]即写刘师服和侯喜与道士轩辕弥明作《石鼎联句》,"思益苦,务欲压道士",而反为道士所败的故事,颇能见出这两位韩门弟子争奇斗险的心态和神情。

韩愈在与卢仝、皇甫湜、樊宗师、贾岛这些关系较近的诗人的交往中,很注意获取奇思的灵感,尤其是元和三年以后,韩愈的诗风随心情趋于平和,奇诗多因与朋友唱和而作。如《陆浑山火》是因为"和皇甫湜用其韵",《山南郑相公樊员外酬答为诗》与郑余庆和樊宗师酬答,正如方世举所说:"公此诗及樊墓志铭,语奇而涩,皆所以效其体也。"[6]又如《月蚀

---

[1] 《韩昌黎诗集编年笺注》第310页。
[2] 《韩昌黎诗集编年笺注》第219页。
[3] 《韩昌黎诗集编年笺注》第248页。
[4] 《韩昌黎诗集编年笺注》第509页。
[5] 《韩昌黎诗集编年笺注》第438页。
[6] 《韩昌黎诗集编年笺注》第454页,见方注(一)。

诗效玉川子作》[1]写于元和五年，结构内容仿佛是由卢诗剪裁而成。对于卢诗中写得过于冗细或讽意过显的部分，韩愈只是简单带过，同时将指责青龙白虎、火鸟寒龟一段加以整伤，使卢诗毫无节奏感的杂言能与全诗的五七言节奏合拍，并且统一了全诗的语言风格，避免了卢诗难易雅俗夹杂无序的弊病。《昼月》丑化白昼之月："玉碗不磨著泥土，青天孔出白石补。兔入臼藏蛙缩肚，桂树枯株女闭户。"[2]以玉碗沾土、白石补洞、兔藏蛙缩、树枯门闭等肮脏丑怪的意象比喻昼月的黯淡，其奇思也受到卢仝《月蚀诗》丑化月亮的影响。又如评论贾岛："无本于为文，身大不及胆。吾尝示之难，勇往无不敢。蛟龙弄角牙，造次欲手揽。众鬼囚大幽，下觑袭玄窨。天阳熙四海，注视首不颔。鲸鹏相摩窣，两举快一啖。"[3]此诗充分肯定了贾岛学诗不畏艰难勇往直前的胆力，赞赏其敢于揽蛟龙、窥鬼穴、啖鲸鹏的奇想，同时指点出"奸穷怪变得，往往造平澹"的向上一路。后半首说贾岛来访时，自己已是"老懒无斗心，久不事铅椠"，可知韩愈也是因贾岛的险怪才重新激起"斗心"。类似的创作环境还有他与卢汀的交往，《酬司门卢四兄云夫院长望秋作》[4]说："云夫吾兄有狂气，嗜好与俗殊酸咸。日来省我不肯去，论诗说赋相喃喃。《望秋》一章已惊绝，犹言低抑避谤谗。若使乘酣骋雄怪，造化何以当镌劓？嗟我小生值强伴，怯胆变勇神明鉴。"这个卢云夫也是个不肯随俗的狂人，向以刻凿造化的雄怪诗风自许[5]。韩愈自嘲本来胆怯，因遇到强手而变勇，可见其此时争奇斗险的劲头主要来自同道的挑战。

胡震亨曾评论韩愈与其同道争奇斗险的原因："诗道须前后辈相推引。……史称其（指韩）奖借后辈，称荐公卿间，寒暑不避，而会其时，所曲成其业与声名如孟郊、李贺、贾岛其人者，又皆间出吟手，能偕公翻

---

[1]《韩昌黎诗集编年笺注》第386页。
[2]《韩昌黎诗集编年笺注》第393页。
[3]《送无本师归范阳》，《韩昌黎诗集编年笺注》第418页。
[4]《韩昌黎诗集编年笺注》第414页。
[5] 韩愈《卢郎中云夫寄示送盘谷子诗两章歌以和之》中也有"远忆卢老诗颠狂"之说（《韩昌黎诗集编年笺注》第423页）。

新斗异,换夺一世心眼传后。"[1] 由于韩愈之道的基本内涵就是改变社会以贵役贱、士庶有别的现象,使才德之士都能为国家所用,所以他一生汲汲于推贤进才,认为使穷困之士鸣其不平也是明道[2]。他与这些贫寒后辈中的吟手翻新斗异,确实是可以借此称荐推引,曲成其声名。从这一点来说,这种争奇斗险本身就是韩愈行道的一种方式。

但是如果细勘上述韩愈与其同道酬唱的创作状态,还可以看出,如果把这类翻新斗异的目的仅仅看作是为了推奖后辈,还是失于功利。首先,这些寒士都是韩愈复古的同道,其所以能形成交游圈,主要还是因为提倡古道的目标一致,并结下了深厚的友谊。孟郊吸引韩愈的主要是"古貌又古心"[3];卢仝令他敬畏是因为"独抱遗经究终始"[4];张署是他"生死两追随"[5]的挚友;张彻既是其门下士,又是从子婿,韩愈却称"结友子让抗,请师我惭丁"[6];张籍更是韩愈希望"与我高颉颃"[7]的多年老友。韩愈身在贬谪之中,他们是韩愈主要的精神慰藉:"昔我在南时,数君常在念。"赦还相聚时,与侯喜、张籍、张彻等论诗说赋,则使他深感其乐无穷,"人生但如此,朱紫安足僭"[8],认为这种人生之乐,是超越了功名富贵的最高境界。在《会合联句》《同宿联句》《纳凉联句》《秋雨联句》《雨中寄孟刑部几道联句》等奇险冗长的作品中,都可以看到他们意气相投、互诉衷肠、以"直道败邪径"来"殷勤相劝勉"的相知之情,对诗句"左右加砻斫"的极大兴趣[9],因此争奇斗险并非只是争强好胜,而是这一群体在精神上互相激励,共同砻磨学识和探讨诗道的享受。

其次,韩愈和朋友们的翻新斗异、争险求难,体现了这一群体处于中唐文化顶峰的自觉性和自豪感。韩愈才学之高,连与他交往甚少的白居

---

[1] 《唐音癸签》卷二五"谈丛一",第 268 页。
[2] 见拙文《论唐代的古文革新与儒道演变的关系》,收入《汉唐文学的嬗变》。
[3] 《孟生诗》,《韩昌黎诗集编年笺注》第 17 页。
[4] 《寄卢仝》,《韩昌黎诗集编年笺注》第 397 页。
[5] 《寒食日出游》,《韩昌黎诗集编年笺注》第 185 页。
[6] 《答张彻》,《韩昌黎诗集编年笺注》第 219 页。
[7] 《调张籍》,《韩昌黎诗集编年笺注》第 518 页。
[8] 均见《喜侯喜至赠张籍张彻》,《韩昌黎诗集编年笺注》第 248 页。
[9] 《纳凉联句》,《韩昌黎诗集编年笺注》第 260 页。

易都承认"求之一时,甚不易得"[1],刘禹锡也说韩愈"手持文柄,高视寰海,权衡低昂,瞻我所在。三十余年,声名塞天"[2]。他们以精博的学识和出众的文才超俗拔群,傲视世人,这正是古道君子与世龃龉的一种表现。正如韩愈《醉赠张秘书》所说:"为此座上客,及余各能文。君诗多态度,蔼蔼春空云。东野动惊俗,天葩吐奇芬。张籍学古淡,轩鹤避鸡群。……性情渐浩浩,谐笑方云云。此诚得酒意,余外徒缤纷。长安众富儿,盘馔罗膻荤。不解文字饮,惟能醉红裙。"[3]自己与张署、张籍、孟郊等能文的友人性情相投、谐谑笑谈,个个能"险语破鬼胆,高词媲皇坟",所以对于那些不解文字饮的众富儿来说,自是惊世骇俗,鹤立鸡群。《咏雪赠张籍》说:"赏玩捐他事,歌谣放我才。狂教诗硨硊,兴与酒陪鳃。惟子能谙耳,诸人得语哉!""雕刻文刀利,搜求智网恢。莫烦相属和,传示及提孩。"[4]他把文思之利比作雕刻,诗歌智慧比作天网恢恢。诗写得狂放硨硊,正是为了充分释放自己的才情,只有像张籍这样的同道能够理解并且属和,其他俗人根本不配与之共语。更何况,在一些联句和长篇奇诗中,韩愈还与同作的友人有共同的托讽对象,如《月蚀诗》《陆浑山火》《石鼎联句》等,或讥时相,或刺藩镇宦官,虽用意隐晦而彼此都能心领神会。可见韩愈和他的复古同道们已经形成了只属于他们自己的精神世界和文字天地。从这个意义上来说,这种争奇斗险,也是这一群体直刺时政弊端、以其高才博识向世俗挑战的一种宣泄方式。

总而言之,韩愈以复古作为倡导道统和文统的旗帜,其诗之所以形成奇险之风,与其所守的古道之间存在着必然的联系。因上追秦汉诗歌体式而造成的奇格,因善于翻新古事古语而产生的奇思,都与其浸淫于古史古书的学识修养存在直接的逻辑关系;而他将自然环境妖魔化的怪异描写,则是出于直道君子在仕途逆境中的怨愤之气,以及将人事与天道相比拟而激发的奇想。与复古同道争奇斗险的精神享受,更体现了这一群体傲立于

---

[1] 白居易《韩愈比部郎中史官修撰制》称韩愈"学术精博,文力雄健,立词措意,有班、马之风,求之一时,甚不易得"(《白居易集笺校》卷五,第3190页)。
[2] 《祭韩吏部文》,陶敏、陶红雨校注《刘禹锡全集编年校注》卷十六,第1084页,岳麓书社2003年。
[3] 《韩昌黎诗集编年笺注》第215页。
[4] 《韩昌黎诗集编年笺注》第641页。

中唐文化顶峰的高情胜气，以及对丑恶世俗的极大蔑视。因此，如果切实考察韩愈搜奇嗜异的具体环境和创作心态，可以对他从尚古到求奇的内在逻辑有更深入一层的理解。

# 第七章　韩愈古诗中的"性情面目"与人物百态

叶燮《原诗》认为古代大诗人中诗歌能"全见面目"者仅陶潜、李白、杜甫、韩愈、苏轼五人,其余则"可见不可见,分数多寡,各各不同"[1]。他所谓"面目"主要指诗人在诗里显露的胸襟性情以及鲜明的个性特征。这是叶燮评价诗歌的一条重要标准,也是清代诗学中的一个重要创获。但是仅就叶燮所标举的这五大家而言,各家能见面目的原因也各不相同,因此对于当代学者而言,如能具体地阐释每位大诗人能"全见面目"的创作肌理,也是深化古典诗歌研究的途径之一。

韩愈的个性之鲜明,史传早有明文记载。但以往研究韩诗多聚焦于其好奇求险的诗风,罕见关注其性情面目者。笔者以为韩愈的独特个性虽然是完整地显现在其全部作品之中的,但从他刻画各类人物和世情百态的一类古诗最易见出,这类诗往往在与各色人物交往的过程中毫无避忌地流露出自己的爱憎好恶,同时也坦率地展现出诗人自己微妙的心理活动,与他那些浪漫奇险的诗歌同样是其古诗中最有特色的组成部分。因而研究韩愈对人物百态的描写,有助于了解韩诗能"全见面目"的原因。

---

[1] 叶燮《原诗》外篇(上),《原诗　一瓢诗话　说诗晬语》第 50—51 页。

## 第一节　中唐以前诗歌中的人物描写

　　《诗经》《楚辞》所确立的中国古典诗歌的创作传统,以抒情为主,极少有人物世态的客观描写。汉乐府虽然有不少写人写事的叙事诗,但以少数人物和场景反映社会问题为主,只有《陌上桑》《羽林郎》《古诗为焦仲卿妻作》这样篇幅稍长的作品能勾勒出较为鲜明的人物形象,但在此后的诗歌发展中并未形成传统。这与汉魏以来以叙事为主的诗歌迅速减少有关,因为以上着重于人物刻画的诗歌,多与"事"的记述结合在一起。而从魏晋以后,诗歌以抒情为主,虽然"人"也是诗歌的重要元素,与情和景不能分离,但抒情诗里的人物,首先是作者自己,除了陶渊明以外,魏晋南北朝诗歌中极少有面目鲜明的作家。即使是阮籍、鲍照、庾信这样能够深入内心世界的大诗人,也往往将个人形象隐藏在各种比兴、典故和各类借以托喻的人物场景后面。比兴因为只注意比兴形象和比喻意义的对应,不重比象自身的刻画,本来是不容易表现诗人个性的。陶渊明之前,阮籍使用比兴最多,也最集中,但是他的比兴寓意主要在象征时代环境和政治氛围,对于凸显诗人个性的作用有限。而陶渊明诗能"全见面目",则因为陶诗的比兴集中取自田园生活中的常见景象,对于表现他的处境和人格具有鲜明的象征意义。也就是说,比兴能达到人格化的高度,是陶诗能够充分凸显诗人性情面目的重要原因。

　　其次,汉魏六朝诗歌中的各色人物都是作者借以抒情的对象,例如咏史诗虽以人物描写为主,但一般都因事件的某种性质或人物的某种行为引起作者的咏叹,借以抒发自己的感想和评论;闺情诗往往以女子为描摹主角,尤其齐梁以后的闺情诗不少在女子的外貌装饰等方面不惜笔墨,然而都是为了烘托闺怨乃至艳情,关注点也不在人物的个性特点。六朝最多的应酬赠答这类人际交往之作,本来以赞扬对方的经历、地位、才华、功绩等为题中之义,有较大的人物塑造空间,却多为对酬答对象的礼仪性恭维,极少见到生动的人物描写。至于南朝时兴起的山水诗,由于以人与自然的合一为基本主旨,最多见的人物如山人、隐士、樵夫、渔翁一类,都成为大自然风光的点缀；边塞诗中的侠少、将军、戍客、征夫，也都成为抒发功名理想或咏叹边愁的类型化人物。

诗歌中的人物描写兴起于盛唐，李颀首先在赠答送别诗里发现了刻画各类人物的空间。他因交游极广，赠人送别之作在诗集中占十之七八，角度多着眼于对方的命运遭际，有的五古和七言歌行已经能刻画人物的外貌和性格特征，以简笔写意见长。如写陈章甫的坦荡豪爽、张旭的豁达狂放、梁锽的倜傥不羁，三言两语便形神毕现，但这类作品还不算太多。而在李颀之外，多数盛唐诗人还是着重在景物描写，即使题咏人物，如王维的《济上四贤咏》《西施咏》《老将行》《洛阳女儿行》等，也只是借以比兴或抒情；李白的赠人送别诗数量极多，但因大多着眼于自己的离情或眼前景物，只有个别写神仙或闺情的诗篇会涉及外貌，所以也罕见生动的人物描写。

盛唐诗人中，杜甫的人物描写是最为丰富多样的，取材也最广泛。他结合当时重大的政治事件和个人经历，展现了从帝王后妃到官僚士子和普通百姓等各色人物在大动乱中的命运，从各种不同角度写出自己对这些人物的观察和思考。尤其是以《八哀诗》为代表的五古长篇，开出了全面记述人物经历、事迹、品格的先例，犹如诗体的人物行状。同时，杜甫还善于在与某些人物的关系和交往中显现出自己的性情面目。其笔下形象特征较为鲜明的人物大致有三类。一是自己的亲朋好友。亲人中写得最生动的是他的小儿女，如《忆幼子》《遣兴》中聪明可爱的"骥子"，《彭衙行》中"强解事"的"小儿"，累得"烂漫睡"的"众雏"，《北征》中学母化妆的"两小女"，不但写出不同年龄段的孩子们的形貌情态，也凸显了诗人自己的慈父面目。挚友中写得最动人的是李白和郑虔。在杜甫记述和怀念李白的多首诗里，他不但对李白一生的命运、遭际、才华、成就做了全面的总结，而且传神地概括了李白狂放豪逸的性格，以及晚年"冠盖满京华，斯人独憔悴"[1]的形象；郑虔在他诗里，既是一副"㛹散鬓如

---

[1]《梦李白二首》其二，《杜诗镜铨》第 231—232 页。

丝"[1]"时时乞酒钱"[2]的潦倒相,又是"才过屈宋""德尊一代"的"老画师"。而诗人对郑虔被贬为台州司户后"呼号傍孤城""眼暗发垂素"[3]的想象,又正见出他自己对友人生死不渝的至情至性。

　　二是杜甫在新题乐府中涉及的一些人物,由于这类诗以记事为主,吸取了汉乐府通过片段场景、人物对话以反映重大时事的表现原理,而且心理描写远比汉乐府细致丰富,因而塑造了不少令人下泪的人物形象,如《新婚别》中深明大义的新娘、《石壕吏》中"急应河阳役"的老妇、《垂老别》中暮年从军的老翁等等,就连《哀王孙》里流窜荆棘之中的落难王孙,也都栩栩如生。

　　三是诗人平生在不同境遇中接触过的各类人物,虽然交往有疏密之分,但凡是给诗人留下深刻印象的人,往往形象刻画也分外鲜明,尤其是那些在杜甫落难时接待过他的故人,如《病后过王倚饮赠歌》中为给大病初愈的诗人补养身体,而"向市赊香粳"的王倚,《彭衙行》中热情安顿杜甫全家的孙宰,其为人的厚道和周到都在叙事细节中见出。而对比较仰慕或熟悉的人,则不限于一事一景,能将其经历遭际和性格的关系写得更为复杂,如《八哀诗》写李邕的才学、书法成就以及人品,赞美其在"武后朝"敢于"面折二张势"的凛然正气,同情其因仇人告状而"放逐早联翩,低垂困炎疠"的不幸遭遇,指出李邕耿直磊落的性格是"忠贞负冤恨"的根本原因[4],鲜明地刻画出这位盛唐名家才高气盛而又不遇于当世的形象。《可叹》写王季友因"贫穷老瘦家卖屐"[5]而被妻子抛弃,却得到太守李勉礼敬的境遇,既深入王季友恐惧为俗人耻笑的心理,更衬托出李勉的好贤敬才、善解人意的磊落胸怀。从杜甫对这些人物的描写,又可见出其待人诚笃恳挚的天性。

　　杜甫将描写人物作为在五古和七古中展开叙述的一种方式,其涉及人物形象之多样,刻画性格之丰富,在中国诗歌史上不但是首创,并且为后

[1]《送郑十八贬台州司户》,《杜诗镜铨》第172页。
[2]《戏简郑广文兼呈苏司业》,《杜诗镜铨》第89页。
[3]《有怀台州郑十八司户》,《杜诗镜铨》第232、233页。
[4]《杜诗镜铨》第682—686页。
[5]《杜诗镜铨》第879—881页。

人开启了以诗歌写人的多种表现艺术。杜甫之后,大历诗以近体为主流,古诗数量很少,但是少数主攻古体的诗人如韦应物、顾况等,也曾在少数题材中涉笔人物描写,尤其是一些关于神仙想象的古诗,将道教故事搬入诗歌,将神仙凡俗化的结果[1],往往会写出一些生活化的神仙的形象,虽然还谈不上性格的刻画,然而对人物的外貌和动作言语有所关注,也为世俗人物的描写提供了某些经验。

通过以上简略的回顾可以看出,中唐以前的诗人虽有极少数以写人物见长,但基本上没有形成描写人物的传统,于是杜甫便成为一个特例。杜甫将写人和记事紧密结合,利用五古和七古适宜于叙述的表现原理,着重描写各类人物的鲜明形象,通过待人接物的思考和态度表现出自己的性情面目,这些均为韩愈所继承。因此韩诗写人的成就和特色主要应溯源到杜甫,这也是考察韩愈追步杜甫并加以创新发展的一个重要角度。

## 第二节　韩愈的"疾恶甚严"及其对僧俗人物的描写

叶燮认为:"举韩愈之一篇一句,无处不可见其骨相棱嶒,俯视一切;进则不能容于朝,退又不肯独善于野,疾恶甚严,爱才若渴,此韩愈之面目也。"[2] 这段话精要形象地概括了韩诗中所见韩愈的个性特征。"疾恶甚严"其实正道出了韩愈"骨相棱嶒"以及"进则不能容于朝"的原因,"骨相"谓骨格相貌,即从里到外的气质神情。"棱嶒"即"崚嶒",叠韵联绵字,本形容山貌,叶燮用"棱"字,更显出韩愈性格的棱角不平,锋芒毕露。不能随俗俯仰,也自然不能为朝廷世情所容。这确是韩愈个性中最突出的方面,最容易从他待人接物的态度中见出,尤其是他所"俯视"的那些僧俗人物。

韩愈所俯视的僧俗人物,主要包括僧人、道士和官场人物这几种。韩

---

[1] 参见本书第二章《中唐前期古诗中超现实想象的变化》。
[2] 《原诗　一瓢诗话　说诗晬语》第50页。

愈排佛坚决，对僧人也毫不留情面。例如《送僧澄观》[1]是一首七古赠别诗，这类题材为礼貌起见，一般都要对送行的对方说几句好话。澄观在泗州修复僧伽塔，在常人看来是功德，此诗却一开头就指责佛教建寺造塔、争夸奢靡，是扰乱天下："浮屠西来何施为，扰扰四海争奔驰。构楼架阁切星汉，夸雄斗丽止者谁？"直刺僧人当初动用了越商胡贾赎罪的无数"珪璧"，将塔造得高入云霄。接着回忆韩愈当初在汴州时，听往来贤俊都称澄观"公才吏用当今无"，而且"人言澄观乃诗人"，虽然没见其本人，已产生了"我欲收敛加冠巾"的想法。仍然没有一句赞扬，反而想让澄观加头巾还俗。最后写澄观到洛阳来访，诗人的用词也颇微妙。例如形容其敲门是"丁丁啄门疑啄木"，显得小心翼翼，诗人所用口气则是"有僧来访呼使前"，明摆着并不欢迎也不尊重。见面时则化用《后汉书·李固传》，把本来是赞人"貌状有奇表"的"顶角匿犀"，说成是"伏犀插脑高颊权，惜哉已老无所及"的一副老态，而韩愈"坐睨神骨空潜然"的神态，看似怜其神骨老迈，但用"睨"字却是斜视而非正眼瞧人。可见从见面到送客，韩愈待这位名僧毫无敬意，以致北宋契嵩禅师愤愤地说："韩子作诗送澄观而名之，词意忽慢，如规诲俗子小生。"[2]从这种轻慢的态度，不难看出韩愈对僧徒的憎厌以及丝毫不留情面的直率。而对澄观的描写则是虚实相生，其昔日的诗才、吏干、名气都以传闻侧写，最后只以寥寥几笔勾勒其相貌特征，澄观恭逊卑抑的神情便不难想见。

《送惠师》[3]和《送灵师》[4]都是五古长篇，既能刻画出这两位僧人截然不同的性格，又在韩愈对待他们的态度差异中显示出诗人始终如一的真率。惠师的特异之处在于"乃是不羁人"，所以此诗先用大量篇幅渲染其在四明山出家之后，登天台、窥禹穴、访瓯闽、临浙江、攀峨岷、诣庐山、往罗浮、观南海的游历，在名山大川的描写中，突显出惠师上观星辰、下视沧波的豪迈志向和超尘脱俗的清逸气质。然后写他"自来连州寺，曾

---

[1]《韩昌黎诗集编年笺注》第68页。
[2]《韩昌黎诗系年集释》上册，第128页注（1）引。
[3]《韩昌黎诗集编年笺注》第97—98页。
[4]《韩昌黎诗集编年笺注》第103页。

未造城闉。日携青云客，探胜穷崖濒。太守邀不去，群官徒请频。囊无一金资，翻谓富者贫"，可见前面着重写其探幽寻胜的兴致，正是为了烘托惠师的不慕荣利、不肯交接官府的散淡襟怀。而韩愈对他的态度也与对澄观大不相同："昨日忽不见，我令访其邻。奔波自追及，把手问所因。"一日不见，竟然令人寻访，而且不怕奔波亲自去追问原因，可见韩愈对这位僧人何等另眼相看。然而在听了惠师自述还想去游览潇湘、嵩洛和华山的打算后，诗人当即表示："吾言子当去，子道非吾遵。江鱼不池活，野鸟难笼驯。吾非西方教，怜子狂且醇。吾嫉惰游者，怜子愚且谆。去矣各异趣，何为浪沾巾？"韩愈虽然欣赏惠师的狂放真淳，但也厌恶其一味游惰，因而这种游放山水看似清高，实则是一种愚昧，这种无法教诲的野鸟，也是韩愈所不以为然的。所以他在明言对西方教的非议之后，又进一步申述了自己与惠师的"异趣"。对惠师的这种复杂态度以及决然相别的语气，充分显示了韩愈刚直坦率的真性情。

《送灵师》前半篇历数灵师涉书史、通文墨、爱围棋六博，好斗诗饮酒，颇善嘲谑，甚至"有时醉花月，高唱清且绵"，已经写出一个颇富才情的花和尚形象。随后重点记述他在瞿塘峡落入旋涡的一次遇险，侥幸逃生后却并"不挂怀"，继续"冒涉""寻胜"，以突出其"逸志不拘教""生死随机权"的放达。后半篇写灵师游历南方州府，处处受到礼遇，尤其在林邑、桂岭、韶阳这样的"逐客"聚集之地，更是被频频招请，争先迎候。韩愈既贬到阳山，也和这些逐客一样，"吾徒颇携被，接宿穷欢妍"，可见这位灵师不但以"纵横杂谣俗，琐屑咸罗穿"的谈吐满足了众多贬官"听说两京事"的需求，而且和大家处得"还如旧相识"，十分投机。所以韩愈为灵师出于佛门而深感遗憾："材调真可惜，朱丹在磨研。方将敛之道，且欲冠其颠。"尽管对灵师的印象好过惠师、澄观之类，他依然认为这样的人才不该是佛教中人，应加以打磨，敛入儒道，加以巾冠，为社会所用。所以此诗开篇就是指责当局纵容佛教的大道理："佛法入中国，尔来六百年。齐民逃赋役，高士著幽禅。官吏不之制，纷纷听其然。耕夫日失耒，朝署时遗贤。"诗人对灵师的惋惜之意也在这毫不客气的批评中见出。

由以上三首诗已可看出韩愈笔下的僧人之所以能显现出不同的面目，与诗人善于在待人接物中通过自己分寸不同的褒贬，突出对方最主要的特征有关。《送文畅师北游》[1]同样如此，文畅既不同于澄观的"公才吏用"，也不同于惠师的放浪山水和灵师的出众才调，而是专好搜求名人之作，韩愈便借回忆自己在四门馆时，文畅来求序的一段对话，暗讽此僧结交文人缙绅以自求声誉的毛病："荐绅秉笔徒，声誉耀前闻。从求送行诗，屡造忍颠蹶。"然后直截了当地告诉文畅，自己当初给他写序的目的："谓僧当少安，草序颇排讦。上论古之初，所以施赏罚。下开迷惑胸，窾豁剧株橛。僧时不听荧，若饮水救暍。"说明所写《送文畅师序》对佛教颇多排斥攻讦之词，就是为了像以刀断树一样，让文畅豁然开通，明白圣人之道。文畅当时似乎已经明白，但分别以来，还是老样子，所以韩愈接着质问他"胡为不自暇，飘戾逐鹯鹞？"并再次劝他"开张箧中宝，自可得津筏"，还俗报效国家。文畅喜好文章的动机之俗，以及韩愈对其为人的腹诽，都可以从诗中直白的语气中感知。

　　韩诗中僧人形象颇多，韩愈对其可取的方面，都有不同程度的肯定，正如方世举所说："文畅喜文章，惠师爱山水，大颠颇聪明识道理，则乐其近于人情。颖师善琴，高闲善书，廖师善知人，则举其闲于技艺。灵师为人纵逸，全非彼教所宜，然学于佛而不从其教，其心正有可转者，故往往欲收敛加冠巾。"[2]此外，韩愈为贾岛开自新之路，视盈上人为不可教化，责骂僧约、广宣："汝既出家还扰扰，何人更得死前休？"[3]都毫不隐晦地表现出自己对不同人物的不同态度。但无论其褒贬如何，最终都要归结到排佛劝化的主旨，这又充分表现出韩愈疾恶如仇的鲜明性格。

　　由于中唐肃、代、德、宪诸帝均迷信道术，有的甚至因饵药弃世。士大夫相信神仙灵迹的也越来越多，韩愈对一般蛊惑大众的道士尤为切齿痛恨。除了《石鼎联句诗序》中的轩辕道士为韩愈假托，《送张道士》赞扬一位身着道士服的隐士为国家可用之才以外，其余有关的诗篇大多极尽

---

[1]《韩昌黎诗集编年笺注》第238—239页。
[2]《韩昌黎诗集编年笺注》第110页。
[3]《和归工部送僧约》，《韩昌黎诗集编年笺注》第173页。

挖苦之能事。如《谢自然诗》[1]中白日升天的女道士谢自然,被韩愈斥为"感魑魅""恣欺谩",并以一番人生大道理对"郡守惊且叹""氓俗争相先"的愚昧投以辛辣的嘲讽。《华山女》[2]中的"黄衣道士"为与佛寺争夺信众,竟然让女道士假扮仙灵,炫耀姿色:"华山女儿家奉道,欲驱异教归仙灵。洗妆拭面著冠帔,白咽红颊长眉青。"招引得一帮少年天天到门口转悠:"豪家少年岂知道,来绕百市脚不停。"两句将道观写成了妓院,男女道士寡廉鲜耻的嘴脸跃然纸上。《记梦》[3]中刻画对自己讲道的神官:"契携陬维口澜翻,百二十刻须臾间。"生动地画出道士信口开河、唾沫乱溅的表情。而当韩愈等三人被吸引上山听其座前一个"壮非少者哦七言"时,此人却"六字常语一字难",居然还有读不出来的难字。"我以指撮白玉丹,行且咀嚼行诘盘。口前截断第二句,绰虐顾我颜不欢"几句,写韩愈用手指撮起玉丹当零食,一边咀嚼一边诘难,毫不客气地截断其吟诗,这个道士便狠狠地看着自己一脸的不高兴,更是将韩愈的轻蔑和道士的浅薄写得神情毕肖。此外,有些诗虽然只是捎带到道士,但也颇能传神,例如《谒衡岳庙遂宿岳寺题门楼》[4]中为自己算卦的道士:"庙令老人识神意,睢盱侦伺能鞠躬。手持杯珓导我掷,云此最吉余难同。"这个老道连连鞠躬,态度恭谨,却转着眼珠窥伺客人心思,又善于引导问卜,满口好话,显然是一个心机颇深的老江湖。《游青龙寺赠崔大补阙》[5]中写佛寺里有"二三道士集其间,灵液累进颇黎碗。忽惊颜色变韶稚,却信灵仙非怪诞",这些变戏法似地兜售灵液的道士,则是典型的江湖骗子的群像。由以上诗例不难看出,相比于那些各有才艺的僧人,韩愈对这些骗人的道士更是深恶痛绝,在各种揶揄讽刺的笔调中,处处都可见出其"疾恶甚严"的面目。

韩愈对于当时官场人物的批评,大多寄托于隐晦的比兴,并不拘于古诗。但也有些诗篇会直接勾勒官员的众生相,用笔或藏或露。如《归彭

---

[1] 《韩昌黎诗集编年笺注》第7—8页。
[2] 《韩昌黎诗集编年笺注》第10页。
[3] 《韩昌黎诗集编年笺注》第329页。
[4] 《韩昌黎诗集编年笺注》第144页。
[5] 《韩昌黎诗集编年笺注》第228页。

城》[1]中有一节写贞元十五年韩愈为徐州从事,朝正于京师的见闻:"昨者到京师,屡陪高车驰。周行多俊异,议论无瑕疵。见待颇异礼,未能去毛皮。到口不敢吐,徐徐俟其巇。"当时天下各路军讨伐吴少诚,加上连年水旱之灾,诗人"刳肝""沥血"上策朝廷,却无进献之门。而他在京师所见之达官贵人和朝中俊杰,貌似个个议论周正,无暇可击,然而都不过是皮毛之谈,韩愈虽有异议也不敢吐口。这几句将朝官们彬彬有礼、高谈阔论,却无补于国事的平庸写得入木三分,同时又借以反衬出诗人作为低阶官员,有口难言的痛心和无奈。《永贞行》则是直斥"小人乘时"弄权的乱相:"狐鸣枭噪争署置,睗睒跳踉相妩媚。夜作诏书朝拜官,超资越序曾无难。公然白日受贿赂,火齐磊落堆金盘。"[2]将相互交结、超次拔擢而形成的王叔文集团,比成一群城狐山鬼般的跳梁小丑,连他们争置官位的眼神表情都一并写出。韩愈对永贞改革虽有偏见,但对私党把持国柄的批判还是出于公心,激烈的批判背后是忧国忧民的满腔激情。

总之,在韩愈对僧道、官场各类人物的刻画中最易见出他"疾恶甚严"的个性,但由于这些人物品性、才干、德行的差异,诗人虽然疾恶如仇,却能在对不同人物的态度中把握住不同的分寸。用笔的轻重之中,又从不同角度显露出他对淡泊功名的欣赏,对真才实学的爱惜,对平庸浅薄之徒的蔑视,对争权夺利之官场的憎恶,因而在韩愈刚直严正的性情之中蕴藏着洞察世情的睿智,崚嶒的骨相背后是教化愚俗的热肠,这正是韩诗中的性情面目既鲜明突出又不失丰满的原因。

## 第三节 韩愈的"爱才若渴"及其对寒士同道的刻画

从韩愈描写僧人的诗篇已可看出,韩愈虽然憎厌佛教,但对于其中真正有才的人物仍然非常爱惜,所以不厌其烦地规劝他们还俗为国效力。而对于那些出身贫贱、怀才不遇的寒士,更是倾注了满腔的关切之情。这类

---

[1]《韩昌黎诗集编年笺注》第53页。
[2]《韩昌黎诗集编年笺注》第168页。

人物大致可分为三种。一种是孟郊、卢仝、侯喜这样的复古同道；一种是学业未成的普通士子；一种是仕途坎坷的底层官吏。韩愈在与这三种人的交往中，鲜明地表现出性格中"爱才若渴"的另一个重要特征。

对于提倡复古的同道们，韩愈无不引为知己，竭诚相待。孟郊是怀才不遇的寒士典型，韩、孟的深厚友情正基于韩愈对孟郊才学的衷心钦佩，对孟郊遭际的同情不平，以及两人高度一致的复古理念，所以韩愈写孟郊的诗最多。如《孟生》[1]诗为送孟郊谒见张建封而作，首先刻画出一个"古貌又古心"的"江海士"在京城到处碰壁的落魄形象："骑驴到京国，欲和薰风琴。岂识天子居？九重郁沉沉"，"举头看白日，泣涕下沾襟"。而这样一个世人不识的杰出诗人，唯有在韩愈面前才会显示其慷慨不平的气概："顾我多慷慨，穷檐时见临。清宵静相对，发白聆苦吟。"通过这些场景的描写，孟郊的形貌性格、不为世俗所知的原因，乃至以苦吟见长的特点都已一目了然。结尾对孟郊的劝勉也颇有深意："求观众丘小，必上泰山岑。求观众流细，必泛沧溟深。子其听我言，可以当所箴。"虽是劝其干谒，委婉的口吻中却流露出望孟郊开阔眼界后再战求胜的真诚心意。《荐士》[2]诗向郑余庆推荐孟郊，则是以论写人。首先将孟郊放在周汉以来的诗歌发展史中加以评价，全面论述其"受材实雄骜"的诗风和邪正分明、深沉清粹的人品。然后以其不公的遭际加以对照："酸寒溧阳尉，五十几何耄。孜孜营甘旨，辛苦久所冒。俗流知者谁？指注竞嘲慠。"使孟郊五十而沦于一尉，反为时俗所嘲弄的境遇突出篇中，有力地说明了大材不应被埋没的道理。两篇风格不同，但韩愈极力荐举孟郊的热切和恳挚均情见于词。

卢仝也是韩愈的好友，性情之孤僻和遭遇之坎坷颇似孟郊，韩愈却能写出他独特的个性。《寄卢仝》[3]以七古长篇为卢仝传神写照，颇有趣味。一开头就强调卢仝居处的破烂："玉川先生洛城里，破屋数间而已矣。一奴长须不裹头，一婢赤脚老无齿。"先以老奴光头和老婢赤脚烘托这家人

---

[1] 《韩昌黎诗集编年笺注》第 17 页。
[2] 《韩昌黎诗集编年笺注》第 62 页。
[3] 《韩昌黎诗集编年笺注》第 397—398 页。

的潦倒贫困。再写他要奉养一大家子人，生活十分拮据："先生结发憎俗徒，闭门不出动一纪。至今邻僧乞米送，仆忝县尹能不耻。"穷到要邻僧为他讨饭的程度，还是不肯出门去干谒州官以谋个一官半职。接着诗人以"水北山人""水南山人""少室山人"都因入幕被征而"鞍马仆从塞闾里"作为对照，烘托卢仝不愿"遭驱使"的清高："先生事业不可量，惟用法律自绳己。春秋三传束高阁，独抱遗经究终始。"连带说到其以"怪辞惊众"而招"谤不已"的文风，便将卢仝特立独行、自异于众的性格写到了极端。后半首选择两件小事从细处刻画其为人，一是生儿名"添丁"，意思是为国家添丁种地，由此"故知忠孝生天性"；二是卢仝家老奴来县里告状，有恶少上房窥探，惊扰家人，而当身为县令的韩愈差人为他捉拿此等鼠辈时，卢仝又遭老奴阻止县令施行猛政，致使韩愈"敬谢不敏"。前后相映，足见卢仝虽然看似怪异不近人情，却天性纯良，颇有"度量"，而韩愈对卢仝的敬畏和赞赏又充分地表现出他对同道的谦和与真诚。

张籍是韩愈一生相交最久的老友，他"章句炜煌"，诗"学古淡"，早有盛名，又好与韩愈讨论"奇字声形"，是与韩愈一起恢复风雅的同道。两人私人情谊也极为深厚。如韩愈《赠张籍》[1]写张籍帮自己教导儿子，开头自责平时只顾读书，"有儿虽甚怜，教示不免简"。儿子却与张籍非常亲近，"君来好呼出，踉跄越门限，惧其无所知，见则先愧赧"。张籍在外面一呼，儿子便急忙冲出门去，差点被门槛绊倒，见到张籍却担心自己显得无知，先带着几分羞愧，由此可以想见张籍平时喜欢在玩乐中调教孩子的好脾气。然后细述自己昨日外出公干，留儿子招待张籍的情景："薄暮归见君，迎我笑而莞。指渠相贺言，此是万金产。吾爱其风骨，粹美无可拣。试将诗义授，如以肉贯弗。"张籍夸赞小儿郎的亲切微笑，与韩愈日常相处的熟不拘礼，都生动如画。《病中赠张十八》[2]写韩愈发现张籍不善谈辩的弱点，便在病中引导他展开辩论，他也心悦诚服地请韩愈赐教，这些诗篇都能从家常琐事中写出张籍温厚随和的个性，以及韩愈对张籍犹如家人般的亲切和坦率。

---

[1]《韩昌黎诗集编年笺注》第515页。
[2]《韩昌黎诗集编年笺注》第672页。

对待学业未成的普通士子，韩愈更多地是谆谆劝导其努力读书上进，拳拳之心溢于言表。侯喜是韩门弟子之一，因在举场十余年而无知遇，韩愈曾两次为他写荐举信。《赠侯喜》[1]以钓于温水为比兴，劝喻侯喜，也是自省。前半篇将侯生约自己钓鱼的过程写得十分可笑："温水微茫绝又流，深如车辙阔容辀。虾蟆跳过雀儿浴，此纵有鱼何足求。我为侯生不能已，盘针擘粒投泥滓。晡时坚坐到黄昏，手倦目劳方一起。……举竿引线忽有得，一寸才分鳞与鬐。"诗人不由得叹息："我今行事尽如此，此事正好为吾规。"并劝侯生"君欲钓鱼须远去，大鱼岂肯居沮洳？"韩愈此时方去徐居洛，颇不得志。此诗写两个在泥沟里钓小鱼的人，虽是比喻，却为自己与侯生这类"半世遑遑就举选，一名始得红颜衰"的寒士画出了一幅自嘲的漫画，同时又借此对侯生提出了放宽眼界的殷切期待。

又如《送区弘南归》[2]诗中的区弘，是韩愈在阳山时收的弟子，岭南人才稀缺，韩愈对他格外珍惜，区子虽然"观以彝训或从违"，未受过中原文化的教育，但韩愈还是"落以斧引以缧徽"，加以斧凿绳墨，悉心教导。区子也很勤苦，"服役不辱言不讥，从我荆州来京畿，离其母妻绝因依，嗟我道不能自肥"。韩愈对区子能离开妻子母亲追随自己，不求以道自肥的苦节颇为感慨。但还是将区子接到家书之后的悲伤看在眼里，决定让区子南归。送别时"出送抚背我涕挥"，还勉励其"行行正直慎脂韦，业成志树来顾颀，我当为子言天扉"。区子虽然勤勉却因不能忍受离家思亲之苦而中止了学业，诗人遗憾之余，依然寄予厚望。又如元和八年韩愈为刘师服送行，既称赞他"公心有勇气，公口有直言"，又委婉地问他"为何任埋没，不自求腾轩？"然后谈自己举进士的体会："由来骨鲠材，喜被软弱吞。低头受侮笑，隐忍硉兀冤。"[3]鼓励刘师服大胆追求功名，不要屈服于世俗的侮辱嘲笑，隐忍冤屈。并在同时所作另一首送别诗中强调："士生为名累，有似鱼中钩。赍材入市卖，贵者恒难售。岂不畏憔悴？为

---

[1] 《韩昌黎诗集编年笺注》第73页。
[2] 《韩昌黎诗集编年笺注》第235页。
[3] 《送进士刘师服东归》，《韩昌黎诗集编年笺注》第444—445页。

功忌中休。勉哉耘其业，以待岁晚收。"[1]从诗意可以揣知刘师服在京举进士不利，便不想再试，只求回家休息。韩愈看出其性格中软弱的一面，所以反复激励他不畏艰难，努力耕耘学业，决不能半途而废。区弘和刘师服这两个士人都因意志不坚定而不能坚持学业，也未必能成才，但韩愈还是针对他们的各自弱点，耐心地加以鼓励引导，这种为国搜求人才的热心肠可谓世所罕见。

  韩愈赠答诗的对象还有一些虽已求得功名，却长期沦于下位的官吏，诗人往往在为他们鸣不平的同时抒发自己的牢骚，或许因为这些人物的形象多少带有韩愈自己的影子，都写得特别生动。如崔立之早在贞元四年便进士得第，但久滞于县尉、评事、县丞等下位，《赠崔立之评事》[2]没有泛泛地同情他的不遇，而是推心置腹地帮他分析原因。先夸赞他文思敏捷，"朝为百赋犹郁怒，暮作千诗转遒紧"，但也指出其"才豪气猛易语言，往往蛟螭杂螾蚓"的缺点。又回忆自己当初与崔相逢时，曾经"争名甜龉持矛盾，子时专场夸觜距，余始张军严韇鞬"，但自己被贬以后，"窜逐新归厌闻闹"，已知深藏隐忍。而崔立之依旧是"频蒙怨句刺弃遗，岂有闲官敢推引"。显然，崔立之虽然才大，却因下笔太快而失于滥，且喜与人争名，像只好斗的公鸡，还不安于现职，经常怨言不绝，自然无人敢于引荐。所以韩愈劝他收敛锋芒，勿嫌官小，"劝君韬养待征召，不用雕琢愁肝肾"。诗人此时刚从江陵回京任国子博士，其"累被摈黜"同样是由"才高""妄论"[3]所致，这番话既是对崔立之的直率批评，其实也是对自己的警诫。

  崔立之这种张扬的性格后来在韩愈作于元和十年的《寄崔二十六立之》里也有大段描写，其中"往岁战词赋，不将势力随。下驴入省门，左右惊纷披。傲兀坐试席，深丛见孤罴。文如翻水成，初不用意为。四座各低面，不敢揆眼窥"[4]一节，夸张崔立之科试时目中无人的傲兀，十分传

---

[1]《送刘师服》，《韩昌黎诗集编年笺注》第446页。
[2]《韩昌黎诗集编年笺注》第231页。
[3]《旧唐书》卷一六〇《韩愈传》，第4196页。
[4]《韩昌黎诗集编年笺注》第487页。

神。但此诗在历述崔立之谪官后被迫又走巴蛮的挫折之后，又为崔立之每旬来信问候而且依然"文字锐气在"的执着所感动，并且在慰勉对方的同时，自明久欲辞官的心迹："生兮耕我疆，死也埋我陂。文书自传道，不仗史笔垂。"其实也是以自己即使归田仍要坚守古道的意志激励崔立之，显示出其"退又不肯独善于野"的倔强面目。

但崔立之任大理评事时又因言得失而黜官，再转为蓝田县丞，成为一个无所事事的"慢官"，而韩愈已为比部郎中、史馆修撰，这时他更多地是关心崔立之生活的艰难。《雪后寄崔二十六丞公（斯立）》[1]想到蓝田大雪塞关，"君乃寄命于其间，秩卑俸薄食口众"的境遇，与"殿前群公"的"骄且闲"对比，为自己无力救助崔立之而深感自责，只能"归来殒涕掩关卧，心之纷乱谁能删"。与此同时，韩愈还想到孟郊憔悴，张籍病眼，以至于"朝歔暮唶不可解，我心安得如石顽？"可见诗人因自己境况的好转，反而更加深了对落魄友人的忧念，这正是韩愈真性情的自然流露，也是他最可贵的品格。

将韩愈寄赠崔立之的几篇长诗合起来，就可以构成一篇生动的小传。《崔十六少府摄伊阳以诗及书见投因酬三十韵》[2]则写另一位姓崔的县尉，与韩愈因"赁屋得连墙"而相识。全诗借几件小事生动地刻画出崔十六的为人，一是韩家常有小事麻烦邻居："蔬飧要同吃，破袄请来绽。谓言安堵后，贷借更何患。不知孤遗多，举族仰薄宦。有时未朝餐，得米日已晏。隔墙闻欢呼，众口极鹅雁。前计顿乖张，居然见真赝。"没想到邻居如此穷困，却从不因自己求助而为难，待到隔墙听见人家饿了一天才吃上饭的欢呼声，诗人才感叹自己见识了真正的人品。二是崔家小孩终年忍饥挨冻却苦读不倦的懂事和可爱："娇儿好眉眼，裤脚冻两骭。捧书随诸兄，累累两角丱。冬惟茹寒齑，秋始识瓜瓣。问之不言饥，饫若厌刍豢。"连最小的娇儿都不言饥寒、甘于食刍，可见崔家虽极度贫困却都能安贫乐道。三是崔十六本人"才名三十年，久合居给谏。白头趋走里，闭口绝谤讪"，久享才名而屈于下位，白头趋走却从无怨言，又足见其能忍辱负重

---

[1] 《韩昌黎诗集编年笺注》第449页。崔斯立字立之。
[2] 《韩昌黎诗集编年笺注》第350页。

的性情。四是崔十六被府公推荐为摄伊阳县后，寄诗给韩愈的自嘲："寄诗杂诙俳，有类说鹏鷃。上言酒味酸，冬衣竟未擐。下言人吏稀，惟足彪与猭。又言致猪鹿，此语乃善幻。"好不容易升了署理的县令，任所却是个衣食不足、人少虎多的荒凉小县城。四段文字将崔十六的清贫晦气写到极致，然而其坚忍幽默的性格却令人肃然起敬。最后韩愈也以同样的诙谐画了一幅自画像作为酬答："三年国子师，肠肚习藜苋。""肯效屠门嚼，久嫌弋者篡。谋拙日焦拳，活计似锄划。男寒涩诗书，妻瘦剩腰襻。"两个"慢官"同命相怜的倒霉相活现纸上。但此诗不仅是借崔十六的遭遇反照出自己的命运，更重要的是写出了诗人对这位邻居日益加深的敬意。

总之，韩愈一生孜孜矻矻以推贤进才为务，与他提倡的古道的核心理念有关。他要求所有才德兼备的士人都能为朝廷所用，反对以门地取士的举人标准，打破贵贱有别的社会偏见，主张大力提拔寒畯，将"纯信之士，骨鲠之臣，忧国如家，忘身奉上者，超其爵位，置在左右"[1]。因此特别关注那些出身贫寒、地位低微的士人，不遗余力地鼓励他们积极博取功名，为国效劳。这也与他自己出身寒门、在官场蹉跎多年的经历有关。从以上诗篇中可以见出，无论他所关注的人物性格素质有多大差异，他都能倾心交结、荣悴不渝。对于所荐人才和所携后进，既熟知他们的优长，不吝称美之词，也洞悉人性的弱点，善于直言劝导。正因如此，这种坦诚真率、"爱才若渴"的个性才会转化为巨大的人格魅力，使他成为一代寒士当之无愧的精神领袖。

## 第四节　韩诗"全见面目"的原因和创新意义

韩愈"骨相棱嶒"的面目突出地体现在他待人接物的态度中，但也可以从其言志述怀的各个角度或多或少地窥见。韩诗之"全见面目"，除了襟怀和性格以外，还包括音容笑貌、神态心理等多方面的描写，也就是说，读其诗，其人便立现眼前。无论多少艰涩的难字难句和险怪的非现实想象，

---

[1]《论今年权停选举状》，《韩昌黎文集注释》下册，第358—359页。

甚至连最适合隐藏面目的比兴都难以掩盖他鲜活的神情。那么韩诗能"全见面目"的原因是什么呢?

第一当然是因为诗如其人,韩愈本人的性格就不同于常人。《旧唐书·韩愈传》对他的描写有不少传神之笔:"愈发言真率,无所畏避,操行坚正,拙于世务。""愈性宏通,与人交,荣悴不易。少时与洛阳人孟郊、东都人张籍友善。二人名位未振,愈不避寒暑,称荐于公卿间。""而观诸权门豪士,如仆隶焉,瞪然不顾。而颇能诱厉后进,馆之者十六七,虽晨炊不给,怡然不介意。"[1]可说是将韩愈"疾恶甚严,爱才若渴"的个性写得神情毕肖。而其诗中的面目与本人如此相符,在诗歌史上也是极为少见的。

第二是因为能在把握杜诗创作原理的基础上,找到提炼自我形象和人物描写的独特方向。

韩愈和杜甫在诗歌中的"面目"具有贴近现实的高度相似性,不仅是因为韩愈自觉地上追李杜,更在于二人的浪漫性情都有深厚的现实根基。杜甫给自己塑造的形象不同于陶渊明和李白,他既不是浑身静穆的隐士,也不是超凡脱俗的"至人",而是一个无用的"腐儒",病弱的"野老"。他虽然有从乾坤的高度审视家国和个人的宏阔视野,但又活在平凡的现实世界之中。他不懈地探寻着拯世济民的大道,却穷愁潦倒,寂寞终生,只有伤时悯乱的热肠一刻也没有变冷。他能在生活中随时发现人间真情,善于用幽默诙谐排解苦难疾病。因而诗歌中的杜甫,坦率真实、亲切平易,风趣放达,有至情至性,是先秦以来最易亲近的伟大诗人。

韩愈的喜怒哀乐都来自底层的日常生活,他既有救济天下的宏愿,又有洞察现实的睿智。他没有经历过杜甫那样浪漫的青壮年时代,完全凭意志和毅力不断自我砥砺,从底层挣扎到上层。由于饱经仕途炎凉,阅尽世情变迁,自然更懂得直面现实。但冷酷复杂的官场历练没有磨掉他刚肠忌恶的锐气,反而增强了他厉行古道的勇气。"疾恶甚严"的冷峻与"爱才若渴"的热情形成他性格中相反相成的两面,融合成他鲜明的全人形象。

---

[1]《旧唐书》卷一六〇,第 4195、4203 页。

韩愈和杜甫都有拯世济人的壮志和忧国忧民的热肠,都善于观察社会现实问题,关注当代重大的政治事件,并都善于用丰富的比兴和出奇的想象,或隐或显地在诗歌中表达其思考和感慨。只是杜诗重在记事,韩诗重在记人。也就是说,杜甫侧重在记叙事件发生的因果始末和带给百姓的灾难,韩愈则侧重在描绘事件和灾难制造者的本性和嘴脸。即使是那些披着神怪外衣甚至借物为喻的政治人物,他也会注意行为细节和表情的刻画,如《陆浑山火》以"頞胸垤腹""攒杂啾嚘"的火神刺宦官的势焰熏天;《石鼎联句》借描摹石鼎的形状刺宰相李吉甫的小器奸猾;《苦寒》以"畏避但守谦""悝怯频窥觇"的太昊羲和刺胆怯失职的执政;《书东方朔杂事》借狂徒东方朔的骄横不法刺朝廷对恶人横行无忌的宽纵;等等,这就使人物描写成为韩愈讽刺政治的一个重要手段。

杜诗的"全见面目"与他善于在日常生活中为自己写真有关,他从不忌讳将衰病落魄的一面坦率地展示出来,在自嘲"老丑"的同时突出其性格中的直拙和幽默。韩愈的刚直和诙谐与杜甫有相近之处,也很善于苦中作乐,如贬谪潮州时写南方食物之怪异:"惟蛇旧所识,实惮口眼狞。开笼听其去,郁屈尚不平。卖尔非我罪,不屠岂非情?"[1]因第二次南贬,所以称蛇是老相识,不敢吃它,还对蛇说放了是出于旧情。又如写当地蛤蟆的闹腾:"鸣声相呼和,无理只取闹。""叵堪朋类多,沸耳作惊爆。"[2]也夸张得趣味横生。与杜甫不同的是他常常自嘲"俗士牵俗"[3],将自己写成一个大"俗"人,这种俗可从他的一些琐细的生活体会中见出。如《落齿》写牙齿酸痛:"叉牙妨食物,颠倒怯漱水。"[4]《郑群赠簟》写体胖怕热:"腰腹空大何能为?""慢肤多汗真相宜。"[5]《赠刘师服》写吃不动硬饭:"匙抄烂饭稳送之,合口软嚼如牛呞。"[6]这些日常小事的描摹将自己的俗态写得活灵活现。《示儿》诗和儿子闲聊家常起居,坦陈对眼

---

[1] 《初南食贻元十八协律》,《韩昌黎诗集编年笺注》第594页。
[2] 《答柳柳州食蛤蟆》,《韩昌黎诗集编年笺注》第596页。
[3] 《别盈上人》,《韩昌黎诗集编年笺注》第148页。
[4] 《韩昌黎诗集编年笺注》第89页。
[5] 《韩昌黎诗集编年笺注》第198页。
[6] 《韩昌黎诗集编年笺注》第426页。

前日子的满足感,毫不掩饰对于功名富贵的追求,正如苏轼所说:"退之《示儿》诗所示皆利禄事也。"[1]但韩愈之所以如此理直气壮地训导儿子,就是因为他认定"君子与小人,不系父母且。不见公与相,起身自犁锄。不见三公后,寒饥出无驴"[2],三公卿相都不应依靠父母,要凭自己的努力博取功名利禄,这正是韩愈所倡古道的核心理念,虽然在后人看来是俗不可耐,但在韩愈的时代却具有反抗门第等级观念的积极意义。因此韩愈从不以俗为耻,就连赞美风景也喜用俗字,如《合江亭》写江水的清澈,便说"绿净不可唾",写半轮秋月,则是"穷秋感平分,新月怜半破"[3]。《山石》称赞古寺庭院的绿植长得好,就说"芭蕉叶大栀子肥"[4],这种观景的眼光只能出自俗人而非雅士。所以他在日常生活中待人接物也同样毫无矫饰,天性的自然流露最能见出诗人的本真面目,这正是韩诗与杜诗的一脉相承之处。

总之,韩愈充分继承了杜诗通过记事和写人反映社会政治和人际关系的创作艺术,但由于韩愈老于官场,对人情世故的观察更加深刻敏锐,因而在人物描写方面有独到的发展;同时他又在言志咏怀和应酬赠答等诗类中吸取杜诗善于捕捉生活细节自我写真的特点,但对世俗的日常感受体悟更细,更注重于从外在的行事、动作、神态、表情等方面刻画人物的性格,在与各色人物的交往中显示出自己独特的性情面目。由此足可见出韩愈在人物描写方面既能把握杜诗的创作原理,又能根据自己的才性加以发展,自成一家。

第三是因为韩愈继杜甫之后,进一步拓展了五七言古诗以单行散句叙述的功能,为人物描写提供了相对自由的诗歌体式。

人物形象的刻画需要以便于叙述的散句为依托。韩愈的散文本来就以写人物见长,他善于提炼典型细节,将人物写得栩栩如生,呼之欲出。如《蓝田县丞厅壁记》中只是绘声绘色地写出县丞在小吏面前签署公文时胆

---

[1] 《韩昌黎诗集编年笺注》第501页。
[2] 《符城南读书》,《韩昌黎诗集编年笺注》第506—507页。
[3] 《韩昌黎诗集编年笺注》第141页。
[4] 《韩昌黎诗集编年笺注》第75页。

怯恭谨的情状，便见出其作为慢官的无权无势。《张中丞传后叙》写南霁云向贺兰求救兵被拒，为此愤而拔刀断一指，将南霁云忠愤填膺的神情和英勇义烈的气概写得虎虎如生。《试大理评事王君墓志铭》通过王生用一卷纸冒充官人文书向侯翁求娶其女的一件趣事，刻画出翁婿二人怀奇负气的共同性格。《朝散大夫尚书库部郎中郑君墓志铭》仅撮述其有钱和没钱时待客的二三细节，便鲜活地再现出郑群在世俗中始终保持率真的奇男子形象。从这些文章可以看出韩愈因精通《史》《汉》而深受其陶冶，能将传记写人的笔法化入各类文体，传神地刻画出人物的性格。

　　散文适宜刻画人物主要在其适宜叙述的特性。而韩愈刻画人物的诗篇几乎全是五七古长篇，这两种诗歌体式能用来自如地描写人物，也与其适宜叙述的原理有关。汉魏五古以单行散句为主，本来具有叙述的潜能。但由于魏晋以后，五言诗发展的主要路向是抒情言志以及摹写物态，句式也很快骈俪化。在杜甫以前，叙述脉络清晰的作品并不多见。杜甫深入发掘了五古以单行散句叙述的潜力，才使五言古诗本来便于叙述的特长得到最大程度的发挥，长篇更是被拓展到自由挥洒、无所不能的境地[1]。七言歌行本来是最适宜于抒情的诗体，但是杜甫探索了"歌"与"行"的抒情节奏的差异，并发现了"行"诗节奏平稳、筋脉连贯的特性，因此在一些"行"诗中充分发挥了七言叙述的功能，并选择这种诗体来反映时事，创造了新题乐府一体。同时，他还在一些不用歌行题目的七言古诗中借鉴五古叙述节奏的线性推进方式，有意突破七言古体历来囿于歌行式取材和体调的传统，使七古不限于歌咏吟叹，还可适用于纪事、议论、杂感、游赏等不一定以咏叹为主调的题材范围，使之与五古一样成为便于叙述的体式[2]。

　　五古中长篇、七言行诗和不用歌行题的七古这几类体式到韩愈手里都有长足的发展，而且大部分都以单行散句连缀，三类古诗的数量比例远远超过以偶句为主或散偶相兼的作品，因而在杜甫之后，将全篇散句的五七古大篇发展到极致。韩愈的人物描写也主要是在这三类古诗中，正是因为

---

[1] 参看拙文《从五古的叙述节奏看杜甫"诗中有文"的创变》，香港《岭南学报》2016年第2期。
[2] 《杜甫长篇七言"歌""行"诗的抒情节奏与辨体》，《文学遗产》2017年第1期。

全散句的体式最适宜于叙述，可以像散文一样自由地描写人物的形貌神情、活动场景和行为细节。所以韩愈所采用的诗歌体式也是保障其人物描写的必要条件。

"人"虽然是诗歌构成的重要元素之一，塑造人物的个性形象却并非诗歌的主要职能。尽管杜甫已经开创了在叙事中描写人物的传统，但在抒情诗中刻画人物形象还不是他着力的方向。而韩愈所塑造的形形色色的人物主要见于寄赠酬答送行一类抒情诗，那么这样的创新对于推动诗歌发展有何意义呢？

首先从题材来看，韩愈继李颀、杜甫之后，以其丰富多彩的人物描写大大充实和丰富了赠答送别诗的内容。赠答送别从六朝以来就是诗歌中的大宗，历代优秀的诗人固然善于利用这种应酬性诗歌言志述怀，也产生过很多佳作。但是随着文人交往的愈趋频繁，这类诗歌的需求量越来越大，纯粹应付场面的作品自然难免充斥诗坛。尤其是大历以后，寄赠送别类题材在诗歌中所占比例之高，达到前所未有的程度。再加上大多数采用五七言律诗，内容不外乎借山水景物寄托离情或恭维对方、预祝前程，即使有真情实感也被淹没在大量重复的程式之中，这正是大历诗歌给人以陈熟单调之感的重要原因。韩愈采用中长篇古体来写赠答送别，几乎每篇都能根据不同对象的经历、行事、为人等抒发感慨，议论横生，从不虚与委蛇，也绝不违心恭维，见解深刻新颖，笔法变化多端，这就使赠答送别诗成为韩愈诗中最有锋芒、也最见真情的一类，彻底纠正了大历以来应酬诗空洞虚套的通病。

其次从创作传统来看，韩愈将杜甫所开创的以诗记人的传统，拓展到更广的范围，并使人物描写成为抒情述怀的一种方式。杜诗对于安史之乱时期所有重大历史事件中的人物都有涉及，对于叛胡、军阀、宦官等祸国殃民之辈的抨击也都不遗余力，但极少将他们当作重点人物来着意刻画。而对他笔下写得比较突出的正面人物，一般都取尊崇、褒美或哀悯的态度。韩愈则爱憎分明，在赞扬和同情正面人物的同时，还将他笔下的人物扩展到许多负面人物和一般人物中去，对宰相、藩镇、宦官到僧侣、道士和官场人物，大都采取讽刺、挖苦和批评的态度，对缺乏进取精神或目光短浅的士人则耐心劝导,不吝教诲,并通过刻画各类人物的鲜明形象褒善贬恶、抒发牢愁,充分显露出自己的好恶和个性。从而使记人也像写景叙事一样,成为诗人借以刺时咏怀的一种最有特色的表现方式。由于韩诗中人物描写的多样化和复杂化,必然会大大丰富长篇古诗写人的艺术表现,为后人以诗写人积累宝贵的创作经验。

综上所论,人、景、事虽然都是中国古代抒情诗的构成要素,但人物描写在杜甫之前并未形成创作传统。杜甫在长篇五七古中将记事和写人相结合的创新,以及在待人接物中自见性情面目的创作艺术对韩愈有直接的影响。韩愈在把握杜诗创作原理的基础上,通过赠答送别类长篇古诗的进一步散句化,发展了提炼自我形象和人物描写的表现艺术,展示了更加丰富复杂的人情百态,突显出其本人鲜明的爱憎和个性。这种以诗写人的创新扭转了大历以来应酬诗日渐空洞单调的趋势,并为抒情诗开出了刺时述怀的新路向。

# 第八章　从诗文之辨看韩愈长篇古诗的节奏处理

宋人所说"以文为诗"的现象其实在中唐不少诗人作品中普遍存在，但在古今诗歌评论中，常被视为韩愈独有的特色。然而究竟什么是"以文为诗"，古人并无明确的定义。二十世纪七十年代末，程千帆先生从诗文的体格特点和以议论入诗两方面对这些问题所做的解答[1]，是迄今为止笔者所见过的最简明切实的论述。本章希望进一步搞清楚的问题是：既然韩愈是"为诗"，必然要符合诗的特质；是诗而又"以文"，那么诗与文在本质特征和表现原理上有何差异？以古文"文法"融入诗歌节律的看法是否符合韩愈的创作用心？所以本章拟从"以文为诗"这一说法的界定入手，分析韩愈的长篇古诗如何处理诗的韵律节奏及其与"文"之关系，借以考察将"以文为诗"之说用于评价诗歌的利弊得失。

## 第一节　从历代诗论看"以文为诗"界定的模糊性

"以文为诗"之说虽由宋人提出，其实在宋元明清关于韩愈诗歌的评论中始终没有形成共识，对于韩愈哪些诗篇可以算是"以文为诗"，说法

---

[1] 见程千帆《韩愈以文为诗说》，张伯伟编《程千帆诗论选集》第205—230页，山西人民出版社1990年。

也各不相同，因而这一评价的标准本身就存在相当大的模糊性[1]。但是自二十世纪初古代文学研究开始现代化进程以来，关于韩诗的评价一直沿用着"以文为诗"之说，罕见认真探索其实际内涵的论著。因而有必要先辨清古代诗论对"以文为诗"的理解以及相关的分歧，并从前人对韩愈各首诗歌的评点中寻找符合这一评价的诗篇，这才有可能大致摸索到古人界定"以文为诗"的标准。

"以文为诗"说之首唱，清人有追溯到刘贡父者[2]。但今存《中山诗话》及刘贡父集皆不见此语。而年辈晚于刘贡父的陈师道则明确引述过黄庭坚的说法："黄鲁直云：'……杜之诗法，韩之文法也。诗文各有体，韩以文为诗，杜以诗为文，故不工耳。'"[3]自此以后，"以文为诗"之说便流传于世，而且褒贬不同，理解各异，至于韩愈是否"以文为诗"，看法也有很大差别。正如千帆先生所说，这些争议其实包含两个层面："一是对韩诗的评价，二是所据以评价的原则，即任何一种文学样式是否必须具有为其他样式所不能触动的体格，或为其它样式所无从仿佛的本色。"[4]对韩诗评价的争议，其实还包含着韩愈究竟是否"以文为诗"的不同认识；而评价的原则，关键在于诗文之间的本质差别是否可以逾越。

宋代赞同黄庭坚之说的论者，大都对韩诗评价不高。如陈师道在引述黄庭坚语之时，又说："退之于诗本无解处，以才高而好尔。"[5]认为韩愈根本不懂诗，只是以才气取胜。惠洪《冷斋夜话》记述了当时几位名家的争论："沈存中、吕惠卿吉甫、王存正仲、李常公择，治平中同在馆中夜谈诗。存中曰：'退之诗，押韵之文耳，虽健美富赡，然终不近诗。'吉甫曰：'诗正当如是。吾谓诗人亦未有如退之者。'正仲是存中，公择是吉甫，于是四人者交相攻，久不决。"四人分成两派，一派认为韩诗只是押韵之文，不是诗；一派认为诗正应该这么作，而惠洪则说："予尝熟味

---

[1] 程千帆先生早就注意到"以文为诗"之说在当时存在截然相反的评价，并在《韩愈以文为诗说》一文中做过简要的梳理。
[2] 方世举《兰丛诗话》："韩昌黎受刘贡父'以文为诗'之谤，所见亦是。"（《清诗话续编》第774页）
[3] 《后山诗话》，《历代诗话》第303页。
[4] 《程千帆诗论选集》第206页。
[5] 《历代诗话》第304页。

退之诗,真出自然,其用事深密,高出老杜之上。"[1] 从自然和用典两方面充分肯定了韩诗。宋人评韩,正如张戒所说:"韩退之诗,爱憎相半。爱者以为虽杜子美亦不及,不爱者以为退之于诗本无所得。"[2] 显然,批评韩愈不懂诗者,就是认为他"以文为诗",混淆了诗文的界限。

宋以后认为韩愈不懂诗者,有明代诗论家王世贞,他也说:"韩退之于诗本无所解。"[3] 许学夷曾指出韩愈有几篇五古"皆以文为诗,实开宋人门户"[4]。但是明人虽然不乏批评韩诗者,却又有不少人不赞成"以文为诗"之说。如李东阳说:"昔人谓杜子美以诗为文,韩退之以文为诗,固未然。然其所得所就,亦各有偏长独到之处。"[5] 对于"以文为诗"之说不以为然,但承认杜甫和韩愈各自对诗和文有其偏精独诣之处。胡震亨认为"韩公挺负诗力,所少韵致",而且因"储才独富","遂致丛杂难观","第以为类押韵之文者过"[6]。也就是说,韩愈虽因才力富赡造成丛杂之病,缺少韵致,但他所负的是"诗力",所以胡震亨认为韩诗类似押韵之文的说法太过分。陆时雍也说:"韩昌黎伯,诗中常有文情,知其所长在此。"[7] 认为韩愈只是诗中有文情,而且是其长处所在。钟惺还称赞韩愈"诗文出一手,彼此犹不相袭,真持世特识也"[8],指出韩愈的诗和文能做到彼此不相承袭,那就是说韩愈不但不是"以文为诗",而且对诗与文的不同了然于心。明代诗论以崇尚盛唐为主,强调诗以自然妙悟为上,对于诗歌本质特征的认识和探讨均较前人深入,以他们的标准论诗,尚且有多人不认为韩愈不懂诗,而且不认可"以文为诗"之说,这一现象是值得玩味的。

清代尤其是中晚期,沿袭以上两种说法的都有,但对于韩诗的评价普遍很高。认为韩愈不是"以文为诗"的,如贺贻孙《诗筏》说:"至于

---

[1] 日本五山版《冷斋夜话》卷三,张伯伟编校《稀见本宋人诗话四种》第25页,江苏古籍出版社2002年。
[2] 《岁寒堂诗话》卷上,《历代诗话续编》第458页。
[3] 《艺苑卮言》卷四,《历代诗话续编》第1011页。
[4] 《诗源辨体》卷二四,《全明诗话》第3325页。
[5] 《麓堂诗话》,《历代诗话续编》第1373页。
[6] 《唐音癸签》"评汇三",第65页。
[7] 《诗镜总论》,《历代诗话续编》第1421页。
[8] 钟惺、谭元春选评《诗归》第573页,湖北人民出版社1985年。

昌黎文章，元气深浑，独其诗篇刻露，稍伤元气。然天地间自少此一派不得。彼盖别具手腕，不独与他家诗不相似，并自与其文章乐府绝不相似。伯敬云：'唐文奇碎，而退之春融，志在挽回；唐诗淹雅，而退之艰奥，意专出脱。'此数语真昌黎知己。彼谓昌黎'以文为诗'者，是不知昌黎者也。"[1] 也认为韩愈之诗与其文绝不相似。但多数人都认为"以文为诗"是韩诗的重要特征，其佳处也正在此。如赵翼认为："其实昌黎自有本色，仍在文从字顺中，自然雄厚博大，不可捉摸。""以文为诗，自昌黎始。"[2] 这里虽然是从"不专以奇险见长"的角度称道韩诗之平易自然，但以韩愈对古文的要求"文从字顺"赞其古诗，实际上是采用评文的标准来评诗[3]。方东树认为"韩公诗，文体多"[4]，他评点韩诗，也多从古文笔法着眼，如谓《山石》"只是一篇游记，而叙写简妙，犹是古文手笔"[5]。又赞《桃源图》"抵一篇游记"[6]，《八月十五夜赠张功曹》"一篇古文章法"[7]，等等。这些论者似乎认为诗文一理，不必讲究诗文之辨。如延君寿在评点《郑群赠簟》时说："前人有诮作者是以文为诗，殊不知诗文原无二理，文如米蒸为饭，诗则米酿为酒耳。如此突过一层法，即文法也。施之于诗，有何不可？"[8] 蒸饭和酿酒的比喻原出自吴乔《围炉诗话》[9]，其实正说明文和诗提炼的方式和结果都不同，文法和诗法的不同正是提炼方式的不同，延氏却认为文法可用于诗法，实际不符合吴乔的原意。刘熙载也说："诗文一源。昌黎诗有正有奇，正者，即所谓'约六经

---

[1] 《清诗话续编》第177—178页。
[2] 赵翼《瓯北诗话》卷三，第28页；卷五，第56页，人民文学出版社1963年。
[3] 《老生常谈》也评韩愈《谒衡岳庙》诗"文从字顺"（《清诗话续编》第1817页）。
[4] 《昭昧詹言》卷九，第219页。
[5] 《昭昧詹言》卷十二，第270页。
[6] 《昭昧詹言》卷十二，第271页。
[7] 《昭昧詹言》卷十二，第271页。
[8] 《老生常谈》，《清诗话续编》第1817页。
[9] 《围炉诗话》卷一："问曰：'诗文之界如何？'答曰：'意岂有二？意同而所以用之者不同，是以文体制有异耳。文之词达，诗之词婉，书以道政事，故宜词达；诗以道性情，故宜词婉。意喻之米，饭与酒所同出。文喻之炊而为饭，诗喻之酿而为酒。文之措词必副乎意，犹饭之不变米形，啖之则饱也。诗之措词不必副乎意，犹酒之变尽米形，饮之则醉也。'"（《清诗话续编》第479页）这段话虽然说诗文之意没有不同，但是看到了二者体制不同，功能不同，表达不同。酿酒和蒸饭的比喻正说明诗的提炼方式与文不同，结果也不同。

之旨而成文'。"[1]他虽曾论及"文所不能言之意，诗或能言之"[2]，但这里认为昌黎诗之正体是以六经之旨为文，便几乎是将诗文视为同体了。

清人中也有批评韩愈"以文为诗"者，如毛先舒说："昌黎《琴操》，以文为诗，非绝诣，昔人尝赏之过当，未为知音。"[3]黄子云说："昌黎极有古音，惜其不由正道，反为盘空硬语，以文入诗，欲自成一家言，难矣！"[4]程学恂认为韩集中《谢自然诗》及《丰陵行》等篇"皆涉叙论直致，乃有韵之文也，可置不读"[5]。但这些论者对韩诗中很多篇章还是充分肯定的，而且能从诗文之异加以辨析。

由以上歧见可以看出，争议的实质分两个层面：一是韩愈究竟是否"以文为诗"，不赞成"以文为诗"之说者以明人为多见；二是认为韩愈是"以文为诗"者，也有否定和肯定两种意见，一派认为其"以文为诗"是不懂诗，混淆诗文之辨，一派认为以古文笔法作诗正是韩愈所长。

值得注意的是，以上争议中还有一种力图以持平的态度看待"以文为诗"说的中间论调。如宋人陈善《扪虱新话》："韩以文为诗，杜以诗为文，世传以为戏。然文中要自有诗，诗中要自有文。亦相生法也。文中有诗，则句语精确，诗中有文，则词调流畅。"[6]此说并未肯定"以文为诗"说，而是认为诗中可以有文。陈沆说："谓昌黎以文为诗者，此不知韩者也。谓昌黎无近文之诗者，此不知诗者也。"[7]"诗中有文""近文之诗"之说与陆时雍所说"诗中常有文情"是一致的，都是从韩诗的艺术效果及其给人的印象来说，而不是着眼于创作意图和创作方法，因而较为平允。

要想厘清韩愈是否具有诗文之辨的意识，仅仅列出以上各种歧见是不够的。由于究竟哪些诗可以算是"以文为诗"，向来只有一个笼统模糊的印象，所以还必须对前人所指"以文为诗"的篇章加以分析，从中归纳出

---

[1]《诗概》，《清诗话续编》第2428页。
[2]《诗概》，《清诗话续编》第2443页。
[3]《诗辩坻》卷三，《清诗话续编》第49页。
[4]《野鸿诗的》，《清诗话》第864页。
[5]《韩诗臆说》卷一，第1页，台湾商务印书馆1970年。此书作者近年来据学者考证为李宪乔。
[6]《扪虱新话》，《丛书集成初编》第310册，第3页，中华书局1985年。陈善曾云："韩退之诗，世谓押韵之文耳，然自有一种风韵。"但只是认为此说"世传以为戏"。
[7]陈沆《诗比兴笺》卷四，第190页，上海古籍出版社1981年。此书已有学者考其实为魏源作。

"用文体为诗"[1]的基本特征，然后再看这些"文法"是否与诗歌的本质和表现原理相悖，才能得出实事求是的结论。

如果将前人对韩诗各篇的评价集中起来[2]，不难发现"以文为诗"的代表作并不是很多，共计有《琴操》《谢自然诗》《秋怀》《赴江陵途中》《此日足可惜一首赠张籍》《嗟哉董生行》《山石》《桃源图》《八月十五夜赠张功曹》《谒衡岳庙遂宿岳寺门楼》《郑群赠簟》《丰陵行》《符读书城南》《石鼓歌》等十余篇，这些诗中除了《琴操》为骚体，《秋怀》为短篇五古组诗，《嗟哉董生行》为长篇杂言以外，其余均为五七古中长篇。认为这些诗篇"以文为诗"的理由，不外乎以下几种：一是游记体，如《山石》《谒衡岳庙》《桃源图》；二是记事体，如《赴江陵途中》《此日足可惜一首赠张籍》；三是议论体，如《丰陵行》《谢自然诗》；本文为论述方便，仿古人之说将以上三类归纳为"记体"和"议体"两类[3]；四是古文章法，亦即将散文的谋篇、布局、结构，加之起承转合的文脉，运用到诗歌创作之中，如《八月十五夜赠张功曹》《郑群赠簟》。此外还有散文句法，如《嗟哉董生行》全篇由无节奏感的散文句组成。有的五七言诗中也杂有少量违反二三节奏或四三节奏的散句。

其实以上界定标准也有相当大的模糊性。首先，无节奏散句的使用看来似乎是散文的主要特点，但是早期乐府诗、五言诗和七言诗在形成和进化过程中，都存在大量尚未节奏化的散文句。韩愈早年为探索诗歌复古之道，有意追寻秦汉时期的体式，一些在乐府和五七言诗节奏化过程中逐渐被淘汰的句式也被他当作古意仿效，所以他所运用的散句句型，几乎都可在汉诗中找到先例，《嗟哉董生行》只是比较典型而已。也就是说，韩愈所用的散文句法，其实原本来自汉乐府和古诗，张谦宜指出《嗟哉董生行》

---

[1] 《絸斋诗谈》卷五："《嗟哉董生行》实用文体为诗，更讳不得。然其驰骋跌宕，音节疾徐，实是乐府长短句，不害其似文也。"（《清诗话续编》第852页）

[2] 韩愈大多数诗歌都有多人评价，其中只有一小部分被指认为是"以文为诗"，而且往往只有一两条评点，并非多人共识。例如以"文法奇变"评《秋怀》，仅见于方东树《昭昧詹言》。但为保证辨析的客观性，凡是前人以"文法"评论过的作品，本文尽可能统计在内。

[3] "记体"和"议体"原是前人对散文的分类。贺复征《文章辨体汇选》卷三五九有"记体"类（文渊阁《四库全书》补配清文津阁《四库全书》本），张谦宜《絸斋论文》卷三"细论"二："记主于谨严峭洁，然亦有兼用议论者，其收煞仍归记体。"（清乾隆二十三年法辉祖刻家学堂遗书二种本）程学恂称《丰陵行》"是议体非诗体也"（《韩诗臆说》卷一，第20页）。

"实是乐府长短句"[1],倒是看出了其来源。其次,记游和叙事,固然在散文中各有其体,但诗歌本来也有同样的功能。至于诗歌能否议论,清人已经有过不少争议,也基本上得出了结论,大抵以沈德潜的说法最为公允:"议论须带情韵以行。"[2]因此,考察韩愈是否"以文为诗",仅仅从"记体"和"议体"及使用散句去看,是无法触及本质的。关键的问题在于同样是叙事、记游和议论,诗歌和散文的提炼方式及其表现原理有何本质的不同?

由此可见,韩愈究竟是否"以文为诗",不但在历代诗评中存在极大争议,而且界定"以文为诗"的标准也极为模糊,因此本文拟从界分诗文的本质特征入手,对韩愈古诗中被视为"近文"的创作现象做一番深入的探究。

## 第二节 五古长篇节奏的推进方式以及叙述功能的拓展

中国古典诗歌的源头《诗经》和《楚辞》由于体式的原因,原本不具备叙述的潜质,因而确立了以抒情为主的传统。但是在五七言古诗形成发展的过程中,却逐渐拓展出叙事、记游以及议论的功能。在韩愈之前,诗歌已经有了不少"记体"和"议体",但从未有人视之为"以文为诗"。所以要判断韩愈是否"以文为诗",必须辨清其是否混淆了诗的"记体"和"议体"与文之间的基本界限。

诗歌虽然与散文同样具有记游、叙事和议论的功能,但二者的目的和表现原理有本质的区别。散文叙述和议论的目的在于说清事态、过程和道理,使人对事物的现象和本质形成清晰的概念,即便文笔优美甚至富有诗意,贯穿于文中的主要是理性思辨的逻辑。诗歌叙述和议论的目的在于表达感受、情绪或引起想象,不需要连贯的理性逻辑,贯穿于诗中的是可以跳跃的感情逻辑。"诗歌的艺术性就在于能充分地发挥语言的创造性来突

---

[1] 《觏斋诗谈》卷五。朱彝尊也认为是仿古乐府。
[2] 《说诗晬语》卷下,《原诗 一瓢诗话 说诗晬语》第250页。

破概念，获得最新鲜、最丰富的感受"[1]，达到"言有尽而意无穷"的境界。无论韩愈的诗篇多么近似散文，只要把握了以上基本的分界，就不能说他"于诗本无所解"。

由于韩愈诗中被视为"以文为诗"的作品主要是长篇五七言古诗，而诗歌语言的飞跃性和其中的感性因素主要依靠节奏突显出来[2]，因而要辨明其究竟是押韵之文还是诗歌，应从韩愈长篇五七言古诗处理抒情节奏的方式入手。如按前人所评"以文为诗"的理由来看，韩愈诗中的"记体"和"议体"其实还不止他们举出的这些诗例。因为韩愈在各类题材中拓展了叙述和议论的范围，五古和七古的篇幅也空前膨胀。为便于分清这两种体式的节奏差异，本节先论五言古诗。

五言诗从形成之时起，就具有叙述和议论的功能。从汉乐府到西晋前期，产生过不少叙事体。直到盛唐时期，大量咏怀类诗中的议论也不可胜数。而以五言诗记游，则早在西晋行役诗中出现，到刘宋时期谢灵运开创山水记游诗以后，便成为记述长距离游览过程的主要体裁，此后随着山水诗在南朝和初盛唐的兴盛而逐渐形成传统。五言诗虽已具备以上功能，却从未被视为"以文为诗"，这应与汉魏以后五言趋向于骈俪化的趋势有关，由于对偶性节奏本身能保证诗歌语言所需的跳跃性[3]，俪偶向来被视为诗赋最明显的特征。而韩愈诗歌中的"记体"和"议体"全用散句，而且多为长篇，从语言形式上看比偶句为主的五言更近似散文，这就容易被视为押韵之文。

那么在全散句的五言诗中如何发挥诗歌叙事、议论和记游的功能才能避免散文化呢？这个问题其实在杜甫之前并不存在，因为除了早期汉诗以外，魏晋以后几乎没有全散句的五言诗，五言用于叙事、记游所必须的叙述功能也没有得到充分发掘。五言的单句语法意义可以独立，最早是以

---

[1] 林庚《漫谈中国古典诗歌的艺术借鉴》，《新诗格律与语言的诗化》第116页，经济日报出版社2000年。
[2] 《新诗格律与语言的诗化》第117页。
[3] 松浦友久先生在研究"诗与对句"的关系时曾指出，中国古典诗具有显著的对偶性格的主要原因之一是"强烈的节奏性"（《中国诗歌原理》第220页，孙昌武、郑天刚译，辽宁教育出版社1990年）。而节奏是保证诗歌语言具有跳跃性的必要条件（参见林庚《诗的语言》，《新诗格律与语言的诗化》第31—36页）。

散文的形态自然存在于先秦各类韵文之中的,因而天生具有适宜叙述的特质。只是在汉代早期五言体形成之时,由于五言句字词组合的复杂多变,很容易脱离二三节奏的主导,五言体尚未找到根据叙述句的语脉形成流畅节奏的途径。在汉乐府和文人五言诗中,二三节奏的叙述句与排比、对照、重叠复沓的诗化途径相结合,才形成了在单个场景片段中以散句连缀的连贯节奏。这一过程导致汉魏五言诗很快就由叙事和抒情融合的特殊状态向抒情主导的方向发展。因此除了汉魏和西晋初期的少数中长篇叙事诗以外,在此后漫长的诗歌史中,几乎没有出现过以散句为主的五古叙事诗和记游诗。直到杜甫出现,才活用汉魏古诗的创作原理,从当代生活语言中提炼新的五古节奏,深入发掘中长篇五古连续使用散句连缀的潜力,使五言古诗本来便于叙事、记游、议论的特长得到充分发挥,并使这种诗体成为"诗史"的重要载体。

五古的散句以"相生相续成章"的方式前后勾连,句意密度较大,不容易摆脱散文式的逻辑性和连续性,因而存在不易连续连缀成长篇的局限,只能在一个集中的情景片段中形成连贯的节奏感。杜甫虽然突破了这一局限,但也注意到全篇以散句连属容易缺乏诗歌跳跃性的问题,因而采用了多种方法避免这一危险。最重要的是他所有的五古从整体结构到表现方式都以跳跃幅度较大的抒情节奏为主导,以叙述节奏穿插其间,而且处理抒情节奏和叙述节奏的方式变化多端;如果不能避免较长段的叙述和议论,则借助比兴来增加节奏的跳跃。因为比兴在五言诗中,仅凭其寓意的内在逻辑连缀成行,意象富有跳跃性;又因为多采用排比、对偶、重叠句法,节奏感也比较强,正可以打破叙述节奏的连贯性。因此杜诗中虽有文情,却不能说是"以文为诗"[1]。

韩愈的长篇五古以"记体"为主,基本上承袭了杜甫的创作方法,但又进一步扩展了以散句为主的五古结构,除了少数作品穿插偶句或故意用全偶句以外,多数篇章全用散句连贯到底。而他在节奏处理上的创新,最突出地体现在两方面:

---

[1] 详见拙文《从五古的叙述节奏看杜甫"诗中有文"的创变》,香港《岭南学报》2016 年第 2 期。

其一，他吸取杜诗以抒情节奏为主导的结构方式，但不像杜甫那样以叙述和抒情有规律地进行交替，而是以纵向的叙述主线贯穿全篇，和抒情节奏相互缠绕，使叙事、抒情、议论、比兴、写景形成多层次的交织反复，并在段落之间加大跳跃的幅度，这种复杂的节奏推进方式使这类长篇犹如运用多重变奏手法的大型交响曲。

例如《此日足可惜一首赠张籍》[1]全篇首尾均以抒发自己与张籍的友情为主，中间追叙诗人离汴赴徐的缘由。开头的大段抒情中又追忆当初因孟郊结识张籍的往事，再穿插"譬彼植园木，有根易为长"，"儿童畏雷电，鱼鳖惊夜光"的比喻，赞美张籍不为俗人所知，却有继承孔子"纯古"之道的根基，在夹叙夹议中形成抒情的三层复沓。接着以张籍得中高第和自己逢董晋之丧的不同遭际作为对比，转入大段叙事："人事安可恒，奄忽令我伤。闻子高第日，正从相公丧。哀情逢吉语，惝恍难为双。"这一转折的飞跃幅度之大，在杜诗中都少见。因以下详细记述自己在送丧途中听说汴州之乱后内心的焦虑，以及一路西行到洛阳，最后投奔徐州的经过，从内容看，似与首段并无关联，而且长达三十韵，全部是散句的连缀。但尽管是按行程顺序叙述，仍以沿途心情的变化为主导。前半程两次重复对家人的担忧，初闻汴州之乱时，因家人不能逃出而心急如焚："相见不复期，零落甘所丁。娇女未绝乳，念之不能忘。忽如在我所，耳若闻啼声。"之后抵河阳节度使府时还是因惦念家人而心神不定："卑贱不敢辞，忽忽心如狂。饮食岂知味？丝竹徒轰轰。"后半程则将旅途分成若干阶段，通过写景突出内心的绝望和茫然，如夜渡氾水、黄沟时，惊波合沓，马鸣人悲；路出陈、许时，陂泽茫茫，百里无人。最后在徐州安顿下来闭门读书的环境中自然引出对孟郊、张籍、李翱等友人的思念，虽与开头部分的抒情呼应，但相对中间的叙事，又是一个大幅度的跳跃。由于抒情和写景都能形成节奏的跌宕起伏，遂使中间大段叙事破除了散文逻辑的连续性。明清有几位论者均视此诗为押韵散文，或许只见其以超长篇幅的散句连续记述的冒险性，却未能看到此诗始终贯穿着自己与二三知交和家人聚散离合

---

[1] 《韩昌黎诗集编年笺注》第31—33页。

的欣喜、焦虑、宽慰、遗憾等复杂心情，抒情节奏与叙述节奏在跳跃中同向并行，又交互穿插，变化多端。

《赴江陵途中寄赠王二十补阙李十一拾遗李二十六员外翰林三学士》[1]也被前人视为"以文为诗"的典型，此诗与《此日足可惜一首赠张籍》一样，首尾咏怀、中间叙事的结构与杜甫《北征》相似。开头咏怀部分反思当初被贬阳山的真实原因，追忆自己上疏的背景，然后指出上疏之初一度得到执政者的赞同，但是"谓言当施设，乃反迁炎州"，结果却是突然被贬阳山，这一情势的反转也带出从咏怀到叙事的飞跃。中间叙述被驱赶上路的过程，以一个个场景的连接极写"朝为青云士，暮作白首囚"的巨大心理落差，先以四句写不能与"病妹"告别的悲痛，再以四句写不忍回顾弱妻稚子的哀怨，形成两层复沓。然后简要地概括商山、洞庭的冰雪惊涛，带过经冬历春方至贬所的辛苦，而将重点放在铺陈阳山民风的生狞、蛇蛊疠疫的可怖及飓风雷电的恶劣天气上。因而这段叙事其实是以贬出经过为线索，抒发被贬的悲愤和冤苦。从阳山量移江陵的下一段叙事，则改换笔法，从自己遇赦后"私心喜还忧"的矛盾心理着眼，坦陈蒙冤失志的忧愁和嗣皇继位后的感想。可见此诗虽然篇幅甚巨，又全用散句，但从头到尾都以追叙笔调抒情，更兼篇中还穿插了当年京师大旱时饥民卖儿易食的场景，私下揣度何人中伤自己的疑虑，连州的恶劣风土以及湘水的秋风羁愁，遂使全篇节奏在三大部分之间的跳跃以外，又随时有出人意料的跌宕转折，从而充分表现了诗人在这场政治风云中的复杂遭际和心情变化。

由以上两首"以文为诗"的代表作可以看出，韩愈取法于杜甫的《自京赴奉先县咏怀五百字》和《北征》，力图在一首五古长篇中，以某一段仕途经历为线索，按纵向的时间顺序记述自己在战乱和政治的惊涛骇浪中所经受的各种磨难和痛苦感受。两首诗都能随着内容和笔法的变化形成幅度不等的节奏跳跃，又始终保持着抒情节奏的主导，因而贯穿全篇的不是散文的理性逻辑，而是诗人的感情逻辑，并没有触及诗文分界的底线。

其二，杜甫虽然能在较长的篇幅中用散句形成连贯的节奏感，但如有

---

[1] 《韩昌黎诗集编年笺注》第159页。

多个场景或事件的转换,均注意以不同方式间隔或过渡。而韩愈的某些五古长篇则不但突破了传统五古一般只在单个情景片段中连用散句的局限,而且可以不间断地以散句叙述多个事件,连接多个场景。这也是这类诗更容易被视为散文化的重要原因,《此日足可惜》和《赴江陵途中》即是显例。如果说这两首诗在长时段中串联多个事件的方式尚有杜诗的影子,那么韩愈还有一类长篇五古是通过一个个鲜明场景的无缝衔接,在多个事例和情景的直接转换中形成节奏跳跃,而这种跳跃主要是由各个事件和场景之间的反差自然形成的,可说是杜诗中都难以见到的创新。

例如《崔十六少府摄伊阳以诗及书见投因酬三十韵》[1]记述一位清贫正直的少府,前面大半篇连举四个事例赞美其为人,各用不同的场景来表现。一是自己与崔少府新做邻居,不断为衣食向对方求助,直到知道崔家比自己更艰难,才在失落中感到自责。其中"有时未朝餐,得米日已晏。隔墙闻欢呼,众口极鹅雁"四句写诗人隔墙听到崔家断粮一日后才得米的欢呼声,与自己"前计顿乖张,居然见真赝"的心理活动之间,形成一个对照,尤为生动。二是以最小的孩子为典型,描写崔家诸儿忍饥受冻苦读不倦的场景:"娇儿好眉眼,袴脚冻两骭。捧书随诸兄,累累两角丱。冬惟茹寒齑,秋始识瓜瓣。问之不言饥,饮若厌乌菼。"鲜明地刻画出一个清秀可爱的苦孩子的形象。两个场景直接相连,毫无过渡,然而因角度不同,前者是隔墙闻声,后者是人物特写,自然分成两个不同的叙述段落;而且在前后相接的两个场景对照之下,崔家从大人到小孩都能安贫乐道的难能可贵更触动人心。三是对崔少府的印象速写:其人久享才名,却安于下位,"白头趋走里,闭口绝谤讪"。则此人之谨言慎行和忍辱负重又不难想见。四是撮述崔少府被府公推荐为摄伊阳县令后的来信:"上言酒味酸,冬衣竟未擐。下言人吏稀,惟足彪与豻。又言致猪鹿,此语乃善幻。""上言""下言""又言"三层,以汉乐府陈述书信内容的排比句式,道出这位署理县令所在地方的穷困,又从崔少府为人的诙谐中见出其如此不幸仍能乐观豁达的性格。四个事例以四种不同的场景呈现,笔法也随之变化。

---

[1] 《韩昌黎诗集编年笺注》第 350 页。

诗人没有一句感想和评论，只是在各场景的衔接和比照中自然留下联想的空白，不但借崔少府映带出自己同病相怜的命运，而且令读者对唐代"卑官"境遇之困顿，用人制度之不公产生无穷不平和感慨。因而此诗绝不仅仅是一篇刻画人物的传记，而是一首寒士不遇的哀歌。

又如另一首长篇五古《谢自然诗》因"叙论直致"也被视为"有韵之文"[1]。此诗前半首记叙谢自然白日升天的异闻，看来只是从头到尾如实道来。但细观之，开头概述谢自然自童年时起就追慕神仙，"童騃无所识""轻生学其术""父母慈爱捐""凝心感魑魅"等句就已经为此事的虚妄定下调子。接着以两个场景前后相接，前者重点在渲染其升天前的神秘气氛："一朝坐空室，云雾生其间。如聆笙竽韵，来自冥冥天。白日变幽晦，萧萧风景寒。檐楹暂明灭，五色光属联。"不妨以这段描写和《墉城集仙录》的相关记载相对照："（贞元十年十一月）二十日辰时，于金泉道场白日升天，士女数千人，咸共瞻仰。……须臾，五色云遮亘一川，天乐异香散漫弥久。"[2]《白帖》所记与此相同。而韩愈则将升天的场景置于一间空室之内，风云忽起和白日变暗的景象不过是屋外变天的夸张，"五色光"在"檐楹"间明灭，并非"遮亘一川"，"笙竽"之乐也是"如聆"而没有"散漫"。可见这段描写看似"直致"，却有意突出了场景本身的恍惚和可疑，其言外之意不难想见。紧接其后的场景是观众的反应："观者徒倾骇，踯躅讵敢前。须臾自轻举，飘若风中烟。茫茫八纮大，影响无由缘。里胥上其事，郡守惊且叹。驱车领官吏，氓俗争相先。入门无所见，冠履如蜕蝉，皆云神仙事，灼灼信可传。""咸共瞻仰"的"数千士女"在韩愈笔下都成了吓得只敢远看的观者，仿佛人人都目睹了谢自然的轻举，其实却只见烟随风散，天路茫茫。可见诗人不着痕迹地将飞升的场景写得云里雾里，似有若无，与吏民们争相传告此事的轰动景象形成对照，便自然见出世人的愚昧无知，这正是后接场景中的又一层言外之意。

在散句为主的五古中以两个以上的场景不间断连接的结构，在汉乐府

---

[1]《韩昌黎诗集编年笺注》第7—8页。《韩诗臆说》："韩集中惟此及《丰陵行》等篇，皆涉叙论直致，乃有韵之文也，可置不读。"（第1页）
[2]《杜光庭记传十种辑校》第731页。

《陌上桑》、《妇病行》、《古诗为焦仲卿妻作》、蔡琰《悲愤诗》、傅玄《秋胡行》等诗里可以找到极少数先例。韩愈从这种衔接方式中发现了叙述中的言外之意在于场景本身的暗示性和对照性，并在若干个场景的无缝对接中留出想象的空间，从而使这类长篇处理抒情节奏的难度更大，但也更能见出韩愈的独创性。

韩愈五古长篇中的"议体"很少，篇幅最长的应是《谢自然诗》的后半首。这部分先从神仙事是否可信的辨疑入手，历数夏后至秦皇汉武以来鬼神信仰的源头和流变，正面推出"人生处万类，知识最为贤"的人生常理，确实是在说理。但其中又包含着"往者不可悔，孤魂深抱冤"的叹息，最后还是落到"噫乎彼寒女，永托异物群"的伤感。所以诗人在结尾再次强调自己"感伤遂成诗"，而不仅仅是为了让"昧者"明理守道，这就与散文议论的目的明确区别开来。而且即使是这样长篇大论的议论，也可以在汉诗的议论方式中寻到根源。《谢自然诗》作于韩愈早年，当时他的多数诗作有意学习汉古诗的各种体式，此诗以交代地名"果州南充县"开头，看似记叙文的常见开头，其实与汉乐府《雁门太守行》《上陵》等以交代年月地点的起头方式相同。而诗中告诫式的议论，在汉乐府《折杨柳行》"默默施行违"、《君子行》"君子防未然"这样全篇议论直白的诗里也可见到。其实就是被视为"塾训体"的《符读书城南》[1]，其全篇训诫的写法也可溯源到汉代韦玄成的四言《戒子孙诗》。只不过韩诗均用五言，而且前半篇以"两家各生子"的不同成长过程作为比喻，用汉古诗的年龄序数法，历数从"少长""十二三""二十"到"三十"各阶段的变化，再加上连用"一为""不见"等等排比对照句式，遂使全诗颇具汉古诗风味。

至于其五古中"无曰既蹙矣，乃尚可以生"[2]这样的散文句，以及少数违背二三节奏的句式，如"在纺织耕耘"[3]，"徒展转在床""淮之水

---

[1] 《韩昌黎诗集编年笺注》第506—507页。程学恂说："谓此是塾训体，不是诗体，却是。"（《韩诗臆说》第45页）
[2] 《古风》，《韩昌黎诗集编年笺注》第26页。
[3] 《谢自然诗》，《韩昌黎诗集编年笺注》第7—8页。

舒舒"[1]，"失生平好乐"[2] 等一四节奏或三二节奏句，在早期五言诗生成过程中也常常夹杂在二三节奏的主导节奏中[3]。韩愈的五古中偶尔出现这类散文句式，也与他有意追求汉诗的古意有关。

由上可见，无论是用长篇五古记叙还是议论，韩愈在节奏处理上都能注意到诗与文在表现方式上的基本区别。如果再将韩愈中短篇五古处理节奏的方式与他的长篇五古相比较，更可以看出他对汉诗的创作特征不但熟悉，并且在许多诗里刻意加以强化。韩愈的中短篇五古大都有鲜明的节奏感，像全篇运用对照排比句式，有《海水》《招杨之罘一首》《庭楸》；全篇运用比兴，如《岐山下一首》《重云》《驽骥》《杂诗四首》《猛虎行》；运用汉魏乐府古诗的情景模式，如《长安交游者》《出门》《齪齪》《暮行河堤上》；活用全篇问答体，如《泷吏》；等等，足见韩愈诗学造诣之深。反过来再看他在长篇五古中把握散句句式和篇体节奏的方式，就不难明白其创作用心实是努力增加使用散句连属的长度，极大地拓展长篇五古的叙述和议论功能。即使出现一些"近文"的迹象，也并非出于效法先秦两汉古文的创作习惯，而主要是来自他对汉诗和杜诗的接受和发挥。

## 第三节　七古篇体节奏的处理方式与古文"文法"的区别

韩愈对长篇七古节奏的处理方式与五古一样，都受到杜甫的影响。由于七古的体势与散文的文势有某些相似之处，他又继杜甫之后着重拓展了"行"诗和无歌行题七古的叙述和议论功能，因而其七古更容易被视为"以文为诗"，为此有必要辨清其处理七古节奏的原理与古文"文法"的区别。

早期七言只是一种单句成行、句句押韵的应用文体，本来也和五言一样具有叙述的潜质。但在汉末进入乐府以后便主要用于抒情，至刘宋又产生了双句押韵的变化，此后从南北朝到盛唐，诗行结构发展成以双句对偶

---

[1]　《此日足可惜一首赠张籍》，《韩昌黎诗集编年笺注》第 31—33 页。
[2]　《答柳柳州食虾蟆》，《韩昌黎诗集编年笺注》第 596 页。
[3]　参见拙作《论早期五言体的生成途径及其对汉诗艺术的影响》，《文学遗产》2006 年第 6 期。

为主,成为最适宜抒情的一种体裁。因而七言在诗化之后,便从无叙述的先例。但杜甫的某些非歌行题长篇七古则追溯到早期七古单句成行的特点,以散句为主连缀成篇,这就使这类七古与双句对偶为主的歌行明显区别开来,具有了近似五古的节奏推进方式。同时他还在歌行中区分了"歌"诗和"行"诗的体调,"行"诗一般是以波澜不惊、连绵起伏的节奏平稳推进,规行矩步,层层绾合,段意转换平顺。杜甫在强调这种特征的同时,又从中推究出"行"诗适宜于叙述的原理,并使之成为反映时事的新题乐府的重要体裁。于是一些七言"行"诗和非歌行题的七言古诗也具备了记游、叙述和议论的功能[1]。

韩愈正是在杜诗的基础上发展了七古以全散句连属的篇体节奏。他的七古共49首(不计杂言),其中有歌行题的仅8首,其余都无歌行题,从题目看已经与五古难以区分。他那些被前人视为"以文为诗"的七古代表作除了《丰陵行》《石鼓歌》以外,全是无歌行题的七言古诗。仅从数量上就可看出韩愈创作七古的重点是强化其以散句表情达意的自由度。

《山石》《谒衡岳庙遂宿岳寺城楼》二诗都是韩愈充分拓展七古记游功能的佳作。之所以与游记散文的谋篇、布局和结构看来十分相似,是因为以散句连续叙述的密度更大,似乎缺乏传统山水记游诗的跳跃性。然而这两首诗又不是游记散文,根本的区别还是在于主导全篇的是诗人的感受和情绪,而非如游记的目的在实录见闻和引发思考。《山石》[2]寸步不遗地记述黄昏、入夜、黎明等各个时分的游寺过程,确实是平铺直叙。但全诗虽均为散句,却采用七言歌行双句成行逐层推进的节奏,一句一景,移步换形,每层景色都从诗人的感受中见出:荦确狭窄的山径,黄昏乱飞的蝙蝠,雨后肥大的芭蕉栀子,古壁稀见的佛画,简陋的床席羹饭,无不引发诗人偶游尘外的兴致,处处流露出乐在其中的神情。夜深月光的清朗澄澈与平明山色的迷蒙清润各臻其美,踏足石涧、晨风拂衣的神清气爽更勾起诗人的归去之叹。结尾虽点透诗人从暂游山寺所悟出的人生乐趣,但背后还有一层渴望摆脱他人羁束的意蕴可供回味。可见全诗从头至尾都是以

---

[1] 参见拙文《杜甫长篇七言"歌""行"诗的抒情节奏与辨体》,《文学遗产》2017年第1期。
[2] 《韩昌黎诗集编年笺注》第75页。

山水诗直寻兴会、融情于景、触目生趣的传统表现方式为本。叙述脉络看似连续不断,却又层层转折,使全诗节奏如微波细浪般均衡推进,这就发展了杜甫七言"行"诗节奏规则平稳的特点。

《谒衡岳庙》[1]同样用散句具体详尽地记叙了游宿衡岳庙的全过程。但此诗记游重在两个场景中的心理活动,一是拜谒衡山时默祷有应,竟使笼罩衡山的云雾一扫而空:"潜心默祷若有应,岂非正直能感通。须臾静扫众峰出,仰见突兀撑青空。紫盖连延接天柱,石廪腾掷堆祝融。"这段笔饱墨浓、惊心动魄的精彩写景迅速将全诗推向高潮,而眼前奇景对诗人内心的触动,则隐藏在"岂非正直能感通"的期待之中。二是进入灵宫之后,庙令老人"手持杯珓导我掷,云此最吉余难同。窜逐蛮荒幸不死,衣食才足甘长终。侯王将相望久绝,神纵欲福难为功"。这番牢骚似乎是以戏谑的口气反写自己无意于功名富贵的清高,其实在苦涩的幽默中深藏着对朝廷的一腔怨愤。而占得吉兆与衡山云散又相呼应,其更深一层含意,则要在结尾写景中体味:"夜投佛寺上高阁,星月掩映云朣胧。猿鸣钟动不知曙,杲杲寒日生于东。"夜间星月被云气所掩,清晨却见明亮的太阳从东方升起。展现在诗人眼前的,是一个光明的世界,再也不是阴气晦昧的前景。苏轼曾将韩愈登衡山之祥看作迁谪必返的吉兆,一语道破了此诗中暗含的否极泰来的朦胧希望。只是这种弦外之音在若有若无之间,只可意会,难以言传。可见全诗看似直叙,其实以七古层叠推进的抒情节奏造成两个高低起伏的波澜,构成了含蓄微渺的意境,而"言有尽而意无穷"正是散文所难以企及的境界。所以即便是批评韩诗有"文体"的程学恂也称赞此诗说:"文与诗义自各别","读韩诗与读韩文迥别,试按之,然否"[2]。

《桃源图》[3]写观图所引起的桃源想象,借以赞美"文工画妙各臻极",但并未如王维《桃源行》那样根据渔人游踪顺序描写,而是在赞画之外,以一半篇幅想象渔人在桃源中受到接待的情景,及其与桃源中人的对话和

---

[1]《韩昌黎诗集编年笺注》第 144—145 页。
[2]《韩诗臆说》第 13 页。
[3]《韩昌黎诗集编年笺注》第 365—366 页。

感慨。至于渔人夜宿的心理和景物描写，更是出自诗人的夸饰："月明伴宿玉堂空，骨冷魂清无梦寐。夜半金鸡啁哳鸣，火轮飞出客心惊。人间有累不可住，依然离别难为情。"方东树称其章法"抵一篇游记"，其实此诗以咏叹语调贯穿全篇，而且穿插不少歌行式的对句和半对句，虽无歌辞性标题，却是标准的七言歌行体。由以上三首"记体"可以看出，由于传统记游诗本来就具有首尾完整、层层叙写的结构，加上韩愈发展了七古可用散句连续叙述的潜能，增加了句意承接的密度，有的还特意强调稳步推进的节奏特征，遂使前人认定其以游记章法入诗。但韩愈牢牢把握住七古以咏叹语调与音节密切配合的主要特征，始终突显抒情节奏的主导作用，说明他对记游诗与记游文的区别了然于心。

韩愈七古中的"议体"极少，前人举《丰陵行》[1]为代表，然而此诗仅末四句议论，其余都是铺叙顺宗下葬的场面。值得注意的是从百官送葬写到哭祭封陵，诗人所用语调颇为不敬："群臣杂沓驰后先，宫官穰穰来不已"，"哭声訇天百鸟噪，幽坎昼闭空灵舆"，"设官置卫锁嫔妓，供养朝夕象平居"，把本来应该是肃穆悲伤的氛围写得乱乱哄哄，嘈杂不堪，这才引出结尾"臣闻神道尚清净，三代旧制存诸书。墓藏庙祭不可乱，欲言非职知何如"的议论。前后对照，足见这一本正经的劝诫背后，还有更深的讽意耐人寻味。而这种借怪异的语调暗含言外之意的议论[2]，则可见于杜甫的《释闷》[3]，并非来自散文。

以古文"文法"入诗，也是前人评论韩愈各类古诗"以文为诗"的主要理由，所谓"文法"，不外乎章法、句法和字法。章法决定散文文势的开合承转，韩愈是大古文家，其文势如长江大河，浑浩流转；而七古长篇的体势也往往要求开合跌宕，波澜壮阔，所以前人自然认为韩愈是以散文章法入诗。然而二者虽可相互比拟，其创作原理却完全不同。七古的波

---

[1]《韩昌黎诗集编年笺注》第227页。
[2] 严虞惇《批顾嗣立韩诗注》曾指出《丰陵行》"语殊不庄，何也？"虽不明何意，已看到此诗语气不庄重（见钱仲联《韩昌黎诗系年集释》上册，第465页"集说"引）。
[3] 杜甫《释闷》讽刺唐代宗广德元年为躲避吐蕃出逃陕州之事，全篇议论，语气很怪，连用"也复""非关""忽是""亦应""固合""但恐""闻道"等一连串连接虚词，以无奈、嗔怪、讥嘲、愤慨等不断变换的口气，表达对现实极其失望的心情。

澜是抒情节奏推进的需要所造成的,须和音韵节奏密切配合,所以前人说"古篇七言""波澜宏阔,音韵铿锵"[1]。例如被方东树视为"一篇古文章法"的《八月十五夜赠张功曹》[2],虽未用歌行题,诗中却四次强调"我歌"与"君歌",实为一篇七古"歌"诗。杜甫的七古歌诗节奏偏重于抒情脉络的自由跳跃和陡然转折所造成的波澜起伏,这种幅度较大的节奏推进方式正为韩愈此诗所吸取。首四句先以清风明月、沙平水息的美景反衬"君歌"之酸苦,然后突转为洞庭蛟龙出没、猩鼯凄号的可怖景象,倒溯当初"十生九死到官所,幽居默默如藏逃,下床畏蛇食畏药,海气湿蛰熏腥臊"的悲惨遭遇。再回忆"昨者"听说嗣皇继位,获得赦书的经过,道出量移江陵的原因。前半首的抒情脉络从眼前景跳到从前,又跳转回当下困境,三次跳跃,却转折自如。后半首感叹眼前沦于"判司卑官"、被迫"捶楚"百姓的难堪,既揭露了陷此困境实为"使家抑"的黑暗内幕,又抒发了"天路幽险难追攀"的绝望心境。至此再借"我歌"反转"君歌"之悲,以人生有命、但赏明月劝慰对方,结束全诗。由于诗中"君歌"实为韩愈本人之心声,结尾之"我歌"只是故作豁达的反话,方东树等论者便认为这是采用古文"以实为虚"的"避实法"。但避实为虚、正言反说在诗歌中亦非罕见手法[3]。何况此诗抑扬顿挫的音节与跳跃转换的抒情脉络密切配合,充分体现了七古"歌"诗的节奏推进方式。而且岭南洞庭的恶劣生态与"天路幽险"的仕途前景前后并列,正可启发以天道对照人事的联想。首尾月白风清的良夜静境与诗中险恶的政治环境又形成一层鲜明的对照,这几层深意均包含在节奏脉络的淳蓄顿折之中,绝非古文章法可以诠释。

《石鼓歌》[4]诗意分四层跌宕,波澜起伏的幅度更大。第一层在铺陈周宣王中兴的赫烈场面中交代石鼓"镌功勒成"的缘起。第二层突然跳回张生所持石鼓文,以斫断蛟鼍、鸾翔凤翥、珊瑚碧树、金绳铁锁、古鼎跃

---

[1] 谭浚《说诗》卷之中,《全明诗话》第1828页。有关论证参见拙文《杜甫长篇七言"歌""行"诗的抒情节奏与辨体》。
[2] 《韩昌黎诗集编年笺注》第137页。
[3] 周振甫先生《诗词例话》择前人诗话为例列举诗词的表现手法,其中便有"化实为虚""反说"两条。
[4] 《韩昌黎诗集编年笺注》第408—409页。

水等等幻象来比喻石鼓文的笔画字体,加上"二雅褊迫无委蛇"、孔子"掎摭星宿遗羲娥"的奇想,使夸张的声情更加大了节奏跳跃的跨度,这也正是杜甫某些富有奇幻想象的"歌"诗节奏的特点。第三层忽又追忆元和元年时诗人曾请国子祭酒将石鼓留在太学之事,然而正在想象石鼓安放大厦可致举国观瞻的盛况时,却突然跌入幻想破灭的现实:因"中朝大官"的拒绝,只能让石鼓六年来"日销月铄",任其埋没村野。四层大起大落,虽是咏叹石鼓的命运,字里行间又蕴藏着周孔古道"无人收拾"的无限感慨。《诗辩坻》讥其"全以文法为诗"[1],显然是没有分清古文章法的开合抑扬只为加强说理气势和逻辑力量;而"歌"诗的顿挫动荡则取决于情绪的跳跃变化,在增强铿锵激昂的感人效果以外,更可在起落对比中留下许多言外之意。此外《郑群赠簟》本来只是感谢友人赠席的游戏之作,"倒身甘寝百疾愈,却愿天日恒炎曦"[2],为赞美竹簟的清凉而夸张过火,却也新奇有趣,颇可见出韩愈在日常生活中的幽默性情,而延君寿却称"如此突过一层法,即文法也",便使诗趣全无。

至于韩愈七古中"散文化"的句法和字法,常为人举例的是一些运用古文虚词构成的散文句,如《寄卢仝》的"破屋数间而已矣""忽此来告良有以""放纵是谁之过欤"[3],《谁氏子》"知者尽知其妄矣""不从而诛未晚耳"[4],《陆浑山火和皇甫湜用其韵》"火行于冬古所存,我如禁之绝其飨"[5],等等。还有打破七言句上四下三的节奏规则,如《送区弘南归》"落以斧引以纆徽""嗟我道不能自肥"[6],《陆浑山火》"命黑螭侦焚其元""溺厥邑囚之昆仑",等等。其实这类句法和文法也都来自早期七言。

四三节奏的七言句最早起源于汉代的应用文体,在诗化之前,即有单句独立成行的特点。最早先秦的七言谣谚《成相辞》中就夹杂着少数带

---

[1] 《诗辩坻》卷三,《清诗话续编》第49页。
[2] 《韩昌黎诗集编年笺注》第198页。
[3] 《韩昌黎诗集编年笺注》第397页。
[4] 《韩昌黎诗集编年笺注》第395页。
[5] 《韩昌黎诗集编年笺注》第355页。
[6] 《韩昌黎诗集编年笺注》第235页。

有虚词的散文句式，如"一而不贰为圣人""托于成相以喻意"[1]。湖北云梦睡虎地秦墓竹简中的七言韵文《为吏之道》[2]中也有"民将望表以戾真""民心将移乃难亲""百姓摇（摇）贰乃难请"等同类句型。戴良的《失父零丁》、马融《长笛赋》篇末系辞等等汉代七言韵文中都杂有不同的散文句，上三下四的七言句也是其中一类，这些都是早期七言体在提炼节奏的过程中自然形成的，而且在南北朝七古的发展中仍有遗存。韩愈以诗歌复古的途径之一便是效法秦汉古诗体式，甚至用当代语言激活长期被废弃不用的多种古诗体式和句式[3]，在以七言为主导的长篇中夹杂少量散文句式正是取法于早期七言常见的形态。同样，他的《射训狐》全篇采用早期七言尚未诗化时的散句，《陆浑山火》连用四句七言罗列水陆空中鱼类禽类和兽类的名称："虎熊麋猪逮猴猿，水龙鼍龟鱼与鼋。鸦鸱雕鹰雉鹄鹍，燖爊煨爗孰飞奔。"[4]也是对汉代《凡将篇》《急就篇》这类字书式七言句的活用。可见这类句法和字法真正的来源是早期七言体，而非散文。此外，某些句式的运用还与韩愈有意探索古诗的声情效果有关，如《谁氏子》结尾的议论："神仙虽然有传说，知者尽知其妄矣。圣君贤相安可欺，干死穷山竟何俟？呜呼余心诚岂弟，愿往教诲究终始。罚一劝百政之经，不从而诛未晚耳。"[5]一半为早期七言式的散文句，但活脱是长辈板起面孔教训晚辈的口气，正适合全诗力斥士子迷信神仙的主旨。《寄卢仝》的"破屋数间而已矣"，以散文式感叹语气强调卢仝穷得只有几间破屋，反而能够表达出平常语调难以言传的感觉。何况这类句子在韩诗中数量并不多，其音节均服从于四三节奏的主导，决不会因此而导致全诗的散文化。

总而言之，历代诗评所谓"以文为诗"只是前人对韩诗的印象式评价，由于界定标准模糊，从字面上又可理解为以散文笔法创作诗歌，便容易产生韩愈诗文不辨的错觉。从以上对于韩诗"记体"和"议体"代表作的分

---

[1] 《荀子集解》第 740、749 页。

[2] 《为吏之道》全文见《睡虎地秦墓竹简》，文物出版社 1978 年。

[3] 参见本书第六章《从尚古到求奇：韩愈险怪诗风形成的内存逻辑》。

[4] 《韩昌黎诗集编年笺注》第 354 页。

[5] 《韩昌黎诗集编年笺注》第 395 页。

析可以看出,韩愈运用早期汉诗和杜诗的创作原理,力图加大以散句连属的长度和密度,将五七言古诗叙述和议论的功能拓展到最大限度。这种对于长篇古诗表现潜能的探底式尝试虽然导致某些作品看似触碰到诗文分界的底线,给读者造成了近似散文的阅读印象,但是始终遵循着五七古抒情节奏的不同推进方式,并没有以散文的概念和逻辑来取代诗歌应有的情绪、感受和言外之意,而且形成了与其雄厚才力相称的独特表现方式和气势磅礴的艺术风格。因而以古文"文法"来解读韩诗,无论褒贬如何,均难切合韩愈的创作用心。

# 第九章　李贺诗歌"求取情状"的两种思路

杜牧《李贺集序》称道李贺"能探寻前事，所以深叹恨古今未尝经道者，如《金铜仙人辞汉歌》《补梁庾肩吾宫体谣》，求取情状，离绝远去笔墨畦径间"[1]，这段评论因贴切地指出了李贺诗歌的一个重要特色，在古今李贺研究中影响极大。以往论者已据此探讨过"探寻前事"的意思和基本做法[2]，并且发掘出其中的"叙事意趣"[3]。笔者近来细读李贺诗，更感兴趣的是杜牧这段话中的"求取情状"四字，原文虽然只是指李贺这类"探寻前事"的诗歌在艺术表现上离绝笔墨畦径，但也可以兼指李贺其他题材的诗篇。这段评语其实隐藏着两个未说透的问题：首先，"求取情状"即追求生动地表现出事物的情貌性状，这是历来所有诗歌共同的追求，那么李贺在"探寻前事"的诗歌中，其求取情状的笔墨与前人有何不同？关于这一点，虽已有学者发表过精彩的见解[4]，但还有很大的思考空间；其

---

[1]　《樊川文集》卷十，第 149 页，上海古籍出版社 1978 年。
[2]　如清人陈沆指出《金铜仙人辞汉歌》与《还自会稽歌》"皆不过咏古补亡之什"（《诗比兴笺》卷四《李贺诗笺》，第 230 页）。陈贻焮先生指出："杜牧说李贺能'探寻前事'的作品，指的就是他咏叹故事的这一类作品"，"与一般咏古诗不同"，"（诗人）善于运用他的生活体验和他丰富的想象力，根据故事、史料的梗概，像亲历其境那样地去想象并通过艺术的概括去再现已经过往的历史陈迹"（《论李贺的诗》，收入《唐诗论丛》）。
[3]　如董乃斌先生认为像《秦王饮酒》《金铜仙人辞汉歌》《公莫舞歌》这样的诗篇"叙事色彩浓郁，不但画面感很强，而且画面具有连续的动感，以致具备了一定情节性戏剧性，乃至影视镜头特征"（《李贺诗的叙事意趣与诗史资格》，载《古典文学知识》2019 年第 1 期）。
[4]　如陈贻焮先生指出李贺"探寻前事"的构思特点是善于将生活实感和虚幻想象巧妙融合（见《从元白和韩孟两大诗派略论中晚唐诗歌的发展》，收入《唐诗论丛》）。

次，前人注贺、评贺的许多著作常常赞美李贺诗生动如画、真切如见，但这样的评语也适合历代所有善摹情状的诗歌。那么李贺所求取的"情状"与前人又有何不同呢？尽管从晚唐以来，所有"长吉体"的爱好者似乎已经用拟作回答了这个问题，当代也有很多论著从李贺诗歌的修辞、设色、意象、风格等方面对此做过阐发[1]，但这些表现技巧除了出于李贺"性僻耽佳，酷好奇丽"的天性以外[2]，背后是否还有更深一层的艺术探索，似乎罕见学者论及。笔者以为，如果认真琢磨以上两个问题，就会发现李贺诗歌"求取情状"的新奇表现中实有不同于前人的两种思路，而理清这两种思路，或许便能探知李贺"离绝远去笔墨畦径间"的更高追求。

## 第一节　以实写虚的场景提炼和表现效果

杜牧说李贺"能探寻前事"，只举出《金铜仙人辞汉歌》《补梁庾肩吾宫体谣》两首诗。如果按照这两篇诗歌的序文来看，他所说"前事"，指的是前代历史记载中的某一件事，而"探寻"的主要是记载中隐而未申的情节，如庾肩吾在"先潜难会稽，后始还家"的过程中，"必有遗文"的猜想[3]；或者是史料中未充分展开的细节描写，如魏国宫官拆汉武帝捧露盘仙人，"仙人临载乃潸然泪下"[4]的情景。当代学者据此发挥，又增加了《公莫舞歌》《秦王饮酒》等名篇。按此标准，取材于"前事"的还有《秦宫诗》《追和柳恽》《李夫人》《贾公闾贵婿曲》《冯小怜》《瑶华乐》等，各篇"探寻"的方式虽然不尽相同，构思的路径却大体一致。

这类诗的共同特点是虽然取材于历史记载或传闻中的"前事"，但其中主要的内容都出自诗人的想象，既不像一般的咏史诗那样要求有史实的

---

[1] 通览历代李贺诗歌的各种注本和评语，尽管对李贺不少诗歌的解读尚存歧见，但对其风格特点的认识大体笼罩在杜牧序次中。检索二十世纪初以来两千多篇关于李贺的论文，大多数关于诗歌艺术的论点都不出钱锺书先生观点的范围。
[2] 钱锺书《谈艺录》（补订本）第57页，中华书局1984年。
[3] 《补梁庾肩吾宫体谣》序，《李贺诗歌集注》第34页。
[4] 《李贺诗歌集注》第94页。

依据，也不像束皙的《补亡诗》和元结的《补乐歌》那样的补亡之作只是模仿《诗经》和上古乐歌以补史所阙载[1]。也就是说诗歌内容是虚幻的，但描绘的手法却是写实的。而这种以实写虚的方式主要依托于诗人处理场景的技巧，为了使诗中幻化的情景逼真可感，诗人往往从他对"前事"的遐想和揣测中，提炼出一个最触动人心的场景，或者是某个关键情节的片刻，然后调动多种艺术手段去生动地刻画这个臆造的历史情境，使之如真人真事一样活生生地呈现在眼前。这是他"求取情状"的一条重要思路。

场景片段的真实性首先以时间地点的确定为前提，所以诗人在上述各篇诗歌中展示的场景，都在某个相对固定的空间范围，同时限定在某个时间段之内，一般不超过一昼夜。如《金铜仙人辞汉歌》中所截取的只是魏官月夜车载铜人离开汉宫的时刻；《还自会稽歌》所想象的是庾肩吾回到台城面对宫殿残破景象时的心理状态；《公莫舞歌》渲染的是鸿门宴中项伯阻挡项庄舞剑的片刻；《秦王饮酒》着重描写秦王宫中夜宴将近一更的场景；《秦宫诗》在汉代外戚梁冀的豪宅内选取嬖奴秦宫昼夜连饮至清晓的场面；《追和柳恽》是还原柳恽沿江边乘马归来的情景；《李夫人》所取的是汉武帝的李夫人逝世时宫中人彻夜不眠的一个秋夜；《贾公闾贵婿曲》只写西晋贾充之婿清晨骑马出门冶游之前的片刻意态；《冯小怜》描写齐后主高纬宠妃冯小怜抱琵琶初入齐宫的情态；《瑶华乐》想象穆天子在王母宫内享受瑶池宴的盛大场面。这些诗都没有全面铺写历史事件的过程或历史人物的完整事迹，而是从中选择某个时间节点和场合，以逼真的场景描写来填补史料记载的空白，这样就使本来可能是子虚乌有的想象具备了情节的真实性。

在地点和时间确定的场景框架内，如何进一步采用写实的手段"求取情状"，使虚幻的想象变得真实可感，各篇的处理是不同的。以上诗例中最受历代论者称道的几篇名作《金铜仙人辞汉歌》《公莫舞歌》《秦宫诗》均能将场面气氛的渲染和人物动作的描绘以及细节的刻画综合起来，使整个场景片段得到生动鲜明的呈现，犹如今天用摄像镜头录出的一小段

---

[1] 顾况的《上古之什补亡训传十三章》已类似新乐府，又不依托史事。

高像素视频，对读者的视听感觉造成强烈冲击。如《金铜仙人辞汉歌》中铜人下泪，本来出于《汉晋春秋》中"金狄或泣"的假想，诗人在序里就将这句话坐实为"既拆盘，仙人临载乃潸然泪下"的记载，然后围绕着这一关键情节层层描写铜人被拆后离开汉宫时的凄凉场景。先以头天夜里茂陵"夜闻马嘶晓无迹"的动静，暗示汉武帝幽魂在拆盘之前就已经感知此事的焦灼不安。再转入三十六宫仅剩桂香和青苔的冷落秋色，以此烘托出铜人独自携盘出城时"清泪如铅水"的面部特写。铜人既是铜铸，则其泪水必定也是金属所化，这一细节看似荒诞，却合乎生活逻辑，并使"酸风射眸子"的酸楚、汉宫冷月的荒凉、衰兰送客的多情，都顺理成章地为本无知觉的铜人所感知。于是"天若有情天亦老"的长叹，似乎也成为铜人发出的心声。最后越来越小的波声又伴随着铜人远去的背影，为全诗增添了无限余悲。可见这首诗正是依托完整的场景片段，从写实的多种角度细致描绘出铜人落泪的"情状"，才能将诗人虚构的情境写得合情合理，真切感人。

如果说《金铜仙人辞汉歌》是将一句传闻虚拟成一个非现实的场景，那么《公莫舞歌》则是取题目本意"咏项伯翼蔽刘沛公"[1]，力图将史书关于鸿门宴的记载还原成鲜活的图景。为此，诗人从各种细节的想象入手，着力渲染宴会上杀气腾腾的紧张气氛：方石为础的九楹开间，刺豹淋血的银瓮酒器，奏乐但有鼓吹而无丝竹，纵有鸣筝之声亦如长刀割弦。门楣上缠裹着大红粗锦，经日光久炙竟也嫣然生辉。"古础""刺豹淋血""长刀直立割鸣筝""横楣粗锦生红纬"等用词的粗犷狰狞之感，暗示着宴会中隐伏的杀机，为"腰下三看宝玦光，项庄掉箾拦前起"的关键情节造足声势。按照史实，鸿门宴上扭转危机的重要人物还有樊哙，但此诗后半首为使场景集中，突出题意，以一段出自项伯之口的歌辞表现他翼蔽沛公的过程，将沛公攻入秦关的史实与樊哙对项王所说"臣死且不避"的意思都融合在歌辞中。这就通过巧妙的场景处理，将鸿门宴的过程压缩成以项伯为主角的一场歌舞。

---

[1] 《李贺诗歌集注》第138页。有论者认为此诗后半首为作者口气，末二句为樊哙语气，但这样理解，题序中明确指出的主角"项伯"就在诗里消失了。李贺是根据《公莫舞歌》的题意设计场景，后半首均应解为项伯"翼蔽沛公"时的歌辞。

《秦宫诗》写西汉外戚梁冀之嬖奴秦宫，也是"抚旧而作长辞"。为了与"冯子都之事相为对望"[1]，此诗将"秦宫一生花底活"的日子浓缩在昼夜相连的饮宴场景之中，以突出秦宫内外兼宠的骄淫。正如王琦所说："昼饮不足，继之以夜；夜宴未终，又预治晓筵，沉湎之状，一串说下。"[2] 全诗的场景基本限定在梁冀豪宅的私宴之上，昼饮重在描写秦宫服饰的奢侈僭越，以及楼头帐底的笙歌香雾，渲染"人间酒暖春茫茫，花枝入帘白日长"的极乐气氛。然后由"飞窗复道传筹饮，十夜铜盘腻烛黄"两句转为夜宴，着重刻画秦宫身穿袭衣妖服得宠于梁冀夫妇的媚态。"斫桂烧金待晓筵，白鹿清酥夜半煮"两句自然转到晓筵，至"开门滥用水衡钱，卷起黄河向身泻"两句达到高潮。全诗以一昼夜为一个完整的场景片段，便于更集中地通过秦宫这个嬖奴的日常起居，充分展现出外戚狂纵骄淫、"不辨昏朝"[3]的情状。此外《瑶华乐》[4]本于《列子》《拾遗记》等多种古籍，将周穆王升昆仑之丘、观日入虞渊以及宾于西王母三事合并在一个场景中，构想出王母在瑶池迎接穆天子共往虞渊、昆山，并在宴会上为穆王洗去凡骨的经过。全诗极力形容瑶池宫门的巍峨、王母妆饰的庄严、车驾排场的煊赫，由于以日月星辰、江海云霞作为瑶台的背景，以甘露雪霜、熏梅染柳作为席上的佳肴，诗中建构的瑶池仙境又处处合乎人间盛筵的场面铺排。其表现原理与上述三诗也是相同的。

以上四首诗主要是通过描述场景和渲染气氛来使"前事"的"情状""著纸如生"，而《还自会稽歌》[5]则是借助情景交融的抒情在"前事"中发掘人物的内心活动。这类诗歌内容之"虚"，在于可能有而未必是事实。按《南史》本传，庾肩吾在侯景之乱中"逃入东"，贼破会稽时被捕，因能作诗被释放为建昌令（梁时建昌在今湖南），"仍间道奔江陵"，

---

[1] 《秦宫诗》序，《李贺诗歌集注》第214页。
[2] 《李贺诗歌集注》第215页。王琦谓此语是就"十夜铜盘腻烛黄"而言，因前半句文本有"半夜朦胧""午夜朦胧""卜夜铜盘"等多种说法。王琦认为"'半夜''午夜'皆是，作'十夜'者，非也"。
[3] 姚文燮评《秦宫诗》，《李贺诗歌集注》第454页。
[4] 《李贺诗歌集注》第274页。
[5] 《李贺诗歌集注》第34页。

在梁元帝朝中任职，此后均无机会回到建康故都[1]，因此诗序中"先潜难会稽，后始还家"[2]的说法并无实据。诗人想象庾肩吾回到台城后，面对满目荒凉所产生的黍离之悲，又从庾肩吾昔日曾为"台城应教人"的身份，进一步揣测其"脉脉辞金鱼，羁臣守屯贱"的心理活动，撰成了这篇代"补其悲"的"遗文"。事实上庾肩吾在江陵小朝廷最终封武康县侯，并非守贫贱以终身，他的羁臣之感只是李贺的臆想。但因诗中以"野粉椒壁黄，湿萤满梁殿"的细节真切地描写出台城的荒芜破败，又在此背景上突出了主人公"吴霜点归鬓"的苍老形象，很容易令读者为此场景所打动，而不再计较"前事"之虚实。

李贺还有一些诗"探寻前事"，只是受前人某些诗意的启发。如《秦王饮酒》[3]并非取材于秦国的故事，而是取李白《古风五十九首》其三刺秦王求仙之意，将功业能否永恒的思考化成秦王夜宴的一个场景。李白诗前半首概述秦王统一天下、铭功琅琊台、修建骊山陵诸事，后半首写他派徐福入海求仙的情景，在前后对比中自然揭出无论帝王何等雄武都难免一死的主旨。李贺则先把李白前半首的陈述化为秦王骑虎巡游八极、剑指碧空的威猛形象，"羲和敲日玻璃声"句根据太阳明亮闪光有如玻璃，而玻璃又能敲出响声的生活逻辑，以奇想渲染秦王驱驾日月、扫平古今劫灰的威势，又造成了秦王似乎可以凌驾于时空之上的错觉。接着以天上的星月作为夜宴的背景："龙头泻酒邀酒星"，"酒酣喝月使倒行，银云栉栉瑶殿明"等句用酒星、明月、银云等天上的意象，与"羲和敲日"取得场景的一致性，而盛酒的龙头铛、栉栉的琵琶声、雨点般密集的笙歌、鳞次栉比的宫殿，则是人间宴乐的写实。再加上席间歌声的"娇狞"之感，舞衣的"浅清"芳香等细节刻画，更增添了场景的真实感。但是"宫门掌事报一更"却说明即使能使月倒行，仍无法制止时光的流逝。因而尽管有宫娥献上千年之觥，烛树有仙人之形，仍不免烛灭烟消，曲终人散，落得个"清琴醉眼泪泓泓"。这就通过虚构的秦王夜宴的场景处理，表现了与李白诗

---

[1]《南史》卷五十，第1248页。
[2]《李贺诗歌集注》第34页。
[3]《李贺诗歌集注》第76页。

完全相同的主旨。

　　李贺"求取情状"的这种思路其实不限于"探寻前事"的诗歌，也可见于他从乐府旧题和传统主题中提炼出来的场景，这种取材方式与他有意和前人争胜的创作动机有关。他在《公莫舞歌》序文中说此题"南北乐府率有歌引。贺陋诸家，今重作《公莫舞歌》云"。可见乐府古题不但给他提供了发挥想象的空间，更激发了他超越前作的锐气。《公莫舞歌》是取材于史实的乐府古题，一般乐府古题的题意虽然不拘于某一件史实，但李贺也善于将其传统的主题内容凝聚成鲜明的场景，《雁门太守行》[1]就是一个显例。该题的汉代古辞是歌颂洛阳令王涣，梁简文帝才开始用此题写边城征战之事。李贺此诗就内容主题而言，与历代边塞诗并无差别。诗中的危城、战甲、角声、秋风、塞上、红旗、鼓声等等都是历代边塞诗中常见的意象，但这些表现元素在前人诗里一般都采用纵向序列或平面铺排的组合方式。李贺则选取从白昼到入夜的时间段，以幽州易水作为典型场景，着眼于描写这些意象的相互映衬关系及其造成的心理感觉：在黑云压城的背景衬托下，战士的铠甲反射出从乌云裂隙里透出的日光，金光闪闪，分外耀眼，不仅在色彩上形成明亮和黑暗的强烈反差，而且造成感觉上压抑与高扬的对比。"塞上燕脂凝夜紫"既切合长城雁门塞上土色为紫的实景，又混合着伤亡惨重、夜色中凝血遍地的印象。半卷的红旗则成为紫塞暮夜中的亮色，激励着在低抑的鼓声中冒寒突击的军队。这就使传统边塞诗中几乎概念化的这些表现元素，组合成一轮激战正在展开的大场面，令人读之便能产生身临其境的现场感。

　　此外，在一些反映社会现实的诗篇里，也可以看出李贺善于在一个场景片段中"求取情状"的思路。如《老夫采玉歌》向来被视为一首同情民生疾苦的名作，全诗几乎就是在韦应物《采玉行》的基础上发挥想象，将韦诗中"官府征白丁，言采蓝溪玉。绝岭夜无家，深榛雨中宿"[2]四句化成更加惊心动魄的一个场景。其中不但描写出老夫"夜雨岗头食榛子，杜鹃口血老夫泪"的悲惨情状，更设想了老夫在以绳系身悬垂到泉脚时，无

---

[1]　《李贺诗歌集注》第52页。
[2]　《韦应物集校注》第593页。

意中看到思子蔓的心情,"准确地把握住并描写出采玉老夫处于生死关头的刹那间,可能产生的最复杂最感人的心理变化,以显示其内心的深刻苦痛"[1]。又如《黄家洞》[2]写官府处理边事的无能,将黄洞蛮之乱屡平不止的复杂事件提炼成一队蛮兵日暮归家的场景,细致描画了这群人"雀步蹙沙"的走路姿态和彩布缠胫的奇怪打扮,声如猿啼的呼叫和乱摇箭箙的动作,角弓石镞之类的原始武装和黑幡铜鼓的行军仪仗,在山潭晚雾、溪头葛花以及白鼍沉吟、蛇蠹乱飞等岭南景色的映衬下,呈现出一幅奇风异俗的图景,使末句"官军自杀容州槎"与黄洞蛮从容得意的情状形成尖锐的反讽。

李贺善于在一个场景片段中求取情状的思路甚至影响到他思考时空的表现方式。对生命短暂的焦虑和无奈,是韩孟派诗歌的共同主题,只是李贺表现得更为敏感,思路也更新奇。他往往将漫长时光中的变化浓缩在一个可视的场景片段中,使抓不住、看不见的光阴流逝之感也能显示其"情状"。如《天上谣》中"东指羲和能走马,海尘新生石山下",设想出天上人遥指东方,正看到沧海中的尘土刚在石山下扬起时的情景,便将亿万年的沧桑变化凝缩为一个瞬间。又如《浩歌》中"看见秋眉换新绿"[3],几乎是眼睁睁地看着黛眉在刹那间由绿转白,这一魔幻景象使人生变老的过程就像一个蒙太奇镜头的切换。《长歌续短歌》前半首抒发功业未成,鬓发先白的忧心,后半首却展开在山里夜游的一个情景片段:"凄凉四月阑,千里一时绿。夜峰何离离,明月落石底。徘徊沿石寻,照出高峰外。不得与之游,歌成鬓先改。"[4]明月无论是落到石底还是照出高峰外,都离人遥远,无法与之同游,这正是人生不能如明月一样永恒的意思,只是把李白所说"永结无情游,相期邈云汉"的愿望反过来说而已。但此诗将人生苦短的烦恼寄托在如此具体的场景里,反而不易理解,以致连一些注家都

---

[1] 陈贻焮《论李贺的诗》,收入《唐诗论丛》。
[2] 《李贺诗歌集注》第117—118页。
[3] 《李贺诗歌集注》第72页。
[4] 《李贺诗歌集注》第137页。

不能得其要领[1]。

  由以上诗例可见李贺无论是"探寻前事"还是反映时事,甚至是抒发忧思,"求取情状"的方式和角度都颇多变化,或侧重于叙事,或侧重于抒情,或以叙事和抒情相结合,但往往都在精心设计的场景中展开。诗人处理场景的基本方式是:或者根据历史和传闻的一点影子,在史实和时事中寻找可以发挥想象的缝隙,采用虚构、浓缩、提炼或者合并多事等不同手段,使一个场景片段尽可能包含最大的容量;或者将某种普遍的人生感触和传统的诗歌主题转化成一个镜头感较强的场景,使抽象的精神活动变得具体可感,情状生动。由于李贺用这两种方式提炼的场景都以虚拟为主,确实能在以写实为主的传统场景表现以外另辟新径。场景的截取原是汉魏诗歌的重要特点,汉乐府的叙事一般都是选取生活中某一场景、事件发展过程中的一个情节或断面,对人物语言、行动、和动作细节略加勾勒。而汉魏抒情古诗也同样是在一个情景片段中通过多层反复的叙述来强化抒情节奏[2]。因而场景片段的提炼既适合于叙事,又适合于抒情。此后直到中唐,依托场景叙事写景的诗歌也不少见。但或是顺序勾勒事件过程,或是罗列铺写场面,或是围绕人物点缀景色,均为客观写实,也不追求单一场景中视觉的冲击力,更罕见"著纸如生"[3]的效果。这是因为李贺能根据主题需要充分调动气氛渲染、细节描写和心理刻画等多种技巧,凭借丰富的想象,细致描绘所取场景片段的"情状",将虚拟的"前事"写得如在眼前。而其绘笔又特别注意浓重的色调、明暗的对比、用光的技巧等等,使画面层次更加丰富,质感更加逼真,场景的表现也更加立体厚重,以致常为论者喻为"彩绘"或"油画"。这样的艺术效果也远离了南朝以来场景描写多为勾线平涂的笔墨蹊径。

---

[1] 诗中明月的寓意,王琦和姚文燮都认为是喻君王之光明。方扶南认为"与之游,言与月也,犹太白举杯邀月之流",近是。
[2] 参见拙著《八代诗史》(修订本)第一章。
[3] 宋长白评《公莫舞歌》,见《柳亭诗话》卷二一,《清诗话三编》第 573 页。

## 第二节　难以名言的"情状"和钩深穿幽的"求取"

采用写实的手法精心描绘场景片段，目的是使原本虚幻的想象因情状的逼真生动而变得真切可见，追求的是鲜明的画面感和镜头感。与这种"求取情状"的思路不同，李贺还有一部分诗歌力求表现的则是难以名言的情状，以及难以名状的感觉，因而不求场景描写的鲜明如画，而是努力开拓心理认知的范围，发掘感觉事物的深度，在视觉和听觉以外，努力从味觉、嗅觉、触觉、动觉和静觉等多方面，表现人对外界环境的心灵感应。这种"求取情状"的思路超越了以往诗歌多追求形象和意境的传统目标，更能体现他求深求难的创作意图，因而也更加"离绝远去笔墨畦径间"。

这类思路突出地表现在李贺部分描写节气物候的诗歌里。诗人因春去秋来而引起的生命感触，是汉魏以来诗歌最常见的主题。在李贺之前，对春秋景物的描绘已经积累了丰富的表现经验，但大多不出形貌声色等视听可及的范围。李贺的《河南府试十二月乐词》看起来不过是分别描写十二个月景色的变化，但诗人不仅善于从细处区分出每个月景色的特征，而且能捕捉住人们在不同季节中感受到的不同气息和印象，烘托出难以名言的心理感觉。如《二月》中"宜男草生兰笑人，蒲如交剑风如薰。劳劳胡燕怨酣春，薇帐逗烟生绿尘"[1]，写兰花的笑靥，蒲草间的薰风，春气的酣畅，薇帐外如绿尘般的烟霭，都透出一股浓郁的初春气息。而《三月》里"东方风来满眼春，花城柳暗愁杀人"，"光风转蕙百余里，暖雾驱云扑天地"[2]，则转为季春之景，蕙香随着百里光风，暖雾驱云弥漫天地，与其说是嗅觉和肤觉，不如说是一派暖融融的春光扑面而来的心理感觉。《四月》写花落叶茂的暮春时节："晓凉暮凉树如盖，千山浓绿生云外。依微香雨青氛氲，腻叶蟠花照曲门。金塘闲水摇碧漪，老景沉重无惊飞，堕红

---

[1] 《李贺诗歌集注》第 61 页。
[2] 《李贺诗歌集注》第 62 页。

残萼暗参差。"[1]着重渲染的是树荫如盖、千山浓绿的满目绿意,以及在微雨氤氲的背景上暗淡参差的堕红和残萼。"香雨"形容本无香味之雨,写出依微春雨中草木的清香,"腻叶"以滑腻的肤觉取代绿叶油亮的视觉,"青气"之"氤氲"、春景之"老"而"沉重",则以物体的重量感和人的衰老感贴切地传达出春光老去、繁华落尽的沉静之感。三首诗求取春天三个月的不同情状,均从飘浮在天地草木之间的光、风、雾、烟、云着眼,捕捉景色浓淡明暗的印象及各种动态给人的腻、香、暖、凉等触觉、嗅觉或体感,烘托出不同景色中散发的不同气息。

类似以上三首诗的还有《蝴蝶舞》中的"杨花扑帐春云热"[2],人本不会感知春云的热度,但"热"字写出了杨花乱飞时春天暖烘烘的感觉。《上云乐》中"飞香走红满天春"[3]原是写八月一日宫中舞女杂沓,为君王祝寿的情状,却渲染出满天飞花、香气四溢的春意。《出城寄权璩、杨敬之》中"草暖云昏万里春"[4]则捕捉住春草的暖意和春云的昏暗写出春阴万里的茫然之感。《兰香神女庙》中"古春年年在,闲绿摇暖云。松香飞晚华,柳渚含日昏"[5]等,笔意也不在吟咏庙前的泉石花木之胜,而在年年逢春时都能感知的摇漾之新绿、春云之暖意、松林之芳香融合在心头的闲适之感。

如果说春天的气息相对容易捕捉,那么表现夏天的感觉似乎难度更大。《河南府试十二月乐词》中的《五月》不写外景,却从日常细节中把握人们在夏天初热时的感觉:"雕玉押帘额,轻縠笼虚门。井汲铅华水,扇织鸳鸯文。回雪舞凉殿,甘露洗空绿。罗袖从回翔,香汗沾宝粟。"[6]以雕玉为帘额,将门帘改为薄纱,玉之凝冷,纱之轻虚,与汲取井水和织扇待用一样,都能带来凉意。凉殿中云飞雪起,如有甘露洗过碧空,舞罢

---

[1] 《李贺诗歌集注》第63页。
[2] 《李贺诗歌集注》第208页。
[3] 《李贺诗歌集注》第249页。
[4] 《李贺诗歌集注》第36页。
[5] 《李贺诗歌集注》第293页。
[6] 《李贺诗歌集注》第64页。

方觉"香汗粘渍如粟粒之微热"[1]，处处都从宫中生活的清凉之感反衬出初夏已热而尚未至炎暑的体感特征。《新夏歌》也是写初夏："晓木千笼真蜡彩，落蒂枯香数分在。阴枝拳芽卷缥茸，长风回气扶葱茏。野家麦畦上新垅，长畛徘徊桑柘重。刺香满地菖蒲草，雨梁燕语悲身老。三月摇杨入河道，天浓地浓柳梳扫。"[2]全诗抓住春末夏初草木花谢叶茂的特征，表现出诗人对季节变换的独特敏感。首四句写千株花树浓阴笼罩，枝叶如涂蜡上彩般油亮，但还剩下几分落蒂和枯花犹在树间。而阴面枝头的叶芽却青嫩卷曲，茸毛细细，正待舒展，在回荡的长风中格外茂盛青葱。次四句转到田野，郊野人家的新垅已成麦畦，大路旁桑柘纷披下垂，满地菖蒲新叶如刺，而梁间雨燕已在悲春。最后以河堤上柳条长枝梳扫、浓绿遮天漫地的景象结束，这就将入夏时草木庄稼旺盛的长势，以及树荫深密浓重的感觉在长风中连成一片，融成了"天浓地浓"的新夏印象。

此外如《河南府试十二月乐词》中的《九月》写季秋景象："离宫散萤天似水，竹黄池冷芙蓉死。月缀金铺光脉脉，凉苑虚庭空澹白。露花飞飞风草草，翠锦斓斑满层道。鸡人罢唱晓珑璁，鸦啼金井下疏桐。"[3]只取夜半到初晓时分的光景表现离宫的秋色：夜深萤散，天似凉水，竹林发黄，池水变冷，荷花已谢，都透出将至暮秋的凉意。而铜铺上脉脉的月光，照得庭苑中一片虚空澹白，更不胜萧瑟冷寂。黎明前"露华飞堕，凉风萧飒"[4]，道旁草木变得锦翠斑斓，层层叠叠，在清晓朦胧的天光中显现。此诗设色鲜丽，所有的景色都笼罩在冷月凉风之中。尤其"露花飞飞"[5]形容露降霜飞之状，"风草草"形容秋风拂过的萧骚之感，两对叠字精确地捕捉住满天风露的凄紧，能将难以名状的浓浓秋意写得沁透人心。《月漉漉篇》则是写仲秋："月漉漉，波烟玉。莎青桂花繁，芙蓉别江木。粉态袂罗寒，雁羽铺烟湿。谁能看石帆，乘船镜中入。秋白鲜红死，水香莲

---

[1] 曾益注《昌谷集》卷一，吴企明编《李贺资料汇编》第145页，中华书局1994年。一说"宝粟"为珠钏的代称。
[2] 《李贺诗歌集注》第321页。
[3] 《李贺诗歌集注》第66页。
[4] 叶葱奇释"露花"句。李贺著，叶葱奇编订《李贺诗集》第42页，人民文学出版社1959年。
[5] "露"一作"霜"。叶葱奇释"露将凝结成霜，故曰'露花'"（《李贺诗集》第41页）。

子齐。挽菱隔歌袖，绿刺胃银泥。"[1] 湿漉漉的月好像烟波中的玉，清润莹洁的月光下，青莎依旧，桂花盛开，芙蓉凋零。穿着夹衣已有寒意，展开的雁羽被水烟浸湿。秋水清白，犹如石帆镜湖，散发着莲子的清香，而采菱的少女则被菱角挂住了衣袖。桂香、莲子香，融合成水香；月光湿，水雾湿，连雁羽也湿，全诗调动嗅觉、肤觉和视觉，渲染出江南水乡秋夜沁人的湿凉之感。同是写秋景，因把握住环境给人的感觉差异，便能区分出三秋不同月份的特征。

由以上诗例可以看出，李贺写四季景色，不讲究构图的疏密远近，也不求意境的清空优美，他所求取的主要是景物的季节特征所构成的综合印象以及其中透出的气息。像山峦草木的浓绿、春风春雨的芳香、晴云暖雾的温热、秋风白露的凉意、烟水波月的清润等等，有的可视可感，有的却无法描画。而像"香雨青氛氲""老景沉重""天浓地浓""露花飞飞"、凉"风草草"、秋"月漉漉"这类感觉，更是需要钩深穿幽，用心灵去感知，因而其情状往往难以名言。

除了自然景物的描绘以外，李贺在日常生活的各种题材中，也常常力求能表达出难以名状的感觉。如《崇义里滞雨》中"瘦马秣败草，雨沫飘寒沟。南宫古帘暗，湿景传签筹"[2]四句，写长安羁旅中的困顿落寞。诗人在泥泞的雨天里用烂草喂饲瘦马，看着雨点打在沟水上溅起的泡沫顺着寒沟漂去，已足见居处的阴湿和空气的潮冷。而抬头远望，一片迷蒙的烟雨中，只能模模糊糊地看到南宫暗淡的古帘，隐隐听到报时的更筹声从远处传来。"湿景"的构词正如"老景沉重"，也是从感觉上概括置身于湿天湿地中的综合印象，这就更能传达出诗人此时心头难以形容的阴郁迷茫之感。《罗浮山人与葛篇》中"欲剪湘中一尺天，吴娥莫道吴刀涩"两句向来为人称奇，但这两句全靠篇中"依依宜织江雨空，雨中六月兰台风""蛇毒浓凝洞堂湿，江鱼不食唧沙立"[3]等句的衬托，由于江上六月密雨空蒙，天气炎热，蛇竟因湿闷而导致洞中毒气凝聚，连江鱼也因水热

---

[1] 《李贺诗歌集注》第315页。
[2] 《李贺诗歌集注》第189页。
[3] 《李贺诗歌集注》第125—126页。

而立在沙上，这就令人直接感受到南方湿雨天气的闷热和葛布如兰台之风的凉意。可见剪天的妙喻，正是依附着这种感觉的对照。又如《潞州张大宅病酒》"军吹压芦烟"[1]，"压"字似乎无理，因军吹是声音，芦烟是景色，如作及物动词解，语词搭配不合逻辑。但能贴切地表现出清晓时分军中号角声响彻在芦花如烟的郊野上空，声势盖过一切的沉重之感。《杨生青花紫石砚歌》[2]则赞美新制的端砚。开头两句"端州石工巧如神，踏天磨刀割紫云"，将采石比作割云，固然新奇，但此诗写试砚磨墨的感觉，更为精彩："纱帷昼暖墨花春，轻沤漂沫松麝薰。干腻薄重立脚匀，数寸光秋无日昏。圆毫促点声静新，孔砚宽顽何足云。"不但蘸水后磨出的细沫漂沤清晰可见，而且散发出松麝的墨香。下墨之处，无论"干处、腻处、薄处、重处，其墨脚皆匀静"[3]。以圆毫蘸墨试之，竟然能听到新石细静的声韵。这几句中松麝的清香、砚台的光洁，尚且可闻可见，而研墨时对干、腻、薄、重的体会，蘸墨时静新的石声，只能是诗人内心最微妙的感觉，这就精妙地写出了砚石细腻坚润的质感。

前人已经指出，好用代词是李贺诗歌的重要特色之一，其中一部分也与李贺力求表现心理感觉的这一思路有关。清人叶矫然早已说过："《笔精》载李长吉诗本奇峭，而用字多替换字面。"[4] 钱锺书先生《谈艺录》有一节专论"长吉又好用代词，不肯直说物名"[5]。日本荒井健教授也说过李贺喜欢自创新词。川合康三教授还曾从修辞的隐喻型和提喻型对此做过分析[6]。这固然是出于李贺逐新求异的癖好，但也并非都是为了力避寻常，"所以文浅"[7]。而是因为李贺有一些感觉用常见词难以表达，只能生造。在景物描写中，形容草木的例子最多。如《潞州张大宅病酒》中"疏

---

[1]《李贺诗歌集注》第 181 页。
[2]《李贺诗歌集注》第 217—218 页。
[3] 王琦《李长吉歌诗汇解》卷三《杨生青花紫石砚歌》注（5），《李贺诗歌集注》第 219 页。
[4]《龙性堂诗话续集》，《清诗话续编》第 1046 页。
[5]《谈艺录》（补订本）第 57 页。
[6] 如川合康三《昌谷诗比喻杂论》中第四部分，《社会科学战线》1983 年第 2 期。
[7]《谈艺录》（补订本）第 57 页。

桐坠绿鲜"[1]，"绿"与"鲜"组合以代落叶，为的是强调桐叶未落之时绿荫的鲜润。《昌谷北园新笋》其二中"腻香春粉"[2]代竹子，可渲染出竹竿上新粉的清香和细腻之感。《兰香神女庙》"闲绿摇暖云"以"闲绿"带出悠悠暖云下草木摇曳的安闲之感。《春归昌谷》"细绿及团红"[3]，承上句"装画遍峰崿"句，形容骊山满山绿树红花相杂的景色远望如由许多"细绿团红"的色块"装画"而成，更能突出其号称"绣岭"的视觉印象。《正月》"寒绿幽风生短丝"[4]，以"寒绿""短丝"代指正月初生的春草，写出了小草在微风中又短又细还带着寒意的感觉。此外如《钓鱼诗》"长纶贯碧虚"[5]，以"碧虚"代指水，形容水的清碧虚空之感。《吕将军歌》"圆苍低迷盖张地"[6]以"圆苍"代指青天，强调苍天如张开的圆盖低压在地的压抑感，使下句中"九州人事皆如此"的愤慨更加强烈。至于《昌谷诗》这类半古半律的长篇中，用代词的例子更是不胜枚举。前人已从印象的表现、通感的运用、比喻中感觉的转换等方面做过详论[7]，本文不再辞费。总之，李贺这类代词虽然失于使用过多，但倘若能追究其用词的感觉，就能更深入一层理解其设色用辞背后的创作意图。

　　景物描写在中国诗歌中已有悠久的传统。从南朝开始，绝大多数诗人均以"极貌写物，穷力追新"为目标，大至天地山水，小至花草蜂蝶，无不刻画尽致，到盛唐王维手中，更形成诗中有画的最高境界。但诗歌是依靠文字引起联想的艺术，在表现可视性画面和镜头时，与绘画相比不占优势。而绘画则是视觉艺术，在表现情绪、感觉、气息、氛围、潜意识等方面，又不能与诗歌相比。西方绘画之所以发展出印象派、现代派、抽象派艺术，正是希望超越视觉艺术的局限，用变形、夸张、移位等各种手法打破古典绘画的写实传统，以求突出画面所不能表达的感觉和印象。但是要

---

[1]　《李贺诗歌集注》第 181 页。
[2]　《李贺诗歌集注》第 140 页。
[3]　《李贺诗歌集注》第 226 页。
[4]　《李贺诗歌集注》第 61 页。
[5]　《李贺诗歌集注》第 194 页。
[6]　《李贺诗歌集注》第 308 页。
[7]　代表作如陈伯海《李贺与印象派》，《上海师范大学学报》1981 年第 4 期。

表现大自然四季节物的不同气息，表达人对不同环境氛围的微妙感应，还是不如诗歌。可见从诗画的本质差异和艺术表现的规律来看，以诗歌表现难以名状的感觉，突破追求视听效果的观念限制，开拓心理认知的范围，发掘体察事物的深度，本来是诗歌应有的发展方向。因此李贺的这条思路体现了他对诗歌本质特征的深刻认识。类似的思路也表现在孟郊诗里，只不过孟郊对感觉的强调和印象的表现主要借助比兴[1]，而李贺则更多地表现为钩深穿幽以求取人事、景物之情状的努力。

## 第三节　两种思路的结合和"非全无畦径可寻"

　　虽然本文指出的以上两种思路不能涵盖李贺诗歌的全部特色，但能解释其相当一部分作品离绝前人蹊径的原因。追求虚拟场景情状的逼真如生，与表现难以名言的情状和感觉，似乎目标和效果相反，但这两种思路并不矛盾。实际上，李贺不少名作是两种思路的自然结合。由于强调感觉不一定考虑画面构图，而且多用代词和自创的抽象语词也容易因词意的晦涩失去鲜明的形象感；而过于强调视觉的鲜明如画，又容易限制想象和感觉的深入探索，因而将两种思路自然结合才能通过互补取得印象强烈的效果。

　　如上文所论《公莫舞歌》中紧张刺激的场景，主要借助粗犷狰狞的气氛渲染；《雁门太守行》中鲜明夺目的画面，更得力于以浓重色彩的对照形成压抑和激扬的感觉对比。《长平箭头歌》也是能体现两种思路结合的范例[2]。诗人因捡到一支生锈的箭头而在荒野上寻访长平之战的遗址，开头对箭头的特写已营造出瘆人的气氛："漆灰骨末丹水砂，凄凄古血生铜花。白翎金竿雨中尽，直余三脊残狼牙。"与其说"骨末""古血"是眼前所见，还不如说是由"漆灰""铜花"生出的想象。这就自然由一支箭头将古今联系起来，将人带到"驿东石田蒿坞下"的一片洼地中，展开"风长日短星萧萧，黑旗云湿悬空夜"的场景。诗人以瓶酪羊炙祭奠亡魂时，所听

---

[1] 参见本书第四章第三节《印象的表现和感觉的强化》。
[2] 《李贺诗歌集注》第299页。

到的"左魂右魄啼肌瘦"是想象之景,"虫栖雁病芦笋红"是眼前之景,而"回风送客吹阴火"是在离开的实景中想象幽魂前来送行之景,这种场景处理不但使写实和虚想融合无间,而且以石田、蓬蒿、黑云、回风、阴火等景色,渲染出古战场阴森凄惨的氛围,"凄凄""萧萧"的感觉更是直透心底。

　　除了以上诗例外,在艺术表现上能将两种思路自然结合的还有他对光和影的处理方式。光和影的描写在魏晋以来诗歌中常见,但主要是作为比喻[1],或者景物描写的基本元素[2]。到常建、綦毋潜的个别诗歌里,才将影的描写与心理感觉联系起来,如"塔影挂清汉"[3]"寒影明前除"[4]"松峰引天影"[5]等等,但产生这种艺术效果,主要与澄怀观照的审美方式有关,表现的是自然万象映照在澄明之心中有如镜中清影的哲学领悟,而非诗人刻意搜求某种难以名状的感觉。到李贺诗里,"影"的描写往往兼有鲜明的形象和复杂的感觉,如《出城》:"关水乘驴影,春风帽带垂。"[6]关水中映出自己乘着瘦驴、帽带飘垂在春风中的倒影,传神地写出下第后垂头丧气、形影相吊的精神状态。类似的思路在孟郊诗里也可以看到,如"长安日下影,又落江湖中"[7]也是形容自己落第,但不见本人形象,李贺所写倒影中包含的孤独感和落魄感更为强烈。《赠陈商》写自己居处的冷落:"柴门车辙冻,日下榆影瘦。"[8]不但门前车辙冻冰,而且连日照下的榆树影都像主人一般消瘦。"榆影瘦"正是诗人瘦弱的形象和枯槁的内心与柴门稀疏干枯的树影融合而成的情状,因而格外新奇。《咏怀二首》其一中"弹琴看文君,春风吹鬓影"是他的名句,诗人没有正面描写卓文君的美貌[9],只是从逆光的视角,勾勒出春风吹着双鬓的一个剪影。但这个鬓发

---

[1] 如傅玄"昔君与我兮形影潜结""今君与我兮星灭光离"(《昔思君》),逯钦立辑《先秦汉魏晋南北朝诗》第 565 页,中华书局 1983 年。
[2] 如谢朓"日华川上动,风光草际浮"(《和徐都曹出新亭渚》)、"天明开秀崿,澜光媚碧堤"(《登山曲》)。《先秦汉魏晋南北朝诗》第 1442、1416 页。
[3] 綦毋潜《题灵隐寺山顶禅院》,《全唐诗》卷一三五,第 1370 页。
[4] 常建《送楚十少府》,《全唐诗》卷一四四,第 1454 页。
[5] 常建《梦太白西峰》,《全唐诗》卷一四四,第 1456 页。
[6] 《李贺诗歌集注》第 176 页。
[7] 《失意归吴因寄东台刘复侍御》,《孟郊诗集校注》第 145 页。
[8] 《李贺诗歌集注》第 191 页。
[9] 有些论者认为"春风吹鬓影"句写的是长卿,笔者以为指文君更有情趣。

迎风飘拂的倩影，能让人对文君的动人姿影产生更多的遐想，而且长卿边弹琴边看文君的风流自得之意也不难从中感知。

与李贺对"影"的表现一样，他笔下的光有时不仅是自然光的写实，而且融入了各种不同的感觉。例如《勉爱行二首》其二中"荒沟古水光如刀"[1]，写荒沟中积水的反光。由于古水的死寂，反光竟如刀光般凛冽，不但写尽穷家的破败冷落，更透出刺心的寒意。《将发》中"秋白遥遥空，月满门前路"[2]，秋月照得远近一片虚白空茫，诗人面对茫茫前路，内心空落无依的凄凉感也弥漫在无边的月光之中。《感讽五首》其三渲染南山夜半鬼气森森的氛围，类似幽冥世界，"月午树立影，一山唯白晓"[3]，形容午夜树影清晰，森然直立，月色皓然，如同天晓。立影如黑色竖线，耸立在满山白色中，俨然是一幅抽象派的图画。这些诗对光与影的处理，既有鲜明的视像，又有强烈的感觉，颇能体现李贺在"求取情状"时努力融合两种思路的匠心。

朱自清先生《李贺年谱》在引述杜牧关于李贺"求取情状，离绝远去笔墨畦径间"这段话时，曾经说"实则固非全无畦径可寻耳"[4]。此话大有深意，惜未做论证。所谓"畦径"，即田间小路，比喻常规。李贺诗思新颖，独辟蹊径处固然很多，但并非全然不遵前人轨迹。新时期以来，当代学者对于李贺受前代诗歌影响的方方面面做过不少研究，其实已经看到《楚辞》、南朝诗、李白诗以及杜甫诗对李贺的一些启发。这里仅就李贺"求取情状"的思路是否"全无畦径可寻"这一问题略做探讨。

李贺的诗歌很多取材于古乐府和前人诗歌的某些主题。其中用乐府旧题的诗篇计有 27 首，用前人诗歌或题目内容的有《秦王饮酒》《追和柳恽》《帝子歌》《湘妃》《老夫采玉歌》《河南府试十二月乐词》等，用旧乐府题改作的有《湖中曲》《石城晓》《长歌续短歌》《平城下》《江楼曲》等等，计有 50 首左右。这些题目和内容不但给了他选题的灵感和

---

[1]《李贺诗歌集注》第 134 页。
[2]《李贺诗歌集注》第 176 页"月"作"日"。叶葱奇《李贺诗集》第 177 页："月（一作日）满门前路。"
[3]《李贺诗歌集注》第 157 页。
[4]《朱自清古典文学论文集》第 515 页，上海古籍出版社 2009 年。

抒情的依托，在表现上也提供了较多发挥和变化的余地。尤其是令他浸淫其中的乐府诗，使他熟知乐府创作的原理，并在此基础上创作了许多新题乐府和歌诗。因此，李贺的成就是在继承和发展前人诗歌艺术的基础上取得的。

就李贺"探寻前事"的场景处理而言[1]，汉乐府叙事诗最早奠定了用片段场景反映社会问题的表现传统。早期五言和杂言为了寻找连贯的节奏感，保持句意之间的连续和呼应，叙述和抒情往往通过一个时间地点相同的场景片段的顺序描写来完成，因而形成了场景片段的单一性和叙述的连贯性。到西晋时由于五古结构的改变，形成了篇制段落的多层性和诗行句意的对称性，这种结构特征使西晋诗的表现不受同一时间和空间的局限，因而一些诗篇不再延续汉魏诗以单一场景表现片段情节的方式，而是能够描写完整复杂的事件及其发展过程。因而西晋出现了若干能在较长的过程中展开多个场景和心理活动的叙事诗，如傅玄的《秦女休行》写汉代庞烈妇为报父仇刃仇敌的事件，《和班氏诗》记述秋胡戏妻的整个故事，《惟汉行》记述鸿门宴的过程等[2]。此后叙事诗一直没有得到充分发展，但通过单个场景模式抒情，仍然在古体诗中得到延续。而类似汉魏乐府叙事诗的单一场景描写则到杜甫诗里才得以重现，并且有了极大的发展。杜甫采用汉魏乐府的场景表现方式，创作了反映时事的新题乐府，其中的代表作如《兵车行》《哀王孙》"三吏三别"等全都是在精心剪裁的场景片段中，将气氛渲染、场面描写、人物对话和心理活动结合在一起。李贺对于这种处理方式显然心领神会，他的《感讽五首》其一在县官上门催租、越妇小心应付的场景中，刻画出县官狐假虎威的丑恶嘴脸，也可视为一首标准的新题乐府。因此，他在不同题材的场景片段中，采用以实写虚的手法"探寻前事"，求取情状，其实正是活用了乐府叙事诗场景处理的原理。

而以写实的手法表现虚幻的想象，也始于杜甫。杜诗中已经有少数五

---

[1] 陈沆认为"探寻前事"不过是"咏古补亡之什"，对杜牧所说"离绝畦径"不以为然，意为咏古诗和补亡诗即李贺所循之畦径。其实这两类诗只是对李贺取材于"前事"有所启发，而杜牧所说"离绝畦径"主要是指其"求取情状"的艺术表现。

[2] 参见笔者《西晋五古的结构特征和表现方式》，《中华文史论丛》2009年第2期。

古将虚幻的想象写得像现实生活一样真实，如五言新题乐府《客从》[1]写泉客所送的珠子本来珍藏在匣子里，待征敛时打开，已经化成了鲜血。这个珠化为血的虚构场景，就像是日常生活中经历的一件真事，隐喻朝廷征敛的珠玉均为人民的血泪所凝的道理，从而使一个场景成为一个完整的比兴。《同诸公登慈恩寺塔》中，登塔是实写，但在塔顶所见到的羲和、少昊、银河、苍梧、瑶池，则是想象，却又符合仰视天穹观看东西南北的现实逻辑。"河汉声西流"，想象银河带着水声西流，"羲和鞭白日"，想象羲和驾日车要鞭打太阳，这都是将人间生活中水流有声、驾车扬鞭的体验输入神话，为李贺的奇思开启了思路。李贺的"银浦流云学水声"[2]"羲和敲日玻璃声"[3]只是将幻想世界想得更加逼真，更符合生活逻辑而已。

　　李贺求取难以名言之情状以及探索内心深层感觉的思路，也早见于杜甫。清人叶燮曾举出杜甫的若干五律，称其能写"不可名言之理，不可施见之事，不可径达之情"，指的是杜甫对现实生活中的理、事、情更深入的感悟和度越常理的表现。他所举的"碧瓦初寒外""月傍九霄多""钟声云外湿"三个例子，都是把无形无状的事物和感觉实体化，表现了难以名状的心理感觉。除此以外，杜甫还有少数五绝试图在各种似不相关的景物中捕捉看不见的气息和感觉，如《绝句二首》其一[4]："迟日江山丽，春风花草香。泥融飞燕子，沙暖睡鸳鸯。"其意不在意境的营造，而在表现日之迟迟，草之芳香，泥之松软，沙之和暖，读之如能闻见泥土和芳草醉人的气息，体会到春天带来的暖融融的酥懒感。李贺不少诗作着力于捕捉春天的气息和感觉，显然是从杜诗这类表现中得到启发。还不妨比较杜甫的"焉得并州快剪刀，剪取吴松半江水"[5]和李贺的"欲剪湘中一尺天"，杜甫的"当为翦青冥"[6]和李贺的"踏天磨刀割紫云"，还有杜甫的"日瘦

---

[1] 《杜诗镜铨》第 1003 页。
[2] 《天上谣》，《李贺诗歌集注》第 70 页。
[3] 《秦王饮酒》，《李贺诗歌集注》第 76 页。
[4] 《杜诗镜铨》522 页。
[5] 《戏题王宰画山水图歌》，《杜诗镜铨》第 327 页。
[6] 《路逢襄阳杨少府入城，戏呈杨四员外绾》，《杜诗镜铨》第 207 页。

第九章　李贺诗歌"求取情状"的两种思路　｜　237

气惨凄"[1]和李贺的"日下榆影瘦""苦节青阳皱"[2],液态的水和气态的天可以剪也可以凿,日可以变瘦变皱,连带日影也会变瘦,表现十分相似。可见李贺正是从杜诗中看到了向内心深层感觉发掘的新路向,并沿着这条畦径继续拓展,才形成他"求取情状"的重要思路。

联系以上两条思路来看李贺在《高轩过》中赞扬韩愈、皇甫湜的"笔补造化天无功",还可以看出李贺对韩孟诗派创作思路的深切理解。李贺与孟郊的卒年相近,比孟郊晚生四十年,虽然从已有文献看不到两人过从的直接证据,但他们不约而同地提出了"补元化"和"补造化"的理念,而且都重视印象的表现和感觉的强调,很难说彼此之间毫无影响。所谓"笔补造化",前人多理解为李贺"鲸呿鳌掷,牛鬼蛇神,不足为其虚荒诞幻"[3]的一面,这也是韩愈、孟郊、卢仝等人共同的特点,这固然不错。但是其"求取情状"的两种思路其实也是以诗笔补充自然造化的不足。因"前事"而生出的虚幻想象,本来就不是真实的存在,诗人以实写虚,正是为呈现造化中未必有的现象。而难以名言的情状,一般也是客观摹写自然的传统眼光所捕捉不到的,必须凭借心灵对造化的感应,以多种心理感觉补充视听的不足。正如清人吴景旭所说:"雨初无香,李贺有'依微香雨青氛氲'之句","妙在不香说香,使本色之外,笔补造化"[4]。可惜晚唐以后,除了李商隐和温庭筠、吴文英等少数作家尚能把握住李贺的部分思路以外,多数效"长吉体"的作品都热衷于模仿其"牛鬼蛇神""虚荒诞幻"的一面,大量堆砌"泣""死""血""啼""鬼"等字词[5],只求风格意象的形似而看不到李贺"笔补造化"的创作意图,终究学不到李贺诗的精髓。

---

[1] 《无家别》,《杜诗镜铨》第 224 页。
[2] 《赠陈商》,《李贺诗歌集注》第 191 页。
[3] 杜牧《李长吉歌诗叙》,《李贺诗歌集注》第 4 页。
[4] 吴景旭著,陈卫平、徐杰点校《历代诗话》卷四九,庚集中之上,唐诗"香"条,第 574 页,京华出版社 1998 年。
[5] 元代诗人虽学李贺者不少,但杨维桢效仿李贺乐府题的作品主要以龙鬼神炫人耳目,能体现李贺这两种思路的作品很少。例如他的《鸿门会》从李贺其他诗里借用日月天地和神龙猘猶的意象,渲染"将军拔剑"的气势,已看不出宴会的场景。于石《续金铜仙人辞汉歌》借铜人感叹"汉魏兴亡",也消解了李贺诗中鲜明的场景。吴景奎《拟李长吉十二月乐辞》只是堆砌艳词丽语,连区分十二个月的季节特征都未做到。可见他们并未真正理解李贺的创作思路。

对于李贺诗歌能"离绝远去笔墨畦径间"的原因，前人有很多解释，不少人在承认其天才的同时，还与西方诗人济慈、艾伦·坡、叶赛宁、波特莱尔等比较，力图深入他的精神状态甚至病态心理去寻找根源。笔者认为通过探寻其"求取情状"的两种思路，及其对前人创作原理的继承和发展，不但有益于读懂李贺的构思用心，而且不难看出李贺其实是一个心理和思维都很正常的天才。只不过锐利的感觉和超常的才情使他不满足于前人常见的表现方式，力求在所有的传统题目和传统主题中开出自己的新路，并将诗歌的表现艺术推向更深更难的层次，以致不少诗歌较难解读而已。李贺的出现，是诗歌艺术规律发展的必然，但他的思路未能在后代的诗歌中得到拓展，则是因为能理解李贺的天才太少。

# 第十章　李贺部分七古中的"断片"现象及其内在脉理

从二十世纪后半叶以来，李贺诗歌一直受到学界的特别关注，讨论集中在李贺的生命意识、精神状态、病态心理，及其艺术表现的风格、语言、设色、用辞、意象等方面。仅极少数学者在研究李贺诗歌的结构艺术时，涉及其"章法跳跃""意脉内藏"[1]"意脉跳脱化"[2]的特点，惜未充分展开。程千帆先生曾指出，李贺在"艺术上过于敏锐的跳跃，想象常常超过一般人理解的程度"，有时会"使人更不懂"或者"跳不过去"[3]。这样的跳跃固然可以从章法结构去看，但主要体现为他处理意象和句脉之关系的创新性。多数诗歌处理得成功，能做到思维脉络清晰，并不因意象跳跃的变化无端而影响其句意的顺畅。而部分使人"跳不过去"的古诗则确实存在看似"杂碎"和"断片"的现象，导致注家对诗意的理解莫衷一是。这一现象关系到如何认识李贺的诗歌追求和创作用心，有必要展开深入讨论。

在古代诗论对李贺诗歌的评价中，批评其"碎"的论者并不多。最早是刘辰翁在宋吴正子笺注本的《秦王饮酒》诗后评其"杂碎"[4]。后来李

---

[1] 见魏祖钦《李贺诗歌的结构艺术》，《河南教育学院学报》2003年第3期。
[2] 见陈伯海《温李新声与词体艺术之先导》，《江海学刊》2014年第1期。
[3] 张伯伟编《程千帆古诗讲录》第160页，人民文学出版社2020年。
[4] 吴正子笺，刘辰翁评点《笺注评点李长吉歌诗》，明刻本。

东阳说:"通篇读之,有山节藻棁而无梁栋,知其非大道也。"[1] 山节为刻成山形的斗拱,藻棁是画有藻文的梁上短柱,也是比喻李长吉诗徒有华丽的句子辞藻而缺乏骨干。许学夷认为李贺乐府"七言尤难","难者读之十不得四五,易者,十不得七八",因"其诗虽有佳句,而气多不贯","诡幻多昧于理",根源就在于李贺外出得句便投入锦囊的创作方式,"盖出于凑合而非出于自得也"[2]。也就是说,李贺诗是片段佳句凑合而成,缺乏气脉贯注其中,这也是他对杜牧所说贺诗"理不及《骚》"的一种理解,即"理"不仅仅指《骚》诗中"言及君臣理乱"[3],也包括诗中的思理脉络。

当代学者中注意到李贺诗歌中"密集的断片"[4]现象的是美国学者宇文所安。他认为"唐代诗歌倾向于并置结构,每一行都是独立的谓语,但是读者的期待往往很容易将那些碎片融成一个统一的整体,这种一致性就是'理'"。"李贺诗歌的并置结构更为极端:行与行之间的意思跨度更大,从而创造出语言破碎而只有部分一致的效果。他的诗中还经常缺少假设的主体,无论是历史的诗人还是传统的人物,使读者难以将那些意象理解为各种感知、情绪及思想的统一意识。李贺诗歌有时具有一种梦幻似的效果,这种破碎意象部分融合显然是李贺吸引人的一个原因"[5]。他也将形成这种现象的原因归结为"李贺晚上从囊里倒出诗行并缀联成一首诗的故事,是其激进并置法的背景"[6]。宇文先生以"碎片"或"断片"来形容李贺部分诗句意象密集而不易见出其内在脉理的现象,并称之为"激进"的"并置结构",这样的表述方式形象地说出了古人诗话和评点中没说清的印象,又从语法结构上对这一现象做了初步的说明。他还从晚唐各家诗人模仿李贺的例诗中看到了"断片"现象对后代诗歌的不同影响,这一研究视角也是值得重视的。

---

[1] 《麓堂诗话》,《历代诗话续编》第 1381 页。
[2] 《诗源辨体》卷二六,《全明诗话》第 3331 页。
[3] 杜牧《李贺诗序》,《樊川文集》第 149 页。
[4] 宇文所安《晚唐——九世纪中叶的中国诗歌(827—860)》第 179 页,贾晋华、钱彦译,生活·读书·新知三联书店 2011 年。
[5] 《晚唐——九世纪中叶的中国诗歌(827—860)》第 164—165 页。
[6] 《晚唐——九世纪中叶的中国诗歌(827—860)》第 175 页。

本文拟在前人论述基础上进一步探讨的问题是：李贺古诗造成"密集断片"的现象究竟是由锦囊中散碎的断片"凑合"而成，还是他为创新而刻意追求的一种表现方式？若将这部分诗歌与他那些意脉清晰的诗歌相比较，可以看出，李贺并非不能驾驭诗句之间大跨度的跳跃，即使是《秦王饮酒》这样"杂碎"的典型作品，虽然意象看来"分离断续"[1]，但彼此之间的联系仍然合乎逻辑，能构成夜宴场景的一致性。因而笔者更倾向于认为李贺写出许多华丽而断续的诗句，不是因为拼凑锦囊中的碎片，而是出于自觉的创作意图。事实上只要仔细寻绎他这部分诗歌中内藏的意脉，就不难发现连接这些密集断片的理路大致有三类，而且大多集中在七言古诗中。由于七古历来要求明白顺畅、气脉连贯，分析其"断片"的原因和得失，对于探索李贺在表现上求新求深的用心或许更有意义。

## 第一节　典故融合中隐蔽的意脉

李贺一些诗句的"分离断续"现象，与他使用典故的技巧创新有关。在某些传统的吟咏题目或者咏物诗里，李贺常常摘取典故中的意象重新组合甚至融化成具体的情景，使意象的接续之间较难看出彼此的联系，因而增加了内在脉理的隐蔽性。

化典为景并非李贺的新创，早见于阮籍的《咏怀》诗。他常常将某些常见典故化为一个场景，借以比兴。如"二妃游江滨"在郑交甫于江汉之滨遇见江妃二女的故事中取其相遇赠佩的一段情节，抒发金石之交一旦离绝的感伤。有些诗还组合多种典故，如"湛湛长江水"将《楚辞·招魂》中的意境与《高唐赋》故事以及《战国策·楚策》中庄辛以蜻蛉、黄雀谏楚襄王之事组合成一首诗。由于典故之间的联系和指向不甚分明，难免导致阮诗"厥旨渊放，归趣难求"的特点。

李贺化典为景及组合典故的手法与阮籍有类似之处，他也常常将典故

---

[1] 宇文所安认为这首诗"辉煌的诗句分离断续，有效地体现了秦始皇欲控制宇宙和时间的梦幻、酒醉和疯狂的状态"，见《晚唐——九世纪中叶的中国诗歌（827—860）》第173页。

转化成与题旨相关的意象或场景。但阮籍组合多个不同典故时，多是根据典故原始的意义排列连接以寄托寓意；李贺则往往会由典故本身产生联想，再通过想象将各种典故融合成全新的情景，有时从字面上骤然看不出典故的原始出处，这就造成注家的无解或者歧解，使意脉也变得隐晦难寻。例如《湘妃》[1]：

> 筠竹千年老不死，长伴秦娥盖湘水。蛮娘吟弄满寒空，九山静绿泪花红。离鸾别凤烟梧中，巫云蜀雨遥相通。幽愁秋气上青枫，凉夜波间吟古龙。

首四句描写千年古竹绵延成林，长伴二妃覆盖着湘水。当地村女用湘竹制笛吹出的曲调响遍寒空[2]，九嶷的草木在笛声中静默，连满山红花都闪烁着泪花。这几句在湘江上笛声悠扬的意境中化入湘妃哭舜、泪洒湘竹的故事，通过笛曲将湘竹和九嶷山联系起来是湘妃故事的题中之义。后半首转为离鸾别凤和巫云蜀雨，又结以青枫、古龙的意象，却似乎溢出湘妃故事的范围，很难看出前后意脉的联系。因而各家注本大多无解，唯曾益认为"离鸾别凤"形容湘竹，湘江云雨与巫、蜀相通，"青枫"写愁怨之气上薄青枫之间，"古龙"是说唯有龙吟为"古昔之所遗"[3]。王琦认为"离鸾别凤"指舜和二妃，借巫山神女之说，写双方不能常常会合，"古龙"指"凉夜永而蛟龙吟啸"[4]。二说都只是接近诗意，未能说透诗人用心。只有董伯音看出"此咏湘笛也"[5]，但未做解说。其实此诗后半首的写景都从湘竹和笛曲的典故化出。《尚书·益稷》说："箫韶九成，凤凰来仪。"[6]这

---

[1]《李贺诗歌集注》第 84 页。第二句中"秦娥"叶葱奇据旧本改为"神娥"。
[2] 王琦、叶葱奇等解"吟弄"为吟唱，讴歌。但"吟"有"吹奏"义，"弄"有"曲调"义。李白《凤凰曲》"嬴女吹玉箫，吟弄天上春"即用此义，指箫吹的曲子。
[3] 曾益《昌谷集》卷一注《湘妃》："全篇咏竹，全篇是咏湘妃。""然是竹也。或低。或昂。或鸣。或翔，又如离鸾别凤在烟梧中，触耳皆是，亦触目皆是。其云其雨，遥与巫、蜀相通，言广也。深秋之际，幽愁之气，自下而上薄于青枫之间，言深怨也。抚今追昔，则唯有凉夜波间所吟之龙，意者其古昔之所遗乎！"（见《李贺资料汇编》第 149 页）
[4] 见《李贺诗歌集注》第 85 页。
[5]《协律钩玄》，《李贺资料汇编》第 316 页。
[6]《十三经注疏》第 144 页。

是凤凰和音乐的关系。郑氏笺《诗经·大雅·卷阿》："凤凰之性，非梧桐不栖，非竹实不食。"[1]这是凤凰与竹的关系。前人又常常用凤形容竹，如武三思："凤竹初垂箨，龟河未吐莲。"[2]笛子也常称"凤管"，如鲍照："倾听凤管宾，缅望钓龙子。"[3]所以"离鸾"两句意为湘江上凤管吹出的离别悲音与巫蜀云雨遥遥相通，正是孟郊《楚竹吟酬卢虔端公见和湘弦怨》中"昔为潇湘引，曾动潇湘云。一叫凤改听"[4]的意境。同时，以龙形容竹子，也常见于前人诗，如李贺之前有陈张正见《赋得阶前嫩竹》："欲知抱节成龙处，当于山路葛陂中。"[5]李峤《竹》："白花摇凤影，青节动龙文。"[6]李贺之后有裴说《春日山中竹》："数竿苍翠拟龙形。"[7]又有以龙吟喻笛音者，如梁刘孝先《咏竹诗》："谁能制长笛，当为吐龙吟。"[8]《李贺外集》中的《龙夜吟》写的就是"高楼夜静吹横竹"[9]的情景。因而结尾"吟古龙"即指竹笛声。但后半首没有直接使用前人典故字面和成句，而是综合这些典故中以凤鸾、龙吟比拟竹子和笛音的意思，刻意营造出笛曲在湘江上回荡的优美意境：湘笛声仿佛凤鸾离别的悲鸣，从苍梧远远传到巫云蜀雨之间，带着秋怨幽愁飘荡在青枫林上[10]，又似应和着凉夜波间古龙的长吟。这样理解就与前半首的意脉顺畅地连接起来了。诗人之所以要将简单的寓意写得如此隐晦断续，无非因为与湘妃故事有关的竹子和乐曲是一个古老的熟题，此诗将多个典故融化成一幅笛曲中的湘江秋景，便使诗意更加新颖含蓄。

---

[1]《毛诗正义·大雅·卷阿》"凤凰鸣矣，于彼高岗，梧桐生矣，于彼朝阳"句郑氏笺，《十三经注疏》第547页。

[2]《奉和过梁王宅即目应制》，《全唐诗》卷八〇，第866页。

[3]《登庐山望石门》，鲍照著，钱仲联增补集说校《鲍参军集注》第265页，上海古籍出版社1980年。

[4]《孟郊诗集校注》第23页。

[5]《先秦汉魏晋南北朝诗》陈诗卷三，第2499页。

[6]《全唐诗》卷六〇，第715页。

[7]《全唐诗》卷七二〇，第8269页。

[8]《先秦汉魏晋南北朝诗》梁诗卷二六，第2066页。

[9]《李贺诗歌集注》第354页。

[10] 青枫为湘江实景，前人诗中"青枫江"指浏水，在长沙与湘江汇合。同时也是用典，《楚辞·招魂》："湛湛江水兮上有枫。"

《帝子歌》[1]与《湘妃》的构思有类似之处：

> 洞庭帝子一千里，凉风雁啼天在水。九节菖蒲石上死，湘神弹琴迎帝子。山头老桂吹古香，雌龙怨吟寒水光。沙浦走鱼白石郎，闲取真珠掷龙堂。

此诗之意，诸家也有歧解，王琦认为是写帝子不肯前来的寂寥，黎简认为是始写怅望帝子不见，后写帝子来而复去的景象[2]。董伯音、姚文燮则认为是有感于时事[3]。这些分歧都与各句间脉理不显有关。笔者以为此诗虽本于《楚辞·九歌·湘夫人》"帝子降兮北渚"之句，但实际上是化合《楚辞》和乐府中相关典故，描写湘灵鼓瑟的乐曲意境[4]。首二句展开湘神弹琴的背景：千里洞庭，天水相映；秋风渺渺，大雁悲啼。中间四句以菖蒲已老、古桂飘香的秋色与湘神弹琴、雌龙怨吟的情景交叉相对，渲染乐曲飘散到空中的寂寥萧瑟。上文已经指出，龙吟可喻笛音，此处又借以形容琴声之悲凉犹如湘笛之怨吟。末二句写琴声的优美引得游鱼纷纷出来倾听[5]，清脆的乐音在江面上的回响又如白石郎走过沙浦，闲散地将珍珠掷进龙堂所发出的回音。其中"九节菖蒲"是不老药[6]，老死的九节菖蒲和山头桂树的古香都为湘灵传说增添了古老而神秘的色彩。末二句上句化用清商曲辞"神弦歌"的《白石郎曲》："白石郎，临江居，前导江伯后从鱼。"[7]而下句的"龙堂"又与河伯有关，《楚辞·九歌·河伯》："鱼鳞屋兮龙堂。"[8]王逸注此句："言河伯所居，以鱼鳞盖屋，堂木画蛟龙

---

[1]《李贺诗歌集注》第75页。
[2]《黎二樵批点黄陶庵评本李长吉集》卷一，见《李贺资料汇编》第361页。
[3] 董伯音认为是伤皇子，姚文燮认为因庄宪皇太后死而讽宪宗采仙药求长生。均失于穿凿。
[4] 盛唐人《湘灵鼓瑟》诗多用"帝子鸣金瑟"（庄若讷）、"时遥帝子灵"（陈季）、"常闻帝子灵"（钱起）等帝子的意象。
[5]"沙浦走鱼"意即庄若讷《湘灵鼓瑟》中"出没游鱼听"，魏璀《湘灵鼓瑟》中"游鱼思绕萍"的意思。均见《全唐诗》第2133页。
[6] 王琦引古诗："石上生菖蒲，一寸八九节。仙人劝我餐，令我好颜色。"（《李贺诗歌集注》第75页）
[7] 郭茂倩编《乐府诗集》第683页，中华书局1979年。
[8] 朱熹著，蒋立甫校点《楚辞集注》第43页，上海古籍出版社2001年。

之文。"[1] 或许是《白石郎曲》使诗人由"前导江伯"联想到"河伯"的龙堂，于是用"闲取真珠掷龙堂"的想象将两个本来不相干的典故组合起来。白石郎"闲取"和"掷"的动作中透露出无聊闲戏的意味，既无迎神不来的惆怅[2]，又无送神归去的敬意，只有理解为形容湘神弹琴的乐声如真珠掷落龙堂的声响，才符合句意。这首诗在吸取中唐人写"湘灵鼓瑟"常用的帝子、游鱼等典故意象的基础上，将相近典故组接起来，发挥想象，融化成与洞庭江水有关的景象，末句形容乐声又别有新创，因而容易使人误解为表现迎神送神的场景。

也有的诗歌粗看明白易懂，但因其中典故的使用含意不明，导致因无解而局部断片。如《牡丹种曲》[3]：

莲枝未长秦蘅老，走马驮金剧春草。水灌香泥却月盆，一夜绿房迎白晓。美人醉语园中烟，晚花已散蝶又阑。梁王老去罗衣在，拂袖风吹蜀国弦。归霞帔拖蜀帐昏，嫣红落粉罴承恩。檀郎谢女眠何处？楼台月明燕夜语。

曾益解此诗意，从头到尾都是咏花[4]，姚文燮解"'美人'六句，追怅谢落也"，"结句似言花谢后，赏花之人俱散"[5]。王琦按字面解为全诗写移种之后，园内宴饮赏花到夜阑散席的过程。方世举认为："起段言初买以及花开，中段言赏会易过，豪家亦衰；末段言歌妓色衰，亦复无味。"[6] 此诗如按以上诸解，除了"梁王""二句旧注皆无解"[7]以外，字面脉络

---

[1] 《李贺诗歌集注》第76页。
[2] 王琦认为，末二句指"尊贵之神不来，纷纷奔走者，惟小水之神而已。'闲取真珠掷龙堂'，犹楚词'捐余玦兮江中，遗余佩兮澧浦'之意。明己之珍宝不敢爱惜，以求神之昭鉴，庶几其陟降于庭也"（《李贺诗歌集注》第76页）。但"闲取真珠"及"掷"的动作均有漫不经心甚至闲戏无聊之意，不同于捐玦遗佩应有的虔诚和多情。而且这样理解，白石郎和龙堂都没有了着落。
[3] 《李贺诗歌集注》第210页。
[4] 《李贺资料汇编》第175页。
[5] 《李贺诗歌集注》第452页。
[6] 《李贺诗歌集注》第527页。
[7] 《李贺诗歌集注》第211页，王琦注（4）。叶葱奇认为梁王可能是贵种牡丹的名称，蜀国弦曲名暗比南风，亦无根据。

大致是清晰的,但似非诗人真正的意脉所在。此诗看似以歌咏赏花美人为明线,映带牡丹从移种到衰败的全过程,实际自始至终突出牡丹品种的矜贵。首四句先渲染牡丹种的贵重和移植时培泥灌水的精心,凸显其一夜过后便迎晓开放的姿态。但以下只用一句写其盛期,就迅速过渡到花谢:美人在园烟中醉语,是形容牡丹嫣红的花色和如能解语的风韵;而晚花已散,粉蝶阑珊,既是写牡丹盛开之后花瓣松散将要凋谢之状,又兼顾赏花美人醉后将散之意。至"罗衣""拂袖"以后,牡丹已是从花老叶茂到花瓣离披了。因而"梁王"两句从中间宕开一笔,颇为费解。从字面看,这里用吹台故事借指贵家赏花之宴乐[1]。"罗衣"指擅长歌舞的女妓。"蜀国弦"指乐府曲名,或蜀桐所制琴瑟及其奏出的音乐[2]。无论何指,和"梁王"之典相组合,都与牡丹似不搭界。姚佺解释上句是说花虽谢而种仍在,应有所悟但未说清[3],笔者以为这两句与前两句一样是以赏花情景双关花叶情状,借梁王和罗衣的主从关系暗示花虽老去而植株犹在,以罗衣拂袖的舞姿形容枝叶在弦乐声中随风摇曳,而"梁王"的字面亦可烘托牡丹花的华贵仪态[4]。这就与下句以形容美人归去的"归霞帔拖蜀帐昏"双关花谢后其种仍有蜀帐遮阴的意思相连贯,突出了贵种牡丹盛花期虽短却能得精心养护的际遇。联系唐代牡丹原为野生,到武后移植上苑后才骤然贵盛的

---

[1] 王琦认为梁、王当是二妓之姓,罗衣亦是妓女之名,皆善于歌吹者,出于臆测。梁王典故唐诗多用,一指西汉梁孝王吹台,一指其所修梁园。吹台又称繁台、范台,在今河南开封市东南,相传为春秋时师旷吹乐之台,后因梁孝王刘武增筑,常歌吹于此,故亦称吹台。除了咏史以外,唐人也常用梁王典恭维宗室、卿相乃至方镇宴乐娱宾之事。李贺诗中用梁王典凡三见,均指梁孝王刘武。

[2]《蜀国弦》在李贺诗集中凡三见,按《乐府古题要解》,《蜀国弦》为乐府曲名,主旨与《蜀道难》颇同,《乐府诗集》载萧纲和卢思道及李贺所作三曲《蜀国弦》都是写蜀地风土。李贺《听颖诗弹琴歌》中有"蜀国弦中双凤语",则指用蜀桐所制琴瑟奏出的音乐,与"吴丝蜀桐"(《李凭箜篌引》)意近。

[3] 此处承许佩铃博士提醒,谓《昌谷集句解定本》虽未言梁王作何解,却特别扣住题目为《牡丹种曲》,所以认为'梁王老去罗衣在'是说花虽谢而种仍在,'拂袖风吹蜀国弦'是说'有种在,可以任花之落而任蜀之弹','归抱霞佩蜀帐昏':'昏字应晓字,前开则花晓,此藏帐中则种昏也。'说诗不甚明了,但特别注意到诗非咏牡丹乃是咏牡丹种,似乎值得注意"。特此致谢。

[4] 王建《闲说》诗谓"王侯家为牡丹贫",可见当时王侯养牡丹已成风气。李商隐《牡丹诗》前四句:"锦帏初卷卫夫人,绣被犹堆越鄂君。垂手乱翻雕玉佩,折腰争舞郁金裙。"即分别用卫灵公夫人和楚王母弟的典故形容牡丹花仪态华贵,以舞者姿态形容枝叶摇曳,当受李贺影响,只是比李贺说得明白。

命运来看，其言外之意颇可寻味[1]。

因典故化成景物而造成断片的还有《野歌》[2]：

> 鸦翎羽箭山桑弓，仰天射落衔芦鸿，麻衣黑肥冲北风。带酒日晚歌田中，男儿屈穷心不穷，枯荣不等嗔天公。寒风又变为春柳，条条看即烟蒙蒙。

此诗因"麻衣黑肥冲北风"句意不明而造成歧解，与下句"带酒日晚歌田中"无法衔接。王琦谓："唐时举子皆着麻衣，盖苎葛之类。黑肥，垢腻

---

[1] 微妙的是，句中"梁"和"蜀"的字面恰巧关联牡丹的两处原生地汉中和巴郡。李时珍《本草纲目》卷十四《牡丹本经中品》"集解"引陶弘景《名医别录》谓"牡丹生巴郡山谷及汉中"（文渊阁《四库全书》本）。梁以后有多种药典沿袭陶说。唐梁州的核心区域即汉中。野生牡丹多生长在陕西丹州、延州以西以及秦中通向蜀的褒斜道中，欧阳修《花品叙》说"牡丹初不载文字，唯以药载本草耳，然于花中不为高第。大抵丹、延已西及褒斜道中尤多，与荆棘无异，土人皆取以为薪，自唐则天以后洛阳牡丹始盛"（见祝穆等编《古今事文类聚》第 2 册，第 467 页，上海古籍出版社 1992 年）。褒斜道南起汉中褒谷口，北至斜谷口（眉县斜峪关口），沿褒斜二水行，贯穿褒斜二谷，故名，也称斜谷路，为古代巴蜀通秦川之主干道路，全程 249 公里，近半在唐梁州境内，汉中即梁州治所。又巴郡在秦汉以来的历史沿革中大致都包含今重庆范围，唐时改为渝州，辖区内的合州（古称垫江）原产牡丹，至今仍负盛名。唐代全国各郡唯合州土贡之物中有牡丹皮，开元及元和年都有进贡的记载，如《新唐书·地理六》："合州巴川郡，中。本涪陵郡，天宝元年更名。土贡：麸金、葛、桃竹箸、双陆子、书筒、橙、牡丹、药实。"（第 1090 页，中华书局 1975 年）《元和郡县图志》卷三三："合州，巴川，中。""贡、赋：开元贡：药子一百颗，牡丹皮一斤，桃竹箸。元和贡：牡丹皮，木药子。"（第 856 页，中华书局 1983 年）《宋本大唐六典》卷三载各地贡物："合州牡丹皮。"（第 75 页，中华书局 1991 年汇编影印残宋本）这应是唐人熟知的药材。因而"蜀国弦"的曲名也可以让人从此诗题面联想到巴蜀的土贡牡丹。蜀中观赏牡丹花的风气兴起较晚，到五代及北宋诗词中才有反映，李贺即使有所指，亦非蜀中花事，只是原生的牡丹。那么这两句是否为扣住"牡丹种"的题意，暗中关联牡丹原为野生物种的来历呢？若是，便与眼前盆栽的牡丹种金贵的身份形成鲜明的对照，因丹皮加工须将整株牡丹连根挖起，取其根皮晒干切片。而成为名花后的牡丹在凋谢之后尚且要以"蜀帐"保护以留种，相比蜀地那些野生牡丹，品种贵贱不同，其时命又何啻天壤之别？与李贺同时代的元和进士舒元舆《牡丹赋》说牡丹"盖遁乎深山，自幽而芳"，因遇天后移植上苑而贵盛，并诘问："焕乎美乎后土之产物也，使其花之如此而伟乎？何前作寂寞而不闻，今则昌然而大来，曷草木之命亦有时而塞，亦有时而开。吾欲问汝，曷为而生哉？"（《古今事文类聚》第 2 册，第 469 页）借牡丹感叹草木命运亦有通塞，李贺此诗咏"牡丹种"似亦有同感。

[2]《李贺诗歌集注》第 312 页。

状也。旧注以麻衣黑肥为雁翎黑白相杂之比，或以为指射雁人，皆误。"[1]
姚文燮则认为指"男儿操强弓疾矢，能射雁饮羽，故雁南来正遇其醉歌田
中"[2]。但麻衣黑肥的形象与"男儿"（李贺自指）相差太远。姚说也很
勉强。笔者认为鸿雁除脖颈为黑白相间以外，周身毛羽为浅灰褐色，头顶
到后颈暗棕褐色，与麻衣之色最为相似。而"黑肥"则指北飞的大雁身体
肥重，浑身污黑，崔豹《古今注》卷中《鸟兽》："雁，自河北渡江南，瘦
瘠能高飞，不畏缯缴。江南沃饶，每至河北，体肥不能高飞，恐为虞人所
获，尝衔长芦可数寸，以防缯缴。"[3] 张华《鹪鹩赋》说"彼晨凫与归雁"，
"徒衔芦以避缴，终为戮于此世"[4]，所写的就是被射落的"衔芦鸿"。可
见"麻衣"句是描写由南向北体肥不能高飞的大雁被弓箭惊飞的生动情状，
既合典，又富于想象，正与上句"射落衔芦鸿"意脉相连。首三句将上述
典故融合，其含义可借唐昭宗时陆希声《鸿盘》中"如今天路多缯缴，纵
使衔芦去也难"[5] 两句得到解释。因而此诗首三句为一行，应连读，所写
衔芦鸿被弓箭射落及惊飞雁群的情景，或许是诗人日晚在野田中亲见，更
可能只是典故所化，主要是以天路凶险的一个场景起兴，引起后三句"男
儿屈穷"以及"枯荣不等嗔天公"的感叹。末二句转为春柳即将在寒风中
变绿，时令与大雁北飞的季节相合，也隐含着枯者转荣的希望。南朝唐代

---

[1] 《李贺诗歌集注》第312页，王琦注（二）。林同济《李长吉歌诗研究》考"黑肥"为"黑耙"之形讹，为举子之服（《中华文史论丛》1982年第1辑），虽比王琦说合理，但笔者认为此句解作大雁惊飞，意脉与上句"仰天射落衔芦鸿"连接更自然紧密。因"麻衣黑肥"后接"冲北风"，原来向着北飞的雁群受到惊吓，为躲避弓箭，迎着北风往前冲，是为必然。倘若是举子，为何要在衔芦鸿被射中以后向北冲呢？而且"冲北风"是奋力冲向前的紧张动作，与下句"带酒歌田中"的游荡状态很难同时见于同一个人。又，检索全唐诗文中"麻衣"的用例，着麻衣者大体有五类人：穷人、孝子、僧人、道人、举子。举子穿麻衣主要在执其所业谒见座主的场合。如《唐语林》卷三"赏誉"载"相国刘公瞻"少为汉南郑司徒掌笺札。司徒"勉以进修，俾前驿换麻衣，执贽见之礼。后解荐，擢进士第"。又载郑愚"举进士时，未尝以文章名魏公门。此日于客次换麻衣，先贽所业"。卷七"补遗"载"李勋尚书先德为衙前将校，八座方为客司小弟子，亦负文藻，潜慕进修，因舍归田里。未逾岁，服麻衣，执所业于元戎"。由此可见举子平日不一定穿麻衣。李贺《野歌》中"麻衣黑肥"倘若指举子，在野田中游荡的场合是否适宜穿麻衣，尚有疑问。笔者以为李贺之所以用"麻衣黑肥"形容大雁，一来大雁毛色似麻衣，北飞时身体肥重又浑身污黑；二来李贺写物喜"详言其状，而隐晦其名"（详本章第三节），或许"麻衣"之色使他联想到举子，但此句如直接指举子，则不合情理，上下句意脉亦不能相连。
[2] 《李贺诗歌集注》第478页。
[3] 晋崔豹《古今注》卷中"鸟兽六"，文渊阁《四库全书》本。
[4] 《文选》卷十三，第618页，上海古籍出版社1986年。
[5] 陆希声《阳羡杂咏十九首·鸿盘》，《全唐诗》卷六八九，第7915页。

七言诗句句韵常有三句一转和两句一转并存于同一首诗里的体式，此诗也是一样，只有将前六句断为三句一行，才能理解李贺起兴和用典的深意，全诗句脉也自然顺畅。

从以上诗例可以看出，由于李贺将典故化成具体的场景，或者借助想象将各种相关或不相干的典故加以融合，使典故内容转化为组成全诗情景的一句句形象的描写，虽然使诗意更加含蓄，但也因隐去了典故意象之间的意脉，增加了理解的难度，容易造成"断片"的现象。如果由此入手，深究其"断片"的原因，却又能更进一层看到李贺努力加大意象跳跃的幅度，意在化熟为生，转旧为新，这又未尝不是一种收获。

## 第二节　意象跳跃中的思路转折

如果说典故融化成场景容易使字面意义难解，导致脉理隐蔽难寻，那么李贺还有些古诗字面意思易懂，但全篇意脉仍然令人无法一目了然，这与其意象大幅度的跳跃中暗藏着思路的转折有关。

思路随意象跳跃而跌宕转折，是李白诗歌最突出的特点。最为典型的是《行路难》其一，诗人将姜太公在磻溪垂钓以及伊挚梦见乘舟经过日月之旁这两个典故中的地点化为相距遥远的"碧溪"和"日边"，与"黄河""太行"形成四个地名之间的大幅度转换，思路随着失望和希望的情绪不断变化，在冰河、雪山、碧溪、日边之间跳跃，便使感情的巨大落差和反弹都统一在"行路难"的主题之中。但李白诗歌虽常有出人意料的变化和语断意连的飞跃转折，表现的主要是感情的变化，思路并不晦涩。李贺有些诗歌思路的转折往往在层意之间，每层意象似不相干，其中的承接关系很少用虚字表现，也几乎不考虑上下句之间语义的勾连呼应，很容易导致意随语断的跳跃，读者须通过每层意象之间的对比寻找其中的脉理，因而有时会遇到乍看怀疑文句有误的问题。

如《拂舞歌辞》[1]：

---

[1] 《李贺诗歌集注》第257页。

> 吴娥声绝天,空云闲徘徊。门外满车马,亦须生绿苔。
> 樽有乌程酒,劝君千万寿。全胜汉武锦楼上,晓望晴寒饮花露。
> 东方日不破,天光无老时。丹成作蛇乘白雾,千年重化玉井土。
> 从蛇作土二千载,吴堤绿草年年在。背有八卦称神仙,邪鳞顽甲滑腥涎。

此诗大致四句一层,每层自成一个跌宕。首四句先写吴娥歌声响遏行云的欢乐景象,随即说纵使门外车马喧阗,此处也会生满绿苔,说明好景不常,转眼成空。次四句劝君畅饮美酒,胜过汉武饮玉屑和露以求仙,意为不能长生当及时行乐。前两层先说透人生短暂、求仙虚妄的道理,第三层反过来设想太阳不落,天光常在,炼丹成功能像腾蛇一样乘雾上天,但千年以后也终会化为土灰,则是借假设再推进一层。以上三层两次转折,加上各层的跌宕,虽然意象跳跃,思路曲折,但尚能看出意脉的递进线索。末四句王琦不明其"何乃晦涩至此,其间似有讹缺"[1],认为应按《乐府诗集》本,将"千年重化玉井土,从蛇作土二千载"两句中的"土"改为"龟",末二句才有着落。方世举也认为"'土'作'龟'乃豁"[2]。其实最后六句是化用晋拂舞歌辞中《龟虽寿》句意,只不过将"神龟虽寿,犹有竟时"倒置于"腾蛇乘雾,终为土灰"两句之后,再做一层推想:即使炼丹成功变成腾蛇乘雾上天以后又会怎么样?千年之后也会像龟一样变成玉井土[3],这两句是互文见义。如作"千年重化玉井龟",腾蛇化为井龟没有依据,反而不通,亦不符"终为土灰"的原意,可见"土"字不误。末四句又是一层跌宕:变蛇化土两千年,春草也照常年年变绿。神龟即使可称神仙,但邪鳞顽甲,腥涎滑腻,终是浊物异类,又有何可羡之处?结尾将曹操诗原句前后颠倒,增加了腾蛇变为土灰之后,神龟犹在的假设,使末四句又形成一个递进,就比原诗说得更彻底。全诗只有前两层用"亦须""全

---

[1] 《李贺诗歌集注》第258页。
[2] 《李贺诗歌集注》第537页。
[3] 龟可在井中生活,《初学记》卷五"石第九"载"井龟"典,引"郭颁《魏晋世语》曰,长沙王乂封常山王,至国,掘井入地四丈,得白玉,玉下有大石,其上有灵龟,长二尺余"。腾蛇化龟则不见文献记载。故"玉井"句指龟"犹有竟时",与上句"作蛇"互释蛇龟千年均"终成土灰"之意。

胜"两个转折虚词，后两层不用虚词，意象对比之间连用两层假设，形成以退为进的句意，四层递进层层深入，便将天道永恒、求仙无用的意思说到题无剩义的程度。

又如《昆仑使者》[1]：

> 昆仑使者无消息，茂陵烟树生愁色。金盘玉露自淋漓，元气茫茫收不得。麒麟背上石文裂，虬龙鳞下红肢折。何处偏伤万国心？中天夜久高明月。

这首诗虽是仄韵七古，但各行意象之间的跳跃近似七律。首句按旧注是说汉武帝派张骞出使河源，久无音讯，次句便转为茂陵烟树的一派愁容，两句之间的字面联系应是指武帝直到进了茂陵也没有等到昆仑使者的消息。但按历史事实，张骞两次出使，都回到了汉朝，而且去世也远早于汉武帝[2]。这句应是用汉武帝据张骞所言得知西南有身毒、大夏，派使者"四道并出"，希望探索通往身毒之路，最终无果之事[3]。因而在上下句之间的表层联系以外，还有一层言外之意：武帝开疆拓土的伟业在短暂的一生中不可能完成。于是第三、四句又回过头来写武帝生前尽管能以金盘承接玉露，也收集不了茫茫元气，说明武帝即使借助仙药以延长生命，也是枉然，这就使前两行之间自然形成脉理的转折。五六句再返回茂陵景象：石麒麟背上出现了裂纹，柱上所琢虬龙的肢足也已折断，足见连陵寝也经不住时光的消蚀。末二句没有明点最令万国伤心之处究竟是"何处"，但可以意会是指颓败的茂陵。可见诗人的寓意不仅是暗讽汉武帝求仙徒劳，更是感叹其无论生前功业还是身后威名都无法与永恒的自然相抗衡。此诗每行句意都自成片段，不用任何转折或连接的虚词，须仔细琢磨各句意象转换的关系，才能发现其中也暗含着层层递进的脉理。

但也有即使在句中用转接虚词，因意象跳跃较大而思路仍然曲折的例

---

[1] 《李贺诗歌集注》第355页。此诗收在外集中，方世举认为"此乃真本，看它何等卓杰"。
[2] 张骞第一次出使在公元前139年，在西域十三年，第二次出使在前122年，返回后，于前114年去世，汉武帝卒于前87年。
[3] 《汉书》卷六一《张骞传》："天子欣欣以骞言为然。乃令因蜀、犍为发间使，四道并出。"（第2690页）

子，如《公无出门》[1]：

> 天迷迷，地密密。熊虺食人魂，雪霜断人骨。嗾犬狺狺相索索，舐掌遍宜佩兰客。帝遣乘轩灾自灭，玉星点剑黄金轭。我虽跨马不得还，历阳湖波大如山。毒虬相视振金环，狻猊狻猊吐馋涎。鲍焦一世披草眠，颜回廿九鬓毛斑。颜回非血衰，鲍焦不违天。天畏遭啣啮，所以致之然。分明犹惧公不信，公看呵壁书问天。

首六句融合《楚辞·招魂》《九辩》《左传》中关于"雄虺九首""猛犬狺狺""嗾夫獒焉"等典故，勾勒出熊虺恶犬充斥于天地间，专害修洁之士的鬼蜮世界。然后忽然转到"帝遣"两句，无论是意象还是字面都无法连贯，因而招致不少歧解。徐渭认为"言一死则灾自灭矣，是天厚之，故令其死也"，曾益之解近似[2]，如按此解，这两句只是强调如此恐怖世道，唯有上天方能解脱之意。以下忽又接"我虽跨马不得还"，更连不上。王琦认为这四句"言我虽跨马出门"，"尚在善地"，"闻他险阻之处，多有害人恶物"[3]。但从句意看，这四句只是对首六句的递进，如无"帝遣乘轩"两句，连接似更顺畅。只有联系"鲍焦"以下诸句，才能看出李贺在两层之间插入"帝遣乘轩"两句，其意不仅仅指人死才能消灾，其实还包含着更深一层含意：上帝只能送人上天免灾，对熊虺恶犬毫无办法，所以才造成自己出门便遇恶浪如山、毒龙猛兽环视的险恶环境，尤其狻猊专在君王无道时出来食人，更令人对天下无道的原因心生疑问。可见"帝遣"两句插得如此突兀，用意是在两层递进之间造成一个停顿，不但使意思推进一层，也为后半首中"天畏遭啣啮"句做好铺垫。以下说鲍焦和颜回并非因血衰或违天而穷困夭折，正与首六句中"舐掌遍宜佩兰客"相呼应，意为像颜、鲍这样的佩兰客真正的死因是天亦畏惧被猛兽噬咬，所以只能令他们以死消灾。这就点出前面插入"帝遣乘轩"两句的用意，是为了说明人

---

[1]《李贺诗歌集注》第280页。
[2] 王琦引"徐文长注"，《李贺诗歌集注》第281页。曾益谓"乘轩灾灭，人至死而灾息"（《李贺资料汇编》第189页）。姚文燮谓此诗伤韩愈"时晦遭噬"，"顷帝遣之乘轩，而群口自不能为害"，失于穿凿。
[3]《李贺诗歌集注》第281页。此句字面意为虽有马骑而仍不得还，王琦解"尚在善地"无文本依据。

间之所以如此险恶，都是因为天公的胆怯无能。结尾顺势再进一层，要以屈原呵壁问天来证明，言外之意便更清晰了。全诗思路三次转折，在意象的大幅跳跃中完成逻辑的推进。倘若不仔细思考其每层意象之间的关系，很难完全把握全诗脉络所在。

也有少数诗歌本来意脉平直，却因为用典取象的意思不明而导致意象跳跃，思路难寻。如《堂堂》[1]：

> 堂堂复堂堂，红脱梅灰香。十年粉蠹生画梁，饥虫不食摧碎黄。蕙花已老桃叶长，禁院悬帘隔御光。华清源中岩石汤，徘徊白凤随君王。

开头四句借乐府《堂堂》曲名，写堂上彩壁褪色，泥灰剥落，画梁长满粉蠹虫，饥虫不食蛀木屑，均从细处着眼，描绘梁柱墙壁毁坏的情景。后两句转为禁院帘外的暮春景象，以年年老去的春天反衬君颜隔绝、风光不再的现状。结尾着眼于华清池中的岩石温汤，由于"华清源"三字的特殊意义，前面的细节描写全都具备了暗示此处荒废已久的含义。但因末句"白凤"意象与前句难以衔接，又生歧解，姚文燮认为末句比喻"倾宫妃嫔固当徘徊白凤随侍君王"，意在"正当华清之冷落，而追忆明皇临幸之盛"[2]。王琦则认为白凤"疑是取神仙从卫，以喻当时侍从之臣"，"此诗当是有离宫久不行幸，渐见弊坏，长吉见之而作。结处见华清之地，尚有君王巡幸侍从络绎之盛，以反形此地之寂寞"[3]。"白凤"一典在唐人诗里有两种用法，大多用扬雄"梦吐白凤"的意思，称赞大臣文才之美；还有一部分唐

---

[1] 《李贺诗歌集注》第132页。
[2] 《李贺诗歌集注》第428页。
[3] 《李贺诗歌集注》第133页，王琦、姚文燮皆据曾益引曹唐《小游仙诗》其十七"不知今夜游何处，侍从皆骑白凤凰"发挥，将白凤理解为帝王身边侍从，对"白凤"典未做深考。王说更泥。

诗和唐代故事则视白凤为仙人所骑，或凡人升天仙去时乘坐之仙鸟[1]。笔者认为这里结合了两种用意：白凤伴随君王徘徊，字面指君王已经仙去之意，然而又可令人联想到盛世才士也尽随玄宗而去，亦即杜甫《韦讽录事宅观曹将军画马图歌》中"君不见金粟堆前松柏里，龙媒去尽鸟呼风"之意。因此全诗主旨不仅是感叹华清宫自玄宗去世后的荒凉破败，也深藏着盛唐人尽其才的时代已一去不返的感喟。不过因末二句意象跳跃太大而导致的歧解，虽使全诗思路到最后变得难解，倒也可以启发读者产生更多的联想。

可见，李贺某些诗看似不理会章法[2]，其实力求在意象跳跃之中完成思路的转折变化，并使句意之间的断续隐藏更多的言外之意，形成内在的逻辑关系。以上诗例都包含有不同的递进层次，最后都能说到意思完足为止，确实使同样的主题表达得更加透辟。但是跳跃幅度大到多数读者都"跳不过去"的程度，又未免失于晦涩。

## 第三节　绮碎细节中暗示的情思

李贺还有部分专写闺情或宫怨的古诗，以华丽的辞藻描写闺房或深宫的陈设和女主人公的妆饰，均为细节的密集堆砌，因而形成比梁陈诗更为"绮碎"的风格。"绮碎"一词在杨炯的《王勃集序》中相对"宏博"而言[3]，指的是龙朔年间流行的以上官仪为代表的婉媚轻艳的文风，这种文风正是梁陈以来的文风在初唐的遗留。但梁陈诗的"绮碎"虽然不乏细节

---

[1]　这一用法原始出处不明，但多见于与神仙道教有关的题材，且大多见于中晚唐。较早的如武后时期的路敬淳《大唐怀州河内县木涧魏夫人祠碑铭》中"神交妙有，想白凤之来仪；道契虚无，伫黄雀之为使"，写魏夫人升仙之事。后有乐朋龟《西川青羊宫碑铭》中写老子"东离魏阙，西度函关。乘青牛宛转之车，驾白凤逍遥之辇"。齐己《升天行》"身不沉，骨不重。驱青鸾，驾白凤。幢盖飘飘入冷空"，贯休《送杨秀才》"石桥亦是神仙住，白凤飞来又飞去。五云缥缈羽翼高，世人仰望心空劳"，眉娘《和卓英英理笙》"他日丹霄骖白凤，何愁子晋不闻声"，均写驾白凤升天。可见"徘徊白凤"即"丹霄骖白凤"之意。

[2]　黎简《黎二樵批点黄陶庵评本李长吉集》卷一，《李贺资料汇编》第357页。

[3]　杨炯《王勃集序》说王勃使"积年绮碎，一朝清廓"，"词林增峻，反诸宏博"（《全唐文》卷一九一，第851页）。

的描写和辞藻的堆砌,却并不存在句意断裂的现象,而是追求易读易懂的语调和流畅连贯的声情,其"碎"主要表现为"争构纤微,竞为雕刻"[1],意象琐碎纤细,缺乏宏大的境界。

李贺的"绮碎"则是将梁陈诗的风格变成一种富有暗示性的表现方式,满篇绮词丽语之间,往往不交代其间的关联,室外景物与室内陈设和人物妆饰等细节描写杂置一处,句意时断时续,却暗示着某种希望读者意会的情思,从而自然形成其内在的脉理。如《洛姝真珠》[2]是被宇文所安称为"密集的断片"的代表作:

> 真珠小娘下青廓,洛苑香风飞绰绰。寒鬓斜钗玉燕光,高楼唱月敲悬珰。兰风桂露洒幽翠,红弦袅云咽深思。花袍白马不归来,浓蛾叠柳香唇醉。金鹅屏风蜀山梦,鸾裾凤带行烟重。八骢笼晃脸差移,日丝繁散曛罗洞。市南曲陌无秋凉,楚腰卫鬓四时芳。玉喉窱窱排空光,牵云曳雪留陆郎。

全诗写一个洛阳美人月夜空房独守的寂寞,除了开头两句夸张其美若天人下凡以外,从月上高楼到日照闺房的全过程,都在互不连贯的细节描写中暗示:寒鬓上玉燕钗的反光,高楼月下敲着玉佩的歌唱,暗示秋夜的凄冷和闺中人的孤独;兰桂幽翠风清露冷,弦声袅袅如深思哽咽,又可想见其独自抚筝直到夜深的幽怨;花袍白马不归,柳眉紧蹙唇醉,点出其夜深候人的怨恨;倚着金鹅屏风所做的巫山梦,在行云中分外滞重的鸾裙凤带,则暗示其连襄王梦都难以寻觅;日光从窗罗细洞中透入,散成细丝在睡脸上晃漾,可见闺中人夜深难寐而天晓懒起的无聊。与此形成对照的是毫无秋凉之意的市南妓院,冶容艳态,四季芬芳,歌声排空,牵衣曳裙,使陆郎留恋不归。全诗只有"不归来""留陆郎"两句说明游子的动态,而思妇的期盼、孤寂、忧郁均不着一字,仅凭发钗、悬珰、衣带等妆饰,室外兰风桂露、高楼秋月等景物,以及室内屏风绮窗等陈设的组合来暗示,而

---

[1] 杨炯《王勃集序》,《全唐文》卷一九一,第851页。
[2] 《李贺诗歌集注》第80页。

各句的意象又各自独立，互不相关。与此诗表现类似的还有《宫娃歌》[1]：

> 蜡光高悬照纱空，花房夜捣红守宫。象口吹香毾㲪暖，七星挂城闻漏板。寒入罘罳殿影昏，彩鸾帘额著霜痕。啼蛄吊月钩栏下，屈膝铜铺锁阿甄。梦入家门上沙渚，天河落处长洲路。愿君光明如太阳，放妾骑鱼撇波去。

宫怨诗自西晋以来逐渐发展成常见题材，李贺以前唐人名作颇多，都以不露"怨"字为妙。此诗则是将怨意暗藏在宫殿夜景的细致描绘中：蜡烛的光芒从高悬的纱灯中透出，照着在花房中夜捣红守宫的宫女；象形香炉口中喷出的烟香熏着温暖的毛毯，北斗横斜，漏板声声，已到夜半；寒意悄然渗入户网，殿影昏暗，绣着彩鸾的帘额已有结霜的痕迹；秋月当空，只有蟋蛄在栏杆下哀鸣。前七句在细节的转换中暗示从入夜到夜深的时间过渡，以及宫内气息由香暖渐转为凄寒的过程，所以第八句只须点出"锁阿甄"，各种细节之间的联系便自然显现。结尾希望骑鱼撇波而去的想象，又因融化典故而引起歧解。吴正子、曾益、董伯音、黎简、叶葱奇诸家注本皆无解；王琦认为"或传写之讹"；姚文燮认为与元和八年夏大水，释放宫人有关；陈允吉先生认为由"阿甄"引出《洛神赋》中"凌波"的想象，但"骑鱼"二字却无着落。笔者认为此处是化用《列仙传》中"琴高乘鲤"的故事，战国时赵人琴高善鼓琴，有仙术，后乘赤鲤入水而去。岑参《阻戎泸间群盗》"愿得随琴高，骑鱼向云烟"[2]即用此典，李贺亦用此意。最后四句说宫娃梦入家门沙渚，唯有天河可通，所以说"天河落处长洲路"。而骑鱼撇波则是由天河产生的联想，只有像琴高那样骑鱼入河，才能获得自由。末四句的巧妙还在"天河落处"又双关宫娃入梦后银河渐落的外景，连"愿君光明如太阳"的祝愿也扣住朝日将升的黎明时分，与前八句细节描写中暗示的时光转换正相承接，从而完整地暗示了宫娃一夜到天亮由失望到绝望的心理转变。

---

[1] 《李贺诗歌集注》第 129 页。
[2] 岑参著，陈铁民、侯忠义校注《岑参集校注》第 425 页，上海古籍出版社 2004 年。

又如《屏风曲》前四句："蝶栖石竹银交关,水凝绿鸭琉璃钱。团回六曲抱膏兰,将鬟镜上掷金蝉。"乍读几乎不知这些琐细的描绘究为何意,细读后半首"沉香火暖茱萸烟,酒觥绾带新承欢。月风吹露屏外寒,城上乌啼楚女眠"[1],方知是借咏屏风以写闺情。首二句刻画屏风之精美:屏上画着蝶栖石竹花的图案,各扇之间以银制铰链相连,饰有水绿色琉璃的钱纹[2]。次二句写屏风入夜情景:六曲屏风环抱着灯烛兰膏,解鬟卸妆时将金蝉掷上镜面。后四句明点"新承欢",仍然是以炉内的沉香火、茱萸烟、双杯酒等床边物件烘托,结尾再以屏外风露和城头乌啼反衬屏中人熟睡的暖意。全诗各句之间的意象几无关联,须仔细琢磨每句细节所包含的情思,才能明白各句之间的意脉。

以室外景物和室内陈设的描写烘托闺怨的表现方式,最早见于西晋张协的《杂诗》其一,该诗中"房栊无行迹,庭草萋以绿。青苔依空墙,蜘蛛网四屋"[3]等句,选择屋外庭草青苔及房内蛛网遍布等细节表现秋天的萧索和思妇无情无绪的状态,当时可称首创。后来在梁陈诗歌特别是描写思妇的新体诗里,这种表现方式被普遍运用,诗人们也更倾心于寻找新的物象和细节,如庾信的《夜听捣衣》、薛道衡的《昔昔盐》等长诗中,即通过对思妇各种动作的美化及房内环境细节的观察,在细腻的模态写物中写出哀怨缠绵的柔情,"暗牖悬蛛网,空梁落燕泥"[4]两句之所以著名,正与薛道衡发现的这两个细节具有更新的表现力有关。此后唐代的宫怨闺情诗也有不少继续循此方向开拓表现角度,如李白的《玉阶怨》只选白露湿袜和隔帘望月两个前后相继的细节,便使宫人的哀怨浸透在玉阶白露、水晶珠帘和秋月构成的透明意境之中;刘方平《春怨》取纱窗落日和满地梨花烘托金屋中人的闺怨,构思也很新颖。但由于他们采用的律诗或绝句讲究含蓄简练,一般只是选择最关键的几种物象,极少大量堆砌细节。

李贺在宫怨闺情诗里密集堆砌与情思相关的物象,不但将宫室闺房里

---

[1] 《李贺诗歌集注》第121页。
[2] 叶葱奇认为"琉璃钱"指荷钱,即新生小荷叶,但"荷钱"一词宋代才有,不见于唐代文献。钱纹则自汉代就有。
[3] 《先秦汉魏晋南北朝诗》第745页。
[4] 《先秦汉魏晋南北朝诗》第2681页。

的陈设拓展到纱灯、织毯、香炉、屏风、帘额、窗罗、床帐、茵褥等前人很少关注的方面,女子的妆饰也增加了玉钗、金蝉、悬珰、鸾裾凤带等更琐细的描绘,而且细微到灯纱透出的烛光,罘罳渗入的寒气,屏风上的琉璃钱纹,香炉冒出的烟香,帘额上的霜痕,窗纱细洞散出的日光,乃至于抛掷发钗的动作,这些描绘表现出李贺"求取情状"注重效果逼真的一贯特点[1]。由于各句意象自身的完整独立,而且李贺在诗里并置各种物件的细节,往往只是极力形容物件的形状、色彩,却很少交代物名,如"红弦"指代琴筝等乐器,"浓蛾叠柳"指代皱眉,"罗洞"指窗罗之细孔,"象口"指称象形香炉,"团回六曲"指屏风,"水凝绿鸭"形容琉璃钱的碧色,等等,正如王琦注《染丝上春机》"彩线结茸背复叠"句所说:"详言其状,而隐晦其名,正长吉弄巧避熟处。"[2] 物名隐匿在物象情状之中,本身又是一重暗示,这就更加剧了句意的绮碎及各句之间的断裂感。但因这类诗歌主题单纯,各类细节的暗示都指向怨情或艳情,即使偶有难解的典故或接不上的跳跃,也不影响整体的理解。可见李贺将传统闺怨诗中细节的暗示发展到绮碎的程度,不仅出于他个人对齐梁浓艳风格的爱好,也是对这类表现方式创变的一种尝试。事实上,这种暗示手法后来为李商隐、温庭筠进一步发展,便开出了婉约派词的一种基本表现方式。

---

[1] 参见本书第九章《李贺诗歌"求取情状"的两种思路》。
[2] 《李贺诗歌集注》第305页,注(3)。《染丝上春机》前半首写染丝上机纺织,意脉清楚,后半首则产生歧义:"彩线结茸背复叠,白袷玉郎寄桃叶。为君挑作腰绶,愿君处处宜春酒。"曾益注:"彩线即染成之丝,结茸,谓丝吐必茸茸然;背复叠,以机有正背,正则齐,而重叠接续在背。"认为织锦时丝线结头都在背面。姚文燮同意此说,也说"彩线纷披,原以织锦,故锦背之线茸重叠也"。王琦则认为"盖另是一物,即白袷玉郎所寄者也","当是同心结之类"。织锦是用染好颜色的彩色经纬线,经提花、织造工艺织出图案的织物,唐代已有对雉、斗羊、翔凤等织锦图案。从末二句"挑鸾作腰绶"来看,女主人公所织的是有鸾凤提花的织锦。织锦背面的图案虽不如正面光洁清晰,但也不是线头重叠的茸茸状,而是相对粗糙,有较多的浮长线。浮长线即浮于织物表面或者背面复叠交叉的纱线,可以连续多个组织点处不交织,使织物表面膨起。这种织锦比较厚实挺括,适合做腰带。因此"彩线结茸"应指一幅织锦用许多缕彩线结成,亦即王建"红缕葳蕤紫茸软"(《织锦曲》)之意。"背复叠"正是指背面的浮长线交叠。下句"白袷玉郎"句跳跃极大,当是织锦女子想起玉郎曾有所寄赠,于是想做腰绶回赠,但由于李贺只写彩丝结茸之状而不写织锦物名,以致王琦误以为这句所写另是一物。

## 第四节　七古跳跃跨度的探底

由李贺以上七古中内藏的意脉可以看出，这些诗歌产生断片现象，不是因为锦囊中散碎诗句的凑合，而是源于诗人处理句脉关系的创新意识。之所以断片，主要是句意之间跳跃的跨度太大。而七言古诗自形成以来，一向以"脉络紧凑，音调圆转"[1]为传统特色，对句意连贯顺畅的要求甚至超过五古。那么李贺为什么要违背传统，将七古写得如此断续晦涩呢？笔者以为除了求新求异以外，更重要的原因是李贺通过对七古跳跃跨度的探底，摸索中短篇古诗在表现方式和表现功能上的拓展空间。

诗歌发展到李贺的时代，古诗和律诗在艺术表现上的基本差别已经充分显现，正如程千帆先生所说："古诗铺陈终始，律诗要求浓缩。"[2]律诗的浓缩是为了更加含蓄凝练，在有限的篇制之内提供更大的联想空间。尤其大历时期，杜甫、刘长卿等诗人自觉探索了律诗的多种构句方式，他们的五律往往在语言表达上追求更大的跳跃性，可以拉大句联之间的跨度，在文字中间留出更多的想象空间。同样，七律也在他们手里加强了单句句意独立的特性，加大了句联之间的跳跃性，以及句脉转折的自由度；这些探索使律诗的句脉与古诗形成了鲜明的差别：古诗的句意以单行散句为主，连接要遵循散文式的语法逻辑，构成连贯顺叙的句调；而律句则可以通过对句的变化组合，在不一定符合散文语法的构句中断续转折，达到浓缩句意、拓展内涵的目的。

杨载曾经指出，"古诗要法"是"文脉贯通，意无断续"[3]，这是历代诗论的共识。不过七言的起源和发展过程与五言不同，五言诗在形成之初，最重要的就是解决句与句、行与行之间的呼应和承接的问题，探索五言句连贯叙述的节奏规律。但是随着晋宋以后五言的愈趋骈俪化，尤其是齐梁以后五言的律化，五言在梁陈到初唐形成了古、律不分的现象。经陈子昂

---

[1]　陈仪《竹林答问》，《清诗话续编》第 2235—2236 页。
[2]　《程千帆古诗讲录》第 294 页。
[3]　杨载《诗法家数》，《历代诗话》第 731 页。

和杜甫先后努力，盛唐古诗恢复了汉魏以来脉络连贯的传统。此后到韩、孟大力创作五古，主要是在声调、用词和篇制等方面继续探索五古的表现功能，但是始终遵循着汉魏五古以单行散句为主，句意"相生相续成章"[1]的连贯性。孟郊曾在少数五古中探索过运用常见语词和奇字的不常见搭配方式，乃至不合常理的造句结构，企图使古诗构句如律诗般凝练含蓄，虽未能如愿，但也可以见出孟郊曾经思考过如何突破古诗铺陈终始的传统表现方式，在句意之间增加联想空间的问题。

早期七言在汉代只是应用文体，每句独立成行，各句句意互不连贯。因此七言在产生之初一直存在着各句之间分离断裂的现象。直到曹丕《燕歌行》出现，七言诗成为一种抒情诗体之后，才解决了七言句的"文脉贯通"问题，只是在汉魏两晋七言依然保持句句韵的情况下，仍然会有奇数句独立篇中。鲍照在确立了七言双句成行的意识之后，将句句韵变成隔句韵，此后形成了七言诗隔句韵和句句韵长期并存的局面。梁陈歌行的兴起，使七言的抒情结构极大扩张，并由上下相承互补的双句诗行进一步朝两句重复一意的方向发展，大量的重叠复沓句式造成了极尽铺陈的七言歌行大篇[2]。在句式上也进一步强化了偶句之间的一意贯穿。为了促进七言句意的勾连，鲍照已经在句头上增加了很多双音节的虚词，到陈隋初唐时期更讲究七言句后三字对偶的意贯，再加上顶针、排比、叠字、回文、复沓递进句式等各种字贯，更增强了累累如贯珠的流畅声情。盛唐七言不再依靠大量意义相近的虚词句头勾连句意，而是转为利用散句自身的直叙语气自然连贯。这种以散句精神贯穿全篇的特征发展到杜甫的七古中，便形成了进一步散句化的倾向。杜甫的七言不但清晰地区分出歌诗、行诗和非歌辞性七古的抒情节奏特征，而且在部分诗歌中打破初盛唐七言畅达易晓的表现传统，以艰涩拗口的字法句式取得声情顿挫的效果。但是杜甫的七言歌诗虽然也有脉络跳跃变化的特点，却主要表现为抒情节奏的起落跌宕，并无句意之间的断续甚至割裂。韩愈以其对杜甫七古的理解，着重拓展"行"

---

[1] 庞垲《诗义固说》上，《清诗话续编》第 731 页。
[2] 参见拙文《中古七言体式的转型——兼论"杂古"归入"七古"类的原因》，《北京大学学报》2008年第 2 期。

诗和无歌行题七古的叙述和议论功能，发展了全部以单行散句连缀成篇的结构。为此他强化了七古句意之间的联系，使诗行的承接更接近散文式的语法逻辑。

从杜甫和韩愈全篇单行散句的七古可以看出，这种体式本来不适宜句意之间的大幅度跳跃。李贺的七古多用乐府歌行题，也同样以全篇单行散句为主。但与韩愈加大句意承接密度的做法恰好相反，他所追求的是句意之间的疏离，这与他的七古多为抒情，很少用于叙述和议论有关。而且李贺在部分七古中将连接句脉的语词尽可能省略，几乎不用连接词和虚词，也不考虑上下句语气的照应。这样做的效果是强化了各单行散句的独立性，增加了句与句之间的跳跃跨度。而以上所论处理内在意脉的三种理路，就是他对七古跳跃跨度的探底。

其实在李贺之前，《箧中集》诗人和顾况也有少数五古或七古为求联想曲折而造成句意跨度太大的诗例[1]，可见希望通过跳跃打破古诗句意连贯承接的传统，早已是追求新奇的古诗创作者尝试过的一种路子。李贺的这种探底，显然也与他对各体诗歌的尝试和思考有关。李贺诗集中三言、四言、五言、杂言、七言都有，体式多样，乐府、古、律俱全。他也效仿过前人不同体调的七古，有的学汉代七言，如《苦篁调啸引》；有的学古鼙舞曲，如《章和二年中》；有的学李白，如《北中寒》；有的模仿韩愈，如《高轩过》；等等，这些都为他探寻新的表现方式奠定了基础。从七古形成和发展的过程来看，无论是骈俪化还是散句化，为其铺陈终始的基本表现方式所限定，"文脉贯通，意无断续"似乎是一个不可变易的法则。但从律诗的发展过程来看，句意的断续转折又提供了拓展诗歌内涵的启示。于是想要利用早期七古曾经各句独立成行的特点，使之产生律诗般含蓄凝练的效果，便成为李贺探索的方向之一。从本文所举七古多为单行散句的八句体，而且大多采用乐府题或歌辞性标题[2]，也可以探知这种用心。

传统的乐府题或是歌行体的七古对于意脉连贯、声调流畅的要求比

---

[1] 参见本书第一章《〈箧中集〉诗人和顾况的另类古调》。
[2] 李贺诗集的七言古诗以八句体、十句体和十二句体为主，八句体七古共计27首（不计外集），其中乐府体或者有歌辞性标题的占20首。

一般七古更高。八句体七古和七律同源于乐府,在隋及初唐的相当长时间内,二者一直同步而行,句式结构和风调声情也难免相互影响。部分初盛唐诗人为区分二者,着力于突出八句体七古的歌行风味[1]。而杜甫则切断七律和歌行的亲缘关系,恢复早期七言单句成行、一句一意的特性,加大句行之间的跳跃性,使全诗的意脉隐藏在句、联的多种复杂的组合关系中,从而突出了七律独特的体式优势。李贺较多采用乐府风味的八句体七古,对句意之间的跳跃跨度进行探底,或与杜甫七律的影响有关。本章所举《湘妃》《帝子歌》《野歌》《昆仑使者》《屏风曲》《染丝上春机》等八句体七古以及《堂堂》《石城晓》等五七言八句体确实改变了这种体式畅达浅易的传统表现方式,形成了含蓄深隐而句调又截然不同于七律的新风貌。至于《洛姝真珠》《宫娃歌》《牡丹种曲》等歌行体的七古,以及《公无出门》《拂舞歌辞》这样的杂言乐府,虽然篇幅稍长,也同样因伏脉于意象跳跃之中而具有了耐人寻味的言外之意,与传统乐府或歌行体七古意脉的流畅贯通以及抒情的淋漓尽致迥然有别。

由此可见,李贺探索七古跳跃跨度的意义在于部分打破了古诗和律诗在基本表现方式上的界限,从某些角度拓展了七古的表现空间。尽管这种突破传统的做法容易导致晦涩难解,令后人难以效仿,但其富有暗示性和跳跃性的意象组合技巧,对后世少数天才诗人如李商隐、温庭筠的表现艺术仍有极大启发。

---

[1] 参见拙文《论杜甫七律"变格"的原理和意义——从明诗论的七言律取向之争说起》,《北京大学学报》2011年第6期。

# 第十一章　李贺"短调"的体式特征和创作背景

"短调"一词,在词话里常见,一般指称小令,与慢词称"长调"相对[1]。曲论也以"短调"称令曲,以"长调"称套数。而"短调"之说,首见于李贺《申胡子觱篥歌》的序文:"申胡子,朔客之苍头也。……自称学长调短调,久未知名。今年四月,吾与对舍于长安崇义里,遂将衣质酒,命予合饮。气热杯阑,因谓吾曰:'李长吉,而徒能长调,不能作五字歌诗,直强回笔端,与陶、谢诗势相远几里!'吾对后,请撰《申胡子觱篥歌》,以五字断句。歌成,左右人合嗓相唱。朔客大喜,擎筋起立,命花娘出幕,徘徊拜客。吾问所宜,称善平弄,于是以弊词配声,与予为寿。"[2] 从文中可见,所谓"短调"即"五字歌诗",那么与"五字歌诗"对应的"长调"应指七言歌诗[3]。而且这"五字断句"的短调可以配乐歌

---

[1]　江顺诒辑,宗山参订《词学集成》卷六"小令要节短韵长":"宋人以长调为慢,短调为令。"(光绪中刊本,见唐圭璋编《词话丛编》,中华书局 1986 年)
[2]　《李贺诗歌集注》第 111 页。
[3]　任半塘《唐声诗》认为"五字歌诗既配短调,可知所谓长调,当配六言七言,而声诗之体制长短、句数多寡,当亦由此分",因他认为朔客所说的"长调短调",是指"觱篥谱内"的"长调、短调之分","可以推知一般乐曲中,皆有长调、短调之分"(第 195—196 页,上海古籍出版社 1982 年),此说可商。因除了词曲中所说的长调短调确有篇制长短之分以外,"长调短调"之说一直从宋诗沿用到清诗,都是指诗而不是乐,严羽也将之列为诗体。此外,序文中朔客称李贺"而徒能长调",如理解为指李贺只能制作乐曲的长调,显然与文中"以五字断句"、花娘"以弊词配声"等句意思不符,文献中也没有李贺能作曲的任何依据。而且李贺的《申胡子觱篥歌》在他的五言歌诗中是最长的一篇,共十六句,仅《河阳歌》《莫愁曲》与之相同,其他都只有八句到十二句,以八句为多。可见至少在李贺序文中,长调短调之意与篇制长短无关。

唱，也可以"合嗓相唱"。任半塘先生认为"唐声诗指唐代结合声乐、舞蹈之齐言歌辞——五、六、七言之近体诗，及其少数之变体"[1]，"歌诗仅用肉声，不包含乐器之声"[2]。如根据他的定义，《申胡子觱篥歌》既是"声诗"，又是"歌诗"。但李贺的五言歌诗全是古体，包括《申胡子觱篥歌》也非近体诗，因此根据序文本意称之为"歌诗"更为稳当。

但"短调"一词在唐代文献中仅见于此序。后来严羽《沧浪诗话》"诗体"在乐府的"曲、篇、唱、弄"等体之后紧接"曰长调，曰短调"[3]，将"长调短调"列为两体。"短调"之说在宋人诗里仍可见到，从语境来看，多数还是指五言古诗（亦有五律），但未必都作合乐歌唱之用[4]。而明代高启则以"短调"指称自己的五言"今体"[5]，到清代朱彝尊诗里，"短调"还可指六言绝句[6]，因而"短调"作为诗体的概念内涵一直是在逐渐扩大的。

本文所论"短调"依据李贺《申胡子觱篥歌》序，兼取严羽之说。虽然这一名词作为诗体在唐代文献中出现仅是孤例，但李贺序文说得十分清楚，指的是"五字歌诗"。由于这首诗是先作"五字断句"的诗，再配乐，而非按谱填辞的曲子词，因而在宋人诗里，即使不配乐的五言古诗也可称"短调"。据此斟酌，本文将"五言歌诗"定义为五言乐府及带有歌辞性题目的五言古诗。"歌诗"一词的本意是咏唱诗篇，早见于《左传》襄公十六年："晋侯与诸侯宴于温，使诸大夫舞，曰：'歌诗必类。'"杜预注："歌古诗，当使各从义类。"[7]于是到汉代就将可以配乐歌唱的乐府诗称为"歌诗"。章炳麟《国故论衡·辨诗》说："汉世所谓歌诗者，有声音曲折可以弦歌，（原注：如《河南周歌声曲折》七篇，《周谣歌诗声曲折》

---

[1]《唐声诗》第46页。
[2]《唐声诗》第10页。
[3]《沧浪诗话校笺》第295—296页。
[4] 如梅尧臣《李端明宅花烛席上赋》："自惭持短调，重对玉堂人。"（《梅尧臣集编年校注》卷二一）郭祥正《陶然轩呈孔掾》："为君发短调，意将千载传。"（青山集卷十六）以及洪刍的五言古诗《藏之和予虾蟆短调再作之因以策事》（宋祝穆《事文类聚》后集卷五〇）等等。
[5] 如高启《送陈则》："一杯歌短调，相送欲沾巾。"（《高启集》卷二五）此诗为五律。
[6] 如朱彝尊《六言绝句十六首送青叔北归》："翻就竹枝短调，试教持楫人歌。"（《笛渔小稿》卷七）
[7]《春秋左传正义》卷三三，《十三经注疏》第1963页。

七十五篇是也。）故《三侯》《天马》诸篇，太史公悉称诗。盖乐府外无称歌诗者。"[1]但随着诗歌样式的发展，"歌诗"一词的概念逐渐宽泛。尤其是初唐以来，从乐府衍生出许多标有歌辞性题目的歌行，未必都能配乐歌唱，却又与乐府有渊源关系。松浦友久先生在辨析这类诗篇与乐府的差异和关系之后说："作为唐诗中歌辞类作品的乐府、新乐府和歌行，一方面相互之间表现出上述的差异，另一方面在整体上又与徒诗作品处于对立关系，而表明了自己的存在理由。"[2]这种包含乐府、新乐府和歌行在内的"唐诗中歌辞类作品"就是"歌诗"，无论可否入乐，都有其作为一个整体存在的理由。

## 第一节 "短调"的体式特征和李贺的辨体意识

如按本文定义来界定李贺的"短调"，在李贺诗集内可得包括《申胡子觱篥歌》在内的五言歌诗共 28 篇（含外集的《莫愁曲》[3]）。再据此检索李贺之前的唐诗，又可发现五言歌诗数量虽然不多，却也是一直与七言歌诗并行发展的一种诗类，尤其天宝以后出现的新题歌行类五古，使该体呈现出复兴之势，足证李贺的"短调"创作并非孤立的现象。然而由于初盛唐七言诗的突出成就以及中唐新乐府的兴起，古今研究者大都瞩目于七言乐府歌行，几乎忽略了五言歌诗独立存在的事实。因此如果以考察李贺"短调"的体式特征作为切入点，追溯这种诗体在中唐的创作背景和发展状况，不但可以补足中唐歌诗研究的这块缺失，也有助于更深入客观地理解李贺诗歌成就的多面性。

那么李贺的五言歌诗与一般的五言古诗有何区别呢？首先，最明显的差别是取题方式。李贺歌诗的取题都源自乐府，大体可分三类来看：一是用乐府旧题，如《大堤曲》《摩多楼子》《安乐宫》《塘上行》《日出行》

---

[1] 章太炎撰，庞俊、郭诚永疏证《国故论衡疏证》中卷之六，第 467 页，中华书局 2018 年。
[2] 《中国诗歌原理》第 288 页。
[3] 此诗方扶南认为是伪作，但可见于郭茂倩编《乐府诗集·清商曲辞五》。

《蜀国弦》《走马引》《铜雀伎》《绿水词》《难忘曲》《莫愁曲》；二是"新乐府辞"，如《黄头郎》《塞下曲》《月漉漉篇》，以及"近代曲辞"《河南府试十二月乐词》（其中《五月》《七月》《八月》为五言），以上各题均见郭茂倩编《乐府诗集》；三是有歌辞性题目的五言古诗，其中也可分两种，一种是从旧题乐府衍生，如《石城晓》取自清商曲辞中《石城乐》，《长歌续短歌》取自《长歌行》和《短歌行》，另一种是即事名篇，自立新题，都带有"歌""行""曲"一类歌辞性标题，如《古悠悠行》《还自会稽歌》《申胡子觱篥歌》《河阳歌》《伤心行》《勉爱行》《贾公闾贵婿曲》《贵公子夜阑曲》《花游曲》。以上28篇中《大堤曲》《石城晓》《日出行》虽含有杂言，但以五言为主，因此也计入本文。而非歌诗的五古取题一般都与乐府题没有关联，标题大多写明因何事而作，有具体的场合、对象和特定的缘由，例如《题赵生壁》《自昌谷到洛后门》《七月一日晓入太行山》等等。虽然像《勉爱行二首送小季之庐山》这样的题目后半句与古诗类似，但因前面"勉爱行"是明确的歌行题，也仍应算歌诗。以歌行题再加"赠"或"送"某人的取题方式，早见于李白和杜甫的诗集，李贺只是偶尔使用。

其次，这些五言歌诗虽然题材内容多样，涉及边塞、艳情、写景、述怀、叹古等各方面，然而大多采用第三人称的观察视点[1]，以代言的口吻抒发感情，诗中的人物、场景都是作者代为设计或者虚构，而非诗人亲历亲见。这种表现方式正是汉魏以来乐府诗创作的重要传统，也是与五言古诗的基本差别。而一般的古诗以抒情的主体化为基本特征，即从作者特定的视角表达自己的志向、情怀和观感。早在南朝刘宋时期，鲍照就以其代乐府昭示了乐府与古诗的这一差异[2]。

李贺这批五言歌诗观察视点的第三人称化较集中地体现在边塞和艳情这两类题材中。边塞题材如《摩多楼子》以塞外行人的眼光极写从玉塞到辽水的遥远，以及通宵行军的辛苦；《塞下曲》将蓟门、青冢、青海、黄

---

[1] 松浦友久先生认为，"（观察）视点的第三人称化、场面的客体化"是乐府诗的主要特点。见《中国诗歌原理》第八篇。
[2] 参见拙文《鲍照"代"乐府体探析——兼论汉魏乐府创作传统的特征》，《上海大学学报》2009年第2期。

河各处的城头月色、旌旗旄头、沙漠席箕、蕃甲刁斗等组合成人们心目中典型的边塞景象，都是传统的边塞乐府诗。《走马引》[1]中首句"我有辞乡剑"看似用第一人称，其实是诗人设计了一位"襄阳走马客"，替他抒发"能持剑向人"的意气，因而仍然是代言体。艳情题材则更是全部出自思妇或浪子的视角。如《贵公子夜阑曲》仅四句，综合贵公子的视觉、听觉和触觉，视点从室内的沉水香转到室外的乌夜啼和芙蓉沼，再回到身上的白玉带，烘托出贵公子一夜至晓的欢娱情景。《贾公闾贵婿曲》细致描绘贾充贵婿朝衣的时尚，马首上黄金饰物的沉重，对家中香气和珊瑚枕的嫌弃，邀人外出游春饮宴的浪荡，最后四句以室内唯有燕子私语、日虹照屏的寂寥景象作为反衬，可见全诗观察贵婿的视点其实是出自被贵婿冷落在家的妻子。《大堤曲》则采用南朝乐府民歌的表达方式，全篇都是"妾"的自述以及劝"郎"留宿的语气。《绿水词》杂取梁武帝《河中之水歌》中"十六生儿字阿侯"以及古《采莲童歌》等清商曲辞的句意，以一个男子的口吻写他思念阿侯的愁苦。《黄头郎》以思妇的眼光观看南浦芙蓉、湘中山水、石云黄葛、沙上蘼芜，暗示她与黄头郎分别之后的寂寞孤独。《难忘曲》一题据王琦解说出自《相逢行》古辞："君家诚易知，易知复难忘。"[2]郭茂倩置于相和歌辞清调曲中。但此诗写法不同于古辞，不写人物，只写"君家"洞门的垂杨画戟和庭院的帘影箫声，以见其深严寂静；再以室内蜂绕妆镜、眉如碧山的细节，暗示闺中之春色；结尾以夕阳中满栏簌结的丁香暗示青春将在寂寞中老去，则全诗便以那个难忘"君家"之人的视点写出了闺中人的春怨。

如果说边塞和艳情题材的代言体视点已经成为乐府诗历久不变的创作传统，那么李贺在其他题材中采取同样的视点，则是为了使新题歌诗更趋近于乐府的体式特征。如《花游曲》是在寒食节诸王妓游的宴席上为妓女弹唱所作的歌辞，诗中"今朝醉城外，拂镜浓扫眉。烟湿愁车重，红油覆画衣。舞裙香不暖，酒色上来迟"[3]等句，都是以弹唱女妓的口吻描写

---

[1] 《李贺诗歌集注》第 83 页。
[2] 《乐府诗集》卷三四，第 508 页。
[3] 《李贺诗歌集注》第 205 页。

出游前的浓妆,寒食节烟云湿寒的天气,以及舞裙酒意不能暖身的体感。《河阳歌》写一位"台邳客",在宴会上"惜许两少年,抽心似春草"的同时又感叹"颜郎身已老"[1]。有注家以为是李贺自拟,但姚经三注说:"然以三十未及之年,而遽以老颜郎自比,恐拟非其伦也。当是有客于河阳之人,年甲已过,风情不减,见少年官妓而爱恋者,长吉嘲调而作此诗欤?"[2] 从诗中预测今夜宴会上"牛头高一尺,隔座应相见"的口气来看,全诗也应是以河阳客的视点代言。这就像他的《还自会稽歌》一样,看似出自第一人称的视点,但全从庾肩吾回到台城后,面对满目荒凉的情境着想,代他抒发黍离之悲,又以庾肩吾昔日曾为"台城应教人"的身份,进一步揣测其"脉脉辞金鱼,羁臣守迍贱"[3] 的心理活动,因而也是第三人称的视点。

　　但李贺也有少数五言新题歌诗采用第一人称的视点,如《申胡子觱篥歌》直接将申胡子"命予合饮",以及花娘以平弄配词歌唱之事入歌,抒发岁华摇落、光阴虚逝的感触,赞美朔客的豪侠俊健而又能诗好学。《伤心行》抒发自己"咽咽学楚吟,病骨伤幽素"[4] 的悲伤。《勉爱行送小季之庐山》其一从自己作为兄长的角度想象小弟像一只孤雁"影落楚水下"[5]。《长歌续短歌》抒发光阴流逝、功业难成的焦虑以及对生命永恒的追寻,视点都转为第一人称化。歌行的这种视点转换其实早有渊源,尽管汉魏晋乐府大多数是代言体,但曹操、曹植和陆机都有一些乐府直抒胸臆,使用第一人称的视点,如曹操的《短歌行》《步出夏门行》等。鲍照继曹、陆之后创作了更多抒发自己失意不平的代乐府体,尤其《拟行路难》中的部分诗篇更是直接出自诗人的口吻,这一变化对李白、杜甫的歌行影响最大。李白的古题乐府如《将进酒》《梁甫吟》《行路难》《猛虎行》,新题歌行如《襄阳歌》《幽歌行上新平长史兄粲》《西岳云台歌送丹丘子》《扶风豪士歌》等等都是直接发自诗人内心的大声呼喊,凸显出李白独特

[1] 《李贺诗歌集注》第 202 页。
[2] 《李贺诗歌集注》第 204 页,王琦注引姚铨语。
[3] 《李贺诗歌集注》第 34 页。
[4] 《李贺诗歌集注》第 115 页。
[5] 《李贺诗歌集注》第 133 页。

的鲜明形象。杜甫极少作古题乐府,大部分反映时事的新题乐府以视点的第三人称化和场面的客体化为主,以第二人称和作者的议论慨叹为辅。而其他题材的新题歌行无论自伤、咏物、游赏、应酬则都采取第一人称的视点,以便于自由地述怀言志。事实上,这也是盛唐大多数新题歌行的共同特点,正如松浦友久先生所指出的,盛唐典型的歌行往往更多地采用第一人称的视点,与乐府"视点的第三人称化、场面的客体化"[1]不同。所以上述李贺的诸篇新题歌诗采用第一人称的视点,其实都是继承了盛唐新题歌行的传统。

由以上分析可以看出,凡是乐府旧题,以及题材接近古乐府传统内容的新题歌诗,李贺尽可能采用第三人称的视点,力求趋近汉魏乐府的表现特征。只有若干即事名篇的新题歌诗,为了在具体的创作场合中充分抒发自己的感情,采用了盛唐新题歌行第一人称的视点。这说明李贺对于古题乐府和新题歌诗的不同体式特征以及各类题材的创作传统具有清晰的辨体意识。

再次,这批五言歌诗还继承了汉魏乐府中常见的相思离别、贫贱盛衰、世态年命等主题,这类带有普世性的内容也是乐府的创作传统之一。李贺诗歌的基本主题是对生命和时空的思考,并在不同的诗歌体式中给以不同的表现。而"光阴之速,年命之短,世变无涯,人生有尽"的"感怆低回,长言永叹"[2],正是汉魏乐府最古老的主题,李贺只是以他独特的方式把人生短暂和时空永恒这对矛盾表现得更尖锐而已。在五言歌诗里,集中体现这一主题的是《古悠悠行》《日出行》《长歌续短歌》《铜雀伎》《安乐宫》等篇章,这些诗中尽管也包含着诗人自己的慨叹,但都是从普世性的感受出发,而非着眼于个人在特定情境中的感触,这是乐府歌诗表现这一主题的角度与一般古诗的不同之处。

如《古悠悠行》从白日归山、月上碧空的眼前景色联想到今古无尽的昼夜循环:"白景归西山,碧华上迢迢。今古何处尽?千岁随风飘。海沙

---

[1] 松浦友久先生认为:盛唐典型的歌行"大致采取作者个人的第一人称视点,因而场面本身也是与作者个人的主体经验直接关联着的"(《中国诗歌原理》第八篇)。
[2] 《谈艺录》(补订本)第58页。

变成石,鱼沫吹秦桥。空光远流浪,铜柱从年消。"[1]千岁之久疾如风飘,海边细沙凝成大石,秦皇之青城石桥成为群鱼吹沫之处,汉光武的南海铜柱逐年销蚀在空光远浪之中[2],所有漫长的变化似乎都只在转瞬之间,这就将难以把握的"悠悠"时空形象地展现出来了。《日出行》则从白日的运行动态着眼,抒发不能使之驻足的无奈:"白日下昆仑,发光如舒丝。徒照葵藿心,不照游子悲。折折黄河曲,日从中央转。旸谷耳曾闻,若木眼不见。奈尔铄石,胡为销人?羿弯弓属矢,那不中足,令久不得奔,讵教晨光夕昏!"[3]白日每天西下昆仑又转到天空中央,速度比曲折的黄河东流更快,岂止流金铄石,更在销熔人生。此诗与李白的《日出入行》大意相同,但没有后者"万物兴歇皆自然"的通达,反而比鲁阳"驻景挥戈"更进一层[4],埋怨后羿射日不中其足,希望使人间永无晨昏交替。这种在李白看来"逆道违天"的想法虽然更极端地表达了生命短促的焦灼,但确实是人类的共同感受。《长歌续短歌》开头取汉乐府《长歌行》和《短歌行》中人命不久、当及时自勉之意,抒发功业未成的焦虑。后半首的表现方式比较特殊:"凄凉四月阑,千里一时绿。夜峰何离离,明月落石底。徘徊沿石寻,照出高峰外。不得与之游,歌成鬓先改。"[5]四月正是阳春季节,千里之绿的美好却只是"一时"而已,因而诗人徒然寻月而"不得与之游"的场景正表达了生命不能如明月般永恒的悲哀。此外,《追和何谢铜雀伎》以铜雀伎的视点抒发登望曹操西陵墓田的伤感;《安乐宫》在梁陈旧宫的今昔对照中流露盛衰之感,都属于同类主题。以上诗例中三首是古题乐府,仅《古悠悠行》是新题歌行,但内容和取题则是古意。因而都沿袭了古乐府原题的传统主题,其抒情角度都着眼于汉魏乐府式的普世性感受,能涵盖绝大多数人对于天道和人事的共识。

如果说李贺在《天上谣》《浩歌》《秦王饮酒》《金铜仙人辞汉歌》

---

[1] 《李贺诗歌集注》第 97 页。
[2] 王琦注认为铜柱指汉武帝的建章宫铜柱。但此句前明言"空光远流浪",应指光武帝时派伏波将军马援平定交趾,在其地立铜柱,作为汉朝最南方的边界之事。
[3] 《李贺诗歌集注》第 254 页。
[4] 《李太白全集》第 211 页。
[5] 《李贺诗歌集注》第 137 页。

等七言歌诗以及《苦昼短》《相劝酒》《将进酒》等杂言歌诗中同样表现了关于生命和时空的思考,那么李贺这些相同主题的五言歌诗在表现上的特点是更切近五古朴厚的传统风格,较少华丽绮靡的辞藻;更少见其七言和杂言歌诗里那种"虚荒诞幻"的奇想和瑰丽深涩的风格。这种特点与其五言歌诗所采用的句式也有关系。唐前五言乐府和古诗在句式上虽然没有绝对的散偶之分,但魏晋以前以单行散句为主,晋宋以后逐渐骈偶化。李贺的五言歌诗除了少部分写景的内容以外,绝大部分采用汉魏乐府的单行散句体,但声情连贯,文脉紧遒,有的杂用汉乐府古诗式的排比对偶句,如《走马引》中"朝嫌剑花净,暮嫌剑光冷,能持剑向人,不解持照身"[1],《河阳歌》中"今日见银牌,今夜鸣玉晏","月从东方来,酒从东方转"[2],《长歌续短歌》中"长歌破衣襟,短歌断白发"[3],《日出行》中"徒照葵藿心,不照游子悲",《绿水词》中"东湖采莲叶,南湖拔蒲根。未持寄小姑,且持感愁魂"[4],等等。有的采用直白晓畅而自然悠扬的句调,如《大堤曲》中"莫指襄阳道,绿浦归帆少。今日菖蒲花,明朝枫树老"[5],《申胡子觱篥歌》中"今夕岁华落,令人惜平生。心事如波涛,中坐时时惊"[6],《安乐宫》中"新城安乐宫,宫如凤凰翅"[7],等等,说明李贺写作五言歌诗还是尽量遵循汉魏乐府句脉贯通、意无断续的传统,因而很少像他的七言歌诗那样常常出现句意断续、晦涩难解的现象[8]。这就使他的五言歌诗和七言歌诗形成了截然不同的两体。

当然还要指出的是,李贺也有六首五言歌诗似乎越出了古题乐府很少写景的创作传统,表现更接近古诗,如用古乐府题的《蜀国弦》《塘上行》,收入"近代曲辞"的《河南府试十二月乐词》(《五月》《七月》

---

[1] 《李贺诗歌集注》第 83 页。
[2] 《李贺诗歌集注》第 202 页。
[3] 《李贺诗歌集注》第 137 页。
[4] 《李贺诗歌集注》第 287 页。
[5] 《李贺诗歌集注》第 54 页。
[6] 《李贺诗歌集注》第 111 页。
[7] 《李贺诗歌集注》第 206 页。
[8] 关于这一问题,参见本书第十章《李贺部分七古中的"断片"现象及其内在脉理》。

《八月》三首），以及"新乐府辞"《月漉漉篇》。但前五首以写景为主，还是与各题的本辞有关。《蜀国弦》为相和歌辞旧题，梁简文帝用此题杂写蜀国的地域交通、歌舞音乐和游娱风俗，卢思道则转为描写天府之国的沃饶和险要。李贺着重以景物描写烘托入蜀水路之险，也是题中之义。《塘上行》古辞以"蒲生我池中，其叶何离离"[1]的写景起兴，后来陆机、谢惠连、沈约分别将此题变成了描写"江蓠""芳萱"的咏物诗，写景成分大大增多。李贺浓缩成四句描写池塘藕花的一角小景，也没有脱离前人沿袭此题内容的传统。《河南府试十二月乐词》源自清商曲辞的《月节折杨柳歌》（十三首），后者以每个月的不同景色起兴，并与思妇的情思动作交融在一起，李贺由此得到启发，倾力于捕捉宫中女子在不同季节中感受到的不同气息，从细处区分出每个月景色的特征，只是更侧重于景物刻画而已。而且"近代曲辞"中本不乏写景之作，如《被褥曲》《胡渭州》《水鼓子》《一片子》，李白的《宫中行乐词》、白居易和刘禹锡的《杨柳枝》等等。因而李贺的《十二月乐词》重在写景，合乎"近代曲辞"的常见做法。只有《月漉漉篇》是一首纯写景的新题歌诗。但早在南朝，鲍照已将古诗中山水景物的细致描写引入了乐府。到梁陈时期，以乐府古题咏物和写景愈益多见，因而以新题歌诗写景在李贺之前也有先例可寻。

  从以上对李贺五言歌诗的取题方式、主题取向、观察视点、句调脉理等方面的分析可以看出，尽管这些作品处处流露出诗人的独特风格，但无论是古题乐府还是新题歌诗，都遵循了汉魏六朝乐府在题材和主题上具有传承性的基本特征，并吸取初盛唐新题歌行的创作传统，把握了五言体和七言体在语言风格上的基本区别。这说明李贺对于歌诗一体具有明确的辨体意识，这也正是其五言歌诗的艺术表现与七言歌诗形成鲜明差异的重要原因。

---

[1]《乐府诗集》卷三五，第522页。《塘上行》本辞，按郭茂倩解题为甄后作。

## 第二节　从中唐五言歌诗的兴盛看李贺"短调"的创作背景

李贺的 28 篇"短调"与他的七言歌诗数量相比，固然不算多，但是其取题方式和题材种类相当全面地反映了五言歌诗在中唐发展的状况。如果对汉魏六朝到中唐的五言乐府歌诗做一番回溯，不但可以看出李贺创作"短调"注重辨体的原因，还有助于了解五言歌诗在中唐兴起的背景和意义。大体说来，五言歌诗从汉乐府发展到李贺的时代，经历过三个阶段的变化。

第一个阶段是汉魏六朝乐府到初唐的演变。汉魏六朝是五言乐府发展的全盛时期，《乐府诗集》著录的十二类歌辞中，乐府题目最多的是鼓吹曲辞、横吹歌辞、相和歌辞、清商曲辞、杂曲歌辞这几类，均以五言为主。舞曲歌辞、琴曲歌辞、杂歌谣辞除五言以外，还有不少杂言和七言。总的说来，七言乐府题在晋宋以后才发展起来，题目既少，作品数量也远不如五言。但这种状况从梁陈到初唐就逐渐改观，梁陈文人自创的七言乐府新题开始增多，到初唐更发展出一些与古题乐府关系密切的七言新题歌行。与此同时，文人使用五言古乐府题的数量却在逐渐减少，不少题目被文人用七言或杂言改写；另一方面很多五言古乐府又不断近体化，如汉乐府古题《芳树》《有所思》《巫山高》《临高台》《上之回》《战城南》《长安道》《关山月》等等都成为八句体的新体诗乃至律诗[1]。这种变化与当时诗歌由古趋近的大势是一致的，因而到初唐时期，由于大多数五言诗处于古、律不分的状态，除了虞世南、初唐四杰、沈宋、刘希夷、王无竞等写过一些五言古题乐府以外，古体的五言歌诗已经很少见。

第二个阶段是盛唐前期到大历年间的变化。初盛唐之交，部分诗人开始在绝句和歌行的创作中吸取乐府的语言风格，出现了恢复乐府古体的风气。崔国辅是盛唐用汉魏六朝五言乐府题写作绝句的第一人。与之同时的王翰、王维、储光羲、崔颢、王昌龄、高适、岑参、贾至都有一些五言和

---

[1] 详见拙文《南朝五言诗体调的"古""近"之变》，《中国社会科学》2010 年第 3 期。

七言的拟乐府古题诗，不少在梁陈初唐时期从新体变为律体的汉魏六朝乐府题在他们手里又变为古体。当然其中创作数量最多、成就最高的是李白，仅《乐府诗集》中收入的李白用汉魏六朝五言乐府古题创作的古诗就有五十余首。而且他改律为古的题目最多，除了极少数的几题以外，大部分由新体变为五律的乐府古题，都被他改成了古体。一些在六朝到初唐发展过程中渐渐失去古题本意的题目，也在他诗里恢复了古辞原意，并在表现手法和文辞表达上力求再现古朴的风貌。这与他明确反对"梁陈以来，艳薄斯极，沈休文又尚以声律"[1]的倾向有关，体现了他"将复古道"的诗歌革新主张[2]。

从李白开始，唐代文人写作拟乐府的五言歌诗多与其复古革新的诗学思想有关。这一现象较为突出地表现在天宝大历年间一些诗人的作品中。例如诗文复古运动的先驱人物元结有《系乐府十二首》、《漫歌八曲》、《忝官引》、《闵荒诗》（序文明言为歌体）、《舂陵行》等五言歌诗，都与杜甫的新题乐府一样，以汉乐府反映时事的精神为旨归。他所编的《箧中集》收入24首五言古诗，其中五言歌诗占9首，作者多为天宝后期到大历年间的落魄文人，都具有自觉的复古意识。孟云卿入选6首，5首是汉魏乐府古题。顾况和元结一样，主张诗歌应当向《诗经》和乐府学习，救世劝俗，总结兴亡治乱的教训，强调比兴寄托，反对声律辞藻。因而写作了不少乐府诗，其中《弃妇词》《游子吟》《春游曲》《从军行》《塞上行》《乌啼曲》大多是五言长篇古题歌诗。

大历诗人的歌诗中还出现一种新的倾向，即新题乐府和歌行逐渐增多。之前盛唐诗人的五言歌诗用新题很少，而七言特别是歌行则出现了不少新题。这种大致的界分虽然在顾况、李益、卢纶、刘方平、郑锡等多数大历诗人的诗集中仍可见到，但五言的新题逐渐出现，是值得关注的现象。明清人公认杜甫是新题乐府的开创者，他的五言乐府都不用歌辞性题目，而是借鉴汉乐府以二字或三字概括篇意的取题方式，如"三吏三别"、《留花门》《塞芦子》《客从》《白马》等。元结的五言乐府诗都是新题，

---

[1] 孟棨《本事诗·高逸》，《唐五代笔记小说大观》第1246页。
[2] 详见拙文《论李白乐府的复与变》，《文学评论》1995年第2期。

这类五言新题乐府均为反映时事而作。韦应物的乐府歌行也颇多兴讽之作，但他主要写作七言歌行，以新题为多。五言歌诗除了《相逢行》以外，《贵游行》《广陵行》《凌雾行》《乐燕行》《采玉行》等也都是新题，但题材内容已经越出兴讽时事的范围。同时代的刘长卿、戎昱、李端、于鹄、李益、权德舆、杨巨源也在写作古题五言歌诗的同时，创作了少量的五言新题，只是反映时事的内容较少。

第三个阶段是中唐贞元、元和年间，五言歌诗发展到鼎盛时期。不但大作家多，创作数量可观，而且在沿用一些常见的乐府古题以外，还出现了大量五言新题。五言歌诗创作数量较多的代表作家有令狐楚、孟郊、王涯、张仲素、刘禹锡、鲍溶、施肩吾、张祜、元稹、白居易等，其中孟郊五言歌诗共53题，新题占31题；刘禹锡共40题五言歌诗，仅3首旧题；白居易共28题五言歌诗，除3首旧题外，全为新题；张祜共29首五言歌诗，含8首新题；施肩吾15首五言歌诗，仅2首旧题。韩愈、欧阳詹、张籍、王建虽以七言歌诗为多，也有5篇以上的五言歌诗，且不乏新题。元稹、韩愈、欧阳詹还有一些长篇五言新题歌诗，这在贞元、元和以前是相当罕见的。

这一阶段的五言新题可分两类来看，第一类是《乐府诗集》中的"近代曲辞"，据郭茂倩说"以其出于隋唐之世，故曰近代曲也"，其曲"总谓之燕乐。声辞繁杂，不可胜记。凡燕乐诸曲，始于武德、贞观，盛于开元、天宝。……肃、代以降，亦有因造"[1]。但郭氏著录之近代曲辞，大多作者不详，有署名的作者数量不多。隋代仅炀帝、薛道衡、王胄3人，初唐有李百药、李义府、杜审言、李景伯4人，盛唐有张说、李白、王维3人，各人仅1题，仅少数人2题。中唐倒有顾况、元结、李端、耿沣、吉中孚妻、李益、李涉、卢纶、戴叔伦、王建、刘禹锡、令狐楚、施肩吾、赵嘏、孙鲂、李贺、吴融、张籍、薛逢、张祜、白居易、张仲素等20多人。近代曲调的歌诗有五言、六言、七言、杂言等不同体式，其中五言有40题。作得最多的张祜仅五言就有《穆护砂》《思归乐》《金殿乐》《胡渭州》

---

[1] 《乐府诗集》第1107页。

《戎浑》《墙头花》《采桑》《杨下采桑》8题。这说明中唐虽然不是燕乐最盛的时期，却是近代歌诗创作的盛期，而且五言的乐府题数量之多几乎与七言平分秋色。那么五言歌诗在中唐的兴盛应与时人对近代曲辞的兴趣增长有关[1]。

第二类是《乐府诗集》的"新乐府辞"。郭茂倩说："新乐府者，皆唐世之新歌也。以其辞实乐府，而未常被于声，故曰新乐府也。"但在他的解说中，又吸取了元稹《乐府古题序》的意思，认为杜甫"刺美见事"，"即事名篇，无复倚旁"的歌行，"白居易、李公垂辈"，以及"刘猛、李余赋乐府诗，咸有新意"，"其有虽用古题，全无古义"，"其或颇同古义，全创新词"之类，"倘采歌谣以被声乐，则新乐府其庶几焉"[2]，也就是说这些有新意新词的歌行如果可采集配乐，就差不多是新乐府了。白居易的新乐府定义在他的《新乐府序》里讲得很清楚，所作五十篇《新乐府》全为七言或以七言为主的杂言，没有五言，而且内容全为讽喻时事。郭茂倩所收"新乐府辞"，虽然照顾到白居易的标准，将其五十篇《新乐府》全部录入，也收了杜甫、张籍、王建、元稹、孟郊等反映时事的新题歌行，但标准更为宽泛，基本上符合他自己所说"唐世之新歌"的定义。因而不但包含五言和七言、杂言，而且内容也不限于反映时事，涉及离别、艳情、宫怨、边塞、游览、怀古、颂圣等许多题材。从中晚唐歌诗创作的实践来看，郭茂倩的收录标准显然是更切合实际的。只不过由于新乐府辞"未必尽被于金石"，如何判断"其辞实乐府"，郭茂倩并未说明。从他收录的作品来看，大体上可归纳出几个共同特点：首先是有"歌""行""曲""词""吟""引""篇""怨"或"乐府"的标题；其次是某些以古乐府诗或古诗中的句子作为标题的歌诗，如"来从窦车骑""青青水中蒲"，也可以是古乐府式的即事名篇的三字题，如"静夜思""悲陈陶""哀江头""思远人""夫远征""当窗织""雄将雏""山头鹿""黄头郎"，乃至二字题如"结爱"等等；再次是采用第

---

[1] 唐代燕乐在盛唐宫廷达到极盛，安史之乱后衰落，但不少曲调散落到民间，加上里巷歌曲的兴起，在民间开始流行，从而引起文人关注。
[2] 《乐府诗集》第1262页。

三人称的视点,均为代言体。郭茂倩收入的新乐府辞,除了反映时事的新题乐府以外,风格大多接近古乐府,有些题目就是从古乐府衍生出来的,如《塞上曲》《塞下行》来自《出塞》,《堤上行》来自《大堤曲》,《洛阳行》来自《洛阳道》,等等,这或许也是他判断乐府的一个标准。因此郭茂倩关于新乐府的看法与白居易有明显的差异,这就在白居易的新乐府以及其他作者反映时事的七言新题乐府之外,又多收了60多题五言新乐府辞[1]。

但按"新乐府辞"的收录标准来看,其实唐代诗人即事名篇,又冠以歌辞性题目的新题歌诗,还远不止郭氏所收录的这些作品。例如李贺的《申胡子觱篥歌》尽管可被声乐,也没有被郭茂倩收入。除此以外,他还有一些歌诗可称曲辞,有的产生于当时的宴饮场合,如《花游曲》序说:"寒食诸王妓游,贺入座,因采梁简文诗调赋《花游曲》,与妓弹唱。"[2]《许公子郑姬歌》说"长翻蜀纸卷明君,转角含商破碧云","娥鬟醉眼拜诸宗,为谒皇孙请曹植"[3],此诗显然也是歌妓在酒宴上请李贺写的歌辞。有的是明言他人请作的曲辞,如《五粒小松歌》序说:"前谢秀才杜云卿命予作五粒小松歌,予以选书多事,不治曲辞;经十日,聊道八句,以当命意。"[4]按"命意"的要求,这"八句"自是写"曲辞"。或许郭茂倩认为这些歌诗都离古乐府的风味较远,没有收入"新乐府辞"。因而李贺的28题五言歌诗中除了古乐府题和近代曲辞、新乐府辞以外,还有11首带歌辞性题目的五言古诗是没有收入《乐府诗集》的。

同样,刘禹锡、孟郊等也有许多未收入"新乐府辞"的新题歌诗,仅就五言而论,刘禹锡有40题,但收入近代曲辞的仅《纥那曲》《抛球乐》2题[5],收入"新乐府辞"的仅《捣衣曲》《淮阴行》《视刀环歌》3题。《淮阴行》序文说:"古有《长干行》,言三江之事悉矣。余尝阻风淮阴,

---

[1] 元结《系乐府》按12题计,皮日休《正乐府》按10题计。
[2] 《李贺诗歌集注》第204页。
[3] 《李贺诗歌集注》第318页,方世举认为此诗非李贺作,但无凭据。
[4] 《李贺诗歌集注》第306页。
[5] 刘禹锡收入"近代曲辞"的作品如计七言有8题。

作《淮阴行》，以裨乐府。"[1] 此诗明言效仿《长干行》以对乐府有所补益，或许是被收入"新乐府辞"的理由。但刘禹锡还有其他的一些诗序同样表示希望入乐府，却又没有被收，如其七言《代靖安佳人怨二首》序文说："今守于远服，贱不可以谏。又不得为歌诗声于楚挽。故代作《佳人怨》，以埤于乐府云。"[2] 说明因自己远在连州，不能作歌诗哀挽武元衡，因而代为作《佳人怨》两首，以增益于乐府。又如五言《插田歌》序说："适有所感，遂书其事为俚歌，以俟采诗者。"[3] 全诗通过插秧的田夫与进京买官的计吏的一番对话，讽刺当时朝廷卖官鬻爵的腐败，已是一首典型的新乐府诗，作者还明确表示等候采诗者，完全符合郭茂倩所说"倘采歌谣以被声乐，则新乐府其庶几焉"的标准，却也没有收入"新乐府辞"。此外，孟郊的五言歌诗被收入"新乐府辞"的仅《湘弦怨》《征妇怨》《织妇词》《长安羁旅行》《求仙曲》《结爱》6题，还有《归信吟》《山老吟》《小隐吟》《大隐吟》《楚竹吟》《远愁曲》《贫女词》《边城吟》《清东曲》《病客吟》《寒地百姓吟》《连州吟》等等20多曲新题歌诗没有被收。

仅从李贺、刘禹锡、孟郊这三位诗人的五言新题歌诗就可以看出，在中唐诗歌中，实际上还存在着许多未收入"近代曲辞"和"新乐府辞"的新题歌诗，郭茂倩没有视其为乐府，较大的可能是这些歌诗的表现方式距离其心目中古乐府的风味较远。然而刘禹锡、李贺等却将这些作品视为"歌诗"而与五古区分开来，而且其数量远多于"近代曲辞"和"新乐府辞"收入的作品。对于现代研究者来说，这一客观事实首先需要承认，其次应参考《乐府诗集》的标准和当时的创作实践加以界定。因而笔者认为可以将这批带歌辞性题目的古诗单独看作一类，作者在创作这类歌诗时，心目中固然有乐府的体式规范作为参照，但在取材和艺术表现上放开的尺度显然比郭茂倩的标准要宽得多。歌诗的这种创造性发展正是唐代诗歌繁荣的一种突出表征，也是五言歌诗在中唐发展到鼎盛时期的重要原因。

---

[1] 刘禹锡著，蒋维崧、赵蔚芝、陈慧星等笺注《刘禹锡诗集编年笺注》第373页，山东大学出版社1997年。
[2] 《刘禹锡诗集编年笺注》第207页。
[3] 《刘禹锡诗集编年笺注》第252页。

通过梳理五言歌诗从汉魏以来发展的阶段性，可以勾勒出古题乐府和新题歌诗从初唐到中唐相互消长的一条曲线。将李贺置于这一过程中来看，不难发现其"短调"的三种取题方式，正反映了中唐五言古乐府、新乐府、近代曲辞与新题歌诗同兴共存的状态。需要指出的是，李贺的某些歌诗因有序说明在歌舞宴会上助人弹唱之用，容易给人一种错觉，以为李贺的创作主要与近代曲辞及唐代新兴的声诗关系密切。但以上的回顾却说明了李贺的五言歌诗无论从取题方式还是体式特征来看，其艺术渊源是相当全面的。古乐府题以及与之相关的新乐府题的兴起，主要是中唐提倡乐府的复古思潮催化的结果；近代曲辞则是随着清乐和燕乐的消长态势，在唐代逐渐流行的产物；新题歌诗更是盛唐到中唐时期最兴盛的一种诗歌样式：这三者在发展中的相互影响，才是李贺创作"短调"的基本背景。

李贺虽然英年早逝，但其五言歌诗的数量仅次于刘禹锡和孟郊，而在他的诗歌总量中所占比例在当时仅孟郊可与之相比[1]。可见李贺虽然性情孤僻，却始终没有脱离当时诗歌创作的潮流，而且能在短短的创作生涯中，对各体诗歌的体式特征及其发展大势了然于心，并发挥其天才，做出不俗的成绩。因而其"短调"虽然不如"长调"那样奇丽卓异，却能从这一角度反映出李贺诗歌成就的多面性及其诗学思考的理性和深度。

---

[1] 李贺和孟郊五言歌诗占其诗歌总量均为十分之一强。

# 第十二章　贾岛奇思"入僻"的理路及其古、律之分

贾岛历来被归入韩愈奇险诗派，但历代诗论对他的评价主要是五律的"清深闲淡"[1]以及"清僻"[2]"幽奇"[3]，极少论及其五古。今人的研究大体也都集中于贾诗的幽清平淡，认为贾岛风格不是怪僻，与韩愈明显不同[4]。其实贾岛的五古大约五十首，虽然占其诗歌总数仅八分之一[5]，却对于观察其诗风与韩孟诗派的关系很有意义。而且韩愈和孟郊都有诗评论贾岛，称其是敢于大胆"怪变"的"狂痴"，这种诗学追求显然近于韩、孟一派。那么为什么韩、孟与晚唐以后论者对贾岛的评价相差如此之远？为什么贾岛的诗风会从狂怪变为清僻？目前的贾岛研究尚未充分回答以上问题，本章试从其求奇的思路在古、律之中的差异和联系来探索这一现象。

---

[1] 胡仔《苕溪渔隐丛话》前集卷二引《雪浪斋日记》，第11页，人民文学出版社1962年。
[2] 方回选评，李庆甲集评校点《瀛奎律髓汇评》卷二三"闲适类"，冯班评贾岛《原上秋居》，第1004页，上海古籍出版社2020年。
[3] 《诗薮》内编卷四，第59页。
[4] 如胡中行《略论贾岛在唐诗发展中的地位》(《复旦学报》1983年第3期)，赵剑《贾岛新论》(《唐代文学论丛》第一辑)。也有论者认为贾岛还有激烈奋发的一面，并不一直孤僻，但主导风格是幽细平淡，如姜光斗等《论贾岛的诗》(《唐代文学论丛》第四辑)。
[5] 据齐文榜《贾岛集校注》整理约400首。

## 第一节　从历代诗评看贾岛的"奇"与"僻"

在今存关于贾岛的历代诗评中，韩愈和孟郊的评论时间最早。韩愈《送无本师归范阳》一诗，注家均系于元和六年，并一致同意这是韩愈和贾岛初次相识的时间[1]。头年贾岛从范阳携其所业，先至长安见张籍，次年到洛阳见韩愈，后随韩愈到长安，不久告归范阳。韩愈在阅读了贾岛所业之诗以后，以此诗赠别。诗题称贾岛为"无本师"，则此时贾岛尚未还俗。韩愈评论的贾诗，应是贾岛之前所携，以及随韩愈同游时所作。据学者考证[2]，孟郊《戏赠无本二首》，也作于元和六年冬送别贾岛归范阳时，其二"朔雪凝别句，朔风飘征魂"[3]可证。因此韩、孟这三首诗所评的应是本年及之前贾岛的诗作。

今存《贾岛集》按诗体分卷，从集中所收五古来看，作年大多不能确定，仅可以考出作于元和六年或七年的有十首左右。但是从贾岛其他古诗的内容及其当时效仿孟郊的自述来看，大致可以判断他早期创作以五古为主。要了解他这一时期诗风的倾向，韩愈和孟郊的评价就特别值得重视。

先看韩愈的评论："无本于为文，身大不及胆。吾尝示之难，勇往无不敢。蛟龙弄角牙，造次欲手揽。众鬼囚大幽，下觑袭玄窞。天阳熙四海，注视首不领。鲸鹏相摩窣，两举快一啖。夫岂能必然？固已谢黯黮。狂词肆滂葩，低昂见舒惨。奸穷怪变得，往往造平淡。风蝉碎锦缬，绿池披菡萏。芝英擢荒榛，孤翾起连菼。"[4]诗里先称赞贾岛对于作文颇有胆力，虽指示其难处，仍能勇往直前。既敢用手揽蛟龙的角牙，又敢下窥囚

---

[1] 关于韩愈和贾岛的相识，因诸种唐人笔记与何光远《鉴诫录》《新唐书》记载不同，前人辨析甚多，现代学者一致同意贾岛元和六年在洛阳与韩愈初见。
[2] 《孟郊诗集校注》附年谱，认为孟郊此诗作于洛阳，诗中时节与内容都与韩愈《送无本师归范阳》大致相同。此说可取。
[3] 《孟郊诗集校注》第301页。
[4] 《送无本师归范阳》，《韩昌黎诗系年集释》上册，第820页。

禁众鬼的黑坑。可以直视太阳的强光连头都不低,又向往像鲸跃鹏飞[1],快意大唉。韩愈用以上比喻称赞无本作诗的大胆,也令人从其取象揣测贾岛学诗之初必定是追求狂怪奇险的风格。而从"夫岂能必然"来看,贾岛其实还没有达到他追求的境界,但韩愈还是肯定他的创作已经脱离了暗昧不明的状态。所以接着说他写出的诗满篇狂词,滂沛纷葩,阳舒阴惨,低昂变化。在穷极变怪之后,往往归于平淡。"往往造平淡"句可以视为韩愈对贾岛的指点,也可以视为贾岛某些诗的风格,因后两句以蜂蝉[2]、锦缬、绿池、菡萏等意象为比,前代注家认为包含了"鲍照尝评颜延年诗如铺锦列绣,雕绘满眼,谢灵运诗如初发芙蓉,自然可爱"这两种含义[3]。末二句以荒榛中见芝英、丛苇中出孤翻比喻其平常诗篇中时有佳作出现,又可想见贾岛此时的创作还不很成熟。由此看来韩愈对贾岛既充分鼓励其想象的大胆,又对其不足提出了委婉的批评,但并未提及贾岛有"僻"的特点。显然在他看来,贾岛的"狂词"主要是体现为"怪变"。

孟郊的《戏赠无本二首》其一主要是写无本在长安秋寒中学诗的艰窘,其中也兼带出贾岛的诗风:"瘦僧卧冰凌,嘲咏含金痍。金痍非战痕,峭病方在兹。""可惜李杜死,不见此狂痴。"[4]既写贾岛本人的消瘦,又说他的嘲咏往往含着金疮,这金疮并非真正的战痕,而是因其诗之峭病所致。最后可惜李杜不见此狂痴,可见在"痴狂"这一点上,孟郊与韩愈的看法一致。但孟郊还看出了贾岛的"峭",感觉很敏锐。《说文》谓"斗直曰峭",原无贬义,但此处又加一"病"字,或谓其嘲咏之思路过于陡直崭绝以致自伤[5]。其二开头先赞美贾岛"燕僧耸听词,袈裟喜翻新","耸听"正与"峭"有关,说明贾岛诗常有奇危翻新之语耸人听闻。接着孟郊道出了自己的创作理念:"天高亦可飞,海广亦可源。文章杳无底,刷掘

---

[1] 摩:指鹏摩天,窣指鲸鱼跃水。窣:《说文》谓从穴中卒(猝)出,《王力古汉语词典》说引申为跃、跳。
[2] 凤蝉,一作"蜂蝉",俞樾认为应作"绛潭"。
[3] 《韩昌黎诗系年集释》上册,第825页,注[16]。贾岛也确有一些古诗比较平淡。
[4] 《孟郊诗集校注》第301页。
[5] 方回称贾岛某些用字非类的对句不切,"其变太厓异而生涩"(见《瀛奎律髓汇评》卷二六,第1204页),"厓异"意近"峭病"。

谁能根？梦灵仿佛到，对我方与论。拾月鲸口边，何人免为吞？燕僧摆造化，万有随手奔。"指出文章之奥妙深广无底，胜过天之高，海之广，无人能探到根源。所以勉励贾岛到鲸鱼口边去拾海月，大胆摆弄造化，使万象随时奔走于他的笔下。孟郊在《赠郑夫子鲂》中也提到："天地入胸臆，吁嗟生风雷。文章得其微，物象由我裁。宋玉逞大句，李白飞狂才。苟非圣贤心，孰与造化该。勉矣郑夫子，骊珠今始胎。"[1]认为天地进入诗人胸臆后，吁嗟之间可生风雷；文章能得其中的精微，万象都可由我心裁；只有圣贤之心，才能具备熔冶造化的气魄；并勉励郑鲂去探求诗歌的骊珠。由此可理解他说"燕僧摆造化"，正是鼓励贾岛自由地驱遣万象，与韩愈的意思相同。

  从以上韩、孟对贾岛的评论可以看出，二人着重指出了贾岛作诗敢于大胆想象以及奇峭险怪的诗风，并没有批评其"僻"的意思。与贾岛交往甚密的姚合，也说他"狂发吟如哭，愁来坐似禅"[2]，"吟寒应齿落，才峭自名垂"[3]，仅指出其"狂""寒"的特色，而"峭"字主要是指其才能突出，与孟郊所说"峭病"尚有差异。稍晚的薛能则看法已有变化，称贾岛"左迁今已矣，清绝更无之"[4]。为贾岛作墓志铭的苏绛，说得比薛能更具体："妙之尤者，属思五言，孤绝之句，记在人口。""所著文篇，不以新句绮靡为意，澹然蹑陶谢之踪。片云独鹤，高步尘表。"[5]可见他们所说的"清绝"或"孤绝"，主要是指贾岛步随陶谢、抒写高蹈之意的五律。而僧可止称贾岛"诗僻降今古"[6]，贯休称贾岛"冷格俱无敌"[7]，则纯以冷僻来概括贾岛的诗风了。所以五代王定保《唐摭言》说："元和中元白尚轻浅，岛独变格入僻，以矫浮艳"[8]，索性将贾岛"入僻"说成

---

[1]《孟郊诗集校注》第294页。
[2] 姚合《寄贾岛》，姚合著，吴河清校注《姚合诗集校注》第115页，上海古籍出版社2012年。
[3]《寄贾岛时任普州司仓》，《姚合诗集校注》第152页。
[4] 薛能《嘉陵驿见贾岛旧题》，《全唐诗》卷五六〇，第6499页。
[5] 苏绛《贾司仓墓志铭》，《全唐文》卷七六三，第3518页。
[6] 可止《哭贾岛》，《全唐诗》卷八二五，第9292页。
[7] 贯休《读贾区贾岛集》，《全唐诗》卷八三三，第9399页。
[8]《唐摭言》卷十一，第165页。

是对元白的"变格"。于是，在韩、孟眼里"奸穷怪变"的贾岛，至唐末已完全变成一个以清绝入僻著称的诗人[1]。

从中唐到唐末，时人对贾岛的评价之所以会发生由怪入僻的变化，当然最重要的原因是韩、孟的评价是对贾岛早期诗作而言，而晚唐至唐末人的评价则主要是就贾岛一生大部分作品的总体印象而言。同时也与诗体的差异有关，尽管贾岛后期也时有五古，但与五律相比，数量太少。而早期贾岛创作五古的比例显然要高于后期，只是随着孟郊、韩愈先后谢世，其五律创作愈益增多，诗风也自然变化。因而韩、孟和晚唐人对贾岛的不同评价只是反映了贾岛诗风的两面，以及时人对其前后期变化的取向，彼此并不矛盾。

宋代以后，对于贾岛的评价便几乎是一面倒地偏向于清澹奇僻了。如胡仔《苕溪渔隐丛话》引《雪浪斋日记》说："欲清深闲澹，当看韦苏州、柳子厚、孟浩然、贾长江。"[2] 将贾岛归入了王、孟、韦、柳这一系列以清淡为主要特色的作家。又引张文潜语曰："唐之晚年，诗人类多穷士，如孟东野、贾浪仙之徒，皆以刻琢穷苦之言为工。……然及其至也，清绝高远，殆非常人可到。"[3] 大致沿袭了薛能的说法，并指出这是贾岛的至境。魏庆之《诗人玉屑》则引《冷斋鲁訔序》说：少陵之诗"支而为六家：孟郊得其气焰，张籍得其简丽，姚合得其清雅，贾岛得其奇僻"[4]，刘克庄《后村诗话》新集卷一也转引了这段话。

元人诗论与宋人意见大致相同，如方回称"贾岛幽微"[5]，辛文房称"岛难吟，有清冽之风"[6]。明人则对贾岛的"清澹"做了进一步补充发挥。如李东阳说："若贾浪仙之山林，则野矣。"[7] 认为贾岛的"清"是因

---

[1] 此外晚唐张为《诗人主客图》在"清奇雅正"一类中，以贾岛为"升堂"的七人之一。
[2] 《苕溪渔隐丛话》前集卷二，第11页。
[3] 《苕溪渔隐丛话》前集卷十九，第125页。
[4] 《诗人玉屑》卷十四，第301页，上海古籍出版社1978年。王仲闻点校《诗人玉屑》校勘记[一]："此序'又云：其夔邈高耸……'起，乃宋孙仅序，非鲁訔序，《诗人玉屑》所引误。"（第436页，中华书局2007年）
[5] 《瀛奎律髓汇评》卷二三，方回评姚合《题李频新居》，第1020页。
[6] 辛文房著，孙映逵校注《唐才子传校注》卷六"姚合传"，第583页，中国社会科学出版社1991年。
[7] 《麓堂诗话》，《历代诗话续编》第1387页。

为多作山林诗，但又失于野。杨慎在论"晚唐两诗派"，"一派学贾岛"时，指出"其诗不过五言律，更无古体。五言律起结皆平平，前联俗语十字一串带过，后联谓之颈联，极其用工，又忌用事，谓之'点鬼簿'，惟搜眼前景而深刻思之，所谓'吟成五个字，撚断数茎须'也。余尝笑之，彼之视诗道也狭矣"[1]。可见晚唐人学贾岛之清澹奇僻，都是五言律，其诗料只在眼前之景中搜寻，完全没有韩、孟所称道的"勇往无不敢""万有随手奔"，由此反过来也可证韩、孟所评的无本诗，主要是他的五古。胡应麟也是将贾岛列入清澹一派："曲江之清远，浩然之简淡，苏州之闲婉，浪仙之幽奇。"[2] 许学夷说："岛五言律气味清苦，声韵峭急。在唐体尚为小偏，而句多奇僻，在元和则为大变。"[3] 由此可见前人对贾岛诗"清澹奇僻"的印象集中在他描写山林及眼前景的五律。

如果说元明人对贾岛的评价较偏重于他的"清"和"幽"，那么清人则较偏重于他的"僻"。如冯班评贾岛《原上秋居》说："长江诗虽清僻，然句有余韵，所以高也。"[4] 贺裳引《升庵诗话》中论杜诗一些"形容尤入僻细"的句子说，"贾五言律亦出自于杜"，"但少陵不专此一体"[5]。沈德潜沿袭《唐摭言》的意见，认为"元和中诗尚轻浅，岛以僻涩矫之"[6]。李怀民《重订中晚唐诗主客图》则尊贾岛为"清真僻苦主"[7]，颇能反映清人的一般看法。只是各家褒贬不一，如贺裳同时也称赞"阆仙五字诗实为清绝"[8]，李怀民本人也喜效贾岛风味，而吴乔、管世铭、施补华等则评价不高。

综上所述，从中唐到清末，对于贾岛的评论大体上经历了一个从狂怪到清僻的发展过程，而称其狂怪的仅有韩、孟。孟郊和姚合称其"峭"的

---

[1]　《升庵诗话》卷十一，《历代诗话续编》第 851 页。
[2]　《诗薮》内编卷四，第 59 页。
[3]　《诗源辨体》卷二五，《全明诗话》第 3328 页。
[4]　《瀛奎律髓汇评》卷二三，冯班评贾岛《原上秋居》，第 1004 页。
[5]　《载酒园诗话》卷一，《清诗话续编》第 263 页。
[6]　《唐诗别裁》卷十二，第 233 页。
[7]　李怀民《重订中晚唐诗主客图·主客图人物表》，第 6 页，中华书局 2018 年。
[8]　《载酒园诗话又编》"贾岛"条，《清诗话续编》第 363 页。

评价则被延续下来,如李怀民称"阆仙诗无七古,其五古、五七言律以及绝句皆生峭险僻"[1]。薛雪也称"贾岛诗骨清峭"[2]。而韩、孟说贾岛的"怪变""耸听",以及形容其大胆诗风的种种比喻虽然都可以用"奇"来概括,但与后人所说贾岛"清奇"的内涵和指向其实也有区别。这一现象中值得探讨的问题是:狂怪和清僻这两种诗风从表面看来差异如此悬殊,如何会统一在贾岛身上?或者说贾岛的"怪变"又是如何转为"冷僻"的呢?能否找到二者之间转换的内在逻辑?以下试从贾岛五古和五律求奇的思路变化来思考这一问题。

## 第二节　贾岛五古对孟郊思路的效仿和拓展

韩、孟在评论贾岛的诗中虽然使用了"蛟龙弄角牙""众鬼囚大幽""鲸鹏相摩窣""拾月鲸口边"等比喻来形容他的"怪变",但是从贾岛今存诗作来看,几乎见不到韩愈、李贺诗中"鲸呿鳌掷""鬼神仙灵""蛟龙风雨"[3]这类意象。他的思路固然不乏怪变,却更接近于孟郊在日常生活中对常见意象的翻新出奇。因而可以推想韩、孟所谓的狂怪并非着眼于意象的虚荒诞幻,而是指贾岛五古想象的大胆和思路的奇特。

贾岛在早年寄给孟郊的一首诗里,就明确表示了效仿孟郊的意愿:"月中有孤芳,天下聆薰风。江南有高唱,海北初来通。容飘清泠余,自蕴襟抱中。止息乃流溢,推寻却冥蒙。我如雪山子,渴彼偈句空。必竟获所实,尔焉遂深衷。录之孤灯前,犹恨百首终。一吟动狂机,万疾辞顽躬。生年面未交,永夕梦辄同。叙诘谁君师,讵言无吾宗。余求履其迹,君曰可但攻。啜波肠易饱,挥险神难从。"[4]显然,贾岛作此诗时,尚未与孟郊见面,但已经对孟郊高绝的诗格和清逸的风神十分向往。诗里称孟诗才华流溢,仔细推求则玄妙难学。自己像如来前身雪山童子渴求《雪山偈》那样

---

[1]《重订中晚唐诗主客图》第 182 页。
[2]《一瓢诗话》,《清诗话》第 712 页。
[3] 黄之隽《韩孟李三家诗选序》,《唐堂集》卷五,《清代诗文集汇编》第 221 册,第 72 页。
[4]《投孟郊》,《贾岛集校注》第 58—59 页。注者认为此诗作于元和六年贾岛与孟郊初交时。

得到孟郊的诗后，在孤灯前抄录，抄完百首还嫌少。一吟孟郊的诗便激发了狂兴，各种疾病都随之消除，连做梦都与孟郊在一起。因而直接提出要以孟郊为师，履其踪迹，以其为法。但自己学诗犹如饮河啜波，容易饱腹，要攀跻高峰，达到孟郊的险境就难以从心所欲。这里所说的"险"不仅仅是称赞孟诗的高妙，也包括其构思险难的特点。再联系贾岛元和六年回范阳时所作《寄孟协律》中"我有吊古泣，不泣向路歧"[1]来看，贾岛当时学诗的目标就是孟郊复古求险的诗风。

贾岛今存五古主题内容与孟郊相同的主要有三类，一是抒发志士怀才不遇、光阴蹉跎的悲伤，如《古意》："碌碌复碌碌，百年双转毂。志士中夜心，良马白日足。俱为不等闲，谁是知音目。眼中两行泪，曾吊三献玉。"[2]岁月如双轮转动不停，志士如刘琨、祖逖中夜起坐，然而虽有良马之才，却没有知音赏识，只能如和氏那样抱玉痛哭。二是描写自己穷愁潦倒、饥寒交迫的境况，如《朝饥》："市中有樵山，此舍朝无烟。井底有甘泉，釜中乃空然。我要见白日，雪来塞青天。坐闻西床琴，冻折两三弦。饥莫诣他门，古人有拙言。"[3]极力渲染自己穷得朝无炊烟，釜无清水，琴弦冻断，又拙于乞食的窘境。三是赞扬君子的处世和结交之道，如《辩士》以"辩士多毁誉，不闻谈己非"与"善哉君子人，扬光掩瑕玼"对比[4]，指出君子喜褒扬他人和小人喜毁谤他人的差别。《不欺》称君子待人"上不欺星辰，下不欺鬼神"的坦诚[5]，赞其与人结交，贵相知心。《寓兴》："直集道方至，貌殊妒还多。山泉入城池，自然生浑波。今时出古言，在众翻为讹。有琴含正韵，知音者如何？"[6]慨叹坚持直道、爱好古韵者往往为世俗众人所妒忌和非议。这些都是孟郊诗中最常见的内容，尽管贾岛的相关作品远不如孟郊多，但也不难看出，他追慕孟郊的诗风首先是因为支持韩、孟提倡的古道。

---

[1] 《贾岛集校注》第 44 页。
[2] 《贾岛集校注》第 1 页。
[3] 《贾岛集校注》第 6 页。
[4] 《贾岛集校注》第 23 页。
[5] 《贾岛集校注》第 24 页。
[6] 《贾岛集校注》第 73 页。

而在五古的构思和表现方面，贾岛效仿孟郊的痕迹也很明显。首先，他的五古多学孟诗采用排比、对照、顶针、重复用字等句式，力求接近汉魏古诗的风味。例如《延康吟》："寄居延寿里，为与延康邻。不爱延康里，爱此里中人。人非十年故，人非九族亲。人有不朽语，得之烟山春。"[1] 以"延康里"的重复，"不爱"和"爱"的对比，"人"字的顶针以及"人非"的排比，烘托对张籍的钦慕之情。《客喜》："客喜非实喜，客悲非实悲。""未归长嗟愁，嗟愁填中怀。"[2] 前二句在相同句式和句意中仅变换"喜"字和"悲"字，以突出客子的悲喜实为离乡和归乡。后两句用"嗟愁"双字顶针，强调客愁之深。又如《明月山怀独孤崇鱼琢》前六句："明月长在目，明月长在心。在心复在目，何得稀去寻。试望明月人，孟夏树蔽岑。"[3]"明月长在"的两句重复和"在心""在目"的排比递进，使怀念明月山友人的心情表现得更加深挚。《寄远》中"始知相结密，不及相结疏。疏别恨应少，密离恨难袪"[4]等句综合运用"相结""恨"的排比句式，"疏""密"的重复对比，写出对北方友人的思念。此外上文所举《朝饥》前四句"市中"和"井底"的两层排比，也是典型诗例。

这类句法又往往和比兴相结合，通过意思的对比使诗人的爱憎好恶进一步强化。如《寓兴》："莫居暗室中，开目闭目同。莫趋碧霄路，容飞不容步。暗室未可居，碧霄未可趋。"[5] 以暗室比喻黑暗时世，以碧霄比喻仕宦之路，连用"莫"字排比，句意两层重复，强调了世俗和官场的污浊险恶。《不欺》："食鱼味在鲜，食蓼味在辛。掘井须到流，结交须到头。"连用三个比兴，加两组排比句，说出结交须付出诚心、有始有终的道理。《寄丘儒》："地近轻数见，地远重一面。一面如何重，重甚珍宝片。"[6] 通过排比"地近""地远"，以及"一面"的顶针，突出丘儒与自己的一次见面重于珍宝。《送沈秀才下第东归》："曲言恶者谁，悦耳如弹丝。直言

---

[1] 《贾岛集校注》第 70 页。
[2] 《贾岛集校注》第 34 页。
[3] 《贾岛集校注》第 47 页。
[4] 《贾岛集校注》第 12 页。
[5] 《贾岛集校注》第 26 页。
[6] 《贾岛集校注》第 64 页。

好者谁，刺耳如长锥。"[1]采用一三、二四相同的句式分两层排比，以弦乐和锥刺分别比喻世人喜谗言而恶直言的普遍现象。《送陈商》："古道长荆棘，新歧路交横。君于荒榛中，寻得古辙行。"[2]句式字面虽然没有重复，但利用"道""路""辙"三个词为同义词，以及"荆棘"和"荒榛"意同的特点，形成首二句的排比对照，以及次二句的递进重复，赞美陈商在荆棘中寻得古车辙前行，也就是比喻其不畏世路坎坷，坚持古道。由于排比句突出了比兴意象的对照性，各诗都能道出一些世情常理，有的甚至具有劝诫意味，类似格谚。

  以上句式结构及其与比兴的结合，是孟郊五古诗最明显的特点。孟郊喜用古谣谚体式和排比、顶针、对照句式，这种做法可追溯到早期五言诗依靠排比、对照、顶针句式形成节奏感的汉代，以及魏晋以来五古咏怀组诗以比兴为主的创作传统。但他在效仿汉魏古调的同时，又有意强化了诗中关键词的对照，使所有这些句式形成铿锵的节奏感，以突出他所要表达的是非、美丑、正邪、曲直之间的极端对比[3]。贾岛准确地把握了孟郊五古的这一特点，而且学得很像。所以吴乔说："贾岛之《客喜》《寄远》《古意》与东野一辙。"[4]这三首固然是典型的孟郊体，但是如前所论，贾岛其实把孟郊这种体式的特点用到了多首作品中。

  其次，贾岛五古中的不少奇思怪想，也显然受到了孟郊思路的影响。其中较多的一类是利用比喻，将抽象的感觉或理念具象化。这本是孟郊的常见思路，贾岛这类想象也不少，如《古意》中"碌碌复碌碌，百年双转毂"两句，将百年时光比喻成不停转动的一双轮毂，而且还带出"碌碌"的声响，又使人联想到人碌碌无为的一生。《寄远》中"别肠多郁纡，岂能肥肌肤"两句，以反问语气说离肠中郁结的愁思岂能使肌肤丰腴，这就使抽象的郁纡变成了能使人消瘦的肠中痞块。又如"欲驻迫逃衰，岂殊辞绠缚"[5]，以无法解脱绳缚比喻无法驻年避免衰老，使无法留住光阴的理

---

[1]《贾岛集校注》第39页。
[2]《贾岛集校注》第65页。
[3] 详见本书第五章《韩、孟探索古诗句调的意义和得失》。
[4] 吴乔《围炉诗话》卷二，《清诗话续编》第518页。
[5]《斋中》，《贾岛集校注》第14页。

念变成具体的动作，联想的理路和用词的晦涩也与孟郊无异。《戏赠友人》是颇受好评的一首名作："一日不作诗，心源如废井。笔砚为辘轳，吟咏作縻绠。朝来重汲引，依旧得清冷。书赠同怀人，词中多苦辛。"[1]将抽象的心源比作一口井，诗思就是井里可以不断汲引的清泉，所以笔砚是汲水的辘轳，吟咏便是汲水的井绳。这就将苦吟的创作活动形容得十分生动形象，比喻也很精妙。孟郊《出东门》"一生自组织，千首大雅言。道路如抽茧，宛转羁肠繁"[2]，比喻道路如羁旅之愁肠宛转，羁肠又如蚕丝般被抽成诗思，他的千首大雅之诗，都是在这样的道路上用羁肠里抽出的诗思编织而成。也是将一生的创作具象化，思路近似，只是喻象不同而已。

还有一类思路是根据现实生活的逻辑展开非现实的幻想，以夸张某种感受。孟郊善于根据日常生活的经验，择取新鲜的比兴意象，根据现实生活的逻辑推演出非现实的想象，即使夸张到极致，也有其内在的合理性。贾岛对于孟郊这类构思的原理显然有独到的领悟。例如其《游仙》："借得孤鹤骑，高近金乌飞。掬河洗老貌，照月生光辉。天中鹤路直，天尽鹤一息。归来不骑鹤，身自有羽翼。若人无仙骨，艺术无烦食。"[3]将游仙的过程写得好像借了别人的鹤骑着去旅游，到日月边上兜一圈，还能在银河里掬水洗把脸，飞到天尽头以后归来，自己也长出了羽翼。想象虽怪，却使非现实的幻想有了现实的生活趣味。诗中的声口也和孟郊相似。《客喜》诗的结尾"鬓边虽有丝，不堪织寒衣"，形容自己客居思乡的凄苦，将愁白了鬓发和穿破了征衣这两个生活细节联系起来，竟想到鬓边的白发织不成寒衣，匪夷所思。但其中的逻辑是丝可织帛，白发如丝又是常见比喻，联想并不复杂。这就像孟郊的"杨柳织别愁，千条万条丝"[4]，也是利用"思""丝"的谐音，以及丝可织网的生活逻辑，使柳丝直接编织别愁，比喻愁网笼罩的离别氛围。再如贾岛的《双鱼谣》："天河堕双鲂，飞我庭中央，掌握尺余雪，劈开肠有璜。见令馋舌短，烹绕邻舍香。一得古诗字，

---

[1]　《贾岛集校注》第71页。
[2]　《孟郊诗集校注》第127页。
[3]　《贾岛集校注》第27页。
[4]　《古离别》，《孟郊诗集校注》第8页。

与玉含异藏。"[1] 题下有注:"时韩职方书中以孟常州简诗见示。"古人称书信为"鱼书",或"双鱼",出自汉乐府《饮马长城窟行》:"客从远方来,遗我双鲤鱼。呼儿烹鲤鱼,中有尺素书。"[2] 贾岛这首诗将书信坐实为从天河飞来落在庭中的双鱼,已是奇想。然后就古乐府所说"烹鲤鱼"再加发挥,将韩愈的信比作鱼肚子里的玉璜,将书信内容的品味比作烹鱼发出的香味。天河既称"河",自会有飞鱼堕下;书信既称"双鱼",烹煮后必然香飘四邻,这两点奇想都合乎生活逻辑。此外,《玩月》中"月乃不上杉,上杉难相参。眙䁍子细视,睛瞳桂枝劓。目常有热疾,久视无烦炎"[3] 六句,写傍晚倚着杉树等待观赏尚未升到中天的月亮,待睁大眼睛仔细观看时,眼瞳却被月中的桂枝砭刺。段玉裁注"劓"字:"砭刺也。"此处利用光线强烈可以刺眼的生活逻辑,夸张月光之清亮刺目可除目中烦热之炎症。孟郊《秋怀十五首》其五中"病骨可剚物"[4] 也是将骨瘦如削的喻意夸大,使病人瘦削的视觉印象转换成病骨可以割物的锋利之感。二者都是合乎逻辑的想象,只是贾岛对喻象本身的性状更加夸张。这类奇思或即韩、孟所称之"大胆""怪变",但意象都取自日常生活。

  贾岛虽深受孟郊思路的影响,但也有自己的独创。他往往将性质、体量、状态不同甚至相差悬殊的意象出人意料地组合在一起,有的甚至将具体的事物和抽象的理念直接搭配,给人不相伦类之感,因而其表达方式往往比孟郊显得生硬突兀,孟郊称其"峭病",或即指此类过于峭直的思路。大小、广狭悬殊的例子如《寄孟协律》:"我有吊古泣,不泣向路歧。挥泪洒暮天,滴着桂树枝。"[5] 说自己不做歧路之泣,只为吊古而泣。而洒向暮天的泪水,却滴着了桂树枝。后两句转得突然,因"桂林之一枝"[6] 无论是作为博取功名的抽象名词还是具体的一根树枝,与无边暮天同为承接

---

[1] 《贾岛集校注》第 29 页。
[2] 《乐府诗集》卷三八,第 556 页。
[3] 《玩月》,《贾岛集校注》第 17 页。
[4] 《孟郊诗集校注》第 159 页。
[5] 《贾岛集校注》第 44 页。
[6] 《晋书·郤诜传》:"臣举贤良对策,为天下第一,犹桂林之一枝,昆山之片玉。"(第 1443 页,中华书局 1974 年)

泪水的对象，都显得不伦不类，诗人想以此表达自己无缘功名、只能向天洒泪的忧伤，未免怪异。《寄刘栖楚》："当窗一重树，上有万里云。离披不相顾，仿佛类人群。"[1]与此类似。窗前的一重树和天上的云本来就是不相干的两种景物，距离遥远，不存在类比的逻辑关系，诗人却认为它们"类人群"，因为云看来暂时在树的上空，飘离之后便相隔万里，在"离披"这一点上似乎相类。《携新文诣张籍韩愈途中成》："青竹未生翼，一步万里道。仰望青冥天，云雪压我脑。"[2]表现写成新文后急于见张籍、韩愈求教的心情，恨手里没有能飞的竹杖[3]，将一步看成万里之遥，满天云雪也都像压在自己头上，也是意象大小悬殊的夸张。类似的诗例还有"茫然九州内，譬如一锥立"[4]，将前人"无置锥之地"的常见说法变成一个具体的锥子[5]，插在茫茫九州之中，突出自己的渺小。"此心镇悬悬，天象因回转"[6]，因惦记对方，觉得天象都随着自己回转，则又过分夸大了常年不忘的友情。

性状不相伦类的例子如《和刘涵》："闭扉一亩居，中有古风还。市井日已午，幽窗梦南山。"[7]古风本指淳朴之风，是一个抽象的理念，此诗则将它当作春风、秋风一类能流动的风，回旋在"闭扉"的一亩荒居之内，从而使日午的"市井"和所梦的"南山"也明确地表现了世俗与隐居相对立的抽象意味。《延寿里精舍寓居》描写自己在长安栖居的一所荒宅，其中"耳目乃鄽井，肺肝即岩峰"[8]两句，从字面看，以人的耳目比喻市井，以肺肝比喻岩峰，性状也差得太远，但这里不仅是以人的器官位置与精舍的所在布局相比较，又双关了耳目不离鄽井，心仍在岩峰之间的意思，自有其理路。《寄山中王参》："远寄一纸书，数字论白发。"[9]字和白发无

---

[1] 《贾岛集校注》第62页。

[2] 《贾岛集校注》第53页。

[3] 此句用费长房骑竹飞行之事。

[4] 《重酬姚少府》第56页。

[5] 此说多见于秦汉典籍。如《庄子·盗跖》："子孙无置锥之地。"（《庄子集释》第994页）

[6] 《寄丘儒》，《贾岛集校注》第64页。

[7] 《贾岛集校注》第46页。

[8] 《贾岛集校注》第36页。

[9] 《贾岛集校注》第84页。

法在性状上相比,但诗人却从数量加以类比,请对方根据信中之字数想象自己白发的根数,以印证对友人的思念之情,也是前所未见的奇想。

由贾岛以上独创可以看出,他在把握了孟郊奇思的原理之后,又企图据此发挥,进一步寻找属于自己的思路和比兴喻象。其主要理路是将不相伦类的意象组合起来,使看似无理的句意中包含更多的含义,虽然有其创新性,但从根本上来看,没有脱离孟郊比兴的联想思路的轨迹。因为这些意象的组合无论性状、体量怎样悬殊,彼此之间仍然需要某种可以类比的逻辑关联,这就难以超出孟郊思理的影响。孟郊和贾岛的各种比兴,都是围绕着自我与外界的关系展开,喻象主要在日常生活中随手拈来。孟郊虽然有意为自己塑造出一个"诗囚"的自我形象,也确实有一些类似"寒虫号"的酸苦呻吟,但他对天人关系和古今变化有深刻的思考,能以极大的气魄提出"补元化"这一全新理念,诗中自有"胚胎造化"的宽广视野,这与他"踢天蹐地"[1]的一面看似矛盾,其实都根源于他将元化之道和圣贤之心合一的哲理认识,并在以天道比拟人事的创作思路中得到统一。因而其比兴思路开阔多变,能对"造化"深挖探底,开辟出雄森奇险的新境界[2]。而贾岛缺乏孟郊那种"胚胎造化"的理念和创作自觉,做不到孟郊所期望的"万有随手奔"。所以他在古诗的比兴取象和思考路向上,变化远比孟郊少。他的创意主要集中在探寻出人意表的喻象及其类比关系,像烹鱼书、织白发、汲诗思这些比兴意象固然可称妙想,但在相对狭窄的生活面和视野中,要想经常发现新奇而又合乎逻辑的类比关系实非易事,因而其思路必然单一,甚至失于生涩乖异。而有"峭病"的思路在一般要求句意浑朴的古诗中很难有拓展的空间。这就导致贾岛的古诗创作在孟郊面前,只能止步于"啜波肠易饱,揢险神难从"的阶段。这很可能是贾岛后来的创作转向以五律为主的内在原因。

---

[1] 贺裳《载酒园诗话》卷一,《清诗话续编》第 256 页。
[2] 参见拙文《"诗囚"的视野变异及其艺术渊源》,《北京大学学报》2019 年第 3 期。

## 第三节　贾岛五律思路的"入僻"及其与五古的联系

前人称贾岛诗"冷格""入僻",主要是就其五律诗境而言的,"僻"包含幽僻、冷僻、清僻等多重含义,都可形容贾岛的诗风。因一般认为贾岛的五律所表现的大多是山林荒居清冷澹静的景色,抒发的也都是幽冷寂寥的心情。但是这种僻境的形成,与他追求奇僻的思路也有关系,他在眼前景中搜求的意象,固然有一些出自前人较少注意的偏僻角落,但其实都是日常生活中的常见景物。只是因这些意象的组合和类比关系往往为前人所罕见,因而给人以奇僻的印象。从这一点来说,贾岛在五律中的思路与其五古仍有内在的联系。

关于贾岛喜好僻境的心理原因,闻一多先生有精彩的阐发,他认为贾岛"形貌上虽然是个儒生,骨子里恐怕还有个释子在。所以一切属于人生背面的、消极的、与常情背道而驰的趣味,都可溯源到早年在禅房中的教育背景"。再加上"他目前那时代——一个走上了末路的荒凉、寂寞、空虚,一切罩在一层铅灰色调中的时代,在某种意义上与他早年记忆中的情调是调和,甚至一致的"。他不认为贾岛"爱静,爱瘦,爱冷"是因为好奇,"他只觉得它们臭味相投罢了。更说不上好奇。他实在因为那些东西太不奇,太平易近人,才觉得它们'可人',而喜欢常常注视它们"[1]。闻先生从贾岛早年作为释子的教育背景及其所处时代的末世情调两方面,解释了贾诗"冷格""入僻"的心理因素;并认为其五律之奇,奇在他关注的是别人没有充分发掘,而在贾岛看来则是极为平常的事物。

确实,贾岛五律中的意象,在前人的山林、游览以及各种写景的诗里几乎都可以找到先例,只是在贾岛诗里尤为集中。尤其是冬天的枯淡荒凉,深夜的阒静寂寥,僻居的深幽清冷,诗人不但专爱描写这类景色,而且通过细致的观察,从各种视角发掘这些意象之间的关系,突出了其中的幽微清僻之感。因此贾岛五律的"入僻",首先是由于意象选择角度的冷

---

[1] 原载昆明《中央日报·文艺》第18期,引自闻一多《唐诗杂论》第110—112页,北京出版社2016年。

僻。但值得注意的是,前人称引的贾岛诗中较为典型的僻境大多不是释子习常惯处的古寺坏塔、山林禅房,而都是世俗生活的各种常见环境。如"集蝉苔树僻,留客雨堂空"[1],想象皇甫主簿休官后,原来留客的雨堂人去室空,只剩下蝉声聚集在长满青苔的树间,这就以幽僻的取景突出了县衙的寂寞。"归吏封宵钥,行蛇入古桐"[2],在长江县的廨署,他注意的是日落归去的小吏封存钥匙后,只有游蛇钻进古桐树洞的细节,可见此地的衙门是何等冷清。"债多平剑与,官满载书归。边雪藏行径,林风透卧衣"[3],则是借边郡大雪埋路、林风透衣的荒僻景色烘托出一个两袖清风的县令在任满后从容游历灵州的形象。"湿苔粘树瘿,瀑布溅房庵"[4],"萤从枯树出,蛩入破阶藏"[5],写的是诗人在长安的居所,周边却只见树瘿上粘着的苔藓,被瀑布溅湿的房庵,以及枯树中飞出的萤火虫,躲进破阶的蟋蟀,居处的僻狭冷落不难想象。同样,在乐游原西的李甘居处,他看到的不是门对曲江的胜景,而是"石缝衔枯草,查根上净苔"[6]。稍为僻远的是友人胡遇的新居:"移居见山烧,买树带巢乌。"[7]此地可见野火,树上还带着乌鸦窝,则居处周边都是荒地杂草自可想见。至于黄昏时路过"边烽"刚平息不久的山村,本来就"少四邻"的"山家"人烟寂寥,只见"怪禽啼旷野,落日恐行人"[8]的恐怖景象,也就不奇怪了。

从以上的意象选择可以看出,诗人所写的冷僻之景或为冷落无人的官舍,或为落魄友人的白屋,或为穷愁诗人的僻居,这些描写如果集中在一起看,便综合成贾岛与他的交游们日常的生存环境。这类僻境是本应有烟火气的长安,或是公务来往的县衙。然而在贾岛笔下,几乎与山居荒村大同小异,可见这就是他心目中的世间相。而生活在这个荒僻角落中的诗人,

---

[1]《皇甫主簿期游山不及赴》,《贾岛集校注》第364页。
[2]《题长江》,《贾岛集校注》第238页。
[3]《送邹明府游灵武》,《贾岛集校注》第97页。
[4]《寄魏少府》,《贾岛集校注》第422页。
[5]《寄胡遇》,《贾岛集校注》第333页。
[6]《访李甘原居》,《贾岛集校注》第169页。
[7]《酬胡遇》,《贾岛集校注》第367页。
[8]《暮过山村》,《贾岛集校注》第395页。

就像一只时时在"黄雀并鸢鸟"的迫害下"酸吟"的病蝉[1]，病蝉的形象也是对他在五古中自况的古道君子再次写照。同是为世俗所忌的困厄处境，在孟郊诗里往往表现为天地的狭窄感和君子不为世容的局促感，在贾岛的诗里则表现为茫茫九州内无处立足的幽独孤僻感，所以他把孟郊笔下刀剑林立的世道变成了荒寒幽寂的尘世一隅。

其次，"僻"字还有罕见、偏离常法等意思，前人论贾岛五律的"入僻""奇僻"，也常指其思路、句法的不寻常乃至僻涩。这主要表现在他以独特的构句处理景物组合关系的若干方式中。较多采用的一种是以常见语序组合性状不相伦类的意象，如"磬过沟水尽，月入草堂秋"[2]，本是回忆无可上人所居"僻寺"的环境，但上句用"过"和"尽"字写出磬声传过沟水便渐渐消失的过程，下句用"入"字强调月亮进入草堂之秋的动态，便突出了草堂被沟水阻隔、被秋色填满的与世隔绝之感。月为实体，秋为季节，以动词"入"字将二者组合，性状不相伦类，却颇有新意。"汀鹭潮冲起，舟窗月过虚。吴山侵越众，隋柳入唐疏"[3]，前两句写汀上白鹭因潮冲而惊起，舟中之窗因月过而见其虚明，捕捉了两个转瞬即逝的动态写出吴中夜泊的意趣，可见出其取象之僻。后两句以"侵"字写吴越两地山脉相连，仿佛是吴山侵入了越地；以"入"字写隋堤上柳树仿佛是因进入唐代才变疏，前句吴、越为地理概念，后句隋、唐为朝代概念，诗人以两个及物动词分别将二者组合成"侵入"的关系，则是动词和名词不相伦类的组合。像这样使用"侵"字的例子，还有"地侵山影扫"[4]，本意是扫地侵山影，读来却像是扫去侵地的山影，这就使虚体的影与实体的"地"因"侵"的组合而成为"无中造有"之境[5]。"夕阳飘白露，树影扫青苔"[6]，写诗人旅宿泥阳馆所见夕景，纪昀认为上句"恐是白鹭，然

---

[1]《病蝉》："折翼犹能薄，酸吟尚极清。""黄雀并鸢鸟，俱怀害尔情。"(《贾岛集校注》第301页)
[2]《寄无可上人》，《贾岛集校注》第127页。
[3]《送朱可久归越中》，《贾岛集校注》第113页。
[4]《送唐瑰归敷水庄》，《贾岛集校注》第179页。
[5] 方回评："'无中造有者'，扫'山影'之谓也。"(《瀛奎律髓汇评》卷二十三，第1003页)
[6]《泥阳馆》，《贾岛集校注》第240页。

白露不通,白鹭亦不佳"[1],其实此句本意为夕阳西下,白露飘洒,但用"飘"字将夕阳和白露组合,便像是说夕阳飘下了白露。加之下句写树影移过青苔,仿佛是"扫"地一般,根据两句对仗的句法基本相同的常理,夕阳也很容易被误解成是"飘"的主语,所以纪昀觉得不可解。"阳"字《文苑英华》作"阴",便较易理解。像这样因思路"入僻"而导致句意难解的例子,虽然构句语序正常,但往往因为故意使用某些动词使前后名词形成性状不类的组合而产生新奇的效果,但也难免有不通之虞。

贾岛五律造成奇僻的另一种方式是改变五言句正常的语词组合次序,形成罕见的句式结构,使意象连接的逻辑关系难以理解。最特异的是将句中加修饰语的主要意象置于句末,修饰语则由词组构成,使节奏为二二一的五言句式形成复杂含糊的语法关系。如"芽新抽雪茗,枝重集猿枫"[2]和"露寒鸠宿竹,鸿过月圆钟"[3],许学夷认为"最为奇僻,皆前人所未有者"[4]。前两句的句法结构是将单字主语放在最后,前四字均修饰主语,而且上句作为修饰语的"芽新抽雪"包含两个词组,还分两层颠倒,意为刚从雪中抽出新芽的茶。下句"枝重集猿"也分两层,意为因聚集猿猴而枝头变重的枫树。像这样复杂的构句在前人五律中确实极为罕见,但其实将前后词组颠倒过来,改成"抽雪茗芽新,集猿枫枝重",就成为正常语序了。"露寒"两句的结构粗看与此类似,但语序模棱两可,既可将"露寒鸠宿"和"鸿过月圆"视为分别以两个词组修饰"竹"和"钟",意为寒露中栖宿着斑鸠的竹丛,鸿雁飞过圆月时响起的钟声;也可以将"竹"和"钟"视为状语,意为斑鸠栖宿在竹丛里感到了夜露的寒意,鸿雁在钟声中飞过了圆月。这两句如与他的"羽族栖烟竹,寒流带月钟"[5]相比较,就容易理解其构句的差别,虽然"带月钟"三字兼顾水中月影和钟声,与"月圆钟"尚有不同,但"羽族"和"寒流"只是两个双音名词,"烟竹""月钟"也可视为带修饰语的双音名词,作为"栖"和"带"的宾语,

---

[1] 《瀛奎律髓汇评》卷二九,第1359页。
[2] 《送朱休归剑南》,《贾岛集校注》第412页。
[3] 《寄慈恩寺郁上人》,《贾岛集校注》第430页。
[4] 《诗源辨体》卷二五,第3328页。类似的构句还有"西殿宵灯磬,东林曙雨风"(《赠弘泉上人》)等。
[5] 《慈恩寺上座院》,《贾岛集校注》第355页。

语法关系比较简单清楚。而"露寒""鸠宿""鸿过""月圆"则是四个主谓结构的词组，因此"露寒鸠宿竹，鸿过月圆钟"两句结构的复杂也造成了其意象组合关系的费解。

他的名句"独行潭底影，数息树边身"[1]构句与以上数例相似，但又有变化："独行潭底"和"数息树边"分别修饰"影""身"，意为无可上人离开草堂寺后，只能回想他昔日映入潭底和倚树休息的孤独身影了。但也可以将"独行"和"潭底影"，"数息"和"树边身"分别视为动宾关系，理解为贾岛独自流连于上人昔日游息过的潭边树旁，这样包含两重意思，更能表达人去寺空的寂寞之感。贾岛在这两句下自注"二句三年得，一吟泪双流"，当指其用这种特殊句法体现其曲折构思的努力。而"写留行道影，焚却坐禅身"[2]的构句与此几乎相同，效果却大相径庭，诗人原意为柏岩和尚灭度，只留下他行道时的写真，而他昔日修禅的真身已经焚化。由于"坐禅身"是以静坐修禅的动作修饰"身"字，成为"焚却"的直接宾语后，不免造成错觉，所以欧阳修说"时谓烧杀活和尚，尤可笑也"[3]。以上四例从字面上看句法结构类似，各句末字都是带二字以上修饰语的主要意象，由于修饰语都由一个或两个主谓或动宾结构的词组构成，全句固然因为句意的浓缩而增加了表意的容量，但也容易形成模棱两可的语序和句法，甚至出现像"焚却坐禅身"这样前后意象搭配失当的现象。

也有的句子结构看似常见，但因状语置于动词之后与宾语不易区分，导致意象组合造成错觉，如"边日沉残角，河关截夜城"[4]，上句本意为边地的落日在号角的余音中下沉，但字面上变成"边日"使"残角"下沉；下句本意为河防要塞横亘在暗夜城楼之下，诗人为突出河关与夜城的前后层次感，用"截"字造成前者截断后者的错觉。"残角"和"夜城"应是状语，字面上却变成宾语。又如"长江人钓月，旷野火烧风"[5]，上

---

[1]《送无可上人》，《贾岛集校注》第119页。陈允吉先生认为"数息"应作坐禅计数鼻息之出入解。"独行"指禅家常说的"经行"。

[2]《哭柏岩禅师》，《贾岛集校注》第89页。

[3] 欧阳修《六一诗话》，《历代诗话》第269页。

[4]《送徐员外赴河中》，《贾岛集校注》第241页。

[5]《寄朱锡珪》，《贾岛集校注》第330页。火烧风是近代才命名的一种气候现象。此诗中仅指风助野火。

句中"月"本来是表示月下垂钓的状语,在句中却像是"钓"的宾语;下句中"风"也是表示风中野烧的状语,但在句中却成了"火烧"的对象。"钓月"固然富有诗意,"烧风"却不知所云。像这样过于浓缩的构句还可举出"野水吟秋断,空山影暮斜"[1],也是被许学夷称为奇僻的例子。从下句结构看,上句"吟"应作胡遇生前的吟咏来理解,在句中是主语,而"秋"字后置,又疑似"吟"的宾语,句法难解,所以《文苑英华》这两句作"野水秋吟断,空山暮影斜",令"秋吟""暮影"成为主语。然而贾岛的本意很可能还是以"野水""空山"作为地点状语,"秋""暮"作为时间状语,上句写眼前的野水令人想到胡遇的吟声已在秋天中断;下句写祭吊者独对空山,身影在日暮时变斜,既突出凝立的时间之久,又使水声与吟声有所照应,从而增加更多的联想。

　　以上几种五律构句方式其实也体现了贾岛在意象组合方面刻意求新的思路,尤其是看似不相伦类不合逻辑的意象组合,与他早年的五古颇有相通之处。只不过因为五律的构句与古诗不同,五个字之内的语序可以不按正常语法逻辑安排,字词搭配有较大的自由度,这就给了他以罕见句法处理意象组合的更多空间。但词语组合离常法过远,也容易造成僻涩之病,所以许学夷又说贾岛"句多奇僻,即变体不可为法"[2]。可见贾岛思路从五古的求奇到五律的入僻,从创作原理来看,都与他打破意象组合和构句常见规律的意图有关。五古因其句意相生相续、不能随便改变语序的规则,决定了不相伦类的意象组合往往会产生不合逻辑的怪异之感;而五律对意象组合和构句语序的大胆变化,则往往会产生出人意料的新奇效果,不仅能体现贾岛"特予事物理态毫忽体认"[3]的敏锐,而且能以紧凑多变的结构突显和强化正常语序所难以表达的复杂感受。或许贾岛正是发现了五古和五律的这种差异,才由五古转向,选择了更适合于拓展其独特思路的五律。

　　此外还应指出的是,虽然贾岛五律的许多构句不免僻涩,但也有不少句调顺畅如五古,如《易州过郝逸人居》全首句意的连贯在唐人五律

---

[1] 《哭胡遇》,《贾岛集校注》第157页。
[2] 《诗源辨体》卷二五,第3328页。
[3] 《重订中晚唐诗主客图》引《深雪偶谈》评,第182页。

中极为罕见:"每逢词翰客,邀我共寻君。果见闲居赋,未曾流俗闻。也知邻市井,宛似出嚣氛。却笑巢由辈,何须隐白云。"[1]像这样密集使用虚字句头勾连上下句的写法,就是在七言歌行和五言古诗中都不常用。尤其值得注意的是,贾岛还善于在流畅的句调中以不同词类属对。《文镜秘府论》在《北卷·论对属》中指出:"故援笔措辞,必先知对,比物各从其类,拟人必于其伦。""苟失其类,文即不安。"[2]因而对偶应"指类而求"[3],是南朝到中唐人的共识。贾岛却有不少律对不遵此规,这也与他早年的五古创作习惯有关。像"树林幽鸟恋,世界此心疏"[4],"鹤似君无事,风吹雨遍山"[5],"还如旧山夜,卧听瀑泉时"[6],"身事岂能遂,兰花又已开"[7],对句词义均非同类,有的只是半句对。还有不少诗首四句连成一串,如"石楼云一别,二十二三春。相逐升堂者,几为埋骨人"[8],"二千余里路,一半是波涛。未晓着衣起,出城逢日高"[9],"东游谁见待,尽室寄长安。别后叶频落,去程山已寒"[10],"一瓶离别酒,未尽即言行。万水千山路,孤舟几月程"[11],等等,颔联之句意只求与首联相因相续,虽然流畅,却都突破了对属"并须以类对之"的一般规则[12],相比"假对""异类对"的非类相对,词性事义之间的差别更大[13]。

---

[1] 《贾岛集校注》第340页。
[2] 遍照金刚《文镜秘府论》第228—229页,人民文学出版社1980年。
[3] 《文心雕龙注·丽辞》,第589页。
[4] 《孟融逸人》,《贾岛集校注》第229页。
[5] 《寄山友长孙栖峤》,《贾岛集校注》第282页。
[6] 《雨夜同厉玄怀皇甫荀》,《贾岛集校注》第155页。
[7] 《病起》,《贾岛集校注》第291页。
[8] 《黄子陂上韩吏部》,《贾岛集校注》第136页。
[9] 《送李戎扶侍往寿安》,《贾岛集校注》第335页。
[10] 《送杜秀才东游》,《贾岛集校注》第151页。
[11] 《送耿处士》,《贾岛集校注》第149页。
[12] 《文镜秘府论·北卷·论对属》谓除了"反对(事义各相反)"以外,"并须以类对之",但"反对"的事义其实也是按同类性质匹配(第225页)。
[13] 《文镜秘府论·南卷·二十九种对》"异类对"(第107页)以及"假对"(第120页)所举例子,对属事类虽有小异,但事义大致相近,词性也相同。贾岛的对仗有时连词性都不同,如上举"树林"二句,"鹤似"二句,"还如"对"卧听","相逐"对"几为","未晓"对"出城","别后"对"去程",等等。也有词性相同而事义全不相及者,如"身事"对"兰花","着衣起"对"逢日高"之类。古代已有一些论者看到这些对句用字不切甚至不可对的现象,但褒贬不一。

这其实也是意象组合不相伦类的思路在律对中的一种表现，与其以古行律的句法倒是相得益彰，从中不难见出五古的某些影响。

　　总而言之，贾岛五古从学习孟郊入手，把握了孟诗体式的特点和常见的思路，同时在此基础上发展出自己的特点，善于将性状、体量相差悬殊的意象组合在一起，追求出人意料的效果。但这种生峭怪异的思路在要求顺序构句的古诗中难有拓展的余地，在容许不按正常语法逻辑构句的五律中却有自由发挥的空间。尤其在他所熟悉的荒寂澹冷的环境中，通过对事理物态的细致观察，借助构句方式的变化和意象不相伦类的组合，能充分表现出诗人对生存处境和世间相的独特感悟，这就导致其五律形成了清绝幽僻的特色。因此贾岛五古和五律诗风的不同，也与其由奇入僻的理路在两种诗体中不同的表现方式有关。

# 小结　关于奇险诗艺术表现的若干思考

韩、孟、李贺等诗人的个人风格鲜明奇特，粗看彼此差异较大，因而也有不少研究者质疑把他们划为一派是否妥当。但是如果将天宝、大历年间到元和年间的古诗尚奇之风作为唐诗史上的一个创作现象来看，不但可以从其艺术表现中归纳出以下几方面的共同特点，而且还可以提出一些值得进一步思考的问题。

## 第一节　奇险诗的诗意来源和内在的悲剧美

如果说西方现代美学认为"奇异的总是美的"[1]，那么在中国诗学中，"奇"却是一种不稳定的广义的审美范畴。用"奇"字和不同的语词相配，可以形容褒贬含义不同的风格。一般论奇险诗人的群体特色，主要以韩愈的奇而豪、孟郊的奇而苦、卢仝的奇而俗、李贺的奇而丽、贾岛的奇而僻这几种为代表，前代论者无论赞誉还是批评，都不否认他们的奇险是中国诗歌史上出现的新风格。尽管就意象的奇险而言，有谢灵运在先；就想象的奇险而言，有李、杜在先，甚至韩愈都认为自己的"百怪入我肠"是追

---

[1] 布莱顿《超现实派宣言（1924—1942）》："超现实派层更适合于产出最美的画面。奇异的总是美的，尽管它多么非真实在；它美，只是由于它是奇异的美。"（见宗白华译《西方美术名著选译》第157页，安徽教育出版社2000年）

步李、杜，但历代的评价大多将这一群体的诗风视为一种前所未有的特异现象。在韩、孟之前，与清奇、雄奇、瑰奇组合在一起的"奇"是受到交口赞誉的。因为这类"奇"多见于盛唐诗，不但保持着传统的诗意美，而且是构建盛唐壮丽雄浑之诗风的重要元素。而韩、孟等诗人的"奇"多与险怪、艰涩、生硬结合在一起，突破了人们对"奇"的审美期待，常常被批为缺乏诗意，甚至有的论者还认为韩愈不懂诗。前人的许多争议归结到一点，就是如何从诗的本质去理解奇险之美。换言之，这些奇险诗中的诗意何在？

盛唐诗以天然壮丽、清新闲雅为特征的诗意美，为后代诗歌确立了极高的审美标准，这种美的产生与盛唐诗人从容平和的心态以及乐观开朗的时代氛围直接有关。盛唐诗人固然也有命运不公的愤懑、仕途失意的不平，但因身逢盛世，对时代还抱有幻想，又往往能在大自然中消解政治的块垒，借佛教和道教的信仰逃避世俗的压力。因而他们可以在人与天、心与物之间保持一种平衡的关系。后人欣赏的是他们将英雄意气与历史观照相结合的豪情，以及将自我融入山水之后的妙悟，无论得意还是失意，都能在万物变化的规律中审视自我，摆落尘滓，发为高唱。让微渺的寸心流入时空的无尽，使诗歌中充满心灵与宇宙的和声，是其诗意和灵感的来源。李白也是一样，只是其视野更宏阔，更夸大了自我和天道的和谐而已。由于将盛唐的诗意美奉为圭臬，历代诗论尤其是宗唐派才有了批评盛唐以后各类不同诗派的主要参照系[1]。

中唐奇险诗显然是与盛唐诗完全相反的审美类型，因而最容易触发传统批评对于这类诗有无诗意的质疑。以韩、孟为代表的奇险诗人胸中充溢着的诗情，来自实现个人生命价值的强烈渴求，以及因命运坎坷而产生的与天地抗争的张力。他们固然也有与盛唐诗人同样的建功立业的壮志豪气，但在颓世末俗的重压下，理想的高调往往被扭曲成悲愤的浩歌，乃至无奈的泣诉和阴郁的怨叹。佛教和道教既然都被视为施行古道的障碍，又使他们不可能像盛唐诗人那样借山水澄怀观道，在方外之游中放空身心。只有

---

[1] 关于历代诗论的审美标准之争，参见拙著《杜诗艺术与辨体》绪论。

他们所坚持的儒家古道,虽然只是幻想,却因在中唐士人中得到前所未有的强调和倡导,能给他们抵制世俗的精神力量。也正是凭着对"道"的信念,这些诗人仍然具有讴歌理想的浪漫情怀。于是,行道的抱负无法实现的深刻痛苦,以及高才与卑位的巨大反差更激发了这一群体对自身境遇的高度敏感。有限生命只能虚耗的无情事实,象征社会险恶的自然景观,俯瞰人间变迁的空中视野,乃至所有日常生活中的饥寒病痛,都会令他们在真与伪、善与恶、正与邪、曲与直、清与浊的强烈冲突中获得激情和诗意,进而在极端的对比中触发奇特的想象。

其实奇险诗人的命运,并非中唐这个时代所特有。倘若往前追溯,自汉魏以来,不知有多少士人在悲惨的境遇中沉沦。只是他们所遭受的社会重压和生命痛苦,除了左思、鲍照和卢照邻等少数诗人曾经有过激愤的表达以外,在中唐以前还未形成有影响力的群体的悲歌。中唐奇险诗人作为一个群体出现在诗坛上,其最突出的特点便是"皆以正直而无禄位,皆以忠信而久贫贱,皆以仁让而至丧亡",元结对《箧中集》诗人的这段概括也正可说明贞元、元和年间围绕在韩愈周边的这群"贞苦士"的共同遭际。功名失意对他们而言,从大处说,关系到贤人君子不能"补元化""复天术"的国家大计;从小处说,则关乎个人的生活条件没有保障的生存困境。因而他们要求改变命运的迫切性,以及与世俗对立的尖锐性都远远超过前代的失意诗人。

在走投无路的处境中,只有作诗才能证明他们的人生价值。所以孟郊、李贺等都以极端的方式提升了诗在自身生存处境中的意义。诗是他们的生命,也是他们的全部日常,更是他们无法摆脱的宿命,虽然明知"诗人业孤峭,饿死良已多"[1],仍然"倚诗为活计","诗饥老不怨"[2]。诗固然令他们因文字而穷困潦倒,被世俗嗔骂嫉妒,却也帮助他们与古人心灵相通,让他们在"摆造化"的奇思中获得"心放出天地"[3]的解脱。更重要的是,

---

[1] 孟郊《哭刘言史》。《吊卢殷十首》其一也说:"诗人多清峭,饿死抱空山。"(《孟郊诗集校注》第500、502页)
[2] 《送淡公十二首》其十二,《孟郊诗集校注》第387页。
[3] 《奉报翰林张舍人见遗之诗》,《孟郊诗集校注》第340页。

诗能为他们的生命增添光辉，消解死亡的哀伤："有文死更香，无文生亦腥。"[1]生命有无意义取决于有无诗文，诗文的意义更超越生命的存在。所以这群诗人都像孟郊的诗友卢殷那样，"至亲唯有诗，抱心死有归"[2]，一生以诗养生送终，诗是他们唯一的至亲，也是他们心灵的最后归宿。可以说，在这个群体出现之前，诗歌史上还没有任何诗人对于诗歌与生命的关系做出过如此痛切的表述。这种甘愿为诗耗尽一生心血和生命的创作激情，已经与一般诗人的吟咏情性不能相提并论。无论是孟郊的"刿目钵心""掐擢胃肾"[3]，还是李贺的"要呕出心乃已"[4]，都不仅仅是呕心沥血地苦吟而已，而是用自己的生命在作诗。正因如此，他们上天入海的奇思妙想看似"虚荒诞幻"，却都是耗尽元气对现实和命运的激烈抗争，以及对正义和直道的徒然坚持。这就令他们的诗歌从文字深处透射出这些诗人生存的不幸和理想的幻灭感，以及明知要为古道牺牲却始终不肯放弃的顽强精神，因而其本质是真和美的追求和毁灭，这种由诗人宿命所带来的深刻的悲剧美能给人以震撼、感动以及巨大的冲击力，既不可能为险怪的意象所损害，也不是艰涩的声调所能掩盖的。这正是中唐奇险诗无可替代的艺术魅力所在。

## 第二节　天人对应的思路和"笔补造化"的创意

　　天人和谐原是初盛唐诗人的重要理念，也是盛唐诗以和谐为美的原因。天即造化，亦即无意志的自然之道。中唐以前一些命运坎坷的诗人对天道即使有过种种怀疑，还是认为个人的时命终究无奈于大运和大化，于是最后总是归结到顺化委运。例如卢照邻虽曾质疑"古之听天命者，饮泪含声而就死"[5]等诸多现象，甚至控诉"天道何从，自古多邛"，最后还是

---

[1]　《吊卢殷十首》其十，《孟郊诗集校注》第504页。
[2]　《吊卢殷十首》其四，《孟郊诗集校注》第502页。
[3]　《贞曜先生墓志铭》，《韩昌黎文集注释》下册，第141页。
[4]　李商隐《李长吉小传》，《李贺诗歌集注》第7页。
[5]　《释疾文·悲夫》，卢照邻著，李云逸校注《卢照邻集校注》第262页，中华书局1998年。

认为"彼山川与象纬，其孰为之主司，生也既无其主，死也云其告谁？"既然天地生死无人主司，那么只能以"何必拘拘而踽踽，可浩然而顺之"自解[1]。陈子昂将两晋"尧禹道既昧，昏虐世方行"的乱象，归因于"天道与胡兵"，却也只能感慨"大运自古来，旅人胡叹哉"[2]。他也曾像后来的奇险诗人那样，深感在"时俗颓此风"的时代，"骨鲠道斯穷""世道不相容"[3]，然而又认为"群物从大化，孤英将奈何？"[4] 在"时弃道犹存"[5]的情况下，不得不"探元观群化，遗世从云螭"[6]。李白同样批判"浇风散淳源"[7]"交道方险巇"[8]的现实，自叹"良宝终见弃""直木忌先伐"[9]，但认为"天地至广大"，"所贵旷士怀，朗然合太清"[10]，只要自己怀抱旷达，就可以与天相合，心中朗然。尽管他们笔下骨鲠直士不容于薄俗世风的境遇与中唐奇险诗人如出一辙，但是最终都能在大运大化的思考中，通过自我澡雪精神来求得内心的平衡。

中唐奇险诗人虽也有过遗世归隐的牢骚，偶尔还有过登仙的幻想，却罕见委顺于化迁的自我开解，更多的是怨天尤人的哀叹。在他们看来，天道运化是有意志的，天公不但不明是非，欺软怕硬，而且在多数情况下专与贤人君子作对。孟郊将陆长源死于乱兵看成是"正直神反欺"[11]，还因韩愈的无辜被贬而质问上苍："何言天道正，独使地形斜？"[12] 连弃妇的不幸也被他归咎于"如何天与恶"[13]，总之人间的一切不平都可溯源到"是天

---

[1] 《释疾文·命曰》，《卢照邻集校注》第 276—281 页。"邛"，病也。
[2] 《感遇三十八首》其十七，陈子昂著，彭庆生校注《陈子昂集校注》第 79 页，黄山书社 2015 年。
[3] 《感遇三十八首》其十八，《陈子昂集校注》第 84—85 页。
[4] 《感遇三十八首》其二十五，《陈子昂集校注》第 103 页。
[5] 《感遇三十八首》其三十，《陈子昂集校注》第 121 页。
[6] 《感遇三十八首》其三十六，《陈子昂集校注》第 141 页。
[7] 《古风五十九首》其二十五，《李太白全集》第 122 页。
[8] 《古风五十九首》其五十九，《李太白全集》第 155 页。
[9] 《古风五十九首》其三十六，《李太白全集》第 134 页。
[10] 《设辟邪伎鼓吹雉子斑曲辞》，《李太白全集》第 239 页。
[11] 《乱离》，《孟郊诗集校注》第 107 页。
[12] 《招文士饮》，《孟郊诗集校注》第 175 页。
[13] 《尧歌二首》其一，《孟郊诗集校注》第 104 页。"与"，助也。

产不平","是天生不清"[1]。卢仝则直截了当指斥"而来天地不神圣,日月之光无正定"[2],他讽刺"天门九重",是"夜叉守门",一动关锁就会导致地上"性命血化飞黄埃"[3]。所作《月蚀诗》和韩愈的《月蚀诗效玉川子作》都借月食的天象尖刻地挖苦天公的眼睛被妖蟆吞食,以致"天公行道何由行"[4]。韩愈甚至因孟郊连失三子而说"吾将上尤天","问天主下人,薄厚胡不均?"[5]李贺更认为天公也怕毒兽噬咬,才造成历代"佩兰客"纷纷屈死,因而激愤地喊出"枯荣不等嗔天公"[6]!他们非但不可能像前代诗人那样顺从大化,与天冥合,反而将天道不公视为贤人君子时穷命穷的根源。从这个意义上说,"天"已经包含了君臣之道、浇风薄俗等等许多社会人事的复杂因素,与初盛唐诗人们心目中无意志的"大化"内涵迥然有别。

  天道既然是如此不正不明,由元气生成的圣贤君子当然有责任出来除弊去疴,为天地补充元气,使天道有动力正常运行。贞元、元和年间"贞苦士"们所提出的"补元化"正出于由贤人君子来恢复天道的政治理想。这种天人对立的立场表述也是他们在艺术想象中处处以天人相对应的出发点,因而自然形成前代诗人从未有过的一种创作理念。所谓"补元化",就是要充分发挥超现实的想象力,以"胚胎造化"的宏阔视野指顾万象,摆弄造化。这固然离不开"鬼神仙灵""蛟龙风雨""天根月窟"这类早在杜甫及顾况等大历诗人的奇想中就已经出现的意象,但是韩、孟等诗人出于"斡玄造"的理念,对这些意象的调遣方式已和前人迥然不同。那么他们如何将天宝、大历以来在道教影响下出现的神仙想象的变异趋势转化为"笔补造化"的表现艺术呢?

  杜甫在超现实和现实之间穿越的联想方式已开大历诗歌之先,中唐前期诗人进一步发展了神仙想象世俗化的趋势。其想象方式的基本特点是根

---

[1] 《自叹》,《孟郊诗集校注》第114页。
[2] 卢仝《与马异结交诗》,《全唐诗》第4384页。
[3] 卢仝《忆金鹅山沈山人二首》其二,《全唐诗》第4382页。
[4] 卢仝《月蚀诗》及韩愈《月蚀诗效玉川子作》均有此句,《韩昌黎诗系年集释》上册,第762页。
[5] 《孟东野失子》,《韩昌黎诗系年集释》上册,第675页。
[6] 《野歌》,《李贺诗歌集注》第312页。

据现实生活的逻辑去建构神仙世界。仙境就在山林洞府，神仙随时出没人间，加上将道经故事和历史典故还原为现实情景，都使原来虚无缥缈的神仙世界落到实处，与凡俗生活场景相互交融。当然，这种世俗化的结果只是使神仙变得更加可信、更深入人心而已。在这类想象中，天界始终是可以让人逃避世俗污秽和生命痛苦的理想去处，所以中唐有部分文人视入道为生命的最终归宿。而"贞苦士"的代表诗人均视道教为愚妄欺谩之邪说，自然不可能从信仰道教的角度去接受大历、贞元诗中的神仙世界。但是他们从儒家"天人合德""天人同道"的理念出发，将人的意志赋予本无意识的天，巧妙地吸收并改造了大历、贞元诗中按人间社会秩序建构神仙世界的想象方式，发展了天人对应的联想思路。只是各家的创意又因关注重点的差异而有所不同。

  韩愈历经贬黜，熟知官场黑暗；卢仝穷究遗经，忧心时事，他们将上帝写成慵怯无能、纵曲枉直的君主，将天地诸神都写成一群肆意妄为、玩忽职守甚至怙恶不悛的官僚，日月星辰不但像人间一样秩序混乱，而且颇多搬弄是非的小人，从而使上古神话乃至道教传说中的神仙形象个个具备世情俗态，从不同角度证明了唯有贤人君子才具有"补元化"的德行和能力。孟郊久困于科场仕途，对俗流谗毁的险恶有特别痛切的感受，所以他将大地上的山河险阻都视为恐怖的囚笼地狱，无论高峡、长江，还是太行、黄河，都耸立着刺天的利刃，露着吃人的牙齿，翻滚着腥毒的浊浪。连庭院里的秋月寒风也带着锋利的刀剑，窗外竹林的磨戛犹如鬼神的私语。而这一切人世间的凶险邪恶最终都被他归因于天道助恶。李贺对天人关系的处理则因角度不同而多有变化，他让古来传说中的仙人们集中在天宫，过着耕烟种草、步拾兰苕的美好生活，与污浊的俗世遥相对照；又采用韦应物、顾况等人游仙诗中由天上回望人间的视野[1]，置身于天汉，俯瞰九州如烟点、东海如杯水的下界，使时空的永恒与尘世的短暂之间对比更加直观鲜明。但因诗人命运的"屈穷"，他心目中的天公同样是畏惧强权和恶势力的。与孟郊笔下的险山恶水不同的只是，他门外的世界，或者猛兽毒龙当道，或者无形罗网四张，以

---

[1] "上游玄极杳冥中，下看东海一杯水"（韦应物《王母歌》，《韦应物集校注》第563页），"下看人界等虫沙，夜宿层城阿母家"（顾况《曲龙山歌》，《顾况诗注》第266页）。

致"佩兰客"只有登天消灾之绝路。总之,在这些诗人的奇想中,天人对应的联想思路大体一致,只是往往因触发点的不同而变换天与人的对照方式,或以人间乱象比拟天道运行,或以世路险恶投影于山川江湖,或因男儿命穷而怨恨天公怯懦,虽然都活用了前人诗中已经出现的以现实生活逻辑表现超现实世界的原理,但想象的丰富奇特、寓意的深刻锐利都是大历、贞元诗中根据道经演绎的神仙故事所不能企及的。

由于"笔补造化",这些诗人不再在欣赏自然中寻求诗情画意,而是在胸臆中重构万象,任何景物的描写都投射出诗人强烈的主观感情乃至个性色彩。如韩愈笔下的南山,评者历来赞其险语叠出,铺陈繁富,却很少见及此诗在极力形容造物之伟力的同时也寄托了诗人胸中"刚耿陵宇宙"的浩气。其中连用五十多个"或"字,也是为了以人间百态比拟登高眺望所见各条山脉的姿态,从南山的雄壮瑰奇体悟出天道应有的运行秩序与人道的伦常纲纪,体现了韩愈独有的气魄襟怀。又如孟郊笔下的秋景,冷月如飞剑刺人,秋露如冷泪涕洟,秋风如梳理病骨,秋虫如干号酸呻,秋草如老叟枯发,秋桐如世人霜颜,处处都突现出诗人自己贫病交加、衰弱凄苦的形象。又如李贺笔下的昌谷北园,一夜抽出千尺的嫩竹,寄托着诗人告别池泥的大志;千万竹叶的露滴烟啼,是无人能见的诗人之泪。而他居处的柴门,车辙被冻;黄昏的榆影,分外消瘦;连春阳和气也与诗人一样因苦节而变得皱眉蹙额。正因为天地万象可以随诗人"指顾""回旋",经过诗人"胚胎"的造化便无不显示出诗人的喜怒哀乐,于是客观自然的"天"在他们诗里便与诗人自己的个性面目合二为一了。这也是导致奇险诗人虽然思路一致,却各有其鲜明特色的重要原因。

总之,为"笔补造化"的创作理念和表现艺术所主导,奇险诗人极少像盛唐诗人那样体悟在大自然中的适性之乐,也从不会在静照山水的"坐忘"中领略沉冥之趣。万象只会让他们处处触发人生的感慨,产生各种未经人道的奇情苦思。而他们为弥补造化欠缺所创造的各种奇观,或者经过心灵滤镜的变形,或者是感觉过敏的反应,都不求精确呈现客观真实的外部世界,其笔补的"造化"只是"人"借以自我表白的"天",但都达到了人巧极而天工错的境界。

## 第三节　深层感觉的综合和印象的再造

奇险诗的作者是一群心理特别敏感的诗人，由于境遇的坎坷、地位的卑贱，他们不但对社会的不公和压力具有异乎寻常的强烈反应，而且对生命的短促和时光的流逝，尤其是身体衰老和疾病的感觉分外锐利。因而在诗歌中通过印象来表现外来刺激和感官反应之间的关系，成为这个群体特别是韩、孟、李三家共同的特点。

按心理学的观点，人类通过对客观事物的各种感觉认识到外部世界的各种属性。感觉可以分为两大类：第一类是外部感觉，有视觉、听觉、嗅觉、味觉和肤觉五种；第二类感觉是反映机体本身各部分运动或内部器官发生的变化，有运动觉、平衡觉和机体觉。这些感觉都是介于心理和生理之间的活动。知觉在感觉的基础上产生，是对客观事物的各种属性进行综合和解释的心理活动过程。从心理学来定义感觉，感觉和知觉都包含在内，并分为浅表感觉和深部感觉两大层次。笔者借用"深部感觉"这个概念，改成"深层感觉"，意在表达奇险诗歌中出现的一种新现象，即视觉、听觉以及嗅觉、味觉等浅表感觉经过心灵底层的主观意识改造变形，由直接感知变成人为表现，尽管多数仍然以表达浅表感觉的词语显示出来，但所表现的已经是经过诗人心灵再造的印象，有的甚至是难以名状的深层感觉的综合。

由于诗歌以感性为主要特质，诗人对万物应具有常人所不及的敏锐感觉。然而中唐以前的诗歌反映外部世界主要以精确描绘事物的形状轮廓、细节动态、色彩层次等可视可听的形象为主，追求直观鲜明的画面美，固然有诗人主观的因素参与，但以"形神兼备""情景交融"为最高境界，也就是说这种感觉经验的表述无论怎样美化、剪裁、加工，基本上仍是客观事物的再现，一般不违背自然的原始真实性。而奇险诗人在很多情况下要表现的不是客观事物的本来面貌和性质，而是他们对这个世界的感悟和理解。因而他们笔下的印象虽然大多仍然是可以名状的，却不符合事物的原始真实面目。形成这些印象的表现手法大约有以下几方面：

一是在物象固有色的基础上夸大色彩的强度，突出其中一种色调，或者几种色调的对比，将纯视觉这种浅表感觉融入诗人心底的深层感觉，使之能充分表现诗人的某种感触或情绪，这类表现往往见于色彩强烈的可视性印象。比如韩愈写江陵城里繁盛的李花，夸张李花之白竟然照得黑夜亮如白昼，致使群鸡早鸣，官吏惊起。一般视为善于体物之语，但这并非简单的夸张，因为他笔下展示的李花宛如夜幕中"波涛翻空"般流逝的光波，很快就与朝阳的"朱辉青霞"连成一片，这就在光色印象中融入了盛年易衰的身世之感。结尾的"不忍虚掷委黄埃"正点出诗人唯恐在江陵虚掷光阴的恐惧。此外，他描写青龙寺中季秋的柿林，不但红得燃云烧寺，而且在日光交映中闪烁着壁上的神鬼。这样一幅涂满赤红色的画面，构成色调浓郁而怪异的秋天印象，同样包含着他对政治前景明暗难料的隐忧，因而后半首诗对于贬谪途中险山恶水的记忆，以及其中"须知节后即风寒""当忧复被冰雪埋"的无常感，正是综合了前半首印象中的深层感觉。李贺《雁门太守行》被研究者指出像"印象派的绘画"[1]，也是因为全诗强化了黑色、金色、暗紫色和红色这几种浓重色彩的对比，融入了诗人心底深处对于战争的紧张惨烈气氛的深层感觉。《新夏歌》中"天浓地浓柳梳扫"以柳条梳扫天地的浓绿色概括初夏印象，则是将初夏时草木色泽转深给人带来的沉静感夸大到遮天盖地的程度。《感讽》其三中"月午树立影，一山唯白晓"[2]，描写月色皓然如晓，树影当午直立，只在一山惨白的底色上勾画几道黑色竖线，已经近似只用平面和横线直线构图的几何抽象派画风，却表现了南山夜半鬼气森森的氛围在诗人心灵中的深刻印象。

二是从诗人对世事的认知中，提炼出某种感触，概括在一个鲜明奇幻的虚拟场景之中，使之成为一种富有暗示性的可视性印象。如韩愈的《昼月》将上古以来关于月亮的传说加以丑化，把白天出现的月亮写成一个沾了泥土没有磨过的玉碗，又像是补在青天窟窿上的一块白石。兔子药白被藏，蟾蜍缩起肚子，桂树枝叶枯萎，嫦娥关住门户，既写出了昼月上阴影模糊的视觉感受，又在这呆滞暗淡的印象中暗藏着"阴为阳羞固自古"的

---

[1] 陈伯海《李贺与印象派》，《上海师范大学学报》1981年第4期。
[2] 《李贺诗歌集注》第157页。

寓意。孟郊《灞上轻薄行》，将诗人对长安道上人人为名利奔走的鄙视以及自己同样为功名白头的无奈，化为暮色中众人在灞浐之间疾走的一幅人物群像，突出了诗人被裹挟其中边走边长出白发的奇特印象。《楚怨》将屈原生前"制芰荷以为衣"的高洁品质与其自沉汨罗的遭遇结合起来，幻化出秋光入水、照着屈原之魂手持绿荷涕泣的场景。《连州吟》中韩愈从连州的来信在孟郊手里变成白云明月堕入衣襟的奇幻情景，其实是逐客从万里之外寄来的一片心所化，让人联想到李白的"浮云游子意""我寄愁心与明月"等许多诗句。《答卢仝》中由"前古后古冰"堆积而成的冰山千石槎牙，"闪怪""异状"，令人想到"踏雪僵"的"诗孟"与冰山同样昂藏的气势。而春天破冰涌出的百道飞泉，又令人想到诗人能"倾海宇"的文思。其实这样一座魔幻的冰山造型已经很难确定寓意何在，可引发多种猜想[1]。李贺《长歌续短歌》中诗人在四月的春夜沿着石峰寻找明月的情景，看似游山赏月，但明月忽上忽下似与人捉迷藏的怪异动态，却蕴含了人无法与月"永结无情游"的生命思考。《秦王饮酒》中秦王骑虎巡游八极，剑指碧空，鞭日叱月，扫平劫灰，形象被放大到凌驾于时空之上的极限，却在醉宴至夜半之时泫然泪落，非现实的场景暗示着即使伟人也不能令时光倒转的无情现实。这些陌生惊人的印象虽然像比喻和象征那样，包含着寓意性的观念，但并非某种有明确指向的喻义，而只是诗人内心深处感慨和情绪的综合，场景和画面的强烈效果主要来自感觉的凝缩，可令读者在会心之时又浮想联翩。

三是当浅表感觉不足以表达内心的强烈感受时，或通过不同感觉的转换，或以某种锐利的深层感觉替代一般的浅表感觉。为学界所乐道的"通感"，就属于这种表现手法。李贺和韩愈都因善于运用不同的感觉转换方式而各有名篇。李贺的《李凭箜篌引》形容乐声幽咽时如秋日芙蓉泣露，其声明丽时如春天香兰含笑，是将听觉感受转化为视觉感受。而长安十二门冷光都被乐声融化，而且乐声还震破了女娲昔日补天之处，以致秋雨骤

---

[1] 孟郊有时以冰雪隐喻世道冷酷，如"冰场一直刀，天杀无曲情"（《饥雪吟》，《孟郊诗集校注》第131页），"古镇刀攒万片霜，寒江浪起千堆雪"（《有所思》，《孟郊诗集校注》第54页）；有时以冰雪形容文章之高洁，如"一卷冰雪文，避俗常自携"（《送豆卢策归别墅》，《孟郊诗集校注》第352页）；有时以冰雪形容风骨，如"燕本冰雪骨"（《送淡公十二首》其一，《孟郊诗集校注》第386页）；等等。

降，这又是赋予听觉以身体才能感知的热度和力度。《秦王饮酒》中"羲和敲日玻璃声"则是从太阳如玻璃圆盘般明亮的视觉感受转换成敲玻璃的听觉感受。韩愈的《听颖师弹琴》将高亢的琴声模拟为勇士轩昂赴战场的英姿，以天地间飘荡飞舞的浮云柳絮形容琴声的回旋飘扬，又以百鸟喧啾烘托出凤凰孤高的姿态，渲染乐曲达到高潮的境界，既有听声类形的视觉印象，又有离形得神的写意之笔。而"跻攀分寸不可上，失势一落千丈强"更是活用了《乐记》所说"歌者上如抗，下如队（坠）"[1]的说法，将听觉转换成身体"抗""坠""攀""落"的运动感，真切地表现了琴声的刚柔疾徐、上下高低，以及诗人由音调节奏的起伏抑扬与人生的坎顿浮沉之间的某种共通之处而产生的心灵感应。

奇险诗人中感觉最为敏锐的诗人是孟郊和李贺，两人转换感觉的表现方式各尽其妙。孟郊善于用触觉取代视觉和听觉，如"秋月颜色冰"[2]，以冰冷的肤觉替代月色皎洁的视觉，"秋月刀剑棱"[3]，"病骨可剸物"[4]都是以刀剑之锋利感替代秋月冷洌或病骨枯瘦的视觉。有时也以另一种物体的质感形容听觉感受，以表达难以言传的心理感觉。如"老虫干铁鸣，惊兽孤玉咆"[5]，虫鸣、兽咆与铁和玉联系在一起，主要是取铁和玉坚硬冰冷的质感，以表现秋声在内心的干冷之感。至于以人之心声形容自然之声，更是多见，如"商虫哭衰运，繁响不可寻"[6]，秋虫鸣叫，如人哭衰运；"梧桐枯峥嵘，声响如哀弹"[7]，风吹梧桐，如枯琴哀弹；"百虫笑秋律，清削月夜闻"[8]，虫声清峭，如笑秋天：这类诗例不胜枚举。李贺更重在综合调动视觉、听觉、味觉、嗅觉、触觉等多方面的浅表感觉，描写景物的各种动态尤其是春秋季节变换的细微感觉，深度发掘人对外界环境

---

[1] 《礼记集说·乐记》，第222页。
[2] 《秋怀十五首》其二，《孟郊诗集校注》第159页。
[3] 《秋怀十五首》其六，《孟郊诗集校注》第160页。
[4] 《秋怀十五首》其五，《孟郊诗集校注》第160页。
[5] 《秋怀十五首》其十二，《孟郊诗集校注》第161页。
[6] 《秋怀十五首》其七，《孟郊诗集校注》第160页。
[7] 《秋怀十五首》其二，《孟郊诗集校注》第159页。
[8] 《奉报翰林张舍人见遗之诗》，《孟郊诗集校注》第339页。

的心理感应,表现难以名状的气息和印象。甚至将自己的内心感觉转移于物象,使虚构的情景变得逼真。如"湿萤满梁殿"[1],细小的萤火虫本来无法感知其"湿",但将荒废的旧宫中湿气满殿的感觉表达出来,便令人想见殿中已经长满腐草的景象[2]。又如"玉轮轧露湿团光"[3],月轮因为碾压着露水在空中向前转动,致使团团光晕也被浸湿,这同样是诗人将满天雾露的湿润感转移于月。"东关酸风射眸子"[4],风无所谓"酸",风吹眸子觉得酸涩,是铜人所感,也与其内心酸痛有关。因而"酸"字既是移情,也是感觉转移。可见李贺既能将难以描画的感觉写得鲜明可感,又能尽可能寄予更多的言外之意。

  孟郊、李贺、韩愈对深层感觉的搜寻还有不少表现方式,如使用代词、以有形之物比拟无形感觉等等,因前人阐发已多,不再辞费。奇险诗人努力打破中唐以前诗歌追求视听效果和营造意境的传统,深入发掘诗人的心理感觉和印象,开拓诗人感知和体察事物的深度,说明他们对诗歌本质及其表现原理有了更加深刻的认识。但是从历代诗评中的相关争议来看,真正认识到这种艺术探索之价值的论者并不多。从后人所作的孟郊体、长吉体来看,也多数局限于风格、意象、色彩、辞藻等表层艺术元素的模仿,少见能把握其联想思路和表现神理的作品。这些局限在今人研究中仍可见出,因而关于奇险诗歌艺术表现的理论思考还有待深入。

## 第四节 古体特征的强化和创作传统的逆反

  奇险诗风基本上体现在古体诗中,其代表诗人也绝大部分以古诗见长。贾岛虽擅长五律,但最初主要学孟郊的五古,部分五律的"奇僻"仍与早年思路有关。那么为什么中唐诗人主要选择古诗来发挥其"奇思"?奇险诗风与古诗体式有什么关系呢?

---

[1]《还自会稽歌》,《李贺诗歌集注》第34页。
[2]《礼记·月令》:"季夏之月","腐草为萤"(《礼记集说》第91页)。
[3]《梦天》,《李贺诗歌集注》第57页。
[4]《金铜仙人辞汉歌》,《李贺诗歌集注》第94页。

从意象和构思来看，古诗和律诗都可以形成奇险的风格，杜甫在这方面已经做出示范。他的五古和七古有一部分可视为奇险诗的滥觞，如在幻想和幻觉中融入某些政治预感；以现实生活中的逻辑运用于超现实世界的想象等。而五律和七律也有少部分利用句法和字法的特殊组合，形成某种心理错觉，或突显某种印象等[1]，在奇幻意象的选取以及深层感觉的探索等方面都为大历以后诗人开了新思路。但是奇险诗风在中唐古诗中得到极大发展，在律诗中则并无引人注目的表现，其中的原因主要有两个方面：

首先，与天宝、大历至元和年间奇险诗人群体提倡古道的思想倾向直接有关。在天宝年间滥觞的复古思潮中涉及文体的最重要主张就是反对俪偶章句。所以元结、《箧中集》诗人都专攻古诗，几乎不作律诗。同样，韩愈、孟郊和李贺、卢仝等也擅长古诗。韩愈认为学古道必须通古辞，早年不但遍学四言、五言、七言、杂言、乐府等各种古体，而且对诗歌节奏尚未定型时期遗存的某些早期体式做过探底式的尝试，这种力追上古、"高词媲皇坟"的自觉意识与其穷究三代尧舜之道的复古理念是一致的。所以"昌黎诗中律诗最少"[2]。孟郊诗歌十之九为五古，韩愈说他"尝读古人书，谓言古犹今，作诗三百首，窅默咸池音"，即指他所写之诗可追上古，与他"古貌又古心"[3]、研读古人书有关。孟郊也曾多次说过"自谓古诗量，异将新学偏"[4]，"正声遇知音，愿出大朴中。知音不韵俗，独立占古风"[5]，表示自己学古诗而不偏新学，是因为正声应该出自大朴，独崇古风自然就不尚俗音。他自信所作"三百篇"可以"补风教"[6]，并勉励贾岛"将明文在身，亦而道所存"[7]，"身之文"即言[8]，诗文也是道之所存。可见孟郊大量创作五古，就是坚持古道的一种表现。李贺虽然没有韩、

---

[1] 参看拙著《杜诗艺术与辨体》第八章《创奇求变的想象力和新思路》。
[2] 《瓯北诗话》卷三，第34页。
[3] 《孟生诗》，《韩昌黎诗系年集释》上册，第12页。
[4] 《寄陕府邓给事》，《孟郊诗集校注》第322页。"偏"一作"冀"。
[5] 《送路虔端公守复州》，《孟郊诗集校注》第348页。
[6] 《送魏端公入朝》，《孟郊诗集校注》第390页。
[7] 《戏赠无本二首》其二，《孟郊诗集校注》第301页。
[8] 《左传》僖公二十四年："言，身之文也。"（李梦生《左传译注》第277页，上海古籍出版社1998年）

孟这样明确的表白，但他偏精《楚辞》、乐府、古诗，显然也与"学为尧舜文"[1]有关。贾岛初学诗时向孟郊学五古，即出于学古避俗的理念，他称赞陈商能在长满荆棘的古道上"寻得古辙行"，"足踏圣人路"[2]，感慨"今时出古言，在众翻为讹"[3]，认为孟郊之诗是"孤芳""薰风"，梦寐以求追随其后，"余求履其迹""长途追再穷"[4]，因而在元和中也写了不少古诗。这些诗人虽然对古诗体式的选择各有所偏，但都体现了抵制声律、标举古风的共同倾向。

其次，古诗以散句为主，句式和篇制长短自由，没有声律的限制，便于诗人充分发挥想象力。在大历以前，绝大部分想象奇特的诗作都采用骚体、乐府、五七言中长篇及杂言古诗等古诗体，这一创作传统已由屈原、李白、杜甫等大诗人确立。大历以来，随着古体和近体的功能区分愈益清晰，一些乐府诗和五七言古诗发展了在杜甫诗里已经出现的散句化倾向，运用全篇单行散句的线性节奏，使之更便于叙述。不少访道求仙的诗歌，即显示出古体和近体的不同表现效果。古体诗因要求句意连贯，具有以叙述节奏贯穿全诗的特长，对场景、过程和细节的描绘更加写实具体，因而也更富有叙述性和故事性，很容易将虚无的想象坐实为眼前直观的景象，以凡俗的日常生活逻辑来表现仙境和神仙形象。这种新奇思路对于元和奇险诗人想象方式的变化产生了直接影响。而同样内容的近体诗，有关仙境和神仙的描写则往往会被视为应酬诗习用的夸饰，因缺乏实感而并无出奇之感。如果说韩、孟之前的奇想主要局限于求仙访道之类题材，那么韩、孟等诗人的奇诗已经将内容扩大到各种题材，尤其是仕途的遭际、官场的乱象、政治的凶险、世态的丑恶，在他们的各体古诗中得到前所未有的充分展示。至于长篇巨制，内容更是复杂详赡，既要从过程、场景、细节到细微的心理活动，无不罄其笔墨，层叠铺叙，又要在化经史典故和生活经验为非现实想象时纵横驰骋，变怪百出，这样的表现功能，自然非古诗

---

[1]《赠陈商》。此话虽是说陈商，联系上文自言"只今道已塞，何必须白首"等句看，也是夫子自道（《李贺诗歌集注》第191页）。
[2]《送陈商》，《贾岛集校注》第65页。
[3]《寓兴》，《贾岛集校注》第73页。
[4]《投孟郊》，《贾岛集校注》第58—59页。

不能承担。

但是韩、孟等奇险诗人并没有止步于利用古诗的表现原理,而是最大限度地发挥了古诗表现的潜能,从句式篇制、声调节律到表现方式全方位地强化了古诗的特征,甚至因极端化的探索而有意无意地违背了传统的审美取向。极端化是从《箧中集》诗人开始就出现的一种艺术表现倾向,将贫贱士人的不幸遭遇和生命痛苦夸大到极端,自然就会出现不合常情常理的奇特想象。发展到元和奇险诗中,无论是体式形制,还是声调节奏、审美形象,都普遍趋向于极端化。即以散句化而言,韩、孟等诗人不但在多数五七言古诗中做到全篇单行散句,而且篇制大大加长。尤其是韩愈,动辄几十韵,其中有时还夹杂着早期五言的三二节奏和早期七言的三四节奏及单句成行的句式,使之读来就像以散文句穿插其中。更有某些古乐府采用了西汉杂言乐府毫无节奏规则的长短句体式,这样高度散句化的体式使韩愈能在一首诗里以超长篇幅的散句连缀将叙述、抒情、议论等各种节奏穿插交织在一起,不间断地串联多个场景和事件,或者一个长时段的过程,这就造成韩诗"散文化"的倾向,"以文为诗"遂被学界普遍视为韩诗的主要特点。但如揆之以五古和七古推进节奏的原理,即可发现韩诗只是加大了以散句连续叙述的长度和密度,意在最大限度地拓展其叙述和议论的功能。

孟郊的创作以五古为主,他对古诗体式特征的强化主要体现在大量采用古谣谚句式和汉魏五古的排比、对照句式,以及隔句顶针、多句重复用字等修辞手法,有意使所有这些句式形成铿锵的节奏感,并增加诗中关键词的对照,以突出他所要表达的是非、美丑、正邪、清浊之间的极端对比。韩愈、贾岛早年也有不少类似的五古,这类体式的鲜明节奏感最适宜于以比兴为主的五古,因此韩、孟这类诗又往往与大量传统的比兴意象的对照结合在一起。这就将原来散见于古谣谚和汉魏古诗中的句式和比兴特征提炼出来,在他们的五古中得到集中的体现,并突出了节奏效果。从这个意义上来说,韩、孟的五七古独特面貌的形成,都是基于对汉魏古诗节奏和体式特征的深切理解,并加以夸大强化的结果。

汉魏古诗的场景表现具有单一性和片段性的特点在韩、孟等各家诗中也得到了不同方式的继承和发挥。由于早期古诗的散句尚处于未能形成连贯叙述节奏的特定阶段，只能在较短的句段中展开叙事，汉乐府无论杂言还是五言，其叙事一般都是选取生活中某一场景、事件发展过程中的一个情节或断面，对人物语言、行动和动作细节略加勾勒。而汉魏抒情古诗也同样是在一个情景片段中通过多层反复的叙述来强化抒情节奏[1]。这一表现传统在后世古诗中虽不绝如缕，但直到杜甫创造出以叙事为主的新题乐府之后，才得到长足的发展。韩愈继承杜甫五七言古诗全篇单行散句的做法，大大扩充了篇制之后，不但将场景描写运用到借神祇和灵怪讽刺政治的寓言和比喻中，而且发展了杜甫《自京赴奉先县咏怀五百字》和《北征》的体制，突破单一场景的限制，将多个不同场景组织在同一首长诗中，艺术表现更加生动复杂。孟郊和李贺则更多地在虚构的情景中活用汉魏古诗截取场景片段的原理。孟郊善于用简单的几句诗勾勒出一个奇特的场景来表现某种印象或理念，构思的重点不在场景的真实性，而在其本身图解式的寓意。李贺为了使诗中幻化的情景逼真可感，需要用合乎生活逻辑的处理手法达到化虚为实的效果。他往往根据历史传闻的一点影子，或者在史实和时事中寻找可以发挥想象的缝隙，采用虚拟、浓缩、提炼或者合并多事等不同手段，使一个场景片段尽可能包含最大的容量。并充分调动渲染气氛、细节描写和心理刻画等多种技巧，尤其注意浓重的色调、明暗的对比、用光的技巧等等，使场景层次更加丰富，质感更加逼真，具有类似影视般鲜明强烈的视觉效果。如与汉魏古诗以简略对话为主的场景表现相比，不难看出奇险诗人们对古诗这一表现传统的发展已经达到何等复杂精妙的程度。

当然，在继承和发展古诗表现传统的同时，奇险诗人也在某些方面流露出对传统的突破甚至逆反的创作意识。最明显的是审美取向的变化，二十世纪八九十年代学界普遍批评过韩愈的"以丑为美"，孟郊的酸寒窘促和李贺的阴凄奇诡更是屡遭历代诗评针砭。由于违背了传统诗歌的审美标准，这些局部的变异很容易在一般读者心目中放大，甚至影响对诗人的

---

[1] 参见拙文《论汉魏五言的"古意"》，《北京大学学报》2009年第2期。

总体评价。但倘能细心地反复研读其全部诗作，其实不难发现韩愈除了以各种丑怪意象暗寓政治讽刺以外，所谓"以丑为美"仅仅表现在"照壁喜见蝎"这类少数句例和诗篇中。即使是那些刻意将岭南环境妖魔化的长篇巨制，也并非出自对丑怪意象的喜好，而是政治生态和诗人心境在自然环境中的投影。也正因如此，韩愈诗中与这些险怪景象形成对照的又往往是经他极度夸大的春花秋叶和清风明月等美景。或者可以说，美和丑在他诗中的对比几乎都是以极端的方式呈现，正说明他对美的渴望超过常人。只是前期贬谪生涯留下的创伤太深，美在他心目中总是短暂而难遇，不敌那些铺天盖地的毒蛊瘴疠的描写给人的冲击力那么强而已。

　　同样，孟郊酸寒窘促的形象固然是他在不少代表作中刻意的自我丑化，但他在"踢天蹐地"的一面以外，还有"胚胎造化"的另一面。古今很多论者由于没有深入发掘这矛盾的两面之间的辩证关系，只听见孟郊的"寒号"，看不见他的"雄骜"，只批评他的"形拘在风尘"，不理解他的"心放出天地"，这就难以解释为何这样的"寒号虫"竟然有"摆造化""生风雷"的胸襟和气魄，更无法解释韩愈为何一生"低头拜东野"。可见酸寒窘促既不是孟郊心胸偏狭所致，也不是他的审美爱好，只是他为遭受世俗挤压的贤人君子所塑造的典型形象。李贺对于死亡和幽灵的想象，并非其原创，陆机、陶渊明、鲍照的诗里都细致描写过人在下葬之后抱恨泉壤的情景[1]。李贺出于对生命短暂的极度焦虑，加上体弱多病的敏感，在《南山田中行》《秋来》《感讽其三》《苏小小墓》等诗里描写死后的凄凉，也是对晋宋诗人想象的发挥。但他避免像前人那样具体设想死者形体腐烂的过程，而是将六朝和唐代幽冥小说中的境界引入诗歌。山中的漆炬鬼灯，墓地的凄风苦雨，固然幽冷阴惨；但香魂吊慰书客，野鬼识解唱诗，这点来自泉下的慰藉又化恐怖为凄美，更痛切地写出了古来才士赍志而没的不甘和长恨。要之，韩、孟、李等诗集中的丑怪、酸寒、阴森等"审丑现象"都是诗人对自身不幸的浓缩和极端夸张在审美心态上的折射，并非诗人真

---

[1] 如陆机《挽歌诗》、陶渊明《挽歌诗》、鲍照《松柏篇》《代蒿里行》等，鲍照《代挽歌》还具体想象了人入土后"生时芳兰体，小虫今为灾。玄鬓无复根，骷髅依青苔"(《鲍参军集注》第142页)的可怕景象。

正的审美取向。而且作为青春繁华和光明盛景的对照，只能更强烈地反衬出诗人们对美好生命的无限珍惜。

对古诗声调的探索，原本是奇险诗人们力图拓展诗语表现力的一种尝试，但因用力太过也出现了与古诗平和流畅的传统相悖的倾向。五七言古诗从汉代形成时起，一直在寻求便于诵读的节奏感，杂言诗也要求顺乎心声的自然音节。近体诗的拘限声病更促进了诗坛对诗歌声调美的普遍要求。唇吻调利，律协宫商，是毋容置疑的规则。杜甫最早在少数七言古诗中以僻涩的用字和拗口的声调与雄奇豪放的风格相配合，还只是一种艺术尝试。而从《箧中集》诗人到顾况的诗里开始出现句意断续、语言质拙、声调滞涩的现象，已经初步表现出古道君子们希望将内心的抑塞诉诸诗歌声情的努力。韩、孟、卢等诗人则进一步从不同角度处理声与情及声与文的关系，对古诗的体式节奏所留有的空间做了触底的探索。他们的古诗语言向难易两极发展的结果是带来了声调的逆向变化，其得失是显而易见的。从平易的一面看，其创获在于从"当时语"中提炼出更加生活化的诗歌语言，强化了汉魏诗歌的节奏特征；同时能根据不同的言说对象、不同的内容和情感，变换不同的语气和声调，使古诗声情语调的运用达到随心所欲的程度。从艰涩的一面看，韩愈的创获在于能调动大量深奥的语词，淋漓尽致地状写物态人情，尤其是联绵词和近义复合词的纷状罗列，增强了感官刺激和声势渲染的效果，形成了有别于李、杜诗的雄强豪壮的气势。孟郊的创获在运用多种语词组合的创新，以喑哑凝涩的句调传达悲抑酸苦的心情，实现了《箧中集》诗人所希望达到的以声调配合辞情的目标。但是韩、孟也各自为此付出了不小的代价，诸如诗歌的内在韵律被"字林"弱化，句词的非常规组合导致诗意晦涩难解，等等。后世批评其缺少传统古诗的韵致及中和之美，显然与声调的这类变化密切相关。

李贺七言古诗的"断片"现象则是对古诗句脉跨度的探索，与孟郊少数五古的语词组合一样，当是在律诗发展的影响下意图加强古诗含蓄性的尝试。天宝到大历时期，杜甫、刘长卿有少数五律通过颠倒语序以拉大词组之间的跳跃；部分七律也增强了七言单句的独立性和句行之间跳跃的跨度，目的都是追求包含更多的言外之意。律诗的这种变化适合其以对句为主的体式构成，而古诗的基本连缀方式是句意连属，相生相续成章。因而字词搭配不合语法习惯或者句意断续，都会导致无法解读。李贺的部分七古试图利用早期七古曾经单句成行的经验，隐藏上下句之间的逻辑关系，增大句脉的跳跃跨度，确实改变了这种体式畅达浅易的传统表现感觉，形成了含蓄深曲而句调又迥然不同于七律的新风貌，但是也造成了部分诗歌因句意跨度太大而"跳不过去"的问题。杜牧惜其"理虽不及"的原因之一，也与这类诗意脉断续所造成的理不胜辞的印象有关。

  由奇险诗人强化古诗体式特征和突破传统的种种尝试可以看出，中唐尚奇诗风在古诗中发展的基本原因，除了古诗本身体现了标举古风的鲜明理念以外，还因为这种体式提供了发挥奇思的最大自由度。诗人们基于对古诗表现原理和审美传统的深切理解，努力在古诗体式内部寻找拓展空间并发展到极端，便产生了各种奇特的艺术效果。倘若探到底线还不避忌，甚至不惜大胆触碰以求新，就难免会造成对传统的逆反。然而奇险诗所有惊人的效果与其极端化的倾向又是交融在一起的，如果既要求奇，又要防止走偏，其间的尺度如何把握，不是简单的一句"执正以驭奇"就可以回答的问题。或许，研究者只需要理解这一诗人群体的联想方式和创作用心，能够欣赏这种奇异的美，并且思考其中的原因，就可以满足于这些超现实的艺术带来的精神体验。因为实际上后人即使有能力纠正其偏颇，也不可能再创造出超越中唐这批奇诗的艺术。

# 主要参考书目

| | | |
|---|---|---|
| 阮籍集校注 | 陈伯君校注 | 中华书局 2015 年 |
| 陆士衡文集校注 | 刘运好校注整理 | 凤凰出版社 2007 年 |
| 陶渊明集笺注 | 袁行霈笺注 | 中华书局 2003 年 |
| 谢灵运集校注 | 顾绍柏校注 | 中州古籍出版社 1987 年 |
| 鲍参军集注 | 钱仲联增补集说校 | 上海古籍出版社 1980 年 |
| 颜氏家训集解 | 王利器集解 | 上海古籍出版社 1980 年 |
| 卢照邻集校注 | 李云逸校注 | 中华书局 1998 年 |
| 陈子昂集校注 | 彭庆生校注 | 黄山书社 2015 年 |
| 李太白全集 | 王琦注 | 中华书局 1977 年 |
| 杜诗详注 | 仇兆鳌注 | 中华书局 1979 年 |
| 杜诗镜铨 | 杨伦笺注 | 上海古籍出版社 1962 年 |
| 刘长卿集编年校注 | 杨世明校注 | 人民文学出版社 1999 年 |
| 元次山集 | 孙望校 | 中华书局上海编辑所 1960 年 |
| 韦应物集校注 | 陶敏、王友胜校注 | 上海古籍出版社 1998 年 |
| 顾况诗注 | 王启兴、张虹注 | 上海古籍出版社 1994 年 |
| 顾况诗集 | 赵昌平校编 | 江西人民出版社 1983 年 |
| 李益诗注 | 范之麟注 | 上海古籍出版社 1984 年 |

| | | |
|---|---|---|
| 卢纶诗集校注 | 刘初棠校注 | 上海古籍出版社 1989 年 |
| 朱文公校昌黎先生文集 | | 四部丛刊影印元刊本 |
| 昌黎先生集 | | 国家图书馆出版社 2019 年 |
| 韩昌黎诗集编年笺注 | 方世举编年笺注 | 中华书局 2012 年 |
| 韩昌黎诗系年集释 | 钱仲联集释 | 上海古籍出版社 1984 年 |
| 韩昌黎文集校注 | 马其昶校注 | 上海古籍出版社 1986 年 |
| 韩昌黎文集注释 | 阎琦校注 | 三秦出版社 2004 年 |
| 孟郊诗集校注 | 华忱之、喻学才校注 | 人民文学出版社 1995 年 |
| 孟郊集校注 | 韩泉欣校注 | 浙江古籍出版社 1995 年 |
| 张籍集系年校注 | 徐礼节、余恕诚校注 | 中华书局 2011 年 |
| 李贺诗歌集注 | 王琦等注 | 上海古籍出版社 1977 年 |
| 李贺诗集 | 叶葱奇注 | 人民文学出版社 1959 年 |
| 李贺资料汇编 | 吴企明编 | 中华书局 1994 年 |
| 贾岛集校注 | 齐文榜校注 | 人民文学出版社 2001 年 |
| 刘禹锡诗集编年笺注 | 蒋维崧、赵蔚芝、陈慧星等笺注 | 山东大学出版社 1997 年 |
| 刘禹锡全集编年校注 | 陶敏、陶红雨校注 | 岳麓书社 2003 年 |
| 白居易集笺校 | 朱金城笺校 | 上海古籍出版社 1988 年 |
| 文选 | 萧统编，李善注 | 上海古籍出版社 1986 年 |
| 先秦汉魏晋南北朝诗 | 逯钦立辑校 | 中华书局 1983 年 |
| 文苑英华 | 李昉等编 | 中华书局 1966 年 |
| 乐府诗集 | 郭茂倩编 | 中华书局 1979 年 |
| 全唐诗 | 彭定求等编 | 中华书局 1960 年 |
| 全唐诗外编 | 王重民、孙望、童养年辑录 | 中华书局 1982 年 |

| | | |
|---|---|---|
| 全唐诗补编 | 陈尚君辑校 | 中华书局 1992 年 |
| 全唐诗重出误收考 | 佟培基编撰 | 陕西人民出版社 1996 年 |
| 全唐文 | 董诰等编 | 上海古籍出版社 1990 年 |
| 唐人选唐诗（十种） | 元结、殷璠等 | 上海古籍出版社 1978 年 |
| 唐人选唐诗新编 | 傅璇琮编撰 | 陕西人民教育出版社 1996 年 |
| 河岳英灵集研究 | 李珍华、傅璇琮撰 | 中华书局 1992 年 |
| 唐才子传校笺 | 傅璇琮主编 | 中华书局 1987 年 |
| 唐五代笔记小说大观 | | 上海古籍出版社 2000 年 |
| 太平广记 | 李昉等编 | 中华书局 1961 年 |
| | | |
| 十三经注疏 | 阮元校刻 | 中华书局 1980 年 |
| 诗三家义集疏 | 王先谦撰 | 中华书局 1987 年 |
| 礼记集说 | 陈澔注 | 上海古籍出版社 1987 年 |
| 史记 | 司马迁撰 | 中华书局 1959 年 |
| 汉书 | 班固撰 | 中华书局 1962 年 |
| 后汉书 | 范晔撰 | 中华书局 1965 年 |
| 南齐书 | 萧子显撰 | 中华书局 1972 年 |
| 旧唐书 | 刘昫等撰 | 中华书局 1975 年 |
| 新唐书 | 欧阳修、宋祁撰 | 中华书局 1975 年 |
| 唐会要 | 王溥撰 | 中华书局 1960 年 |
| 资治通鉴 | 司马光撰 | 中华书局 1956 年 |
| | | |
| 吕氏春秋 | 吕不韦著，高诱注 | 上海古籍出版社 1989 年 |
| 庄子集释 | 郭庆藩辑 | 中华书局 1961 年 |
| 列子集释 | 杨伯峻撰 | 中华书局 1979 年 |
| 汉魏丛书 | 程荣纂辑 | 吉林大学出版社 1992 年 |

| | | |
|---|---|---|
| 苏轼诗集 | 王文诰辑注 | 中华书局 1982 年 |
| 全宋笔记 | | 大象出版社 2003—2018 年 |
| 元遗山诗集笺注 | 施国祁注 | 人民文学出版社 1958 年 |
| 虚堂集（《清代诗文集汇编》第 221 册） | 黄之隽著 | 上海古籍出版社 2011 年 |
| | | |
| 真诰校注 | 吉川忠夫、麦谷邦夫编，朱越利译 | 中国社会科学出版社 2006 年 |
| 杜光庭记传十种辑校 | 罗争鸣辑校 | 中华书局 2013 年 |
| 云笈七签 | 张君房编 | 中华书局 2003 年 |
| 茅山志 | 刘大彬编撰，江永年增补 | 上海古籍出版社 2016 年 |
| 道藏源流考 | 陈国符撰 | 中华书局 1963 年 |
| 中国道教史 | 卿希泰主编 | 四川人民出版社 1988、1992 年 |
| 道家金石略 | 陈垣编纂，陈智超、曾庆瑛校补 | 文物出版社 1988 年 |
| | | |
| 文心雕龙注 | 范文澜注 | 人民文学出版社 1958 年 |
| 文心雕龙义证 | 詹锳义证 | 上海古籍出版社 1989 年 |
| 诗品笺注 | 曹旭笺注 | 人民文学出版社 2009 年 |
| 钟嵘《诗品》校释 | 吕德申撰 | 北京大学出版社 1986 年 |
| 文镜秘府论汇校汇考 | 卢盛江校考 | 中华书局 2015 年 |
| 宋诗话辑佚 | 郭绍虞辑 | 中华书局 1980 年 |
| 沧浪诗话校笺 | 张健校笺 | 上海古籍出版社 2012 年 |
| 朱子语类（五）（《朱子全书》修订本） | | 上海古籍出版社、安徽教育出版社 2002 年 |
| 诗人玉屑 | 魏庆之编，王仲闻校勘 | 上海古籍出版社 1978 年 |
| 苕溪渔隐丛话 | 胡仔纂集 | 人民文学出版社 1962 年 |
| 稀见本宋人诗话四种 | 张伯伟编校 | 江苏古籍出版社 2002 年 |

| | | |
|---|---|---|
| 瀛奎律髓汇评 | 方回选评，李庆甲集评校点 | 上海古籍出版社 2020 年 |
| 历代诗话 | 何文焕辑 | 中华书局 1981 年 |
| 历代诗话续编 | 丁福保辑 | 中华书局 1983 年 |
| 唐诗品汇 | 高棅编选 | 上海古籍出版社 1982 年 |
| 诗薮 | 胡应麟撰 | 上海古籍出版社 1979 年 |
| 唐音癸签 | 胡震亨撰 | 上海古籍出版社 1981 年 |
| 诗归 | 钟惺、谭元春选评 | 湖北人民出版社 1985 年 |
| 全明诗话 | 周维德集校 | 齐鲁书社 2005 年 |
| 清诗话 | 丁福保辑 | 上海古籍出版社 1963 年 |
| 清诗话续编 | 郭绍虞编选 | 上海古籍出版社 1983 年 |
| 清诗话三编 | 张寅彭选辑 | 上海古籍出版社 2014 年 |
| 原诗笺注 | 蒋寅笺注 | 上海古籍出版社 2014 年 |
| 原诗 一瓢诗话 说诗晬语 | | 人民文学出版社 1979 年 |
| 昭昧詹言 | 方东树撰 | 人民文学出版社 1961 年 |
| 瓯北诗话 | 赵翼撰 | 人民文学出版社 1963 年 |
| 北江诗话 | 洪亮吉撰 | 人民文学出版社 1983 年 |
| 诗比兴笺 | 陈沆撰 | 上海古籍出版社 1981 年 |
| 历代诗话 | 吴景旭撰，陈卫平、徐杰点校 | 京华出版社 1998 年 |
| 重订中晚唐诗主客图 | 李怀民辑评，张耕点校 | 中华书局 2018 年 |
| 韩诗臆说 | 程学恂撰 | 台湾商务印书馆 1970 年 |
| 唐诗汇评 | 陈伯海主编 | 浙江教育出版社 1995 年 |
| 郡斋读书志校证 | 孙猛校证 | 上海古籍出版社 2011 年 |
| 四库全书总目提要 | 纪昀总纂 | 河北人民出版社 2000 年 |

| | | |
|---|---|---|
| 闻一多说唐诗 | 蒙木编 | 北京出版社 2015 年 |
| 朱自清古典文学论文集 | 朱自清撰 | 上海古籍出版社 2009 年 |
| 谈艺录（补订本） | 钱锺书撰 | 中华书局 1984 年 |
| 程千帆诗论选集 | 张伯伟编 | 山西人民出版社 1990 年 |
| 程千帆古诗讲录 | 张伯伟编 | 人民文学出版社 2020 年 |
| 西方美术名著选译 | 宗白华译 | 安徽教育出版社 2000 年 |
| 新诗格律与语言的诗化 | 林庚撰 | 经济日报出版社 2000 年 |
| 唐诗综论 | 林庚撰 | 人民文学出版社 1987 年 |
| 唐诗论丛 | 陈贻焮撰 | 湖南人民出版社 1980 年 |
| 隋唐五代文学思想史 | 罗宗强撰 | 中华书局 1999 年 |
| 中国诗歌原理 | 松浦友久撰，孙昌武、郑天刚译 | 辽宁教育出版社 1990 年 |
| 佛教中国文学溯论稿 | 陈允吉撰 | 上海古籍出版社 2020 年 |
| 韩孟诗派研究 | 毕宝魁撰 | 辽宁大学出版社 2000 年 |
| 李贺诗选评 | 陈允吉、吴海勇撰 | 上海古籍出版社 2004 年 |
| 赵昌平文存 | 赵昌平撰 | 中华书局 2021 年 |
| 唐诗求是 | 陈尚君撰 | 上海古籍出版社 2018 年 |
| 唐学与唐诗 | 查屏球撰 | 商务印书馆 2000 年 |
| 隋唐五代文学研究 | 杜晓勤撰 | 北京出版社 2001 年 |
| 韩愈和孟郊的诗歌 | 斯蒂芬·欧文撰，田欣欣译 | 天津教育出版社 2004 年 |
| 晚唐——九世纪中叶的中国诗歌（827—860） | 宇文所安撰，贾晋华、钱彦译 | 生活·读书·新知三联书店 2011 年 |
| 杜诗艺术与辨体 | 葛晓音撰 | 北京大学出版社 2018 年 |
| 先秦汉魏六朝诗歌体式研究 | 葛晓音撰 | 北京大学出版社 2012 年 |
| 诗国高潮与盛唐文化 | 葛晓音撰 | 北京大学出版社 1998 年 |
| 八代诗史（修订本） | 葛晓音撰 | 中华书局 2007 年 |

# 后 记

最早阅读韩愈、孟郊、李贺的诗集是在攻读硕士学位期间，写过一篇读书报告，1982年改成论文《从诗人之诗到学者之诗》，在《学术月刊》上发表了。此后近四十年里，除了研究唐宋古文时精读过韩愈的古文以外，再没有仔细重读过这几家诗。二十世纪九十年代初，倒是在研究天宝后期的复古倾向时，注意到《箧中集》和顾况诗歌求奇的一些特点，觉得对孟郊的影响很直接，写过一篇论文《论天宝至大历间诗歌艺术的渐变》，后来也曾指导博士生以此为题写作博士论文。前几年在研究杜诗艺术和辨体的关系时，觉得杜诗的很多艺术创新对韩、孟诗的影响极大，古人也曾说过韩愈专从少陵奇险处辟山开道[1]，但没有详细论述。而学术界对奇险诗派的研究虽然在八九十年代曾经大热，却始终讲不透这派诗人追求奇险的直接原因。笔者又受到业师陈贻焮先生分析孟郊和李贺诗的方法的吸引，很想透过一些显而易见的表层因素，说清其奇特艺术表现中的一些深层道理。于是回过头来通读天宝至元和时期的全部诗歌，产生了再次细读韩、孟、李诸家诗集的愿望。再看自己四十年前的论文，虽然其中关于韩孟诗派形成的外因解释尚有可取之处，但深感对于诗歌文本的理解不深不透，而且存在不少偏见。

---

[1] 赵翼：“至昌黎时，李、杜已在前，纵极力变化，终不能再辟一径。惟少陵奇险处，尚有可推扩，故一眼觑定，欲从此辟山开道，自成一家。"（《瓯北诗话》卷三，第28页）

这次重读诸家诗集，开始只是努力以读懂诗人为目标。在反反复复的细读中，将每个诗人各阶段的诗，以及各家诗进行比较，务求真正贯通其间的思想情感脉络，理清诗人的创作思维。这样做的结果是觉得对各家诗的理解确实比以前有所深入，慢慢地也发现了一些前人没有注意或没有解决的问题，可以在此基础上写出一些体会，便陆陆续续形成十四篇系列性论文。至于直接以论文为骨干结成书稿，一则是为避免重复前人的相关论述；二则是因为论文之间本有逻辑联系，可以连缀成章。因而全书不求面面俱到的评述，只是从问题入手，希望引起进一步的思考。

从诗集中读出全人，才更体会到诗人和诗艺实在密不可分。由于在多遍阅读中对诗人产生了"同情的理解"，便对已有的研究感到不满足。以前对韩孟诗派的研究集中于风格的层面，这是传统的研究习惯，但风格只是诗歌呈现的表层现象，一般研究者都从其意象境界、审美倾向、用韵修辞的特点去探究。但是我在细读其全集时发现前人用"牛鬼蛇神""鲸呿鳌掷"之类来形容其诗"虚荒诞幻"的这些比喻，未必都能在诗里找到对应的意象（尤其孟郊、贾岛诗），险怪诗风不完全是靠这些意象和语词形成的。更重要的是，这派诗人求奇的外因和内因究竟是什么，一直未得到明确的解释。于是想到奇险诗人求奇的关键在于"奇思"的产生，明白其奇在何处，才能解释奇险诗风的形成原因。所以几篇论文都着眼于诗人求奇的联想思路，这样既可以追问其产生奇特想象的心理原因和寓意指向，也比较容易理解超现实的艺术背后的思维逻辑，从而自然而然找到这派诗人的好尚奇险与其复古思想之间的内在联系，主要就在"补元化"的政治理想和"笔补造化"的创作理念的关系，而这正是奇险诗风形成的外因和内因的契合点。由于思路研究的涵盖面较宽，本课题的研究也不会囿于"奇险"的风格阐释，而是可以深入这一群体继承和突破创作传统的各个方面，比如孟郊大量运用比兴的思理特点，其艺术视野在宽窄之间的辩证关系；韩愈如何在各类人物描写中突显自己的性情面目，如何处理其长篇古诗的节奏和体势；李贺七古的"断片"中是否存在意脉的跳跃；贾岛的思路在古诗和律诗中的表现有何同异；等等，这些也都属于本专题的题中之义，有助于理解中唐古诗为何会成为奇险诗恣意驰骋的场域。在挖掘这些问题的同时,这派诗人对汉诗和杜诗创作原理的发展也从不同角度得到了阐发。

近年来,回归文学研究的呼声很高,学界也在理论和实践上做了不少努力,但在不少文章中仍然可以看到对研究现状的不满。我觉得关键还是文学研究本身的实绩不足,如果不能在研究实践中多方探索,寻求拓展的新路,仍然停留在习惯性的思路和方法上,拿不出多少有新意有深度的成果,那么呼声再高也是没有用的。文学研究是有多种途径可以深入探索的,但只能在文本的深耕细读中摸索前行,总的原则是应当尽量摆脱研究的惯性和套路,根据千变万化的创作实践来寻找最适应研究对象的思路和方法。张伯伟教授曾在电邮里称我近几年发表的关于韩孟诗的几篇论文是进入诗人大脑的"创作实验室",并告知这说法来自法国二十世纪初的批评大家朗松,他曾称圣伯夫"能够进入作家的实验室观看他们头脑的劳作"。这说法对我很有启发,也形象地说出了我自己都没想清楚的研究意图。我确实是想钻到诗人的头脑里去看看他们在写作那些奇诗时到底是怎么想的,并以此为钥匙对这批诗人的艺术追求和创作效果做出解释。本书的绪论和小结算是对我试验结果的一点归纳,但仍觉得还有很多深层次的问题没有想透彻。

奇险诗风在中唐诗歌史上的出现是一个需要解释的阶段性现象,而对这一现象的评判历来毁誉参半。其实相对诗人们所下的呕心沥血的功夫而言,前人的很多批评都显得苍白轻率,可供借鉴的理论资源远远不足,由此切实体会到要通过对文学创作现象的总结来提炼高水平的批评理论是何等不易。但如果真正理解了诗人的用心,就能离这个目标更近一步。由于长期从事六朝盛唐诗歌的研究,我以前一直对生硬难读的韩、孟诗心怀畏惧,也不喜欢这派诗人矫激的性格。这次重新研读却不知不觉改变了我的诗歌审美趣味,不但能从那些生涩艰深的诗句中读出背后的意味,懂得了前人所说"天地间自欠此体不得"(《沧浪诗话》)的意思,而且合上诗集,作者便仿佛活生生地站在眼前,熟稔亲切如同故友。倘若此书所论能多少纠正一些自己从前的偏见,更贴近诗人们的创作本意,便不负笔者这几年的心力付出了。

# 北京大学人文学科文库·北大中国文学研究丛书

陈晓明主编

《杜诗艺术与辨体》
葛晓音 著

《无法终结的现代性：中国文学的当代境遇》
陈晓明 著

《清代科举文人官年与实年考论》
张剑 著

《清初京城诗坛研究》
白一瑾 著

《文体协商：翻译中的语言、文类与社会》
张丽华 著

《中唐古诗的尚奇之风》
葛晓音 著